蔡東藩說中國史

09

摇晃的世界帝国

上

唐史演义

蔡东藩 著

化学工业出版社
·北京·

《步辇图》局部

《宫乐图》

《壁画出行图》（图出章怀太子墓）

敦煌壁画

出版说明

蔡东藩（1877—1945），名郕，号东藩，著作署名亦作东帆或东飐，浙江萧山人，近现代著名演义小说作家、历史学家，被誉为“一代史家，千秋神笔”。

“历朝通俗演义”是蔡东藩先生历经十年创作的历史演义小说，始于1916年创作的《清史演义》，此后分别为《元史演义》（1920年）、《明史演义》（1920年）、《民国演义》（1921年）、《宋史演义》（1922年）、《唐史演义》（1922年）、《五代史演义》（1923年）、《南北史演义》（1924年）、《两晋演义》（1924年）、《前汉演义》（1925年）、《后汉演义》（1926年）。“历朝通俗演义”以演义小说形式再现了上起秦始皇，下讫民国（1920年）2166年间的中国历史，共11部1040回600多万字。

这11部小说初版由上海会文堂新记书局陆续出版，1926年9月才全部出齐，全套均为有光纸石印线装本。1935年新记书局将这套书进行改版，增加了许廑父续写的《民国演义》后40回，改为铅印，分装44册，总书名称为《古今通俗演义》。

此次我社出版的“蔡东藩说中国史”，就是以1935年新记书局的铅印本为底本，并做了细致的审校，订正了原书个别讹误。本着尽量保留著作原貌的宗旨，书中保留了作者全部注释、夹批、后评及用字和行文表述习惯。为方便读者阅读和理解，本书还在相应位置增加了部分人物的生平介绍。

由于作者受历史时代和传统观念的影响，书中对妇女地位、农民起义、民族关系等问题的表述有一些局限性，对历史人物的评价仅是自己观点，我们相信，今天的读者阅读本书有自己的理解和评判，不必苛求前人。

序一

王学泰

大约在六十年前，读初中时我就记住了“蔡东藩”。那时正沉迷于武侠小说，为了了解武侠小说里大侠的生活背景，开始读历史演义小说。虽然蔡氏的书对于当时的我来说确实深了一些，但也能囫囵吞枣地读下来。蔡东藩恰恰又与我当时的班主任杨东藩先生同名，我才牢牢地记住了这个名字。

后来，我到“北图”查了蔡东藩的经历，原来蔡先生是鲁迅的同乡，他们都是浙江绍兴府人。鲁迅是绍兴会稽，蔡是绍兴萧山（清代萧山属于绍兴府），两人的乳名也很相近，鲁迅叫樟寿，蔡东藩叫椿寿。绍兴文人多笔力雄健，鲁迅人所共知，蔡东藩的史笔也不逊色，创作高峰也很相近。鲁迅创作高峰是1927年到1936年这十年，而蔡东藩也是从1916年到1926年十年写作了11部历史通俗演义，从前汉（附秦朝）、后汉（附三国）到民国九年，时间跨度2166年，总共600余万字。

讲了这么多鲁、蔡相同或相近之处，是不是说两者就是同一个营垒的写作者呢？当然不是。虽然蔡东藩只比鲁迅年长四岁，还比鲁迅晚去世九年，但二人却是两个时代的人。蔡是传统的文人，受的是旧式教育，读的书也是传统的“经、史、子、集”之类，在清朝还有过功名——秀才（14岁考中），还到北京参加过优贡考试（1905年废科举后对秀才安慰性的考试），并被分发为候补知县；而鲁迅一走出绍兴老家，进的就是新式学堂——江南水师学堂，后来到日本留学，先学医，后在东京研究文艺，开始创作，是中国第一代新型的知识分子。

经历了义和团运动和庚子事变（1900年），整个国家面临着被列强瓜分的危险，此时无论是忧国忧民的传统文人，还是追求新的思想意识、正在经历着蜕变的知识人都在关注与思考如何挽救危亡与救国救民问题。蔡东藩正是一位传统的忧国忧民之士，他思考的结果是用历史启发民众。清代的龚自珍曾说：“灭人之国，必先去其史。”（《龚自珍全集·古史钩沉论二》）中国自古重视自己的历史，自明代科举以“八股取士”以来，史学越来越不被世俗重视。像《儒林外史》中所写的中了进士的范进连“苏轼”是谁都不知道，这一点也不奇怪，因为史学与科举考试、特别是仕途没多大关系。

清廷自“废科举、兴学校”以来，新学独盛，史学更是雪上加霜。利用中国历代先贤救亡图存的事迹与精神，激发国民的爱国热情，从而拯救中华。这是一些传统文人的想法。著名谴责小说作家吴趼人曾“发大愿编写历史小说”，并撰写了《历史小说总序》和《两晋演义序》，用历史教育民众。可惜，时不我与，吴趼人不久因病去世，其计划自然便夭折了。他所遗留的“大愿”是与其思想意识接近的蔡东藩完成的。

蔡的第一部“历朝通俗演义”是《清史演义》，当时还没有一部完整的清史（《清史稿》印于 1928 年），这部书应该说是一部开创性的。写此书的直接动力，是他对清亡之后有些人仍然沉迷于帝制、甚至企图复辟帝制的不满，另外也有总结清王朝二百多年经验教训之意。

蔡东藩的这套“历朝通俗演义”基本上是从后往前写的，他从清史写起，其后是：元史、明史、民国史、宋史、唐史、五代史、南北史、两晋史、前汉史、后汉史，由上海会文堂新记书局陆续印行。时间是 1916 年 7 月到 1926 年 9 月。会文堂是用有光纸石印、线装，很廉价。20 世纪五六十年代会文堂本还很多，充斥于旧书店、旧书摊。东藩之孙蔡福源用四五十个字概括了这套书的特色：“朝代多，人物众，篇幅长，跨度大，头绪繁，事情杂，史料实，详略当，连贯好，情意浓，趣味强，阅读易，引力足，印象深。”（《蔡东藩研究 · 我的祖父蔡东藩》）此书一出版，就风行全国，销售至“十万”。这在当时确实是个了不起的印数。普通书籍，每版也就印个两三千册。

蔡东藩这套书中所贯穿的思想主旨在传统文人群体中应该说是先进的。毛泽东曾说中国传统文化中既有“封建性的糟粕”，也有“民主性的精华”。精华之中最值得重视的应该是民本思想。这也就是孔子所说的“民惟邦本，本固邦宁”；孟子所说的“民为贵，社稷次之，君为轻”，“君之视臣如草芥，则臣视君如寇仇”。蔡东藩在“历朝通俗演义”中所竭力主张的正是孔孟所倡导的。他把儒家倡导的尧舜之治和仁政学说归纳为“开明专制”，他倡导“开明专制”摒弃“绝对专制”。

> 尧置谏鼓，立谤木，舜询四岳，咨十有二牧，禹拜昌言，汤改过不吝，周有询群臣询群吏询万民的制度，简策流传，至今勿替。可见古时的圣帝明王，虽然尊为天子，管辖九州，究竟也要集思广益，依从舆论，好民所好，恶民所恶，才能长治久安，做一位升平主子，贻谋永远，传及子孙。看官听说！这便是开明专制，不是绝对专制哩。
>
> （《前汉演义》第一回）

“开明”的核心就是“好民所好，恶民所恶”，为了保障实现这一点，关键是要建立能够听取不同意见的制度（“置谏鼓，立谤木”“询群臣、询群吏”等）。与此相对立的“绝对专制”是什么样子呢？

> 自从嬴政得国，专务君权，待遇百姓，好似牛马犬豕一般，凡所有督责抑勒的命令，严酷残暴的刑罚，无一不作，无一不行，也以为生杀予夺，惟我所为，百姓自然帖伏，不敢再逞，从此皇帝的位置，牢固不破，好教那子子孙孙，千代万代的遗传下去。那知专欲难成，众怒难犯，本身幸得速死，不致陨首，才及一传，宫廷里面，就闹得一塌糊涂，戍卒叫，函谷举，楚人一炬，可怜焦土。
>
> （同上）

绝对专制的特色是不把老百姓当人，“也以为生杀予夺，惟我所为，百姓自然帖伏，不敢再逞”。也就是说统治者可以任凭自己的意志去统治百姓，想怎么干，就怎么干。他们认为这样才能长治久安。没想到“专欲难成，众怒难犯”，秦朝统一天下才十几年的工夫，就被推翻了。这就是绝对专制的后果，“秦制”就是绝对专制。

对于继秦之后建立汉朝的刘邦，蔡东藩评价也不高，其原因就在于，他虽然取代了绝对专制的秦朝皇帝，但所执行的仍然是“秦制”：

> 史官说他豁达大度，确非凡夫，而且入关约法，尽除苛禁，能得百姓欢心，所以扫秦灭项，五年大成。但小子追溯汉家事迹，多半沿袭秦制，并没有一番大改革的事业。萧何原是刀笔吏，叔孙通又是绵蕞生，绵蕞系表位标准，绵是置设绵索，蕞是植茅地上，为肄习典礼之处，使知尊卑次序。所见所闻，无非是前秦故事，晓得什么体国经野的宏规，因此佐汉立法，仍旧是换汤不换药的手段，厉行专制政体，尊君抑民。
>
> （同上）

所谓“约法三章”是刘邦对关中百姓的许诺，《史记 · 高祖本纪》中记载：“汉元年（前206）十月，沛公（刘邦）兵遂先诸侯至霸上。……遂西入咸阳……还军霸上。召诸县父老豪杰曰：‘父老苦秦苛法久矣，诽谤者族，偶语者弃市。吾与诸侯约，先入关者王之，吾当王关中。与父老约，法三章耳：杀人者死，伤人及盗抵罪。余悉除去秦法。’”这话说得多贴心！

要把秦朝苛政只简化为三条：杀人偿命，伤人与偷盗按其行为给人造成的损失惩治。这三条简单，对于社会来说也是最基本的规范，“父老”们自然是竭诚拥护。其实这是个骗局，刘邦一进了秦宫殿，兴奋点都集中在做皇帝上，早把对老百姓的许诺抛到九霄云外，其所执行的仍是“尊君抑民”的“秦政”，“换汤不换药”。鲁迅也说过类似的意见。他在《而已集·小杂感》中说：

> 刘邦除秦苛暴，“与父老约，法三章耳。”而后来仍有族诛，仍禁挟书，还是秦法。法三章者，话一句耳。

除了《清史演义》《民国演义》综合各种野史稗官（包括清末民初的报刊）完成的以外，其他各朝史演义都是本着“以正史为经，务求确凿，以轶闻为纬，不尚虚诬”（蔡东藩《唐史演义·自序》）。“正史”叙事多重复，与人物活动无关的文字太多，如何删繁就简、增加历史人物之间的互动以及有趣的故事，这是颇费裁量的。

这套书虽名“演义”，但它还是与读者熟悉的《三国演义》《隋唐演义》《东西汉演义》等书不同。《三国演义》等作品更注重文学性，就文体来说，它们更接近“英雄传奇”；而蔡东藩的“演义”，虽然也有铺排、也有虚构，但其重点还在于叙述历史事实，它是历史读本。这一点自从它出版之后就被读者肯定了。当时江苏省立南京中学校长张海澄给会文堂新记书局写信说：“《历朝通俗演义》于中等学校学生文史知识，裨益匪浅。特采作课外补充读物。”

毛泽东也很喜爱这套“演义”，抗日战争时期，他就委托在敌后工作的李克农为他购买这套书。买来之后，他一直把这套书放在自己床头，作为常常翻阅的书籍。“文革”中出版业凋零，但还是出版了《民国通俗演义》（是否全套“历朝通俗演义”，因为我没看到，不能妄说。我只看到这一种，是大字本的，分订为八本。陈志根的《蔡东藩〈中国历代通俗演义〉版本源流述论》也没有提到蔡书的“文革”中印本）作为内部书，购买要凭一定级别的干部证件或介绍信。当时号召高级干部要“读点历史”，毛就向他们推荐蔡东藩的“演义”。

严谨的历史学家顾颉刚关注历史知识的普及。20世纪30年代，他就鼓励自己的学生撰写历史通俗读物（如陈稺常的《中国上古史演义》）。50年代出版历史通俗著作时，他推荐了“历朝通俗演义”，并为之作序：

> 一般历史通俗演义，在过去也曾出版过不少，可是似乎还很少能和蔡东藩先生这一部相提并论的。蔡先生对史料的运用与取舍，采取了相当认真的

态度。例如：他对正史中所引用的迷信部分，加以适当地批判，对于帝王自己为了要求在群众中建立威信而制造的神话，也都予以无情地讽刺。这证明了他作这部书并不想为封建统治阶级服务。……我认为，这部书的重新出版，不但可以作为一般人的读物，并且也可以作为爱好历史的人们的参考。因为一部《二十四史》，分量太多，就是历史专家也不容易把它完全熟记，倒不如这部演义，随意翻览一下，说不定会有提纲挈领的功效。

（顾颉刚《蔡东藩〈二十四史通俗演义〉（增订）序言》）

现在不是“熟记”不“熟记”，而是有多少有能力、有时间读“二十四史”了。因此，蔡东藩的“历朝通俗演义”就是学习中国历史的基本读物了。

蔡东藩的书中，自己还常常加批注，或作一些小考证，每回之末或有总评，以帮助读者辨明真伪与正误。例如《前汉演义》第十一回之末云：

本回叙刘季微贱时事，脱胎《高祖本纪》，旁采史汉各传，语语皆有来历，并非向壁虚造。惟史官语多忌讳，往往于刘季所为，舍瑕从善，经本回一一直叙，才得表明真相，不没本来。盖刘季本一酒色徒，其所由得成大业者，游荡之中，具有英雄气象，后来老成练达，知人善任，始能一举告成耳。若刘媪之感龙得孕，老妪之哭蛇被斩，不免为史家附会之词；然必谓竟无此事，亦不便下一断笔，有闻必录，抑亦述史者之应有事也。

刘媪之感龙得孕，老妪之哭蛇被斩这是正史中有的，作者不能回避，但在总评中加一些批评文字，已表明自己的态度。

蔡书自从问世后曾多次出版，就20世纪80年代以来，也有多家出版社重印，有人觉得印得太多了。记得四十年前曾与我的老师廖仲安先生讨论过什么书要多印的问题。他说，有的书就像大米白面，什么时候到粮店去买都要有，至于那些高级的粮食像西贡米、冰船面或北京人很少光顾的莜面、高粱面、小米面倒不一定时时要有（当时人们还在用粮票，对粮食的需求没有像现在这样多样化）。书籍也是这样。像“四书五经”《史记》《汉书》《三国志》《水浒传》《三国演义》“楚辞”“李白诗”“杜甫诗”“苏轼作品”《唐诗三百首》……这些就属于大米白面之类，什么时候去买都要有。从现在人们的精神需求来看蔡东藩的书，也将成为“大米白面”了，读者什么时候逛书店都能看到。

序二

杜君立

在世界所有国家中，中国的历史无疑是最为源远流长的。历史学家孟森先生说：“中国有史之系统，严正完美，实超乎万国之上。”历史作为一种话语权，在数千年里经历了从民间到官方的转移和衍变，最后留下了一部皇皇巨著的“二十四史”。

“作史固难，读史亦难。”中国史籍浩如烟海，从二十四史、两通鉴、九通、五纪事本末，到其他各种别史、杂史和野史，一个人即使穷经皓首，也读不完这么多历史。仅“二十四史”就有三千二百五十九卷，除非像吕思勉这样的历史研究者（吕将“二十四史”通读了三遍），对一般读者来说，这样的正史难免会让人望而却步。

同时，这些高文典册的历史大多出自文人史官之手，并非为一般智识的普通民众而作，阅读难度可想而知。因此，便出现了大量的民间说史和写史，即“演义”小说的兴起。《三国志》属于正史，《三国演义》则将历史民间化和文学化了，就社会影响而言，前者根本无以望后者之项背。“罗贯中尝辑《三国演义》，风行海内，几乎家喻户晓，大有掩盖陈寿《三国志》的势力。若论他内容事迹，半涉子虚。一般社会能有几个读过正史？甚至正稗不分，误把罗氏《三国演义》当作《三国志》相看。”

对任何一个历史写作者来说，都希望自己的作品能够传播久远，所谓“藏诸名山，传之其人”，这其实牵扯到“文”与“史”的差异性。文史既相通又相异，历史小说不同于真正的历史，小说偏重于情节营造，历史偏重于真实性。“夫正史尚直笔，小说尚曲笔，体裁原是不同，而世人之厌阅正史，乐观小说，亦即于此处分之。”因真实性可疑，这种似驴非马的历史演义小说往往为学者所诟病，章学诚指责《三国演义》“创七分事实，三分虚构，以致观者往往为所惑乱”，“后世以讹传讹，将无作有，劝善不足，导欺有余”，“凭虚捏造，以诬古而欺今”。

一是乏人问津的所谓“正史”，一是真假难辨的各种“演义”“戏说”，这在某种程度上导致中国历史始终陷于“贫困”，以至于鲁迅先生说：“中国不但无正确之本国史，亦无世界史，妄人信口开河，青年莫名奇妙，知今知古，知外知内，都谈不到。”近代西风东渐，大学兴起，中国结束帝制，走向民主，历史才开始在中国重新复苏，梁启超提出“新历史”之说。在这场历史启蒙运动中掀起一股“历史热”，留下许多名篇巨作，其中影响最大的莫过于蔡东藩的“历朝通俗演义”。

蔡东藩（1877—1945）一生恰逢清末民初，既接受过完整的传统教育，又接触过许多现代新思想，精通经史诗文，这使他对历史、国家和民族有更现代、更深刻的认知。他坚持历史的真实根基，“以正史为经，务求确凿，以轶闻为纬，不尚虚诬”。在文字方面，他要求“文不尚虚，语惟以俗”，这或许是对同时期白话文运动的一种呼应。即使在今天看来，蔡东藩对写作的这种孜孜追求也不过时，即“理正词纯，明白晓畅，以发探新道德、新政治、新社会之精神”，“不求古奥，不阿时好，期于浅显切近”。

从1916年到1926年，从40岁到50岁，陋室孤灯，蔡东藩在浙江乡下写了整整10年。从《清史演义》始，先后写作了元史、明史、民国、宋史、唐史、五代史、南北朝、两晋、前汉和后汉等通俗演义。他以一人之力，竟然完成了这部长达600多万字的中国通史，从秦汉到民国，历史跨度长达2000多年。

在某种程度上，蔡东藩对中国历史写作的贡献足可与司马迁相媲美，说他是“现代司马迁”也不为过。作为中国第一部通史，50余万字的《史记》叙述了自黄帝到西汉的三千年中国史，蔡东藩的“历朝通俗演义”正好从前汉开始，这种衔接不仅是主题内容上的，也是历史精神的继承，即历史从官方到民间的回归，“究天人之际，通古今之变，成一家之言”。

与传统的历史通俗小说不同，蔡著采用的完全是专业历史写作的方法，重史轻文，注重真实和考据，无一事无来历，孤证不立。这需要大量的阅读和涉猎，更离不开洞隐烛微的思辨精神，写作《元史演义》时他就参考了大量中西史料，“是足以补中西史乘之缺，不得以小说目之”。这是史家才有的严谨，“语皆有本，不敢虚诬，笔愧如刀，但凭公理”。史论总被视为历史写作的点睛之笔，在“历朝通俗演义”中，除过一些历史知识的注释，还有大量的蔡氏史评作为批注。这自然会让人想到《史记》中的“太史公曰”。

今年恰逢蔡著《清史演义》（“历朝通俗演义”第一部）首次出版100周年，历经百年巨变，其光辉仍不可磨灭，正如替蔡续写《民国演义》后四十回的许廑父所言：“文笔之整饬，结构之精密，故成一完善之史学演义，出版后不胫而走遍天下。”事实上，“历朝通俗演义”自出版以来，便一直畅销不衰，但蔡氏本人却贫寒一生，仅以行医教书为生。这就是一个真正写作者的历史和命运。

（说明：文中所引用文字非特别注明者，均出自蔡东藩著作。）

自序

昔石晋刘昫暨史官张昭远等，纂成唐史二百卷，历述唐朝二百九十年事。后人少之，谓其纪次无法，事实零落。于是宋仁宗庆历年间，复出新编，都二百二十五卷，计十有七年而始成，主其事者为欧阳修、宋祁。夫欧、宋为北宋名儒，视刘昫张昭远辈，文名较盛，又经十余载之征文考献，凡五代时之未曾刊行者，至此已尽流传，据以参证，应得精详。况草创者难为力，润色者易为功，得新掩旧，可不待言。然议者犹讥其用字奇涩未免不文，刊削诏令不无太略，甚矣作史之难也！

顾作史固难，读史亦难。《旧唐书》凡二百卷，《新唐书》且多至二百二十五卷，畴能一一尽窥，阅读无遗？外此如孙甫之《唐史记》，赵瞻之《唐春秋》，陈彭年之《唐纪》，袁枢之《唐史纪事本末》，或百卷数十卷不等，即终日埋案披览不辍，恐亦未能悉诵也。后生小子，学识有限，欲取唐史而尽读之，匪惟不暇，抑病未能，乃转而采诸坊间诸旧小说，如所谓《隋唐演义》《说唐全传》《薛家将》《征东》《征西》《罗通扫北》以及《西游记》《长生殿》《镜花缘》《绿牡丹》诸书，日夕展览，目为实迹。庸讵知其语出无稽，事多伪造，增人智识则不足，乱人心术且有馀耶？

鄙人不敏，曾举宋、元、明、清诸史事，编为通俗演义，陆续印行，海内大雅，不讥弇陋，且谓可得通俗教育之助。爰再溯流而上，就唐事以为演述，共成百回。以正史为经，务求确凿；以轶闻为纬，不尚虚诬。徐懋功未作军师，李药师何来仙术？罗艺叛死，乌有子孙；叔宝扬名，未及儿女。唐玄奘取经西竺，宁惹妖魔？薛仁贵立绩天山，岂藉子妇？则天淫秽，不闻私产生男；玉环伏诛，怎得皈真圆耦？种种谬妄，琐亵之谈，辞而辟之。破世俗之迷信者在此，附史家之羽翼者亦在此。子虚乌有诸先生，谅无从窃笑于旁也。惟书成仓猝，未经重订，亥豕鲁鱼，在所不免，匡我未逮，是所望于海内诸史学家！

中华民国十有一年，岁次壬戌夏正重九之辰，古越蔡东帆自序于临江书舍

目录

唐朝世系图

唐二十一帝历十四世共二百八十九年

❶ 高祖渊［在位九年］—— ❷ 太宗世民［在位二十三年］—— ❸ 高宗治［在位三十四年］——
- ❹ 中宗哲［在位二十七年，中经武曌革唐号周二十一年］
- ❺ 睿宗旦［在位二年］—— ❻ 玄宗隆基［在位四十四年］——

❼ 肃宗亨［在位六年］—— ❽ 代宗豫［在位十七年］—— ❾ 德宗适［在位二十六年］—— ❿ 顺宗诵［不逾年］—— ⓫ 宪宗纯［在位十五年］——

⓬ 穆宗恒［在位四年］——
- ⓭ 敬宗湛［在位二年］
- ⓮ 文宗昂［在位十四年］—— ⓰ 宣宗忱［在位十三年］
- ⓯ 武宗炎［在位六年］

⓱ 懿宗漼［在位十四年］——
- ⓲ 僖宗儇［在位十五年］
- ⓳ 昭宗杰［在位十六年］—— ⓴ 昭宣帝柷［在位三年］

第一回

溯龙兴开编谈将种
选蛾眉侍宴赚唐公

桑麻无恙，鸡犬不惊，村夫野老，散坐瓜棚豆架旁，笑谈大唐遗事，什么晋阳宫，什么凤凰山，什么摩天岭，什么薛仁贵征东，什么罗通扫北，什么巴骆和，什么宏碧缘，最出奇动人的，是盖苏文兴妖作怪，樊梨花倒海移山，唐三藏八十一难，孙悟空七十二变，说得天花乱坠，神怪迷离；其实是半真半假，若有若无。咳！我想这班村夫野老，能识得几个字？能读过几句书？无非借神社戏剧、茶肆盲词，灌输了一些见闻，就借那闲着时候，说长论短，谈古说今，自称为大唐人，戏述那大唐事，究竟唐朝有若干皇帝？多少版图？一古脑儿莫明其妙。甚且把神功妖法、子虚乌有等谈，信为真有，看似与国无害，与家无损，哪知恰有绝大关系。二十年前的义和团、红灯照，不曾说有齐天大圣附身、黄连圣母下世么？京津一带愚夫妇，脑中记着唐乱话、西狗屁，遂以为古今一律，仙人间出，迷信得甚么相似，终弄到联军入境，京邑为墟。看官试想！有益呢？无益呢？有损呢？无损呢？谈仙说怪诸书，多借唐事影射，故本编缘起，格外痛斥。

小子就史论史，即唐叙唐，单把那一十四世的唐祚，二百九十年的唐史，兴亡衰废，约略演述，已不下数十万言，看官恐已怕烦，要说甚神仙？谈甚鬼怪？本回是一个开场白，理应将唐朝本末，总揭一段，譬如振衣提领、张网握纲一般。有了大关节目，然后按次叙下，有条有绪，自己觉得不是瞎说，旁人也识得不是乱言。说部之须有楔子，即本此意。曾记前人留一笑谈云：“汉经学，晋清谈，唐乌龟，宋鼻涕，清邋遢。”汉晋宋清诸朝，自有专书交代，不必向本编声明，只“唐乌龟”三字，究作什么解？相传龟与蛇交，非偶相从，因此世间做丈夫的，纵妻外淫，往往被人唤做乌龟。

唐朝开国的时候，曾把晋阳宫内的妃嫔，娶作侍姬，恐隋主不甘负着龟名，要来问罪，没奈何拼死兴兵，议行大事。一番大侥幸，竟得隋江山，好容易登了大宝，铲尽群雄，收拾海内二百九十三州，作为李氏私产。所有东夷南蛮，西戎北狄，统是年年进贡，岁岁来朝，九天阊阖开宫殿，万国衣冠拜冕旒，这真是唐朝实事，并不是唐人虚谈，就是大唐人的名目，从此传闻海外，我中国人常以此自夸，相沿到今，不过天道好还，报应不爽，你要人家去做乌龟，人家亦要你的子孙去做乌龟。太宗高宗的时候，是唐朝极盛时代，宫闱里面，已是不明不白。太宗奸污弟妇，是皇弟去做乌龟了。高宗皇后武则天，简直是生性好淫，广置面首，伟岸如怀义，俊美如昌宗，陆续召将进去，充作幸臣，是皇帝去做乌龟了。嗣是韦后恃宠，中宗点筹，玉环洗儿，禄山抓乳，绿头巾成为家法，元绪公竟作秘传，乌龟乌龟，数见不鲜。嗣是乃有倚势的宦官，嗣是乃有挟权的藩镇，内外交讧，就把那李氏的国脉，一日一日的斫丧下来。看官以为宦官藩镇的祸祟，与女宠无与，谁知是因果相连，源流有自，不宠寿王妃，何来高力士？唐室宦官专政，自高力士始。不近大腹儿，何有三节度？安禄山兼领三镇，为唐室藩镇之所由始。龟奴龟子，玩弄朝纲，执掌兵政，于是此行彼效，你争我赛，乐得依样画葫芦，去挟制那乌龟皇帝。历久相沿，积重难返，阉宦可以弑主，将弁可以逐帅，十军阿父，势焰薰天，指田令孜。三镇大臣，兵戈犯阙。王行瑜，李茂贞，韩建。黄巢杀人八百万，季述数君数十罪，南面称尊的天子，逐朝与傀儡相似，今日被人幽，明日被人劫，又明日被人废死。甚至大家夫妇，委身国贼，好一座锦绣江山，竟被那砀山无赖朱阿三，轻轻的移夺了去，说将起来，煞是可怜。但总由列祖列宗，贻谋未善，所以子子孙孙，累得吃苦，连乌龟都无暇做得，岂不是自作自受，近报在自身，远报在儿孙么？看官记着！这一部唐朝演义，好做了三段立论：第一段是女祸，第二段是阉祸，第三段是藩镇祸，依次产出，终至灭亡。若从根本问题上解决起来，实自宫闱淫乱，造成种种的恶果。所以评断唐史，用了最简单的三字，叫做唐乌龟，这真所谓一言以蔽之呢。斩钉截铁，扫除枝叶。

宗旨既明，请看正传！话说唐朝开国的始祖，姓李名渊，字叔德，系陇西成纪人氏，为西凉武昭王李暠七世孙。东晋时暠据秦凉，自称为王，传子李歆，为北凉所灭。歆生重耳，重耳生熙，熙生天锡，天锡生虎。虎仕西魏有功，赐姓大野氏，官至太尉。嗣与李弼等八人，佐周伐魏，号为八柱国，殁封唐国公。子昞仕隋，袭封唐公。昞妻独孤氏，与隋文帝的独孤皇后，是同胞姊妹，因此文帝与昞，名为君臣，实关姻亚。昞生子渊，体具三乳，日角龙庭，文帝尝称为不凡子，格外垂爱，独孤姊妹俱贵，且各产皇帝，确是难得。命复姓李。昞殁，令渊袭爵，历授谯陇二州刺史。炀帝嗣位，升任太守，又召为殿前少监卫尉少卿。及炀帝征辽东，遣渊督运兵粮，接济军士。会楚公杨玄感，即隋故相杨素子，起兵作乱，围攻东都。渊飞书奏闻，炀帝慌忙引还，命渊为弘化留守，备御玄感。既而玄感败死，渊留守如故，御下宽简，颇得众心。

先是隋政荒暴，谣诼日繁，起初是喧传市巷，后来竟传入宫庭，连炀帝也常有所闻。看官道是何等谣言？一说是："桃李子，有天下。"一说是："杨氏将灭，李氏将兴。"蒲山公李宽子密，即李弼曾孙。曾因余荫入朝，授官左亲侍，炀帝见密额锐角方，目分黑白，遂说他顾眄非常，即令罢职。玄感发难，密实与谋，兵败后亡入瓦岗，往投翟让，也想援据谶语，称孤道寡，哪知真命天子，别有一李，不是他的李姓。也是汉刘歆之类。炀帝既逐去李密，复疑到郕公李浑身上，诬他谋反，杀身夷族。真是冤枉。一面添造龙舟，东巡西幸。旋闻李渊得将士心，因又疑忌起来，遣使至弘化，传召李渊。渊因李浑被族，正怀着兔死狐悲的观念，陡然奉召，料知炀帝不怀好意，不如托词称疾，装着一副病容，接见来使，且把许多黄白物，作了程仪、浼他委婉复命，但说是待病少痊，即当往朝行在。来使得了金银，乐得做个人情，便唯唯如命的告别而去。钱可通灵。到了行在，当然将李渊病重，复旨了事。炀帝正恣意淫乐，也无心顾及李渊，便搁置了好几月。

李渊（566—635），即唐高宗，字叔德，近人断为赵郡昭庆（今河北隆尧东）人，唐王朝的建立者。617年官拜太原留守。隋末起兵攻占长安，立炀帝孙杨侑为帝。次年迫杨侑退位，建立唐朝。在位期间，依隋文帝旧制，修律令格式，颁均田制、租庸调制，重建府兵制。玄武门之变后，禅位于李世民，退位为太上皇。

会有渊甥王氏，在后宫充役，为炀帝所见，不由得记起前事，突问王氏道："尔舅为什么事情，好几月不来见朕？"王氏忙答道："恐怕是病尚未愈，所以迟延。"炀帝微笑道："索性死了，倒也好了。"说毕自去。王氏怀舅心切，免不得写了密书，寄与李渊。渊展书后，不瞧犹可，瞧毕数行，顿惹得惊魂不定，左思右想，无法脱祸，只好再仗那阿堵物，输送炀帝幸臣，托他斡旋，自己纵酒韬晦，免人伺察。毕竟金钱可以买命，富贵又来逼人，李渊方怀忧虑，偏有诏命下来，加授山西河东慰抚大使，令讨捕群盗。渊拜命乃发，进次龙门。适贼帅毋端儿，率众数千，来薄城下，经渊麾下数十骑，控弦出击，连射皆中，贼前驱多仆，余众骇散。渊乘胜搜剿，连破余贼敬盘陀柴保昌等，收降数万人，威声愈震。出手便已胜人。捷书驰报行宫，炀帝大悦，乃改拟北巡，启跸出雁门。冤冤相凑，来了一大队突厥兵，头目叫作始毕可汗，可汗，系突厥主子称呼。竟欲拦途掩击，劫夺乘舆。炀

李世民（599—649），即唐太宗，唐高祖李渊次子。隋末，随其父起兵。李渊称帝时封为秦王，任尚书令。武德九年（626年）发动玄武门之变，得为太子，旋继帝位。贞观四年（630年）击败东突厥，平定吐谷浑、高昌，置安西都护府。统治后期渐生骄奢之心。晚年著《帝范》，总结一生政治经验，并评述自己功过。

帝闻报，忙驰回雁门，据关自守。始毕可汗，竟调集番兵数十万，把雁门关围住，日夕攻扑，害得炀帝惶急万分，传檄天下，遍令勤王。

屯卫将军云定兴，应诏募兵，指日赴援，可巧有一将门种子，济世英雄，竟到定兴军营，报名入伍，看官道是何人？便是抚慰大使李渊的次子李世民。唐室江山，全赖李世民造成，故先行提出。世民母窦氏，本是一个女中豪杰，他父名毅，曾仕周为上柱国，尚武帝姊襄阳长公主。窦女生时，发垂过颈，三岁发与身齐，授读《女诫》《列女传》等书，过目不忘。及隋高祖杨坚篡周，女自投床下，慨然道："恨我非男子，不能救舅家。"毅忙掩女口，命勿妄言，暗地里却很自惊异，尝语公主道："此女有奇相，且智识不凡，宜为她小心择婿。"乃就屏间画二孔雀，遇人求婚，先令试射，阴约中目，方将女许字。那时贵胄王孙，争来角射，几乎门限为穿。偏偏张弓发矢，都不能达到目的，只好败兴而去。独李渊后至，连发二箭，一中左目，一中右目，因得成就了一段良缘。嗣生四男一女，长名建成，次子就是世民，又次名玄霸，又次名元吉，一女适临汾人柴绍，详情俱见后文。世民生时，有二龙戏跃门外，三日方去，途人相率称奇，母亦料为异征，特加怜爱。越四年，有书生自称善相，进谒李渊，甫见面，即语渊道："公当大贵，且必有贵子。"渊乃召四子出见，书生独指世民道："龙凤呈姿，天日露表，将来必居民上。公试记着！此儿年近二十，就能济世安民，愿公勿轻视哩。"渊闻言甚喜，书生即辞去。嗣由渊转了一念，恐书生泄语他人，反致不妙，当即遣人追蹑，不意四处找寻，并无下落，遂惊以为神。乃采济世安民一语，作为次子的定名。世民才阅十余龄，已将古今兵法，揣摩纯熟，复生成一副胆力，到处交游，轻财仗义，端的是天纵英姿，不同凡品。至炀帝被围雁门时，他年已十六岁了。叙入世民，即插入窦后一段故事，并将兄弟姊妹，亦随手带过，是绝好的销纳文字。

云定兴见了世民，问过履历，已知他是名家子，更因他相貌魁奇，格外加敬。世民即献计道："始毕倾国前来，围攻天子，必谓我仓猝不能赴援，因敢猖獗至此。为我军计，应大张军容，布设旌旗数十里，连续不绝，就使到了夜间，亦必鸣钲击鼓，互相哗应。始毕闻我大举，必疑是援兵齐集，望风遁去了。”定兴点首道：“这是一条疑兵计，今日正用得着哩。”就定兴口中，叙出计名。当下依计行事，逐队进行。果然始毕可汗堕入计中，即解围自去。炀帝得安返东都。世民居定兴营中，约有年余，并不见有甚么赏典，但听得都下传闻，车驾又南幸江都，杀死了好几多谏官，遂不禁自叹道：“主昏若此，我在此何为？”遂辞别定兴，仍然归里。会草泽英雄，乘着炀帝南幸，又复四起。李渊受诏为太原留守，世民即随父至任。有贼帅甄翟儿，自号历山飞，率悍目来攻太原。渊麾兵出击，深入贼阵，为贼所围，世民提弓跃马，只领着健骑数十，突围而入。贼众前来拦阻，均被世民射退，阵势渐乱。渊乘机杀出，复招集步兵，与世民夹击贼众，杀得尸横遍野，血流盈渠。甄翟儿仓皇遁去，太原复安。

转瞬间又过一年，炀帝尚留驻江都，沉湎声色，那四面八方的草头王，陆续起来，竟把这浩荡中原，变成了四分五裂的世界。自炀帝七年间起，至十三年止，各路揭竿起事，差不多有数十起，除杨玄感已见前文外，由小子胪述如左：

梁武周起马邑。林士弘起豫章。刘元进起晋安。以上均自称帝。**朱粲起南阳。**自号楚帝。**李子通起海陵。**自号楚王。**邵江海起岐州。**自号新平王。**薛举起金城。**自号西秦霸王。**郭子和起榆林。**自号永乐王。**窦建德起河间。王须拔起恒定。**自号漫天王。**汪华起新安。杜伏威起淮南。**以上均自号吴王。**李密起巩。**自号魏公。**王德仁起郸。**自号太公。**左才相起齐郡。**自号博山公。**罗艺起幽州。左难当起泾。冯盎起高罗。**以上均自号总管。**梁师都起朔方。**自号大丞相。**孟海公起曹州。**自号录事。**周文举起淮阳。**自号柳叶军。**高开道起北平。张长凭起五原。周洮起上洛。杨士林起山南。徐圆朗起豫州。张善相起伊汝。王要汉起汴州。时德叡起尉氏。李义满起平陵。綦公顺起青莱。淳于难起文登。徐师顺起任城。蒋弘度起东海。王薄起齐郡。蒋善合起郓州。田留安起章邱。张青持起济北。臧君相起海州。殷恭邃起舒州。周法明起永安。苗海潮起永嘉。梅知岩起宣城。邓文进起广州。杨世略起循潮。冉安昌起巴东。宁长真起郁林。李轨起河西。**自号凉王。**萧铣起巴陵。**自号梁王。

这数十起草头王，统是史册上留有名目，可以录述。此外尚有许多么么小丑，东劫西掠，骚扰民间，实属纪不胜纪，史家总称为群盗，小子也不敢捏造姓名。实事求是。那久驻江都的隋炀帝，还日坐迷楼，采集吴娃，镇日里花天酒地，醉死梦生。一班献媚贡谀的杨家奴，又把各处的警报，匿不上闻，眼见得杨氏基业，是朝不保夕了。

太原留守李渊，目击时艰，时常愁叹，独世民别具志趣，只管倾身下士，结识几个眼前英雄，密图大举。晋阳令刘文静，及宫监裴寂，尝与世民往来。文静器重世民，深自结纳，寂尚不以为然。会寂与文静同宿城楼，遥见境外烽火连天，不禁长叹道："身为穷官，复遭乱离，如何图存？"文静反微笑道："时事可知，我两人果属同心，怕甚么贫穷呢？"寂即转诘道："刘大令有什么高见？幸乞指教！"文静道："乱世出英雄，你不见李公子世民么？"寂摇首道："他虽有些才识，究竟是个少年，能成得甚么大事？"文静道："此子虽属少年，却是个命世奇材，你休得看错哩！"文静眼力过人。寂仍似信非信。越宿，有江都使持诏到来，宣示李渊，略称："李密叛乱，刘文静与密通婚，应该连坐，着即革职下狱"云云。渊不敢违慢，即将文静拘入狱中。李世民闻文静下狱，急往探望，狱吏见是李公子，当然放入，两下相见，世民代为叹惜。文静道："今天下大乱，还有甚么正当的赏罚？除非有汉高祖光武帝等，崛起世间，拨乱反正，或尚得善恶分明，没有冤死的好人。"世民勃然道："君亦未免失言，难道今世必无异才，只恐肉眼未识真人呢！我来此探君，正欲与君共图大事，岂似寻常儿女子，看着亲友下狱，束手无策，但知向他哭泣么？"文静鼓掌道："好！好！我的眼力，究属不弱。公子果具命世才，我当代筹良策。今天下大乱，群盗如毛，有真主出，正好收为己用，号令天下。即如太原百姓，俱避盗入城，一旦收集，可得十万人，尊公麾下，复有数万兵士，就此乘虚入关，传檄四方，不出半年，就可成帝业了。"世民闻言，沉吟半晌，徐徐的答道："君言确是良策，但恐家父不从，奈何？"文静道："这也不难。"说至此，即与世民附耳密谈，寥寥数语，世民已经了解，便告别出狱，自去邀裴寂宴饮。寂颇使酒好博，世民既盛筵相待，复出私钱数万缗，与寂作摴蒱戏，故意的输钱与寂。寂因此兴高采烈，日夕过从。自是两情款洽，世民因以密谋相告，寂踌躇道："尊公与我，原系旧友，但明言相劝，恐反见拒，看来只好暗度陈仓哩。"世民道："全仗大力。"寂答道："现且不必明言，缓日自

李密（582—619），字玄邃，一字法主，京兆长安（今陕西西安市西北）人，隋末瓦岗军首领。大业十三年李密成为瓦岗军首领，称魏公。永平二年（618年）东击宇文化及，后与王世充交战失败，入关降唐。不久以反唐被杀。

当报命。”文静嘱世民语，已用虚写，及裴寂替世民划策，亦仍此法，好在用笔不同。世民喜谢，寂即辞出。

隔了一日，设席晋阳宫，请李渊入宴。原来隋高祖初都长安，继在长安城东，营一新城，名曰大兴。炀帝更营都洛阳，号为东都。后来四处游幸，各置行宫。晋阳宫就是行宫之一，宫中设有外监，正副各一人。解释处，万不可少，且隋都隋宫亦俱得连类表明。李渊留守太原，兼领晋阳宫监，裴寂为副。此次寂请李渊入宴，渊以为责居监守，不妨赴席。寂殷勤迎接，入席坐定，当有美酒佳肴，依次献奉。两人对酌，欢然道故。渊即开怀畅饮，连尽数大觥，已含有五六分酒意。忽听得门帘一动，环珮声来，由渊定睛一瞧，竟走进两个美人儿，都生得十分佳丽，仿佛如姊妹花一般。俗语说得好:“酒不醉人人自醉，色不迷人人自迷。”那两美人婷婷袅袅，趋近席前，向渊参见。渊慌忙答礼，寂即指引两美人，左右分坐，重行劝酒。渊已酒醉糊涂，也不问明来历，一味儿的乱喝，喝到酩酊大醉，即由两美人扶掖去睡，虽不及颠鸾倒凤，已居然偎玉倚香。小子有诗叹道:

开樽幸接旧相知，更遇名花索笑时。

莫怪隋家浪天子，真人到此也迷离。

究竟李渊醒后，如何处置这两美人，且看下回续表。

首段总揭唐事，以女祸为第一条件，已将全唐二百九十年的大纲，笼括在内。入后叙李家父子，作两段分写。不致直捷无味。插叙四方乱事，出以简括。眉目甚清，一览了然。结末即接入晋阳宫事，标明女祸之开端。观此一回，已见得妙手经营，自成杼柚。虽曰小说，恰具大文，阅者勿视为寻常笔墨也。

第二回

定秘计诱杀副留守
联外助自号大将军

却说李渊醉卧晋阳宫，由两美人侍寝。渊此时已入梦境，还晓得什么犯法。待酣睡多时，才觉有些醒悟，鼻中闻着一股异香，似兰非兰，似麝非麝，不由的奇异起来。当下揉开双眼，左右一瞧，竟有两美人陪着，禁不住咄咄称怪。是否开肉弄堂？还是一对解语花，低声柔气，与他说明道："唐公休怪！这是裴副监的主张。"渊又问她姓氏，一美人自称姓尹，一美人自称姓张。渊又问她里居，她两人并称是宫眷。渊即披衣跃起道："宫闱贵人，哪得同枕共寝？这是我该死的了。"二美人忙劝慰道："主上失德，南幸不回，各处已乱离得很，妾等非公保护，免不得遭人污戮，所以裴副监特嘱妾等，早日托身，藉保生命。"屠戮虽或幸免，污辱是已够了。渊频频摇首道："这……这事岂可行得！"一面说，一面趋出寝门，复行数武，恰巧遇着裴寂。渊将寂一把扯住，复呼寂表字道："玄真玄真！你莫非要害死我吗？"寂笑道："唐公！你为什么这般胆小？收纳一两个宫人，很是小事，就是那隋室江山，亦可唾手取得。"渊忙答道："你我都是杨氏臣子，奈何口出叛言，自惹灭门大祸。"寂复道："识时务者为俊杰，今隋主无道，百姓穷困，四方已经逐鹿，连晋阳城外，差不多要作战场。明公手握重兵，令郎阴储士马，何不乘时起义，吊民伐罪，经营帝业哩。"渊嗫嚅道："我世受国恩，不敢变志。"寂尚欲再言，忽有一卒入报道："突厥兵到马邑了，请留守大人，速回署发兵，截击外寇！"渊闻报，匆匆走回。但见副留守王威高君雅等，已经待着，当由渊与两人共议，决遣高君雅领兵万人，出援马邑。高君雅领命去讫。

渊回忆晋阳宫事，好几日寝食不安，旋接马邑军报，太守王仁恭出战不利，高君雅与战亦败。渊愈加着急，退入内室，独呆呆的坐着。突有一少年驰入，开口白渊道："大人不亟筹良策，尚待何时？"渊连忙审视，并非别人，乃是次子世民，便回问道："你有何计？"世民悄语道："天下大乱，朝不保暮，大人若再守小节，下有寇盗，上有严刑，祸至无日了。不若顺民心，兴义师，还可转祸为福呢。"渊佯然道："你怎得胡言！我当拿你自首，先告县官，免得牵累。"世民道："儿观天时人事，已到这个地步，所以敢发此议。大人必欲将儿拿送，儿亦不敢辞死。"渊叹道："我岂真没有父子情，忍心告发，置你死地，但你慎勿轻言！"心已动了。世民乃趋出。越日，因寇警益急，世民复入室劝父道："今盗贼日繁，几遍天下，大人受诏讨贼，试思贼可尽灭么？贼不能尽，终难免罪。况世人盛传李氏当兴，致遭上忌，郕公李浑，并无罪孽，身诛族夷，大人果尽灭贼，恐功高不赏，益促危亡。儿辗转筹思，只有昨日的计议，尚可救祸，愿大人勿疑！"渊从容语道："我昨夜细思，你言亦颇有理。今日破家亡躯，由你一人，化家为国，亦由你一人，我也不能自主了。但家属尚在河东，此事不应速发，还当从缓为是。"世民道："大人既已决定，家属即着妥人去接便了。"渊点首示意。世民出室，自去着叠妥人，驰赴河东。

正在悄悄地安排的时候，那江都复有消息传来，吓得李渊魂不附体。看官道是何因？原来炀帝因渊不能御寇，特遣使至太原，逮渊问罪。渊此时不胜危急，乃召副宫监裴寂，及次子世民入商。寂即进言道："我前日劝导明公，正防此祸，目下事已急迫，何待踌躇。古人有言：'先发制人，后发被人所制'请明公三思！"寂说到此句，世民便接口道："今主昏国乱，尽忠无益，试想偏裨失律，遽罪主帅，这种国法，何时制定？上既乱法，下亦何必守法。"渊喟然道："倘或弄巧反拙，为之奈何？"寂又应声道："这可无虑！晋阳士马精强，公又蓄积巨万，藉此举事，何患不成？就是代王侑留守关中，代王侑系隋炀帝之孙。年龄尚是幼冲，关陇豪杰，正思择主而事，公若鼓行而西，抚有群豪，取关中正如拾芥，奈何甘受拘囚，自去就死呢？"渊尚迟疑未决，寂复逼进一层道："前寂令宫人侍公，二公子已恐事觉并诛，时常戒备，今又为了寇警，拘公问罪。倘两罪并发，寂死不足惜，公不要全族诛夷么？"这一席话，说得李渊死心塌地，决计发难。俄闻钦使已到，他即推说重病，不能起床，只着属官邀使入廨，暂且居住。俟病稍瘥，开读诏旨。来使因李渊手握兵权，不便违拗，只好忍气待着。渊与世民等密行部署，意欲杀使祭旗，指日出发，适江都又传到赦诏，仍令渊照旧供职，带罪图功。渊乃出接诏书，并款待前后使臣，厚贶去讫。前使不知为谁？总算幸保性命。渊稍稍放心，因复延宕了好几日。李渊实在无用。

裴寂及世民，随时催促，乃复提议大事。世民保举刘文静，谓可参赞兵谋，因潜召文静出狱。文静见了李渊，献上一计，乃是诈为制敕，令太原西河雁门马邑人民，凡年二十以上，均应当兵，东征高丽。这道矫诏，发将下去，民心怨苦异常，恨不得隋朝皇帝，即日捽去，才消痛恨。既而刘武周进据汾阳宫，世民又入语渊道：“大人身为留守，乃令盗贼窃据离宫，不亟起事，大祸就要临身了。”渊接口道：“正为家属未到，尚在迟疑。”世民道：“家眷闻已启程，想是即日可到。目下事在燃眉，须赶紧布置方好哩。”渊皱眉道：“恐怕兵力未足，一时不能起事。”世民乃走近一步，与渊附耳数语。渊随口称善，计画已定，即召集将佐议事。王威以下，统行到来。渊升帐宣词道：“刘武周僭据汾阳宫，我辈不能往讨，罪当族灭，如何是好？”王威等均再拜道：“惟留守命。”渊复道：“朝廷用兵，例须禀白节度，今贼在数百里内，江都在三千里外，远不济急，进退两难，所以我也不能决议。”威等齐声道：“公位兼亲贤，应与国同休戚，若必俟奏报，恐误事机，目前总以讨贼为要策，一切举措，何妨自专。但教贼焰能平，主上亦不至加罪。是要你等说此语。渊佯作沉吟，半晌方答道：“众论一致，我也顾不得专擅了。但突厥未退，武周又来，兵分力少，应即添募为是。”威等复齐声道：“这是今日第一要策。”渊又道：“刘文静作令有年，应知此间豪士，我想今日募兵，非他不可，须暂时将他释狱，令充此任，可好么？”众齐声称善。渊即饬人召入刘文静，嘱令开局募兵，随令王威等暂退，静待后命。

威等退去，渊复命池阳人刘弘基及洛阳人长孙顺德，协同文静募兵。王威等闻了此令，不免疑议起来。看官听着！这刘弘基曾做过右勋侍，长孙顺德也做过右勋卫，他二人本在炀帝左右，只因炀帝出征辽东，二人不愿随行，竟亡命晋阳，暂作寓客。就中还有一段嫌疑，李世民的妻室，是故骁卫将军长孙晟女儿，顺德便是晟的族弟，此次令帮同募兵，显有形迹可疑。世民妻长孙氏亦就此带叙。且陆续募入的兵士，即归他二人统带，并不见派属他将，王威越加疑忌，遂去问那行军司铠武士彟。士彟系文水人，本是李渊心腹，曾劝渊兴兵举义。威偏问及了他，士彟当然代辩。威复道：“他事不必论，惟顺德弘基，是朝廷逃犯，奈何令他统兵？我意欲把他按治。”士彟道：“两人皆唐公门下客，若把他按治，唐公必出来反对，岂不是自寻烦恼么？”威闻言色沮，乃不敢生异。适高君雅回城乞援，威与君雅相见，密谈疑窦。君雅亦谓事有可疑，应相机讨渊。会晋阳遇旱，渊拟至晋祠祷雨，先数日下令斋戒。威以为时机已至，遂与君雅定计除渊，只因兵士多辖渊麾下，不能由彼驱遣，没奈何嘱令晋阳乡长刘世龙，召集乡兵，埋伏祠中，为刺渊计。世龙佯为依从，暗中恰先告李渊。渊召世民入议，世民道：“这两人死期至了，儿正要除此两人，他却自来寻死，真正凑巧。”遂与渊定下密议，翌晨由渊至莅事堂，邀同王威高君雅，共坐视事。忽有开阳府司马刘政会，驰入告密，渊以目示王威，令取状审视。威即命政会呈状，政会抗声道：“所告系副留守事，惟唐公可以取阅。”渊佯作惊讶道：“有这等事么？”乃顾政会取状。但见状上写着，乃是：“副留守王威高君雅，潜引突厥入寇”等语。渊即递示王威，恶极。威不待阅毕，便攘袂大诟道："何等叛徒，敢来构陷我两人？"渊冷笑道："叛徒不叛徒，问你两人便知。"威与君雅知事不妙，即联袂下堂；才经出门，外面已环绕兵士，有一束发金冠的少年，戎服跨马，指挥三吏，立将他二人拿下，送入狱中。看官道少年为谁？便是李世民。三吏为谁？便是刘文静刘弘基长孙顺德。好像缚鸡的容易。

又越两日，突厥兵数万人，果入寇晋阳。渊令裴寂等分头埋伏，竟大开四面城门，洞澈内外。又是个计中计。突厥兵驰入外郭，见内城也是大启，不由的相顾错愕，哗噪了好多时，竟出郭而去。渊于是将王威高君雅缚至市曹，号令军民道："召寇攻城，即此两人，尔等以为当斩否？"军民信为实事，哪个不说是该斩。一声号炮，两个血淋淋的首级，堕落地上。想是命中注定，应该枭首，不然，政会告密原是李氏主使，胡后来竟弄假成真耶？已而突厥兵复来攻城，渊遣部将王康达等，率千余骑出战，全军尽覆，城中恟惧。世民想了一计，夜遣将士潜行出城，待至天晓，却张旗鸣鼓，喊呐前来。突厥兵疑为援兵，竟尔退走，城外居民，或被掠取，城内却不损分毫，军民相率欢慰，就是李氏父子，也自觉放下忧怀。

还有一种可喜的事情，李氏家眷，统从河东到来。时窦夫人已殁，所有渊妾万氏以下，及子建成元吉等，一并进谒；连女夫柴绍，也随同入见。一堂聚首，相对言欢。只三子玄霸，在籍病夭，又有渊妾万氏子智云，途中失散，存亡未卜，欢聚中尚带三分悲悼。渊问柴绍如何同至？绍答道："小婿寄寓长安，备官千牛，刀名。隋东宫官佩刀，侍卫太子。因得二舅兄密书，促婿至此，婿所以奉召前来。途次适遇岳家眷属，幸得随行。"渊不待说毕，忙接问道："我女可同来否？"绍答言未至，渊乃顾世民道："你既召你姊夫，为何不邀你姊同来？"绍从旁代答道："令嫒谓不便同行，自有妙计脱祸。"柴绍平生履历，及舍妻来晋之故，均由此叙明。渊又道："这也罢了。但我子智云，年仅十余，此次失去，不知如何下落。"绍劝慰道："吉人自有天相。"世民即进议道："家眷已至，大事待行，须速议出兵，掩人不备，迟恐有变。"渊乃召集刘文静裴寂等，共议出兵方法。文静道："出兵不难，所虑突厥时来牵制，今日要策，莫若先通好突厥，然后举兵。"世民接入道："这也是权宜办法。"乃由文静撰一草启，略言："目下欲举义兵，远迎主上，复与贵国和亲，如文帝时故例。详见下文。大汗肯发兵相应，助我南行，幸勿侵暴百姓。若但欲和亲，坐受金帛，亦惟大汗是命"等语。草启既成，复由渊亲自录写，即遣文静为使，驰赴突厥。文静去尚未还，渊不便仓猝发兵，只好整军以待。暇时即忆念智云，屡遣人往河东，探听下落。嗣接使人返报，智云被官吏执送长安，为留守阴世师所害。渊不禁大恸，裴寂等统来劝解，渊含泪道："玄霸幼慧，阅年十六，一病告终，这尚是命中注定，无可挽回。智云颇善骑射，兼能书奕，年比玄霸尚小二岁，不意为吏所捕，惨遭杀戮，我志未遂，我儿先死，岂非一大痛事？"

言下又垂泪不止。俗小说中谓玄霸为第一条好汉，后来抛锤击雷，锤还击顶，因致毙命，不知是说何所依据？无非随笔捏造，不值一噱。独于智云略而不谈，经此编黜虚崇实，方成信史。寂等也为唏嘘。

忽报刘文静自突厥归来，当即召入，问明情形。文静道："突厥主始毕可汗，谓请唐公自为天子，方出兵马相助。"寂跃起道："突厥且愿唐公为帝，大事成了。"渊亦转悲为喜。但口中却再三推托，不敢自尊。寂复言："时不可失，机宜亟乘。"文静亦道："今义兵虽集，戎马尚少，胡兵非我急需，胡马却要待用，若稽延不报，恐突厥一有悔意，便失臂助。"渊又道："诸君且更求次策。"寂复道："必不得已，不若尊今上为太上皇，别立代王为帝，安定隋室，一面移檄郡县，改易旗帜。阳示突厥有更新意，免他滋疑。"渊微哂道："这乃所谓掩耳盗铃呢。但事已至此，也顾不得许多了。"乃再令文静往报，约与突厥共定京师，土地归唐公。子女玉帛归突厥。始毕可汗大喜，即先遣使至晋阳，馈马千匹。渊很是欣慰，嗣后贻书突厥，竟至自称外臣，虽是暂时卑屈，终不免一种国耻。大声发聩。这且慢表。

且说李渊既连结突厥，遂传檄各处，自号义兵。西河郡丞高德儒，拒命不受，渊乃命建成世民率兵攻西河。世民与士卒同甘苦，所过令秋毫无犯，沿途菜果，非买不食，民皆感悦。至西河城下，高德儒闭门拒守，经世民督众猛攻，自为前驱，冒险登城。建成继进，即将全城攻陷，拿住高德儒，斩首示众，外此不戮一人，令百姓各安旧业，远迩称颂。建成世民遂引兵还晋阳，往返只阅九日。渊大悦道："如此行兵，虽横行天下，亦不难了。"因决意入关，再行募兵，复开仓赈济贫民，老弱领粮，丁壮入伍。裴寂等上渊尊号，称为大将军，开府置官，命寂为长史，刘文静为司马，唐俭温大雅为记室。大雅且与弟大有，共掌机密，武士彟为铠曹，刘政会及崔善张道源为户曹，姜謩为司功参军，殷开山为府掾，长孙顺德刘弘基窦琮，及王长谐姜宝谊阳屯为左右统军。此外文武各属，量才授任。授世子建成为陇西公，兼左领军大都督，世民为敦煌公，兼右领军大都督，均得辟置官属。柴绍为右领军府长史咨议，刘瞻领西河守。部署粗定，各有专司。长史裴寂，把晋阳宫内的积粟，移送大将军府，得九百万斛。又有杂彩五百匹，铠鎜四十万副，也一并移交。且将尹张两美人以下，所有宫女五百名，尽遣至军府内服役。从此唐公李渊，才得将如花似玉的两丽姝，实地受用。讽刺语，且为后文伏笔。是年为隋炀帝大业十三年新秋，天气初凉，金风拂暑，百忙中叙入时景，看似闲文，实关史要。李渊亲率甲士三万，出发太原，留子元吉守晋阳宫。建成世民等皆从行，誓众移檄，统说是尊立代王，所以兴师。行至中途，由前队探卒来报。隋郎将宋老生，及将军屈突通，奉代王侑命，分兵抗拒。屈突通留驻河东。宋老生已领兵到霍邑了。李渊要尊立代王，代王反遣将拒渊，真是两不兜头。李渊道："且进兵霍邑，再作计较！”于是各军奉令，扬镳再进。小子有诗咏道：

汉祖突兴丰沛甲，唐公奋起晋阳戈。
只因近邑兼臣虏，不及刘家天子多。

欲知后来情形，容待下回再详。

李渊发兵，非出本心，世民请之，裴寂劫之，强而后应，经作者依史叙述，叠用曲笔，写出当时情事，益觉波澜层出，趣味横生。王威高君雅，本庸碌徒，诱而杀之，固属易事。叙笔先虚后实，情迹离奇。刘文静使突厥，外略内详，繁简得当。盖小说之足动人目，全赖用笔曲折，不涉芜衍，否则依事补叙，味同嚼蜡，亦何若返观正史之为得乎？若文笔不足醒目，反凭虚臆造，假为勇力乱神之说以惑世，是尤为荒谬无稽，有乖正义，明眼人固不值一盼也。

第三回

攻霍邑阵斩宋老生
入长安拥立代王侑

却说晋阳兵士，奉命再进，行至贾胡堡，距霍邑约五十余里，适值大雨滂沱，不便行军，只得就贾胡堡驻扎。偏偏一雨数日，浸淫不止，眼见得大家坐食，无法进行。李渊恐军粮食尽，特遣府佐沈叔安，还赴太原，再运一月粮济师，叔安领命前去。渊日夜望晴，未见天霁，心中很是焦烦。忽由军校呈入檄文，急忙取阅，但见文中首二句，是："魏公李密，谨以大义布告天下。"不由的失声道："李密也来起义么？"再瞧将下去，是历数炀帝十罪，后文有"罄南山之竹，书罪无穷，决东海之波，流恶难尽。愿择有德以为天下君，仗义讨贼，共安天下"等语。第述檄文中首尾等语，独将炀帝十罪略去。因炀帝罪恶，应见《隋史》，本编不暇再述，故特从删节，免致阅者眩目。再看文末署年月日，乃是永平元年五月日。复自语道："好大的胆量！"语未毕，见世民趋入，乃将檄文递示。世民览毕，置檄案上，随即禀白道："儿闻李密略取河洛，由瓦岗寨盗翟让等，奉他为主，自称魏公，现在有众数十万，声势颇盛，为我军计，不如暂与联络，免得东顾。"渊点首称善，便令温大雅作书约密，联为同盟。书成后，遣使持去。未几，即由去使赍还复书，渊立即披览，略云：

与兄派流虽异，根系本同。自维虚薄，为四海英雄，共推盟主，所望左提右挈，勠力同心。执子婴于咸阳，殪商辛于牧野，岂不盛哉?

渊阅至此，不禁微笑道："狂妄极了！"又看将下去，乃是：

兄果不弃，俯如所请，望即率步骑数千，亲临河内，面结盟约，共事征诛，则不胜幸甚！

阅毕，复召世民入商，且与语道：“密妄自矜大，非折简可以定约，我方有事关中，若遽与绝交，反至更生一敌，不如卑词推奖，令他志骄气盈，为我塞住河洛，牵缀隋兵，我得专意西征，俟关中平定，据险养威，看他鹬蚌相争，坐收渔翁厚利，也不为迟呢？”世民喜道：“大人此计甚妙，就照此致复罢！”我亦谓是妙计，但李渊前日，并未闻出一策，此次得此良法，想是福至心灵。乃再令温大雅复书道：

渊虽庸劣，幸承余绪，出为八使，入典六屯，颠而不扶，通贤所责，所以大会义兵，和亲北狄，共匡天下，志在尊隋，天生烝民，必有司牧，当今为牧，非子而谁？老夫年逾知命，愿不及此。欣戴大弟，攀鳞附翼。惟弟早膺图箓，以宁兆民，宗盟之长，属籍见容，复封于唐，斯荣足矣。殪商辛于牧野，所不忍言。执子婴于咸阳，未敢闻命。汾晋左右，尚须安辑，盟津之会，未暇卜期。谨此致复！

大雅写好复书，由渊与世民阅读一周，共称好不置，因复遣人持去。世民且道：“此书一去，李密必专意图隋，我可无东顾忧了。”嗣得去使返报，果然李密得书，夸示将佐，渊愈觉放心。不意探骑突来急报，说是刘武周约同突厥，将乘虚袭击晋阳。又是一波。渊忍不住长叹道：“看来时尚未至，只好赶紧北还。”乃与裴寂等商定行止。寂亦谓隋兵尚强，未易猝下，李密奸谋难测，刘武周惟利是图，不如还救根本，再图后举。渊即议定翌日还军。时世民正出外巡逻，忽闻有还军消息，即返营问明，果有此事，忙入内问渊道：“大人何故还军？”渊略述缘由，且言：“粮食将尽，势难逗留。”世民劝阻道：“今禾菽遍野，何患乏粮？随将宋老生，素性轻躁，一鼓可擒。李密顾恋洛口，无暇远略。刘武周外附突厥，内实相猜，渠虽远利太原，怎能近忘马邑？况突厥新与我和，亦未必即日败盟。此种传闻，不应轻信。大人创兴大义，有志救民，理应先入咸阳，号令天下，今遇小敌，即欲班师，恐从义诸徒，一朝懈体，大事从此去了。”是极。渊摇首道：“倘晋阳有失，岂不是无家可归？我决意回去罢！”遂促令整装。世民出见建成，拟邀同谏阻，建成道：“我意亦不欲速归，但父亲已有归志，看来是不能中阻了。”世民见建成语带支吾，料是无心入谏，复转商诸裴寂等人。又皆谓不如归去，惹得世民恼恨万分，连夜餐亦不能下咽。辗转图维，拟再进谏，大踏步趋入后营，为李渊亲卒阻住，只说大将军已就寝了。世民悲愤填胸，忍不住痛哭起来。渊闻有哭声，才召世民入问。世民呜咽道：“兵以义动，有进无退，进即生，退即死，怎得不哭。”渊复问何为致死？世民道：“大人试想！行军全仗锐气，一旦退还，锐气消灭，大家溃散，敌人得乘我后路，追击过来，我已瓦解土崩，如何对仗？岂不是束手待毙么？”理解甚明。渊自是亦颇悔悟，复叹道：“左军已发，奈何？”世民道：“左军虽去，想尚不远，儿愿往追回。”渊乃笑道：“成败由汝，汝便去追回罢。”世民欣然趋出，即与建成带领轻骑，夤夜追回左军。

越两日，沈叔安运粮亦至，老天有意做人美，渐渐的雾散云消，展开了一道日光，渊命军士曝甲整械，就山麓绕行，避去泥潦，迳趋霍邑。宋老生固守不出，建成世民先引数十骑至城下，扬鞭指麾后军，作围城状；且令军士辱骂老生。明是挑战。老生忍耐不住，即驱兵三万人，开城出战。渊率百骑驰至，见老生出来对仗，亟令殷开山催召后军。后军如召而至，渊欲令军士先食后战。世民道：“敌军已经出城，亟应掩击过去。且灭此再食罢！”渊乃与建成列阵城东，世民列阵城南，城内隋兵，自东门驰出，渊率建成迎头拦杀，隋兵恰也不弱，一拥而上，反将渊军逼退数步。亏得柴绍跃出阵中，挥众力战，才得支持。宋老生又从南门出来，径趋向城东，夹击渊军。世民正在南原观战，亟与军头段志玄，从高原驰下，冲击老生背后，老生只好回马交锋，世民手握两刀，争先杀敌，左砍右劈，连毙数十人，漂血满袖，两刀皆缺；再洒袖易刀，跃马向前。段志玄等紧随马后，拼命奋斗，一当十，十当百，杀得隋军旗靡辙乱，人仰马翻。世民复令军士传呼道：“宋老生已擒住了！隋军何不速降？”此时城东的隋军，正与渊军相持，未分胜负。猛闻主将被获，忙即退兵回城。渊趁势进逼。那隋兵似风卷残云，收入城中，竟将城阖住，单剩宋老生一支孤军，进退无路，欲回入南门，被世民截住，欲转入东门，被渊与建成截着。两下里围裹拢来，老生自知穷蹙，下马投濠，寻一死路。可巧刘弘基驰到，把刀一挥，将老生剁作两段。老生部下，也都作了刀头鬼，伏尸数里。一场战事，写得淋漓痛快。渊命军士草草就食，食毕攻城，时已昏暮，大众肉搏齐登，立即攻入，下令降者免死。城中兵吏，皆匍匐乞降，当下揭榜安民，并引见故吏，去留听便。已降的兵弁，欲回关中，概授五品散官，即日遣归。裴寂等谓授官太滥，渊笑道：“隋氏吝惜爵赏，因失人心，我奈何效尤哩？”这是欺人之言，看官莫被瞒过。

过了两天，渊即引军趋临汾，守吏开门迎降，慰抚如霍邑故例，复进攻绛郡。郡守陈叔达，系陈高宗子，素有才学，至是闭门拒守。渊一面扑城，一面招降。叔达先拒后从，迎渊入城，渊优礼相待，用为幕宾，再出兵抵龙门。适刘文静引突厥兵五百人，马二千匹，进谒军营。渊慰劳有加，且语文静道：“突厥兵少马多，正慰我愿，君可谓不辱使命呢。”文静称谢。正拟督军进河东，往击屈突通，忽有河东户曹任瓌求见，渊即传入，任瓌行过了礼，即向渊进言道：“关中豪杰，均翘首瞻望义兵，瓌在冯翊多年，所有豪士，多半知晓，若奉命往谕，必望风投诚，公可从梁山济河，指韩城，逼郃阳，冯翊太守萧造，系一文吏，当然畏服。就是关中积盗孙华等，亦必远迎义师。然后鼓行直进，直据永丰仓，规取长安，关中可坐定了。”渊闻言大喜，即任瓌为银青光禄大夫，令作书招致孙华，自督军转赴壶口。河滨人民，各献舟待济，渊指日渡河。巧值孙华过河见渊，渊握手与语，令他就坐，面授左光禄大夫武乡县公，兼领冯翊太守。徒党亦以次授官，赏赐甚厚。华愿为先驱，引军渡河。渊遣偏师先济，又命任瓌为招慰大使，劝抚河西郡邑。瓌本能言善辩，掉着三寸舌，下韩城，收冯翊，太守萧造，果然奉表请降。将佐等复推渊领太尉，增置官属，渊如言照行。

随即招众会议，酌定所向，裴寂道：“屈突通拥着大兵，凭恃坚城，我若舍他西去，进攻长安，万一不胜，退为河东所阻，腹背受敌，岂非危道？计不若先克河东，然后西上。长安恃通为援，通一失败，长安闻风胆落，有甚么难破呢？”此说亦颇有理。道言未绝，即由李世民驳斥道：“裴公说错了！兵贵神速，我今日乘胜西行，正是出人不意的上计。长安人士，智不及谋，勇不及断，我即可唾手取来。若围攻河东，久留城下，长安得缮城固垒，以逸待劳，我虚縻时日，自沮军心，乃是所谓危道呢。况关中豪杰蜂起，未有所属，不亟招徕，转失众望，将来四面皆敌，虽悔何追。”也是一策。渊捻髯与语道：“两说均有可取，我意拟分作两军，偏军攻河东，正军趋长安便了。”乃留兵围河东，自率诸军渡河西进。朝邑法曹靳孝谟，以蒲津中潬二城来降。华阴令李孝常，以永丰仓来归。京兆诸县，亦多遣人纳款。渊乃命长子建成，司马刘文静，率王长谐等屯永丰仓，守潼关以控河东。慰抚使窦轨以下，概受节制。次子世民，率刘弘基等徇渭北，慰抚使殷开山以下，概受节制。两军分头行事。

渊自寓长春宫，冠氏长于志宁，安养尉颜师古，及世民妇兄长孙无忌，均来求见。渊一一接待，用志宁为记室，师古为朝散大夫，无忌为渭北行军典签。会由鄠县使人入谒，呈上文书，由

长孙无忌（?—659），字辅机，河南洛阳人，唐初大臣。武德九年（626年）策划发动玄武门之变，助李世民夺取帝位。以皇亲及元勋地位，任尚书右仆射，封赵国公。后因反对高宗立武则天为后，被放逐黔州（今重庆彭水），自缢而死。

渊展览一周便召柴绍入宫。笑语道："吾女可谓智且勇了。"说着，即将文书递阅。绍览毕，亦欢慰非常。渊复道："你可带领骑士，前去迎她。"绍忙将文书缴还，三脚两步的跑了出去。摹写尽致。看官！你道为了什么事情？原来绍赴太原时，曾语妻李氏道："尊公举兵，招我前去，我欲与卿同行，途中恐多不便，若留卿在此，不免及祸，此事将如何办法？"李氏从容道："君但速行！我一妇人，容易避祸。且我亦自有别计，请君勿悬念！"成竹在胸，不同常女。绍遂自往太原，李氏潜归鄠县别墅，散家赀，聚徒众，适李渊从弟神通，也亡入鄠县山中，与长安大侠史万宝等，起兵应渊。李氏即与神通合兵，攻下鄠县，又令家奴马三宝，招致关中群盗，如何潘仁李仲文向善志等，皆联络一气，略取盩厔武功始平诸县，有众七万。左亲卫段纶，曾娶渊妾生女，亦聚徒蓝田，得万余人，与李氏结为声援。会闻渊已渡河，即由李氏致书禀渊，历叙神通合兵，及群盗归降始末。渊喜出望外，因嘱柴绍往迎。绍正忆念得很，骤得这种喜报，不觉神情飞舞，当下一跃出门，招呼数百骑兵，欢迎佳偶去了。

房玄龄（579—648），字乔（一说名乔，字玄龄），齐州临淄（今山东淄博市临淄区北）人，唐初大臣。贞观元年（627年）为中书令。后任尚书左仆射，监修国史。长期执政，与杜如晦等同为唐太宗的助手，后封梁国公。

绍去后，神通及段纶，俱遣使迎渊，就是一班降盗，也都驰表输诚。渊命神通为光禄大夫，段纶为金紫光禄大夫，又作书慰劳群盗，各授官阶，令仍照旧居，听敦煌公世民调遣。世民趋军西进，沿途群盗趋附，几不胜数。及至泾阳，连营数里，约得九万人。隰城尉房玄龄，走谒军门，世民一见如故，署官记室参军，引为谋主。两人互谈军事，娓娓忘倦，几乎相知恨晚。可巧柴绍夫妻，亦引军到来，世民欣然出迎。但见那姊氏首戴雉尾，身环兽甲，腰佩七星宝剑，足踏三寸蛮靴，端的是将门女子，巾帼英雄。极力夸奖。后面随着柴绍，及兵士万余人，望将过去，统是纠纠武夫，无一羸弱。此时也不禁惊喜交集，眉宇生春，随即向姊拱手道："阿姊辛苦了！"李氏笑答道："特来帮助兄弟！"世民称谢。又与柴绍握叙数语，乃令来兵左右驻扎，自引二人入帐，详叙多时，二人复出驻本营。绍居左，李氏居右，各置幕府。当时号李氏营为娘子军。

世民复进兵阿城，军律严明，队伍不乱。一面遣使禀渊，请会师同赴长安。渊已自长春宫出发，至永丰仓，发粟饷军，进屯冯翊，命刘弘基殷开山等，分兵西略扶风。城中出兵迎战，为弘基击败，向渊告捷。渊喜得捷音，又接到世民军报，乃复启节西行。所过离宫园苑，概令撤销；遣归宫女，各还亲属。想无尹张二人的美色。及抵长安，世民早已驻军待着，两下会师，共得二十余万。渊命各依壁垒，毋得侵掠民居，并遣使至城下，传谕守吏，愿拥立代王。代王侑系炀帝孙，故太子昭季子，太子早卒，遗子三人，长子倓封燕王，侗封越王，侑封代王。越王侗留守东都，代王侑留守西京，西京便是长安，由京兆内史卫文升等，辅侑守城。文升年已衰老，闻渊军抵城下，忧悸成疾，不能视事。独左翊卫将军阴世师，郡丞骨仪，调兵守御。渊遣人谕意，被他斥回，乃督诸军攻城，并约将士入城后，毋得犯隋氏七庙及代王宗室，有敢违令，夷及三族！将士奉令攻扑，城上矢石交下。孙华冒险越濠，摇旗欲登，被流矢射中要害，竟致陨命。于是渊军益愤，努力进攻，前仆后继，连日不退。军头雷永吉，左执刀，右持盾，首先登城，余众随上，杀散城头守卒，逾城开门，迎纳渊军。阴世师骨仪等，尚率众巷战，先后为渊军所擒。卫文升闻城已被陷，立即骇死。代王侑在东宫，当然是吓做一团，左右逃命要紧，四处奔散。惟侍读姚思廉，保护代王，从容侍侧。渊军鼓噪入殿，思廉厉声呵止道："唐公举义兵到此，系为匡辅帝室起见，尔等何得无礼？"此人颇有胆气。众闻言，颇为愕然，还立庭下。渊下马趋入，仍执臣礼见代王，并请代王迁居大兴殿后厅。代王年仅十三，能有甚么主意，且见他兵刃环庭，只是抖个不住。思廉到此，也属没法，乃扶代王至阁下，泣拜而去。渊退寓长乐宫，与民约法十二条，悉除隋苛禁，然后牵出阴世师骨仪等十余人，责他贪婪苛酷，兼拒义兵，喝令斩首。可为妾子智云复仇。所有囚犯，多令释放。

惟马邑郡丞李靖，也在狱中，由渊问他犯罪情由。靖笑道："我未尝犯罪，闻公举事，无从告变，所以自入囚车，令长官传送江都，以便密告天子。不料到了长安，偏值公来围城，城守未知我计，因将我暂行羁住。"渊听这数语，便勃然大怒道："你敢告发我么？左右与我推出正法。"靖大呼道："公兴义兵，欲平天下暴乱，乃竟以私怨杀壮士么？豪爽。渊不答，左右即上前拥出李

李靖（571—649），本名药师，京兆三原（今陕西三原东北）人，唐初军事家。归唐，入秦王李世民幕府。武德四年（621年），任行军总管，率军从李孝恭征服萧铣。又赴桂州，招抚岭南，任岭南道抚慰大使。后以副帅佐李孝恭，镇压辅公祏起义军。太宗时，历任兵部尚书、尚书右仆射等职，先后击败东突厥、吐谷浑，封卫国公。

靖，至外行刑，忽有一人入阻道：“杀不得！杀不得！”正是：

他日应登名将录，此时特遣救星来。

毕竟何人来救李靖，下回再行报明。

李氏之旗开得胜，在霍邑一战，李氏之马到成功，在长安一役。渊军初至贾胡堡，天雨连绵，久留不进，老生不能出城掩击，其无勇可知。一战而败，陨首城濠，固其宜也。然李氏得此一胜，而军心始坚，故本回叙霍邑战事，有声有色，较为夺目。长安为李唐根据地，据关中以定天下，势如建瓴，非经李世民之定计长驱，则屯兵河东，成否尚未可必。故长安一役，为隋唐兴亡之大关键，叙述自应从详。中间插入娘子军一段，格外摹神。盖巾帼英雄，为历史中仅见之事，不如此摹写，未足以显平阳公主之威名。渊有侠妻，有奇儿，有智女，此其所以终成帝业也。

第四回

记艳闻李郎遇侠
禅帝位唐祚开基

却说李靖被军士推出，将要行刑，忽有一人入阻，此人非别，就是敦煌公李世民。世民与靖，曾有一面交，素知他才勇兼全，所以急忙阻住。当即入内白渊道：“大人不记得韩擒虎遗言么？擒虎曾谓靖可谈将略，若收为我用，必能立功。请大人不念旧恶，赦罪授官！”渊半晌才说道：“我看他状貌魁奇，将来恐不易驾驭。”世民道：“儿自有驾驭的法儿，请大人勿虑！”渊乃允诺。世民即出与解缚，好言抚慰。靖入谢后，由世民引置幕府，待若上宾。靖本京兆人氏，表字药师，系隋初总管韩擒虎外甥，擒虎与谈兵事，靖无不通晓，因此擒虎目为将才。

还有一段意外艳事，小子得自传闻，也正好就此叙明。隋炀帝初年，南幸江都，命司空杨素守西京。靖素负豪气，昂然进谒，与素谈论时事，英采逼人。适有美妓执着红拂，侍立素侧，屡以目顾靖。及靖退出，红拂妓竟暗嘱门吏，问靖住址，靖据实以告。及晚宿旅舍，夜半闻叩门声，靖起床开户，一少年持囊竟入，促靖闭门，解紫衣，脱皂帽，竟变成一个初及笄的丽人，靖大为惊异。那丽人答道：“公可识妾否？”靖审视良久，但说了“杨家”二字。丽人嫣然道：“妾果是杨家的执拂妓。”言已下拜。靖慌忙答礼，且问明来意。丽人道：“妾侍杨司空有年，阅人不少，今得见公，姿表绝伦，丝萝不能独生，愿托乔木，是以来奔。”靖答道：“杨司空权重京师，倘被闻知，岂不惹祸？”丽人道：“他已是尸居余气，有何足畏？现侍儿等多半散去，他亦无心追逐，妾所以放胆前来，愿公勿惧！”靖问及姓氏，答言姓张，排行居长。乃邀与俱坐，续谈衷曲。吐属俊雅，眉黛风流，遂令靖不忍舍割，留作伉俪。仿佛卓文君夜奔相如。

嗣恐杨素追捕，同赴太原，投宿灵石旅邸。黎明即起，靖刷马，张梳髻，突有一虬髯客，乘驴来前，至旅邸下驴，取枕攲卧，看张梳头，靖不禁怒起，即欲呵斥。张氏忙摇手阻靖，匆匆梳竟，敛衽向前，问客姓名。客自称张姓，张氏答道："妾亦姓张。"客喜道："今日幸逢一妹。"言已，跃然而起。张氏呼靖相见，彼此行过了礼，当由靖购取酒肉，环坐共饮。虬髯客道："我观李郎现在穷途，如何得此佳丽？"靖答道："他人不便与言，如兄磊落光明，不妨实告。"遂具陈始末。虬髯客道："今将何往？"靖答言将避地太原。客略略点头，随手取出一囊，笑顾靖道："我也有下酒物，李郎能同食否？"靖谦言不敢。哪知囊内是一个人头，一副心肝，由客取置杯前，用匕首切好薄片，大嚼而尽，且语靖道："这是天下负心人，我已衔恨十年，今始被我杀死，可消宿恨。"全是侠客行径。靖只唯唯连声，不敢细诘。虬髯客又道："看李郎仪容器宇，不愧丈夫，吾妹可谓得偶，但未知太原一带，尚有异人否？"靖答道："有一人与靖同姓，年方弱冠，龙表凤姿，愚看他是个真主。此外不过与靖相伯仲了。"虬髯客道："此人现作何事？"靖答言是将门子。客点首道："是了是了。李郎可俾我一见否？"靖答道："有友人刘文静，与他友善，靖当托文静作一介绍，但兄何故定要一见？"虬髯客道："太原现有奇气，想当应在此人身上，我所以定要一见。惟现在尚有琐事，不便偕行，待至太原再会，李郎当候我汾阳桥，幸勿误约！"靖愿如客言。客驾驴径去，疾行如飞，转眼间便不知去向了。

靖知是侠士，即与张氏启行入太原，至汾阳桥待客。客果如约而来，相见甚喜，即同往刘文静家。虬髯客自称善相，愿见李公子。文静本赏识世民，闻客善相术，正欲证明确否，遂遣人迓世民过谈。世民不衫不履，裼裘而来，神气扬扬，貌与常异。虬髯客不觉变色，招靖密语道："果是真天子，我已料定十分的八九，尚有道兄一人，令他见面，能料到十成，百无一失了。"靖转告文静，文静允订后会期，因即告别。届期，虬髯客引一道士，与靖相见，复同谒文静。文静方弈棋，即邀道士入局对弈，又飞书邀世民观棋。俄而世民到来，长揖就坐，顾盼不群。道士怅然，敛棋入匣道："此局全输，不必再弈了。"话中有话。遂罢弈请去。既出，语虬髯道："此处已有人在，君不必强图，可别谋他处罢。"言讫，飘然自去。虬髯客留语靖道："李郎信人，妹尚栖身无所！我当为筹一安宅，今日便偕返西京，何如？"靖有难色。虬髯客道："你怕杨素么？他已死了。况有我同行，你怕甚么？"靖乃挈同张氏，与虬髯再返京中，果然素已早死，另派代王侑留守，便放心驰入京城。虬髯客复语靖道："今日暂别，明日可与妹同诣某坊小宅，我当伫候。"语毕，掉臂迳去。

翌旦，靖与张氏同至某坊，果见一小板门，才叩一二声，即有人出迎，延入重门，豁然开朗。室宇宏丽异常，奴婢数十人，导靖夫妇入东厅，厅内陈设，穷极珍奇。至虬髯出见，纱帽紫衫，迥殊前饰。后面随一少妇，华服雍容，亦端庄，亦秀丽。靖料是虬髯妻室，即与张氏上前相见。虬髯客格外殷勤，导靖夫妇入中堂。四人甫经对坐，即有侍役搬入盛肴，开筵相待；并出女乐侑酒，列奏庭中，乐止酒酣，虬髯令苍头舁出宝箱，约二十具，分陈左右。因指告靖道："此皆我历年所积，今特赠君夫妇。我本欲在此建业，今既遇有真人，不应再留。太原李氏，真是英主，三五年内，当致太平。李郎具有长才，得辅真人，将来必位极人臣，妹独具慧眼，得配君子，将来夫荣妻贵，亦足为儿女子生色。非妹不能识李郎，非李郎不能遇妹，虎啸风生，龙腾云合，原非偶然的际遇。李郎将我所赠，安心佐命，施功立业，努力前途，后此十数年，东南数千里外，传有异闻，便是我得意时候。妹与李郎，可沥酒相贺。"说至此，即将文簿匙钥等，一并交出，并命家僮拜靖夫妇，且嘱道："两人即你等主人，不得违慢！"靖与张氏，逡巡欲辞。那虬髯客已挈妻入内，须臾即戎装出来，拱手告别，出门乘马，也不多带行囊，只有一奴随着，扬鞭东去。奇极怪极！阅至此当浮一大白。靖夫妇送客出门，倏忽不见，乃惘然返室，检点箱栊，价值不赀。复遗有兵书数箧，内详风角鸟占云祲孤虚等术。靖乘暇揣摩，更有所得，因此料事如神。后至唐太宗贞观年间，东南蛮奏称海外番目，入扶余国，杀主自立，国已大定。靖知虬髯成功，入告张氏，共沥酒向东南拜贺，藉践前约，世人称为风尘三侠，便指李靖夫妇，及虬髯客三人。事有所本，不得谓为虚诬。这且不必絮表。

单说李靖既得巨赀，格外豪放，到处交游，官吏交相荐誉，遂得显名仕籍，入朝为殿内直长，旋出任马邑郡丞。闻李渊已起兵太原，料他必进攻长安，因借告变为名，自入槛车，解送长安，先行待着。果然长安被破，不出所料，至见了李渊，自知命未该死，乐得当面唐突，不愿乞怜。世民曾与靖会面，且尝闻韩擒虎遗言，自然有意怜才，竭力营救。嗣是靖留居世民幕中，遇事勛襄，无不效力。渊安民已毕，不再加戮，乃奉代王侑为皇帝，即位大兴殿，改元义宁。遥尊炀帝为太上皇，渊自为大丞相，都督内外军事，普封唐王，以武德殿为丞相府，设官治事。仍用裴寂为长史，刘文静为司马，召前尚书左丞李纲为相府司录，专掌选事，前考功郎中窦威为司录参军，使定礼仪，一面追谥祖父虎为景王，父昞为元王，夫人窦氏为穆妃，又命长子建成为世子，次子世民为京兆尹秦公，四子元吉为齐公。

布置已定，忽报西秦霸王薛举僭称秦帝，遣子仁杲入寇扶风，且谋取长安。世民自请出击，渊因令率部众前行，到了扶风境内，遇着仁杲，即大刀阔斧的杀将过去，仁杲抵挡不住，纷纷逃走。扶风太守窦琎，及河池太守萧瑀，均迎谒世民。世民接见如礼，引二人还见乃父。渊命琎为工部尚书燕国公，瑀为礼部尚书宋国公，复遣使慰谕河东，招降屈突通。通正与刘文静等，相持月余，尝遣牙将桑显和，袭文静营。文静与段志玄等，尽力痛击，斩馘无算。显和只带数骑逃回。通势日蹙，留显和遏潼关，自引兵东趋洛阳。显和即率众降文静，文静遣窦琮等，与显和合军追通，通结阵自固。琮遣通子寿劝父归降，通见寿至阵前，大骂道："此贼何来？前与汝为父子，今与汝作仇雠。"随命左右用箭射寿，寿狼狈奔还。显和出呼通众道："今京城已陷，汝等皆关中人，去将何往？不若赶紧投降，尚可归见家属。"通众俱释械愿降。通自知不免，下马东向，再拜痛哭道："臣力屈至此，非敢负国，天地神祇，实所共鉴。"究欠一死。部众也不与多言，竟拥通至文静营。文静送通至长安，渊再三慰谕，命为兵部尚书，赐爵蒋公，且遣至河东城下，招谕尧君素。君素登城见通，唏嘘泣下。通亦垂泪沾襟，因呼君素道："我军已败，义兵所指，莫不响应。事势至此，君应早降！"君素正色道："公为国大臣，主上以关中委公。代王以社稷托公，奈何负国降敌，且为他人作说客呢？"通叹道！"君素！我因力屈乃降。"君素道："我力尚未屈，何用多言！"说至此，竟自下城。通也觉怀惭，返报李渊。渊因君素家属，寓居长安，即命人将他家眷拘住，令君素妻致书劝降。君素仍然不答。渊调虞州刺史韦义节等，逼攻河东，令刘文静东略弘农各郡，又遣从子孝恭等，抚慰山南山东。云阳令詹俊等，往徇巴蜀，各地陆续投诚。

至义宁二年，渊命建成为抚宁大将军，世民为副，统兵七万，出徇东都。元吉为镇北将军，都督太原十五郡军事。三子受命渡河，东南分趋，忽由江都传到急报，炀帝为宇文化及所弑，另立秦王浩为帝了。渊不禁恸哭道："我北面事人，不能往救故主，敢忘哀痛么？"未免做作。原来炀帝久驻江都，荒淫日甚。从幸诸臣，无论文武，俱有归志。将作少监宇文智及，与郎将司马德戡、直阁裴虔通等，推兄许公化及为主，谋弑炀帝，乃乘夜纵火，引兵入玄武门，直至东阁，把炀帝牵出，历数过恶，将帝缢死。所有炀帝弟蜀王秀、子齐王暕、赵王杲，及长孙燕王倓以下，无论宗室外戚，一并枭首。又杀大臣虞世基裴蕴来护儿萧钜许善心等十余人。惟炀帝侄秦王浩，素与智及交好，智及乃转告化及，立浩为帝，令居别宫，只许发诏画敕，不得与闻政事。化及自为大丞相，总百揆，拥众十余万，据有六宫妃嫔，连炀帝后萧氏，也公然被他奸宿，宣淫无忌，一如炀帝。炀帝遇弑，详见《隋史演义》，

宇文化及（?—619），隋代郡武川（今内蒙古武川西东土城）人。公元618年发动禁卫军兵变，杀隋炀帝，立秦王杨浩，自为丞相。旋率军北上，被李密击败，退走魏县（今河北大名西南），自立为帝，国号许，建元天寿。次年，在聊城（今山东聊城东北）被窦建德擒杀。

故此处特从简笔。令弟智及为左仆射，士及为内史令，裴矩为右仆射，特录士及裴矩两人，为后文降唐张本。留左卫将军陈稜守江都，自劫萧后秦王浩等，出发江东，拟还长安。沿途仪卫甲仗，悉拟乘舆。夺江都人舟楫，取道彭城水路，陆续启行。虎贲郎将麦孟才，虎牙郎钱杰，与折冲郎将沈光，谋诛化及，事泄被杀，既至彭城，水道不通，复夺百姓牛车，得二千辆，并载宫人珍宝，所有戈甲戎器，无车可载，统令军士背负登途。道远军疲，相率嗟叹。司马德勘复联络郎将赵行枢等，议杀化及，且遣人诣曹州，密结孟海公为外助。孟海公见首回。哪知化及恶贯，尚未满盈。孟海公覆报未来，德勘等机谋已泄。化及佯拟出猎，召德戡等同行，帐下藏着伏兵，竟将德戡等拿下，一并处死。德戡有应死之罪，不得与麦孟才同例。

那时魏公李密，屯兵巩洛，阻住化及。吴兴太守沈法兴，又起据江表十余郡，声讨化及。梁王萧铣，因炀帝被弑，居然称帝，徙都江陵。李渊连得外报，也跃跃欲动，召还建成世民，胁代王侑禅让帝位。渊受隋禅，明是逼迫而来，故本编书法，概不为讳。看官！你想代王侑是一个庸雏，性命都悬诸渊手，无论渊说什么，只好唯唯从命。一班攀龙附凤的臣僚，当然代为拟诏，今日加唐王九锡，明日许唐王戴十二冕旒，建天子旌旗，出警入跸。至五月戊午日，宣告禅位，其词云：

天祸隋国，大行太上皇遇盗江都，酷甚望夷，衅深骊北，悯予小子，奄造不愆，哀号永感，心情糜溃。仰维荼毒，雠复靡申，形影相吊，罔知启处。相国唐王，膺期命世，扶危拯溺，自北徂南，东征西怨，致九合于诸侯，决百胜于千里。纠率夷夏，大庇甿黎，保乂朕躬，繄王是赖。德侔造化，功极苍旻，兆庶归心，历数斯在。屈为人臣，载违天命。在昔虞、夏。揖让相推，苟非重华，谁堪命禹？勉强附会。**今九服崩离，三灵改卜，大运去矣，请避贤路。予本代王，及予而代，天之所废，岂其如是？庶凭稽古之圣，以诛四凶，幸值维新之恩，预充三恪。雪冤耻于皇祖，守禋祀为孝孙，朝闻夕陨，及泉无恨。今遵故事，逊于旧邸，庶官群辟。改事唐朝，宜依前典，趣上尊号。若释重负，感泰兼怀。假手真人，俾除丑逆。济济多士，明知朕意！**

禅位诏下，即遣刑部尚书兼太保萧造，司农少卿兼太尉裴之隐，奉皇帝玺绶，至唐王邸中。渊三揖三让，才行受命，吾谁欺，欺天乎？乃改大兴殿为太极殿，择于甲子日登基。是日辰刻，先遣萧造祭告南郊，然后即位。渊年逾五十，须眉斑白，因推五运为土德，服色尚黄，戴黄冕，着黄袍，由侍卫等拥登帝座。宗室贵戚及大臣，趋跄入殿，列班朝贺，跪伏三呼，历史上称为唐高祖皇帝。乃颁诏改义宁二年为唐武德元年，大赦天下。官吏各赐爵一级。义兵过处，给复三年。罢郡置州，改太守为刺史。退朝后赐百官宴，赏赉金帛有差。越日，授世民为尚书令，从子瑗为刑部侍郎，裴寂为右仆射，刘文静为纳言，萧瑀窦威为内史令，李纲为礼部尚书，窦琎为户部尚书，屈突通为兵部尚书，独孤怀恩为工部尚书。殷开山以下，各晋授官秩。废隋大业律令，另颁新格，即就都城立四亲庙。追尊高祖熙为宣简公，曾祖天锡为懿王，祖虎为景皇帝，庙号太祖，父昞为元皇帝，庙号世祖。祖妣及母皆称后。追谥妃窦氏为太穆皇后，追封皇子玄霸为卫王。立世子建成为太子，封世民为秦王，元吉为齐王，又推恩宗室，凡从弟蜀公孝基以下，封王约得十人。独降故隋帝侑为酅国公，给宅京师，追谥隋太上皇为炀皇帝。江都太守陈稜，因备天子仪卫，改葬炀帝于江都宫西吴公台下。被杀王公，俱列瘗炀帝墓侧，隋朝自此了结。惟东都留守官段达王世充元文都等，得炀帝凶闻，奉越王侗为皇帝，改元皇泰，与唐为敌。此外各据一方的草头王，互相吞并，最强悍的数部，尚角逐中原，扰攘了好几年。小子有诗叹道：

历年龙战血玄黄，大统终教属李唐！

成即帝王败即贼，由来天道是无常。

欲知各处战争情形，请看官续阅下回。

红拂夜奔，虬髯让室，事见张说所著《虬髯客传》，而正史不录，论者以为近诬。窃谓张说仕唐，距李靖不过数年，说以能文著名，讵屑以荒唐不经之语，留贻后世。且后世若以说为虚谈，亦将置诸敝簏，何至流传至今，播为艳闻？是可知红拂虬髯，必有其人。曾见《隋唐演义》中，演述是事，且全载二人姓名。红拂妓名出尘，虬髯客名仲坚，而说传无之。张说犹未知其名，宁编《隋唐演义》者，顾独能知之乎？故本编详姓略名，存说传之真也。炀帝被弑，化及骄淫，麦孟才司马德勘等，先后败事，而于孟才则书谋诛，于德勘则书谋杀，一字不苟，书法直追紫阳。及李氏受禅，名之曰胁，代王封公，名之曰降，书法谨严，尤足与纲目并传，是固足以补正史之未逮，而不得徒目为小说也。

第五回

李密败绩入关中
秦王出奇平陇右

却说越王侗既称帝东都，命段达王世充为纳言，元文都为内史令，共掌朝政。会闻宇文化及率众西来，上下震惧，有士人盖琮上书，请招谕李密，合拒化及。元文都等赞成琮议，即用琮为通直散骑常侍，赍敕赐密。先是密亡命入瓦岗，适东都法曹翟让，逃狱至瓦岗寨，纠众为盗。有单雄信徐世勣王当仁王伯当周文举李公逸等，群起响应。密遂劝让举义，让自谢不能。凑巧东都来一李玄英，入伙访密，自述民间歌谣，有桃李章，共计五语。语云："桃李子，皇后绕扬州，宛转花园里。勿浪语，谁道许。"玄英下一解释，桃逃同音，李指李氏子，释为李氏子逃亡。皇与后统言君主，宛转花园，谓隋主在扬州，终无还日，将宛转自毙园中。莫浪语谁道许两语，暗藏一个密字，因此闻李密名，遂来寻访。既与密遇，即将歌谶告密。密益觉自负，意欲藉让起事。让有军师贾雄，素为让所亲信，密遂与雄相结，嘱令说让。雄乃语让道："李密系蒲山公后裔，将来必成大事。"让谓密能自立，何必从我。雄复道："将军姓翟，翟有泽义，蒲非泽不生，故须倚赖将军。"玄英所解已是附会，雄说更觉穿凿。让信以为真，与密情好日笃。密遂劝让攻下荥阳诸县，齐郡丞张须陁，骁勇善战，奉调守荥阳，引兵击让。让欲奔回瓦岗，密竭力劝阻，且为让划策，用埋伏计掩击须陁。须陁败死，让大喜，令密自立一营，号蒲山公营。密又与让袭据兴洛仓，连败东都援兵。让于是推密为主，号为魏公，改元永平，置长史以下官属。让为上柱国司徒东郡公，亦得置吏。单雄信徐世勣等，俱任大将军，各领所部。祖君彦为记室，传檄讨隋。略取河南诸郡，与唐通书结好，就在此时。第三回已见大略，故本回再行补叙。凡赵魏以南，江淮以北，所有揭竿诸徒，多半归附。

程咬金（?—665），济州东阿（今山东阳谷东阿城镇）人，唐初大将。先后归附李密、王世充。武德二年（619年）归唐，任秦王府左三统军，从李世民镇压窦建德起义军，击败王世充。以参预玄武门之变有功，迁右武卫大将军。历任泸州都督、左领军大将军等职，封卢国公。

秦琼（?—638），字叔宝，齐州历城（今山东济南市）人，唐初将领。隋末从张须陀镇压卢明月、李密等起义军。张须陀败死后，归附李密，任帐内骠骑。密败，又转投王世充。武德二年（619年）投唐。曾参预玄武门之变，官至左武卫大将军。

让奉密命，为行军总管，夜率步骑袭东都，焚掠外郛，东都居民，悉数迁入宫城，由王世充等登陴固守。让乃退去。巩县长柴孝和，监察御史郑颋，及虎牢守将裴仁基，次第降密，密各授官职。又得秦叔宝名琼以字著世。程咬金罗士信赵仁基等，均令统兵，声势大振。嗣是与东都将士，屡相攻击，胜败不一。武阳郡丞元宝藏，又举郡降密，密封宝藏为上柱国武阳公。宝藏令门客魏徵作启谢密，徵系巨鹿人，少贫好读书，始为道士，由宝藏召为书记。密爱他文辞惬当，特召为参军，兼掌记室。徵后为太平宰相，故此处叙明履历。宝藏更会同徐世勣军，袭破黎阳仓，发粟赈民，选丁壮为兵。不到十日，得兵三十万名。永安义阳弋阳齐郡，闻风趋附。连窦建德朱粲等，亦遣使附密。

会王世充调兵十万，来攻洛口，与密夹水列阵。密渡洛与战，为世充所败，奔还洛南，柴孝和等溺死。世充涉洛追击，恰被密回军击退，败窜石子河，再战又败，世充西走。于是密威益振。所有降附诸徒，且奉表劝进。密以东都未平，暂从缓议。偏翟让兄弘，竟语让道："天子汝当自为，奈何与人？汝若不为，不妨与我。"让司马王儒信，亦劝让自为冢宰，夺密大权。让迟疑未决。总管崔世枢，左长史房彦藻，受让责侮，潜以所闻告密，且劝密除让。密尚未肯从。左司马郑颋道："毒蛇螫手，壮士断腕，公奈何顾恋私义，自误大局？"导密卖友，不足为训。密乃与数人定计。置酒召让。让与兄弘，及兄子摩侯，司马王儒信，践约入席，俱为所杀，密乃声明让罪，慰抚各营。让本残忍，身死后没人衔哀。但因密忍心负友，也未免心怀顾忌，渐渐的疑贰起来。

密进攻东都，复与王世充相持，越王侗且募兵益世充。偏世充屡战不利，密得据金墉城，东都大震。唐抚宁大将军李建成，副将军世民，又率兵至东都，名为援师，实是略地。城中越加惶急。密军乘势攻城，建成麾兵阻密，密乃引退。既而建成等还归长安，密再拟进攻，适值宇文化及，引兵至黎阳。密将徐世勣扼守仓城，忙遣人向密告急。密回驻清淇，与化及隔水遥语。密朗声道："汝本匈奴皂隶，投入中国，父兄子弟，世受隋恩，累世富贵，举朝无比。主上失德，不能死谏，反行弑逆，不学诸葛瞻的忠诚，反效汉霍瑀的悖恶，天地不容，汝将何往？若速来归我，还可饶汝性命。”化及瞪视良久道：“今日只可言战，说甚么书语？”密顾语左右道：“化及庸愚至此，还想自作帝王，一何可笑！虽折杖亦可驱他了。”乃深沟高垒，不与化及争锋，且寄语世勣，亦令他掘堑固守，俟化及粮尽退师，再击未迟。化及大修攻具，进攻仓城，苦为城堑所阻，不能得手。世勣从堑下穿通地道，潜师出击，纵火焚化及营。化及大败，攻具多被毁去，惟尚未肯退兵。

密正恐东都夹击，巧值盖琮赍书到来。以上俱是补叙前事。密乃将计就计，自草降表，愿灭化及以赎罪。当下遣使赍表，与盖琮同报越王。越王侗时已称帝，再回顾一语以醒眉目。即册拜密为太尉，兼封魏公，俟荡平化及，入朝辅政。册使既去，元文都等以密肯来降，天下可定，遂就上东门置酒作乐。未免太早。王世充独正色道：“朝廷官爵，轻授贼人，敢问意欲何为？”文都闻言，很是不平，因说世充私通化及，不可不防。由是两人有隙。既而化及粮尽退师，北趋魏县，密追蹑得胜，报捷东都。文都等相率称贺，世充偏扬言道：“文都等系刀笔吏，看不透盗贼心肠，将来必为李密所擒。且我军屡与密战，杀他部下兵士，前后不可胜计，若密来执政，部众必图报复，我辈将无噍类了。”文都得知此语，转告段达，欲乘世充入朝，伏甲除患。不料段达反通报世充，世充遂乘夜袭含嘉门。文都闻变，即奉隋主侗御乾阳殿，闭门拒守。世充进攻太阳门，斩关直入，令段达进执文都，乱刀处死，即遣部将代为宿卫，然后入见隋主，拜伏谢罪。隋主本无权力，怎好加责，只得引与共语。世充更披发为誓，词泪俱下，说得隋主易疑为信，竟命世充为右仆射，总督内外诸军事。嗣是大权尽属世充，兄弟子侄，各掌重兵。隋主似傀儡一般，一切不能自主，只有南面拱手罢了。

李密已逐去化及，拟入朝东都，闻变乃还，令开洛口仓。即上文兴洛仓。赈民，不设限制，随意取给。群盗竞来就食，不下百万口。东都兵民，亦多因丐食来降，粒米狼戾，随散道旁。密喜语贾润甫道：“这乃所谓足食呢。”润甫道：“国以民为本，民以食为天，今百姓襁负而来，无非为就食计，乃有司毫不爱惜，一

王世充（?—621），字行满，隋新丰（今陕西临潼东北）人，本姓支，祖籍西域月支。隋文帝时，任幽州长史。炀帝时，镇压朱燮、管崇、孟让等起义军，迁江都通守。大业十三年（617年），被李密战败。炀帝被杀后，他拥越王杨侗为帝。唐武德二年（619年）废杨侗，自立称帝，国号郑，建元开明。四年，兵败降唐，在长安为仇人所杀。

任取携，待至米尽民散，何人与公成大业呢？”言之有理。密乃令润甫判司仓，参军事。王世充揽权东都，阴图取密，佯遣使与密讲和，愿以布易米。密军多米乏衣，许与交易。东都兵民得食，遂无人出降。密方知堕世充计，绝不与交。哪知世充已挑选精兵，饱饲战马，张着永通字号的旗帜，悉锐来攻。密留王伯当守金墉，邴元真守洛口，自引兵出偃师北境，迎击世充。裴仁基献策道：“世充悉众前来，东都必虚，此处可分兵扼守要路，不与他战，另遣精兵三万，绕道河西，径袭东都，世充若去还援，我好前后夹攻，不患不胜了。”的是好计。密颇以为善。偏单雄信陈智略樊文超等，主张速战，遂致密亦有战意。仁基苦劝不从，顿足叹道：“公将来必自悔呢！”魏徵亦以为言，郑颋目为迂论。密遂主张速战。世充夜遣轻骑潜入北山，伏溪谷中，命兵士皆秣马蓐食，待晓即发，突击密军。密新破宇文化及，士卒已疲，又藐视世充，毫不预防。至敌兵已至军前，仓猝列阵，已是不及。那世充手下的士卒，统是江淮悍旅，拼死冲来，锐不可当。密军尚勉强招架，忽伏兵乘高而下，驰压密营，竟将密众冲作数截。世充又索得一人，状貌类密。把他两手反剪，牵过阵前，佯呼道：“李密已擒住了！”军士大呼万岁。密军已将败退，怎禁得这番哗乱，不由的误认为真，顿时大溃。单雄信陈智略等，皆降世充。裴仁基郑颋祖君彦等，统被世充手下擒去。

密狼狈奔回洛口，谁知守将邴元真，已潜遣人迎世充，反为世充图密。密自知力不能支，东奔虎牢。王伯当亦弃去金墉城，退保河阳。当下集众会议，密尚欲南阻河北，北守太行，东连黎阳，再图进取。诸将道：“兵新失利，众心危惧，若更逗留，恐人尽叛亡，如何能进取呢？”密长叹道：“孤所恃惟众，众既不愿，孤也没法了。”已经一败涂地，还要称孤道寡，岂非增丑？说至此，欲拔剑自刎。伯当忙将密抱住，夺去密剑，且劝且泣。众无不泪下。密乃语众道：“诸君如不相弃，当共归关中，密身虽无功，诸君必保富贵。”众皆应命。密又语伯当道：“将军室家重大，不应与密同行。”伯当道：“昔萧何尽率子弟，随从汉王，伯当岂因公失利，遂敢叛去。生愿同行，死愿同殉。”卒成死谶。左右统为感泣，从密入关，共二万人。所有密遗下将帅，与据住州县，多降东都。就是程咬金秦叔宝等，亦投入世充麾下。惟徐世勣尚守住黎阳，不愿叛密。密既入关，语徒众道：“我拥众百万，解甲归唐，山东连城数百，知我在此，亦当同附，比诸汉时窦融，功亦不小，唐主念我有功，谅应以台司见处呢？”不脱骄态。伯当道：“诚如尊论。”及至长安，入谒唐主，但授密为光禄卿，赐爵邢国公，密大失所望。廷臣又多轻密，因此密复怀异心，这且待后再表。

且说唐高祖李渊，既定都长安，便欲平定陇西。陇西为薛举所据，有众十数万，声势颇盛。举本陇西土豪，为金城府校尉。金城令郝瑗，命举剿盗，举反囚瑗僭号，初称西秦霸王，继且称帝。立子仁杲为太子。仁杲善骑射，绰号万人敌，所至皆捷，尽有陇西。惟扶风一战，为世民所败。应第四回。及武德元年六月，薛举寇泾州，诏遣世民率八总管兵，出都拒战。师至豳岐，世民患疟，令长史纳言刘文静，及司马殷开山，代掌兵事，且嘱勿妄战。开山与文静，违世民诫，竟耀兵高墌，被举潜师袭击，大败亏输。总管慕容罗睺李安远等皆战殁，士卒十亡五六。世民也只得引还。文静等坐是罢官。越二月，举复遣仁杲围宁州，为刺史胡演击退。未几，举即病死，仁杲嗣立。唐秦州总管窦轨，奉命征仁杲，败绩而还。仁杲复进围泾州。骠骑将军刘感，出城遇伏，为敌所擒，射死城下。长平王李叔良，率兵往援，入城固守，仅得自全。以上是补叙文字。高祖闻警，乃再授世民为西讨元帅，出击仁杲。兵至高墌，仁杲使骁将宗罗睺，率众抵御。罗睺自恃勇悍，径至世民营前，耀武扬威，指名搦战。世民佯若不闻，但命将士坚壁自守，不得妄动，违令立斩。仍然是一条老法子。偏罗睺日来挑战，且加嫚骂，惹得唐军性起，个个摩拳擦掌，欲与死战。只是军令难违，不得不入帐请令。世民宣谕道："我军新败，士气沮丧，贼正恃胜而骄，轻视我军，我宜闭垒自固，养足锐气，彼骄我奋，乃可克敌了。诸君若违我军令，休得后悔！"诸将半信半疑，只因权在他手，不好与他争论，便耐着性子，退出帐外。今日不战，明日又不战，直至五六十日，仍然不战，将士都愤闷得很。

忽由敌营来了一将，带着数百骑，诣营乞降。世民召入，问他姓名，叫作梁胡郎，自言营中乏食，不免就擒，所以率部来降。诸将虑他有诈，复入帐谏阻。世民叱道："梁将军是见机君子，休得多疑！"遂用好言劝慰，令居后营。一面遣行军总管梁实，移营浅水原，诱敌来攻。反去挑敌，妙极。罗睺大喜，尽锐攻梁实营。实据险不出。营中乏水，人马数日不饮。罗睺却围攻甚急。世民乃召语诸将道："今日可出战了。"右武侯大将军庞玉，奋然愿往。世民道："庞将军可出阵浅水原南，倘贼兵并力来攻，应与奋斗，不得怯退！我自当引兵援应。"庞玉奉命带领部众，至浅水原南，择地布阵。阵方列就，那罗睺已移兵来攻，仗着人多马众，包围庞玉部军，四面环击。庞玉抖擞精神，督军酣战，怎奈敌众层层进逼，凭你如何奋勇，总是杀他不退，反将部兵伤害若干名。庞玉大呼道："元帅料敌如神，定有精兵来援，大众幸勿畏缩，须要拼死杀敌！我也不愿求生了。"部众闻言，再接再厉，真个是血肉相搏，天地为愁。忽见罗睺阵中，纷纷散窜，一大帅手持长矛，当先突入，后面随着健将数人，奋勇进来，援应庞玉。玉见来帅不是别人，正是西讨元帅秦王世民，不禁踊跃异常。军士无不感奋，便与世民等合击敌众，外面又有唐军接应，表里夹攻，喊杀连天。罗睺部卒已疲，禁不起这支生力军；更兼前后受敌，眼见得抵挡不住，四散奔逃。世民麾军追击，斩首数千级，复提出健卒二千骑，亲自带领，一直穷追。

窦轨系世民从舅，叩马苦谏道：“仁杲尚据坚城，我军虽破罗睺，未可轻进。且收军暂憩，再定进止！”世民道：“我已熟筹过了，今日战势，已如破竹，不可再失了。舅勿复言！”兵法所谓静若处女，出若狡兔，便是此道。遂进攻仁杲所居的折摭城。仁杲列兵城外，与世民夹着泾水。两阵相对，未及交锋。仁杲骁将浑干等数人，已渡水降世民军。那时仁杲知不能战，亟引兵退入城中。日已向暮，大军继至，合力围城。到了夜半，守将多缒城投降，仁杲计穷力竭。没奈何奉表投诚，开城纳世民军。世民入城后，收得精兵万余人，男女五万口。诸将皆入贺世民，且问世民道：“大王一战而胜，遽舍步兵，又无攻具，直趋城下。众皆谓城未可取，乃不日即平，偏为大王所料。敢问大王凭何测度，得此奇功。”世民道：“罗睺部下，统是陇外悍卒，我出其不意，将他击破。他四处散溃，伤毙不多，我若缓追，他俱入城，再为仁杲收抚，复成劲旅，据城固守，势必难图。惟乘胜急攻，溃卒无城可归，当然散归陇外。折摭虚弱，仁杲破胆，无暇为谋，不降何待？我所以得告成功哩。”于是诸将皆罗拜道：“大王胜算，诚不易及。”世民道：“我用谋，诸将用力，均为国家建功，何分彼此？”众益悦服。

世民乃押送仁杲还长安，入朝献俘。高祖谕世民道：“薛举父子，多杀我士卒，必尽诛薛氏私党，方可阴慰冤魂。”世民正欲奏阻，早有李密出班奏道：“薛举残杀无辜，所以致亡。陛下一视同仁，除仁杲外，既已降服，不可不抚。”密欲笼络薛党，故有是请，不应视为仁人之言。高祖乃命斩仁杲于市，并首谋数十人，余皆赦罪不问。总计薛氏父子据陇西，五年而亡。仁杲已死，有部将旁企地，已降复叛。企地羌人，举父子倚若长城，他自商洛出汉川，有众数千，四处剽掠。大将庞玉往剿，反为所败。企地至始州，掳得王氏女，逼令野合。女有智谋，须企地屏去部众，方肯从命。至部众去远，复欲与企地行合卺礼。企地为色所迷，取酒同饮。女佯作媚态，劝企地连饮数十觥，企地顿时醉倒。女拔企地佩刀，用力刺企地喉，企地立毙，乃枭首潜奔，送首梁州。梁州刺史以闻，诏封王氏女为崇义夫人。小子有诗咏道：

悍盗翻为弱女诛，诰封应降大唐都。

看他仗剑刺喉日，巾帼居然过丈夫。

薛举已平，忽报宇文化及弑秦王浩，自称许帝。朱粲也自称楚帝，取唐邓州，杀死刺史吕子臧，及抚慰使马元规。窦建德复改国号夏，纪元五凤，免不得又有一番征讨事情，容至下回依次叙明。

窦建德（573—621），清河漳南（今河北故城东北）人。隋末河北农民起义首领。因助孙安祖起义，家属遭杀害。窦建德乃率部众二百人投清河人高士达的起事军队。武德四年（621 年）五月为救王世充，在虎牢关一役被李世民击败并被俘，被唐高祖处死于长安。

本回叙李密及薛举父子事，前后划清，两不相混，看似寻常叙述，而详略处颇费苦心。且隋唐之交，群雄并起，几不胜举，非经犀利之笔，依次表明，则梳栉不清，易眩人目。尤难在事不同时，兴亡夹出，总叙则失之混淆，分叙则失之间断，此岂率尔操觚，所得成章乎，若论夫李密之败，咎在骄盈，薛仁杲之亡，未始非骄盈所致。古人有言：“骄必败。”密以才智称，尚蹈此失，遑论仁杲耶？故必忍其乃有济，使骄即不足观，谓予不信，盍观是编！

第六回

盛彦师设伏毙叛徒 窦建德兴兵诛逆贼

却说宇文化及及朱粲窦建德等僭号称尊，气焰日盛。唐高祖欲依次往讨，忽有一青年妇人，浑身缟素，踉跄趋入，号啕大哭。高祖见了此妇，也不禁老泪潸潸。下笔奇突。看官道此妇是谁？原来是高祖第五女桂阳公主，自高祖受禅后，所有各女，无论嫡出庶出，俱封以公主名号。柴绍妻系是嫡出，特封平阳公主。此女佐父有功，且窦后所生，只此一女，故本文叙桂阳公主处，又附笔带入。此外庶出各女，惟桂阳公主聪颖工诗，亦为高祖所爱，下嫁华州刺史赵慈景。慈景美丰姿，且有膂力，高祖因河东未下，刺史韦义节屡战不利，乃命他为行军总管，与工部尚书独孤怀恩，再率兵往攻。怀恩兵至蒲坂，不设壁垒，骤为隋将尧君素所袭，仓猝败走。独赵慈景挺刃力战，陷入敌阵，卒因力尽援绝，为君素所擒，枭首城外。警耗传达长安，高祖方遣使持诏，诘责怀恩。那桂阳公主，已自闻知，遂易装入见高祖，泣请添兵派将，往报大仇。高祖情关儿女，未免怆怀，不得已劝谕再三，令返家守丧。一面命秦王世民为陕东大行台，所有蒲州及河北兵马，并受节制。世民促独孤怀恩进兵围蒲州，君素百计备御，终不能下。高祖屡遣降将招谕，且允赐铁券，准令免死。君素始终不从。再令君素妻至城下，呼君素道："隋室已亡，君何自苦？"君素道："天下名义，岂是妇女所能知晓？"两语说出，接连是飕的一声，那妻已被射倒，急由唐兵救回，已是半死半活了。世民闻君素不降，再调兵助攻。君素以死自誓，每语及国家，无不唏嘘泣下。尝语将士道："我为国家大义，不得不死。若天已绝隋！别有他属，我当自行断首，付与君等，持取富贵。今城池尚固，仓储甚丰，胜败尚未可知，诸君幸勿怀异呢！"将士等一律感激，且因他平日驭下，严而有恩，因此遵嘱静守。既而仓粟告罄，人自相食，君素部下薛宗，竟刺杀君素，持首出降。隋室忠臣，只有君素一人。怀恩正欲进城，不料城门复闭，他将王行本，复约束兵民，乘城拒守。怀恩不能入，只得把君素首级，函解京师，再行攻扑。偏行本骁悍得很，竟招募死士，出捣怀恩。怀恩不及防备，竟被击退。城内粮道复通，守备益固。这消息报入唐廷，当然下诏切责。怀恩为独孤太后从子，自恃懿戚，负气不下，因遂怀怨望，反与王行本连和，谋附刘武周，及武周为世民所败，始悉怀恩奸状，给令入觐，缚置诸法。另遣将军秦武通攻蒲州，一鼓即下。行本出降，亦枭首以徇。这事已在武德三年，小子因事迹相连，所以一气叙下。惟桂阳公主寂寂寡欢，时增怅触，高祖恐她忧郁成疾，索性劝她再醮，更嫁杨师道，竟得寿终，李唐家法，可见一斑。这且搁下不提。

且说李密出降后，因未得台司，心甚不乐。高祖格外羁縻，常呼他为弟，并把舅女独孤氏，给作妻室。无如狼子野心，不论甚么恩礼，总难满他欲壑。王伯当任左武卫将军，亦未如愿，因此两人时设秘谋，常有叛志。适遇大朝会，密列职光禄，应该进食。他却甚以为辱，退语伯当。伯当遂劝密他去，密乃向高祖献策道："臣虚蒙恩宠，毫无报效，回忆山东人士，皆臣旧部，臣愿自往收抚，去讨东都，仰托陛下洪威，取世充当如拾芥呢。"高祖便道："朕闻东都将士，多叛世充，本欲弟乘隙往讨，弟却自愿效力，还有何言！"密复请与旧部王伯当贾闰甫同行，高祖悉从所请，且引密同升御榻，酹酒与誓。密再拜受命，即偕王贾二人启行。群臣多进谏道："李密狡滑好叛，今遣使东往，譬如投鱼赴水，纵虎归山，必一去不返了。"高祖笑道："帝王自有天命，非小子所能取，就使叛去，也不足畏。今且令他二贼交斗，我得坐收彼弊，亦未始非目前良策。"此语亦不免自夸。群臣乃默然俱退。密等既出关，长史张宝德独上封章，言密必叛。高祖意乃中变，谕密单骑还阙，与商大计。密得谕，语闰甫道："既遣我去，复召我还，想必朝中有人播弄。我若诣阙，恐无生理，不若袭破桃林，劫取兵粮，渡河而东，直达黎阳，然后可图大事。君意以为何如？"闰甫道："主上待公甚厚，不宜背德，况国家姓名，适应图谶，天下终当一统，公既已委贽称臣，复生异图，就使得破桃林，急切亦无从集兵，一称叛逆，何人相容？今为公计，不若且应朝命，示无贰心。主上见公恭顺，必更遣往山东，此后再作计较便了。"金玉良言。密忿然道："唐令我与绛灌同列，我如何受命？且彼姓李，我亦姓李，彼若应谶，我亦应谶，彼得关中，我得山东，天与不取，后且受殃。君系我故友，奈何不与我同意？"闰甫又泣谏道："公姓虽云应谶，但近观天时人事，相去甚远。自翟让被杀后，人人都说公弃恩忘本，今日何人再肯助公？大福不再，请公三思！"实是苦口。密听到此处，不由的怒气上冲，竟拔出腰刀，欲杀闰甫。亏得伯当上前劝阻，才觉罢手。伯当亦婉谏道："贾君所言，未始无见，请公审慎为是！"密瞋目道："你亦来说此语么？"伯当道：

李勣（594—669），原名徐世勣，字懋功，曹州离狐（今山东菏泽市西北）人，唐初大将。初从翟让起义，参加瓦岗军。武德元年（618年）归唐，任右武侯大将军，封曹国公。赐姓李，因避李世民讳，单名勣。太宗、高宗朝曾从征高丽。总章元年（668年）破平壤，俘其主而归。

魏徵（580—643），字玄成，魏郡内黄（今河南内黄西北）人，唐初政治家。隋末隶李密。密败，降唐。又被窦建德所获，任起居舍人。建德败，入唐为太子李建成任命为太子洗马。及太宗即位，擢为谏议大夫，前后上谏两百多事。贞观三年（629年）任秘书监，参预朝政。后任侍中，封郑国公。多次劝太宗以隋亡为鉴，其言论见于《贞观政要》，有《魏郑公文集》三卷。

“义士为友尽忠，不以存亡易志。公必不见从，伯当愿与公同死，但恐徒死无益呢？”伯当既知无益，何不自去？密竟杀朝廷使人，撕毁来诏。闰甫恐随行惹祸，竟奔熊州。

密也无暇追回，竟至桃林县署，语县吏道：“奉诏暂还京师，随来家属，请暂寄县舍。”县令自然允诺。迟至日暮，密挈妇女数十名，径入县舍。县令复出迎密，不意那当先健妇，竟拔出利刃，砉然一刀，将县令头颅劈碎，倒毙地上。更可怪的，是妇女卸除裙饰，个个变成了赳赳武夫。当下焚库劫仓，掠取粮械，并驱掠徒众，直趋南山，乘险东行，遣人驰赴襄城，通告刺史张善相。善相系密旧将，因令发兵来迎，外面却扬言赴洛。右翊卫将军史万宝，适镇熊州，由贾闰甫报知变端，遂语行军总管盛彦师道：“密系骁贼，又有王伯当相助，必为大患。”彦师笑道：“但用兵数千人，即可枭二贼首级。”万宝道：“计将安出？”彦师道：“兵法尚诈，此时不便与公明言，俟彦师杀贼回来，再与公说明未迟。”胸有智珠。言已，即率兵五千人，逾熊耳山，南据要道，高处伏弓弩手，低处伏刀斧手，且下令道：“俟贼半度，同时并发。”有偏将问彦师道：“密欲向洛，公乃入山，是何用意？”彦师道：“密素狡诈，向洛乃是伪言，他实欲去走襄城，依张善相，我料他必经此道。若纵令入谷，山路崎岖，但教一人断后，我便不能为力，今我先得入谷，贼必为我擒了。”好诈者卒以诈败。于是静伏以待。果然密与伯当等，逾山而南，彦师早已瞧着，待他半度，麾伏出击。密部下不过千人，更因首尾两分，不能相救。上面箭似飞蝗，下面刀似削草，恁他如何刁狡，逃不出这张罗网。才经数刻，即将密众杀尽。密与伯当，同时授首。彦师奏凯而回，即将两人首级，函送长安。总计密自起兵至此，六年乃灭。彦师得授爵葛国公，拜武卫将军，仍镇熊州。

时徐世勣尚据黎阳，未有所属，高祖曾遣降臣魏徵，徵本随李密入关，故云降臣。招世勣降。世勣仍将版籍献密，令他自呈。及密既受戮，高祖复传首相示，世勣北面号恸，表请收葬。有诏许归密尸。世勣举军缟素，葬密于黎阳山南。高祖因他不负故主，称为纯臣，特授黎州总管，封莱国公，赐姓李氏。他本籍隶曹州，以字成名，后人呼他为徐楙功，便是他的表字。俗小说中过誉楙功，说他算无遗策，实则未足取信。故本文倒戟而出，特别点明。高祖既除去李密，乃拟出师东征。忽由幽州递到降表，乃是罗艺举州来降。当下阅罢表文，立即颁诏，授为幽州总管。艺将薛万彻万均，各授官爵。还有黄门侍郎温大雅弟大临，曾在艺处为司马，亦召入长安，命为中书侍郎。看官道罗艺是何等人物？艺本襄阳人，曾仕隋为虎贲郎，随征辽东，留屯涿郡，剿盗屡有功。但素性好刚，为诸将所忌。艺因激动众愤，捕杀郡丞，库储赐战士，仓粟给穷人，境内大悦。柳城怀远诸城，次第归附，遂自称幽州总管，雄长一隅。及宇文化及至山东，遣使招艺，艺慨然道："我本隋臣，如何降贼？"因即将来使斩首，为炀帝发丧三日。既而窦建德高开道等，亦遣人招艺，艺谓属将道："建德等皆剧贼，不足与共功名，惟唐公起义关中，民望所归，王业必成，我不如归附唐公罢？"温大临极力赞成，艺便命大临草表，赍送长安。至接受诏敕后，突闻窦建德率众十万，自冀州来寇幽州。艺欲出城逆战，薛万均献议道："敌众我寡，出战必败，不若使羸兵背城，阻水列阵，一面由万均带领健骑，埋伏城旁，待他渡水来攻，将值半济，出兵掩击，定可得胜。"艺依计而行。建德果引兵渡水，甫至中流，伏兵猝发。万均持槊跃马，领着健骑数百人，截击建德。建德知是中计，急忙退还，已是伤亡无数。再分兵旁掠近邑，又被艺遣将击退，建德乃返乐寿城。乐寿系建德根据地，号为金城宫，他本漳南农人，投入军伍，以骁勇得充队长，后因庇匿罪犯，为郡县所侧目。适张金称聚众河曲，高士达聚众清河，四处剽掠，独不入建德里门。郡县益疑建德通盗，捕戮建德家人。建德独奔赴士达，士达奇建德才，委以兵权。隋涿郡太守张绚，出师往讨，被建德用计击毙，威名益著。会隋太仆杨义臣讨平张金称，乘胜击高士达，建德劝士达暂避兵锋，士达不从，一战毕命。建德独率百骑亡去，俟义臣退军，复还为士达发丧，招集旧部，势复大振，自称长乐王，据乐寿为都城，备置百官。寻有大鸟五头，集建德宫。群鸟数万相从，经日始去，建德以为祥瑞，改元五凤。又得玄圭一方，目为天锡，竟以夏禹自拟，复改国号为夏。嗣是破隋将军薛世雄，杀伪魏帝魏身儿，略取冀易定等州，有胜兵十余万人。惟与罗艺对仗，竟至败还。随笔叙出建德履历，好为后文开局。

建德懊怅异常，再欲简选精兵，往攻幽州。可巧宇文化及到了魏县，檄招建德，建德召群下会议，且与语道："我本隋民，隋系我君，今宇文化及，敢行弑逆，就是我的大仇，我欲为天下诛逆，可好么？"此语却是有理。纳言宋正本答道："大王奋布衣，起漳南，所有隋室列城，陆续趋附，大都是慕义前来。化及本隋室姻戚，乃敢弑君篡国，真是仇不共天，大王应即日发兵，声罪致讨，方不愧为义师呢？"建德大喜，亲自督兵，往攻化及。是时唐淮南王李神通，也奉高祖诏命，进击魏县。化及不能抵御，东走聊城，魏县为神通所拔，且追逼化及，化及自知势孤，就将隋宫中所劫的珍宝，贻送海曲贼帅王薄，乞他援助。王薄贪了贿赂，遂带领徒众，来到聊城，与化及合力拒守，支撑了好多日。突闻窦建德亦督兵来攻，城中很是恐慌，更因粮食将尽，多有怨言。化及不得已投书唐营，情愿出降。神通怒骂道："弑君逆贼，尚想屈膝求生么？"安抚副使崔世乾入谏道："他愿降，不妨允许。"神通复叱道："我军暴露已久，无非为诛逆起见，现逆贼已食尽计穷。旦夕可克，我当入城诛逆，藉示国威，且好取他玉帛，赏给战士，若今日受降，试问师出何名？且将何物作赏哩？"神通未免太愚，岂降贼不应再诛，贼物不应再取耶？世乾又道："今建德方至，化及未平，内外受敌，我军必败。目前功已垂成，不战可下，奈何贪他玉帛，拒降不受呢？"神通大怒，竟将世乾囚住军中。既而宇文士及从济北运粮入城，化及军又得食，遂复拒战。贝州刺史赵君德，在神通麾下，奋勇登城，神通反鸣金收军。君德孤掌难鸣，只好退下，回诘神通何故收军？神通道："建德兵已将到，不便攻城。"君德向东遥望，尚未见有兵卒到来，料知神通忌功，只好付诸一叹。过了一宵，才闻钲鼓喧天，窦建德督众驰至，神通见他势盛，便引军退去。名曰神通，实是不通。

化及因唐军已退，单敌建德，便放胆出兵，与建德交战。不到数合，被建德杀得七零八落，纷纷败回。化及先策马入城，败军一拥而入，复闭门拒守。建德纵兵围攻，由王薄等登陴防御，相持至晚，幸还没有疏虞。是夕，攻城益急，王薄自恐有失，忙遣人往请化及，同来捍守。至去使返报，化及已安寝了。想是自知必死，乐得与隋室后妃尽欢一宵。王薄愤愤道："今夕何夕，还好安寝？想这等酒色狂徒，总难成事，我还顾他做什么？"言已，即令部下大开城门，迎纳夏军。建德麾兵入城，搜捕化及，化及正与萧后酣睡，独斥萧后，笔法严刻。猛闻外面喊杀连天，方才披衣起床，走出寝门，向外乱闯。刚值建德兵到，一把抓住，捆缚起来。还有宇文智及杨士览武元达许弘仁孟景等，或策马狂奔，或持兵死斗，结果是路穷力绝，均为所擒。建德既扫尽化及余众，即请萧后出见。萧后无可躲避，没奈何靦颜出来。建德对着萧后，却恭恭敬敬的行了臣礼，对着淫妇，行什么臣礼？建德见理不明，故终无结果。复立炀帝神位。素服发哀，然后把宇文智及杨士览武元达许弘仁孟景五人，推到神主前，枭斩致祭。惟化及尚囚住槛车，并二子承基承趾，统行拘着。一面收集传国御玺，及卤簿仪仗，并萧后以下等人，下令回国。既至乐寿，方将化及父子，一律磔死。

建德性不渔色，妻曹氏不衣绔绮，婢妾只十余人，得隋宫人数千，悉数遣归，惟萧后无从安顿，独从宫中辟一别室，令她安居。萧后华色未衰，不愿寂处，怎奈建德性格，迥异化及，徒对着春花秋月，闷坐怆怀。凑巧隋义成公主，自突厥来迎萧后。建德问萧后愿否出塞，萧后满口应承，乃遣人送萧后前行。还有炀帝幼孙政道，系齐王睐遗腹子。未曾遭难，向来随着萧后，也令他一同前去。到了突厥，由义成公主接着，当然欢迎。突厥主处罗可汗，系始毕可汗弟，承袭兄位，颇也礼待萧后，且立政道为隋主，令居定襄，萧后方耐心住下。可与处罗作连床梦否？

看官！你道隋朝的义成公主，如何出居突厥？我亦要问。说来又是话长，由小子约略叙明：突厥本匈奴别种，向居漠北，后魏末年，部酋土门，自称伊利可汗，号妻室为可敦，拥众数万，势日强盛。传子俟斤，号木杆可汗。复并吞邻国，威行塞外。北齐北周，分后魏地，互相攻击，各与突厥连姻，倚为外援。及隋文帝篡周自立，俟斤侄沙钵略可汗，欲为周复仇，屡次寇隋，反为隋军所败。隋又行反间计，令俟斤子阿波可汗，与沙钵略相攻，夺沙钵略地，自立为国，称西突厥。沙钵略大恐，乃向隋乞和，岁修朝贡。沙钵略死，传弟莫何可汗，莫何又传沙钵略子都蓝可汗，嗣因莫何子染乾，向隋求婚，文帝以宗女安义公主，嫁与为妻，礼赐特厚。都蓝因猜忌染乾，举兵袭击。染乾败走归隋，隋封为启民可汗，赐居夏胜二州间。安义公主病殁，复将宗女义成公主，给为继室，启民感激非常。寻闻突厥内乱，都蓝被杀，启民乃北归，得主突厥，事隋益恭。启民死，子始毕可汗立。胡俗，子可妻母，复以义成公主为可敦，始毕甚强，隋末群盗，多半臣附，就是唐高祖亦向他称臣。始毕死后，传弟处罗可汗，义成公主复与他配做夫妻。总算随缘。因闻隋室已亡，萧后等寄寓夏国，乃遣使来迎，这也算是钟情骨肉，不忘母家呢。补叙处万不可少。

惟窦建德既遣送萧后，复奉表东都，报明诛逆情形，隋主侗封建德为夏主，建德北面拜受，不意过了两三月，那隋主侗竟被鸩身亡，小子叙述至此，不禁感喟起来，因随记一绝句道：

纷纷乱贼走中原，谁顾三纲及五常？
追溯祸源非旦夕，祖宗造孽子孙当。

欲知隋主侗被鸩缘由，容至下回再叙。

叙事文中，亦有借宾定主法。看本回叙事文，可分四截。前半回先述尧君素事，次述李密事，君素，隋之忠臣也。有君素之忠，以衬李密之诈，君素死且不朽，李密死且贻讥，故君素足为文中之宾，而李密可为文中之主。后半回因罗艺事，折入窦建德事，盖罗艺事少，而建德事多，就时事之相因，连类叙及，是艺为宾而建德为主，宗旨与前半回不同，而文法则同。标目曰击毙叛徒，又曰捕诛逆贼，特举其大者言之。密既投唐，又欲作乱，是明明叛徒也。化及弑君，人人得诛，建德虽一剧盗，亦以诛逆之名界之，作此书者固寓有史法乎?

第七回

啖人肉烹食段钦使
讨乱酋击走刘武周

却说隋主侗称帝东都，本是一个现成傀儡，毫无权力，王世充专掌朝政，起初尚佯作谦恭，后来擅杀元文都，及战胜李密，侈然自大，渐露逆谋，到了皇泰隋主侗年号，已见上文。二年三月，竟自称郑王，加九锡。越月，竟将隋主幽禁殿中，自备法驾入宫，居然称帝，改元开明，废隋主为潞国公，立子玄应为太子，玄恕为汉王，余如兄弟宗族等十九人皆为王。世充图逆时，尝使人献印剑，又捏称河清，且罗取杂鸟，书帛系颈，自言符命，纵鸟令去，为野人捕献，各给厚赏，僚属多知他虚诞，啧有烦言。程咬金已改名知节，自李密败后，与秦叔宝同降世充，至是语叔宝道："王公器量浅狭，好作妄语，此种行为，仿佛似老巫妪，难道好作拨乱主么？我等须亟图变计。"颇有识见。叔宝亦以为然，可巧唐骠骑将军张孝珉等，来攻世充，世充率知节叔宝等，赴九曲城，迎战唐兵。尚未交锋，知节叔宝竟率数十骑西驰百步，复下马遥拜世充道："蒙公厚待，极思报效，只因公猜忌信谗，仆等不便托足，留恐有祸，因此告辞。"态度雍容，不同凡众。世充望见，即饬人追还，那知两人早已上马，扬鞭驰去，竟入唐营。害得世充瞠目结舌，转恐部将效尤，不若返登大位，颁给赏爵，或可维系军心，乃收兵不战，竟返东都，逼隋主侗下禅位诏，隋主不肯，因把隋主软禁。外面仍托名受禅，也有三表陈让，及敕书敦劝等情，其实统是他一手做成，隋主毫不与闻。

裴仁基及子行俨，本李密部将，因为世充所擒，投降东都。仁基为尚书，行俨为大将军，颇有威名。世充未免怀忌，二人亦心不自安，密与左丞宇文儒童等，谋杀世充，复立隋主。偏有人报知世充，立将二人杀毙，并夷三族，复想出了斩草除根的法儿，竟遣兄子仁则，及家奴梁百年，携了毒酒，去鸩隋主。隋主侗幽禁含凉殿，不能自由行动，惟每日祷佛祈福。呆鸟。及为仁则等所逼，复布席礼佛道："自今以后，愿不复再生帝王家。"也属可怜。乃硬着头皮，饮了鸩酒，一时尚未绝命，被仁则用帛勒死。最可怪的是铜山西崩，洛钟东应，潞国公侗被郑所弑，酅国公侑病殁唐都，两边都追谥恭帝，不谋而合，岂非奇闻？了代王侑，暗寓刺唐之意。

唐高祖因群雄未靖，剿抚兼施，忽淮安土豪杨士林，聚众万人，袭击伪楚，自称楚帝的朱粲，残虐不仁，大失众望，骤闻外兵攻入，部下多半骇散。粲引亲卒赴淮源，与士林战不多时，又复大溃，慌得粲连忙返奔，直至菊潭，手下已不过百骑，眼见得不能为帝，只好遣人入关，向唐乞降。唐命粲为显州道行台，加封楚王，并遣散骑常侍段确，持节慰问。确至菊潭，与粲相见，粲置酒款待，颇极殷勤。这位段钦使素来嗜酒，对着这种杯中物，好似蚂蚁遇膻，一杯未了，又是一杯，接连喝了数十杯，不觉喜极欲狂，随口乱语，当下笑对朱粲道："闻足下喜吃人肉，究竟人肉有甚滋味？"粲听了此语，明知他有意嘲笑，也忍不住忿怒起来。原来粲前时剽掠淮汉，专掳妇女婴孩，或烹或蒸，作为食品，尝语徒众道："世间美味，无过人肉，但使他国有人，何忧饥馁。"想是老虎变的。因此每破州县，不惜仓粟，往往焚去，至是闻段确相诘，遂勃然道："人肉最美，吃醉人肉，越加适口，好似吃糟猪呢。"确怒骂道："狂贼狂贼！你今日归朝，不过一个唐家奴，你还想吃醉人肉么？"粲此时亦含有酒意，便瞋目道："吃你何妨！"说至此，即指麾左右，就座上拿确，确随员只有数人，那里招架得住？都被他陆续捆住，一刀一个，尽行杀死，吩咐军士洗刷烹调，供大家饱餐一顿，乘着果腹时候，索性将菊潭人民，屠戮垂尽，迳往东都投降王世充。世充令署龙骧大将军。

唐高祖闻段确被烹，顿时大愤，亟欲发兵讨粲，旋接外廷军报，粲已奔投王世充去了。高祖乃召群臣商议，群臣以世充方强，非旦夕可能剿灭，应先储粮积粟，秣马厉兵，俟军实已足，然后出师，可期必胜。于是制定租庸调法，法以人丁为本，田有租，身有庸，户有调，酌量定额，支配悉均，又编置十二军，分屯关内诸府，皆取天星为名。每军将副各一人，无事督耕，有事出战，渐渐的兵精粮足，所向无前。兴邦之本，故特表明。是时宇文士及，尚在济北，伊妹曾入唐为昭仪，颇得高祖欢心，高祖又素善士及，遂召为上仪同。还有故隋臣封德彝，与士及同时入朝，高祖因他谄诈不忠，罢遣就舍，德彝揣摩迎合，挟策干进，也得入拜内史舍人，寻且迁官侍郎。独民部尚书刘文静，初因佐命有功，甚邀主眷，至泾州一役，违令致败，坐罪夺职。见第五回。后来陇西告平，仍复爵邑，列职尚书，文静自恃材能，意尚未足，且因裴寂任右仆射，位在己上，功出己下，更觉愤愤不平。平时与寂论事，屡有龃龉，遂生嫌隙，会家中屡见怪物，文静弟文起，召巫禳灾，披发衔刀，诵咒镇符。有文静妾失宠衔怨，竟令兄上书告变，诬文静兄弟为巫蛊事。高祖遂令裴寂问状，冤家碰着对头，当然锻炼成狱，定了死刑。秦王世民固请道："前在晋阳，文静曾首建大计，乃告寂知。及入关以后，恩宠悬殊。文静怨望，不可谓无，谋反事断不致有，宜赐恩赦罪，矜全首功。"高祖尚是踌躇，偏裴寂又入奏道："文静才略过人，性实阴险，今天下未定，若留此人，必为后患。"睚眦之怨，一至于此。高祖点首称善，即令拿下文静兄弟，推出斩首。文静临刑长叹道："高鸟尽，良弓藏，此语果不谬呢！"何不早学范大夫？用佞戮功，类志之，以见高祖之谬。文静既死，裴寂益得上宠，忽由晋阳递到急报，乃是刘武周屡攻并州，乞即济师。高祖乃命寂为晋阳道行军总管，助太原都督齐王元吉，拒守并州，寂奉命出都，适有一队人马，押着一个草头王，入都献俘。城阃内外，一出一入，正是戈鋋蔽日，旗纛摩空，说不尽威武气象。看官道囚解进京的俘虏，究是何方草寇？小子于第一回中，叙及四方枭雄，曾有李轨起河西一语，轨系凉州豪民，喜赒人急，为乡里所悦服，寻为武威司马。自薛举据有金城，轨亦欲乘势称雄，遂结豪民及诸胡，攻克内苑城，自称凉王，薛举遣将击轨，反为轨兵所败，轨因连拔张掖敦煌西平枹罕诸郡，尽有河西地。唐欲西讨薛举，曾遣使赍给玺书，称为从弟，令他助征陇右，轨颇自喜，遣弟懋入朝，懋得受命为大将军，与唐使张俟德还河西，册轨为凉王，兼凉州总管。哪知轨已僭号称帝，改元安乐，及俟德到来，居然南面召见，俟德面折廷争，乃稍加礼貌，且私与群下会议道："李氏已有天下，历数所归，我不如削去帝号，东向受封为是。"轨若抱定此旨，也不致悬首藁街。尚书右仆射曹珍道："大凉奄有河右，已为帝国，奈何再受人册封？必欲以小事大，请援萧詧事魏故例，对梁称帝，对魏称臣。"轨点首道："此策甚善。"因作表谢唐，遣左丞邓晓，偕张俟德入朝奉表，高祖展览表文，首二句是："皇从弟大凉皇帝臣轨，奉表兄大唐皇帝陛下。"不由的气忿道："轨称朕为兄，明明是不守臣礼呢！"当下拘晓入狱，贻书吐谷浑，吐读如突，谷读如欲。令起兵击轨。吐谷浑为鲜卑支族，建牙西域，随时叛服靡常，炀帝尝遣将出征，部酋伏允，败奔党项，有子顺曾入质隋朝，留居长安，隋末大乱，伏允收还故地，唐高祖与他连和，遣归质子，伏允甚喜，愿奉朝贡。至得高祖书，即发兵进逼河西，轨不得不出兵防御，国内未免空虚。轨有属将安修仁，受轨命为户部尚书，与吏部尚书梁硕有隙，轨子仲琰，亦因硕傲不为礼，与修仁朋比谮硕，轨竟将硕鸩死。硕尝助轨有功，自被鸩死后，群下多怀疑惧，阴生贰心。修仁兄安兴贵，却在唐为官，尝与修仁通书，得知河西虚实。于是上书唐廷，愿诣凉州招轨。高祖召问兴贵道："轨据有河西，僭称皇帝。岂汝口舌所能下？"兴贵道："臣家居凉州，颇有宿望。为民夷所附，弟修仁现在轨下，得轨信任，轨若听臣，不必说了，否则臣伺隙以图，亦无不济。"高祖乃遣令西行，不数日已到凉州，由修仁替他先容，得进任左右卫大将军。修仁因说轨道："凉州偏僻，财力凋敝，虽有胜兵十万，无险可扼，终难成事。且西北与戎狄为邻，非我族类，必为我患。今唐室席据京师，略定中原，战必胜，攻必取，混一区宇，便在目前，若举河西地归唐，唐必世予封爵，就是汉朝窦融，也未足比拟了。”轨迟疑半晌，方奋然道：“唐为东帝，我岂不得为西帝？汝今从东来，莫非为唐做说客么？”兴贵忙谢道：“古人有言，‘富贵不归故乡，如衣锦夜行。’今同宗均蒙委任，何敢生异？不过愚见所及，略表区区，可行与否，仍候钧裁！”轨乃无言。兴贵退出，即与修仁暗结诸胡，里应外合，踏破大凉城。轨战败被擒，由兴贵兄弟，囚轨入都。高祖责他倔强，命斩西市，授兴贵兄弟为左右武侯大将军，各赐田宅及金帛，河西遂平，总计李轨兴亡，只隔三年。邓晓释出狱中，入朝谢恩，舞蹈称庆。高祖正色道：“汝非凉国使臣么？国亡不戚，主死不悲，乃反欲取悦朕心，奸佞可知！汝事轨不忠，尚肯尽心事朕么？”言毕，将晓斥退，可见马屁亦不易拍。晓赧颜自去。

高祖已无西顾忧，乐得锐图东略，偏沈法兴僭号毗陵，自称梁王，李子通僭号江都，自称吴帝，真个是一波才平，一波又起。刘武周又猖獗得很，屡寇并州，齐王元吉，力不能拒，添了一个行军总管裴寂，总道他老成练达，决胜无疑，谁知他一败涂地，反把那晋州以北的城镇，尽行失去。那齐王元吉，闻败惊心，夜携妻妾奔还长安，好好一座太原城，平白地让与刘武周，险些儿将河东一带，拱手畀人，这岂非出人意外么？看官欲知唐军败状，且先说明刘武周来历。折入刘武周，也不肯使一直笔。武周祖籍瀛州，随父匡徙居马邑，少善骑射，喜交豪杰，兄山伯尝詈辱道：“汝择交不慎，必覆吾宗。”武周竟赴洛阳，投入隋太仆杨义臣帐下，后随炀帝征辽，得补校尉。未几返至马邑，太守王仁恭爱他骁勇，令统帐下亲卒，随侍左右，日久相狎，与仁恭侍儿有染，情好日深，他恐事发被诛，索性先下手为强，密结里中恶少年，入杀仁恭，持首出徇郡中，无人敢动。奸淫好杀，怎得有好结果。当下开仓赈穷，收得徒众万余人，自称太守，雁门丞陈孝意，虎贲郎将王智辩，合兵往攻，被他击败，乘胜入汾阳宫，掠得宫人，献与突厥。突厥报以良马，并赠狼头纛一面，立他为定扬可汗，他遂僭称皇帝，改元天兴。适易州贼帅宋金刚，有众万余，与魏刀儿连结。刀儿为窦建德所灭，金刚往援，也为所败，乃率残众投奔武周，武周大喜，封为宋王，委以兵事。金刚亦喜得知遇，愿效驰驱。武周有妹及笄，尚未适人，此时正在择婿，金刚独出去故妻，做了自荐的毛遂，武周方有意笼络，允把妹子嫁给了他。盗贼心肠，不谋而合。他遂劝武周进图晋阳，南向争天下。武周命为西南道大行台，统兵三万入寇，破榆次，拔介州，进攻并州及太原。唐左武卫大将军姜宝谊，及行军总管李仲文，出师往剿，俱为所掳。宝谊被杀，仲文逃归。齐王元吉一再告急，高祖乃遣裴寂往征。寂引军至介休，驻营度索原，汲饮涧水。金刚遏住上流，寂军无水可饮，移营他就。仓猝间为敌所乘，竟至全营溃乱，散亡略尽。寂一日一夜，奔回晋州。元吉大惧，召司马刘德威入议，德威也无法可施，勉强说了一个“守”字。元吉佯嘱德威道：“汝率老幼守城，我领强兵出战。”德威唯唯而出。谁意元吉托词出兵，夜间挈着妻妾，一溜烟的逃归长安。补叙已完，下段是承接文字。于是宋金刚攻入晋州，刘武周攻入并州及太原。总管裴寂，日日退兵。寇锋直逼绛州，陷入龙门，未几又陷入浍州。浍州附近，为虞泰二州，当然吃紧。寂并不往防，但络绎发使，促州吏收民入城，焚民积聚。民惊扰愁怨，群思为乱。夏县民吕崇茂，乘势聚众，起应武周，自称魏王，四出劫掠。寂连得警报，只好往剿崇茂，偏部下都不耐战，一经对垒，便有退志。崇茂鼓众杀来，眼见得寂军倒退，纷纷溃散，寂也飞马逃回，没奈何拜本乞援。高祖令永安王李孝基，与陕州总管于筠，内史侍郎唐俭等，助剿崇茂，一面发出手敕，饬关中守将，严行堵御，所有河东一带，暂行弃置。

这敕一下，恼动了秦王世民，即奋然上表道：“太原为王业所基，乃是国家根本，河东殷实，京邑全仗资助，若因兵势稍挫，遽尔轻弃，恐河东不保，必及关西，愿假臣精兵三万，出讨武周，定能殄平剧贼，克复汾晋。”唐室只赖此人。高祖乃尽发关中将士。归世民节制，令击武周。世民即于武德二年十一月，引兵至龙门，巧值河冰方坚，扬鞭急渡，到了柏壁，前面驻有敌营，敌帅就是宋金刚，世民择险驻军，坚壁不战，惟传檄各郡，令他接济军需，各郡吏正相观望，骤闻世民为帅，争来趋附，陆续输运粮食，解到军前。是谓声望服人。世民休兵秣马，但命偏裨抄掠敌营，敌出即退，敌退复进，惹得金刚性起，率众来攻。世民仍按兵不动，只用硬弓强矢，接连射去，一骁将应弦而倒，金刚乃退，世民照旧办事。蓦接夏县败报，永安王孝基等，全军覆没，连孝基以下，均被掳去，不由的大愤道：“贼势有这般厉害吗？待我自去督剿罢！”言未已，有二将军入帐道：“此处不便移军，但由末将等前去，即可破敌。”世民视之，乃是兵部尚书殷开山及行军总管秦叔宝，便大喜道：“二将军既愿同往，胜似我行。惟贼已得胜，必然还军，最好是中途邀击，攻他无备，定可得胜。”二将领命前行，途次探得消息，系是武周部将尉迟恭字敬德。寻相，往助崇茂，夹攻唐军，因致败没；现已掳得李孝基等，还相浍州，将至美良川

尉迟恭（585—658），字敬德，朔州善阳（今山西朔州）人，唐初大将。历任泾州道行军总管、襄州都督等，封鄂国公。隋末从军，骁勇善战，为刘武周偏将。归唐后，随李世民征讨王世充、窦建德等，立下赫赫战功。武德五年（626年）玄武门之变，射死李元吉，助李世民夺取帝位。晚年信方术，杜门不出十六年。

了。叙明孝基被掳情由。当下兼程前进，驰至美良川，正值尉迟恭等率军半渡，两将麾军急击，任你尉迟恭如何骁勇，已是不能成军。唐兵东劈西斫，前刺后戳，斩得敌首二千余级，方才收军。惟尉迟恭等遁去，孝基等亦不能夺回。两将恐穷追有失，驰还大营。世民录两将功，仍然不战。诸将屡请出捣敌营，世民道："金刚悬军深入，兵精将猛，利在速战，我闭营养锐，静挫寇锋，待他粮尽，自当遁走，那时自可追击哩。"自是两军相持，竟至逾年。已是武德三年。

刘武周寇潞州，被唐将王行敏击退，转寇浩州，又被唐将李仲文张纶等击走，接连丧师失律，军威大挫。宋金刚锐气亦衰，粮运不继，只好回军北走。世民督兵追逐，一昼夜行二百余里，至高壁岭，只有少许敌军，不值唐兵一扫。将士请驻军待粮，世民不从，忍饥疾驰，一直至雀鼠谷，始追及敌军。金刚且战且行，交锋至八次，俱被世民杀败，俘斩达数万人，金刚落荒遁去。世民已三日不解甲，二日不进食，军中止有一羊，乃命烹食，分给将士，稍稍疗饥，复引兵趋介休。金刚已入介休城，尚有余众二万，开门出战，背城列阵，世民令前军应敌，自率后军绕出敌后，夹击金刚。金刚大败，轻骑复遁。世民追击数十里，斩首三千级。尉迟恭寻相等，尚守介休，世民遣使招谕，两人遂降。尉迟恭部下计八千人，世民令参入各营，且命恭为右府统军。屈突通虑恭为变，屡谏世民。世民道："我方喜得良将，请君勿言！"旋由陕州总管于筠，自敌营逃归，报称刘武周在并州，现已势穷，有北遁意。世民即驱军薄并州。到了城下，城门已是大开，刘武周早出城遁去了。世民平河东，与陇西相似，而笔下无复语，亦见苦心。小子有诗赞世民道：

披襟独具大王风，谋定应成百战功。

薛氏已亡刘亦灭，威名从此振西东。

毕竟刘武周遁往何处？容至下回表明。

朱粲也，李轨也，刘武周也，皆据有一隅，悍然称尊。粲势最弱，性最不仁，禽兽犹不食其类，粲乃以人食人，何其残忍乃尔？段确奉命慰谕，竟为所烹，虽确亦有自取之咎，而粲之恶益著矣。李轨喜赒人急，乃为乡里所推，乘乱称雄，较诸朱粲，毋乃霄壤，然小加大，疏间亲，塞明蔽聪，不亡何待？武周逆乱背德，虐不若粲，而不义亦甚，所恃者一宋金刚，而金刚甘负糟糠，忍心害理，犹之一武周也。惟连陷汾晋，厥锋甚锐，元吉遁，裴寂逃，孝基等且被擒，微秦王世民，其何自克复乎？本回依次叙述，俱有声采，其间插入立法用人一段，亦关紧要，不得视为闲笔，妙在随势曲折，穿插无痕，于另笔提入处，亦有钩心斗角之工。首段承接前回，因越王侗事，遂连及代王侑，按诸唐史岁月，毫不紊乱，非熟读史事，及笔性聪明，乌能有此巧构也？

第八回

河朔修和还旧俘
郑兵战败保孤城

却说武周闻金刚败还，料唐军必攻并州，即开城遁往突厥。世民入并州城，不戮一人，再进军攻晋阳，守将杨伏念举城迎降。侍郎唐俭，前与永安王孝基，同被擒禁，俭至此得释，惟孝基已为武周所杀。孝基为世民从叔，尸骸暴露，由世民收尸殓葬，一面分兵收服余郡，于是武周所得州县，悉数归唐。宋金刚收集残众，意欲回兵再战，奈部众闻一战字，统是胆战心惊，又复散去。金刚也只得北走突厥，已而自突厥走上谷，为突厥所追获，腰斩以徇。武周居突厥数月，亦欲亡归马邑，偏被突厥闻知，也将他杀死。先是武周南寇，谋臣苑君璋进谏道："唐以一州兵取三辅，三辅指关中言。所向披靡，此乃天命，非人力所可与争。太原南多险阻，今悬军深入，后无援应，一或失败，尽隳前功，不如北结突厥，南结唐朝，南面称孤，最为上策。"武周不听，及败奔突厥，方泣语君璋道："不用公言，竟至如此。"嗟何及矣。君璋随武周奔突厥，武周被杀，突厥命君璋为大行台，统领武周部曲，后来引突厥攻代州，为刺史王孝德击退，唐屡遣人招降，一再抗命，且进扰马邑及太原，至突厥渐衰，方率所部降唐，得拜安州都督，兼芮国公，竟得贵显终身，这且搁过不提。

且说世民既平定太原，上书报捷，静待后命。高祖命李仲文为并州总管，唐俭为并州道安抚大使，留镇晋阳，促世民班师回朝。世民奉诏还都，饮至受赏，不消细表。高祖召宴群臣，酒酣与语道："今薛刘二寇，已皆剿灭，此外如王薄郭子和蒋弘度徐师顺李义满綦公顺等，均次第来降，借高祖口中，叙入群盗，以省笔墨。惟窦建德王世充，负固恃强，屡寇边境，建德且虏朕从弟淮安王及朕妹同安公主，朕决不与甘休，现拟先讨建德，后讨世充。"世民独进言道："世充残虐，神人共愤，臣意拟先行往讨，一面与建德暂行议和，令归我皇叔皇姑。俟世充平后，移军北指，建德如肯投诚，不必说了，否则再剿未迟。”先讨世充，名正言顺。高祖道：“建德若肯归我弟妹，自当先讨世充了。”及宴饮已毕，乃派使赴洺州，与建德修好，索还淮安王神通及同安长公主。

原来神通曾为山东安抚大使，防御建德。建德竟连陷邢沧洺相等州，神通不能拒，往依黎阳李世勣，且令慰抚使张道源镇守赵州。建德进薄赵州城下，道源与总管张志昂，登城拒守，禁不住敌军猛扑，竟被攻入。两张巷战不支，一并成擒。建德叱令斩首，国子祭酒凌敬道：“人臣各为其主，彼坚守不下，实是忠臣。大王若将他杀死，奈何策励臣下？”建德乃将二人释缚，留居军中，再引兵趋卫州，前队过黎阳三十里，李世勣遣骑将邱孝刚，率二百骑侦探敌踪，途中与建德相遇，孝刚素善马槊，自恃骁勇，即突击建德，建德败走，后军进援建德，孝刚寡不敌众，竟至战死，建德迁怒黎阳，引兵还攻，城中不及预防，突被攻陷。淮安王神通，竟被掳去，同安公主为高祖胞妹，本嫁隋刺史王裕，寓居黎阳，也为所掳。还有秘书丞魏徵，曾奉高祖命招降世勣，羁留未返，事见第六回。至此亦作了俘囚，世勣仓猝走脱，连家属都不及携奔。建德拿住世勣父盖，迫令招降，世勣得了父书，默想多时，方还见建德。建德令世勣为左骁卫将军，仍守黎阳，惟留盖为质，授魏徵起居舍人，馆待神通及公主，复自督兵攻滑州。滑州刺史王轨，正拟守城，蓦为怨奴刺死，携首献建德军前。建德问明原委，大怒道：“奴敢杀主，悖逆极了。”即令左右缚奴处斩，仍返轨首至滑州，嘱令合尸以葬。建德颇知仁义。吏民感悦，即日请降。嗣是附近州县，统望风输款，并豫州盗徐圆朗，亦致书投诚。

建德乃还都洺州。世勣仍欲归唐，恐祸及乃父，谋诸故人郭孝恪。孝恪道：“君新附窦氏，动必见疑，计惟先为立功，俾他信任，然后可图反正呢。”世勣乃袭破嘉县，进击新乡，掳世充将刘黑闼，押献建德。建德大喜，署黑闼为将军，且嘉奖世勣。世勣复请取孟海公所据曹戴二州，建德遂遣妻兄曹旦，率众五万，往会世勣，并言将亲自策应。世勣闻曹旦传言，拟俟建德至营，掩杀了他，乘势夺还父盖，及建德土地归唐，哪知待了数日，并不见建德到来。曹旦又侵掠河南，人民交怨，世勣忍耐不住，率部众袭曹旦营，偏曹旦预先防备，无隙可乘。自思不便再留，即与郭孝恪等数十骑奔唐。建德闻世勣西去，不过长叹数声，群下请速诛李盖，建德道：“世勣唐臣，为我所虏，不忘本朝，也是忠臣的素志，我何忍罪及乃父呢？”竟释盖不诛。

惟与罗艺一再交兵，始终不克。大将军王伏宝，勇冠军中，免不得侮弄诸将，诸将因此挟仇，诬称他有叛志。建德信为真情，遽令处死。伏宝大呼道：“陛下奈何听信谗言，自斩左右手呢？”建德仍以为诳语，竟把他枭首示众。这是建德第一错着。嗣是失一骁将，战数不利。可巧唐使到来，贻书通好，建德恰也情愿，许将淮安王神通及同安公主，偕唐使同归，一面起兵二十万，复攻幽州，仗着兵多将勇，四处缘梯，鼓噪登城，不意背后忽突入敌军，悍鸷绝伦，锐不可当。建德部下，立脚不住，当然倒退。城内复杀出罗艺，自率精兵来攻建德，建德仓皇失措，不及收军，慌忙返走；那踊跃登城的将士，也下城窜去，脚生得长的，还幸逃性命，稍迟一步，便做了无头鬼，横尸城下。看官道建德背后的敌军，从何而来？其实就是城中二薛。薛万均兄弟，因见建德大举前来，自恐不能坚守，乃募敢死士百人，凿通地道，潜行而出，掩至建德后面，一阵痛杀。又得罗艺出来夹攻，便将建德击退，罗艺乘胜薄建德营，建德已招集全军，填堑出战，麾众奋斗，究竟艺兵寡力单，杀不过建德，只好败回城中。建德复进兵围城，艺与万彻万均等，勉力捍御，且遣使告急渔阳，求发援兵。渔阳为高开道所据，自称燕王，他本沧州人氏，世业煎盐，隋末朔方盗起，也纠众作乱，始据北平，继陷渔阳。适怀戎僧人高昙晟，戕官据县，自号大乘皇帝，以尼静宣为后，建元法纶，和尚配尼姑，确是相当。遣使与开道约为兄弟，开道引众往从，留居三月，竟掩杀昙晟，并有怀戎部曲，尼姑皇后，如何发落？可惜史中不载。也居然改易正朔，署置百官。既接罗艺来书，乐得发兵扬威，自率二千骑驰救幽州。建德见援兵到来，恐再蹈覆辙，也即退还。罗艺出迎开道，入城宴叙，席间劝开道归唐，开道也即照允，遂因艺遣使进表，愿作唐藩。唐封艺为燕郡王，开道为北平郡王，均赐姓李氏，艺与开道，各受册封，辖境如故。

是时唐高祖因东和建德，弟妹来归，即遣秦王世民，督诸军讨王世充。世充曾屡寇唐境，多不能下，反失去爱将罗士信。李君羡田留安，依次投唐。唐以士信骁勇，命为陕西道行军总管，随世民东征。世民即用为先锋，进围慈涧，王世充闻唐军东下，派兄弟子侄等，防守各城，且恐群下叛亡，特立厉禁，一人失踪，全家俱戮。即此一法，已足致亡。自将战兵三万，援慈涧城。世民亲率轻骑，往侦世充，途中猝与相遇，众寡不敌，竟为所围，乃左右驰射，箭无虚发，射毙世充部下数十人。世充骁将燕琪，跃马来刺世民，相去数步，但听箭镞一响，已是应声而倒，立被唐军擒住。世充知不可取，引兵退去。世民驰还营中，翌日率步骑五万，直抵慈涧，援应士信，守兵骇散，弃城归洛。世民驱军入城，因派遣诸将，分道进兵。行军总管史万宝，自宜阳南入龙门，将军刘德威，自太行东围河内，上谷公王君廓，自洛口断敌饷道，怀州总管黄君汉，自河阴攻回洛城，四路偏师，奉令而去。世民自督大军，连营北邙，步步进逼，且传檄各郡，劝令速降。洧州长史张公谨与刺史崔枢，举城归附，邓州土豪，也执世充所署刺史，献俘军前。总管黄君汉一军，用舟师袭破回洛城，连下二十余堡，世充子玄应，趋攻回洛，连日不克，于是世充自统锐卒，列阵青城宫，来敌世民。世民隔水置阵，与他相对。世充遥语世民道：“隋室倾覆，唐帝关中，郑帝河南，世充未尝西侵，王独举兵东来，是何用意？”世民令宇文士及应声道：“四海以内，皆奉大唐正朔，独公执迷不悟，为此前来问罪。”何不责他杀逆事，想是投鼠忌器，所以讳言。世充又道：“天下扰乱，已历数年，长安洛阳，各有分地，若相与罢兵讲好，岂不甚善？”世民又使士及回应道：“我只奉诏取东都，不闻令我讲好，公若解甲归降，当可保全富贵，否则决一胜负，不必多言！”世充乃默不复语。相持至暮，各自退归。既而显州总管田瓒，举所部二十五州降唐。瓒系杨士林长史，士林击败朱粲，奉表唐廷，献汉东四郡版籍，唐命为显州道行台。士林阳受唐封，暗中却南通萧铣，北结世充。唐正欲遣将往讨，士林已为瓒所杀，竟向世充处请降。世充令为显州总管。至是瓒闻唐军大举，屡败世充，乃复举属地归唐。自是襄汉声闻，与世充绝不相通。唐总管史万宝，进攻甘泉宫，王君廓又进拔轘辕，河南大恐，各州县相率来降。

世民在军，每夕必检查将士，忽不见降将寻相，并前时河东降卒，亦多亡去。寻相与尉迟恭曾同时归降世民，至寻相一逃，尉迟恭当然遭嫌。屈突通殷开山等，竟将尉迟恭拿下，入帐白世民道：“敬德注见前。骁勇绝伦，恐滋后患，不如趁早杀却，藉杜祸根。现已拿至帐下，听候处决！”世民瞿然道：“二君以寻相叛去，遂疑及敬德么？要知敬德若叛，必不落寻相后。今敬德尚存，显见得无叛志呢。”说至此，即趋出帐外，亲与释缚，又引入卧室内，取金相赠道：“丈夫意气相期，勿以小嫌介意，必欲他去，此金可作路资，聊表袍泽谊，我怎肯因谗害正呢？”尉迟恭闻言下拜，不禁涕泣道：“大王如此相待，恭非木石，宁不知感，誓为大王效死，厚赠实不敢受。”世民扶他起身道：“将军果肯屈留，金不妨受。”尉迟恭仍然固辞，世民乃道：“留此以作后赏。”恭拜谢而退。世民真善于驭将。

隔了一宿，世民率五百骑巡行战地，猝遇王世充掩至，步骑不下万余，为首的乃是单雄信，手持长槊，来刺世民。世民忙拔刀招架，怎奈短不敌长，几乎手忙脚乱，突来了一员大将，从刺斜里横戳雄信，雄信坠马，由他部下救去。那来将护住世民，驰出战线；再率骑兵还战，出入世充阵中，左挑右拨，横厉无前。屈突通复引大兵继至，来援那将，一番酣斗，斩首至千余级。世充丧胆窜去，留冠军大将军陈智略断后，那将追赶过去，趁手一槊，立将智略击落马下，由唐军活捉而来，乃收兵回寨，进谒世民。世民起座迎劳道：“众将疑公必叛，我谓公无他意，相报竟这般速么？”遂赐他金银一箧，那将方才拜受。究竟那将是谁？看官不必多猜，便可知是尉迟敬德。当下检验俘虏，除陈智略外，获得排矟兵六十名，俱称愿降。世民安插已毕，复来了敌将张镇周，亦入营投诚，均由世民推恩录用。嗣是远近闻风，争相趋附。杜才干以濮州降，杨庆以管州降，魏陆以荥州降，王雄以阳城降，王要汉以汴州降，徐毅以随州降，接连是许亳十一州，都来请降。

转眼间已是武德四年，梁州总管程嘉会，亦率部众来降。世民复招抚淮南杜伏威，助剿世充。伏威本齐州人，与同里辅公祏，亡命为盗，出没江淮，据有历阳，自号吴王。及得世民招谕，乃输款唐廷，受唐封册，即遣部将陈正通徐绍宗率精兵二千，来助世民，攻下大梁。世民复挑选精骑十余骑，均着皂衣玄甲，分为左右队，令秦叔宝程知节尉迟恭翟长孙为偏帅，自为统帅，每战即作为冲锋，无坚不破。屈突通窦轨等，按视行营，为世充所袭，几至败衄。世民闻警，急率玄甲兵往救，驰入敌阵，好似苍龙搅海，骇浪奔腾，杀得世充弃甲曳兵，逃归洛阳。世充子玄应，因攻回洛城不下，移戍虎牢，至是闻世充败归，亦收运储粟，拼命还洛。简直是同去就死了。世民乃使宇文士及，驰还长安，奏请进围东都。高祖准奏，并语士及道："返语尔王，如得洛阳，乘舆法物，图籍器械等，可收取来朝。子女玉帛，悉赐将士。"士及受命，还白世民。世民仍移军青城宫，壁垒未立，王世充已率健卒二万，出临谷水，负险列阵，唐将皆有畏心。世民驻营北邙，登高遥望，下语诸将道："贼势穷了，悉众前来。侥幸一战，我今日若得破他，他自然不敢再出了。"此语寓激励意，所以释诸将之疑虑。遂召屈突通入帐，令率步卒五千，渡水挑战，临行时授以要语道："如已交锋，速即纵烟，我当亲来接应。"通唯唯而去。

世民令将士裹甲以待，自己专了望烟起，俄见隔岸有青烟一缕，飞入云霄，因即一跃上马，当先驰去。将士等鱼贯而进，踊跃渡河，与通合军力战。世民欲知敌阵厚薄，独率数十骑冒险突入，从阵前杀到阵后，众皆披靡。蓦见前面有长堤阻住，只好退转，仍从敌阵中杀回。那时人自为战，不能相顾，世民与从骑相失，随身只一邱行恭，世充部下，有数骑来追，且用强箭射世民。世民身上，好似有神祇护卫，箭不能入，偏马竟中箭欲踣，险些儿将世民掀翻，亏得世民先已跳下，才免倾跌，马竟倒毙。世民专喜冒险，若非神助，恐亦难免。行恭忙回马接箭，箭一到手，发无不中，接连射毙数人，追骑不敢径前，乃下马授世民辔，请他上马，自在马前步行，手执长刀，距跃大呼，砍死敌人复数名，始得突阵而出，返入大军，再行督战。世充亦麾众死斗，两下里鼓声大震，又混战了三四个时辰，忽散忽合，屡荡屡决，世充才不能支持，引兵退去。世民乘胜追杀，直抵东都，事有凑巧，罗士信已屠灭千金堡，王君廓亦袭据虎牢城，各有捷报到来。世民喜道："世充失去二险，差不多似瓮中鳖、釜底鱼了，洛阳虽坚，怕不为我所取么？"遂四面围攻，昼夜不息，城中守御甚严，大炮飞石，足重五十斤，掷至二百步，强弩似车辐，硬簇似巨斧，射远且至五百步。唐军受着矢石，无不立倒，世民射书谕降，守将屡欲内应，均被世充察出，一律杀死。还有世充所署的御史郑颋，自愿削发被缁，亦为世充所疑，斩首市曹。世民屡攻不下，又贻世充书，晓谕祸福，亦不见报。唐将士多疲敝思归，总管刘弘基请班师，世民摇首道："目今大举前来，无非为一劳永逸起见，东方诸州，已望风款服，惟洛阳孤城，尚未能下，我料他亦不能久持，功在垂成，奈何弃去？”言之甚是。乃下令军中道：“洛阳一日不破，大军一日不还，敢言班师者斩！”诸将乃不敢复言。嗣接高祖密敕，亦令世民退军，世民遣封德彝入朝，嘱他面奏道：“世充只有一城，智尽力穷，旦暮可克，今若还师，贼势复振，更相连结，将来转势大难图了。”德彝受教而去，忽接到东方警报：窦建德起兵十万众，来援洛阳，管州被陷，刺史郭士安遭害，荥阳阳翟等县，亦多失守；建德部众，水陆并进，不日将到此地了。唐将士均相顾失色，连世民亦颇费踌躇，正疑虑间，有巡官入报道：“夏主窦建德遣使致书，现来使静候营外。”世民道：“引他进来。”巡官去后，即引来使入见世民，正是：

目击危城如累卵，笑看外使枉投辕。

欲知来使如何致词？且看下回叙明。

隋末群雄，郑夏最强，然窦建德非王世充比也，建德起自漳南，投入戎伍，位不过百人长耳，与世充之居高官，食厚禄者，本不相同。及奉表皇泰，擒诛化及，为隋讨逆，师出有名。且虏淮南王神通，暨同安公主，仍以宾礼相待，毫不侮辱。他如诛王轨奴，不杀李世勣父，其识量毋亦过人乎？唐与通和，即还旧俘，假令安居河朔，长此修睦，唐亦无隙可乘，何至遽灭？惜乎其志不坚定也。世充大逆不道，敢鸩嗣君，罪不亚于化及，秦王世民，决议东征，而夹水一语，未尝声讨，得毋以掩耳盗铃，内省不能无疚耶？但大兵一至，河内瓦解，不仁者宁能得国？其得苟延数年，犹幸事也。故本回叙述建德，不掩其长。所以原建德之犹善。至叙述世充，极言其败，所以嫉世充之不仁。

第九回

擒渠歼敌耀武东都
奏凯还朝献俘太庙

却说秦王世民，见了来使，问明姓名，叫作李大师，曾在建德处充任礼部侍郎，当由他呈上一函，经世民拆阅毕，不禁微笑道：“来书欲我退军潼关，返郑侵地，试想我军到此，已将一载，费去了若干粮饷，丧亡了若干军士，才得这数十郡县，今洛阳旦夕可下，反劝我退兵还地，能有这般容易么？”大师道：“贵国既有志安民，不应穷兵黩武，还是得休便休，罢战修和，一来可休息兵民，二来免伤动和气。”世民听到末语，激动三分怒意，便瞋目道：“郑夏本系敌国，我灭世充，与尔国何干？今尔国前来劝阻，究是何意？”大师道：“敝国为休兵息民起见，所以遣大师前来致书，代郑请和，殿下若不肯俯从，敝国现已发兵，不便收回了。”世民更怒道：“尔国出兵，我亦何怕？”说至此，即喝令左右，将大师牵至帐后，羁住军中，一面召僚佐会议，诸将多面面相觑。统是饭桶。郭孝恪独进言道：“世充穷蹙，势将出降，今建德远来相救，这是天意欲亡他两国，我军可据住武牢，伺间而动，必能破敌。”言未已，又有一人接口道：“世充保守东都，府库充实，部下皆江淮精锐，很是耐战，只因缺了粮饷，所以困守孤城，坐以待毙。若建德来与合兵，输粮相济，恐贼势益强，战争不了，今请分兵困住洛阳，深沟高垒，休与争锋，大王亲率骁锐，先据成皋，以逸待劳，决可破灭建德，建德既破，世充自下，不出两旬，两虏酋俱就缚了。”确是妙算。世民视之，乃是记室薛收，便答道：“君言甚善，我意亦作此想，即当照行。”萧瑀屈突通等，闻世民言，且上前劝阻：“请退保新安，依险自固。”世民驳斥道：“建德新破孟海公，将骄卒惰，不足一战。我出据武牢，扼他咽喉，他果冒险来争，我自有法抵御。若逡巡不进，不出旬月，世充必溃，城破兵强，气势自倍，一举两克，即在此行，否则贼入武牢，诸城新附，必不能守，两贼并力，与我相争，我军尚能自固么？”萧瑀等乃默然而退。世民召回屈突通，令佐齐王元吉，围住东都，不得浪战，自率李世勣程知节秦叔宝尉迟敬德等，共三千五百骑，东趋武牢去了。

看官！你道窦建德何故救郑？原来世充屡战屡败，早遣兄子代王琬及长孙安世，往河朔乞援，建德本与世充有嫌，互相侵伐，至是亦不愿赴援，偏中书侍郎刘彬进劝建德道："天下大乱，唐得关西，郑得河南，夏得河北，鼎足三分，互相牵制。今唐举兵临郑，自秋涉冬，唐兵日增，郑地日蹙，唐强郑弱，势必不支，郑亡必将及夏，我亦不能自保了。不如解仇除忿，发兵援郑，夹击唐军，唐若败退，郑可袭取，合两国兵士，乘唐疲敝，攻入关中，天下亦不难统一呢！"良心太狠，反足致亡。这一席话，说得建德鼓掌称善，便召入郑使，允发援兵。惟因孟海公占据周桥，恐他乘虚来袭，俟剿平孟海公，然后出师。琬与安世，拜谢而去。建德遂出兵赴周桥，击孟海公。海公系济阴人，好弄拳棒，不喜文字，隋末群盗纷起，他也聚众为盗，占据曹州的周桥，自称录事。因地居偏僻，无人注目，被他安住了六七年，及建德兵到，海公不识好歹，就率众与他对仗。建德兵经过百战，海公兵统是乌合，一经交战，胜负立分。海公逃回周桥，被建德一鼓攻入，把他活捉了去，立刻杀死，余众皆降。建德留降将戍周桥，遂率众西趋，陷管州，拔荥阳阳翟等县。兵遵陆行，粮从水运，途次遇着郑将郭士衡，系是王世充弟世辩差来，有兵数千，迎接建德。建德进至成皋东原，筑宫板渚，作为行辕，一面遣报世充，一面致书唐营，不亟进兵，便是失着。尚眼巴巴的专待李大师归报。痴心妄想。哪知唐秦王世民，已带着骁骑，历北邙，过河阳，径入武牢来了。

建德待使未至，遣侦骑出营探望，甫经三里，见前面有骑士四人，为首的执弓，随后的执槊，威风凛凛，控马前来，侦骑还疑是巡卒，正要动问，忽听得一声大喝道："我是秦王，你等看箭！"语音未了，箭声已到，一骑便撞落马下，余骑慌忙逃回。原来世民既入武牢，即率五百骑来探敌营，沿途设伏，留李世勣程知节秦叔宝等，分头伏着。单领尉迟敬德，及从骑二人前进。至射死敌骑一名，两从骑请世民回马道："敌骑还报，必有大军来攻。不如速返！"世民顾敬德道："我执弓矢，公执槊，虽有百万敌骑，亦怕他什么？"此言亦未免太夸。正说着，前面尘头大起，有五六千骑，驰逐而来。两从骑不觉失色，世民从容道："汝两人不必惊慌，尽管返行，我自与敬德断后。"于是勒马以待，看敌骑将至，即引弓注射，每发一箭，必毙一敌，敌三却三进，世民复射毙数人。敬德舞槊前迎，也刺杀敌骑十余人，敌骑不敢进逼。世民反佯作怯状，逡巡退却，那敌骑不知是计，一拥追来，才经里许，伏兵猝发，世勣等上前奋击，斩首三百余级，擒住敌将殷秋石瓒，余众窜去。世民乃收兵回营，作书报建德道：

赵魏之地，久为我有，今为足下所侵夺，不情孰甚？但以淮安见礼，公主得归，故相与坦怀释怨，世充前与足下修好，已尝反复，今亡在朝夕，更饰词相诱，足下乃以三军之众，仰哺于人，千金之资，坐供外费，甚非策也。今前茅相遇，已遽崩摧，郊劳未通，能无怀愧。故抑止锋锐，冀闻择善，若不获命，恐后悔且难追矣，幸足下垂察焉！

书成后，遣人赍递建德，建德不答。嗣是两人相持，屡有战事，建德毫无便宜，反失去许多人马，唐将王君廓又率轻骑千余，截击建德饷道，把建德大将张青特，擒了回去，建德方有惧意。祭酒凌敬献议道："唐兵现据武牢，势难前进，为大王计，不如统兵渡河，攻取怀州河阳，戍以重兵，然后张旗鸣鼓，逾太行，入上党，徇汾晋，趋蒲津，据河东以窥关西，最为上策。"建德道："我若往取河东，洛阳还能不亡么？"凌敬道："依臣言，却有三利：唐兵俱在洛阳，我得乘虚入境，师出万全，这便是第一利；拓地可以得众，形势益强，兵不疲敝，这便是第二利；我军既入唐境，唐兵必还救关中，郑围自然得解，这便是第三利。失此机会，旷日持久，恐洛阳必亡，我军亦将坐困了。"此计若行，唐军且疲于奔命，郑夏何至偕亡！建德沉吟良久道："卿言亦是。"方说此语，那郑使代王琬及长孙安世，又来乞援，一入帐前，即拜倒地上，泣请速进。仿佛是催命符。弄得建德忐忑不定，只好应允进兵。琬与安世，方才起身，留住建德营内，一日三催，且暗把金帛馈送诸将，托他敦促建德。诸将俱入白建德道："凌敬书生，何知战事？大王宜急速进兵，无庸迟疑！"建德乃下令进攻武牢，凌敬忙入谏道："大王奈何不用臣言？"建德道："众议皆主张进兵，这是天助成功，定期大捷，卿言不便相从。"敬叹道："不用臣言，大王休得后悔！"建德怒起，竟令左右将敬扶出，自己踱入宫中。

建德妻曹氏，也随军到此，上前相迎，见建德面有愠色，便问明情由。建德略述数语，曹氏道："祭酒所言甚善。今大王乘虚入河东，不患不克，若再连结突厥，西抄关中，唐必还师，郑围自解。若在此屯留，劳师费财，何日可成？望大王详察！"建德道："这非妇女所能知，你若听信妇女，何至于死。我为救郑而来，郑正危急得很，我乃舍此就彼，岂非失信？且将士亦疑我畏敌了。"遂不从曹氏语，即于次日调齐兵马，自板渚出牛口，列阵达二十里，鼓行而进。唐将士见建德势盛，恰也有些胆怯。世民带领尉迟敬德等，登一高丘，立马遥望，半晌才道："贼起山东，未尝遇着劲敌，今虽结成大阵，我看他部伍不整，纪律不严，徒然靠着人多，有何益处？我且按兵不出，待他锐气已衰，阵久兵饥，势且自退，乘此追击，无不获胜。今与诸公预约，过了日中，必能破敌了。"敬德等皆唯唯如命。

那窦建德轻视唐军，遣三百骑渡过汜水，直薄唐营，且大呼道：“唐营中如有勇士，请出来决斗！”叫了数声，但见唐营开处，走出一员大将，领了二百长槊兵，前来搏战，旗帜上面写着一个斗大的“王”字，才知他是王君廓。君廓与夏兵交锋，约有几十个回合，不分胜负，各自引还。不意尉迟敬德跃马出营，随身只有二骑，一是高甑生，一是梁建方，竟追蹑夏兵背后，径抵建德阵前。可巧郑使代王琬，骑着隋炀帝所乘的青鬃马，昂然立着，他正看夏兵归营，毫不防备，猛听得一声道：“哪里走？”余音未毕，那身子不知不觉，被别人抓了过去，剩下坐骑，也有人牵住，此时急呼救命，由夏阵内驰出数骑，闻声赴援，偏见了铁骑铁甲的唐将，正是持槊的尉迟敬德，不由的倒退数步。敬德擒住王琬，高甑生牵住琬马，竟安安稳稳的驰还大营。原来世民望见建德阵前，立着王琬，骑着一匹良马。遂指示敬德，说了好马二字。敬德即自请往取，世民禁他不住，他竟与高梁二将，控马过去，连人带马都擒夺过来。世民恐敬德有失，亟令宇文士及，领着三百骑接应敬德，且与语道：“若敬德已归，汝可绕出敌阵，由东驰归，敌若坚壁不动，速即驰还，毋轻惹祸。”仍是一个诱敌计。士及领计前行，途次接着敬德，见他立功而归，当然欣慰，就趁势往绕敌阵。敌兵争来拦截，士及不与鏖斗，但夺路东去。世民早已瞧入眼中，且见夏兵多向河饮水，或散坐阵前，便指麾众将道：“贼势已懈，急击勿迟！”世民败敌，专用此策。李世勣程知节秦叔宝等，一闻将令，便即出马先驱，世民也不愿落后，挺身前往，余军依次随着，渡过汜水，直捣夏阵。

建德因日已过午，军不得食，正召集将士，商议行止，忽闻唐军到来，不及整列，忙令骑兵出战，自率步兵退后，依踞东坡。世民瞧着，命窦抗领兵绕击建德，自与尉迟敬德等拦杀骑兵，一阵捣乱，把敌骑杀得零零落落，尽行散去，再乘胜前进。适值窦抗被建德击退，势将不支。世民大呼突阵，敌皆披靡，还有淮阳王李道玄，系高祖从兄子。挺身陷敌，直上南坂，穿过敌阵，复自敌阵杀还，中矢如猬，勇气不衰。惟马负重伤，不能再用，世民给他副马，令勿再入敌中，一面督军大战，尘氛滚滚，天日皆昏。程知节秦叔宝及西突厥人史大奈等，卷旆齐进，冲出敌后，复张起大唐旗号，飘扬天空。夏兵相顾错愕，顿时大溃。唐军追奔三十里，斩首三千余级，建德为槊所伤，窜匿牛口渚中，唐车骑将军白士让杨武威两人，已是瞧着，骤马赶来，吓得建德浑身乱抖，连马上都坐不安稳，正要向芦林中躲避，已被士让追及，一槊刺中马股，马负痛一蹶，立将建德掀下。士让再用槊刺建德，建德忙摇手道：“休要杀我，我便是夏王，若能相救，富贵与共。”呆话。士让本不认识建德，因见他金甲灿烂，料非常人，所以穷追不舍，偏建德自行供认，喜得心花怒放，一跃下马，把建德捆住，带回营中。这番厮杀，夏国十数万雄兵，死的死，逃的逃，尚有五万人作了俘虏，就是世充长孙安世，及世辩将郭士衡，统被擒住。

世民收军升帐，检点敌囚，那白士让杨武威上帐献功，报称拿住窦建德。世民大喜，即令将建德推入，建德立而不跪，世民冷笑道："我自讨王世充，干你甚事？你却越境前来，犯我兵锋，今日何如？"乐得嘲笑。建德对答不出，反说两句趣语道："今不自来，恐烦远取。"既已被捉，还想乞怜，建德何无英雄气？世民复笑了一笑，令把建德置入囚车，然后将所有俘虏，悉数遣还乡里，再派将士往视板渚，只有虚设的一座行宫，里面已寂无一人了。将士返报后，世民遂押着建德，回抵洛阳城下，用鞭指建德囚车，仰呼城上道："王世充！你看囚车里面，是什么人？便是来救你的窦建德。"世充正在城楼，向下一瞧，果见一人闷坐囚车。便问道："囚车内是否夏王？"建德道："不必说了，我来救你，先作囚奴，你真害得我好苦呢。"言毕泣下。世充也不禁垂泪，正欲出言相答，那唐营内复牵出囚车三乘，被囚的便是兄子琬、长孙安世，及郭士衡，一时愁上加愁，痛上加痛，险些儿立脚不住，堕下城来。世民复指示世充道："你若不降，我即要将他斩首。"世充呜咽道："且慢！我当出降，大王肯许我免死么？"世民道："准你免死！"世充乃下城，召诸将集议，有说是不如出走，有说是不如死战，弄得世充又复怀疑。凑巧长孙安世由唐军放他入城，力劝出降，世充乃改着素服，率领太子群臣，共二千余人，开城迎降。见了世民，俯伏流汗，顿首谢罪。一蟹不如一蟹，但不杀世充，得毋由是。世民却以礼相待，命他引入城中，当令萧瑀等封好府库，籍收金帛，颁赐将士，又复查核降将罪恶，得段达王隆崔洪丹薛德音杨汪孟孝义单雄信杨公卿郭什柱郭士衡董睿张童儿王德仁朱粲郭善才等十余人，罪迹较著，俱缚至洛水上，一一处斩。人民独仇恨朱粲，争拾瓦砾，投击粲尸，须臾如冢。何不将他尸寸斩，喂饲猪狗？世民观隋宫殿，不禁长叹道："逞侈心，穷人欲，怎得不亡？"乃命撤端门楼，焚乾阳殿，毁则天门阙，废诸道场，再传檄大河南北，谕令速降。除州行台王世辩，系世充弟，闻世充降唐，并接到檄文，遂举徐宋十三州，至河南道安抚大使任瓌处请降。建德妻曹氏，与左仆射齐善行等，遁还洺州，余众议立建德养子为主，再图规复。善行谓不如降唐，乃出金帛尽赏兵士，悉数遣归，自奉建德妻曹氏，及右仆射裴矩，行台曹旦等，赍着传国八玺，并破宇文化及时所得珍宝，乞降唐廷。他如魏徵等人，早已入关，仍作唐臣。淮安王神通，乘势慰抚山东。徇下三十余州，于是郑夏两国的土地，尽为唐有。

世民奏凯还朝，共率铁骑万匹，甲士三万人，分作前后两队，沿途鼓吹，返入长安，诏令献俘太庙，然后将建德世充牵至殿阶，候高祖发落。高祖御殿，先召入世充，世充跪下，三呼万岁，复磕了好几个响头。高祖叱道："汝残虐不仁，朕已早闻，最可恨的是杀我降臣李公逸张善相，非将汝正法，无以慰冤魂。"世充又叩首道："臣罪原应伏诛，但秦王已许臣不死了。”是时秦王世民在侧，高祖顾语道：“有是语否？”世民应声道：“却有是说。”高祖又道：“朕非必欲诛世充，但杞州总管李公逸，越境来朝，被世充逻捕杀死，伊州总管张善相，自李密伏诛，即举州来归，为朕竭力守城，世充屡次往攻，朕无暇发兵往援，致遭陷害。善相不负朕，朕负善相，至今回思二臣，很是悼惜。今既获住世充，不诛何待？”借高祖口中，补叙李公逸张善相事，但不责其篡弑之罪，究属非当。数语说毕，把那世充的灵魂，已吓得不知去向，只是抖个不住。世民也觉不忍，竟替他代请道：“仁主网开三面，还乞明察！”世民不免多事。高祖乃令将世充暂禁，再召建德入殿，建德虽然下跪，却不似世充的哀求，高祖责他背盟败约，他竟俯首无言，于是也将建德囚住。越二日，竟下了一道诏命，窦建德斩首东市，王世充赦为庶人，挈族徙蜀。臣下便依诏奉行，总计建德起兵至灭，凡六年，世充篡位至灭，凡三年。后人讥高祖不诛世充，独斩建德，未免失刑。小子也有诗咏道：

罪同罚异本非宜，乱贼当诛更有辞。

怪底唐廷成倒置，误刑误赦启人疑。

世充将行，偏有一将出报父仇，把他杀死，自首请罪，究竟此人为谁，且待下回叙明。

窦建德之援王世充，不当援而援者也。建德尝称臣皇泰，皇泰主为世充所弑，是建德与世充，应有不共戴天之仇。奈何大举往援乎？况与唐修和，口血未干，遽尔背好与恶，不信孰甚？乃惑于刘彬之说，竟欲学卞庄刺虎之技，自以为智，实则甚愚。迨凌敬献议而复不从，曹氏进言而又不悟，外有良臣，内有贤妻，反至以身殉仇，诛死东市，谓之不愚得乎？建德被擒，世充自蹙，素服出降，势有必至，故本回详于建德，而略于世充，惟建德可赦而不赦，世充当诛而不诛，唐高祖之贻讥后世也宜哉。

第十回

下江东梁萧铣亡国
战洺南刘黑闼丧师

却说王世充奉诏徙蜀，出居雍州廨舍，正要启程，忽有数骑持敕而入，令世充出外跪读。世充即与兄世恽趋出，刚要下跪。突有数人下马，拔出腰刀，将他兄弟杀死。看官道是何人？原来是定州刺史独孤修德，带领兄弟来报父仇。他父名机，尝事越王侗，越王被弑，机欲诛逆归唐，为世充闻知，屠戮全家，幸修德弟兄寓居长安，才得免害。修德仕唐，得为定州刺史，既闻世充被擒，只望高祖将他正法，偏偏有诏特赦，顿令他无从泄冤，当下想出一法，诈传上命，往杀世充。既已得手，遂上书自首，情愿受罪。其迹可诛，其情可悯。高祖因他父忠子孝，特别减轻，但饬令免官罢了。还算明白。世充子玄应，及兄世伟，相率就道，行至中途，密图叛亡，被监吏察觉，飞奏唐廷，诏令一体就戮，于是全族诛夷。篡弑之报。这且不必细表。

且说河朔已平，窦氏余众，散归乡里，就中骁桀诸徒，仍然敢不畏死，纠众横行。地方官吏，免不得遣役往捕，加以捶挞，因此益生异心，官吏恐他肇祸，当即奏闻。有诏召窦氏故将入京，范愿董康买曹湛高雅贤等，名均在列。大家私相聚议，范愿先开口道："王世充举洛降唐，大臣如段达单雄信等，均就诛夷，我辈若入长安，想亦同彼一辙，试思我辈自十年以来，身经百战，九死一生，今何惜余年，不再起事？且夏王得淮安王，待以客礼，释归唐阙，唐得夏王，立即杀死，我等均受夏王恩厚，今不替他报仇，既无以对夏王，复无以见天下士，自问岂不惶愧么？"高雅贤接入道："诚如君论，我因官役时来侦察，欲将家属他徙，偏这班狐群狗党，先已闻风，把我家眷捕去数人，亏我不在家中，才得脱身，今又来给我入京，明明是置我死地。同是一死，何不他图？"董康买曹湛等都齐声赞成。当下谋举主帅，议久未决，问诸卜筮，谓当以刘氏为主。雅贤道："漳南刘雅，非夏主旧将么？我等便去请他出来便了。"遂偕往漳南，同见刘雅。雅问为何事？大众以密谋相告。雅摇首道："天下方才安定，我但求耕田种桑，做个老百姓罢了，不愿再谈兵事。"语却有理。雅贤等变色道："这般说，是不愿出去么？"雅亦奋然道："这是由我自便。"雅贤等又逼一句道："你不愿去，是没有故人情谊了，我等亦将与你无情。"雅即起立道："你等与我无情，亦属何妨。"说至此，不防范愿竟拔出腰刀，向雅乱斫，余众亦趁此动手，雅只赤手空拳，如何对敌？眼见得是不能活了。大众既杀了刘雅，一哄而回。范愿复提议道："前汉东公刘黑闼，勇略冠群，性又仁善，我尝闻刘氏当王，今欲收夏王亡众，共举大事，非此人不可。"乃再往见黑闼。黑闼亦漳南人，初属李密，继归王世充，复降窦建德。见第八回。建德用为将军，封汉东郡公。及建德败死，回里务农，适在园中锄菜，蓦见范愿等携手前来，便即迎入室中，问明来意。范愿略述秘谋，黑闼稍稍逊让，经高雅贤再行敦促，因即乐从。当下宰杀耕牛，与同饮食，定计聚众得百人，便袭据漳南县城，戕官发粟，招徕旧党，不到数日，有众数千。又进攻鄃县，贝州刺史戴元祥，魏州刺史权威，合兵往援，黑闼用埋伏计，诱入槛阱，两刺史同时败死，兵械俱为所虏。黑闼遂设坛漳南，立建德神主，率众祭告，大意是"起兵复仇"四字。乃自称大将军，出兵东向，攻陷历亭，杀守将王行敏。饶阳盗崔元逊，袭据深州，杀刺史裴晞，响应黑闼，兖州盗徐圆朗，自洛阳平定后，已拜表降唐，授爵鲁国公，兼兖州总管，至是也与黑闼连和，自称鲁王。兖郓陈杞伊雒曹戴诸州土豪，陆续趋附，山东大震。

是时唐廷方欲南下江陵，命夔州总管李孝恭，高祖从侄。大造战舰，练习水军，指日待发。偏值山东警报，络绎前来，乃令淮安王神通为山东道行台右仆射，宣抚各郡。将军秦武通，定州总管李玄通，会同幽州总管李艺。即罗艺。共讨黑闼，东师已发，乃下南军。南征萧铣，较黑闼为迟，而平定恰先于黑闼，故从此间插入。南军为讨萧铣而发，铣系梁宣帝萧詧曾孙，见首回。为隋萧后亲属，炀帝任为罗川令，隋末为巴陵校尉董景珍等所推，尊为梁王，改元鸣凤，服色旗帜，皆如梁旧。起兵五日，远近归附，已达数万人。未几又自称皇帝，徙都江陵，封董景珍以下功臣七人为王，召邓州人岑文本为中书侍郎，委曲机密，遣鲁王张绣出徇岭南。郡县多降，再令部将苏胡儿取豫章，杨道生取南郡，威振一方。凡南自交趾，北距汉水，西至三峡，东达九江，俱为所有，胜兵达四十万，武德二年，杨道生进寇峡州，为唐刺史许绍击退。铣又遣将陈普环，率舟师入峡，复经许绍邀击西陵，据险破敌，擒住普环。铣心终不死，尚屯兵安蜀城，窥视巴蜀。高祖命李靖经略夔州，因为铣兵所阻，久不得进，诏令许绍责靖逗留，处以死罪，绍代为奏解，靖才得免。既而董景珍弟谋乱，事泄被诛。景珍已出守长沙，惧罪降唐。铣令张绣攻景珍，珍登城语绣道："功成者死，君岂不闻，为怎么相攻呢？”绣不肯听，竟麾众围城，城内食尽，景珍欲突围出走，为部下所杀。铣以绣为尚书令，绣未免骄盗，又为铣所杀。自是功臣诸将，渐渐离心，兵势日弱一日。败亡之象。

唐峡州刺史许绍，复拔梁荆门镇，黔州刺史田世康，又下梁五州四镇。李靖遂献取梁十策，上达唐廷。高祖即命赵郡王李孝恭为夔州总管，整练舟师，李靖为行军总管，兼孝恭属下长史，委以军事。武德四年秋八月，孝恭阅兵夔州，巧值秋汛暴涨，江水泛滥，靖劝孝恭速即进兵，诸将多以为非。靖勃然道：“用兵全尚神速，今我军初集，铣尚未知，若乘着江涨，顺流东下，掩他不备，我料铣不及施防，定为我所擒了。”观李靖言，才知前日阻兵，并非有意逗留。孝恭大为赞赏，便奏请出师日期，自率战舰二千余艘，与李靖等即日东下，越荆门宜都二镇，直抵彝陵。铣将林士弘，驻兵清江，毫不设备，被舟师一鼓捣入，获住战舰三百艘。士弘踉跄走脱，由唐军追奔至百里洲，再与士弘接战，又得大胜，长驱入北江。江州总管盖彦举，以五州来降。铣方罢兵营农，闻唐师猝至，仓猝征兵，一时未能遽集，只好调齐宿卫兵士，前来拒战。孝恭将与交锋，靖力言不可，偏诸将一齐请战，靖说道：“铣为救败计，悉锐来拒，此锋殆不可当。不若泊舟南岸，坚持不动，待他锐气已衰，或分兵归守，那时出去奋击，庶可得志。”秦王世民善用此策，李靖所言亦然，英雄所见，大略相同。孝恭不从，留靖守营，自率锐师出战，果然败走，退保南岸。铣众散驶江心，收掠军资，靖见他舰队散乱，独请往攻，孝恭方悔不用靖言，至此自然照行，遂令靖督兵出击。铣兵正四散掠取，不意唐军杀来，大家逃命要紧，还有何心恋战？靖纵兵追逐，杀敌无算，乘胜直抵江陵，冲入外郛，分兵拔水城，大获战舰，尽令散掷江中。诸将又动起疑来，共来语靖道：“所得敌舰，正足利用，奈何弃掷江流，反为敌有？”靖笑道：“诸君有所未知，今萧铣属地，南出岭表，东距洞庭，我悬军深入，若攻城未破，援兵四集，我且表里受敌，进退两难，虽有舟楫，亦无用处。今将敌舟散掷，令沿江而下，彼远来援兵，必疑是江陵已破，未敢轻进，往来探伺，动淹旬日，待彼察悉，我已早拔此城了。”的是妙计。遂下令围城。铣在城中，日望援兵到来，哪知援兵已中靖计，望见沿流舟楫，果然怀疑不进，交州总管邱和，长史高士廉，司马杜之松等，来朝江陵，因见全城被围，吓得倒退，竟诣孝恭处请降。铣内外阻绝，惶急万分，商诸岑文本，文本劝铣出降。铣乃语群下道：“天不祚梁，势难再支，若必待力屈乃降，恐满城生灵，必遭涂炭，奈何为我一人，贻害百姓？罢罢！不如早日出降便了。”群下都相顾无言。铣乃以太牢入告太庙，然后下令出降，守陴皆哭。铣率群臣缌缞布帻，至唐营谒见孝恭，惨然道：“有罪惟铣一人，百姓无罪，请免杀掠！”妇人之仁。孝恭满口答应，及入城，诸将竟欲大掠，孝恭亦模棱两可，岑文本入白孝恭道：“江南人民，遭隋虐政，更兼群雄相争，受苦不堪，日夜延踵跂颈，仰望真主，今王师到此，所以萧氏君臣，决计归命，为民息肩，今若纵兵俘掠，士民失望，恐从此以南，处处阻碍，无复向化了。”孝恭称善，乃严申军令，禁止杀掠。诸将又言：“敌将拒斗，死有余辜，应籍没家资，赏给军士。”李靖亟劝阻道：“王师入境，应使义声载道，彼为主而死，实是忠臣，奈何与叛逆同科呢？”恭孝亦依言申禁，城中安堵，鸡犬不惊，南方州县，闻风款附。援兵来了十数万，亦皆解甲归降。孝恭乃送铣至长安，高祖面加诘责，铣长叹道：“隋朝失鹿，群雄共逐，铣无天命，因致失算，若以为罪，也无所逃死了。”比王二人，恰高出一筹。高祖竟命斩都市。总计铣建国号梁，五年而亡。孝恭受命为荆州总管，靖得封永康县公，兼上柱国，招抚岭南。铣部将刘泊李砻志等，皆举城率众，乞降靖前，连南方酋领冯盎等，亦多令子弟入谒，南方悉平。

杜伏威归唐后，助世民平王世充，见第八回。唐授伏威为东南道行台尚书令，兼江淮安抚大使，仍封吴王。闻唐又平定南方，更欲借公济私，屡出兵击李子通。子通沂州人，素业渔猎，有膂力，先依长白山盗左才相，得部众万人，才相败死，了过左才相。子通南奔，渡淮依杜伏威，嗣与伏威有嫌，自往海陵，潜兵袭伏威营。伏威败走，子通复移众攻江都，逐去太守陈棱，自称皇帝，建元明政。伏威记念前仇，尝遣辅公祐攻子通，陷丹阳，进屯溧水，子通率众迎战，一再失利，并因粮食已尽，遂弃了江都，走保京口，嗣复转入太湖，收集散卒二万人，往袭沈法兴。法兴曾为吴兴郡守，因隋乱起事，纠众掩入毗陵，再下江表十余州，自署江南道总管。武德二年，僭号梁王，改元延康。平时横行杀戮，将士离心，突闻子通兵至，相率哗散。法兴不得已，退奔吴郡。贼帅闻人遂安，遣部将叶孝辩往迎，法兴随孝辩趋会稽，忽萌悔意，竟欲袭杀孝辩，孝辩偏已觉着，麾众围住法兴，法兴无法可施，投江溺死。自法兴起兵至此，仅历三年。李子通得据有法兴属地，余威复振。伏威又遣王雄诞往击。雄诞为伏威养子，素有勇名，与子通交战苏州，子通走保独松岭，雄诞命偏将陈当世，乘高据险，多张旗帜，夜间缚炬林中，照彻山谷，吓得子通昼夜不安，毁营南走，退入余杭，雄诞进薄城下，四面猛扑，子通料不可守，开城出降，被雄诞执送伏威，伏威转献唐廷，高祖赦子通罪，赐宅给田，令居京师，后来子通谋叛，亡命蓝田，为关吏擒获，才致伏法。子通僭号七年而亡。了结沈法兴李子通，回应第七回。新安贼帅汪华，据有黟歙等县，已有数年，至是也为雄诞击败，窘蹙请降。就是闻人遂安，进据昆山，又由雄诞单骑招降。于是淮安江东，尽属伏威。

独高开道本已降唐，受封北平郡王，因闻刘黑闼势盛，复密与连结，自称燕王，一面通使突厥，为自固计。此时唐廷已出征黑闼，无暇顾及高开道。黑闼势日猖獗，唐淮安王神通，及李艺等合兵往击，均为所败。黑闼复进陷瀛州，杀刺史卢士睿，再陷定州，执总管李玄通。玄通引刀自刺，溃腹而死。又陷冀州，杀刺史麹棱。赵魏境内，所有窦氏故将，争杀唐吏，响应黑闼，黎州总管李世勣，屯戍宗城，闻黑闼率众来攻，自恐力不能敌，急往洺州，途次被黑闼追及，所率步卒五千人，不值黑闼一扫，还亏世勣命不该绝，才得孑身奔走，那时顾命要紧，还有何心顾及洺州？眼见得全城失守了。黑闼到了城下，筑坛东南，先告天地，次祭建德，然后入城，嗣是下相州，取黎州，入卫州，才阅半年，已将建德旧境，一律收复。又遣使北连突厥，作为外援。唐将军秦武通，洺州刺史陈君宾，永年令程名振，俱自河北遁归长安，高祖也觉着急，只好再令秦王世民，及齐王元吉，共赴山东，再讨黑闼。时已为唐武德五年。黑闼自称汉东王，改元天造，定都洺州，用范愿为左仆射，董康买为兵部尚书，高雅贤为左领军，凡窦建德故将，悉复旧位，一切行政，均遵故制。

适值秦王世民，鼓勇而东，先将相州夺还，再进军肥乡，列营洺水南岸，逐层进逼。幽州总管李艺，也率兵数万，来会世民。黑闼留范愿守洺州，自领精兵拒艺，暮宿沙河，世民遣程名振夜运大鼓，共六十具，至城西二里堤上，一齐槌击，顿时鼓声大震，响彻远近，连城中都摇动起来。好一条疑兵计。范愿大惊，遣人驰告黑闼，黑闼慌忙还城，但遣弟十善，与行台张君立，率兵万人进战，到了徐河，与艺兵一场角斗，大败而逃。洺水人李玄感，举城降唐，世民使王君廓入城，与玄感共守，黑闼还攻洺水，因城在水上，不便进攻，就从东北两隅，筑二甬道，济兵薄城。世民引兵往援，直至三次，均被黑闼击回，乃召诸将问计。李世勣已在军营，便进言道："贼筑甬道，已将告成。若达城下，城必不守，不如令君廓突围出来，再作计较。"言未已，有一少年自请道："末将愿往守城。"世民见是罗士信，便道："将军虽勇，奈城已垂危，恐不能守。"士信道："城存与存，城亡与亡。"死计决了。世民乃登城南高冢，张旗招君廓回营，且遣士信接应，士信率二百骑前往，正值君廓杀出，由士信助了一阵，君廓得还，士信驰入，黑闼又复围攻，夜以继日，接连至八昼夜，士信衣不解甲，目不交睫，专在城上督守，才免攻陷。偏老天降下大雪，全城皆白，目为之眩，黑闼乘机攻入，士信尚挺着长矛，刺死敌目数人，敌众都为辟易，奈身上已迭受重创，不能再战，策马返奔。因大雪迷漫，急不择路，竟陷入泥淖中，敌众四面竞集，无从脱身，被他掳去。黑闼爱他骁勇，劝令归降。士信大骂道："黑贼！罗将军肯降你么？"遂被杀死，年才二十余岁。士信齐州人，初归李密，既降王世充，至奔唐后，竟为唐尽忠，这也所谓士死知己呢。俗小说中，有罗成一人，想是罗士信误传。世民因为雪所阻，不得往救，及闻士信殉难，很是悼惜，乃购尸殓葬，追谥曰勇。

黑闼又进兵挑战，世民与李艺合营，坚壁不动，寻探得敌将高雅贤，在营中置酒高会，乃潜遣李世勣出兵袭击，杀入雅贤营内。雅贤时已酣醉，乘马出战，为世勣部将潘毛所刺，坠落马下，正要枭他首级，被雅贤部下救去，但已是气息奄奄，顷刻毙命。世民又遣程名振断敌粮道，凿沉黑闼粮船，焚去黑闼粮车，黑闼尚不肯退，两下相持，直达六十余日。世民料黑闼粮尽，必来决战，乃潜使人堰洺水上流，令他监守，且谆嘱道：“待我与贼战，然后决水，勿误勿忘！”黑闼果然渡水南来，进压唐营，世民自统精骑，破他前军，复捣入后队，与黑闼相遇，黑闼督兵死战，自午至暮，斗至数十百合，渐渐的支撑不住。黑闼部将王小胡，语黑闼道：“智力尽了，不如早还。”黑闼遂与小胡先遁，余众尚未闻知，勉力格斗，不防洺水大至，泛滥两岸，竟把黑闼部众，漂去了数千人。还有一半留着的，不及逃奔，被唐兵立刻杀尽，黑闼渡过洺水，手下只有二百骑，自知不足敌唐，竟北奔突厥去了。正是：

胡儿惯纳逃亡客，帝子又成伟大功。

世民竟击走黑闼，山东复平，乃移军讨徐圆朗，欲知战事如何，请看下回便知。

讨萧铣者为李孝恭李靖，而李靖之功为大，孝恭不过因人成事而已。讨刘黑闼者为秦王世民，齐王元吉，而功实出自世民一人，于元吉殊无与焉。是回于江东一役，详述靖谋，而孝恭特连类及之，功有攸归，不相掩也。洺南一役，独述世民，不及元吉，功有专属，不容混也。彼如李子通沈法兴高开道等，乘便插入，本属依时叙事之法，但亦俱有线索可寻，互相连系，是非读书得间，安能穿插无痕乎？阅者试静心观之，当知著书人之苦心矣。

第十一回

唐太子发兵平山左
李大使乘胜下丹阳

却说秦王李世民，移军讨徐圆朗，圆朗大惧，不知所措，河间人刘复礼，语圆朗道："彭城有刘世彻，才略不凡，且有异相。可作帝王，将军若欲自立，恐终无成，不若迎他为主，指挥天下，定可成功。"圆朗颇以为然。即遣使赴浚仪，礼迎世彻，不料又有人谏阻圆朗，引李密杀翟让事，作为证据，惹得圆朗又疑惑起来。为圆朗计，迎刘世彻，原是不合。至世彻率众驰至，留待城外，满望圆朗出迎，不意圆朗却召他入谒，他知圆朗变计，意欲亡去，更恐圆朗出兵追击，反为不妙，没奈何入城进见。圆朗令为司马，将他部众留住，但命亲卒数百人，同他东往，招抚谯杞二州。东人闻世彻名，无不归附，事为圆朗所闻，益加猜忌，竟将他召还，刺死了事。

唐秦王世民，正欲进击兖州，忽有朝使到来，促令入朝，乃将兵事属齐王元吉，自己驰驿入都，及谒见高祖，具陈圆朗可取状，高祖因复遣诣黎阳，会大军趋济阴，连拔十余城，声振淮泗，不料诏命又下，复令班师。已伏后事。世民不敢违慢，只得令淮安王神通，及行军总管李世勣任瓌进攻兖州。哪知刘黑闼借到突厥兵士，又复长驱南下，来攻山东，于是淮安王神通，不得不移兵防御，就是幽州总管李艺，也奉诏助攻黑闼。偏黑闼进兵甚猛，就是旧属曹湛董康买等人，亡命鲜虞，也聚众来会，先攻定州，继陷瀛州，刺史马君武被杀。神通自知不支，急请济师，有诏令淮阳王道玄为河北道行军总管，与行台民部尚书史万宝，协同讨贼，再命齐王元吉，作为后应。道玄年才十九，负勇使气，引兵三万，直抵下博，一面约万宝继进。万宝含糊答应，密语部将道："我奉手敕，曾云淮阳小儿，恐致偾事，军务俱委老夫。今王轻躁妄进，若与他同出，必致尽陷，不如以王饵敌，王若失利，贼必争进，我坚阵待着，乃可破敌。”言已，遂约束军士，不准轻出。陷死淮阳，咎有专归。道玄总道他来援，大胆前驱，适有泥淖在前，传令三刻逾沟，自把马缰一扯，两足一夹，便一跃过去。部兵不敢落后，也陆续逾沟；才越半数，那刘黑闼竟带领大众，漫山遍野而来。道玄不及整列，未免着忙，但已碰着大敌，也只可拼出性命，上前抵敌。说时迟，那时快，黑闼鼓众直前，立把道玄围住。道玄仗着勇力，左冲右突，大呼杀贼，可奈敌众越来越多，冲开一层，又有一层，冲开两层，又有四五层，看看手下将尽，自身也受了数创，索性从敌众最多处，闯将进去，格毙了数十人，大吼一声，喷血而亡。写道玄之战死，懔懔有神。部众失了主帅，当然大溃，一大半为贼所杀。这时候的史万宝，方整军出来，但见前面溃兵，纷纷窜回，随后便是刘黑闼大众，大约有四五万，统是雄赳赳的大汉，亮晃晃的利械，不由的害怕起来。万宝方下令进战，偏军士不依号令，反向后倒退，害得万宝也没有主见，只好策马返奔。敌众乘势追上，好似泰山压顶一般，唐军不及逃走的，都冤冤枉枉的送了性命。万宝不死，尚无天道。秦王世民，闻到败耗，不禁唏嘘道：“道玄尝从我征伐，见我尝深入贼阵，也不顾利害，冒险轻试，谁料也竟因此毕命呢。”一面说，一面流涕。高祖也为悲悼，追赠左骁卫大将军，谥曰壮。何不加罪史万宝？

自道玄败死，山东震骇，洺州总管庐江王瑗弃城西走，州县又降附黑闼，不到半月，黑闼已尽复故地，仍据洺州，作为都城。齐王元吉，及淮南王神通，都逡巡畏缩，不敢向前，高祖欲再遣世民出征，只心中却有些迟疑，一日一日的延宕下去，可巧太子建成，自请东征，顿时喜溢龙颜，立授他为山东道行军元帅，所有河南河北诸州，并受建成节制，建成奉旨，自欢欢喜喜的启程去了。就中却有一段别情，待小子略行表明：原来秦王世民，屡建奇功，受封天策上将，位居王公上，开府置属。世民延揽文豪，共得一十八人，俱号为文学馆学士。所有十八人姓名籍贯，列表如后：

杜如晦杜陵人。**房玄龄**临淄人。**虞世南**余姚人。**褚亮**钱塘人。**姚思廉**万年人。
李元道陇西人。**蔡允恭**江陵人。**薛收**汾阴人。**薛元敬**收从子。**颜相时**万年人。
苏勖武功人。**于志宁**高陵人。**苏世长**武功人。**李守素**赵州人。**陆德明**苏州人。
孔颖达衡水人。**盖文达**信都人。**许敬宗**新城人。

这十八个学士分为三番，轮流值馆。世民暇时，常至馆中讨论文籍，彻夜不倦，且令阎立本图像，褚亮作赞，时人称为十八学士登瀛洲，便是这处的出典。特别表明。太子建成，及齐王元吉，阴忌世民，且因高祖起兵时，曾与世民面约，立为太子，及受禅即位，将佐复以为请，经世民一再固辞，方立建成为太子。建成性鸩酒色，又好游猎，元吉酷肖乃兄，并且加甚，高祖屡加训斥，且有易储的意思。建成惶惧得很，遂与元吉协谋，共倾世民。高祖晚年，又多内宠，妃嫔生子，不下二十人，内有张尹二妃，便是晋阳宫内入侍的二姝，妖柔善媚，尤得高祖欢心。是两个开国功臣，理应加宠。尹德妃生子元亨，封酆王，张婕妤生子元方，封周王。建成元吉，谄事妃嫔，各有馈遗不绝，至对着尹张二妃，更为曲意奉承，甚至略迹言情，无微不至。一语够了。独世民不屑内交，就是遇着二妃，亦不过一揖了结，所以宫禁里面，统称赞建成元吉，未尝说及世民。

孔颖达（574—648），字冲远，冀州衡水（今属河北）人，唐代经学家。熟读经史、长于词章。入唐后历任国子博士、国子司业、国子祭酒诸职，奉召编纂《五经正义》，形成唐代义疏派。

至世民平洛，高祖遣妃嫔数人，赴洛阳选阅宫女，并收检府库珍物，妃嫔等有私求，世民一律拒绝。淮安王神通有功，世民拨给公田数十顷，偏张婕妤的父亲，也羡此田，令婕妤转求高祖。高祖未悉前情，竟下敕指给。神通因世民已有教令，占先不占后，毅然不与。张婕妤遂入诉道："奉敕赐妾父田，秦王偏夺给神通，未知何意？"高祖遂怒责世民道："我的诏敕，难道尚不及汝的教令么？"世民料有谗言，但亦不欲遽辩，含糊谢罪。高祖余恨未平，复语左仆射裴寂道："此儿久握兵权，为书生辈所教坏，不似前日的恭顺了。"尹德妃父阿鼠，倚势作威，秦王府属杜如晦，行经阿鼠家门，被豪奴拖落马下，殴折一指，且詈道："汝系何人？敢过门不下马么？"如晦狼狈回府，方诉知秦王。那宫监已传秦王入宫，既见高祖，即遭呵责道："我妃嫔家，尚为汝左右所陵侮，况下民呢？"世民据实陈明，高祖终未肯信，将他叱退。开国之主，尚且如此。无怪夏桀商辛。张尹二妃，因谗间得行，越发装娇撒痴，说得世民一钱不值。且白高祖道："皇太子仁孝，陛下应把妾母子，托附与他，必能全保。"何如赐为太子妃？高祖信为真言。嗣因世民入宫侍宴，见诸妃嫔环列座前，未免忆念生母，背地下泪。尹张等复交谮道："海内无事，陛下春秋已高，宜寻宴乐，独秦王侍宴下泪，料他深意，定是憎嫌妾等，陛下万岁后，妾等母子，必不为秦王所容，所以妾等前日，曾愿陛下嘱托太子哩。"高祖劝慰数语，遂日亲建成元吉，渐与世民相疏，就是世民

杜如晦（585—630），字克明，京兆杜陵（今陕西西安东南）人，唐初大臣。626年参与玄武门之变，助李世民取得政权。太宗时，累官至尚书右仆射，与房玄龄共掌朝政，合称"房杜"。

东讨圆朗，忽召忽遣，忽遣忽召，无非是怀疑的见端。

还有太子中允王珪，及洗马魏徵，也恐世民功高，将夺储位，因劝建成道：“秦王功盖天下，中外归心，殿下但因名分居长，得就东宫，此时不立大功，恐未能镇服海内。今刘黑闼亡命余生，复据东土，胁从无多，人心未定，殿下可自请出征，讨平残孽，借取功名，且结识山东英俊，作为指臂，庶几储位得安了。”建成依计请行，魏徵等一同随往。途次接得相州桓州的警电，接连被陷，倒也惊心。嗣得魏州总管田留安捷报，说已击破黑闼，擒住莘州刺史孟柱，收降敌卒六千人，于是放心前行，会同齐王元吉，直向魏州进发。是时山东州县，多应黑闼，上下相猜，人心离怨，惟田留安待遇吏民，坦然不疑，尝语吏民道：“我与尔曹，均为国御贼，应该同心协力，必欲弃顺从逆，可斩我首，自去求取富贵。”吏民闻言，皆涕泣誓死。内有黑闼旧党苑竹林，阴怀异志，由留安察悉情伪，反引置左右，好言慰谕，委以管钥。竹林竟因此感激，愿为所用。黑闼连攻数次，均被击走。不没田氏。

至建成元吉，行至昌乐，黑闼即引兵来争，两次列阵，均未交锋。魏徵语建成道：“前破黑闼，所有贼将，都挂名处死，妻子系虏，所以余众尚存，统为尽力。今宜悉释俘囚，一律慰遣，彼等既得生机，何必自投死路？此离彼散，黑闼自无能为了。”釜底抽薪，莫善于此。建成立即照行，果然黑闼部下，逐日散去；更兼粮食已尽，不能再持，遂乘夜遁走，至馆陶永济桥，桥尚未成，不得径渡。建成元吉，率大军从后追赶，将至桥旁，为黑闼所见，令王小胡背水为阵，自督兵火速造桥。桥已粗成，即策马奔过桥西，众遂大溃，多半弃仗降唐。唐军渡桥追黑闼，才过千人，桥忽崩坏，黑闼得率数百骑遁去。建成收军回营，遣骑将刘弘基，率万人穷追黑闼。黑闼日夜奔走，不得休息。及至饶阳，从骑只百余人，俱有饥色。饶州刺史葛德威，开城出迎，黑闼不欲入城，由德威再三固请，乃随入城中，暂憩市间。当有官役持送酒食，黑闼狼吞虎咽，大喝大嚼，正在兴高采烈的时候，蓦见德威引兵到来，一声吆喝，便把黑闼等围住，拿得一个不留。黑闼弟十善，也同时获住，送诣大营。建成恐中途被劫，遂将黑闼兄弟等，枭首洺州，黑闼临刑叹道：“我本在家锄菜，为高雅贤辈所误，竟致此祸，悔无及了。”黑闼既平，圆朗大惧，淮安王神通，与李世勣合兵，又进攻圆朗，圆朗硬着头皮出城，屡战屡败，结果是弃城夜奔，走至中途，为野人所杀，了结残生。唐军方移攻高开道，巧值开道部将张金树，枭开道首，投营输诚。有诏授金树为北燕州都督，于是东北一带，均已荡平。总计刘黑闼先后僭号凡三年，徐圆朗僭号亦三年，高开道僭号共六年，爝火微光，终归消灭。再作一束，了过三盗始末。

李艺杜伏威，阴惮唐威，先后入朝称贺。高祖封艺为左翊卫大将军，伏威为太子少保，兼行台尚书令，均暂留京师，伏威素与辅公祏友善，亲若昆弟，军中亦称公祏为伯父，畏敬与伏威相等。唐封伏威为吴王，公祏亦得受封为舒国公，既而伏威令养子阚稜为左将军，王雄诞为右将军，推公祏为仆射，表面上是尊重公祏，暗中实夺他兵柄，令二养子监制左右。公祏知伏威意，也托言学道辟谷，借端自晦。以假应假，也是好看。及伏威入朝，留公祏守丹阳，令雄诞握兵为副，且密嘱雄诞道："我至长安，如不失职，毋令公祏为变。"雄诞允诺。哪知伏威一去，公祏即欲举事，可巧雄诞有疾，遂诈为伏威书，嘱代掌兵，一面遣私党西门君仪，唆使雄诞助己为逆。雄诞闻兵权被夺，正疑伏威食言，及与君仪会谈，才知公祏诈计。竟从床上跃起道："天下方定，吴王又在京师，大唐所向无敌，奈何无端为逆，自求灭族呢？雄诞今若从公，不过诞生百日。大丈夫怎可偷生惜死，自陷不义？为语辅公，不敢从命。"君仪返报公祏，公祏即发兵至雄诞寓中，将他拿下，用帛勒死。雄诞虽忠，可惜无才。公祏又诈称伏威不得南还，贻书令起兵北向，遂大修铠仗，厚积粮储，居然自称宋帝，遣部将徐绍宗侵海州，陈正通寇寿阳，用故人左游仙为兵部尚书，兼越州总管，处置军务。

唐廷闻报，即命赵郡王孝恭，率舟师趋江州，岭南道大使李靖，率交广泉桂步兵趋宣州，怀州总管黄君汉出谯亳，齐州总管李世勣出淮泗，四路会齐，同讨公祏。孝恭将发，与诸将宴集，命吏取水，忽变为血，诸将皆相顾失色。孝恭谈笑自如，且语诸将道："这是公祏授首的预兆，令人喜慰，何有他虑？"孝恭此言，颇有大将材，遂调集战舰，即日起行。途次闻黄州总管周法明，为洪州总管张善安所杀，不禁失声道："善安也从贼么？盗心未改，恰是可忧。"嗣复接到捷音，乃是安抚使李大亮，已诱执善安，送往长安，又喜语诸将道："公祏已失去右臂，可保无虞了。"看官道张善安是何人？他本是个兖州贼帅，兖州平后，降唐为洪州总管，至公祏叛命，阴与联络，据住夏口。周法明出兵黄州，进屯荆口镇，夜在战舰中饮酒，善安恰令军士扮作渔人，潜上周船，将法明刺死。李大亮闻法明被刺，即领兵往攻洪州，与善安隔水遥语，谕以祸福。善安道："善安初无反意，只为将士所误，逼我至此，今若再降，恐终不免祸，奈何？"大亮道："张总管既有降心，便与我同是一家了。"因单骑渡水，径至善安军前，与善安携手共语，示无猜嫌。善安大喜，情愿悔过投诚。大亮与约而归，善安也率数十骑诣大亮营，大亮禁从骑入门，只引善安入谈。善安语毕欲辞，忽大亮背后，闪出武士数人，竟将善安拿住。从骑仓皇遁回，召集全营，来攻大亮。大亮令人示谕道："我未尝羁留张总管，张总管恐回营以后，将士或有异心，因自愿留住，君等何故恨我？"绝妙好辞。善安部众听了此言，但痛骂张善安，说他卖众媚人，遂陆续散去。大亮即遣人押送善安，径往长安去了。

孝恭闻报后，兼程疾进，连破公祏守兵，拔鹊头镇，复下梁山等三镇，公祏遣部将冯慧亮陈当世等，领舟师三万，屯守博望山，陈正通徐绍宗率步骑三万，屯守青林山，再就梁山下面的江路，连接铁锁，阻住来船，并在两岸筑城结垒，屹成巨障。孝恭与李靖进次舒州，李世勣引步卒逾淮，拔寿阳，次硖石，慧亮等坚壁不战，孝恭遣奇兵断他粮道，敌营遂虑乏食，夜出袭孝恭营，孝恭早已预备，也还他一碗闭门羹，敌无从逞技，只好引还。越日，孝恭集诸将议事，诸将皆前请道："慧亮等拥兵据险，急切未易攻下，不若直指丹阳，捣他巢穴。丹阳一破，慧亮等不降何待？"孝恭颇欲依议，李靖独出阻道："公祏精兵，虽多在此地，但手下健卒，料尚不少，今博望诸栅，尚不能拔，公祏保据石头，难道反容易攻取么？若我军进攻丹阳，旬日不下，慧亮等蹑我后尘，腹背受敌，岂非危道？靖看慧亮正通，皆百战余贼，本意非不欲战，但因公祏立计，令他持重，意欲老我师徒，乘懈来击，我今先用羸卒诱他出来，然后驱精兵压贼，一举便可荡平了。"说至此，正值伏威部将阚稜到来，孝恭即差人迎入。原来阚稜随伏威入朝，受命为越州都督，伏威病殁京师，高祖令他抚绥部曲，及助讨公祏，所以奉命南下，来见孝恭。孝恭大喜，当下命羸兵先攻贼垒，自勒精兵结阵，在后待着。果然正通等出兵来追，才经里许，即遇孝恭大军，那时明知中计，也只得挺身接仗，忽见唐军中突出阚稜，免胄语敌众道："汝等不识我么？敢与我战。"敌众多阚稜旧部，自然倒退，或且下拜。唐军趁势杀出，奋力向前，正通等尚想拦截，奈部众已无斗志，纷纷逃走，随你正通如何骁悍，到此也败退下去。孝恭与靖穷追数十里，毙敌无数。博望青林两戍卒，统皆溃散。李靖遂进薄丹阳，吓得公祏胆战心惊，无心固守，竟潜出后门，带了家属，及从骑数千人，飞风般的遁去了。正是：

诈力两穷惟出走，兴亡各判在须臾。

究竟公祏能否逃生，待至下回续叙。

刘黑闼之乱，谁激之？唐高祖激之也。建德旧将，既不能杀之，又不能用之，故黑闼一起，而啸聚至数万人，迨既奔突厥，死灰复燃，不数月间，又得规复故地，李道玄轻进丧身，史万宝甫战即败，庐江王瑗弃城远遁，齐王元吉逗兵不进，建成才智，不秦王若，而独得平贼者，赖有魏徵一策以解散贼心耳。辅公祏挟诈起兵，一王雄诞且不能屈，徒伪托杜伏威之贻书，号令部曲，其不足维结众心，已可想见。阚稜免胄相示，贼即解散，吾犹怪唐廷当日，伏威尚未病殁，何不令其作书谕众，借杜祸萌。必待四路并进，乃得幸克，毋乃晚欤。然尚赖有李孝恭之镇定，与李靖之智谋，才能破敌，类叙之以见二寇之易灭，及高祖之尚属失算云。

第十二回

诛文干传首长安 却颉利修和突厥

却说辅公祏弃城出走，意欲南奔越州，因左游仙已出任越州总管，所以有心往依。偏唐将李靖入丹阳，李世勣不肯放松，连夜追来。公祏奔至句容，从骑只五百人，到了天暮，投宿常州，闻部将吴骚等，拟执己献唐，连忙斩关逃去，随身妻子，一并弃去，只有心腹数十人，走至武康，为野人所攻，西门君仪战死，公祏被擒，送至丹阳，立即枭斩，传首长安。又出兵分捕余党，凡自左游仙以下，多半捕诛，约计公祏僭号，仅阅六月，即就歼灭。江南皆平，高祖闻捷，大喜道："靖系萧辅的膏肓呢。萧辅指萧铣及辅公祏。虽古韩白卫霍，无以过此。"遂授孝恭为东南道行台右仆射，靖为行台兵部尚书。既而行台罢撤，孝恭改任扬州大都督，靖为都督府长史，惟张善安解入京都，廷讯时委罪诸将，自称无辜，高祖却也赦宥，嗣由丹阳搜得逆书，由孝恭尽行赍献，善安明与公祏通书，无可抵赖，方才伏诛。只公祏伪造伏威的诈书，也由高祖检视，疑为实事，即追除伏威名籍，籍没家资。阚稜恃功不逊，为孝恭所憎，也把他所有田产，一并籍没。阚稜不服，竟与孝恭争论，惹得孝恭怒起，竟诬他与公祏通谋，杀死了事。伏威受枉，阚稜尤觉含冤。孝恭之罪，百口难辞。秦王世民，颇知伏威等含冤，及即位初年，始为昭雪，发还家产，这且慢表。

且说唐高祖武德七年，中国大势，已归混一，所有从前盗名窃字，割据州县诸草寇，尽行消灭，只有梁师都尚据朔方，未曾削平。高祖暂息兵争，整顿内治，于是正官阶，定学制，修刑法，官阶分作数级，以太尉司徒司空为三公，次尚书、门下、中书、秘书、殿中、内侍为六省，又次为御史台，又次为太常、光禄、卫尉、宗正、太仆、大理、鸿胪、司农、太府，共九等，又次为将作监，又次为国子学，又次为天策上将府属，又次为左右卫至左右领卫为十四卫，东宫置三师即太师，太傅，太保。三少即少师，少傅，少保。詹事，王公置府佐国官，公主置职司，并为京职事官，州县镇戍，为外执事官。文散官自从一品起，至从九品，分二十八阶，武散官自从一品起，至从九品，分三十一阶，大致是参照隋制，互有损益，学制有国子学、三品以上之子孙入之。太学、四五品以上之子孙入之。四门学、六七品之子孙及庶人之俊造者入之。律学、八品九品之子孙及庶人之习法令者入之。书学、习文字者入之。算学习计数者入之。六种，均隶属国子监，惟崇文馆弘文馆等，为宗亲及功臣子弟入学，不归国子监统辖。此外如各州县乡，一律置学，限年毕业，按次递升，与选举法并行，学校以习经为主要科，选举以命策为主要科，各有进阶，不相混杂。刑法多从隋旧，十恶不赦，谋反、谋大逆、谋叛、恶逆、不道、大不敬、不孝、不睦、不义、内乱。五刑，笞、杖、徒、流、死。八议，议亲、议故、议贤、议能、议功、议贵、议勤、议宾。俱依隋律。另订十二律，名例、卫禁、职制、户婚、厩库、擅兴、贼盗、斗讼、诈伪、杂律、捕亡、断狱。与隋制互有异同，此三条为立国大纲，故特别叙明。就是租、庸、调三法，亦重行订定，人民十六岁以上为丁，每丁给田一顷。岁入租粟二石，便叫作租。丁男随乡所出，输纳绫绢絁绵布麻等，立有定限，便叫作庸。人民每岁应充公役二十日，如不欲充役，当酌出庸值，以日为计，每日出绢三尺，二十日须出绢六丈，便叫作调。倘或有事征发，阅十五日，将调免去，三十日租、调俱免，遇小灾免租，遇中灾免调，遇大灾租、庸、调俱免。士大夫既经食禄，不得与民争利，征取有制，海内称便。唐立租庸调法，已见第七回中，此处再行叙及，因相传为唐室美制故耳。

正在整纲饬纪的时候，忽由庆州出一骇闻，乃是都督杨文干造反，全州俱被占领了。原来杨文干尝宿卫东宫，与建成最相亲昵，建成与世民有隙，常与文干密谋，欲害世民，元吉亦尝参议，且语建成道："欲杀世民，但教弟一举手，便足了事，何必多设谋画呢。"谈何容易。文干很是赞成。一日，世民从高祖幸元吉第，元吉令护军宇文宝等，埋伏室内，因潜告建成，欲践前言。建成摇手劝止，元吉艴然道："我不过为兄设法，与我何关得失呢？"建成道："弟不闻投鼠忌器么？父皇已老，倘或受惊，岂非增罪。"建成尚知有父。元吉乃止。建成私募壮士二千余人，为东宫卫士，更调入幽州健骑三百名，分置东宫诸坊，一面荐文干为庆州总管，暗令募选骁壮，送入长安。高祖幸仁智宫，建成居守，世民、元吉皆随行，建成语元吉道："秦王此行，且遍见诸妃，渠多金宝，必一律赂遗，诸妃得了厚赂，总替秦王帮忙，我怎得箕踞受祸？安危大计，决诸今日。"元吉笑道："兄前日若依弟言，此人已早除去了。"建成道："今日父皇出行，可以举事。”元吉问计将安出？建成附耳道：“如此如此。”元吉道：“此计甚妙。”遂与建成别去，建成即阴令郎将尔朱焕，校尉桥公山，潜运甲仗，往遗文干，令他即速起兵，表里相应。焕等行至中途，自恐事泄被祸，径向高祖前告变。高祖大怒，立遣司农卿宇文颖，驰召文干，元吉闻知，捏着一把冷汗，忙嘱颖传语文干，令毋入京。文干既得颖言，便道：“一不做，二不休，我不如造反罢！”遂引兵趋宁州，高祖又亲书手诏，促召建成，建成大惧，不敢径行。詹事主簿赵弘智，劝建成贬损车服，轻骑谢罪。建成左思右想，也无别法，不得已轻车减从，往抵行宫，入谒高祖，便投身委地，接连磕头。高祖痛责一番，令左右拘住建成，监禁幕下。那宁州警报，已似雪片般到来，初说被围，继说被陷。高祖忙召世民问计。又要请教令郎。世民答道：“文干竖子，有何足畏？地方有司，如不能剿灭，但遣一将往讨，自可立平。”高祖道：“事连建成，恐多响应，不如由汝亲行，待平贼回来，当立汝为太子，黜建成为蜀王。蜀兵脆弱，不足为变，若再跋扈，汝亦容易扫平呢。”此语亦属失当。世民奉命即行。元吉亟贿托妃嫔，为建成缓颊，复浼封德彝劝回上意。德彝本隋室佞臣，此时竟邀高祖宠眷，往往三言两语，得快天颜，内浸外润，不怕高祖不为所迷，仍命建成还守京师，但责他兄弟不睦，后当痛改前非，一面归罪王珪韦挺，及天策参军杜淹，说他撺掇是非，并流嶲州。三人真是晦气。世民引军西响，才至宁州附近，文干部众，已是惊惧万分，因即刺杀文干，携手迎降。宇文颖也被擒住，押送长安，讯明正法。至世民还军，高祖已经还朝，并不提及易储事。世民料知中变，付诸一笑罢了。天子无戏言，况易储问题，关系重大，奈何轻许，又奈何轻忘？

且说东突厥主处罗可汗，既迎纳萧后，及炀帝幼孙杨政道，见第六回。便欲为隋报仇，有意南侵。更兼梁师都据有朔方，屡遣人至突厥乞师，且愿为向导。处罗乃遣将分出，自拟督兵取并州，安插杨政道，群臣多半劝阻，处罗道：“我父失国，赖隋得立，此恩如何可忘？”事详第六回。遂不听群谋，决计亲行。命驾将发，忽然生起病来，二竖为灾，数日殒命。处罗有子奥射设，面丑身弱，隋义成公主，将他废锢，另立处罗弟颉利可汗，自己又嫁与颉利，作为可敦。原来为此。堂堂帝女，四嫁胡主，太不怕羞。公主从弟善经，与王世充使臣王文素，均留居突厥，乃共白颉利道：“从前启民可汗，为兄弟所逼，脱身奔隋，幸亏文帝救护，得还故土。今唐天子非文帝子孙，可汗应奉杨政道，南伐唐室，借报前恩。”颉利正席父兄遗业，士马强盛，屡图南略，一闻此言，当然乐从，遂屡次入寇。高祖以中国未宁，不欲与突厥相争，常遣使赍书修好。偏颉利请求无厌，屡将唐使拘住，且与梁师都再四加兵，自武德四年至七年，争战不休，互有胜败。唐并州总管府长史窦静，请就太原广置屯田，即耕即战，秦王世民也以为请，乃依议举行，岁收谷得数千斛，少纾边困。但颉利总出没无定，防不胜防，或劝高祖道："突厥屡寇关中，无非因长安繁丽，意欲入境大掠，得偿欲壑，若陛下弃此不都，把长安化作一炬，那时胡人失望，自不愿再来了。"真是呆话。高祖竟信为良策，即遣宇文士及，赴襄邓间择都，以便南徙。太子建成，齐王元吉，又竭力怂恿，愈早愈妙。愚不可及。独世民进谏道："戎狄为患，自古皆然，陛下以圣武龙兴，奄有中夏，精兵百万，所向无敌，奈何因胡虏扰边，遽欲迁都他避，这不但贻羞四海，并且遗笑千秋。愿假臣儿数万兵士，宽限岁月，保可系颉利颈，生致阙下，万一不能，迁都未迟。"快人快语。高祖也不禁勃然道："此言深合朕意。"当召还士及，取消此议。世民乃退。不意建成复连结妃嫔，共谮世民道："突厥犯边，得赂即退。秦王托词御寇，实欲总握兵权，为篡夺计，陛下奈何不察？"为此数语，又把高祖的心肠，似小辘轳的乱撞起来。名为开国之主，实是一个糊涂人物。

越宿，出猎城南，令建成世民元吉驰射角胜。建成有胡马肥壮，独喜蹶跃，遂持辔授世民道："此马甚骏，能超过数丈深涧，弟素善骑，试一乘何如？"世民即一跃上马，往逐一鹿，鹿将追及，马忽仆倒。世民不待马蹶，已跳出圈外，待马仆而复起，复跃上马身，三仆三跃，毫不受伤，因旁顾左右道："死生有命，岂是暗算所能致死么？"建成闻言，不觉失色。至校猎已毕，又去贿托尹张二妃，尹张二妃，复向高祖饶舌，谓："秦王自言天命所归，将为真主，断不至有浪死的情理。"高祖顿时大怒，先召建成元吉侍侧，然后召世民面斥道："天子自有天命，不是智力可求，汝为什么专想此位哩？"世民忙免冠顿首，请下法司案验。高祖怒尚未解，忽有一内监入报道："突厥大举入寇，前锋已到豳州了。"恰是世民的救星。高祖被他一惊，才将怒意打消，改容慰勉世民，令他仍然冠带，与商战守事宜。世民道："火来水淹，兵来将挡，臣儿愿出去一战。"高祖喜慰道："元吉可随同前去，可战乃战，可和便和。"世民元吉，同声应命，当即出调将士，隔宿启行。高祖亲至兰池饯别，赐世民美酒三杯，元吉一杯。世民并非小孩子，何高祖待之若婴儿。两人饮毕谢恩，炮声一响，大军启行，高祖还跸，世民元吉，均驾马驰去。

将至豳州，闻突厥连营百里，气焰甚盛，元吉已有惧意，世民令侦骑再行探明，俟得返报，说是："颉利突利二可汗，举国入寇，兵士确有数十万人。"世民从容道："两酋同来，我自有法破他，不必多虑。"已有成算。遂驱军再进，径抵豳州，依城下寨。是时关中久雨，粮运阻绝，士卒又久苦征役，疲敝不堪。朝廷及军中，均以为忧。独世民不动声色，措置自如。到了次日，颉利率铁骑万余，奄至城西，列阵五陇坂，昂然待战。世民顾元吉道："今虏骑凭陵，断不可示他怯弱，理应出营与战。弟能与我同往否？”元吉嗫嚅道：“虏……虏势这般强盛，勿……勿宜轻出与争。倘或失利，悔……悔不可追。”世民答道：“颉利突利，名为叔侄，实具猜嫌，突利乃始毕子，始毕传弟处罗，处罗复传弟颉利，兄弟相及，因致突利失位，应亦不平。颉利恐突利生嫌，因令镇守东方，也封他为可汗。今日连兵来此，我正可就中取事。别人怕他，我却不怕，汝不敢往，我当独往。”知己知彼，百战百胜。突利履历，即借世民口中叙过。言毕，即带领百骑，驰诣颉利阵前，大声呼语道：“我朝与可汗和亲，为甚么负了前约，深入我地？我便是秦王李世民，可汗能斗，快出与我斗，若率众来战，我亦不怕，我手下只有百骑，足当汝等万人。”子龙一身都是胆，此语可移赠秦王。颉利闻言，还疑世民是诱敌计，笑而不答。已堕世民计中。世民见突利自为一队，与颉利隔一沟水，遥对作斜角状，因复遣骑将往告突利道：“尔前日与我同盟，有约在前，缓急相救，今乃引兵攻我，奈何没有香火情？”别人用反间计，都从秘密处下手，世民却故意明言，令他启疑，用计尤妙。突利亦寂然不应。突利也堕入计中。世民又故意驰至沟旁，牵缰欲涉，颉利乃遣人来止世民道：“王不必渡沟，我来并无他意，不过欲与王更申盟约呢。”世民乃勒马道：“可汗既欲申盟，但遣一介使臣，即足了事，何必用大兵前来？欲战即来，欲和即退。”再逼数语，妙不可阶。颉利乃麾兵少却，会值大雨滂沱，乃各引兵还营，世民语诸将道：“胡虏所恃，惟有弓箭，今积雨连旬，箭胶俱解，弓不可用，他似飞鸟折翼，无从高飞，我却刀槊快利，以长制短。及此不乘，尚待何时？”于是令军士饱餐一顿，冒雨复进。且遣人往谕突利，极陈利害，突利欣然应命。颉利因世民骤出，正在惊疑，亟召突利入商，意欲出战，突利道：“天雨未霁，运饷艰难，我军又深入无继，就使战胜，亦不能深入长安，一或败衄，祸将不测。况秦王素号能军。未见得定是我胜，不若与他讲和为是。”颉利默然，乃遣突利与部帅阿史那思摩，往见世民，申请和亲。世民坦怀相待，突利甚喜，愿与世民结为兄弟，彼此很是款洽，遂定盟而去。

世民收军回朝，突厥复遣阿史那思摩入觐，高祖引升御榻，慰劳再三，并封他为和顺王。思摩拜谢欲归，诏令左仆射裴寂，偕思摩至突厥答聘，许他互市，裴寂也修好而还。无如戎狄无信，性好反复，讲和未几，又遣将寇边。高祖不觉动怒，顾语侍臣道：“突厥如此狡诈，朕将督大军亲征，往时通使突厥，以敌国礼相待。所以通用国书，今当改书为敕，问他何故屡扰我境，卿等可替朕草诏便了。”侍臣承旨拟敕。敕文拟定，由高祖阅过，即遣使赍递。看官！你想颉利可汗，本是个骄矜自大的人物，骤然接到诏敕，怎肯顺受？当下将唐使拘住，即发兵分寇灵相潞沁韩朔诸州。代州都督蔺蓦，与突厥兵交战新城，失利而还，乃令行军总管张瑾屯石岭，李高迁趋大谷，分御突厥。一面向唐廷告急，高祖命秦王世民出屯蒲州，调李靖为安州大都督，出屯潞州，任瓌为行军总管，出屯太行，李靖甫至潞州，见张瑾单身逃来，报称全军覆没，连长史温彦博，都被擒去。靖留住张瑾，行文至秦王世民，及总管任瓌，约他三路齐进，并力夹攻。世民正拟出发，忽由颉利遣使请和，愿将温彦博放还，仍敦旧好。世民正言诘责，命他速归彦博，才准罢兵。来使唯唯而去。原来彦博被执，颉利因他职掌机要，问及唐廷兵粮虚实，彦博默不一答，竟被徙往阴山，复纵兵进逼灵州。灵州都督王道宗，兜头痛击，杀死虏兵数千人，颉利乃退，嗣闻秦王世民等，将会师前来，又觉惶急异常，乃遣使卑辞乞和，经世民与他定约，慌忙追还温彦博，送归唐营。两下里又算息兵，世民仍入都复旨，自是威名益著，遭忌益深。建成元吉，佯与为欢，邀世民夜宴，置毒酒中。世民哪里晓得？及饮毕归府，猝然心痛，喉中亦非常作痒，竟至咯血数升，卧不能起。百密未免一疏。不死还是大幸。淮安王神通，报知高祖，高祖亲往问疾，由世民呜咽陈词，粗述情由。高祖长叹数声，乃语世民道：“我起自晋阳，得平中原，多出汝力，本拟立汝为太子，汝乃固辞，因立汝兄建成。现在储位久定，不忍再易，但看汝兄弟终不相容，同处京师，暗斗日烈，计惟遣汝出居洛阳，自陕以东，由汝作主，可建天子旌旗，如汉梁孝王故事。”大都耦国，尚为乱本，况一国中有两天子耶？唐天子所嘱诸语，俱属谬误。世民涕泣道：“这非臣儿所愿，臣儿岂可远离膝下。”高祖道：“这是权宜的计策，汝宜顺我意计，免得相残。”世民勉强受命。待高祖回宫，又休养了数日，病势渐愈，乃召集僚属，整顿行装，专待明诏一下，即行陛辞。不料俟至兼旬，并没有明诏下颁，眼见得是又信谗言了。小子有诗叹道：

人心最忌是怀私，一寓私心即被欺。
况是堂堂天子贵，胡为投杼屡生疑？

究竟世民能否赴洛，且至下回表明。

建成元吉，智勇远不逮世民，乃得此贤兄弟以为助。正应式好无尤，联作指臂，而乃两不相容，私结妃嫔，阴募壮士，且嗾使杨文干之叛命，欲为表里相应之举，是诚何心哉？岂除去世民，即能安然为嗣皇帝，俨然作皇太弟乎？况文干一发而即诛，势若发蒙振落。至于出拒突厥，元吉畏缩不前，独世民从容谈笑，卒却强胡，为建成元吉计，亦当自愧弗如，收拾邪念，乃复下毒酒中，惟恐世民不早死，骨肉成仇，一至于此，是真李氏之大不幸也。然推原祸始，实皆由高祖酿成之，立储不慎，已为一误，欲易储而复不易，又为一误。迨命世民居洛阳，又复中悔，卒至喋血宫门，手刃同气，可胜慨欤！读是回，可为世之父子兄弟，作一龟鉴焉。

第十三回

玄武门同胞受刃
庐江王谋反被诛

却说建成元吉，闻世民将往洛阳，又私自相谋道：“秦王若至洛阳，大权在手，势更难制，不如留住长安，尚是一个匹夫，还可设法除他呢。”乃密令心腹数人，迭上封事，只说是“秦王左右，得赴洛阳消息，无不喜跃；此去恐不复来”云云。那时老昏颠倒的唐高祖，又为他所惑，竟将秦王镇洛的嘱言，搬置脑后。世民以高祖一再信谗，也自觉孤危起来。可见玄武门之祸，全是高祖激成。元吉且想出一法，欲招诱秦府骁将，使为己用。他平时所最畏惧的，是秦府中的尉迟敬德，敬德善用槊，又善避敌槊，每当出战，轻骑入敌阵中，敌虽聚槊攒刺，终不至受伤，且往往夺取敌槊，还刺敌人，各将无不畏服。元吉亦常习槊，欲与敬德角艺，敬德请元吉加刃，自己独把刃除去，一往一来，角逐多时，元吉恨不得将敬德一槊刺死，偏敬德似生龙活虎一般，左跳右跃，无从下手，嗣经元吉觑出破绽，兜心一槊，总道他已受创，哪知敬德是卖弄手段，故意直立，令他刺来，待至槊已接近，竟用手接住，奋力一扯，把槊夺去，元吉反剩了一双空手。敬德复将槊给还元吉，令他再刺，元吉再刺再失，三刺三失，方不敢与敬德交手，赧颜而退。史称敬德善槊，一再提及，俗小说中反说他用铁鞭，不知何据。但心中却很是畏忌，密劝建成与他结交，私赠金银器一车。敬德拜辞道：“敬德出身微贱，值天下丧乱。久陷逆地，幸亏秦王提拔，得事圣朝，现欲酬报知遇，尚愧未遇，至于殿下前更无功效，何敢当赐？若私许殿下，便怀二心，徇利弃忠，恐殿下亦所不取呢。”建成无词可答，只得收回送礼。敬德转语世民，世民道：“公心如山岳，虽积金至斗，公亦不移。但恐非自安计，还应思患预防。”敬德受教而出。隔了数日，果有刺客在门外探望，敬德竟把门大开，安卧不动，刺客逡巡自去。建成元吉，复入诉高祖，诬言敬德有谋反意，高祖竟欲杀敬德，赖世民入朝固请，乃得免罪。元吉又谮程知节，有诏出知节为康州刺史。知节语世民道："大王股肱羽翼，若尽被摧折，身何能久？知节誓死不去，幸早决计。"世民尚是踌躇，忽又接到诏敕，勒令房玄龄杜如晦两人，出秦王府，于是秦府僚佐，类皆自危。长孙无忌，系世民妻舅，与房玄龄为莫逆交，玄龄私语无忌道："今嫌隙已成，祸机将发，不早为谋，祸及社稷。公与秦王谊关至戚，不若劝王为周公事，保全家国。存亡安危，正在今日。"无忌告知世民，世民又召问杜如晦，如晦亦劝世民从玄龄言。他如秦府门客，无不怂恿世民，速定大计。只李靖李世勣两人，不发一言。

会突厥兵又来犯边。建成荐元吉将兵北讨，高祖遂将兵事属元吉。元吉请调尉迟敬德为先锋，且悉简秦府精卒，同讨突厥，敬德亟与长孙无忌，入白世民道："大王尚不早决，祸在目前了。"世民道："同气相关，怎忍下手？"敬德道："人情无不畏死，大众愿以死奉王，这是所谓天授了。天与不取，反且受殃，王奈何沾沾小仁，不顾大局？"世民默然不答。忽有率更丞唐府官名。王晊驰入，似欲有言，因见长孙尉迟两人在侧，一时又未敢遽发。世民早已觉着，便起与王晊密谈。晊说了数语，便即退出。世民因告无忌道："适由王晊来报，谓齐王与太子定计，欲我与太子至昆明池，饯齐王北行，即就席前伏着勇士，置我死地，太子可入求内禅，齐王当立为太弟。"无忌不待说毕，便道："先发制人，后发为人制，两语可决了。"世民叹道："骨肉相残，古今大恶，我诚知祸在旦夕，但欲待他先发，然后仗义出讨，方为有名。"观此言，可知世民亦处心积虑。敬德在旁接入道："大王若再不听敬德，敬德不能留居大王左右，束手就戮，请从此辞。"无忌复道："王不从敬德言，无忌亦当相随同去。"一推一扯，不怕秦王不上此台。世民乃再召府僚集议，大众齐声道："大王以舜为何如人？"世民笑道："舜是古圣人，何消问得。"众复道："假使舜徇父命，浚井不出，必为涂泥，完廪不下，必为灰烬，怎能泽被天下，法施后世？大王既知舜为圣人，何不权宜行事？"世民道："且问诸龟卜，再决行止。"众乃取龟为卜，突有一人进来，投龟弃地道："卜以决疑，不疑何卜，今日箭在弦上，不得不发，难道问卜不吉，便好罢手么？"爽快之至。世民视之，乃是幕僚张公谨，便道："如公言，事果可行么？"公谨道："非但可行，且应速行。"世民乃决。遂令长孙无忌，密召房杜二人定计。玄龄如晦，均谢无忌道："敕旨令我二人，不得事王，今若私谒，必坐死罪，不敢奉教。"无忌还报世民，世民不觉动怒，竟拔出佩刀，持给敬德道："玄龄如晦，怎敢叛我，公试持刀往观，若彼二人果无来意，可用我刀杀死了他，持首回来。"前缓后急，是前情亦寓做作。敬德遂与无忌同行，见了房杜二人，即与语道："王已决计，公等宜速入！"玄龄道："我等四人同去，恐惹人注目，宜各归各行，且我与杜公，亦须改装方可。"于是玄龄与如晦，皆改服方士装，令无忌先行，两人陆续前往，敬德独绕道回秦府。世民即与房杜等定下密谋，越宿照行。

是夕，太白经天，太史令傅奕，密奏太白星现秦野，秦王当有天下，高祖阅奏毕，正值世民入朝，因举原奏示世民，世民请屏去左右，密陈建成元吉，淫乱后宫。高祖大惊道："有这般事么？"世民又道："臣儿自问，无丝毫辜负兄弟，偏他二人时欲加害，谓替世充建德复仇，臣儿若果枉死，永违君亲，已是可痛，且魂归地下，亦愧见诸贼，还乞陛下恩宥！"说罢，竟呜呜咽咽的哭将起来。慧儿也会撒娇。高祖益愕然道："明日即当审问，汝宜早参。"世民应声趋退，即于夜半调兵，命长孙无忌等带领，往伏玄武门。未几天晓，建成元吉，已由张婕妤密遣内侍，走报世民密奏情形。元吉即语建成道："今日入朝，恐防有变，不如托疾为是。"建成道："内有妃嫔，外有宫甲，秦王虽强，恐亦无法可施，我等不如往参，自探消息。"乃俱乘马入玄武门。进至临湖殿，闻高祖已召集裴寂萧瑀陈叔达封德彝宇文士及窦诞等人，临朝会审，仿佛一出六部大审。料知情势不佳，立即返奔，将出玄武门，忽闻背后有人叫道："太子齐王，何故不入朝？"元吉回头一顾，并非别人，就是积世冤家李世民。他也不遑答应，便从弓袋中取出弓箭，接连三射，均被世民闪过。似此没用，焉能济事？最后一箭，经世民接住，也取弓搭着，向建成射去。建成总道是他还射元吉，毫不备防，飕的一声，竟倒撞马下，呜呼哀哉！元吉不暇顾建成，三脚两步的逃至门首，兜头碰着尉迟敬德，又复返走。世民正追元吉，不防元吉回马撞着，两人都坠落马下。元吉先起，夺世民弓，敬德驰救世民，吓退元吉，即扶世民至别室暂憩，又出室去追元吉。元吉欲入武德殿，面奏高祖，偏后面弓弦一响，转身却顾，已是不及，恰巧箭入咽喉，立时晕倒。敬德抢步上前，拔刀下斫，枭取首级，复回至建成尸旁，也将他首级枭下，蓦闻玄武门外，人声马沸，料知外面已有战事，因即携了两首，跨上了马，跑至门前。见张公瑾闭关拒守，便问道："外势如何？"公谨道："东宫将冯翊冯立，齐府将薛万彻等，领着好几千人，来攻此门，我故将门掩住，免他闯入。"敬德道："长孙公所领伏兵，曾否出击？"公谨道："区区百骑，怎能退敌？现云麾将军敬君弘，在此宿卫，已领兵杀出去了。"敬德道："待我出兵观战。"公谨乃放他出门。敬德一马驰出，正值守兵败回，报称："敬将军陷入敌中，已经殉难。还有中郎将吕世衡，也经战死，东宫齐府两军，移攻秦府去了。"敬德大怒，策马径进；驰至秦府门首，为东宫齐府两军所阻，不由的瞋目怒叱道："咄！你等试看这两个首级，系是何人？"说着，即将两首级悬在槊上，擎示两军，且复大声道："奉诏诛此两人，如尔等抗违上命，罪与两人相类，尔等亦何苦寻死呢。快快解散，免同受刑！"东宫齐府两军，见血淋淋的两颗首级，确是建成元吉，且听敬德说着奉诏二字，越觉心虚胆怯，便一哄而散。薛万彻禁遏不住，即带了数十骑，亡奔终南山。冯翊冯立，也各自逃去。

高祖因三子俱未朝参，还疑他是彼此避面，乐得模糊过去，再作计较，匆匆辍朝，留裴寂萧瑀陈叔达等待命朝堂，自挈妃嫔至海池中，泛舟为乐。外面打架，甚是热闹，他尚全未闻知，挈眷游湖，也可谓莫愁天子。忽见岸上有一个铁甲铁鍪的大将，持着长槊，匆匆奔来，便遥叱道："来者何人？"那将即下马置槊，倒身下拜道："臣便是尉迟恭。"高祖道："卿来做什么？"敬德答道："秦王以太子齐王作乱，起兵诛逆，恐惊动陛下，特遣臣来宿卫。"高祖惊诧道："卿且起来！太子齐王现在哪里？"敬德起答道："已俱授首了。"高祖不觉失色，连侍侧的妃嫔，也都玉容惨淡，战栗异常。高祖亟命内侍，往召裴寂萧瑀陈叔达等人，内侍慌忙驰去；小子乘这来往的空隙，且把尉迟敬德至海池事，略行表明。急忙补叙，不肯渗漏一笔。敬德既吓退宫府两军，复入玄武门回报世民，世民问明情由，便道："事已至此，我只好入宫谢罪。"敬德道："且慢！上意尚未可测，容敬德先去探明。"便将两首级交给世民，自己驰入朝堂，晤着裴寂等人，便与他说明原委。裴寂道："此事如何上闻？"敬德道："待敬德闯入宫去，宁死敬德，毋死秦王。"言毕，即大踏步跑入里面，禁兵拦他不住，竟被他闯至宫前。有内侍出阻道："圣上幸海池泛舟。"敬德不待说完，便转向海池跑去。既已谒见高祖，据实陈明，便即拱手立着，过了片刻，裴寂萧瑀陈叔达等人，均随内侍到来。高祖已命拢舟泊岸，便问裴寂等道："不图今日竟见此事，后事将如何处置？"萧瑀陈叔达齐声道："太子齐王，自起义以来，未尝预谋。反一立储贰，一封王爵，又不闻有甚么功德，徒然离间骨肉，肇祸萧墙。惟秦王功盖天下，内外归心，为陛下计，正当乘这事变，立为太子，委以军国重务。陛下便可垂拱而治了。"乐得推重秦王。高祖方转惊为喜道："这本是朕的素愿哩。"敬德在旁，即乘机入奏道："陛下既愿立秦王，现在外事尚未平靖，请速降手敕，令诸军并受秦王节制。"高祖即顾宇文士及道："卿速去拟诏，待朕回朝发落。"士及闻命即去。高祖仍带着妃嫔，乘辇入宫，敬德及裴寂等，还至朝堂候旨，既而高祖临朝，由宇文士及呈上草诏，高祖即命士及出东上阁门，宣布诏敕，安定众心。复遣黄门侍郎裴矩，赴东宫晓谕将士，一律罢归。随即语敬德道："卿去召秦王来！"敬德似飞的去了。高祖仍复还宫，时为武德九年六月庚申日，看似闲笔，恰为承上起下，点醒眉目之文，万不可少。适当盛暑，高祖开襟纳凉，忽见世民趋入，伏地请罪，高祖慰抚道："近日以来，种种怀疑，几似曾母投杼，不能自解。今建成元吉，胆敢作乱，死有余辜，不过事关骨肉，出此变端，可恨亦可悲呢。”谁叫你酿成此祸。世民仰首，见高祖露着两乳，便用口吮他乳头，眼眶中却簌簌下泪，淋湿高祖胸前。高祖也忍泪不住，世民益复大号。恐是假情。父子正在对泣，那宇文士及及裴矩等，入宫复旨，当然劝慰一番，世民乃告别出外，回入秦府。秦府中人，复白世民道：“斩草不除根，终贻后患，建成元吉，各有子嗣数人，应一并捕诛，方可无虞。”世民也不禁止，一听僚佐所为。于是建成子安陆王承道，河东王承德，武安王承训，汝南王承明，巨鹿王承义，元吉子梁郡王承业，渔阳王承鸾，普安王承奖，江夏王承裕，义阳王承度，统行捕到，一并处死，罪人不孥，况属犹子，谓非世民之忍，其谁信之？秦府僚佐，尚欲搜捕东宫余党，列名计百余人，世民也不加禁，还是尉迟敬德，极力谏阻道：“为罪只有二人，今已诛死，不宜再及支党。若辗转牵连，恐反激成祸乱，何以求安？”世民乃请旨大赦。高祖因颁发赦文，大致谓：“凶逆大罪，止建成元吉二人，其余党与，一无所问。”又诏立世民为皇太子，国家庶事，皆由皇太子处分。自此诏一下，世民虽未受禅，已不啻一嗣皇帝了。句中有刺。

太子洗马魏徵，曾劝建成早除世民，至是为世民所知，即召徵入见，徵长揖不拜，世民益怒，遂呵责道：“汝何故离间我兄弟？”徵坦然道：“先太子若听徵言，何至今日受诛？从前管仲为子纠臣，曾射齐桓中钩，人各为主，何必讳言？”世民听了，转易怒为喜道：“公可谓抗直了。”遂引为詹事主簿。又召还王珪韦挺杜淹，命珪与徵同为谏议大夫。嗣又查得庐江王瑗，曾与建成密通书牍，谋害世民，乃令通事舍人崔敦礼，驰驿召瑗，令他入京对簿，敦礼至幽州，见瑗时，只说是促令入朝，尚未明言对簿事。瑗已自觉心虚，亟召将军王君廓入商。看官听着，庐江王瑗，系太祖孙，高祖从弟，例封王爵，曾与赵郡王孝恭，合讨萧铣，无功可述，移调洺州总管，又因刘黑闼入犯，弃城西走。高祖顾念本支，不忍加罪，改任瑗为幽州都督，且恐他才不胜任，特令右领军将军王君廓辅行。任官务求称职，不应私及亲旧，高祖此举，也是失策。君廓前本为盗，悍勇绝伦，降唐后积有战功，瑗欲倚为心腹，许与结婚，联成亲属，每有所谋，辄为商议，所以奉召入朝，亦邀他入决行止。哪知君廓却自有肺肠，偏视瑗为奇货，欲借他一个头颅，讨好新太子，图些后来的功业。当下眉头一皱，计上心来，便语瑗道：“事变未可逆料，大王为国家懿亲，受命守边，拥兵十万，难道一介使来，便从他入京么？况太子齐王，为皇上亲子，尚受巨祸，大王入京，恐未必能自保呢。”说着，即佯作涕泣状。瑗奋然道：“公诚爱我，我计决了。”死了死了。遂拘禁敦礼，征兵发难，并召北燕州刺史王诜，参谋军事。兵曹参军王利涉进言道：“王今未奉诏敕，擅发大兵，明明是造反了。若诸刺史不遵王令，王将如何起事？”瑗闻言，又不禁忧惧起来，便搓手道："这……这且奈何？"实是没用。利涉又道："山东豪杰，尝为窦建德所用，今皆失职为民，不无怨望，大王若发使驰语，许他悉复旧职，他必愿效驰驱，然后遣王诜外连突厥，由太原南趋蒲绛，大王自整兵入关，两下合势，不过旬月，可得中原了。"瑗大喜，转告君廓。君廓道："利涉所言，未免迂远。试思大王已拘住朝使，朝廷必发兵东来，大王尚能需缓时日，慢慢的招徕豪俊，联结强胡么？现乘朝廷尚未征发，即日西出，攻他不备，当可成功。君廓不才，蒙王厚待，愿作前驱。"这一席话，又把瑗哄动过去，便道："我今以性命托公，内外各兵，都付公调度便了。"君廓索了印信，立即趋出。利涉得知此信，慌忙入白道："君廓性情反复，万不可靠，王宜以兵属诜。幸勿委任君廓。"瑗又生起疑来，正在犹豫未决，似此庸柔，还想造反，一何可笑。忽报君廓调动大军，诱去王诜，将诜杀死了。瑗惊惶失措，接连又有人入报道："朝使敦礼，已由君廓放出狱中，现正晓示大众，说明大王造反，将来攻杀大王呢。"瑗愈觉惊惶。回顾利涉，已是不知去向，转思君廓已与已结婚，或者所报失实，就是语语是真，也可亲往诘问，奈何叛我至此？遂披甲上马，带领左右数百人，疾驰而出。巧值君廓过来，即欲开口质问，偏君廓已叫着道："李瑗与王诜谋反，拘敕使擅征兵，诜已伏诛，尔等奈何尚从逆瑗，自取夷戮？快快回头，助我诛逆，可保富贵。"说罢数语，瑗手下俱奔散，单剩瑗一人一骑，哪里还能脱逃？当由君廓指挥众士，将瑗拖落马下，反绑了去。瑗骂君廓道："小人卖我，后将自及。"君廓也不与多辩，竟将他绞死，传首京师，有诏废瑗为庶人，升君廓为幽州都督。小子有诗叹庐江王道：

绝无才智敢称戈，事事狐疑可奈何？
白刃临头还未悟，徒言卖我是由他。

幽州既平，太子世民，令魏徵宣慰山东。欲知魏徵宣慰情状，且看下回分解。

尉迟敬德之杀齐王，与王君廓之杀庐江王，两相映照，仿佛一回对偶文字。敬德虽为秦府宿将，然总不得谓非高祖臣，观其跃马禁中，擅杀元吉，绳以《春秋》大义，无君之罪，固已显然。但世民敢杀太子，敬德亦何不可杀齐王？晋赵穿弑灵公，《春秋》且归狱赵盾，况如世民之手刃同胞，夷戮诸子乎？于敬德何尤焉？王君廓之计杀庐江王，为国除逆，较诸敬德之只知秦王，不知高祖，情状迥殊。但庐江王既愿与为婚，倚为心腹，则先当忠告善道，格其非心。吾料瑗性懦弱，当必畏而相从，万一不然，乃声罪致讨，公私两尽，瑗亦尚有何辞耶？狡哉君廓，陷瑗于法，借此图功，《春秋》之律在诛心，盖视敬德为尤忍者。敬德小忠，不能无讥，君廓之忠似大矣，而实则大奸。大奸似忠。亶其然乎？

第十四回

纳弟妇东宫渎伦
盟胡虏便桥申约

却说谏议大夫魏徵，自宫府平定后，屡劝世民坦示大公，借安反侧；及幽州诛逆，复白世民道：“人心未靖，不再抚慰，祸恐难解。”世民乃遣徵宣慰山东，许他便宜行事。徵受命东行，途遇太子千牛李志安，齐王护军李思行，由地方官吏押送京师，徵慨然道：“前东宫齐府左右，已有诏赦宥，不复按问，今复因解二李入京，是赦文转同虚下了，天下尚肯信从诏敕么？”当下将二人释归，然后上闻。世民喜他有识，传语奖勉，一面下令宣布，凡事连东宫齐王，及庐江王瑗，均不准讦告，违令反坐。自是无人告密，内外咸安。就是冯翊冯立薛万彻等，亦均令归里，概不加罪。应该如此。

惟有一种特别加恩的事件，说将起来，乃是当时东宫的趣闻，便是后来唐朝的秽史。元吉身死时，年只二十四岁，留下妃子杨氏，与元吉年貌相当，生得体态风流，性情柔媚，面如出水芙蓉，腰似迎风杨柳。唐室王妃中，要算这个杨氏妇，最为美艳。平时与秦王妃长孙氏，颇称莫逆，往来款洽，两下无猜。元吉谋害世民，她尝暗中谏阻，请勿与世民为仇，偏元吉不肯听从，终落得身亡家破，子姓同诛。杨氏年才花信，怎禁得孤帷寂寞，举目无亲，幸亏长孙氏念娣姒情，尝邀她过来叙旧，好言劝慰，俾解愁烦。一日，正当娣姒坐谈，忽见世民趋入，杨氏即起座相迎，经世民坐定，她忽屈膝下跪，对着世民，竟自请死，反弄得世民语默两难，无从摆布。长孙氏在侧，慌忙劝解，偏杨氏娇啼宛转，楚楚可怜，这是杨氏献媚处，并非记念齐王。那世民虽是绝世英雄，到了此时，也不禁牵动情肠，代为凄楚，况看她淡装浅抹，秀色可餐，一种哀艳态度，真是有笔难描，令人魂销魄荡；急切无可答词，只好离开了座，连称请起。长孙氏忙来搀扶，好容易把杨氏掖起，杨氏还是哭个不住，方由世民婉告道：“王妃休得过悲！齐王谋乱，应该伏法，与王妃无干。我在世一日，总当保护王妃一日，休戚与共，忧乐同尝，幸勿过虑！若嫌在府寂寞，不如徙居我处，好在你娣姒两人，素无嫌隙，彼此相安度日，我也好免得耽忧了。”言为心声，听言已可知意。言至此，复嘱长孙氏好意相待，乃扬长而去。

长孙氏素性温和，事翁尽孝，相夫无违。两语括尽妇德。一经世民谆嘱，总道没有歹心，且与杨氏情好无间，乐得劝她徙居东宫，得以朝夕相亲，互敦睦谊。杨氏本是个随高逐低的人物，当然唯命是从，即日迁居。哪知这位新太子，已看上这娇娇滴滴、袅袅婷婷的弟妇，特地收拾净室，令得安居，凡室中一切布置，均是亲手安排，又密拨心腹侍女数人，作为杨氏室中的服役。好教去做红娘。杨氏也觉心喜，世民平日无事，尝往她室中叙谈，渐渐的不避嫌疑，引得耳鬓厮磨，两情入彀，还有侍侧的宫娥，统是知情识意，就彼此眉来眼去时，凑趣几语，益觉春山脉脉、秋水依依。一夕，夜漏将半，杨氏已经就寝，忽有侍女入报道：“太子驾到。”杨氏慌忙起床，略整衣裳，便即出迎。深夜迎客，其情可知。世民趋入，与杨氏行过了礼，杨氏即启问道：“殿下为何深夜到此？”世民答道：“父皇召我侍宴，多饮了几杯御酒，且参议内禅事宜，至此才得脱身，是以觉得过迟了。”杨氏道：“何日行内禅礼？”世民道：“大约正在本月内。我劝父皇再过数年，奈父皇自称倦勤，定要禅位与我，这也是没法推辞了。”杨氏即跪伏称贺，世民趁着数分酒意，竟用手搀起杨氏，一面说道：“我尚未受禅，怎好受贺？”杨氏轻轻推开世民的手，才半嗔半喜的立将起来。半嗔半喜，四字妙极。此时正值仲秋天气，皓月将圆，清辉入户，更兼银烛高烧，明同白昼。世民就在灯月下面，定睛瞧着杨氏，但见她云鬟半卷，星眼微饧，穿一套缟素罗裳，不妆不束，更显出花容明媚，玉骨轻柔。越是浅妆的美女，越觉好看；越是睡起的美女，越觉好看；越是从灯光月下看美女，越觉好看。杨氏见世民注着双瞳，也不禁还他一笑。世民却转眼顾明月道：“中秋将届，玉兔在辉，想嫦娥在广寒宫，应亦跂望团圆哩。”杨氏却凄然道：“天上也留缺陷，令嫦娥长此寡居。”是凄寂语，是勾引语。世民微笑道：“嫦娥又要得时了。我因步月至此，王妃可偕我赏月否？”杨氏尚未及答，那侍女已凑趣道：“厨下尚有酒肴，待使女们搬了出来，就可赏月了。”世民道：“好极好极。”侍女等连忙出去，不到片时，竟将酒肴携至，且笑语道：“赏月须要登楼。”好几个牵头。世民道：“这个自然，就请主人导引。”杨氏迟疑半晌，经侍女等搀扶了去，不得不移步上楼。还要做什么身份？世民即龙行虎步的，趋上扶梯，那时西轩早启，晚宴初陈，世民邀杨氏入席，杨氏尚有难色，侍女又从旁怂恿，谓有宾不可无主，乃相对而坐，由侍女斟上酒来。古人说得好：“酒为色媒，色为酒媒。”杨氏入席时，尚不免有三分腼腆，及至酒过数巡，渐把那一种羞涩态度，撇在脑后，且抬头看那风流倜傥的储君，毕竟生得不凡，英姿洒落，眉宇清扬，巫峡襄王，未必有此仪表，洛川魏胄，几曾得此丰神，回忆那齐王元吉，与世民生本同胞，偏面庞儿一妍一丑，大不相同，想到这里，禁不住意马心猿，竟把平生的七情六欲，一古脑儿堆集拢来。尽情描摹。世民几次温存，她似不见不闻，仿佛痴聋一般，惹得席旁侍女，都吃吃暗笑，杨氏方才觉着，不由的两颊愈红，低头弄带。世民便道："夜已深了，再尽一杯，便好撤席。"杨氏唯唯遵命，遂各斟一满杯，彼此一饮而尽。好作两人的交杯酒。侍女等撤去残肴，次第出外，单剩两人坐着，好一歇才行进去，那两人都不知去向，寻至里面的卧室，已是朱扉双掩，绣幙四垂，料知他一对壁人，已同去演龙凤配了。虚写得妙。侍女等方各归寝。翌晨，世民乃去。

隔了数日，果然内禅诏下，高祖自称太上皇，传位太子，择吉于八月甲子日即皇帝位。是日黎明，太子世民，先朝见高祖，接受御宝，乃返至东宫显德殿中，南面升座，受文武百官朝贺，遣左仆射裴寂祭告南郊，大赦天下，赐文武官勋爵，蠲关内及蒲芮虞泰陕鼎六州租赋二年，免全国庸调一年，民八十以上赐粟帛，百岁倍赐，各种恩诏，次第颁发，然后退朝还宫，历史上称为唐太宗即位，小子也沿例称为太宗。越十日，放宫女三千余人，又越二日，册立长孙氏为皇后。后系洛阳人氏，其先为魏拓跋氏后，曾为宗室长，因号长孙。父晟仕隋为左骁卫将军，已见首文。后少好读书，循尚礼法，及为皇后，务崇节俭，一切服御，不尚繁华。太宗嗣位后，尝与论及新政，后默不一答。再三问及，后温颜对道："陛下岂不闻古语么？牝鸡司晨，惟家之累，妾系妇人，只知治宫中事。外政怎敢预闻？"不没贤后。太宗益加敬重。惟元吉妃杨氏居然纳为妃嫔，日加宠眷。后悔未预防，致成大错，但木已成舟，无法谏止，只好将错便错的模糊过去，就是待遇杨氏，依然和好，不过换了称呼。杨氏初觉自惭，后来成为习惯，也不以为意了。杨花性质，宜乎姓杨。太宗嬖宠杨氏，不得不推恩元吉，欲为元吉加封，又不得不类及建成，乃追封建成为息王，谥曰隐太子，元吉为海陵郡王，谥法乃一剌字，均以礼改葬，后来复改封元吉为巢王，因号为巢剌王，这且慢表。

且说突厥主颉利可汗，与唐廷屡有交涉，忽和忽战，反复无常。伪梁帝梁师都，又屡次怂恿突厥，侵扰唐境。颉利意尚未决，师都竟亲自往朝，面为划策，劝令进兵。于是颉利突利二可汗，复合兵十余万骑，入寇泾州，进次武功。太宗下诏戒严，亟命尉迟敬德为泾州道行军总管，统兵出御。敬德到了泾阳，适与突厥兵相遇，即乘着锐气，杀将过去，突厥兵抵挡不住，被他横冲直撞，斫毙了千余人，一边得胜，一边当然败走，待敬德收军，颉利可汗独从间道趋渭水，驻兵便桥，先遣心腹将执失思力，入都进谒，窥视虚实。太宗召见执失思力，问他何故加兵？思力道："上国给发金币，岁无定额，或作或辍，不加诚意，所以敝国两可汗，特统兵百万，前来请命。"太宗毫不畏惧，且怒叱道："朕与汝可汗面约和亲，赠遗金帛，前后无算，今汝可汗自负盟约，引兵入寇，汝曲我直，我有何愧？朕想汝虽居戎狄，应有人心，怎得全忘大恩，自夸强盛，应先将汝斩首，然后与汝可汗交战，看汝可汗能胜我军否？”理直词严，足使外人气折。思力听了数语，嗒然若丧，没奈何叩首谢罪。萧瑀封德彝入奏道：“两国相争，不斩来使，还乞陛下遣还思力，借示宽容。”太宗道：“朕若遣还虏使，反令他越加藐视，益肆凭陵，这岂可轻事纵容么？”又顾语思力道：“权且寄汝首级，看朕督兵亲征，究竟谁胜谁负？”思力不能还答，只好跪着磕头。太宗又指令左右，将思力拘住门下省，左右奉旨，把思力拖起，出殿去了。

太宗即召集禁军，出拒突厥，自己亲擐甲胄，跨上御马，带着高士廉房玄龄等六骑，出玄武门，迳诣渭水。颉利可汗方在营中坐着，专待执失思力归报，忽由军校入报道：“唐天子来了！”颉利便上马出营，隔水遥望，但见对面立着六骑，当先的盔甲辉煌，果然是前为秦王，今主中夏的唐天子，正在惊疑未定，那唐天子已朗声道：“颉利可汗！朕与汝定约豳州，汝曾设有盟誓，不再相犯，近年汝屡次负约，朕正要兴师问罪，汝却引兵深入，莫非前来送死么？”说至此，又扬鞭指着空中道：“天日在上，我国并不负可汗，可汗独负我国，负我就是负天，试问可汗果禁得起否？”颉利听到此语，越觉惊心。那随身带着的兵士，素信神鬼，又看唐天子威风凛凛，诰命煌煌，不由的魂胆飞扬，相率下马罗拜。俄而鼓声动地，旌旗蔽天，似虎似貔的唐军，陆续踵至，摆成一字长蛇阵，烜吓的了不得。颉利吓得面色如土，竟回马入营，闭门静守。

太宗尚驻马待着，萧瑀恐太宗轻敌，叩马固谏，坚请还朝。太宗密谕道：“朕筹思已熟，非卿所知。突厥敢倾国前来，直抵郊甸，总道我国内有难，朕新即位，不遑与他争锋，我若示以怯弱，闭城自固，他必纵兵大掠，不可复制，朕为此轻骑独出，示以从容，又特地张皇六师，作必战状。虏既慑我气，复震我威，且因深入我地，隐有戒心，然后与战必克，与和自固。制服突厥，在此一举，卿但看着，虏已无能为了。”瑀乃趋退，果然待了片刻，即有突厥使臣，渡水而来，向太宗前乞和。太宗复诘责数语，来使俯首听命，乃许定和议，限期次日订盟，遣还来使，才返驾回宫，越日又亲幸城西，与颉利相会，就在便桥上面，用白马为牲，歃血立约，颉利欣然领命。盟约既定，彼此麾兵退还，太宗始将执失思力放归。萧瑀复入请太宗道：“前未与突厥修和，诸军争请出战，独陛下未许，臣等颇以为疑，既而虏骑自退，究竟陛下凭何神算，得如所料。”也是一个笨伯。太宗道：“朕看突厥部众，虽多不整，君臣上下，惟贿是求。当他请和时，可汗独在水西，达官多来谒朕，朕若诱令宴会，乘醉缚住，一面发兵袭击，势如摧枯，再遣长孙无忌李靖伏兵豳州，截他归路，虏若奔还，伏兵前发，大军后追，管教他全军俱覆，片甲不回。不过因朕初即位，国家未安，百姓未富，一与虏战，结怨必多，他若由怨生惧，勤修武备，就令一时不敢入边，他日必来报怨，为患转日甚了。朕所以卷甲韬戈，啗以金帛，彼得所欲，退归本国，志骄气盈，不复设备，然后养威俟衅，一举可以灭虏了。将欲取之，必姑与之，就是这种计策。卿难道未晓么？”计算固胜人一筹。瑀乃再拜道：“陛下胜算，原非愚臣所可及呢。”

既而颉利可汗，献入马三千匹，羊万口，太宗不受，但敕归所掠中国人口，且引诸卫将士，习射殿廷，当面晓谕道：“戎狄侵陵，无代不有，患在边境少安，人主便佚游忘战，所以寇警猝发，无人敢御，今朕不令汝等穿池筑苑，但愿专习弓矢，居闲无事，朕可为汝等教师。突厥入寇，朕即为汝等统帅，庶几我国人民，可得少安了。”将士相率拜服。嗣是每日朝毕，必教射殿庭，太宗亲自考校，严定赏罚。或谓：“朝廷定律，兵刃至御前，例当处绞，今命将卒习射殿庭，万一狂夫窃发，为害甚大。”想又是萧瑀封德彝等所言。太宗微笑道：“帝王视四海为一家，全国人民，均朕赤子，朕一一推心置腹，何患不服？奈何把禁中宿卫，先加猜忌呢？”将士等得了此谕，益自感奋，不到数年，尽成精锐。

太宗以改元将届，订旧制，创新仪，定勋臣爵邑，降宗室郡王为县公，立子承乾为皇太子，召张元素为侍御史，擢张蕴古为大理丞，虚衷纳谏，励精图治，转眼间已是残腊，诏定次年为贞观元年。到了元旦，太宗率百官先朝太上皇，然后御殿受朝。嗣是成为常例，不消细述。越日，大宴群臣，命奏：秦王破阵乐，太宗语群臣道：“朕昔受命专征，民间遂有此曲，虽未足以言文德，但为功业所由成，未敢遽忘，朕所以命奏此乐呢。”封德彝起立进言道：“陛下以神武平海内，文德何足比拟呢。”不脱佞臣口吻。太宗道：“戡乱以武，守成以文，文武两途，当随时互用，卿谓文不及武，未免失言。难道以马上得天下，便可以马上治天下么？”封德彝碰了一鼻子灰，自觉赧颜，勉强坐下，再饮了几杯，方各散席，谢过了宴，鱼贯而出。小子有诗咏道：

隋家都为佞臣亡，遗孽留贻到盛唐，
我怪文皇原有识，如何尚使列朝堂。

又越数日，接得泾州警报，燕郡王李艺，竟造反了。那时免不得有调兵遣将等情，容至下回续叙。

好色为英雄所不讳，但既为弟妇，就是艳丽动人，亦岂可纳为嫔御，此在普通人民，犹知不可，况身为储贰，不日将登大宝乎？唐太宗为一代贤君，顾渎伦伤化如此，宜唐室之女祸为独炽也。但杨氏之对于太宗，有杀夫之仇，既不能死，复委身事之，男无行，女无耻，等一秽恶耳。本回连类并诛，描出当时情事，非以导淫，实以儆恶。其有关于风化者，亦岂少哉？若夫突厥入寇，直抵便桥，太宗从容却敌，片语定盟，盖其玩突厥于股掌之上，故能操纵如意，控驭有方，彼萧瑀封德彝辈，亦安足语此？大抵叙述古人，当贬则贬，当褒则褒，绝无私意存于其间，方成信史，观此回益知褒贬之固有真也。

第十五回

偃武修文君臣论治 易和为战将帅扬镳

却说李艺自受封燕王，从征窦建德刘黑闼二寇，积有战功，入朝授左翊卫大将军，甚邀宠眷。见第十一回。艺渐渐骄倨，把朝廷上面的王公大臣，统已看不上眼，凡秦府中的僚佐，与他相遇，他更冷嘲热讽，窘辱多端。高祖恐他在京滋事，且因突厥犯边，意欲借他威名，作为镇压，特命兼领天节军将，出镇泾州。及太宗即位，进艺开府仪同三司，艺因前时得罪秦府中人，心下很是不安，遂有意谋反，借着阅武为名，调集兵士，又伪称奉密诏入朝，竟带着大众，直趋豳州。豳州刺史赵慈皓，出城迎谒，他领兵入城，便与慈皓商议，背叛朝廷，把豳州据为已有。慈皓佯为赞成，暗中却着人飞奏，一面与统军杨岌，密谋诛艺，太宗闻报，即命长孙无忌尉迟敬德两人，统兵往讨。王师方发，已为艺所闻，暗地调查，知是慈皓奏请发兵，因将他拘系狱中。时杨岌已召集州军，出艺不意，攻入城中，艺仓皇拒战，竟至败绩，遂弃了妻孥，只带了亲卒数百骑，投奔突厥，行至宁州，骑卒次第溃散，单剩了数十人，料知艺不能再振，乐得将艺刺死，枭取首级，献送京师。正是死得不值。艺妻孟氏，由杨岌饬兵拿下，并放出赵慈皓，严行鞫治。孟氏自言为女巫所误，原来济阴有李氏女，自言能通鬼神，善疗人疾，辗转流入京都，适值艺挈眷留京，孟氏素好迷信，召女巫入见，问明未来祸福。李氏女见了孟氏，遽倒身下拜，极言孟氏具大贵相，他日必为天下母。孟氏信以为真，又令女视艺，女复信口乱言；谓妃贵即由王贵，现已红光露面，指日当有异征，于是艺遂有叛志。孟氏更从旁怂恿，仓猝一举，便即夷灭。看官！你想巫觋邪言，可信不可信呢？为迷信邪言者作一棒喝。无忌及敬德，驰至豳州，已是光天化日，浩荡升平。当下将艺眷属，押还长安，一古脑儿枭首市曹，不留一人。俗小说中捏造罗成姓名，谓系艺子，殊属可笑。还有幽州都督王君廓，因长史李玄道，尝用法裁制，错疑是朝廷授意，私下猜嫌。太宗亦闻他不守法度，召他入京。他启行至渭南，驿吏稍稍不恭，竟将驿吏杀死，也向突厥奔去，中途为野人所杀，函首入都。太宗顾念前功，特令将遗尸收还，连首埋葬，且加恤妻孥，后经御史大臣温彦博，奏称君廓叛臣，不宜沿食封邑，乃废为庶人。就便带过王君廓，免得另起炉灶。这且按下不提。

且说太宗知人善任，从谏如流，凡中书门下，及三品以上，入阁议事，必令谏官随着，有失辄谏，又命京官五品以上，更宿中书内省，每当延见，必问民疾苦，及政事得失，且尝诏廷臣举贤，各长官均有荐引，独封德彝一无所举。太宗问及情由，德彝答道："臣非不尽心，但今日未有奇才，因此不敢妄举。"太宗怫然道："君子用人如器，各随所长。自古人君致治，难道能借才异代么？患在自己不能访求，奈何轻量当世？"德彝无言可答，怀惭而出。先是仆射萧瑀，与德彝善，尝荐为中书令，至太宗践阼，瑀与德彝论事廷前，德彝未尝创议。及瑀已议决，方吹毛索瘢，淡淡的指摘数语，或且待瑀趋退，然后极言驳斥，连太宗也堕入彀中，往往变更前议，不令瑀闻。是谓之奸险。房玄龄杜如晦长孙无忌尉迟敬德等，以佐命首功，得列爵封邑，德彝对着数人，格外巴结，所以房杜诸贤，也亲近德彝，疏忌萧瑀。瑀积愤不平，上书弹劾德彝，反忤上旨。会瑀及陈叔达忿争上前，皆坐不敬罪免官，德彝竟得为仆射，偏偏天不阼年，竟畀他生了一场大病，呜呼毕命，侍御史唐临，才摭拾德彝奸状，说他尝佐导隐太子，及海陵刺王，谋害陛下，因是太宗动怒，追削德彝官爵，改谥为缪，仍用瑀为左仆射。瑀与德彝，相去亦不能以寸。且尝引魏徵入卧内，谘询军国重事，令他直陈无隐。想是防封德彝覆辙。徵亦感怀知遇，知无不言，言无不尽，太宗迁徵为尚书右丞。或讦徵与亲戚有私，奉诏遣御史大夫温彦博案验，查无实据，彦博入白太宗道："徵不顾形迹，自避嫌疑，心虽无私，亦当预戒。"太宗乃令彦博谕徵，徵越宿入朝，面奏道："臣闻君臣同体，应相与尽诚，若上下俱存形迹，恐国家兴衰，尚未敢知，臣却不敢奉诏。"太宗瞿然道："卿言亦是。"徵又再拜道："臣幸得奉事陛下，愿使臣为良臣，勿使臣为忠臣。"太宗道："忠臣良臣，有甚么区别？"徵答道："稷契皋陶，君臣同心，安享尊荣，便是良臣。龙逢比干，面折廷争，身死国亡，便是忠臣。"太宗甚喜。赐绢五百匹。

一日，太宗召集群臣，从容坐论，徵亦在侧。太宗道："朕闻西域贾胡，贾胡，是胡人之为商贾者。购得美珠，恐为人窃，特剖身藏着，此事可得闻否？"众臣道："诚有此说。"太宗道："如贾胡所为，人皆笑他爱珠亡身，若官吏受赃，与帝王好利，卒致身家两败，岂不是与贾胡相等么？"徵随口答道："昔鲁哀公与孔子言，谓人有徙宅忘妻，孔子答称桀纣且忘自身，比忘妻还加一等，这与贾胡事亦觉相类。"太宗道："诚如卿论。朕与卿等须自知保身，同心一德，方免为人所笑哩。"徵等俱齐声遵旨，太宗又问徵道："人主如何为明，如何为暗？"徵对道："兼听即明，偏听即暗。昔尧清问下民，所以有苗罪恶，得以上闻。舜明四目，达四聪，所以共鲧驩兜，不能蒙蔽。秦二世偏信赵高，被弑望夷；梁武帝偏信朱异，饿死台城；隋炀帝偏信虞世基，也变起彭城阁中，惨遭缢死。可见得人君偏听，非危即亡，必须兼听广纳，近臣乃不得壅蔽，下情无不上达了。"千古名言。太宗点首称善。复问道："齐后主周天元，均重敛百姓，厚自奉养，力竭致亡。譬如馋人自啖己肉，肉尽必毙，这真所谓愚人哩。但二主究孰优，孰劣？"徵对道："齐后主懦弱，政出多门。周天元骄暴，威福在己，虽同是亡国，齐后主要算是尤劣了。"归重主权，未免过于专制。太宗亦叹为知言。徵容貌不过中人，独有胆略，常犯颜苦谏，就使逢着上怒，亦必再三剖辩，卒能启迪主聪。太宗尝得佳鹞，置诸臂上，与鹞为戏，忽见徵入内奏事，忙将鹞藏匿怀中。徵佯作不见，故意絮陈，历久乃退。太宗始探怀取鹞，鹞竟匿死。会令徵谒告上冢，徵事毕复命，且启奏道："闻陛下欲幸南山，严装已就，何故迟迟不行？"太宗微笑道："前日原有此意，恐卿或来劝阻，是以中止。"徵乃下拜道："徵怎敢胁制陛下？不过职司补衮，容当尽言，陛下能爱惜物力，遏绝私欲，天下不足平了。"

太宗又令戴胄为大理少卿，谳狱无冤。孙伏伽为谏议大夫，秉公无隐。李乾祐为侍御史，执法不阿。祖孝孙定雅乐，正音不乱。又进王珪为侍中，珪奉诏入谢，适有一美人侍立御前，由珪瞧将过去，似曾相识，便故作窥视状。太宗指语珪道："这是庐江王瑗的侍姬呢。瑗闻她有色，杀死她夫，强行占纳。如此行为，怎得不亡？"珪答道："陛下以庐江为是呢，为不是呢？"以子之矛，制子之盾。太宗道："杀人取妻，还要说甚么是非？"太宗亦自忘其身。珪又道："臣闻齐桓公至郭，问父老云，郭何故至亡？父老谓他善善恶恶，是以至亡。桓公益加疑问，父老谓郭君善善不能用，恶恶不能去，所以至亡。今陛下既知庐江王过失，复纳庐江王侍姬，臣以为圣心必赞成庐江，否则何故自蹈覆辙呢？"太宗不禁爽然道："非卿言，朕几怙过了。"待珪趋出，即将侍姬放归母家。太宗尝令祖孝孙教宫女乐，偶不称旨，为太宗所责。珪邀温彦博入谏道："孝孙雅士，今乃令教宫人，更加谴责，毋乃非宜。"太宗怒道："卿等当竭忠事朕，奈何为孝孙作说客呢？"彦博免冠拜谢。珪独不拜，且复道："陛下以忠勖臣，今臣所言，便是忠直，难道心存私曲么？"太宗默然不答。珪竟趋退，彦博亦去。次日，太宗临朝，语房玄龄道："从古帝王纳谏，原是难事。朕昨责二卿，今已自悔，卿等勿为此不尽言呢！"既而用房玄龄杜如晦为仆射，魏徵守秘书监，参预朝政。玄龄善谋，如晦善断，太宗每与玄龄谋事，必召如晦决定可否。及如晦到来，往往请如玄龄言。二人同心辅国，谋定后行，又能引拔士类，常如不及，因此唐室贤相，必推房杜。魏徵直言敢谏，每事纳忠，自贞观元年至四年，唐室大治，岁断死囚止二十九人，几至刑措。斗米价只三钱，东至海，南至五岭，皆外户不闭，行旅不赍粮，取给道旁。史所谓海宇又安，中外恬谧，却是话不虚传，并非粉饰太平呢。极力赞扬。

太宗复因民少吏多。定议裁并，分中国为十道，列表如后文：

关内道，领雍华同商岐邠陇泾原宁庆鄜坊丹延灵会盐夏绥银丰胜等州。**河南道**，领洛汝陕虢郑滑许颍陈豫汴宋亳徐泗濠郓齐曹濮淄青莱棣兖海沂密等州。**河东道**，领蒲晋绛汾隰并汾箕沁岚石忻代朔蔚泽潞等州。**河北道**，领怀魏博相卫贝邢洺恒冀深赵德易定幽瀛燕北燕檀营平等州。**山南道**，领荆峡归夔澧朗忠涪万襄唐随邓均房郢复金梁洋利凤兴成扶文集壁巴蓬通开隆果渠等州。**陇右道**，领秦渭河鄯兰武洮岷廓叠宕凉瓜沙甘肃等州。**淮南道**，领扬楚滁和寿庐舒光蕲黄安申等州。**江南道**，领润常苏湖杭睦越衢婺括台福建泉宣歙池洪江鄂岳饶信虔吉袁抚潭衡永道郴邵黔辰夷思南等州。**剑南道**，领益嘉眉印简资嶲雅黎茂翼维松姚戎梓遂绵始合龙普渝陵荣泸等州。**岭南道**，领广韶循潮康泷端新封潘春罗南石高东合崖振邕南方简浔钦尹象藤桂梧贺连昆静乐南恭融容牢绣郁越南义交陆峰爱驩等州。

十道既定，分疆设守，惟朔方尚为梁师都所据，未曾告平，乃遣右卫大将军柴绍，往讨梁师都，薛万均兄弟为副。师都势已日蹙，又为夏州长史刘旻，及司马刘兰成，屡出轻骑，蹂躏禾稼，且多纵反间，诱降师都部将李正宝等，以致师都益危，大有朝不保暮的形景。刘旻等复入据朔方东城，进逼师都。师都忙向突厥告急。颉利可汗发兵驰援，会同师都，直薄城下，时已日暮，但见城上并无旗鼓，亦无守卒，好像一座空城。师都不免动疑，遂与突厥兵分地扎营，拟待明晨合攻，不意到了夜半，城内突闻鼓声，一彪军开城杀出，统将正是刘兰成。师都先自惊惶，弃营亟走。突厥兵也支撑不住，相继遁去，被兰成追击一阵，伤毙甚多。颉利闻部众败还，大发兵救师都，可巧柴绍等领军驰至，前驱薛万均万彻，与突厥兵相遇，奋力横击，杀死突厥骁将。突厥兵又复惊溃，遂进围师都。朔方天寒，暮春犹雪，羊马多冻死，突厥兵竟引还本国，师都孤立无助，当然危急万分。唐军围攻数日，因城郭坚固，尚不能拔，大众请班师回朝，万均道："诸君不见城头黑气，及城上凄音么？破亡有兆，何患不下？"未几城中食尽，果由师都从弟洛仁，刺杀师都，举城降唐。师都自起兵至灭亡，历十二年，凡隋末群雄中，要算他历年最久，至是同归于尽，于是中国全境，才得统一。唐廷接得捷音，号朔方为夏州，进柴绍为左卫大将军，万均为左屯卫将军，万彻为右屯卫将军，是时绍妻平阳公主已早逝世，追谥为昭。补叙平阳公主之殁，不没娘子军威名。绍还朝后，复出为华州刺史，加镇东大将军，徙封谯国公；既而亦殁，追谥为襄。夫妇俱以功名终身，好算是妻荣夫贵，全唐无比了。这且不必细表。

且说突厥强盛时，统领朔漠诸部落，威振塞外，至突厥分为东西，各部落逐渐分离，或属东突厥，或属西突厥，小子查得当时部落，计一十有五，特为录述如下：

薛延陀　回纥　都播　骨利干　多滥葛　同罗　仆骨

拔野古　思结　浑斛薛　奚结　阿跌　契苾　白霫　颉利

这十五部皆居碛北，自颉利政衰，薛延陀回纥等皆叛颉利。唐鸿胪卿郑元琫，奉太宗命，往觇虚实，及还都复旨，进白太宗道："突厥将亡国了。不但各部分散，均有贰心，就是年岁洊饥，民馁畜瘦，也是必亡的预兆，臣料他不出二三年呢。"太宗频频点首。侍臣等闻元琫言，多劝太宗乘间往击，太宗道："朕与突厥新盟，口血未干，背盟不信，利灾不仁，乘危不武，就使他种落尽叛，六畜无遗，朕也不欲进击，必待他自来寻衅，然后往讨，那时师出有名，当可一鼓成功了。"侍臣等乃无言而退。偏太宗尚是延挨，颉利竟自速祸，他因薛延陀回纥诸部，陆续叛去，特令突利可汗，率众往击。突利连战连败，甚至所辖诸地，亦多失去，乃轻骑奔还。颉利召突利入帐，厉声诘责，加以鞭挞，幽禁至十余日，才行释放。突利自是生怨，欲叛颉利，颉利且向突利征兵，突利不答，遣使驰入唐都，表请入朝。太宗语侍臣道："曩时突厥甚强，控弦百万，凭陵中夏，无人敢当，因此骄恣无道，自失民心。今困穷至此，自请入朝，朕不能不喜，又不能不惧。诸卿试想！突厥衰微，无暇入寇，边境从此得安，岂不是可喜么？但朕或失道，他日亦与突厥相似，岂不更可惧么？卿等宜随时纳谏，辅朕不逮，庶不至蹈彼覆辙呢。"能知此道，何患不兴。群臣皆翕然受命。

会颉利闻突利降唐，特发兵往攻，突利又遣使至长安，乞请援师。太宗又召群臣入议，先示谕道："朕与突利为兄弟，有急不可不救，但与颉利也是同盟。转觉进退两难，卿等以为何如？"杜如晦即应声道："臣意以为当伐颉利，戎狄有何信义？终当负约，今有机可乘，坐弃不取，后悔将无及了。古人有言：'取乱侮亡'，愿陛下出自英断，即速发兵。"太宗虽然称善，意中却主张从缓，但命整备军需，观衅乃动。不意颉利竟来犯边，廷臣请修筑古长城，发民戍堡，阻遏寇锋。太宗微哂道："突厥灾异相仍，颉利不惧，反增暴虐，甚且骨肉相攻，自取败亡，朕方欲与公等扫清沙漠，难道还要劳动人民，远修堡塞么？"于是遣使至薛延陀，册封酋长夷男为真珠毗伽可汗，赐以鼓纛，令他南图颉利，夷男方为诸部所推戴，欲正汗位，忽接大唐来使，非常欢迎，优礼相待，当下遣弟统特勒，随唐使入贡。太宗赐他宝刀及宝鞭，并面谕道："归语尔兄！所部中或有大罪，用此刀处斩，小罪用此鞭作笞，幸勿宽纵为要！"统特勒谢赐而还。返报夷男，欣喜不置，遂在郁督军山下，建牙设帐，号令近部，凡回纥拔野古阿跌同罗仆骨白霫诸部，统皆归附，且拟进军突厥，为唐效力。颉利闻这消息，方才惶恐，始向唐遣使称臣，愿尚公主，修婿礼。已是迟了。太宗语来使道："汝主颉利，与朕同盟，朕好意待遇，始终如一。前援我叛寇梁师都，已是背盟，嗣闻引兵退去，朕还道汝主自悔，愿守前盟，所以朕亦不再加兵，今突利可汗，表请入朝，他是有心效顺，与汝何干？汝主反去攻他，且无端犯我边境。汝主自思！应该不应该呢？朕正要兴师问罪，汝主还妄想和亲，真是可笑！汝去转报汝主，欲要保全性命，不如自缚来降。"来使不敢多言，叩别自去。

可巧代州都督张公谨，也表陈六议，备言突厥可取状，乃于贞观三年十一月，命兵部尚书李靖为行军总管，统兵北征，即以张公谨为副，再令李世勣薛万彻等，为诸道总管，分路进兵。共计兵士十余万，均受李靖节度，大军方发，突利已驰驿来朝，由太宗温颜接见。突利拜舞毕，问答数语，令入使馆听命，随语侍臣道："从前太上皇仗义起兵，不惜称臣突厥，朕尝引为疚心。今单于稽颡，北狄将平，庶几可雪前耻了。"既而蛮酋谢元深等，依次朝贡。中书侍郎颜师古，请作王会图，留示后世，有诏准奏。贞观三年冬季，户部钩考人口，列为表册，计中国人自塞外归国，及四夷前后降附，共得男女一百二十余万口，太宗览表，亦颇喜慰。至贞观四年仲春，接到北征军捷报，乃是李靖率骁骑三千，自马邑进兵，袭破定襄，颉利仓猝遁去，番目康苏密迎降，献出隋萧后及杨政道二人，为这两人俘献，又惹出太宗一段情史来了，正是：

故后偷生重作俘，英君好色又生心。

欲知萧后及杨政道，究竟如何发落，且至下回叙明。

唐太宗为一代贤君，当即位初年，犹觉励精图治，如恐不逮，故本回不欲从略，特就君臣相儆之词，凡关系重要者，撮要录述，明致治之由来，为后世之模仿，其寓意固甚深也。然于封德彝之好佞善谗，亦不肯略过；萋斐贝锦，职为乱阶，明如太宗，犹且为佞臣所蒙，况不如太宗者乎？惟太宗既勤内治，复善外攘，国未靖则姑与突厥言和，敛锋以避之，国已靖则始与突厥言战，声罪以讨之，且册夷男，纳突利，以夷攻夷，卒雪前耻而告成功，驭外之道，莫善于此，太宗其可与言文治，抑可与言武略者乎？

第十六回

获渠魁扫平东突厥
统雄师深入吐谷浑

却说太宗接着捷音，即降敕一道，颁给李靖，令送萧后及杨政道入都，靖当然遵旨，遣使送二人至长安。太宗坐着便殿，召二人入见。杨政道年尚幼稚，拜伏殿前，身子却颤个不住，连话语都说不清楚。独萧后是见多识广的人，毫不惊慌，从容走近案前，方屈膝下拜道："臣妾萧氏见驾，愿陛下万岁！"一见太宗，即自居妾媵，可谓不知廉耻。这两语才说出口，几似那呖呖莺声，宛转可爱。太宗垂目下视，但见她髻鸦高拥，鬓凤低垂，领如蝤蛴，腰似杨柳，还有一双莲钩儿，从裙下微微露出，差不多只二三寸，不禁暗暗想道："萧后虽有美名，但至今也好有四十多岁了，为何尚这般袅娜，莫非假冒不成？"便柔声启问道："你果是隋后萧氏么？"萧氏答声称是。太宗又道："既是隋朝皇后，请即起来！"萧后称谢，才袅袅婷婷的立将起来，站在一边。太宗再行端详，徐娘半老，丰韵具存，眉不画而翠，面不粉而白，唇不涂而朱，眼似秋水，鼻似琼瑶，差不多是褒姒重生，夏姬再世。上文是萧后跪着，故但叙其形声，不及面目，此时已是立着，故独叙面目，不及形声。太宗又自忖道："这真是天生丽姝，与我巢刺王妃杨氏，好似一对姊妹花哩。"褒姒夏姬天然比例，复添一个巢刺王妃，更是现成对偶。遂命赐宅京师，令左右引出萧后及杨政道，就宅居住。太宗还宫后，心下尚想念萧后，甫越二日，即召她入宫，问及隋室故事。萧后一一应对，并述炀帝奢侈过度，所以致亡。太宗又问在突厥时情形，宇文化及据住六宫，萧后亦曾被淫，何不问及？也经萧后详叙一番，且泣请道："臣妾迭遭惨变，奔走流离，此后余生，全仰恩赐，惟死后得给葬江都，得与故主同穴，臣妾尤衔感不尽了。"老淫妇何不早死？太宗见她楚楚可怜，益加悯惜，遂对她好语温存。萧后本是个尤物，不晓得什么节烈，但教有人爱她，无不乐从。

况太宗正在盛年，生得恣表绝伦，不比那故主炀帝，昏头磕脑，毫无威仪，此时既已入宫，乐得攀龙附凤，再享几年欢乐，于是拿出生平伎俩，浅挑微逗，眉去眼来，那太宗渔色性成，连弟妇且充作妃妾，何论一个亡国故后，彼此情意相同，自然如漆投胶，熔作一片，趁着闲暇的时候，便同去上阳台梦了，这且慢表。

且说突厥主颉利可汗，被李靖袭破营帐，奔往碛石，正思营垒自固，不料唐并州都督李世勣，又自云中杀来，颉利忙遣兵防御白道，偏又为世勣所破，料知碛石亦不能守，复窜入铁山，一面令执失思力，赴唐都谢罪，情愿举国内附。太宗乃遣鸿胪卿唐俭，将军安修仁，同往抚慰，又诏令李靖率兵往迎。靖既接诏，语副将张公谨道："颉利虽败，部众尚盛，若走度碛北，后且难图。为今日计，宜乘诏使到虏，发兵掩击，虏以为有诏往抚，必不相防，我军一至，不及趋避，必为我所擒了。"公谨道："诏书许降，行人已往，若我发兵袭击，虽可必胜，但行人得毋被害么？"靖复道："机不可失，韩信破齐，就用此策，唐俭等何足惜呢？"顾己不顾人，未免太忍。遂勒兵夜发。适值世勣亦率军来会，两下叙谈，意见从同，于是靖为先驱，世勣为后应，沿途遇着突厥逻卒，一律擒获，令作向导。颉利可汗，方接着诏使，闻已许降，心下甚慰，正在设宴款待，忽有亲卒入报道："唐兵已到，去此不过十里了。"颉利大惊，瞠目视唐使道："这……这是何故？大唐天子，既许我归附，复出兵到此袭击，难道也这般无信么？"唐俭等忙起座道："可汗不必惊疑，我两人从都中来此，未曾到过李总管军前，想是李总管尚未接洽，所以率军前来，若由我两人出去拦阻，定可令他回军，愿可汗勿虑！"说毕，即携手出帐，跨马加鞭，竟自驰去。亏得有此一着，才保生还。颉利听唐俭言，也信为实情，待俭等去后，尚以为不必设防，眼巴巴的望他退军。哪知帐外警报，络绎驰至，有说是唐军只相距七里，有说唐军只相距五里，于是出营遥望，果然唐军浩浩荡荡，疾驰而来，自知不及整兵，慌忙跨上千里马，轻身逃去，部众相继四窜。唐军闯入大营，如入无人之境，东斫西砍，杀死多人，复踹入帐后，见有一个盛装妇人，及一个少年男子，抖做一团，也不去问明谁氏，一抓便走。还有帐内外许多番男番女，未及奔逃，都由唐军用索捆缚，一串一串的扯牵了去。霎时间番营荡平，由李靖李世勣择地安营，检点俘虏，不下数万。惟查得盛装妇人，乃是颉利的可敦，便是四次嫁人的义成公主。靖责她无耻，推出斩首。杀得好。再鞫问少年男子，系是颉利子叠罗支，便令囚入槛车，解送京师。

先是颉利可汗，尝命启民母弟苏尼失为沙钵罗设，突厥官名。督部落五万家，建牙灵州西北。及颉利势衰，诸部携贰，独苏尼失尚无违心。颉利走依苏尼失，欲与他同奔吐谷浑。苏尼失迟疑未决，会李靖奏凯还师，但檄令灵州总管任城王李道宗，太宗族弟。出兵追捕颉利。道宗即贻书苏尼失，令执送颉利来献，一面遣副总管张宝相，率军进逼，颉利闻了消息，走匿荒谷。苏尼失闻唐军将到，无法抵御，只好驰追颉利，到处搜寻，才将颉利拘住，返归营帐，巧值唐军掩至，遂把颉利作了贽仪，举众出降，漠南自是无虏廷了。颉利被执至长安，由太宗御顺天楼，盛陈仪仗，召见颉利。颉利俯伏请罪，太宗朗声诘责道："汝籍父兄遗业，淫虐人民，自取灭亡，这是汝第一大罪。与我屡盟，复向我屡叛，这是汝第二大罪。恃强好战，暴骨如莽，这是汝第三大罪。蹂我稼穑，掠我子女，这是汝第四大罪。我欲宥汝，遣使招抚，汝尚迁延不来，这是汝第五大罪。但念汝自便桥以后，总算不甚入寇，尚有一半顾忌，我便待汝不死，汝休要再不知感哩！"颉利闻言，且泣且谢。太宗乃命太仆寺引去颉利，好意管待，给以廪饩。加封李靖李世勣为光禄大夫，各给绢帛，颁诏大赦，赐民五日酺。上皇正徙居大安宫，闻颉利成擒，不禁喜慰道："汉高祖困白登，终不能报，今我子能灭突厥，付托得人了，尚有何忧？"太宗进谒上皇，即奉上皇至凌烟阁，召集诸王妃主，及贵戚近臣十余人，置酒列宴，饮至半酣，上皇自弹琵琶，太宗起舞，诸王等更迭奉觞，为上皇寿。太宗兴高采烈，流连忘倦，直饮到夜静漏迟，方才散席。太宗仍奉上皇还大安宫，余众散归，不必细述。

惟东突厥既已灭亡，余众或西奔西突厥，或北附薛延陀，尚有十万口降唐，拟筹安插，太宗乃诏令群臣妥议方法。当时魏公裴寂，坐罪免官，旋即病殁，蔡公杜如晦，亦抱病谢世，二人为佐命功臣，故就此插叙，作一了结。唐廷上面的大臣，要算仆射梁国公房玄龄。玄龄奉到诏敕，不伸己见，专采集众议以闻。中书侍郎颜师古，请就河北安置降众，分立酋长，管领部落，方保无虞。礼部侍郎李百药，竟与师古略同，但请在定襄置都护府，作为统驭，才是安边长策，独温彦博请仿汉建武故事，会降众齐居塞下，因宜适性，令为中国捍蔽，既足全彼生齿，复足实我边疆，好算是一举两得的良法。太宗汇览各议，意欲从彦博所言，遂召彦博入商。秘书监魏徵，也入朝参议，便勃然奏阻道："突厥世为寇盗，与中国寻仇不已，今幸得破亡，陛下因他降附，不忍尽诛，自宜纵归故土，断不可留居中国，从来戎狄无信，人面兽心，弱即请服，强即叛乱。今降众不下十万，数年以后，蕃息倍多，必为心腹大患。试想西晋初年，诸胡与民杂居内地，郭钦江统，皆劝武帝驱出塞外，借杜乱源，武帝不从，沿至二十年后，伊洛一带，遂至陆沉，往事可为明鉴，奈何不戒？"魏徵此言，较诸颜李两议，尤为痛切。彦博偏答辩道："王者无外，待遇万物，好似天无不覆，地无不载，今突厥穷来归我，奈何拒却不受？孔子有言：'有教无类。'若拯彼死亡，授他生计，教以礼义，数年后尽为吾国赤子。又复简选酋长，令入宿卫，彼等畏威怀德，趋承恐后，有什么后患呢？"太宗点首称善。无非好大喜功。徵见太宗已偏向彦博，料难挽回，乃默然趋出，彦博亦退。

太宗即敕令突厥降众，处置塞下，东自幽州，西至灵州，皆为降众居地。又分突利故地为四州，颉利故地为六州，左置定襄都督府，右置云中都督府，分统降众，封突利为右卫大将军北平郡王，兼顺州都督，突利受命辞行，太宗面谕道："尔祖启民，避难奔隋，隋立为大可汗，奄有北荒。尔父始毕，反为隋患，天道不容，乃使尔乱亡至此。我本想立尔为可汗，因念启民故事，可为寒心，是以幡然变计。今命尔都督顺州，尔应善守中国法律，毋得侵掠，不但使中国久安，亦使尔宗族永保呢。"突利拜谢而去。太宗再命颉利为右卫大将军，留住京中，苏尼失擒酋有功，特封为怀德郡王，寻授宁州都督。还有阿史那思摩，系随颉利入京，未尝请降，太宗因他忠事故主，特别加抚，授右武侯大将军。嗣复晋封怀化郡王，兼化州都督，使统颉利旧众。此外降附的番目，如执失思力以下，皆授官有差。计五品以上凡百余人，几与朝臣相半，因此番臣入居长安，约近万家。太宗亦未免滥赏。惟颉利留京日久，郁郁不乐，渐渐的形容憔悴，面色衰羸。太宗有时相见，颇为怜悯，乃与语道："卿形枯骨瘦，大约在京不便，故至如此。朕闻虢州地多麋鹿，可以游畋，卿若愿往，朕不妨命为刺史，卿得借此消遣，庶几安享天年。"颉利下拜道："臣系待罪余生，仰蒙陛下洪恩，得陪辇毂，此后得保全骸骨，已是万幸，所有特诏，不敢拜赐了。"太宗乃止。

至贞观七年冬季，太宗从上皇置酒未央宫，颉利等亦奉召入宴，酒过数巡，上皇命颉利起舞，及南蛮酋长冯智戴咏诗。颉利没法推辞，不得已起身下阶，作蛮夷舞。上皇喜语太宗道："胡越一家，为从古所未有呢。"太宗捧觞上寿道："今四夷入臣，皆陛下教诲所及，臣儿智力，未能及此。昔汉高祖亦尝从太公置酒此宫，妄自矜夸，愚见窃所不取哩。"上皇益喜，殿上齐呼万岁。既而退席，颉利愈增惭赧，自是恹恹成病，不到两月，竟尔死了。太宗命从突厥旧俗，焚尸乃葬。追赠归义王，谥曰荒。颉利子叠罗支，自被俘入京，太宗仍令他侍奉颉利，他独具有至性，事父尽孝，父死，哭泣甚哀。事为太宗所闻，不觉叹息道："天禀仁孝，不闲华夷，莫谓胡虏无人呢。"遂厚赐金帛，令袭职终身。录此以风世。苏尼失闻颉利死，悲不自胜，也至毕命。突利居顺州数年，奉召入朝，暴死并州道中。太宗令中书侍郎岑文本，撰文为记，刻勒两汗墓碑中，东突厥事，自是了结。惟西突厥据境如故，后文自有表见，容且再表。

且说东突厥既平，四夷君长，多诣阙入朝，推太宗为天可汗。太宗道："朕为大唐天子，又下行可汗事么？"四夷君长，齐称万岁，且言："外俗以可汗为尊，不识'天子'二字的名义。今称陛下为天可汗，令外俗知可汗以上，又有天可汗，自然益加畏服了。"太宗暗思夷酋所言，恰也有理，遂当面应允，各夷酋舞蹈退朝。嗣是颁给玺书，敕赐西北君长，皆钤盖天可汗三字。其实未当。贞观四年。高昌王麹文泰入朝，越年，林邑新罗入贡，康国也求内附，太宗以康国僻居西域，缓急不便往援，特却使不受。群臣以太宗威振中外，屡请封禅。太宗初意不从，怎禁奏牍连登，再四乞请，也不由的惹动雄心。独魏徵入朝谏阻，太宗道："卿不欲朕封禅，莫非因功未高，德未厚，中国未安，四夷未服，年谷未登，符瑞未至么？"徵慨然答道："陛下所说六事，虽似面面俱到，但户口未复，仓廪尚虚，若车驾再行东巡，必多增一分劳费。况自伊洛以东，灌莽满目，所有远夷君长，皆当扈跸相从，引入腹地，自示虚弱，适启戎心。并且赏赉不资，难餍所欲，为了一个虚名，担受若干实害，陛下亦何苦出此？"确是至言。太宗经他一谏，方才省悟。会闻河南北数州大水，更将此事搁过一边，一面再行修政，慎刑辟，除鞭背刑，禁奴仆告主，敕百官选举县令，如有诏敕未便遵行，概令复奏。非大瑞不得表闻。畿内有蝗，捕食数枚，为民祷祝道："宁食我肺肠，毋食民禾稼。"此事太属矫情。又录死囚三百九十人，纵令还家诀别，限期来秋，再来就死。囚犯果如期皆至，因嘉他有信，一律赦宥。欧阳氏尝论纵囚之误，不为无识。郑仁基有女，貌美多才，太宗特聘为充华。唐女官名。魏徵闻她已许字陆爽，即上表切谏，有诏即停止典册。会修筑洛阳宫，将作大匠窦琎，凿池筑山，雕饰华靡，为谏官所劾。太宗即令毁去，且免琎官，中牟丞皇甫德参上言："修洛阳宫，劳役增赋。俗好高髻，系是宫中所化。"太宗未免动怒，语侍臣道："德参欲国家不役一人，不收斗租，宫人皆无发，然后得如他意么？"魏徵忙解劝道："言不激切，怎能回天？陛下当谅他忠直，勿事苛求。"太宗意乃渐解，徐徐答道："朕若加罪德参，何人再敢尽言？"说着，即命赐绢二十匹，寻复拜为监察御史，种种良法美意，不可胜记。惟杀瀛州卢祖尚，及大理寺丞张蕴古，未免滥刑。卢祖尚廉平公直，太宗拟遣他镇抚交阯，祖尚已经表谢，寻复自悔，托疾固辞。及一再谕往，终不受命。太宗怒他违旨，竟将他处斩。祖尚亦未尝无咎，但处以死刑，不免过甚。张蕴古尝献大宝箴，为太宗所嘉奖，特擢为大理丞。嗣因河内人李好德，素有疯疾，妄作妖言，有司将他捕治，经蕴古复讯，谓好德实系病狂，不应坐罪。偏由侍御史权万纪诬奏，略言："好德兄厚德，任相州刺史，蕴古系相州人，所以阿私所好，故意纵罪。"太宗不复查察，竟将蕴古斩决。全是冤枉。事后俱怀悔意，但已死不能复生，悔也无及了。魏徵何不营救？

贞观八年冬季，吐谷浑入寇凉州，诏令李靖为西海道行军大总管，统辖诸军，往讨吐谷浑。又另简五人为行军总管，分道并进：一个是兵部尚书侯君集，为碛石道总管；一个是刑部尚书任城王道宗，为鄯善道总管；一个是凉州都督李大亮，为且末道总管；一个是岷州都督李道彦，淮安王神通子。为赤水道总管；一个是利州刺史高甑生，为盐泽道总管。五道均归李靖调度，再令蕃将执失思力，契苾何力等，带领本部遗众，随军出征。看官阅过上文，应把吐谷浑三字，早已了过，且吐谷浑可汗伏允，与唐高祖通好，入贡互市，前文亦约略表明。到了贞观年间，伏允已老，权臣天柱王用事，屡劝伏允入寇唐边。伏允昏悖糊涂，遂兴兵内犯，且拘执唐使赵德楷，太宗屡遣使招谕，始终无效，乃遣左骁卫将军段志玄等，率众往击，虽然迭得胜仗，究未曾深入虏境。伏允未经大创，仍然乘隙入寇，于是太宗决意大举，李靖已进任仆射，慨然请行。太宗因他不惮年老，肯为国家效力，格外嘉许。靖与五道总管，陆续进发，任城王道宗，年壮气盛，驱军先进，直至库山，击破吐谷浑步卒，伏允可汗想出了坚壁清野的计策，命把野草尽行烧去，独率轻兵走入碛中。道宗追了一程，不见一敌，但见火光遍野，赤地千里，自恐进军有失，方择险安营，静待后军。未几各军俱到，李靖亦至，大众聚议进行事宜。李大亮等均谓野草被烧，马无刍可食，必致疲乏，不如见机退师，侯君集独起座道："虏已败遁，鼠逃鸟散，君臣携离，父子相失，果能协力进取，易如拾芥，此时不乘，更待何时？"道宗亦赞成侯议，李靖遂依计照行，分诸军为两道。靖与李大亮等由北道入，君集与道宗由南道入。北道大军，行至牛心堆，遇着吐谷浑戍兵，一鼓击退，进至赤水源，又击走戍卒。靖部将薛孤儿，分兵进拔曼头山，斩吐谷浑名王，大获杂畜，接济军食，再会大军北进。那时南道一军，也引兵深入，昼行夜宿，直趋二千余里。四无人迹，进至逻直谷，山深径险，居然盛夏降霜。将士越进越冷，且无水可汲，无草可依，人龁冰，马啖雪，君集道宗，不生退志，好容易到了乌海，才见虏帐，当下麾兵杀入，踹破虏营。伏允仓皇遁去，番众也无心接仗，各自逃生，偏是越想逃走，越至速死，一半被唐军截脰割耳，变做了塞外冤魂。伏允狂奔至突伦川，留天柱王在赤海，天柱王拥着精锐，扼险自固。李靖偏将薛万均兄弟，冒险轻进，陷入敌中。天柱王指挥番兵，把二薛困住垓心，二薛分头冲突，不能脱围，甚至中枪失马，徒步奋斗。从骑十死六七，亏得左领军将军契苾何力，率数百骑往援，大呼突入，所向披靡。万均万彻，乘势杀出重围，与何力并军奋击，天柱王乃败北奔逃。至何力等收兵下营，李靖也领军驰到。南北军错杂写来，笔不重复。才休息了一天，靖下令拔营再进，道经碛石山河源，直穷吐谷浑西境，方探得伏允在突伦川。契苾何力愿为先锋，誓擒伏允，薛万均自惩前败，固言不可。何力道："虏无城郭，但随水草迁徙，他现在聚居

侯君集（？—643），豳州三水（今陕西旬邑北）人，唐初大将。初从李世民作战，官至左虞候、车骑将军。参预策划玄武门之变，与长孙无忌等五人论功第一。太宗即位后，历任右卫大将军、兵部尚书。贞观九年（635年）从李靖击破吐谷浑。十三年，任交河道行军大总管，次年平定高昌。后与太子承乾谋反，被杀。

一处，若非乘胜袭击，待他云散，尚得倾他巢穴么？”说毕，即自选骁骑千余，竟趋突伦川，万均乃引军后随，途次乏水，将士刺马血为饮。行至突伦川附近，天色已暮，伏允居住帐中，正想安寝，蓦闻喊声大起，鼓角齐鸣，四面八方的唐军，杀入帐中来了。正是：

将军飞骑从天降，虏酋余威扫地时。

毕竟伏允能否脱身，待至下回再详。

唐君名将，推李靖为第一人。靖入东突厥，颉利受擒，及征吐谷浑，伏允走死，战功卓著，彪炳旗常，虽未始无将佐之赞襄，而调度有方，终归统帅，卫公固人杰矣哉！俗传靖多异术，而正史无闻，故本书亦不妄阑入，但就史演述而已。至叙入萧后一节，意在暴太宗之过，虽未见正史，而稗乘所传，不为无因，直揭其事，所以惩淫也。间及太宗内治，及误杀卢张两贤，功过不相掩，所以彰善而戒失也。本回总旨，在述突厥吐谷浑两战事，而夹叙及此。乃因事迹错杂，不便从略，特作数行销纳文字，阅者幸勿视为芜琐也。

第十七回

长孙后临终箴主阙
武媚娘奉召沐皇恩

却说伏允可汗，闻唐军又复杀到，慌忙从帐后逃出，跨马疾奔，所有妻妾子女，一齐丢下。契苾何力舞刀直入，还管甚么生命不生命，见一个，杀一个，见一双，杀一双，从骑紧紧随上，各仗着快利兵器，试那番众头颅。番众在昏夜中，仓猝莫辨，还疑唐军有数十百万到来，吓得没命乱跑，但教保住头皮，总算是万分侥幸，霎时间逃得精光，单剩伏允的妻妾子女，聚做一团，在帐后乱抖。何力当然不与客气，指顾军士，一一捆住。尚有杂畜二十余万，搬不胜搬，可巧万均等驰至，遂帮同移取，一古脑儿送至大军，听候李靖发落。靖闻先驱得胜，自然欣慰。适值侯君集等，也进逾星宿川，进至柏海，与靖合军。各路将帅，统行趋集，只有高甑生未至。靖待了两日，方见甑生到来，免不得责备数语。甑生怀恨在心，及靖再拟穷追，他却暗中运动诸将，意图逗挠，凑巧吐谷浑遣使至军，举国请降，表文上乃是慕容顺出名，靖询明来历，乃知伏允穷蹙，已自经死。从李靖传文，不从《通鉴》。伏允子顺为大宁王，不在军中。至伏允死后，乃驰往奔丧。番国因兵败主亡，统由天柱王一人所致，遂戴顺为主，杀了天柱王，奉表唐师，情愿投诚。靖即令飞驿驰奏，有诏封慕容顺为西平郡王，仍得统辖旧部。且命李大亮驻兵数千，暂作声援。外如李靖以下，一律还朝。靖与侯君集等，入朝复旨，太宗一一慰劳，犒赏有差。忽高甑生讦靖谋反，并阴嗾广州刺史唐举义，作为干证。太宗令有司案验，毫无实据，乃坐甑生等诬告律，减死徙边。实有可杀之罪。

既而西平郡王慕容顺，懦弱无刚，竟为国人所戕。顺子诺曷钵尚在少年，避匿得免。大臣争权，国中大乱，李大亮拟往弹压，因恐兵力不足，表请济师。太宗令侯君集引兵往援，君集星夜前进，到了吐谷浑，与大亮同入番帐。番众相率慑伏，不敢违命。君集大亮，查得乱首数人，捕获正法，余众免究，今迎诺曷钵为主，诺曷钵才放心出来，做了可汗，自是感念唐恩，遣使入朝，请颁历书，愿奉正朔，并遣子弟入侍，太宗一一允诺，且封他为河源郡王。至贞观十三年，诺曷钵驰驿入朝，太宗嘉他恭顺，特把宗女弘化公主赐给为妻。诺曷钵非常感谢，挈了公主，仍归本国去了。暂结吐谷浑事。

当李靖出征吐谷浑时，唐室忽遭大丧，太上皇一病不起，竟在垂拱殿中，宴驾归天，享寿七十一岁。太宗因居丧守制，不便临朝，特令皇太子承乾，暂行听政。过了五月，葬上皇于献陵，庙号高祖，谥曰大武。先是筑陵制度，拟仿汉长陵故事，长陵系汉高祖陵。培高九丈。秘书监虞世南上疏，略言："陛下圣德，度越唐虞，今乃以秦汉为法，似属非宜，应如《白虎通》所云，坟高三仞，以昭俭德。"疏入不报。世南复奏，太宗乃召群臣会议。房玄龄等谓汉长陵高九丈，原陵光武陵高六丈，今九丈太崇，三仞太卑，不如仿原陵制度，以六丈为定例。太宗依议而行。葬后逾年，乃御殿如初，不意过了半载，长孙皇后又复抱病，逐日增剧，太宗心不自安，命太子承乾，日夕侍母侧。承乾欲请大赦，且延方士入宫禳灾。后呵禁道："死生有命，非人力可以挽回，若修福果可延年，我生平并未为恶，倘行善无效，我尚何求？况赦令系国家重典，佛老为远方异教，俱皇上所不愿为，怎得因我乱天下法？汝不宜妄奏！"太子乃不敢奏请，惟转告房玄龄。玄龄却入白太宗，太宗叹美不止。群臣遂请特颁赦诏，太宗已有允意，偏为皇后所闻，固请停赦，诏乃不发。会玄龄偶有小谴，令归就第，后时已大渐，与太宗诀别，呜咽陈请道："玄龄久事陛下，小心慎密，不愧忠良，若非大故，幸勿轻弃。妾家本支，因缘懿戚，得列显阶，无德苟禄，最易取祸，幸勿再委政权，但得以外戚奉朝请，已出隆恩。妾生无益于时，死不可以厚葬，愿因山为垅，毋起坟茔，毋用棺椁，器用瓦木，约费送终，庶不致增妾罪戾，愿陛下勿忘！"语语可为天下法。说至此，喉中痰已作壅，喘息了好一歇，复握太宗手道："此后陛下为政，能亲君子，远小人，纳忠谏，屏谗慝，省劳役，止游畋，妾虽死无恨了。"太宗不能无过，长

虞世南（558—638），字伯施，越州余姚（今属浙江）人，唐初书法家、文学家。官至秘书监。能文辞，工书法，受业于吴郡顾野王，与欧阳询、褚遂良、薛稷并称为唐初四大书法家。编有《北堂书钞》一百六十卷。

孙后实是完人。太宗听到此处，不禁泪下，只是向后点头，反答不出甚么言语。应有此情。后恐太宗伤心，也不欲再谈。又延了一日有余，竟瞑目而逝，年只三十六岁。如此贤后偏不永年，天道诚令人难测。

后天性仁厚，抚视庶子，几过所生，妃嫔以下，无不爱戴，训诫诸子，常以谦俭为先。胞兄无忌本与太宗为布衣交，太宗因他为佐命元功，得出入卧内，且欲引他辅政。后固言不可，举汉吕霍事以为证。太宗不从，竟命无忌为尚书仆射，后反怏怏不悦，密令无忌辞职。无忌乃一再固辞，太宗才行准奏。后喜动颜色，方无戚容。太子承乾乳媪，请增东宫什物，后怫然道："太子所虑，无德与名，奈何请增什物呢？"后女长乐公主，下嫁长孙冲，太宗以公主为嫡后所出，敕有司资送，视长公主加倍。唐制皇姑为大长公主，皇姊妹为长公主，皇女为公主。魏徵进谏道："昔汉明帝欲封皇子，谓我子不得与先帝子比，今陛下资送公主，反视长公主加倍，臣意窃为未解。"太宗不悦，入告后知，后叹道："妾尝闻陛下推重魏徵，不识何因，今闻徵言，乃引礼义导陛下，这真是社稷臣呢。"太宗乃改令减损资奁，并赐徵帛四十匹，钱四十万，后亦遣中使赍帛赐徵，且传语道："闻公正直，今才得实，愿公常守此志，勿少变更呢！"徵自是不惮极言。太宗一日罢朝，退语后道："我总要杀此田舍翁。"后问田舍翁为谁？太宗道："便是魏徵，他屡来絮聒，且尝廷辱朕躬，所以必杀死了他，才得泄恨。"观此言，可知太宗纳谏，非出真诚。后闻言退出，添著朝服，复入内拜贺道："妾闻主明臣直，今朝有直臣魏徵，就是陛下的圣明呢。"太宗乃转怒为喜，待遇魏徵，优礼如初。后生平最喜观书，虽容栉不少辍，尝采古妇女得失事，为女则三十卷，及崩后，始由宫司奏闻，太宗随阅随泣，览毕举示近臣道："皇后此书，实足垂范百世，朕非不知天命，为无益的悲恸，但入宫不闻规诫，失一良佐，是以可哀。"乃追谥为文德皇后，就葬昭陵，太宗自著表序，刊镌陵左。又在苑中作一层观，屡望昭陵。一日，引魏徵同登，语徵道："卿见陵墓否？"徵熟视良久，方道："臣昏眊不能见。"太宗乃指陵示徵，徵答道："臣以为陛下望献陵，若昭陵原是早见哩。"是谓谲谏。太宗为之泣下，乃令毁去层观。惟房玄龄已早令复位，总算依后所托，不负遗言。

后生三子，一是太子承乾，一是魏王泰，一是晋王治，就是后来的高宗皇帝，太宗怀念故后，因遂钟爱三子。魏王泰折节下士，又善属文，太宗宠之，为后文易储张本。即令就府中置文学馆，使自引学士。谏臣等稍有异言，乃令王珪为魏王泰师，且谕泰道："汝事珪，当如事我。"泰承上旨。每见珪必先拜。珪亦以师道自居，不稍贬损。泰尝问珪以忠孝二义，珪语道："王以皇上为君，事思尽忠，王以皇上为父，事思尽孝。忠孝可以立身，可以成名。"泰复道："忠孝二字，既已受教，敢问从何处学起？"珪又道："汉东平王苍，尝称为善最乐，愿王谨记勿忘！"泰乃不复言。太宗闻珪教泰，很是喜慰，语侍臣道："吾儿可从此无过了。"却也难必。珪子敬直，尚南平公主，太宗第三女。珪以帝女下嫁，素多挟贵，蔑视舅姑，至此独喟然道："主上每事循法，我当受公主谒见，为国家成一美名。"于是与夫人并坐堂上，令公主执笄盥馈，然后退入。此礼一行，凡公主下降，始行妇礼。特志之以示妇道。珪于贞观十三年病殁，年六十九，赠吏部尚书，追谥为懿。带过王珪。

太宗又令诸子吴王恪、齐王祐、蜀王愔、蒋王恽、越王贞、纪王慎等，分任各州都督，或为刺史。恪督安州，屡出游猎，侵扰居民，侍御史柳范，上书弹劾，恪乃免官。后来谏议大夫褚遂良，奏称："皇子稚年，未知从政，不应令掌州事，现不若留居京师，待教养有成，乃可遣往治民。"太宗虽以为然，但不过召还一二人罢了。贞观十一年七月，大雨兼旬，谷洛水溢，流入洛阳宫，毁坏官寺民居，溺死约六千余人。有诏令所毁宫室，略加修缮，不得过费；撤废明德宫内的玄圃院，把院中材料，赐给受灾各民家；且命内外百官，各上封事，极言过失。大臣等应诏陈言，多切时弊。魏徵上十思疏，尤为剀切。略云：

人君善始者实繁，克终者盖寡，岂取之易守之难乎？盖在殷忧，必竭诚以待下，既得志，则纵情以傲物。竭诚则胡越为一体，傲物则骨肉为行路。虽董之以严刑，振之以威怒，终苟免而不怀仁，貌恭而不心服。怨不在大，所畏惟人。载舟覆舟，所宜审慎。诚能见可欲，则思知足以自戒；将有作，则思知止以安人；念高危，则思谦冲而自牧；惧满盈，则思江海下百川；乐盘游，则思三驱以为度；忧懈怠，则思慎始而敬终；虑壅蔽，则思虚心以纳下；惧谗邪，则思正身以黜恶；恩所加，则思无因喜以谬赏；罚所及，则思无以怒而滥刑。总此十思，宏兹九得，简能而任之，择善而从之，则文武并用，可垂拱而治矣。

越年又复大旱，魏徵更上十渐疏云：

臣奉侍帏幄十余年，陛下许臣以仁义之道，守而不失，俭约朴素，终始弗渝，德音在耳，不敢忘也。顷年以来，浸不克终，谨用条陈，聊裨万一。陛下在贞观初，清洁寡欲，化被荒外，今万里遣使，市索骏马，并访怪珍，昔汉文帝却千里马，晋武帝焚雉头裘，陛下居常论议，远希尧、舜，今所为反欲处汉文、晋武下乎？此不克终一渐也。陛下在贞观初，护民之劳，煦

之如子，不轻营为，顷既奢肆，思用人力，乃曰百姓无事则易骄，劳役则易使，自古未有百姓逸乐而致倾败者，何有逆畏其骄而为劳役哉？此不克终二渐也。陛下在贞观初，役己以利物，出来纵欲以劳人，虽忧人之言，不绝于口，而乐人之事，实切于心，四语最中太宗病源。此不克终三渐也。陛下在贞观初，亲君子，斥小人，比来轻亵小人，礼重君子，重君子也，恭而远之，轻小人也，狎而近之，近之莫见其非，远之莫见其是。莫见其是，则不待间而疏，莫见其非，则有时而昵，昵小人，疏君子，而欲致治，非所闻也。此不克终四渐也。陛下在贞观初，不作无益，而令难得之货，杂然并进，玩好之作，无时而息。上奢靡而望下朴素，力役广而冀农业兴，不可得已，此不克终五渐也。陛下在贞观初，求士若渴，贤者所举，即信而任之，取其所长，常恐不及，比来由心好恶，以众贤举而用，以一人毁而弃，虽积年任而信，或一朝疑而斥。夫行有素履，事有成迹，一人之毁，未必可信，积年之行，不应顿亏，陛下不察其原以为臧否，使谗佞得行，守道疏间，此不克终六渐也。陛下在贞观初，高居深拱，无田猎毕弋之好，数年之后，志不克固，鹰犬之贡，远及四夷，晨出夕返，驰骋为乐，变起不测，其及救乎？此不克终七渐也。陛下在贞观初，遇下有礼，群情上达，今外官奏事，颜色不结，间因所短，诘其细故，虽有忠款而不得伸，此不克终八渐也。陛下在贞观初，孜孜治道，常若不足，比恃功业之大，负圣智之明，长傲纵欲，无事兴兵，问罪远裔，亲狎者阿旨不肯谏，疏远者畏威不敢言，积而不已，所损非细，此不克终九渐也。陛下在贞观初，频年霜旱，畿内户口，并就关外，携老扶幼，来往数年。卒无一户亡去，此由陛下矜育抚宁，故死不携贰也。比者疲于徭役，关中之人，劳敝尤甚，市物襁属于廛，递子背望于道，脱有一谷不收，百姓之心，恐不能如前日之帖泰，此不克终十渐也。夫祸福无门，惟人所召，人无衅焉，妖不妄作。今旱熯之灾，远被邻国，凶丑之孽，起于毂下，此上天示戒，乃陛下恐惧忧勤之日也。千载休期，时难再得，明主可为而不为，臣所以郁结长叹者也。

太宗看到两疏，总算优诏褒答，并给特赐。惟这位魏玄成公，徵字玄成。虽然事君以忠，有犯无隐，所说十思十渐，统是抉出太宗的心病，对症发药，但尚有一种大弊，未闻规谏，这也不免是魏公的罅漏。小子依史论叙，反不得不责备贤人了。得《春秋》大义。看官道是什么大弊？原来太宗素性好色，见有美貌钗裙，往往不肯放过，所以弟妇杨氏，及隋后萧氏，一古脑儿收入后宫，充作妾媵。此外妃嫱嫔御，也不可胜数。史传上载着徐贤妃，说她五月能言，四岁通《论语》《诗经》，八岁能属文，至十余岁后，秀外慧中，才名卓著，太宗召为才人，累迁至贤妃，始终宠眷不衰。还有吴王恪母，是隋炀帝女儿，隋亡后辗转入宫，也得恩宠。齐王祐母阴妃、蒋王恽母王妃、越王贞母燕妃、纪王慎母韦妃，都是太宗的佳眷。太宗意尚未足，尚想采选几个美人儿，作为后半世的娱乐。天意似亦恨他渔色，特地产出一个绝世娇姝，教她来搅乱唐宫，闯出一场大祸，酿成千古未有的骇闻。这人为谁？就是人人晓得的武则天。特笔点清。武氏系并州文水人，父名士彟，系高祖故交。高祖留守太原，曾引为行军司铠参军，见第二回。及既受隋禅，士彟得进封光禄大夫，兼义原郡公，累迁至工部尚书，加封应国公，历利州、荆州都督，得终天年。他元配为相里氏，生下二子，长名元庆，次名元爽。继娶杨氏，生下三女，长女嫁贺兰氏，青年守寡，次女就是武则天。则天非武氏名，后来武氏篡唐号周，自称为则天皇帝，乳名失传，史册上说她叫作武曌，相传古无曌字，由武氏杜撰出来，以日月悬空自拟，因名为曌。生年十四，已经艳名远播，传入宫廷。太宗正留意物色，既闻有此美人，便遣使征召。武母杨氏，骤然接敕，不禁大恸，握手诀别，且嘱且泣，武氏独谈笑自若，且劝母道："女得往见天子，安知非福？奈何先自悲泣呢？"已是不凡。母乃收泪，送她上车。及到京师，入宫谒见太宗，一些儿不露慌张，盈盈下拜，自陈姓氏，三呼万岁，无不合体。太宗命她起来，举目一瞧，正是芙蓉颜面，豆蔻年华。问她芳龄，不过二七，身子恰已颀长，仿佛有十七八岁形景。太宗略问数语，武氏均应对称旨，最动人的，是一双俏眼，百啭娇喉，恁你铁石心肠，也要被她情牵意转。何况太宗是个色魔，哪有不称心如意？当下命入后宫，待到黄昏时候，便召她侍寝。娇小娃儿，已解风月，太宗尚恐她禁受不起，偏她纵体入怀，毫不怯避，春风一度，啼笑皆妍，更有一种柔媚情形，令人不醉自醉，不迷自迷，太宗虽有许多妃嫔，却未曾经过这般滋味。到了巫峡梦阑，扶桑日上，太宗勉起视朝，看那被底娇娃，尚在朦胧半醒，酥胸露透，眉黛春浓，太宗越瞧越爱，便赐她一个芳名，叫作媚娘，轻轻的呼了几声，武氏才觉惺忪，急欲起床谢恩，那太宗已自走了。视朝以后，便即下诏，册武媚娘为才人，武媚娘当然谢赏。太宗令

武则天（624—705），名曌，并州文水（今山西文水东）人，唐高宗皇后、武周皇帝。十四岁入宫，被唐太宗赐号"武媚"，后为唐高宗皇后，号为天后。载初元年（690年）废睿宗，改国号为周，自立为皇帝。神龙元年（705年）唐中宗复位，尊其号为则天大圣皇。旋死。谥大圣则天皇后，遂称"武则天"。

居福绥宫，且把那老年宫娥、彩女等，尽行放出。连从前高祖所宠的尹张二妃，均令出宫归家。可报前恨。就是新近邀宠的萧后，也不复召幸，一心一意的爱恋这武媚娘了。小子有诗叹道：

商纣丧邦本狐媚，周幽失国兆龙漦。

试看唐室留遗祸，也是娥眉得宠时。

太宗正在欢娱，忽由西域递来警报，又要扰动兵戈了。欲知详情，且看下回。

叙长孙皇后之崩，不厌从详，所以彰皇后之贤，而惜其不永天年，为唐宫志悼也。叙武媚娘之入宫，亦不肯从略，所以揭太宗之过，而嫉其至老渔色，为唐室志乱也。中录十思、十渐两疏，有褒中寓讥意。何言之？唐代谏臣，莫如魏徵，唐代奏议，亦莫若魏徵之十思、十渐两疏。但长孙皇后之遗言，徵应亦闻之，何不再行提及？武媚娘之召为才人，亦何不力加奏阻？徒就普通君德，陈入千百言，吾犹惜其未中主弊也。且太宗遥望昭陵，徵独以献陵为请，未尝劝太宗回忆后言，看似为主劝孝，实则父子之亲，不及夫妇，后德可忘，而武氏即进，乱端生矣。著书人连类并叙，不特为太宗惜，抑且为魏徵惜也。

第十八回

灭高昌献俘观德殿
逐真珠击败薛延陀

却说高昌王麹文泰，曾于贞观四年入朝，见十六回。高昌东邻吐谷浑，本在西域境内，定都交河。当时西域诸国，闻文泰入朝，各浼他介绍唐廷，愿通朝贡，太宗许令自便。越二年，焉耆王突骑支遣使入贡，道出高昌，使臣到了唐廷，请遵汉时故道开通碛路，以便往来。原来汉时与焉耆通使，另有碛路可行，不必假道高昌。至隋末碛路梗塞，绕道多迂，且恐受高昌牵制，许多不便，因此使臣乞请唐廷。太宗当然允许，偏高昌王麹文泰，以为焉耆通唐，由自己替作先容，今乃请开碛路，自由往来，明明是背本营私，当即遣兵潜袭焉耆，大掠而归。嗣因西域使人，欲往唐廷，必须先请命高昌，否则概不许通。西域有伊吾国，先属西突厥，旋愿内附。文泰与西突厥，连兵攻伊吾，伊吾向唐廷乞援，太宗颁诏高昌，严词诘责，且召他大臣阿史那矩，入都议事。文泰不肯遣发，但令长史麹雍，入唐谢罪，太宗面谕麹雍，促令文泰入朝，麹雍听命而去，偏偏待了半年，毫无音信，但闻文泰复结西突厥，击破焉耆，且号令薛延陀等部落，迫他臣事高昌。于是再遣虞部郎中李道裕，往问罪状，文泰傲不为礼，且自语道："鹰飞天上，雉伏蒿中，猫游堂奥，鼠伏穴间，尚且各自得所。我为一国主，难道不如鸟兽么？"夜郎自大。道裕知不可理喻，还报太宗。太宗即遣使问薛延陀，愿否同击高昌？薛延陀真珠可汗，答词恭顺，且请发兵为导。乃再遣民部尚书唐俭，右领军大将军执失思力，赍缯帛赐真珠，与商进取事宜。两下约定，唐俭等还朝，遂命交河行军大总管吏部尚书侯君集、副总管兼左屯卫大将军薛万均等，率师征高昌。

文泰闻唐师西来，尚侈然语国人道："唐朝去我七千里，有二千里统是沙碛，毫无水草，寒风如刀，热风似烧，怎能骤然到此？前时我往见唐廷，眼见秦陇一带，城邑萧条，大非隋比。今来伐我，发兵过多，粮必不济，若止三万以下，我力尚足抵御，以逸待劳，坐乘敌敝，他若屯兵城下，不过二旬，食尽必走，我乃从后蹑击，定可得志。”计非不佳，奈不能久待何？遂安心待着，不加戒备。过了一二月，才有侦骑来报，唐兵已临碛石了。文泰尚未着忙，但问有若干人马？侦骑答称有十万人。文泰始觉心惊，便颤着道：“十万大兵，竟得深入么？这却如何是好？”何不再用前策？侦骑道：“有薛延陀兵为向导，是以来得迅速。”文泰益惧，急得不知所措，即日惹起大病，忽寒忽热，似醒非醒。这叫作寒风如刀，热风似烧。睡着帐中，说了一二日呓语，水米不沾，竟至气绝。子名智盛，平时本没有甚么才干，至此既要治丧，又要御敌，越弄得无法可施，那时也管不得什么存亡，只好料理丧事，再作计较。唐师进次柳谷，闻文泰已死，国中正在发丧，诸将请诸君集，拟乘丧袭击，君集道：“天子因高昌无礼，特遣我辈西征，若袭人墟墓，转觉师出无名，我军此时进去，正要堂堂正正，声罪致讨，才不愧为王师哩！”遂令将士伐鼓行军，进拔田城，掳男妇七千余口，又命中郎将辛獠儿为前锋，夤夜再进，击破高昌防兵，直抵都下。君集督军继至，把高昌都城围住。城中缒出虏使，入谒君集，并赍呈文书，君集启视，见上面写着：

得罪于天子者先王也，天罚所加，身已物故。智盛袭位未几，惟尚书怜察！

君集阅毕，便语来使道：“汝嗣主若能悔过，当束手出降，待他不死。”来使奉命出营，仍缒上城去。君集静待一日，未见智盛出降，乃令军士囊土填堑，越堑猛攻。城上矢石雨下，伤毙唐军数百人，君集特造巢车，高约十余丈，比城头还超过数尺，得以俯瞰城中，还击矢石，城内守卒，恟惧得很。智盛还望西突厥来援，西突厥本与高昌协约，有急相助，至此曾发兵相救，因闻唐军大至，中道折回，害得智盛孤军无援，没奈何开了城门，出降军前，君集拘住智盛，复分兵略地，连下二十二城，收降八千四十六户，一万七千七百口，得地东西八百里，南北五百里。先是高昌曾有童谣云：“高昌兵，如霜雪，唐家兵，如日月。日月照霜雪，几何自殄灭。”至智盛出降，谣言始验。

捷书传达长安，太宗欲分土设官，列置州县，魏徵入谏道：“陛下即位，文泰就来朝谒，近因骄倨不臣，抗阻西域贡献，乃兴师往讨。文泰身死，天罚已申，为陛下计，应抚他人民，存他社稷，立他子嗣，威德互施，方足柔远。今若以高昌土地，视为己利，改作州县，此后须千余人镇守，数千余人往来，每年供办衣资，远离亲戚，不出十年，陇右且空，陛下终不得高昌撮粟尺帛，佐助中国，有损无益，臣窃为陛下不取哩。”当时未知殖民政策，故魏徵之言如此。太宗不从，诏改高昌为西州，更在交河城内，建设安西都护府，留兵镇戍，召侯君集等还朝。君集虏高昌王智盛，及智盛弟智湛等，奏凯旋师。于是唐地东至海，西至焉耆，南尽林邑，北抵大漠，皆为州县。凡东西九千五百一十里，南北一万九百一十八里。君集等班师入都，献俘观德殿，行饮至礼，大酺三日。智盛兄弟，进谒太宗，跪伏请罪。太宗加恩赦宥，封智盛为左武卫将军，兼金城郡公，智湛为右武卫中郎将，兼天山郡公，总管侯君集以下，赏赉有差。

忽有弹章上陈，劾奏君集私取珍宝，配没妇女，并未上闻。将士等亦有盗窃罪，君集不自谨饬，所以不能禁制等语。太宗乃令君集诣狱对簿。中书侍郎岑文本谏道：“高昌昏迷不道，陛下命君集等往讨，得指日荡平，凯旋以后，所有将帅以下，悉蒙重赏，乃未逾旬日，便至属吏，虽君集等自罹国法，咎有所归，但恐海内人民，疑陛下录过遗功，转致懈体。臣闻命将出师，果能克敌，贪亦应赏；若至败绩，廉亦应诛。所以汉李广利、陈汤，晋王浚及隋韩擒虎，均负罪名，人主因他有功，统加封赏。臣又闻兵志有言，使智使勇，使贪使愚，诚因古今将帅，不能无疵，全赖人君善为器使，方得利用。陛下今日，亦应舍瑕录长，原功宥罪，令君集等再升朝列，复备驱驰，是陛下能屈法加恩，君集等亦当知过益奋了。”太宗乃谢君集罪，释置不问。为下文君集怨望张本。既而又有人讦告万均，说他私奸高昌妇女，万均不服，有诏令万均与高昌妇女对质。魏徵复入谏道：“臣闻君使臣以礼，臣事君以忠。今命大将军与亡国妇女对辩，未免有亵国体，如事果属实，原足蒙羞，语出子虚，亦足贻笑。昔秦穆饮盗马士，楚庄赦绝缨罪，陛下道高尧舜，顾反不若两君么？”太宗感悟，乃将万均事搁置，不复提及。

行军总管阿史那社尒，即尔字。从军西征，秋毫不取，及论功行赏，只受老弱敝旧，不及珍异，太宗嘉他廉慎，特赐以高昌所得宝刀，及杂彩千段。他本东突厥处罗可汗次子，率众内附，受封左骁卫大将军，得尚衡阳长公主，高祖第十三女，为驸马都尉，掌卫屯兵，至是复积功封毕国公。高昌既平，吐蕃赞普弃宗弄赞，赞普系吐蕃王号。慕唐威德，遣使入贡，且请和亲。吐蕃在吐谷浑西南，就是现今的西藏地方，源出西羌，或云为三苗遗裔，风俗与中国绝殊，自弃宗弄赞为吐蕃主，颇有智勇，威服四邻。太宗因他入贡，乃遣行人冯德遐，抚慰吐蕃。弄赞见了德遐，谓突厥吐谷浑，皆得尚中国公主，独吐蕃素来向隅，因请中国许婚，情愿多献金宝，德遐答称须归奏天子，候旨裁夺。弄赞乃更遣使臣，赍了表文，及许多珍玩，随德遐入朝。太宗阅过表文，见他意在求婚，亦不加可否。适值吐谷浑王诺曷钵，亦入觐唐廷，太宗与语吐蕃事。诺曷钵以吐蕃僻处，未识王化为词。太宗乃不许吐蕃和亲，遣还使人，使人返报弄赞，谓由吐谷浑王从中谗间，因罢婚议。弄赞大怒，即发兵击吐谷浑。诺曷钵正自唐归国，闻吐蕃大举来侵，自知力不能支，竟遁入青海北隅，民畜多为吐蕃所掠，吐蕃兵进破党项白兰诸羌，率众二十余万，进逼松州西境，击破唐都督韩威。太宗乃复遣侯君集为行军大总管。带同将军执失思力、牛进达刘简等，督步骑五万人，往讨吐蕃。吐蕃主弄赞，正围攻松州城，约有十余日，不意唐军大至，前锋为牛进达，持着一柄偃月刀，盘旋飞舞，杀入阵中，弄赞亟拟对仗，后面复来了执失思力，横槊直入，左挑右刺，没人敢当。松州都督韩威，复从城中杀出，吓得弄赞脚忙手乱，招呼徒众，冲开一条血路，飞奔而去。唐军追击数里，斩首数千级，方才收兵。寥寥数语，写得如火如荼。弄赞经此一败，乃惶恐谢罪，再遣使至唐廷，表明悔过。只和亲问题，始终不肯恝置。太宗也不欲黩武，许彼结婚。弄赞得使臣归报，心下大喜，特遣大论禄东赞，吐蕃称宰相为大论，献金五千两，及珍宝数百件，来唐聘妇。太宗乃命将宗女文成公主，遣嫁吐蕃，且因禄东赞奏对称旨，授右卫大将军，并令江夏王道宗，即任城王李道宗。持节送文成公主入吐蕃。弄赞率众郊迎，见了道宗，询明为公主从叔，执子婿礼甚恭。且见中国衣服仪卫，远过羌俗，未免相形见绌，遂为公主别筑一城，创设宫室，留居公主。自己也满身绔绮，与公主成婚。吐蕃国人好用赭涂面，为公主所嫉视，弄赞下令禁止，且尽褫毡罽，常服华装，并遣诸豪酋子弟，入中国学习诗书，吐蕃也算竭诚归唐了。暂作结束。

文成公主（?—680），唐太宗养宗室女。贞观十五年（641年）远嫁藏王松赞干布。在她的影响下，汉族碾磨、陶器、纸、酒等制作工艺及历算、医药等知识传入吐蕃。据藏文史书记载，今拉萨小昭寺是其所建，今大昭寺、布达拉宫、昌珠寺等处有其塑像。

一波方平，一波又起，薛延陀真珠可汗，又与怀化郡王阿史那思摩相争，更劳动中国兵戈，惹起一场战祸。说来又是话长，待小子撮要叙明。先是突利自顺州入朝，道死并州，见十六回。太宗命嗣子贺逻鹘袭位。会太宗幸九成宫，突利弟结社率，曾入充宿卫，阴结旧部落四十余人，谋犯御帐，乘便劫贺逻鹘北归，偏偏夜入御营，为折冲将孙武开等击退，他却转入御厩，盗马二十余匹，北走渡渭，途次为戍兵所擒，枭首示众。只贺逻鹘得免死罪，流窜岭外。朝右大臣，遂交章上奏，争说："突厥遗众，不便内居。"太宗亦有悔意，事后方知，已是迟了。乃赐阿史那思摩国姓，立为泥孰俟利苾可汗，给他鼓纛，令率种落还旧部。思摩等颇惮薛延陀，不敢出塞，太宗再给薛延陀玺书，谕令各守疆土，不得侵犯。真珠可汗迎接诏使，顿首听命。待诏使还归，太宗乃饯思摩行，思摩拜谢，誓言子孙世事唐廷，于是赵郡王孝恭，鸿胪卿刘善，偕思摩同至河上，筑坛受册，礼成乃返。思摩因得建牙河北，有众十万，胜兵四万人，仍辖东突厥故土。偏薛延陀真珠可汗，阳奉唐命，阴具狡谋。竟命嗣子大度设，调发同罗、仆骨、回纥、白霫各部兵，得二十余万，进击思摩。看官！你想思摩初出塞外，诸事草创，所有城郭堡寨，都未曾修缮整齐，部众又没有训练，怎能敌得住薛延陀的大军？全部未战先慌，退入长城，保守朔州，飞章向唐廷告急。太宗不得不遣将往援，乃命营州都督张俭，率所部精兵，及边境降番，出驻东境。兵部尚书李世勣，为朔州道行军总管，统兵六万，骑士千二百人，出镇朔方。右卫大将军李大亮，为灵州道行军总管，统兵四万，骑兵五千，出屯灵武。右屯卫大将军张士贵，率兵一万七千，为庆州道行军总管，出发云中，凉州都督李袭举，为凉州道行军总管，即率凉州戍兵，出遏西方。诸将陛辞请训，太宗面谕道："薛延陀自恃强盛，逾漠南行，道经数千里，马已疲瘦，见利不能速进，不利又不能速退，朕已饬思摩烧薙秋草，毋为寇资。待他刍粮日尽，野无所获，必当退去。卿等可与思摩互为犄角，待寇已欲退，协力出击，定足破敌，朕可静听捷音了。"诸将听命而行。

薛延陀骑兵三万，由大度设带领，作为前驱，进逼长城，正在登高南望，辱骂思摩。不意尘氛滚滚，枪戟森森，那朔州道行军总管李世勣，带着唐军，遮道前来。大度设不觉惊惶，竟向赤柯泺北走。世勣选麾下骁悍万人，及突厥精骑六千，出长城，逾白道川，追蹑寇后。大度设奔走累日，至诺真水，为唐军追及，乃勒众还战，列阵亘十里。世勣令突厥骑兵，先行出战，为大度设所败，相率退还。大度设乘胜来追，适遇唐军掩至，恐不能力敌，但令部众弯弓注射，万矢俱发。唐军中马多受伤，陆续倒毙。世勣命士卒下马，各执长槊，向前直进，任他箭如飞蝗，竟冒险冲入敌阵，敌众专力射箭，不防唐军杀入，手中剩了空拳，如何招架得住？没奈何倒退下去。向来薛延陀教兵步战，五人为伍，一人执马，四人前战，战胜乃授马追奔。唐副总管薛万彻，率数千骑入敌阵中，专夺敌马，敌众见马俱失去，越加骇惧，顿时溃散。唐军趁势奋击，斩首二千余级，捕虏五万余人。大度设拼命逃脱，万彻力追不及，才命回军。

世勣既得胜仗，乃率众军还至定襄，驰书告捷。太宗拟饬世勣等，进捣薛延陀巢穴，忽闻左领军将军契苾何力，被薛延陀拘去，转不免迟疑起来。又作一波。原来何力母姑臧夫人，及弟贺兰州都督沙门，均在凉州，何力请旨省亲，且乘便招抚部落，谁料到了凉州，知母与弟俱往降薛延陀，就是契苾诸部落，亦多欲向薛延陀投诚。何力大惊道："主上厚恩，奈何遽负？"契苾诸部众道："夫人都督，统已往降，我等不去，尚将何往？"何力道："沙门尽孝，我尽忠，断不降薛延陀。"契苾部众，竟将何力执住，解至真珠可汗帐前。何力箕踞坐地，真珠胁何力降，何力起身东向，拔刀大呼道：

“何力是大唐烈士，怎肯屈辱虏廷？天地日月，愿鉴愚诚！”说至此，竟把刀向左耳一横，割下鲜血淋漓的一只耳朵，向真珠掷去，且瞋目视真珠道：“请视此耳，我决不降。”蕃将中有是忠诚，想见太宗待遇之优。真珠欲杀何力，独真珠妻，怜他孤忠，从旁谏阻，乃把何力羁禁帐中。这消息传入唐廷，太宗语侍臣道：“何力必不负朕。”侍臣道：“戎狄气类相亲，何力往薛延陀，如鱼趋水，哪里还肯顾念隆恩？”太宗道：“何力心如铁石，你等不信何力，朕却可独保呢。”正说着，薛延陀遣使到来，当由太宗召见，来使乃是真珠可汗的叔父，名叫沙钵罗泥熟。太宗先诘责薛延陀叛状，继复问及何力情形，沙钵罗约略认罪，并极称何力忠诚，说得太宗也为凄恻，顾语侍臣道：“何力果属何如？”侍臣等才服太宗先见，一同俯首。沙钵罗复呈上贡单，内列貂皮三千张，马三万匹，玛瑙镜一架；愿此后罢战修和，并乞许婚。太宗道：“汝主果悔罪投诚，朕亦何惜一女？但须先送归何力，方准和亲。”沙钵罗请使同往，太宗乃命兵部侍郎崔敦礼，偕沙钵罗同往，迎归何力，许真珠得尚公主。真珠喜如所愿，放归何力，且与崔敦礼订定婚期。敦礼与何力同归，陛见太宗，太宗见他左耳已亡，疮痕未愈，不禁为之泣下。何力怡慨然道：“臣受陛下厚恩，杀身亦所不惜，何惜一左耳呢？”太宗乃厚赐金帛，并升授右骁卫大将军。

既而真珠可汗，令侄突利设来唐纳币，献马五万匹，牛及橐驼万头，羊十万口。太宗赐宴殿中，殷勤款待，且许把新兴公主太宗第十五女。嫁薛延陀。何力独密奏太宗，劝阻婚约。太宗道：“天子无戏言，朕已允许，如何反汗？”何力道：“臣闻礼重亲迎，最好是令夷男即真珠可汗名，见十五回。自迎公主，或至京师，或至灵武，臣料夷男必不敢来。夷男不至，何妨绝婚？况夷男性情暴戾，必因婚议不成，激成郁愤，上怒下疑，不出二三年，夷男必忧死，他日二子争立，内乱外离，不战自灭了。”何力料事颇明。太宗点头称善，即遣归突利设，嘱他转告真珠，来迎公主，并言当亲送公主至灵州，与真珠面会。真珠得报大喜，愿诣灵州，臣下交相谏阻，真珠不从，更搜括马羊，充作聘礼。薛延陀本无库厩，所需杂畜，应向各部调索，急切里无从办齐，且往返万里，道涉沙碛，畜口不得水草，耗死过半，因是失期不至。太宗本有意悔婚，遂责真珠愆期，与他绝婚，灵州也不复临幸了。小子有诗叹道：

帝女胡甘作虏妻，汉为无策语堪稽。

唐宗失信虽贻议，到底迷途不再迷。

毕竟真珠曾否抗命，待至下回续详。

塞外各国，侈然自大，皆由中国失道，无威无德，乃敢窃据一隅，负嵎称强耳。若果有堂堂之阵，正正之旗，与彼角逐，未有不因而披靡者，试观高昌之灭；与薛延陀之败，并未经过数十百战，一遇唐师，非降即奔。智盛兄弟，被俘入唐，何其弱也？薛延陀真珠可汗，雄长铁勒诸部，亦一蹶不振，入贡请罪，可见驭夷非难，在外攘之得其道耳。独唐太宗与吐蕃和亲，乃至薛延陀既许而复悔，出尔反尔，未免失信。夫和亲原为下策，但既以宗女嫁吐蕃，何妨以宗女嫁薛延陀？否则一律拒绝，自存国体可也。太宗不察，失策于前，食言于后，且待遇夷狄，隐分厚薄，绳以一视同仁之义，太宗其更有愧乎？叙吐蕃事于薛延陀之前，虽系按年列叙，实足为太宗存一比例，表明其驭外之不公，作者固具有苦心，明眼人方能见到也。

第十九回

强胡内乱列部纷争 逆迹上闻储君被废

却说真珠可汗，闻唐廷下诏绝婚，只好自悔失期，不敢再索，实由自惩前败，只好如此。仍与唐廷修和。太宗益自欣慰，竟将新兴公主嫁与长孙曦。薛延陀事，至后再表，小子要叙及西突厥了。西突厥自阿波可汗，与东突厥屡有战争，后来阿波可汗为东突厥沙钵略可汗所擒，国人立他族子泥利可汗。泥利亦败死，子达漫立，叫作泥撅处罗可汗。隋炀帝时尝从征高丽，赐号曷萨那可汗。曷萨那一作曷娑那。唐初曷萨那入贡大珠，高祖面谕曷萨那道："朕重王赤心，不爱宝珠。"因将珠给还，特封他为归义王。惟曷萨那朝唐，部众皆不服，竟潜令人刺杀曷萨那，别立射匮可汗。木杆弟，步迦可汗孙。木杆见前文。射匮建牙三弥山，驱策西域诸国，势颇强盛。及病死后，弟统叶护可汗嗣立，具有勇略，广拓属土，尝遣使入贡唐廷，且请许婚。高祖欲从所请，因为东突厥所梗，乃致中阻。统叶护恃强而骄，残虐群下，终弄得众叛亲离，为叔父莫贺咄所戕。莫贺咄自称屈利俟毗可汗，部众又恨他弑主自立，各怀贰心，于是另推泥孰莫贺设突厥称掌兵官为设。为可汗。泥孰不受，闻统叶护子咥力特勒，避难奔康居，特遣人迎立，推为乙毗钵罗肆叶护可汗，且助他复仇，往攻莫贺咄。莫贺咄败奔金山，泥孰率众追击，竟将莫贺咄杀死。肆叶护乃得统辖西突厥全部，偏是肆叶护量小难容，泥孰又功高遭忌，谗言交构，两下怀嫌。肆叶护谋杀泥孰，泥孰乘机脱逃，亡奔焉耆。未几肆叶护为臣下所逐，走死康居，泥孰因国人推戴，迎立为咄陆可汗。咄陆父莫贺设，前曾由统叶护可汗遣入唐廷，通贡修好，太宗时尚未立，与莫贺设约为兄弟，至是闻咄陆嗣位，乃诏鸿胪少卿刘善因持节授册，封为吞阿娄拔利邲咄陆可汗，兼赐鼓纛缎彩万匹。咄陆遣使入谢，盛献方物。既而咄陆去世，弟同俄设立，号沙钵罗咥利失可汗，分全国为十部，各置部长一人，每人授一箭，称为十设，亦号十箭。怎奈部落太多，尾大不掉，是即封藩通病。部长统吐屯拥有劲旅，袭击咥利失。咥利失与战不胜，遁走焉耆。纯吐屯复为他部所杀，全国无主，乃由西方诸部，别迎东突厥始毕可汗子欲谷设为主，叫作乙毗咄陆可汗，咥利失又自焉耆出来，招集余众，再图恢复，所有西突厥东部，复逐渐收服。只西部与他抗衡，彼此互哄，兵连祸结，杀伤不可胜计。后来易战为和，分地自王，约以伊列水为界，水东属咥利失，水西属乙毗咄陆，自是西突厥全部，复分为东西两国，乙毗咄陆势渐强盛，勾通东部大臣俟列发，阴图咥利失。俟列发竟纠众作乱，咥利失没法抵制，奔窜而死。他部不服俟列发，出平乱事，再迎咥列失子，为乙屈利失乙毗可汗。未几又死，从弟乙毗沙钵罗叶护可汗入嗣，通使唐廷，太宗特遣左领军将军张大师持册加封，移牙水北，时称沙钵罗叶护为南庭，乙毗咄陆为北庭。叙次甚明。咄陆又与沙钵罗叶护构兵，屡战不休，且同时入诉唐廷，分争曲直。太宗令他罢兵息战，咄陆不肯听命，竟增兵南攻，击杀沙钵罗叶护可汗，并有南部，复入寇伊州。唐安西都护郭孝恪，率轻骑二千，从间道掩击，杀败乙毗咄陆，乙毗咄陆转攻天山，复由孝恪移师击走，斩首数千级。但乙毗咄陆心终未死，东略失利，再图西略，他欲进攻康居，道过米国，即将他残破，尽掠人畜，毫不给赏臣下。部将泥孰啜，因此不平，自行夺取。乙毗咄陆恨他专擅，立斩以徇，泥孰啜裨将胡禄屋，替泥孰啜报仇，袭击乙毗咄陆，乙毗咄陆率众与战，未及对垒，麾下统已溃散，就使乙毗咄陆勇艺过人，也是无术支持，不得已走保白水胡城，全国大乱，扰扰经年。部长屋利啜等，有心求治，乃遣使请命唐廷，愿废乙毗咄陆可汗，另行择贤嗣位。太宗即命通事舍人温无隐赍诏西行，与屋利啜等商定嗣君，立莫贺咄遗子为乙毗射匮可汗，乙毗咄陆尚思规复，招徕旧部，大众都反唇道："使我千人战死，教他一人独存，我等还要从他么？"利己损人，必致众叛亲离，无论中外，莫不如是。乙毗咄陆得闻此语，料知众怒难犯，转奔吐火罗，西突厥才算统一，由乙毗射匮主持。他因入贡皮币，并且请婚，太宗令割龟兹读若慈。于阗、疏勒、朱俱波、葱岭五部，作为聘礼。太宗亦欲卖女耶？乙毗射匮，也觉承认不下，两下里延宕过去。

小子为按时叙事起见，只好将西突厥事，暂行搁置，演述那唐廷内政，免得叙次混淆。自皇子承乾，得立为太子后，承接第十七回。起初因年尚幼稚，没甚过失，及渐渐长成，辄游猎废学。左庶子于志宁、右庶子孔颖达、张玄素等，屡加规谏，均不见从，反且遭嫉。志宁丁母忧，闻太子修治宫室，妨害农功，又好郑、卫音乐，以及宠昵宦官、亲近女色等情，遂上书极谏，至再至三，惹得太子怨恨填胸，几与志宁势不两立，暗遣刺客张师政、纥干承基两人，往刺志宁，二人入志宁家，见他素服麻衣，寝处苫块，也不禁良心发现，不忍下手，当即返报太子，但说是不便行刺，只好缓图。

颇有晋钮麑风。太子乃暂从搁置，但淫纵益甚。魏王泰有意夺嫡，趁着太子失德的时候，格外招集文士，撰述各书，且搜考古今地理，著成一册括地志，呈献太宗。太宗见他考证详明，很是喜慰，便优畀月给，制逾太子。谏议大夫褚遂良，上书谏阻，太宗反致误会，还道是太子月给过轻，下了一道诏谕，令太子出用库物，有司勿为限制。看官听着！这岂非溺爱不明，酿成祸患么？有子者其听之！太子得了此诏，喜出望外，当然取用无度。时张玄素已调任右庶子，遂上书切谏太子，略云：

昔周武帝平定山东，隋文帝混一江南，勤俭爱民，皆为令主，有子不肖，卒亡宗祀。圣上以殿下亲则父子，事兼家国，所应用物，不为限制，恩旨未逾六旬，用物已过七万，骄奢之极，孰有过此？况宫臣正士，未闻在侧，群邪淫巧，昵近深宫，在外瞻仰，已有此失，居中隐密，宁可胜计，苦药利病，苦言利行，伏惟居安思危，日慎一日，节靡费以成俭德，则不胜幸甚！

玄素既上谏书，只望太子回心改过，不负此言，哪知隔日早朝，行过东宫门外，忽有一人短衣便帽，走近玄素面前，突然抽出一条大马箠，向玄素脑门击下。玄素急忙一闪，下箠少偏，已打得皮破血流，大叫一声，晕仆地上。朝臣闻声趋救，好容易叫他醒来，才得复苏，缉拿凶犯，早已飏去。看官试想！禁门内外，有什么暴客？就使有暴客伏着，一经发觉，也是无从脱逃，偏此次被他溜去，眼见得是东宫所遣，容易匿迹了。专事暗杀，成什么太子？玄素不能上朝，由侍役舁回宅中，医治数日，渐得痊可，自知为一书惹祸，但也没处呼冤，只好自认晦气，便算了结。

是时魏徵已老，常患疾病，太宗犹时给手诏，令他封状进言。徵不忘忠谏，仍应诏直陈。既而褚遂良奏言太子诸王，应有定分，请亟从整核，太宗乃语遂良道："方今群臣忠直，无过魏徵，我遣令傅太子，弼成潜德，以副众望。"遂诏令徵为太子太师。徵称疾固辞，太宗手诏慰勉道："周幽、晋献，废嫡立庶，危国亡家，汉高祖几废太子，幸得四皓相助，然后得安，卿即四皓中的一人，愿勿固辞！就使卿疾未愈，亦可卧护青宫，少释朕忧。"这数语很是恳切，累得徵无词解免，勉强受职。无如年迈力衰，死期已迫，渐渐的卧床不起，竟至垂危。太宗屡赐药膳，并遣中郎将留宿徵宅，日奏起居，至闻徵疾加笃，亲自问疾数次，且尚与谈国事，或带着太子承乾，教他亲承师诲。最后一次，且挈了季女衡山公主，同至徵榻前，指公主语徵道："此女当嫁与卿子叔玉，卿能起视新妇否？"徵已不能强起，流涕答谢，太宗亦为泣下。待挈女回宫，夜卧成梦，恍惚见徵入朝，作陛辞状。醒来觉此梦未佳，待至天晓，即有人入报，徵已谢世，当下匆匆盥洗，即命驾临丧，亲视大殓，抚棺诀别，不觉失声悲号。哭罢还朝，令太子举哀西华堂，且诏内外百官，尽行赴丧，又赐给羽葆鼓吹，陪葬昭陵。徵妻裴氏道："徵素俭约，今葬用羽仪，恐非徵志。"悉辞不受，但用布车载柩而葬。有此贤妇，可谓无独有偶。太宗赐谥文贞，追赠司空兼相州都督，临葬时登苑西楼，望哭尽哀。既而自制碑文，并为书石，尝语侍臣道："以铜为镜，可正衣冠，以古为镜，可见兴替，以人为镜，可知得失。徵殁，朕亡一镜了。"徵貌不过中人，独有胆识，每犯颜进谏，虽遇太宗盛怒，颜色不变，太宗亦为霁威。尝谓徵似疏慢，惟朕独见徵妩媚，所以言多见从。徵殁后尚感念不已，寻命在凌烟阁中绘功臣像，共得二十四人，徵列第四。小子综述如下：

长孙无忌　赵郡王孝恭　杜如晦　魏徵　房玄龄　高士廉　尉迟敬德

李靖　萧瑀　段志玄　刘弘基　屈突通　殷开山　柴绍　长孙顺德　张亮

侯君集　张公谨　程知节　虞世南　刘政会　唐俭　李世勣　秦叔宝

这二十四人中，如杜如晦、魏徵、段志玄、屈突通、殷开山、柴绍、长孙顺德、张公谨、虞世南、刘政会、秦叔宝十一人，已经去世，余尚生存。惟君集因破灭高昌，反致下吏，虽然释置不问，心中尝是怏怏。应前回。会郧国公张亮，出任洛州都督。君集先日饯行，座无他人，饮至半酣，佯作醉状，瞋目语亮道："公为何排我？"亮笑答道："我何尝排公？莫非公排我不成？"君集愤愤道："我荡平一国，反触天子嗔怒，如何还能排公？"说着，复攘袂起座道："公与我交好有年，既与我气谊相投，不愿排我，我何妨实意相告。古人有言：'狡兔死，走狗烹，敌国破，谋臣亡。'今我等具有战功，也郁郁不能自活，眼见得是兔死狗烹了。公试想来！应用何策求生？"亮知他已蓄异志，便用言啖他道："亮本不才，还仗我公指教！"君集道："公能助我，莫若起兵。公在外，我在内，内应外合，便可成功。"亮微笑道："公言甚善，待我到了洛州，再行报命。"君集大喜，畅饮尽兴，方才告别。亮即夤夜入宫，密陈君集所言。太宗道："卿与君集皆功臣，今君集与卿相语，旁人不闻，若骤执君集，他必不服，朕随时注意便了。卿且勿言！"这是英主作用。亮即辞行赴任，仰承上意，暂守秘密。偏太子承乾，已窥知君集怨望，私引君集婿贺兰楚石为千牛，官名。嘱他邀入君集，密谈衷曲。君集道："魏王甚得上宠，若殿下不早为备，恐殿下将为隋杨勇了。"杨勇系隋文帝太子，为弟杨广所谮，遂致废死，事见《隋史演义》。太子道："正为此事召公，欲公为我设法，免蹈杨勇覆辙哩。"你若不要他设法？尚不致与杨勇一般。君集道："君集愿为殿下效死。”说至此，又举手语太子道：“有此好手，亦当为殿下指挥呢。”恐你亦不怀好意。太子喜甚，厚赠君集。

君集即与太子密图魏王，偏偏天不助逆，疾病缠身，太子本有躄疾，至是加剧，竟致步履维艰，一时不便发难。会东宫有一侍女，名叫俳儿，恣首甚佳，且善歌唱，不愧芳名。为太子所宠昵，日夕不离。足疾由此而生，亦未可知。太宗闻知此事，即召入俳儿，责她蛊惑太子，即加杖百下，俳儿竟因是殒命，太子非常悼惜，且疑由魏王告发，致触父怒，一念恨着魏王，一念记着俳儿，私为俳儿起冢苑中，朝夕祭奠，每至冢旁，辄徘徊泣下。嗣是怨怼日深，按日里托疾不朝，但在宫中聚奴为戏，聊解愁闷。间或令宫奴盗窃民间马牛，亲临烹炙，与一班嬖僮宠婢，同坐而食，侑酒传杯，备极谐媟。有时酒后兴酣，自愿服作突厥衣饰，效突厥语言，命左右亦着胡服，以五人为一小部落，布毡为幄，分戟为阵，外竖五狼头纛，内设穹庐帐舍，高坐堂皇，一呼百诺，命左右烹羔以进，自拔佩刀割肉，与众共啖。啖毕，语左右道：“我已做过可汗，譬如今朝死了，汝等可为我行丧礼。”说至此，突然倒地，僵卧不动。左右一齐痛哭，跨马环走，剺面作居丧状。太子忽然起坐，笑语左右道：“我一朝有天下，当率数万骑往猎金城，乘便投思摩帐下，解发作一胡官，谅不落突厥后，尔等以为可喜么？”左右当然谀媚，极力称善。至太子入内，方共目为怪物。并非怪物，实是童騃。

会太宗庶弟汉王元昌，所为多不法，屡遭太宗谴责，他遂与太子相亲，时与游戏，尝分左右为二队，由两人戏作统帅，各被毡甲，操竹槊，号令队伍，互相刺击，有不用命，披树为挝，任情殴打，虽死不顾。太子且笑语道：“使我今日做天子，明日在苑中置万人营，与汉王分将，两相角逐，一决胜负，岂非是一种快事？”元昌应声道：“太子做了皇帝，恐一经失道，谏书纷至，不能似今日的快活了。”太子笑道：“这有什么难事？一人来谏，杀死一人，十人来谏，杀死十人，到杀死了几百个，哪个还敢多嘴？我与汉王好尽情玩耍呢。”元昌道：“恐不令你为皇帝，你将奈何？”太子道：“只有一个魏王泰，我明日便教他死，叔父试看着便了。”是夕即想了一法，遣人诈为魏王记室，密上封事，历言魏王罪恶，有诏捕治上书人，卒不得获，太子又遣张师政、纥干承基等往刺魏王，魏王亦阴自戒备，无从下手。可巧东宫娈童称心，及方士秦英、韦灵符等，均被太宗收入狱中，一并处死，且传召太子入朝，由太宗严责数十言，太子忍气吞声，返入东宫，即召私党元昌、侯君集、李安俨、赵节、杜荷等，密商起事方法，且语众人道：“我与贼弟泰誓不共存，他前既谗杀我俳儿，今又谗杀我称心等人，若不亟除了他，就将及我了。”君集不待说毕，便投袂起立道：“何不引兵入西宫，杀死此人？”元昌道：“此人一死，太子就好入阙为帝，还管什么避忌？直教他弑父弑君。只事成以后，我要向太子索赐一物，太子定要允我。”太子问是何物？元昌道：“我前入谒内廷，见御座旁有一美人儿，齐整得很，我后来细底调查，这美人儿且善弹琵琶，有声有色，真正好极了。若太子得做皇帝，此美人儿应当赠我，幸勿自私！”痴心妄想。太子笑道：“这算甚么，大事得成，我与叔父且同享富贵，何惜一个美人儿？”杜荷道：“事不宜迟，速行为是。愚谓不必往杀魏王，但由殿下自称疾笃，主上必来亲视，那时就好动手了。”太子喜道：“甚好甚好，就照这样办罢。”当下与元昌等人，割臂为盟，用帛拭血，烧灰和酒，彼此传饮，誓同生死。不像太子行为，全似江湖强盗，故叙述时，叠书太子，非以美之，实以愧之。

看官听着！元昌侯君集，履历已详见上文。李安俨本事隐太子，很为出力，及隐太子败死，太宗以安俨为忠，召为中郎将，偏他仍为桀犬，依然吠尧。赵节系慈景子，为高祖女长广公主所生，曾任洋州刺史。杜荷系如晦子，尚太宗第十六女城阳公主，本皆皇室懿亲，不知何故勾连逆子，阴图篡弑。想是活得不耐烦，所以自寻死路呢。补出三人履历，也不可少。盟誓既定，拟把侯杜两人的秘谋，次第进行，事尚未发，忽内廷传出急诏，令兵部尚书李世勣，发便道兵速往齐州平乱，太子语纥干承基道：“齐王祐也想造反么？他欲造反，何不与我连谋？我宫西墙去大内，不过二十步，朝夕可以发作，岂比齐州路远，多费若干经营呢？”正说着，又有缇骑到来，大踏步趋至太子面前，顾见承基在侧，便将他一把抓住，反翦了去。太子惊问何事，缇骑答言奉诏捕承基，余无别言，竟一哄而去了。仿佛天外奇峰。太子到了此时，还道是自己密谋，已经发泄，几吓得魂不附体。旋经李安俨入报，谓因齐王祐事，干连承基，与太子无涉，太子稍觉心安。但因京师戒严，也只好把自己秘谋，略缓数日。不到几天，齐王祐被执至京，有诏废祐为庶人，赐令自尽。祐本太宗第七子，受封齐王，兼领齐州都督，生性轻躁，素好游猎。长史权万纪，屡谏不从，恐并得罪，乃陈祐过失，请旨裁夺。太宗手诏切责，祐不胜忿恨，且益暴戾。万纪从旁管束，不听祐出国门，把鹰犬尽行纵去，且劾祐左右数十人。太宗令刑部尚书刘德威，往按得实，召祐与万纪入朝。祐遂与狎客燕弘亮等，商定逆谋，射杀万纪，磔尸泄愤，一面招募壮丁，充当兵役，传檄各州县，以入清君侧为名。李世勣奉诏往讨，尚未至齐州，齐府兵曹杜行敏等，已执祐送京师。太宗也顾不得父子私恩，只好将他处死，徒党连坐数十人。太子承乾，存了兔死狐悲的观念，复有些惶惧起来，凑巧逆谋被泄，一道诏下，废太子承乾为庶人，把他拘禁起来。小子有诗叹道：

前人行事后人看，作子非难作父难。

才识贻谋宜审慎，如何骨肉屡相残。

欲知承乾被废情由，试看下回便知。

三纲五常，为治平之大要，纲常不正，则内乱必生，乌乎治国？乌乎平天下？胡俗烝报相寻，篡逆亦成为常事；故虽有强悍之主，以力服人，而倏兴倏衰，未闻有数十年不变者。观本回之叙西突厥事，已可概见矣。若中国素崇礼义，号为文物之邦，唐太宗为三代下仅见之君，尤称英敏。乃玄武门自戕骨肉，巢王妃可作嫔嫱，敢自渎伦，竟尔作俑，卒至承乾无父，元昌无兄，齐王祐恶逾太子，赵节、杜荷等不顾懿亲，内外谋逆，几成大祸。幸天尚佑唐，得以早日扑灭，不至蔓延，然父子兄弟之间，遗憾已多。太宗岂能辞咎乎？夫戎狄之国，犹不能舍纲常而谋治安，况在中华？故本回属事比辞，借往事以箴后世，善鉴古人者，可以知所戒矣。

第二十回

易东宫亲授御训
征高丽连破敌锋

却说承乾被废的原因，实缘有人讦告逆谋，遂致败露，这人为谁？就是被系的纥干承基。承基系狱论死，意欲求生，乃将承乾种种逆谋，密陈刑部，请转奏太宗。太宗闻变，即敕长孙无忌、房玄龄、萧瑀、李世勣四人，与大理、中书、门下等官，公同查讯，果得实情。太宗乃召入承乾，当面呵责。承乾顿首道："臣为太子，尚何所求？但为泰所图，心实不甘，因与廷臣等谋及自安。廷臣等导臣不轨，臣一时狂惑，未免受迷，今愿自坐死罪，惟臣被废死，泰若得立为太子，臣死且衔恨呢。"太宗听到此语，怒上加怒，遂顾语侍臣道："承乾罪大，应该如何处置？"群臣皆面面相觑，莫敢发言。通事舍人来济隋将来护儿子。进言道："愿陛下不失为慈父，太子得终享天年，便是情法兼尽了。"还是他有点胆识，可谓护儿有儿。太宗乃废承乾为庶人，幽禁右领军府中。当下搜捕党与，把元昌、侯君集、李安俨、赵节、杜荷等，一并拘至，依次鞫讯。元昌无可抵赖，先自伏罪。太宗不忍加诛，拟令减罪免死。高士廉、李世勣等，谓不应因亲废法，争论至再，乃赐令自尽。侯君集初讯不服，太宗召他女夫贺兰楚石，证成罪状，君集才俯首无词。太宗语群臣道："君集有功国家，可否贷他一死？"群臣齐声道："君集大逆不道，如何赦宥？"太宗乃谓君集道："今日为国守法，要与卿永诀了。此后徒见卿遗像，怎不痛心？"言已泣下，君集亦伏地大恸。刑官不便徇情，即将他牵出市曹。临刑时，君集语监吏道："我本不欲反，因蹉跎至此，但为皇上破灭二国，不无微劳，请转奏陛下，乞矜全一子，聊奉祭祀。"监吏允诺，刑毕复命，并述君集言。太宗乃赦他妻、子，流徙岭南。李安俨、赵节、杜荷三人，既已讯实，当即斩决。左庶子张玄素，右庶子赵弘智、令狐德棻等，均因不善规谏，坐罪除名。惟于志宁以屡谏见褒，毫不加罪。纥干承基释出狱中，命为祐川府折冲都尉，爵平棘县公。承基得封，未免滥赏，但不忍刺死于志宁，尚有仁心，应该食报。自承乾得罪被废，魏王泰日夕入侍，格外尽孝。太宗嘉他恭顺，面许立为太子。中书侍郎岑文本，及侍中刘洎等，亦皆劝帝立泰。独长孙无忌请立晋王治，太宗嘿然不答。及无忌退后，语侍臣道："昨日青雀泰小字。投朕怀中，谓臣今日始得为陛下子，臣止一儿，臣死时当将子杀死，传位晋王，这数语甚属可怜，所以朕不忍别立。"言未已，褚遂良应声奏道："陛下以为可怜，臣实以为可虑，试想陛下万岁后，魏王据有天下，尚肯自杀爱子，传位晋王么？陛下前日正因嫡庶相争，酿成内变，今必欲立魏王，愿先将晋王安插，方保无虞。"太宗迟疑半晌，竟泫然流涕道："这事恐办不到呢。"遂起座入宫。一念萦私，便致憧扰，家庭之难处也如此。魏王泰恐晋王得立，因往琢晋王道："汝与元昌亲善，今元昌败死，汝得毋连及么？"晋王听了此言，不觉忧容满面，偶为太宗所窥，问他何故怀忧？晋王据实奏闻，太宗不觉省悟道："他却有此深心，朕今始知道了。"还算聪明。因出御两仪殿，令晋王相随，召长孙无忌、房玄龄、李世勣、褚遂良等到来，与述泰言，且蹙眉道："我三子一弟，所为如此，我还有怎么生趣？"说至此，竟挺身跃起，自投床上，且从腰间拔出佩刀，竟欲自刎。无忌等忙上前相阻，褚遂良把刀夺去，授与晋王。无忌又请道："立储事大，陛下属意何人，不妨径立，免得滋疑。"太宗道："我已欲立晋王。"无忌接口道："谨遵诏旨。"太宗乃使晋王拜谢无忌道："汝母舅已许汝了。"此语亦失。无忌趋避一旁，太宗又语四人道："公等已与朕意相同，未知外议何如？"房玄龄等齐声道："晋王仁孝，天下归心，请陛下召问百官，谅亦不致异议。"太宗乃转御太极殿，召群臣入谕道："承乾悖逆，泰亦凶险，皆不可立，朕欲就诸子择立一人，卿等以为何人当立？"大众皆欢呼道："莫如晋王。晋王仁孝，当为储嗣。"太宗乃喜。适魏王泰率百余骑，至永安门探听消息，门官入奏太宗，太宗即令卫士辟泰从骑，引泰入肃华门，也禁锢北苑中。次日御承天门楼，颁诏立晋王治为皇太子，大赦天下，赐酺三日。太宗又语侍臣道："我若立泰，是储位可以谋取了。自今以后，太子失道，藩王窥伺，须一并废置，传诸子孙，永为后法，卿等以为善否？"侍臣等当然赞成。太宗复道："今若立泰，承乾与治，均不得生全，治立为嗣，泰与承乾，俱

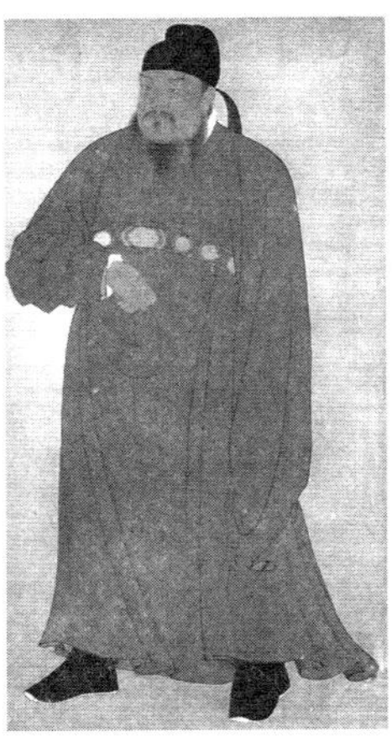

李治（628—683），即唐高宗。字为善，幼封晋王。贞观十七年（643年）立为太子。继位初，舅父长孙无忌与褚遂良辅政。永徽六年（655年），立武昭仪为后，无忌、遂良等均以反对相继被贬死。显庆中，灭西突厥，于其地置都护府，唐代版图扩大。显庆五年（660年），因病，武后参决政事。自此，大权旁落，武后权势日盛，酿成日后武则天改唐为周的局面。

可无恙了。”遂命长孙无忌为太子太师，房玄龄为太傅，萧瑀为太保，李世勣为詹事，李大亮、于志宁、马周、苏勖、高季辅、张行成、褚遂良等，均为东宫僚属。

右庶子杜正伦，辅故太子承乾，密受太宗嘱托，屡谏不从，乃以上语相告。承乾以闻，太宗召问正伦，责他泄言。正伦叩首道：“臣欲太子迁善，所以敢述密谕，俾知儆戒呢。”太宗乃不加罪，及承乾事败，正伦左迁交州都督，魏徵在日，尝荐杜正伦、侯君集有宰相才，至此君集伏诛，正伦坐谪，遂疑徵朋比为奸，命仆墓前碑石，罢徵子叔玉尚主，一面徙承乾至黔州，泰至均州，承乾越二年病死，葬用国公礼。泰降封东莱郡王，嗣复改封顺阳，后乃晋封濮王，至高宗三年，病逝郧乡，这是后话。惟太子治年只十六，太宗令日侍起居，遇事训导，每食辄语道：“汝知稼穑艰难，方得常食此饭。”有时见他乘马，又与语道：“汝须知马劳苦，毋竭马力，方得常乘此马。”及太子乘舟，又与语道：“水能载舟，亦能覆舟，民犹水，君犹舟，不可不慎。”太子或栖息树下，又尝举“木从绳则正，后从谏则圣”二语，作为箴励。太子但唯唯听命，未尝发言。吴王恪太宗第三子已见十七回中。善骑射，有文武才，英武颇类太宗，太宗见太子柔弱，又移爱及恪，拟改立恪为太子，密语长孙无忌道：“雉奴太子小字。柔懦，恐不能主社稷，我意欲改立吴王。”无忌力言不可，太宗冷笑道：“公以恪非亲甥，因不欲改立么？”私心又起。无忌叩首道：“太子仁厚，将来必为守文良主，愿陛下勿疑！譬如举棋不定，尚且失败，况储贰至重，怎可屡易呢？”太宗乃止。嗣命太子知左右屯营兵马事，每日视朝，饬令随侍，观决庶政，这也好算是随时教导，煞费苦心呢。暗为下文反喝。

且说贞观十七年秋季，新罗国遣使乞师，东伐高丽。高丽居中国东方，就在现今的朝鲜半岛，岛中分列三国，东北为高句丽，简文叫作高丽，南为百济，百济东南为新罗。高丽最强，与百济同盟，谋分新罗国，又率众侵辽西，屡与隋军相争，隋文帝父子，连讨数次，均不能克。高丽益横行无忌，连侵新罗。嗣闻唐室开基，兵势强盛，乃遣使入贡，高祖册封高丽国王高建武为辽东郡王。百济、新罗，也相继贡献方物，唐廷又册封百济王扶余璋为带方郡王，新罗王真平为乐浪郡王。三国共受唐封，仍相攻击。新罗王真平忧死，只遗一女善德，由国人拥立为王，勉支危局。会高丽东部大人泉盖苏文，泉为姓，盖苏文为名，大人即部酋之称。凶暴不法，高丽王建武，与群下谋诛盖苏文，偏盖苏文侦悉王谋，竟勒兵入宫，手刃建武，剁作数段。且尽杀预议诸大臣，立建武兄子高藏为王，自为莫离支，官名，如中国吏部兼兵部尚书之类。专擅国事，且与百济和亲，再击新罗。新罗女王善德，惶急的了不得，忙遣人乞救唐廷。太宗发使持诏，往谕高丽罢兵。盖苏文拒绝唐使，太宗乃诏集群臣，会议出师。褚遂良奏阻道：“今中原清宴，四夷畏服，陛下威望日著，震铄古今，今若远渡辽海，往讨小夷，果能指日奏功，原是幸事，万一蹉跌，伤威损望，再兴忿兵，安危更不可测了。”太宗道："盖苏文有弑君大罪，今又违朕诏命，侵暴邻国，奈何不讨？"李世勣接入道："前日薛延陀入寇，陛下欲发兵穷追，因用魏徵言，坐失机会，否则薛延陀已无遗类了。"是敲顺风锣。太宗点首道："诚如卿言，此次朕拟亲征，定当扫清东夷。"乃敕将作大匠阎立德等，赴洪、饶、江三州，造船四百艘，载运军粮。且遣营州都督张俭等，发幽、营二州兵，及契丹、奚、靺鞨各部众，先击辽东，借觇虚实。

既而鸿胪卿奏陈高丽贡献白金，褚遂良入谏道："这是《春秋传》中的郜鼎呢，陛下不应受纳。"太宗乃召入高丽使臣面诘道："汝非由莫离支遣来么？"使臣答声称是。太宗怒道："汝等均事高建武，居官食禄，盖苏文弑逆不道，汝等不能复仇，反替他奔走游说，欺我上国，汝等自思，有罪呢？无罪呢？"这数句话，说得来使无词可答。当由太宗指示左右，拘他下狱，当即下诏亲征。褚遂良再疏谏阻，说是："欲征高丽，但须遣一二猛将，数万雄兵，便足了事，不必由御驾亲行。"太宗不从。群臣相继进谏，皆不见听。遂命房玄龄居守，李大亮为副，竟带同太子，南往洛阳，适值薛延陀遣使入贡，太宗与语道："归语尔主，今我父子将东征高丽，汝能为寇，可趁此速来。"来使返语真珠可汗，真珠惶恐，复令原使入谢，情愿发兵助军。太宗复语道："我军已足，不烦尔主费心，尔主果能竭诚事朕，此外尚有何求？"已足吓退真珠。来使听命自去。太宗查得前刺史郑元琇，曾从隋炀帝东征，料他熟悉情形，便自原籍召至行在，问及兵事。元琇答道："辽东路远，粮运迂回，东夷又善守城，不易攻入，还请陛下三思！"太宗怫然道："今日比不得隋朝，公试看朕破虏哩。"元琇托辞老病，谢别归去。太宗即授刑部尚书张亮，为平壤道行军大总管，率江、淮、岭、硖兵四万，长安雒阳壮士三千，战舰五百艘，自莱州泛海，径趋平壤。又命太子詹事李世勣为辽东道行军大总管，率步、骑兵六万，及兰、河二州降胡，径趋辽东，太宗亲下手诏，声讨盖苏文，诏旨中有以大击小，以顺讨逆，以治乘乱，以逸敌劳，以悦当怨五大义，说得理直气壮，慷慨动人。远近勇士，逐日应募，并献纳攻城器械，不可胜数。太宗因复拟自洛启行，忽由京师遣来急足，报称副留守李大亮病故，并递上遗表，乃是谏阻东征。太宗不觉惊悼，追赠兵部尚书秦州都督，赐谥曰懿，陪葬昭陵。惟遗表上的语言，终未肯信，乃自率诸军发洛阳，直至定州。诏令太子监国，留住定州城，命太傅高士廉，詹事张行成，庶子高季辅，及侍中刘洎，中书令马周，同掌机务。

是时尉迟敬德，已经致仕，独趋至行在，面阻太宗道："陛下亲征辽东，太子又在定州，长安洛阳，腹地空虚，倘有急变，如何抵制？且边僻小夷，何足劳动万乘，不若另遣偏师，指日平夷为是。"太宗道："朕已留房玄龄守长安，萧瑀守洛阳，可无他虞。卿若尚可从军，且随朕东征便了。"敬德不便违命，乃扈跸同行。太宗亲佩弓箭，并在鞍后自结雨衣，兼程前进，径诣幽州，当下授计世勣，阳若出师柳城，虚张声势，暗中渡过辽水，直捣盖平。世勣遵旨即行，安抵盖平城下。高丽兵未曾防备，蓦闻唐军到来，慌张得很，当被世勣一鼓攻入，俘得二万余人，获粮十余万石，既而张亮亦率舟师渡海，袭击卑沙城，城濒海岸，四面悬绝，惟西门可上，右骁卫将军程名振，及副总管王大度，夜登西门，砍死守卒数十人，余众溃散，由唐军入城兜拿，拘住男女八千口，两路至幽州报捷。太宗乃欲亲往督师，中书侍郎岑文本，专掌军中粮械，握算持筹，几无暇夕，累得精神枯耗，筋力销磨，倏忽间竟暴卒幽州。太宗临视流涕，追赠侍中，赐谥曰宪，令兵役舁棺归葬，然后启驾东行。途次接世勣军报，已进围辽东城，高丽遣四万人来援，亦被江夏王道宗击走。太宗放心前进，行次辽泽，前面有泥淖二百余里，当由军士畚土填淖，至泥淖最深处，筑桥以渡。及兵已渡过，撤桥以坚士心，至马首山，江夏王道宗率众来迎，太宗慰劳有加。越日，自收数百骑，抵辽东城下，见士卒负土填濠，也下马亲负土石，从官等相率负土，湮塞城濠，遂与世勣合兵，围城至数十匝，喊声动地。会值南风大起，太宗命锐卒缘登冲竿，纵火焚毁城楼，将士乘势登城，守兵抵敌不住，只好退去。世勣督兵杀入，斩馘万余人，获男女四万口，改号辽东城为辽州，遂进攻白岩城。城上矢石交下，右卫大将军李思摩，面中流矢，血渍满颐，太宗亲为吮血，于是将士益奋。高丽乌骨城主，遣兵万余人，来援白岩，将军契苾何力，率劲骑八百名，陷入敌中，为敌所围，尚辇奉御薛万备，单骑往救，敌众前来拦阻，由万备大喝一声，几如雷震，吓得敌众纷纷倒退。万备即杀入垓心，见何力腰受槊伤，便教他随着后面，自己当先开路，持着长枪，左挑右拨，杀散敌众，与何力一同回营。何力虽然受创，勇气未衰，复用布束腰，召集从骑，再往击敌。太宗复遣兵策应，杀死乌骨城卒无算，追奔数十里，斩首千余级，看看天色将暮，才收军而回。白岩城主孙代音，闻援兵败退，自知兵力不支，乃遣人请降，太宗临水设幄，亲受降虏，改称白岩城为岩州，仍令孙代音为刺史，契苾何力创重，太宗亲为敷药，且搜获何力被刺的仇人，叫作高突勃，令何力自己下刃，借泄前恨。何力入奏道："彼此各为其主，高突勃冒刃刺臣，忠勇可嘉，臣与他本不相识，并无仇雠，不应将他处死。"可谓知义。太宗一再称善，乃将高突勃赦宥，再进攻安市城。

高丽北部耨萨高丽官名。高延寿、高惠真，率兵十五万，来救安市。太宗语将士道："延寿若引兵直前，连城为垒，据险储粟，掠我牛马，坐困我军，乃为上策。上策不行，把安市城内的兵民，一律迁去，乘夜潜遁，尚不失为中策，若不自度德、量力，漫欲与我军相搏，这乃所谓下策哩。朕料他必出下策，卿等看着！延寿等必为我所擒了。"知己知彼，百战百胜。言未已，果有探马来报，延寿等引众前来，距安市城只四十里了。太宗喜道："朕意原料他如此，但恐他中道逗留，不肯就来送死，应设法诱他速来，方可就歼呢。"遂召左卫大将军阿史那社尔入帐，令带突厥兵千骑，前往诱敌，只准败，不准胜。阿史那社尔领命即去，行了三十余里，见敌众奋勇前来，当下拦住马头，与他交锋，战不数合，便拖械而走。延寿笑语惠真道：“人人说唐军强盛，哪知他这般没用，这真是有名无实哩。”遂驱军大进，直至安市城东南八里，依山布阵。太宗正带着数百骑，登高望敌，遥见高丽兵到来，便返入大营，命李世勣率步骑万五千人，列阵西岭。长孙无忌率精兵万一千人，从山北出狭谷，冲击敌后。自率步骑四千，挟鼓角，偃旗帜，潜登北山，且预约诸军齐进，一闻鼓角声，当尽行趋击。诸军陆续进行，专听北山鼓号，准备厮杀。太宗已至北山，望见李世勣军，已在西岭列阵，正与敌众两阵对圆，两下里跃跃欲动，势将接仗。忽敌阵后面，隐隐有尘沙飞起，料知无忌军已抄至敌后，即命随骑鸣鼓吹角，高张唐帜，诸军鼓噪并进，齐捣敌阵。延寿、惠真，仗着人多势旺，尚未着忙，拟分军抵御。突有一白袍将军，大呼陷阵，手中持着一支方天戟，盘旋飞舞，只见戟，不见人，从那一片白光中，戮倒高丽兵无数，未叙姓名，先写忠勇，是用笔不平处。唐军又纷纷随入，眼见高丽兵东倒西歪，阵势大乱，不消一二时，已逃得无影无踪，只剩作一片战场了。连用数见字，是从太宗目中写出。太宗大喜，回营升座，诸将各来报功，共斩虏首二万余级，检验既毕，便问诸将道：“朕适见一白袍将军，当先突阵，锐厉无前，尔等快去将他召来！”诸将闻旨，即去查问此人，当有一雄赳赳的英雄，挺身出认，入见太宗。太宗问他姓名，那人伏地自陈，由太宗嘉奖数语，面授为游击将军，并赐金帛及骏马，正是：

试看战阵建功日，便是英雄遇主时。

欲知此人为谁？待至下回表明。

魏王泰潜谋夺嫡，至承乾败后，太宗果欲立泰为储贰，幸长孙无忌褚遂良等，一再谏阻，方改立晋王治，司马温公谓唐太宗不私所爱，以杜祸乱之源，可谓知所远谋者，诚非虚语。或以为魏王得立，当无武氏之祸，此语似是而实非。武氏娇小倾城，能蛊晋王治，宁独不能惑魏王泰乎？且魏王狡险，苟得立为太子，入承大统，势必加刃骨肉，尽杀弟昆，恐不待武氏临朝，始见唐宗之尽覆也。若太宗东征高丽，当时议之，后世非之。夫盖苏文有弑主之恶，用王师以讨其罪，谁曰不宜！所失者，在御跸亲征，致多烦费耳。然如太宗之勇略过人，出奇制胜，实不可没，而其后卒不能平高丽，或亦有天意存乎其间，非尽战之罪也，故本回叙述二事，虽不加褒，亦不加贬，所以昭公论而存直道云。

第二十一回

东略无功全军归国
北荒尽服群酋入朝

却说唐军与高丽交战，当先冲锋的白袍将校，为太宗所宠遇，优给赏赐。这人为谁？便是大名鼎鼎的薛仁贵。凡遇著名人物，俱用特笔点醒。他本世居龙门，家业耕种，小名是一礼字，因后来建功立业，四海名扬，人人叫他薛仁贵，所以转将小名搁起，但把表字流传，也与尉迟敬德、秦叔宝一般。幼时贫贱，好容易茹苦含辛，娶了一个妻室柳氏，正史上不载妻名，小说中说是柳金花，因恐无据，未敢加入。两口儿勤俭度日，渐渐积下微资。仁贵欲改葬父母，柳氏道："妾观夫君膂力过人，武艺出众，既具绝世英姿，应该待时发迹，今天子将征辽东，招求猛将，这是千载一时的机会，君何勿往图功名，自求显达？待至富贵还乡，葬亲也不为迟呢。"此妇却是不凡。仁贵武力，亦借口叙过。仁贵依了妻言，遂往投军营，谒见将军张士贵，士贵令出戍安地。适郎将刘君邛，出剿土匪，为贼所围，仁贵单骑驰救，阵斩贼首，系首马鞍，贼皆慑伏，弃械乞降，乃偕君邛归镇，自是仁贵方有勇名，至高丽安市城一役，亲受主知，威名益著。

高丽将延寿、惠真，收集余众，依山自固，太宗命诸军围攻，又令长孙无忌，尽撤桥梁，断他归路。延寿、惠真，进退两难，不得已率众请降，亲诣军门，来谒太宗，匍匐请命，太宗笑语道："东夷少年，跳梁海曲，哪知坚持决胜，未及老成？此后尚敢与天子战么？"延寿等伏地不能对。太宗乃简选耨萨注见前。以下酋长三千五百人，各授武职，迁居内地，余皆纵还平壤。高丽各城，余众闻风遁去，惟安市城固守如故。太宗改名北山为驻跸山，刻石纪功。且手书报太子及高士廉道："朕为将如此，汝等以为何如？"高丽未平，何必出此满语。越数日，移营安市城南，指挥诸将，再行攻城。安市守卒，望见太宗麾盖，辄乘城鼓噪，加以谩骂。太宗怒不可遏，李世勣入请道："斗大孤城，不患不下，待攻克此城后，所有男子，一并屠戮，陛下当可泄恨了。”太宗道：“朕意拟攻建安城，建安得克，安市在我掌握，这是兵法所谓舍坚攻瑕哩。”世勣道：“建安在南，安市在北，我军粮饷，均在辽东，今若越安市，攻建安，倘贼众断我粮道，如何是好？臣意总在先攻安市，安市一下，鼓行而进，方无后忧。”太宗踌躇半晌，方道：“朕命卿为将帅，自当信用公计，但愿勿误朕事哩。”言未已，有两人趋入，跪奏道：“奴等既委身大国，不敢不竭诚献悃，愿天子早立大功，使奴等得与妻子相见。安市城坚兵勇，人自为战，未易猝拔，今奴等带着高丽兵十余万，望旗沮溃，国人闻奴等败降，正在心惊胆落，乌骨城耨萨，老耄无用，若王师朝临，城可夕下。此外当道小城，不战可克，然后因粮进兵，长驱入捣，平壤必不可守了。”为唐划策，却是甚善，所惜返戈授敌，未免无爱国心。太宗闻言瞧着，乃是降将高延寿、高惠真。延寿已受命为鸿胪卿，惠真也为司农卿，两人既做了唐官，意欲立功报主，所以并献此策，太宗也颇称善。偏长孙无忌又奏阻道：“天子亲征，与别将不同，总须计出万全，不宜行险侥幸。今建安、安市两城，虏众不下十万，若我军进攻乌骨城，后路为虏众所截，终恐不妙，不若先取安市、建安，再行进兵为是。”太宗乃止。此时唐兵约数十万，何不分军深入，留太宗在后策应？乃俱顿兵坚城之下，以致劳师无功，岂太宗亦聪明一世，懵懂一时耶？诸军仍围攻安市城，李世勣攻城西南，用冲车炮石，击毁城堞。城中竖起木栅，塞住缺口，唐兵仍不能入。江夏王道宗，攻城东南，督众筑土山，高与城等。城主亦培土增陴，更番防御。内外兵士，一攻一守，日必数战，连夜间亦接斗数次。道宗足受矢伤，几不能行，令裨将傅伏爱屯兵山顶，防敌出袭。伏爱私离所部，凑巧土山崩颓，斜压城上，城坍陷数丈，唐军因未得将令，不敢乘隙进薄，反被高丽兵从城缺出来，一阵乱击，将唐军驱散，把土山占夺了去。那时道宗睡卧营中，闻这消息，急忙跃起，跣足至大营请罪。太宗正因土山失守，惹动懊恼，见道宗进来，便瞋目道：“汝实犯死罪，但汉武杀王恢，不若秦穆用孟明，且念汝有战胜辽东的功劳，朕姑赦汝，此后汝应小心，一误不得再误哩。”道宗顿首拜谢。太宗传入伏爱，责他失律致败，推出斩首。嗣是又攻扑了好几日，始终不能得手，转眼间已是初冬天气，辽左天寒，草枯水冻，士马不便久留，粮食亦且垂尽。太宗乃收拾雄心，潜令班师，先拔辽、盖二城户口，渡辽内徙，自在安市城下，耀兵扬武，且召语城主道：“朕因天寒思归，待来春再行亲征，汝等能出兵追蹑，最好是今日的机会了。”故意教他来追。城主登城拜辞，太宗复在马上扬鞭道：“汝能固守此城，直至两月有余，可谓忠勇。朕特赐汝良缣百匹，汝可领受！”言至此，命侍臣检出百匹素缣，委置城下，一声号炮，全军启程。太宗率禁卫军先行，诸军陆续随还，着末是大总管李世勣及江夏王道宗两军，压队断后，徐徐退去。城中守兵，屏迹不出，降至唐军去远，方出城收缣，不消细说。

太宗渡辽西归，适辽泽泥潦，车马不通，乃命长孙无忌，率兵万人，先行治道，剪草填涂，用车作梁，然后逐队进发，好容易到了蒲沟，泥淤尤甚，太宗立马沟旁，督军填淖，及行渡渤海，天降大雪，加以暴风，全军都带水拖泥，不堪困惫，有许多该死的兵士，就在途中宛转毕命。总计太宗亲征高丽，共破十城，徙辽、盖、岩三城户口入中国，共七万人，前后三大战，斩首四万余级，战士也死了二千人，战马十亡八九。太宗才有悔意，在途中叹道："魏徵若在，必不令朕有此行。"乃遣使驰驿，令至徵墓前致祭，赐用少牢，复立所制碑铭，并召徵妻子诣行在，亲加慰赐。只衡山公主始终不肯嫁给，总是失信。及抵营州，诏命将辽东战亡士卒，悉数舁至柳城东南，祭以太牢，由太宗亲制祭文，临奠尽哀，从臣亦多泣下。游击将军薛仁贵，随侍驾前，太宗回顾与语道："朕旧将统已衰老，正思得一骁勇士，付以阃外重权，今幸得卿，朕心甚慰。此次东征大功未成，还亏遇一骁将，才算是不虚此行呢。"俗小说中有《征东全传》，谓薛礼如何被厄，如何救驾，说得天花乱坠，谁知多是虚诬，故本编全不阑入。仁贵当然谢奖。俄由定州来了使人，说是奉太子所遣，报称在临榆关内，恭迎御驾。太宗乃亟率三千人，驰入临榆关，与太子会面，太子即进奉御袍，侍太宗更衣毕，谈了一回已往的事情，方随跸西行。原来太宗出征时，曾指身上褐袍，语太子道："俟回来见汝，再易此袍。"及既至辽左，过了夏、秋两季，袍已敝旧，太宗仍然不易。左右请改服新衣，太宗道："军士衣多破烂，朕独忍换新衣么？"这是笼络人心语。至是易衣至幽州，也即命州吏发出布帛，分赐将士，且将钱布散给高丽降民，欢呼声三日不绝。

薛仁贵（614—683），名礼，绛州龙门（今山西河津）人。善骑射。太宗时，应募从军，因功升右领军中郎将。后率军战胜铁勒于天山（今杭爱山），军中有"将军三箭定天山"之歌。乾封初，参与攻高丽，后留任右威卫大将军兼安东都护，封平阳郡公。咸亨元年（670年）对吐蕃作战，大败。后任右领军卫将军，代州都督等。永淳元年（682年），破突厥于云州（今山西大同）。

再西行至定州，太宗感冒风寒，免不得有些悴容，好几日不思饮食，身上亦乍寒乍热，觉得不爽，未几，又生了几个疮痈，痛苦异常。侍中刘洎，私语同僚道："上体患病，殊属可忧。"哪知此语出口，已有人密报太宗，且加添几句坏话，说得太宗忿怒起来，竟命将刘洎褫职，赐令自尽。先是太宗将东行，令洎兼左庶子，检校民部尚书，辅太子监国，并召谕道："朕今远征，尔佐太子，安危所寄，宜深体朕意。"洎仓猝答道："臣在此，愿陛下勿忧。就使大臣有罪，臣亦当执法加诛。"太宗听到此语，不觉变色，但因他生平忠实，不加驳斥，惟婉戒了几句。此次有人进谗，说他欲行伊霍故事，顿时触起前嫌，骤然赐死。足为言语不谨者戒。看官道是何人谮洎？相传是谏议大夫褚遂良。遂良与洎有宿嫌，因此把他谮死。中书令马周，进谏不从，平白地冤死了刘侍中。既而太宗病势少痊，还归京师，又杀刑部尚书张亮。亮颇好左道，交通巫觋，术家程公颖谓亮卧状若龙，后当大贵，亮颇信为真言。陕人常德发，上书告变，谓亮养假子五百，阴具反谋。太宗命马周案治，亮自言被诬，且历溯佐命旧功，应乞鉴原。马周依言复命，太宗道："亮养假子五百，意欲何为？无非为造反计呢。"乃再令百官复议。群臣阿附上意，多言亮有反意，应该伏诛，独将作少监李道裕，谓："亮叛迹未明，不应遽坐死罪。"太宗不从，竟令斩首。后来太宗亦颇自悔，擢道裕为刑部侍郎，且语左右道："日前李道裕曾议张亮一案，朕虽不从，至今自觉过甚，所以朕命为典刑，当不致误人入罪了。"

过了数月，已是贞观二十年仲夏，高丽王高藏，及莫离支盖苏文，遣使谢罪，并献上二美女。太宗笑道："他道朕是吴王夫差，乃欲以美女饵朕么？"遂却还贡献，复议遣将往讨。适值薛延陀一再入寇，乃将高丽事暂行搁起，先图北征。看官阅过前回，曾载着真珠可汗，奉表输诚，为什么此时入寇哩？原来太宗东征未归，真珠可汗因病亡故，他本令庶长子曳莽为突利失可汗，居东方统辖杂种，嫡子拔灼为肆叶护可汗，居西方统辖薛延陀，曳莽性躁，拔灼量窄，两人素不相容。及真珠既殁，曳莽奔丧，恐拔灼图己，先还所部。拔灼果疑他有异志，发兵追蹑，杀死曳莽，自立为颉利俱利薛沙多弥可汗。且闻太宗东征未归，竟乘虚来袭河南，为右领军大将军执失思力所破，败奔碛北，未几，又转寇夏州，太宗已经西归，遣江夏王道宗等，会集执失思力，调集西北数州兵士，出镇西陲。多弥可汗知中国有备，不敢轻进。执失思力会同夏州都督乔师望，出兵掩击多弥。多弥轻骑遁去，余众多为唐军所获，奏凯而归。

回纥诸部，闻多弥败还，也出兵攻薛延陀。多弥与战又败，国内骚然。偏多弥尚不肯改过，废弃旧臣，亲信私人，还想窥伺中国，屡遣游骑侦边。自速其死。太宗乃命江夏王道宗，及左卫大将军阿史那社尒，为瀚海安抚大使。又令右领军大将军执失思力，统领突厥兵，右骁卫大将军契苾何力，统领凉州及胡兵，代州都督薛万彻，营州都督张俭，各率所部兵，分道进击薛延陀。薛延陀部众，已是离心离德，闻唐军大举入境，惊慌的了不得，相率骇走道："天兵到了！"多弥见人心已散，料不可守，即引数千骑西奔，偏遇回纥兵到来，一些儿不肯容情，竟将多弥手下的骑卒，一古脑儿扫得精光。多弥还有何幸，眼见得是身首两分了。回纥酋长吐迷度，且乘势入据薛延陀。薛延陀尚有余众七万口，西走避难，嗣拥立真珠兄子咄摩支，为伊特勿失可汗，还收故土。一面遣使奉表唐廷，自去可汗名号，求居郁督军山北麓。太宗遣兵部尚书崔敦礼，西往招抚，偏是回纥诸部，恐咄摩支卷土重来，将为己患，也遣使至唐，只说咄摩支意怀叵测，将来必遗患碛北。太宗因复命李世勣统兵西行，相机行事，剿抚兼施，并敕李道宗、薛万彻等一并进军。世勣至郁督军山，檄谕薛延陀君臣，劝他速降。咄摩支恐不能容，南奔荒谷，世勣再遣通事舍人萧嗣业，招慰咄摩支。咄摩支乃自出乞降。偏部众首鼠两端，未肯投诚，当由世勣纵兵追击，前后斩五千余级，虏男女三万余人，并押送咄摩支至京师，候旨发落。太宗召见咄摩支，因他未尝入寇，拜为右武卫大将军，且拟亲幸灵州，招谕铁勒诸部。铁勒有十五部，已见前文。

是时江夏王道宗，已率兵逾碛北，遇薛延陀遗众拒战，奋力进击，斩首千余级，追奔二百里，乃与薛万彻传檄回纥诸部，令他归附唐廷。回纥等俱愿听命。及太宗启驾至泾阳，回纥、拔野古、同罗、仆骨、多滥葛、思结、阿跌、契苾、奚结、浑、斛薛等十一姓，各贡献方物。表文有云："薛延陀不事大国，暴虐无道，不能为奴等主，自取败亡，部落鸟散。奴等各有分地，不从薛延陀去，愿归命天子，乞赐哀怜，悉置官司，以便奴等有所禀承。"太宗览表大喜，即赐番使宴乐，分赉拜官，并遣右领军中郎将安永寿，偕各使同往，颁给各部长酋长玺书。至车驾已抵灵州，铁勒诸部使臣，陆续踵至，差不多有几千人，相继入谒，共白太宗道："愿得天至尊为奴等天可汗，子子孙孙，常为天至尊，奴等死无所恨。"太宗喜出望外，因作诗叙述盛事，有"雪耻酬百王，除凶传千古"二语，载入史乘。群臣复请勒石铭功，太宗自然照请，盘桓了好几天，方才回京。

既而回纥、仆骨、多滥葛、拔野古、同罗、思结、浑、斛薛、奚结、阿跌、契苾、白霫等酋长，俱入都来朝。太宗赐宴芳兰殿，命有司厚加给待，每五日一会。旋下诏改各部名称，以回纥部为瀚海府，仆骨为金微府，多滥葛为燕然府，拔野古为幽陵府，同罗为龟林府，思结为庐山府，浑为皋兰州，斛薛为高丽州，奚结为鸡鹿州，阿跌为鸡田州，契苾为榆溪州，思结别部为蹛林州，白霫为寘颜州，各归原有酋长管辖，赐给各酋长都督刺史名号，分赏金银缯帛及锦袍。各酋长大喜，欢呼万岁，舞蹈扬休。及各酋长辞行，太宗亲御天成殿，再赐宴饯，并令乐官递奏十部乐，作为侑觞，真个是华夷共乐，胡越同堂。宴毕，各酋长醉酒饱德，离座拜谢，且奏称："臣等既为唐民，往来天至尊处，如回纥以南，突厥以北，应开一大道，称为参天可汗道，途次置六十八驿，各有马及酒肉，以供过使，愿岁贡貂皮，充作此项用费，并请天朝派遣文人，使为各部表疏。"太宗一一允许，各酋长始欢跃而去，于是北荒悉平。

嗣复设立燕然都护府，统辖瀚海等六府、皋兰等七州，特遣扬州都督李素立为燕然都护。素立莅任，抚以恩信，各部落很表欢迎，共献牛马。素立一概却还，只受他薄酒一杯，夷人益加爱慕，遐迩归心。铁勒北部骨利干，也遣使入贡，还有西域结骨部酋，叫作失钵屈阿栈，也重驿来朝，且请太宗授给一官，诏命为坚昆都督。因结骨为古时坚昆国，所以令仍古名，这好算是唐朝全盛的时代，四夷君长，联翩到来，每当元旦朝贺，夷落常数百千人，入殿趋跄，嵩呼华祝。太宗喜语侍臣道：“汉武帝穷兵三十余年，所获无几，怎能似我朝用德绥怀，反得使异俗遐方，同归王化呢。”以德服人，尚恐有愧。侍臣等希旨承颜，乐得称颂功德，说了许多赞美词。那时太宗雄心复炽，又要往征高丽了。小子有诗叹道：

先王耀德不穷兵，何事文皇好战争？

纵使东隅甘听命，春秋朝贡亦虚名。

毕竟太宗曾否再征高丽，且至下回表明。

太宗一英武主，累战皆捷，独东征高丽，顿兵安市城下，岂强弩之末，不能穿鲁缟欤？毋乃所谓暮气已深，不复如前此之冒险进取欤？或谓由李世勣长孙无忌辈，一再劝阻，以致师劳无功；靡然退还；不知天子亲征，事权统一，欲进则进，何待踌躇？彼世勣无忌得以劝阻者，无非阴窥上意，乘隙进言耳。不然，世勣等往攻薛延陀，何以直度碛北，不少逗留，扫番众，降夷酋，收服铁勒诸部，不数月间，即荡平北荒，威行穷海乎？故亲征，美名也，而弊多利少，万乘之主，不堪一挫，诸将又皆怀顾忌，谁敢以乘舆作孤注？此亲征之所以少战功也。至插叙刘张被戮事，尤见太宗之喜怒失恒，已失主宰云。

第二十二回

使天竺调兵擒叛酋
征龟兹入穴虏名王

却说太宗因北荒听命，复欲东征高丽，廷臣会议军情，统说高丽依山为城，不易攻入，前时御驾亲征，高丽人民，不得耕种，势必乏食，今不若屡遣偏师，更迭侵扰，令他东奔西走，无暇农事。不出数年，满野萧条，人心自散，鸭绿江北，可不战自定了，太宗以为良策，乃命左武卫大将军牛进达为青邱道行军大总管，右武侯将军李海岸办副，率兵万人，乘着楼船，由莱州泛海入高丽，再遣太子詹事李世勣，为辽东道行军大总管，右武卫将军孙贰朗为副，率兵三千人，益以营州都督府兵，自新城道入高丽，两路水陆并进。世勣渡过辽河，至南苏城，高丽兵背城拒战，为世勣所破；纵火焚城郭，外郛被毁，内城由守兵扑救，尚得保全。世勣扑攻数日，不能得手，即率军退还。牛进达李海岸入高丽境，累战皆胜，攻克石城，再进至积利城下，高丽兵出城迎战，海岸麾军猛击，斩首至二千级，高丽兵退回城中，合力死守。牛进达料难速下，也航海回来。两军依次复旨。太宗拟发第二次东征令，先敕宋州刺史王波利等，募江南十二州工人，造大船数百艘，预作战备。越年为贞观二十二年，新罗女王金善德逝世，妹真德嗣，太宗遣使册封真德，复令右武卫将军薛万彻，及右卫将军裴行方，率兵三万余人，驾了楼船战舰，再自莱州入击高丽。

东师方发，又拟向西用兵。西域有龟兹国，距唐都约七千里，当高祖受禅时，国王苏代勃驶，曾遣使入朝，及贞观四年，苏代勃驶子苏代叠，复进贡名马，后来称臣西突厥，不修朝贡。苏代叠死，弟诃黎失布毕立，因闻西突厥归命唐廷，也不敢不修朝贡礼。补前此所未详。偏太宗恨他多年失仪，斥还来使，欲命大将往讨，廷臣不敢进谏，当时却有一位巾帼贤媛，宫闱才女，独系念民瘼，忧心国是，草就了一篇奏疏，呈入太宗。足丑须眉。略云：

臣妾徐惠上言，妾闻以力服人，不如以德服人。盖以德服人者，逸而顺，以力服人者，劳且逆也。今陛下既东征高丽，复欲西讨龟兹，捐有尽之农功，填无穷之巨浪，图未获之他众，丧已成之我军，妾窃疑之。昔秦皇并吞六国，反速危亡之基，晋武奄有三方，反成覆败之业，岂非矜功恃大，弃德轻邦，图利忘危，肆情纵欲之所致乎？是故地广者，非常安之术也，人劳者，乃易乱之源也。妾充役后宫，何敢与闻外政？但心所谓危，不敢不告，宁贻越俎之诛，勿蹈噬脐之悔。伏愿陛下俯察迩言，息事宁人，以安天下，则不胜幸甚！

这疏上后，太宗览毕，不禁赞叹道："徐充容有此奏牍，朕不得不暂事弭兵了。"原来徐惠入宫后，始为才人，再迁充容，小子前曾略述徐氏履历，想看官应尚记着。太宗颇爱她才艺，所以闻言见从，暂将西征事搁起。嗣接薛万彻军报，渡过鸭绿水，击破高丽戍兵，得斩敌目数人，太宗亦飞诏召还，咸令休息。既而又遣右卫长史王玄策，出使天竺，天竺即今印度国，在葱岭南，分东西南北中五大区，向尚佛教。唐初中天竺王尸罗逸多，具有武略，转战无前，象不弛鞍，士不释甲，因得征服四天竺，至贞观年间，唐僧玄奘，本姓陈，偃师人。往天竺求佛经，得见尸罗逸多，尸罗逸多与语道："汝国有圣人出世，尝作秦王破阵乐，汝能为我说明圣迹否？"玄奘乃略述太宗神武，平定祸乱，宾服四夷的情状，尸罗逸多惊喜道："据汝说来，我当东面朝见汝王。"遂优待玄奘，任令游历。玄奘得采集经论六百五十余部，赍还中国。尸罗逸多特派使人，偕玄奘东来，入谒太宗，表文上自称摩迦陀王。中天竺有摩伽陀城，亦作摩揭它。太宗览表，文字多不可解，诘问来使，语言又未易晓。幸亏玄奘同时入见，颇能翻译番语，得达天聪。太宗因命云骑梁怀儆，持节往抚。尸罗逸多召问国人道："从古到今，曾有摩诃震旦使人，得来我国否？"国人皆答言无有。尸罗逸多道："中国就是摩诃震旦。今有使到此，理应出

玄奘（602—664），通称"三藏法师"，俗称"唐僧"。本姓陈，名祎，洛州缑氏（今河南偃师缑氏镇）人，唐佛教学者、旅行家，唯识宗创始人之一。西行五万里到达印度，前后17年参学大小乘各家学说。贞观十九年（645年）回国，带回657部佛经。与鸠摩罗什、真谛并称佛教三大翻译家，并撰写有《大唐西域记》十二卷。

迎。”乃出郊恭迓唐使，膜拜受诏，戴诸顶上。复遣使随怀儆入朝，献入火珠郁金菩提树等物。太宗亦厚赏来使，遣令西归。且命玄奘翻译佛经，玄奘有徒数十人，日夕同译，成七十五部，得千三百三十八卷。后人作《西游记》，即借玄奘事，以作寓言，看官幸勿为所迷。到了贞观二十二年，尸罗逸多已是去世，国内大乱，遗臣阿罗那顺，自立为主。唐廷未曾闻知，但因天竺不通闻问，已是数年，乃遣王玄策西行，蒋师仁为副。甫入天竺境内，那阿罗那顺，竟发兵来击唐使。玄策从骑，不过数十名，怎能抵挡得住？还算从骑奋力接仗，才令玄策、师仁两人，得脱身走吐蕃。从骑尽行战死，片甲不留。吐蕃赞普弄赞，已与唐室和亲。事见前文。闻唐使为天竺所逐，遂遣兵千人出援。玄策又檄召邻部，共讨天竺。泥婆罗国，亦发兵七千骑来会，当由玄策及师仁，部勒成行，兼程南下，直抵茶镈和罗城，猛攻三月，血薄上登。守兵开城溃散，被玄策等督众追击，杀死了三千人，还有一大半溺死江中。玄策等乘胜入中天竺，阿罗那顺弃国东奔，向东天竺乞援，再收集散卒，来攻玄策。玄策令师仁为先锋，自为后应，与阿罗那顺对垒争锋。阿罗那顺不知兵法，一味蛮斗，师仁遂用了一条埋伏计，诱他入伏，伏军齐发，把阿罗那顺团团围住。阿罗那顺上天无路，入地无门，只好束手受缚。余众除被杀外，多半乞降，阿罗那顺妻子，寓居乾陀卫，尚拥着部众万人，阻险自守。师仁率众进攻，守兵又复大溃，撇下阿罗那顺的妻孥，均被师仁拘系而来。于是远近城邑，望风输款，共得五百八十余所。东天竺王尸鸠摩，也惶恐得很，忙送牛马三万头犒师，此外尚有弓刀缨络等物。玄策、师仁，方才回军，执送阿罗那顺等，献俘阙下。太宗大喜，授玄策朝散大夫，召入阿罗那顺，责他拒绝天使，罪应加诛。因思推广皇恩，特开法网，待以不死。

惟阿罗那顺身旁，却有一人随着，庞眉皓首，鹤发童颜，居然有三分道骨。太宗问他名字，他跪伏阶下，自言叫作那逻迩娑婆寐，年已二百余岁。太宗不觉惊异，便问道：“尔有什么法术，得长寿至此？”那逻迩娑婆寐道：“奴素奉道教，得教祖老子真传，炼丹服饵，所以长生。”恐是说谎。太宗闻得老子二字，益加礼遇，竟令他改居宾馆，治丹内奉。先是高祖开国，曾有晋州人吉善行，上言在羊角山见白衣老父，嘱令转达唐天子，勿忘祖宗。高祖疑老父为老子，因命在羊角山立老子庙，尊老子为远祖，春秋致祭。老子虽亦姓李，恐怕同姓不宗，硬行拉入。此次太宗有所感触，因为番奴所迷，也想服些长生不老丹，可以永久在世。况且太宗晚年，益好声色，常自恨精神不济，未能遍御嫔嫱，可巧碰着这个方士，真是意外天缘，不期而遇。俗语说得好：“做了皇帝想登仙。”古时秦皇、汉武，都想活过千年，做个彭祖第二，所以朝进方士，暮采仙药，闹得一塌糊涂，终究是没有效验，反致速毙。太宗是个聪明绝顶的君主，不料也着了这种魔障。嗣是日服丹铅，居然精神陡长，一夕能御数女，忽幸翠微宫，忽如玉华宫，托名休养，暗地荒淫。

只是不如意事，杂沓而来，巢剌王妃，及隋炀帝后萧氏，次第丧亡。这两人是太宗的老姘头，巢剌王妃，生下一子名明，太宗本欲立为继后，因为魏徵所谏，谓不宜以辰嬴晋文公夫人。自累，方才中止。旋封明为曹王，令出继元吉，又把庶子福出继建成。至巢剌王妃一死，免不得悲从中来，接连是萧后病逝，又增一番感悼，诏令仍复后号，给谥曰愍，使三品护葬江都。总算践信，但恐萧后无颜见隋炀帝。悼亡未终，天象告变，太白星屡次昼现，由太史占验，谓女主当昌。民间又传秘记云："唐三世后，女主武王，代有天下。"这数语传到太宗耳中，很是怫意。默想武卫将军李君羡，小字五娘，君羡是个男子，如何自取女名？且他是个武安人，又封武连县公，处处带着武字，莫非应在此人身上。遂调他出外，任为华州刺史，寻由御史劾他谋为不轨，遂下了一道诏谕，把他活活处死。御史劾奏，恐也是隐受上意，以便借口加刑。太宗意尚未释，又密问太史李淳风道："秘记所言，是真是假？"淳风答道："臣仰观天象，俯察历数，这人已在宫中，自今日始，不出三十年，当王天下。陛下子孙，恐不免为她所害了。"太宗大惊道："果有此事，朕当遍查宫中，无论是与不是，但教有迹可疑，一律杀死，庶不致留后患了。"淳风道："天数已定，人不能违，古人有言，王者不死，徒然多杀，反增戾气。且此后历三十年，是人已老，或者存些慈心，为祸尚浅，今日无论如何不能杀她，就使将她杀死，天复生一强壮的人物，益肆怨毒，那时陛下子孙，真要没有遗种了。"太宗嗟叹数声，方把此事搁起。其实娇娇滴滴的武媚娘，日夕侍侧，难道不晓得她是姓武，反一些儿没有嫌疑么？这是太宗为色所迷，明知故犯，就使教他下手，他也是不忍割舍的了。

话休叙烦，且说太宗平了天竺，又想东伐高丽，今日造战舰，明日备兵粮，拟发三十万大兵，一举荡平。计划未定，驾幸玉华宫，留房玄龄守居京师。玄龄年已七十一，衰迈多病，太宗令他卧治。既而患疾益甚，由太宗召赴玉华宫。许肩舆入殿，相对流涕。随命留住宫中，使尚医临候，尚食供膳。且命他妻妾子妇，随时入侍。玄龄语诸子道："我受皇上厚恩，无可为报，今天下无事，惟东征不已，群臣无一敢谏，我若知而不言，是死有余责了。"乃口占表文，令诸子缮写进呈，文云：

臣闻老氏有言："知足不辱，知止不殆。"想是太宗推重老子，故特采用此语。**今陛下威名功烈，既云足矣，拓地开疆，亦可止矣。边夷丑种，不足待以仁义。责以重礼，古者以禽鱼畜之，必绝其类，恐兽穷则攫，鸟穷则啄，甚非计也。且陛下每决一重囚，必令三复五奏，进蔬食，停音乐者，以人命之重为感动也，今士无一罪，驱之行阵之间，委之锋镝之下，使肝脑涂地，独**

不足愍乎？向使高丽违失臣节，诛之可也；侵扰百姓，灭之可也；他日能为中国患，除之可也。今无是三者，而坐敝中国，徒欲为旧王雪耻，为新罗报仇，非所存者小，所损者大乎？臣愿下沛然之诏，许高丽自新，焚凌波之船，罢应募之众，自然华夷庆赖，远肃迩安。臣旦夕入地，傥蒙录此哀鸣，死且不朽矣！谨表。

太宗览表，未免感叹。玄龄次子遗爱，尚帝女高阳公主，太宗第十八女。会值公主入省，太宗顾语道："尔翁病势如此，尚能忧我国家，可谓忠悃过人了。"即亲自临视，握手与诀，悲不自胜。且诏太子就省，擢玄龄子遗爱为右卫中郎将，遗则为朝议大夫，令得及身亲见。越宿，玄龄去世，追赠太尉，予谥文昭，陪葬昭陵。惟玄龄虽有遗言，终未能挽回主意。东征事不肯罢撤，又遣番将阿史那社尒，为昆邱道行军大总管，契苾何力为副，带同安西都护郭孝恪，司农卿杨弘礼，左武卫将军李海岸，发铁勒十三部番兵，共得十万人，西讨龟兹。社尒引兵出焉耆，进趋龟兹北境。焉耆国王阿那支，本与龟兹联盟，闻唐军入境，仓皇失措，竟弃城走龟兹。社尒分五路兜剿，逼得阿那支无路可奔，终被唐军擒住，斩首示威。龟兹大恐，各城酋长，先后遁去，唐军长驱直进，如入无人之境。行次碛石，距龟兹王城三百里，社尒遣伊州刺史韩威先行，右骑卫将军曹继叔继进，各率兵数千骑，进抵多褐，龟兹王诃黎布失毕，带着大将羯猎颠，有众五万，前来迎战。威手下不过千骑，恐众寡不敌，便用一条诱敌计，未战即走。布失毕藐视唐军，麾众急进，追赶数里，听见连珠炮响，杀出一支人马，当路截住。看官不必细问，便可知是唐将曹继叔，布失毕见有援军，才知中了诱敌计，起初看唐军甚少，放胆进军，及遇着继叔一军，又疑他有许多埋伏，急欲退避，轻躁者往往如此。当下策马返奔，部众随溃。唐将韩、曹两人，合军追击，竟达八十余里，杀获无算。布失毕败回城中，唐军即踵至城下，大总管阿史那社尒，又率众继至，吓得布失毕魂胆飞扬，左思右想，无可为计，只得带了国相那利，大将羯猎颠，突出西门，走保拨换城，社尒留郭孝恪居守，自率大军追蹑布失毕，到了拨换城下，督兵围攻。那利、羯猎颠，屡次出城突围，均被唐军击退。

一日，那利夜出，来袭唐营，社尒还算有备，麾军杀出，那利慌忙退去，乘着月黑无光，竟向西奔去，不复回城。城中失去那利，势益孤危，社尒乘势攻入，布失毕与羯猎颠，不及逃奔，同被擒住。军中方庆贺大捷，喜气重重，不料来了郭孝恪急报。说是那利引着西突厥兵，及余众万人，前来攻城，危急万分，恳速济师。社尒即派韩威、曹继叔两军，还救孝恪。及韩、曹两军到了都城，城已被陷，郭孝恪阵亡，只有仓部郎中崔义起，还率领守兵，在城内巷战，韩威先驱杀入，曹继叔亦随着进击，两军似虎似龙，把番兵扫了一阵。那利见不是路，出城逃走。曹继叔眼明手快，忙指挥军士，紧紧的追着那利。那利没命的乱跑，所有手下残众，被唐军随路乱斫，已经十亡七八，他也无暇顾及，专向大山深谷中，跑将进去。继叔大呼道："番贼休走，你道是计策高妙，绕道袭我守军，偏偏碰着我曹将军手里，随你上天落地，我总要擒了你去。"那利计策，借口叙过，以省笔墨。说至此，从弓袋中取出弓箭，射将过去，飕的一声，正中那利后项。那利痛不可忍，跌了一个倒栽葱。部众逃命要紧，也不敢往救，唐军抢前数步，手到擒来。继叔得胜回城，社尒也即还军，招降远近小城七百余。西突厥、安西等国，望风震慑，输饷犒军。社尒立布失毕弟叶护为龟兹王，勒石纪功而还。

太宗受俘紫宸殿，由社尒献入布失毕及那利、羯猎巅，三人匍匐谢罪。有诏特赦，改馆鸿胪寺，拜布失毕为左武卫中郎将。布失毕等谢恩而出。太宗顾语侍臣道："龟兹已平，只突厥残酋车鼻，屡征不至，还须遣将往讨方好哩。"群臣道："现在已值暮冬，北方天寒，不便行军，且俟来春出兵未迟。"太宗允诺。转眼间已是贞观二十三年，东风解冻，春光荧荧，太宗乃遣右骁卫郎将高侃，征发回纥、仆骨各部番众，往讨突厥车鼻可汗去了。正是：

雄主喜功专黩武，大廷颁诏屡征兵。

欲知车鼻可汗，是何等支派，得罪唐朝，且至下回续叙。

徐惠，贤妃也，房玄龄，贤相也，内外交谏，不能抑太宗之雄心，甚矣哉，太宗之好大喜功也。即如王玄策之使天竺，阿史那社介之伐龟兹，亦属可已而不已之举，然玄策为天竺所拒，走入吐蕃，能用以夷制夷之妙算，破名城，絷叛酋，耀武西南，献俘阙下，而不闻劳一唐兵，调一唐将，玄策诚人杰矣哉！然尚未得破格擢用，仅授一朝散大夫而止，顾于阿史那社介，及契苾何力诸蕃将，独任以专阃，授钺西征，虽得擒渠获丑，平定西域，而安西都护郭孝恪，竟因是战死，外此将士之毙命沙场者，当尚不可胜数，一将功成万骨枯，我为西征军叹矣！本回叙入两疏，前后相映，所以刺太宗也。因天竺方士之得宠，又销纳宫闱中一段文字，不特加刺，且并加嫉。文法之中，书法寓焉。岂特随事补叙，不少渗漏已哉。

第二十三回

出娇娃英主升遐
逞奸情帝女谋变

却说突厥车鼻可汗，原名斛勒，本与突厥同族，世为小可汗。颉利败后，突厥余众，欲奉他为大可汗，适因薛延陀盛强，车鼻不敢称尊，率众投薛延陀。薛延陀以车鼻本出贵种，且有勇略，为众所附，将来恐为己患，不如先行下手，杀死了他，免留遗祸，不意为车鼻所侦悉，潜行逃去。薛延陀发兵追捕，反为车鼻所败，奔回国中。车鼻乃就金山北麓，建牙设帐，自称乙注车鼻可汗，招兵养马，得三万骑，常出掠薛延陀境内。薛延陀被唐破灭，车鼻声势益张，遣子沙钵罗特勒，入贡唐廷，太宗遣还沙钵罗，令将军郭广敬北往，征车鼻入朝。车鼻颇加礼待，与广敬约期入觐。待广敬还朝复命，车鼻竟愆期不至。太宗又贻书诘问，他仍置诸不理。于是特遣高侃为行军总管，调集铁勒各部番兵，往击车鼻可汗，侃陛辞而去。

太宗退朝入内，忽觉身体未适，似乎头晕目眩，有些支持不住，无非色欲过度。便即卧到龙床，休养精神。哪知到了晚间愈加不安，连忙呼入御医，拟方进药。一时不见效验，至次日不能起床，只好传出诏旨，命皇太子听政金液门。太子听政已毕，免不得入内请安。可巧这位武媚娘，侍立榻旁，见太子进来，便轻移玉步，向太子行礼。太子留神一瞧，见她眉含秋水，脸若朝霞，宝髻高蟠，光可鉴影，瓠齿微露，笑足倾城，身材儿非常袅娜，模样儿很觉轻柔，口中但呼出“殿下”二字，已是催魂的氤氲使，险些儿把太子魂灵，勾引了去。及媚娘礼毕回身，方勉强按定心神，暗地里自忖道：“我前时曾见她数次，尚没有这般丰采，现今越出落得妖艳了。我父皇年过半百，尚陪着这等尤物，怪不得要害起病来。”一面想，一面走，到了太宗榻前，方低声问疾。太宗道：“我为服天竺方士丹药，自幸康健如恒，偏是后来没效，方士亦去，渐渐筋力衰颓，看来是不能久存了。”借太宗口中，了过天竺方士。说至此，未免带着三分凄楚，太子道：“陛下稍稍违和，但教服药数剂，自可复原，何必过虑？”太宗道：“我自弱冠典兵，大小经过数百战，才造成这个基业，目今四海承平，群夷詟服，我的志愿，也已满足了，死亦何恨。只可惜一班佐命功臣，多半丧亡，就是活着的，也老朽无用，现在只有一李世勣了，我却为你担忧呢。”太子道：“世勣忠诚有余，可惜年亦老了。”太宗道：“世勣虽老，尚称强健，但此人材智，与众不同，我向来另眼相待，当不负我。汝与他无恩，恐未必为汝所用呢。”太子默然不答。太宗说了数语，太子即退，甫出寝行，又与那武媚娘打一个照面，冤家合当有孽。自此日起，太子心目中，时时记着这武媚娘，命耶，数耶。可巧太宗一病两月，太子借省视为名，按日入侍，时常与媚娘相晤，媚娘也知情识趣，仗着两道柳眉，一双凤目，去勾挑那东宫殿下，害得太子心神忐忑，支撑不住。本来是彼此有情，早好上手，只因太宗平日，很是精细，虽然有病在身，并不是甚么糊涂，太子素来优柔，媚娘也属虚怯，所以巫山咫尺，尚隔层云。后来太宗病体，过一天，好一天，越发不敢妄为，只好暂行歇手，留待将来。故作一飏。

太宗既幸病愈，又往那翠微宫，玩赏数日，明知病后不宜近色，但有时牵住情魔，又未免略略染指。古人说得好：“蛾眉是伐性的斧头。”多病衰躯，不堪再伐，因此车驾自往翠微宫后，复有些神枯骨瘆的样子。太宗自知不妙，遂将太子詹事李世勣，出调为叠州都督，毕竟世勣老成练达，智烛几先，一经受诏，便即拜辞，也不及回家，竟草草带着行装，出都西去。当时盈廷人士，都道太宗优待世勣，世勣有病，太宗尝剪发和药，世勣宴醉，太宗亲解衣覆身，种种恩遇，远出人上，所以世勣受诏即行。哪知世勣是窥破上意，料得此次外调，寓有深意，故立刻就到，不少逗留，果然世勣去后，太宗召语太子道：“我今外黜世勣，就是为你打算。他若徘徊观望，我当责他违诏，置他死刑。他今受诏即行，忠荩可嘉，我死后，汝可召用为仆射，必能为汝尽力，汝休忘怀！”全是权诈待人。不知反堕世勣智料，后来世勣贻误高宗，究有何益。太子唯唯遵教。

不意一李外调，还有一李竟要谢世，看官道是何人？便是卫国公李靖。靖自征服吐谷浑后，因被高甑生、唐奉仪诬讦，自恐功高遭忌，遂杜门谢客，不问国事。应第十六回。太宗优给俸禄，进授开府仪同三司，靖妻殁时，诏令坟制如汉卫、霍故事，筑阙像铁山、积石山，旌表靖功。想就是红拂妓，生荣死哀，不枉生平慧眼。及太宗东征，召靖入议，意欲用为统帅，因见他老态龙钟，是以改任世勣，至是靖年已七十九岁，遇病甚剧，由太宗亲往临视，流涕与语道：“卿系朕生平故人，为国宣劳，朕尝不忘。今病势如此，为之奈何？”靖答道：“老臣衰朽无状，生亦何为？不过有负圣恩，尚觉抱愧，但愿圣躬善自保重，安国定家方好哩。”太宗点首而出。还宫未几，即有遗表上陈，报称病逝。太宗震悼辍朝，追赠司徒，予谥景武。

自靖殁后，太宗仍到翠微宫，忽然间患着痢疾，腹痛如绞，欲泻未泻，困苦异常。这番病势，很是危重，不比当日的内弱症，还可用着参苓，调养元气，补救目前。太子治入宫侍疾，昼夜不离，还有那久承主宠的武媚娘，也随侍行宫，捧茶递药，日夕在侧。两人眉来眼去，调笑得非常亲热。这日应该有事，太宗困惫得很，竟昏昏的睡去了，榻前只剩太子及媚娘两人，灯花剔焰，你我相看，媚娘见太子头上，竟有白发数茎，不禁蹙然道："殿下年方逾冠，为何发即变白呢？"太子惊诧道："果有白发么？敢是老了不成？"媚娘微笑道："想是日夕过劳，因致如此。殿下可谓孝思维则了。"太子道："也并非全然为此，汝可知我意否？"媚娘瞅了一眼，正要回答，见有侍女等进来，便掉头顾侍女道："圣上酣卧，你等不要声张，我去去就来。"说着竟抽动腰肢，向外出去。太子趁这机会，也溜出寝门，潜蹑媚娘，竟到她卧室中。媚娘故意含嗔道："殿下如何轻亵贵体，随妾至此？"太子道："为卿故，发几白了，卿也应怜我呢。"史称太子侍疾，发几变白，谁知却是为此。媚娘至此，乐得乘风使舵，博个后半生的快活，一任太子闭户调情，展衾行乐。小子曾阅隋史，览到炀帝烝宣华夫人事，尝说他不顾名分，太要风流，谁知隋亡唐兴，只传了两代皇帝，便即依样描摹，演出这段情场秽史呢。谐而不亵。

话休叙烦，单说太子与媚娘，已结了云雨缘，当然是海誓山盟，非常恩爱，绸缪了两三日，见太宗已是垂危，媚娘暗觉心欢。独指媚娘，是史家书法。一日，与太子同侍太宗，忽由太宗顾语媚娘道："朕自患痢以来，医药无效，反且加重，看来是将不起了。你侍朕有年，朕却不忍撇你，你试自思，朕死后，你该如何自处？"媚娘到底心灵，便跪下道："妾蒙圣上隆恩，本该一死报德，但圣躬未必不痊，妾亦不敢遽死，情愿削发披缁，长斋拜佛，为圣上拜祝长生，聊报恩宠。"太宗道："好！好！你既有此意，今日即可出宫，省得朕为你劳心了。"媚娘拜谢而去，自去料理行装，独太子在旁瞧着，好似天空中起一霹雳，出人意外，正在没法摆布，但听太宗自言自语道："武氏应着图谶，我欲将她赐死，实是不忍。好在她自愿为尼，天下没有尼姑做皇帝，我死也得安心了。"谁知偏不如所料。说着，复顾太子道："你出去宣旨传召长孙无忌、褚遂良进来。"太子闻言，三脚两步的跑了出去，即令宫监往召无忌、遂良，自己忙至媚娘卧室，见媚娘正在检点什物，忙个不了，便对她呜咽道："卿竟甘心撇我么？"媚娘道："主命难违，只好去了。"说到"了"字，已泪下如雨，语不成声。太子亦含泪道："你如何自愿为尼？"媚娘道："不照这般说，恐妾身要死别了。"太子暗暗点头。媚娘又接着道："殿下果肯念妾，妾愿留身以待，所以甘作比丘。但恐殿下登基后，嫔嫱妃妾，美不胜收，未必再顾及妾了。"说至此，又扑簌簌的流下泪来。太子用手指天日道："我若负卿，有如白日。"媚娘忙用言截住道："殿下厚情，妾已领略了。但求一物为表记。”太子即从腰间解下一个九龙玉佩，递与媚娘。媚娘方在接受，忽有宫女趋入道：“万岁爷传宣殿下，请殿下快去应旨！”太子听了，也不暇与媚娘诀别，但说了“后会有期，务宜保重”二语，便急趋往御寝，甫至寝门，闻里面咭咭哝哝，料是长孙无忌、褚遂良两人，与太宗谈话，隐隐有太宗声音道：“太子仁孝，愿卿等善为辅导。勿负朕言！”父之所爱亦爱之，应该称为仁孝。接着是两人同声遵旨。他即匆匆趋入，与两人行过了礼，站立一旁。但见太宗顾语道：“无忌、遂良二卿，可以辅汝，汝不必忧。”又语遂良道：“无忌为朕尽忠，朕有天下，多出彼力，朕死后，勿令谗人从中媒孽，至害良臣。”语下为之黯然。随又传入宫监道：“武才人已出去么，你去传旨，叫她急速出宫，不必再来见朕。”宫监领旨自去。太宗又觉腹痛，呼号一会，眼中模模糊糊，仿佛有建成、元吉等，前来索命，不禁叫了“啊哟”两字，竟晕厥过去，好容易叫他苏醒，遂令遂良草写遗诏，一面传入妃嫔等人，及太子妃王氏，同至榻前送终。遂良草就遗诏，呈上太宗过目。太宗略略一瞧，便交给无忌，并握太子手，且指太子妃，顾语无忌、遂良道：“今佳儿佳妇，悉以付卿。”再欲续说，已是痰喘交缠，不复成语，少顷即撒手而逝，魂归地府去了。一代英雄，而今安在。享寿五十有三岁。

大众统欲举哀，无忌摇手道：“且慢且慢！”太子问为何事？无忌道：“这是行宫所在，不便治丧，请殿下速即还朝，召集百官奉迎先帝，方保无虞。”遂良也是赞成。太子乃出翠微宫，由卫士拥还大内。无忌、遂良，把太宗遗骸，驾舆继返，当由太子率百官迎入，然后发丧，宣示遗诏，罢辽东兵备，与土木诸役，夷人入仕唐廷，及来京朝贡诸使臣，约数百人，俱闻丧恸哭，剪发剺面，二十三年的太宗皇帝，好算是秦汉以后，一个威德兼施的英主了。太子治即皇帝位，大赦天下，赐文武官各转一阶。史家因他后来庙号，叫作高宗，所以称为高宗皇帝。高宗进长孙无忌为太尉，召李世勣入京，为开府仪同三司。未几，即加授左仆射，晋封司空，谨从太宗遗命，太宗名叫世民，崩后两字俱讳。世勣遂将世字除去，单名为勣。交代清楚。太宗于贞观二十三年五月驾崩，八月安葬昭陵。番将阿史那社尒、契苾何力，因受太宗恩遇，自请殉葬，高宗不许。这且甚是。惟蛮夷君长，历被先朝擒服，自颉利以下，共十四人，俱琢石为像，陪列陵旁。

越年改元永徽，立妃王氏为皇后。后系并州祁县人，便是同安长公主的侄孙女。同安长公主，即高祖妹，见第六回。长公主因王女婉淑，入白太宗，太宗乃聘为子妇。父名仁祐，因女致贵，受职陈州刺史。高宗即位，王氏当然为皇后。仁祐得晋封魏国公，母柳氏为魏国夫人。叙述特详，为后文废后伏案。坤闱正位，乾德当阳，加封褚遂良为河南郡公，令与长孙无忌左右辅政。进礼部尚书于志宁为侍中，太子少詹事张行成兼侍中，右庶子高季辅兼中书令。且每日引刺史十人入阁，问明百姓疾苦，商议兴革事宜，所以永徽初政，民俗阜安，颇有贞观遗风，到了秋季，又接右骁卫郎将高侃捷书，擒住突厥车鼻可汗，回应前文。盈廷庆贺。原来高偘受命出征，到了阿息山，车鼻可汗征召各部兵士，抵敌唐师，偏各部兵无一到来。车鼻孤掌难鸣，只好带了数百骑，仓皇遁去。高偘麾兵深入，至金山追及车鼻，车鼻从骑，大都骇散，单剩车鼻一人，由唐军活捉回来，当下奏凯还朝，献俘庙社及昭陵。高宗也想效法乃父，谢车鼻罪，拜为左武卫将军，且命突厥遗众，仍处郁督山下，特设狼山都督府，统辖蕃部，即命偘为卫将军，置单于、瀚海二都护府。单于设三都督，分领十四州，瀚海设七都督，分领八州，各以原有部酋为都督刺史。于是东突厥诸部，尽为内臣。

惟西突厥已降复叛，又要劳动兵戈，先是西突厥乙毗射匮可汗，遣使请婚，事不果成。见第十九回。射匮亦无可奈何，仍然照常通使，唐廷也不复过问。既而叶护突厥官名。阿史那贺鲁，与射匮有嫌，率部归唐。太宗封为左卫将军，令居庭州莫贺城。嗣又设瑶池都督府，即以贺鲁为都督。贺鲁招集散亡，庐帐渐盛。至太宗驾崩，他竟阴蓄异图，欲袭取四庭二州。庭州刺史骆弘义，侦悉秘谋，急忙奏闻。高宗遣通事舍人乔宝明驰往慰抚，贺鲁因即变计，礼待宝明。俟宝明别归，竟袭击射匮可汗。射匮未曾预备，仓猝走死。贺鲁遂建牙千泉，自号沙钵罗可汗，并有射匮属部，且与前可汗乙毗咄陆连兵，势益强盛。西突厥别部数月处密，及西域诸国，亦多归附。贺鲁竟仗着兵力，进寇庭州，攻陷金岭城及蒲类县，杀掠数千人，高宗闻警，乃遣左武侯大将军梁建方，右骁卫大将军契苾何力，为弓月道行军总管，右骁卫将军高德逸，右武侯将军萨孤吴仁为副，发秦、成、岐、雍府兵三万人，及回纥兵五万骑，共讨贺鲁。兵至牢山，见前面有番兵扎住，总道是由贺鲁遣来，嗣由侦骑探悉，乃是处月部酋朱邪孤注。建方、何力等，本拟慰抚处月等部，令贺鲁势孤易下，偏朱邪孤注先来出头，遂与他连战数次，孤注不能抵敌，夤夜遁走。建方亟令高德逸轻骑穷追，直达五百余里，方将孤注生擒了来，当由建方审问得实，立命斩首。正要乘胜进攻，忽由唐廷颁到诏旨，令建方等速即还朝，建方不敢逆命，只好班师。

看官道是何因？原来房玄龄次子遗爱，及妻室高阳公主，谋叛朝廷，竟闯出一场逆案来。遗爱及高阳公主，已见前回。高阳公主素为太宗所钟爱，自遗爱尚主后，亦得随邀宠眷，与他婿不同。无如儿女常态，往往恃宠成骄，积骄生悍，渐渐的纵欲败度，做出那不法的事情。玄龄嫡子遗直，早拜银青光禄大夫。遗直以遗爱尚主，愿将官职让与遗爱，太宗不许。玄龄殁后，公主唆使遗爱，与遗直分居，且反至太宗前谮诉遗直。遗直自去诉辩，太宗不直公主，竟召他入宫，痛骂一番，公主乃怏怏不乐。既而遗爱偕公主出猎，入憩佛庐，僧人辩机，貌颇伟晰，尤善逢迎，请公主在庐留宿。公主竟舍身布施，与辩机结成欢喜缘，这是唐朝家法，不足为怪，但遗爱同往出游，何故甘带绿头巾？另购二女陪侍遗爱，遗爱得了二妾，左抱右拥，其乐陶陶，还管什么公主？舍一得二，原是便宜。公主乐得与辩机肆淫，出入无忌，公然与夫妇一般，且赐辩机金宝神枕。辩机神昏颠倒，不知珍藏，竟被窃去，后来窃贼破案，搜出金宝神枕。当由问官讯鞫窃贼，供称向辩机处窃来。及传问辩机，辩机无从抵赖，实言为公主所赐。这事由御史纠劾，太宗自觉怀惭，也不欲问明案情，竟令将辩机处死，并密召公主身旁的奴婢，责之导主为非，杀毙了十余人。奴婢何辜，曷不自诛其女？公主不自知罪，反怨太宗多管闲帐，拆散露水鸳鸯。及太宗崩逝，虽然临丧送葬，毫无戚容，且从此益无忌惮，日夕图欢，浮屠智勖惠弘，方士李晃，均借谈仙说鬼为名，出入主第，还有高医托词诊脉，也得亲近芗泽，作了公主的面首，秽德彰闻，宫廷俱晓。也是一不做，二不休的意思。她恐事发受祸，暗嘱掖庭令陈元运侦察宫省机祥，伺机谋变，一面劝遗爱联结薛万彻、柴令武等人，拟奉荆王元景为帝，废去高宗。万彻曾尚高祖女丹阳公主，高祖第十五女。令武即柴绍子，也尚太宗女巴陵公主。太宗第七女。两人都拜驸马都尉，因与高宗不甚相协，所以愿与遗爱同谋。荆王元景，是高祖第七子，闻有帝位可居，也就随声附和。只遗直自恐受累，暗中通报无忌，无忌密报高宗，高宗即命无忌审查此案。高阳公主闻这消息，忙遣人诬告遗直，说他有谋反情事，待至无忌彻底查清，水落石出，遗直未尝谋反，遗爱及公主与薛万彻、柴令武等，实有异图，于是密谋已泄，大狱遽兴，好几个要伏法受诛了。小子有诗叹道：

堂堂帝女竟无良，敢肆猖狂欲覆唐，

他日太平安乐事，祸阶都启自高阳。太平公主，安乐公主事，均见后文。

毕竟几人受诛，且看下回续表。

太子可以烝父妾，公主亦何不可私僧人？故祖宗贻谋，一或不善，子孙必尤而效之，且加甚焉。本回依史演述，事非虚诬，惟叙太子犯奸事，则以武媚娘为主体，媚娘不先勾引，则太子亦何敢下手？士之耽兮，犹可说也，女之耽兮，不可说也。叙公主犯奸事，则以房遗爱为主体，遗爱若善防闲，则公主亦何敢肆淫？纵妻犯奸，罪及乃夫，古今律意，有同然也。著书人推原祸始，于武媚娘、房遗爱两人，隐加讥刺，非恕太子及公主，所以明女之为蛊，夫之不纲。皆亡国败家之尤耳。读此书者顾可不知所惩哉！

第二十四回

武昭仪还宫夺宠 褚遂良伏阙陈忠

却说房遗爱及公主，反状确凿，当由长孙无忌报知高宗，高宗也顾不得手足私情，即令捕遗爱下狱，再令无忌等复讯。遗爱略有武力，毫无智谋，一经刑驱势迫，便把那串同谋反等人，和盘说出。偏无忌冷笑道：“我想与你同谋，恐尚不止此数人呢！”遗爱答言：“没有。”无忌道：“荆王元景，地位疏远，尚想为帝，难道吴王恪等，独置身事外么？我劝你老实供招，如果有人主使，你罪可减轻，何苦随别人同死呢！”遗爱听了此言，还道无忌替他帮忙，教他牵入吴王恪，便好免死，因此随口承认，竟把吴王恪诬扳在内，谁知适中了无忌的诡计。原来太宗在日，因承乾被废，初欲立魏王泰，继欲立吴王恪均被无忌所阻，因此高宗得以嗣位。事见前文。魏王泰出徙均州，至贞观季年，始晋封濮王。高宗即位，诏令泰开府置官，未几，泰即病殁。幸亏早死。了过魏王泰。吴王恪有文武才，素孚众望，高宗任他为司空，且兼梁州都督。无忌恐恪得势，不免报复前嫌，遂思因事构陷，置恪死地，省得时刻预防。可巧遗爱事泄，正好借刀杀人，把吴王恪牵连进去。当下锻炼成狱，呈上谳词，如房遗爱薛万彻柴令武及荆王元景、吴王恪等，皆坐罪当斩，高阳公主、巴陵公主亦当赐死。惟丹阳公主已经身殁，无容议及。高宗览到此案，顾语群臣道：“遗爱等应坐死罪，俱可依谳，惟吾叔及兄，似应贷他一死。”兵部侍郎崔敦礼抗奏道：“陛下虽欲申恩，究竟不可枉法，如或谋反不诛，如何惩后？”想是无忌私党。高宗长叹数声，即照原谳下诏，遗爱、令武、万彻皆枭斩，元景、恪及高阳、巴陵两公主，均赐自尽。恪临死，大呼道：“长孙无忌，窃弄威权，构害忠良，宗社有灵，应当族灭，勿谓福可长享呢！”为后文伏笔。无忌等还不肯罢休，且穷究余党，把江夏王道宗、执失思力、宇文节等，均牵入遗爱案内，流戍岭表。罢房玄龄配享，玄龄嫡子遗直，贬为铜陵尉，还是纪念先勋，才得免死。是年睦州女子陈硕真，也想学高阳公主等人，造起反来，经婺州刺史崔义玄往讨，立即荡平，毋庸细表。何唐室女乱之多耶?

且说高宗嗣位三年，因王皇后未曾生男，无嫡嗣可立，未免踌躇。王皇后母舅柳奭，替后设法，因后宫刘氏生子名忠，刘氏微贱，子若得立，必能亲后，乃遂与褚遂良、韩瑗、长孙无忌、于志宁等，次第商量，请立忠为皇太子。高宗因敕行立储礼，并令忠归后抚育。后颇为惬意，惟尚有一事未安，后宫有一萧良娣，饶有姿色，为高宗所匿爱，册为淑妃，生子素节，因母得宠，受封雍王。王皇后妒上加妒，屡向高宗面前，谗间萧淑妃母子。萧淑妃有所闻知，怎肯忍受?免不得反唇相讥。高宗既不便袒后，又不便袒萧淑妃，真是左右为难。索性将两人言语，尽行撇开，自去访那心上人，寻欢作乐。时已三年服满，适当太宗忌日，高宗便亲往佛寺行香，他并非迷信佛法，为亲超荐，实在是去访那武媚娘，欲践当年宿约。为这一着，遂令绝大魔障，又进来扰乱宫闱。郑重言之。

武氏自出宫后，薙去万缕情丝，颇欲一心念佛，无如春花秋月，处处恼人，良夜孤衾，时时惹恨，她哪里禁受得起?只好寻些野味，聊作充饥。凑巧白马寺中有一僧徒冯小宝，生得面目清秀，阳道伟岸，武氏遂与他勾搭上了，偷情送暖，又凑成一对秃头鸳鸯，所有前时宫中滋味，倒也置诸脑后。一日，闻御驾到来，不觉触着旧情，料知高宗此来，必非无因，遂打扮的簇簇新新，出门迎驾。史传中不载寺名，俗小说中或是感业寺，或说是兴龙寺，因无甚根据，故特从略。高宗下了銮舆，趋入寺中，但见桃花如旧，人面依然，不过少了一头凤髻，两鬓鸦鬟，此外的丰姿态度，一些儿没有减损，不由得悲喜交集，情不自胜，勉强对着三尊大佛，行过了香，遂令侍卫等在外候驾，自携武氏趋入云房。武氏叩头涕泣道："陛下位登九五，竟忘了九龙玉环的旧约么?"高宗忙用手相搀，替她拭泪，且慰谕道："朕何尝忘卿?只因丧服未满，不便传召，今特亲身到此，无非为卿起见，卿可即日蓄发，待朕召卿便了。"武氏才收泪道："陛下果不弃葑菲，尚有何言?"说毕，即轻轻的坐在高宗膝上，追叙三年间的苦况。说一句，滴一粒珠泪，惹得高宗亦呜咽起来。武氏见高宗伤感，又换了一副面目，放出一种柔媚态度，险些儿把高宗的身体，都熔化在武媚娘身上，若非青天白日，几乎便兴雨布云。高宗又温存数语，硬着头皮，趋出云房，乃传呼侍卫等人，上舆而去。临行时尚回顾武氏数次，武氏也俏眼相对，待至两下远隔，方各归休。

高宗返入宫中，随时记着武氏，几乎有忘餐废寝的样子。王皇后从旁瞧着，料知高宗定有他意，遂婉言盘问，高宗不能隐讳，即与后说出实情，后毫不阻止，反一力撺掇高宗，速召武氏入宫。看官试想!高宗宠一萧淑妃，王皇后尚终日吃醋，难道与武氏有宿世缘，所以亟愿召入么？原来王皇后的意思，以为武氏一入，萧淑妃必然失宠，仇人多一敌手，自己增一臂助，也是一条离间计，因此故意怂恿，极表欢迎。错了，错了。高宗大喜，时常令内侍往探武氏，蓄发能否少长？说也奇怪，武氏蓄发未几，即复双鬟委绿，两鬓曳青，少许添些假髢，盘成云髻，居然与在宫时候，仿佛无二。当下别了情僧冯小宝，与他订后会期。又伏下文。乃随着内侍入宫，拜见高宗。高宗见她丰容盛鬋，愈觉心喜，便引她往见王皇后。皇后竟含笑相迎，武氏忙即跪下，接连磕头，慌得皇后答礼不迭，口中说了许多谦词。武氏也恭维了好几语。两人都是做作，好看煞人。皇后就命在正宫左侧居住，且拨了若干宫婢，伺候朝夕，到了傍晚，且为高宗贺喜，武氏接风。高宗上坐，武氏下坐，皇后旁坐相陪，殷勤笑语，脱略形骸。武氏却佯作恭谨，一些儿不敢放肆，等到酒阑席散，皇后归宫，高宗即拥武氏入帏，这一夜的凤倒鸾颠，比那当年偷奸时，情形迥不相同。前时是喜中带惧，此时是乐极无忧。况兼这武氏性等媚猪，就使英明如太宗，也要受她蛊惑，还要论什么高宗呢？高宗既纳武氏，越瞧越爱，越爱越怜。不知将如何待她，方算安心。还有王皇后在旁说项，日日赞美这武媚娘，称她如何殷勤，如何温恭，更令高宗喜欢不置，即进封武氏为昭仪。只萧淑妃增一劲敌，免不得恨中增恨，愁上加愁，武氏一味巴结皇后，看萧淑妃不在眼中，萧淑妃忿极上诉，高宗全然不睬，且把她冷淡下去。武氏既挤倒一个萧淑妃，便想进一层下手，这进一层做法，就是要扳倒皇后了。

王皇后待遇宫人，不甚有恩。母柳氏出入宫中，自以身为后母，不必多拘礼节，因此尚宫女官名。以下，往往退有后言。武氏即乘间设法，先将尚宫等人，加意笼络，每得赏赐，悉数分遗，宫人当然感激，甘为武氏爪牙，武氏遂令她伺察皇后，后有举动，无不得闻。构陷萧淑妃，用上交策。构陷王皇后，用下交策。武氏之狡狯极矣。怎奈皇后所为，没甚逾法，一时无可借口，不得已静心待着，永徽五年闰四月，高宗幸九成宫，夜间大雨如注，连宵不绝。到了黎明，山水骤下，冲入宫门，卫士统皆骇走，郎将薛仁贵道："天子有急，敢怕死么？"即登门上横木，大呼水至，传警宫内。高宗闻声趋出，忙升高避水。俄而水势愈涨，泛滥寝殿中，漂溺至三千余人。既而恒州又报大水，因滹沱河溢，亦漂溺至五千余家。史称洪水泛滥，为武氏入宫预警，故连类书之。高宗已耽情声色，不暇顾及天变，长孙无忌、褚遂良等，也未闻奏请修省，所以大水为灾，只晦气了若干臣民，宫廷里面，简直如没事一般。会武昭仪身怀六甲，满望生一麟儿，不意竟产下一女，重阴固冱，宜乎生女。武氏大失所望，继思生女无用，索性在女婴身上，想出那构陷皇后的法儿来。一日，在宫闲坐，忽报皇后驾到。武氏急叫过宫女，密嘱数语，自己竟闪入侧室躲了。王皇后趋入西宫，众宫女相率跪迎，王皇后问及武氏，宫女答言往御园采花，想是就来。后乃随便就坐，蓦听床上有呱呱声，又复起身近床，抱起武氏所生的女儿，抚弄一回。从来自己无子的人，最喜欢是婴孩，一经怀抱，比自己所生的还要怜爱，那女孩得她摩弄，改哭为笑，好一歇，又复沉沉睡去。王皇后因仍将她放下，用被盖好，见武氏尚未到来，不及等待，乃出宫自去。

武氏闻皇后已回，就从侧室出来，悄悄的到了床前，启被瞧着，那女孩正睡得很熟，她竟狠了心肠，咬定牙齿，提起两手，扼住女喉，可怜这女孩被扼，连声音都叫不出来，四肢一抖，便即气绝。忍哉武氏。武氏仍用被盖上，专待高宗驾到。高宗每日退朝，必至武氏处谈情，不到半刻，即见驾临。武氏拈着花朵，迎高宗入宫。高宗笑语武氏道："美人爱花，约有同性，惟以花比卿，花似尚有惭色哩。"武氏亦微哂道："天语温褒，妾何敢当？不过妾素有癖爱，所以正从御园采花，恭候御驾。"高宗便不复答言，随目注床内道："女儿尚熟睡么？"武氏道："熟睡已多时，此时谅好醒了。"便令侍女去抱女孩，侍女启被一瞧，吓得半晌不能出声。武氏催着道："莫非还是睡着，如何不把她抱来？"侍女才说了一个"不"字。武氏佯作不解，自往床前去抱女孩，手甫及尸，口已先号，惹得高宗也为惊疑，近床细瞧，那婴儿已变作死孩，忍不住几点痛泪。武氏哭问侍女道："我往御园采花，不过隔了片刻，好好一个女婴儿，为何竟致闷死？莫非你等与我有仇，谋死我女么？"众侍女慌忙跪下，齐称不敢。武氏又道："你等若都是好人，难道是有鬼么？"众侍女道："只有正宫娘娘到此一行，曾见她坐床抚摩，过一歇便去了。"武氏便顿足大哭，带泣带语，声声怨着王皇后。高宗却沉着脸道："皇后未必下此辣手，卿休怀疑！"武后听了此言，命宫女退出户外，呜呜咽咽的诉说后过，一番蜚语诬蔑，煽动高宗怒容，不由的大声道："如此悍妇，天理难容，若非卿言，朕尚似做梦一般，朕决意将她废去便了。"武氏又故作惧色，忙向高宗摇手，且说道："废后是何等大事，陛下不应为了妾言，孟浪举事。且盈廷大臣，没人晓得内情，岂有不出来谏阻？还请陛下三思，宁可逐妾，不可废后。"一步逼进一步，语语刻毒。高宗道："只有长孙太尉，是朕母舅，且亲受先考顾命，朕当向彼一商，便可解决了。"武氏看高宗已是决意，便欲随高宗同往。迫不及待。高宗当然应允，即于是夕黄昏，挈武氏乘着便辇，偕至太尉长孙无忌第中。

无忌闻高宗猝至，不知为着甚么事情，一时无从推测，只好亟正衣冠，出门恭迎。高宗携武氏下辇，同趋入门。无忌随步而入，因有武氏随驾，只好呼令妻妾，出厅相陪。彼此闲谈多时，高宗并无归意。无忌满腹狐疑，又不便令他虚坐，当下设宴款待，由高宗特旨，令男女合席欢饮，无忌不好违慢，便遵旨列坐。酒过数杯，武氏问及无忌嗣子。无忌即出令拜见，长子名冲，已任秘书监，此外尚有庶子三人，俱是无忌宠姬所出，最大的年未逾冠，余不过十余龄，均未列官。武氏即旁启高宗道："元舅为国家元勋，理应全家受荫，愿陛下推恩加赐，遍及舅门，方是酬庸盛典呢。"高宗闻言，即面授无忌三庶子，均为朝散大夫。无忌固辞，高宗不允，乃令三庶子拜谢鸿恩。既而高宗酒酣，略言皇后无子，且有妒悍情迹。无忌才有些会意，一味儿装呆作痴，不答一言，或且用他语支吾。高宗未免不悦，即令撤席，意欲回宫。武氏还谈笑如常，与无忌妻妾等，握手叮咛，才随高宗别去。笑里藏刀。

次日，又由宫监押载金宝缯珠十车，送给无忌，无忌冷笑数声，酌受数物，一大半令他璧还，到了晚间，忽由礼部尚书许敬宗进谒，与无忌密谈上意，劝他勉从。无忌正色道："这事我不敢与闻。"敬宗说至再三，转令无忌动恼，责他逢君为恶，罪无可辞，敬宗乃怏怏自去，又越数日，高宗欲进武氏为宸妃，侍中韩瑗，及中书令来济，俱上言本朝宫制，只有贵妃、淑妃、德妃、贤妃等称，并无宸妃名号，不应由陛下特增。于是高宗又不便下诏，暂行罢议。那时阴柔凶险的武昭仪，日夕营谋，想夺后位，偏被各方面打消，自己又无词可挟，没奈何忍耐一时，偏老天有意祸唐，竟令武氏二次怀妊，十月满足，竟得生男，高宗非常得意，取名为弘。武氏既得生儿，多了一重希望，便想出一条最凶最毒的法儿，构害正宫。看官道是何法？她与尚宫以下等人，已经买通一气，因即嘱令备一木偶，上写高宗御名，及生年月日，用钉戳住，悄地里埋在王后床下，然后密白高宗，令高宗自去验视。高宗竟入后宫，命内侍发掘床下，果得证物，不由得怒气冲天，指问王后道："朕与你何仇？忍用此物魇朕。"王后莫明其妙，只吓得浑身乱抖，且跪语道："妾实不知此事，乞陛下彻底查究！"高宗怒道："明明在你的床下，还想抵赖么？"王后又泣道："妾事陛下多年，陛下亦应知妾，难道无缘无故，谋害陛下么？"高宗置诸不理，持着木人，竟复至武氏宫内。武氏瞧那木人儿，装出许多懊怅，几乎要咬碎银牙。及看高宗怒不可遏，反且好言解劝，请高宗息怒保身。一擒一纵，愚柔如高宗，哪得不堕其术中。是晚，就服侍高宗安寝，一枕喁喁，语至夜半，方才息声。就中包括无数情事。

翌日早起，高宗出外视朝，长孙无忌、褚遂良等，率百官入殿，朝见已毕，高宗顾语无忌、遂良及李勣、于志宁道："朕有要事待商，卿等且暂留朝堂，待朕召见！"语毕，即返身入内，无忌等退入朝房，当有宫监出来与语，谓："今日废后，事在必行，幸勿违旨。"想是武氏所使。无忌叱令退去。俄有内诏传出，贬吏部尚书柳奭为荣州刺史，擢中书舍人李义府为中书侍郎。无忌览诏后，语李勣道："奭系皇后母舅，无端被谪，义府很是阴险，与许敬宗狼狈为奸，我已奏请外谪，今反有诏擢用，上意已可知了。此次乃是不得不争，还幸诸公助我！"李勣不答。已起坏心。遂良接口道："太尉系是元舅，指无忌。司空又是功臣，指勣。倘或进言忤旨，反使皇上弃亲忘旧，多受恶名。惟遂良起自草茅，无汗马功，忝居重位，得奉遗诏，今日若不死争，如何下见先帝？"言未已，已有旨传召四人，四人趋入内殿，高宗即面谕道："皇后敢行巫蛊

许敬宗（592—672），字延族，杭州新城（今浙江富阳西南）人，唐代大臣。李密兵败之后投奔唐朝，秦王李世民闻其才学召为秦府学士。永徽五年（654年）因支持立武则天为后而官运亨通，先后历任礼部尚书、太子宾客之职。主编《文馆词林》，今存日本藏弘仁本。

裴行俭（619—682），字守约，绛州闻喜（今属山西）人。历任吏部侍郎、礼部尚书、定襄道行军大总管等职，封闻喜县公。曾定铨选之法，改选官之制。提出士"先器识，后文艺"，以为王勃等人虽有才，但浮躁浅露，非"享爵禄者"，后果如所言。有《选谱》及文集，已佚。

术，谋害朕躬，朕决意将她废弃了。"遂良即跪谏道："皇后出自名家，四德俱娴，当不致有此情事。"高宗便袖出木人，且述及发掘情状。遂良又道："安知不是他人构陷，买通宫中侍女，暗藏床下？陛下若悉心查究，自然水落石出了。"高宗又道："就使此事非真，皇后无子，亦犯六出之条，现在武昭仪德性温柔，且已生有子嗣，正好代主六宫，朕已决计如此了。"遂良朗声道："陛下独不记先帝遗命么？先帝弥留时，曾执陛下手，顾语臣等道：'佳儿佳妇，今以付卿。'陛下言犹在耳，奈何忘怀？应前回。皇后并无大过，不应遽废。"高宗忿然作色，当由无忌接入道："遂良言是，望陛下三思！"高宗乃道："卿等且退，明日再议。"无忌等乃退出。

长安令裴行俭，闻了此事，往谒无忌，凑巧中丞袁公瑜，亦在座间，行俭忍耐不住，便问道："皇上将废去皇后，改立武昭仪，这事可真么？"无忌道："确有此议。"行俭道："武昭仪若立为后，必为国家大祸，太尉不可不争。"无忌叹道："非不欲争，但恐争亦无效，奈何？"行俭又激劝数语，便即别去。公瑜亦起身告辞，一出无忌门，即去通报昭仪母杨氏。杨氏夤夜入告，次日即行颁诏，贬行俭为西州长史，无忌、遂良等，凌晨入朝，正值诏书下来，无忌顾语遂良道："又一个被谪了，我等如何自处？"遂良道："愿如昨约。"无忌左右一顾，百官俱在，只不见李勣，便道："李司空奈何不来？"正说话间，景阳钟响，天子临朝，无忌等鱼贯而入。高宗待群臣鹄立，便更说及易后事。遂良即跪奏道："陛下必欲易后，亦当择选令族。武昭仪昔事先帝，大众共知，今若复立为后，岂不贻讥后世？臣今忤陛下意，罪当万死。"遂呈上朝笏，且叩头流血道："还陛下笏，乞放归田里。"高宗老羞成怒，即命左右引退遂良。遂良正起身欲出，忽幄后发出娇声道："何不扑杀此獠？"无忌听着，料是武氏所言，便出班奏道："遂良系顾命大臣，就使有罪，不应加刑。"韩瑗、来济等亦涕泣极谏，高宗乃听令遂良退朝，自己亦罢朝入内。是晚，特召李勣入内，勣本自称有疾，不与早朝，武氏知他有意袒护，便劝高宗密召入宫，与商易后事宜。勣从容答道："这是陛下家事，何必更问外人。"高宗点首道："卿言甚是，朕意已早决了。"小子有诗讥李勣道：

身家念重竟忘忠，一语丧邦塞主聪。

待到子孙图反正，阖门授首总成空。 指后文徐敬业事。

李勣出宫，又有许敬宗一番扬言，遂迫成一大错事。看官欲知后文，请阅下回便知。

本回纯写武氏，尽情描摹，一笔不肯闲下，一语不肯放松，盖古今以来之妇女，未有如武氏之阴柔险狠者，表而出之，所以示炯戒也。惟王皇后不能预防于事前，反引而进之，欲以间萧淑妃之宠，讵知武氏之为毒，有什伯千倍于萧淑妃乎？因妒致祸，不死何待？长孙无忌、褚遂良，不能进谏于入宫之时，徒欲劝阻于废后之际，先几已昧，后悔曷追？有共入死地已耳，此大易所以有履霜坚冰之戒也。

第二十五回

下辣手害死王皇后
遣大军擒归沙钵罗

却说许敬宗系杭州新城人，就是隋忠臣许善心子。善心为宇文化及所杀，敬宗辗转入唐，因少具文名，得署文学馆学士，累迁至礼部尚书。唐书奸臣传，首列许敬宗，故本编特详叙履历。武昭仪得宠，敬宗乘势贡谀，甘作武氏心腹。武氏谋夺后位，势已垂成，遂在朝扬言道：“田舍翁多收十斛麦，尚欲易妻，天子富有四海，废一后，立一后，也是常情，有甚么大惊小怪，议论纷纷呢？”李义府等随声附和，翕然同声。义府巧言令色，对人辄笑，城府却很是阴沉，人尝呼他为笑中刀。他本是东宫食客，及高宗践阼，遂得为中书舍人。长孙无忌恨他奸佞，上章劾奏，请贬为壁州司马，义府侦得消息，不觉着忙，忙向许敬宗求救，敬宗甥王德俭，素有小智，便教他夤夜叩阍，表请易后。高宗览奏，很是喜慰，立命赐珠一斗，擢任中书侍郎。补前文所未详。两人左推右挽，遂把一个武昭仪抬升正宫，更兼李勣进陈二语，促成易后大事，于是先贬褚遂良为潭州都督，示儆群臣。侍中韩瑗，上疏讼遂良冤，说他体国忘家，损身徇物，实是社稷重臣，不应骤加斥逐。高宗不从，瑗接连上疏，以妲己、褒姒比武昭仪，以微子、张华比褚遂良，说得非常痛切，却只是留中不报。永徽六年十月，竟下诏废皇后王氏为庶人，立武昭仪为皇后，武氏既已得志，索性再下一着，把萧淑妃也驱入阱中，淑妃因也得罪，与王后一同被废，移置冷宫。

李勣于志宁，奉诏为册后礼使，恭恭敬敬的奉了玺绶，献呈武昭仪，应该挖苦。武氏遂服袆衣，佩翟章，金冠珠履，装束似天神模样，更衬着一副杏脸桃腮，柳眉樱口，越觉得整整齐齐，袅袅婷婷。只是良心太黑。当由众侍女簇拥登殿，行过了受册礼，高宗心花怒开，复为这妖后开一特例，令她出乘重翟车，直抵肃仪门。一面命文武百官，及四夷酋长，均在门下朝谒新后。俟武氏下车登楼，开轩俯瞩，但见门下无数官长，齐来参谒，黑压压的跪了一地，不由的神情飞舞，笑貌扬辉。待至谒见礼毕，下楼还宫，所有内外命妇，又奉诏入谒，忙碌得甚么相似。非但唐朝立后，从来没有此盛举，就是皇帝登台，亦未闻这般热闹。当下宫庭内外，一律赐宴，大众开怀痛饮，直乱到鼍更三跃，才得尽兴归休。是夕，高宗住宿正宫，由武氏格外献媚，枕席风光，不可尽述。总算报德。越宿起床，武氏面白高宗，请加授许敬宗、李义府官阶，高宗自然允诺。武氏又冷笑道："陛下前以妾为宸妃，韩瑗、来济，尝面折廷争，两人可谓忠臣，不可不赏。"高宗明知武氏语中有刺，也只还她一笑罢了。随即出宫视朝，令敬宗待诏武德殿西闼，擢义府参知政事，只韩、来两人，一时不便亟贬，暂从搁置。

嗣是内外政事，多与武氏参决，武氏未为后时，一意揣摩上旨，多方迎合，就使有意进谗，都是旁挑曲引，漫漫儿的浸润，从未尝有遽色，有疾言。至后位已经到手，又欲与高宗争权，免不得威福自擅，渐渐的骄恣起来。是谓女德无极。高宗也少觉介意，转忆及王皇后、萧淑妃的好处，但因武氏防闲甚密，不便亲往探问，反致得罪床帷。已露畏意。一日，武氏归谒家庙，高宗得乘隙往视，行至冷宫门前，只见双扉紧闭，用一大锁钳住兽环，毫不通风，旁开一窦，借通饮食，也是狭小得很，不由的恻然神伤，几乎泪下。半晌才呼道："王后、良娣，得无恙否？朕在此看你两人。"语方说完，但听有二人凄声道："妾等有罪被废，怎得尚有尊称？"高宗又道："你等虽已被废，朕却尚是忆着。"说至此，复有呜咽声传出道："陛下若念旧情，令妾等死而复生，重见日月，乞署此处为回心院，方见圣恩。"高宗乃回答道："朕自有处置，你等不必过悲。"言毕乃返，心下未免踌躇。

不意武氏回来，已有人密行报知，气得武氏双眉倒竖，即向高宗诘问。高宗反自抵赖，不敢实言。武氏心凶手辣，竟下一道矫诏，令杖二人百下，且把她们手足截去，投入酒瓮中。可怜二人宛转哀号，历数日方才毕命。萧淑妃临死时，恨骂武氏道："阿武妖猾，害我至此，愿后世我生为猫，阿武为鼠，时时扼阿武喉，方泄我恨。"两人陆续死去。武氏又问左右道："二妪贱骨，曾碎死么？"左右报称已死，且把萧妃语相告，武氏尤加忿恚，再命枭二人尸，并戒宫中蓄猫，一面胁高宗下诏，令将故后母兄，及萧良娣家族，充戍极边，后母柳氏，时已削籍，至此又被流岭外。许敬宗仰承内旨，更奏称："王庶人父仁祐，本无他功，徒因女贵致显，得列台阶，今庶人谋乱宗社，罪宜夷宗，仁祐宜劈棺枭尸。陛下不惩已死，且贷余生，尚为失刑"等语。高宗看到此奏，意欲搁置不理，怎禁得武氏在旁，冷讥热讽，逼得高宗不能罢手，只好再下手谕，追夺仁祐官爵；惟斫棺枭尸一节，总算免行。武氏且改王后姓为蟒，萧淑妃姓为枭，因王与蟒音相近，萧与枭音相符，所以有此改称。骄妒可笑。且怂恿高宗改元，易永徽为显庆。

许敬宗又承旨生风，上言：“太子忠本出寒微，前因无嫡可立，暂代储位，今国家已有正嫡，必不自安，应乘此正名定分，共图保全”云云。太子忠闻敬宗言，自知储位不保，没奈何入宫辞位。高宗因降封忠为梁王，立武氏子弘为太子，追赠武氏父士彟为司徒，赐爵周国公，谥忠孝，配食高祖庙，母杨氏晋封代国夫人。是时褚遂良已往潭州，甫行莅任，即奉诏调迁桂州，及到桂州任内，又被谪为爱州刺史。还有侍中韩瑗，中书令来济，一同遭贬。瑗谪为振州刺史，济谪为台州刺史，这都是许敬宗、李义府两人进谗，诬他同谋不轨，所以一律降官。武氏意尚未餍，又授意许、李两人，定欲将长孙无忌以下，尽行贬死，才好把胸中宿忿，悉数消除。世间最毒妇人心。许、李当然遵嘱，只因无忌是高宗母舅，且有佐命大功，一时扳他不倒，不得不静心待时。义府又贪财渔色，为了洛州一案，几乎犯法遭谴，亏得内有奥援，才免动摇。看官道是何案？原来洛州妇人淳于氏，犯了奸罪，系大理狱中，义府闻她色美，暗嘱大理丞毕正义，枉法释放，纳为己妾。正卿段宝玄很是不平，密状奏闻。高宗命给事中刘仁轨，侍御史张伦，复讯此案。义府恐正义实供，竟逼令自缢，希图灭口。高宗也明知义府所为，再欲穷治，偏经武氏硬为拦阻。只好因正义已死，作为宕案，不再加究。

刘仁轨（601或602—685），字正则，汴州尉氏（今属河南）人，唐武将。武德初，为县尉。显庆时，任青州刺史，以督海运覆船，免官。龙朔元年（661年），率军合新罗兵与百济作战。三年，与刘仁愿、孙仁师破日援军于白江口。咸亨三年（672年）拜太子左庶子、同中书门下三品。一度出镇临洮（今青海乐都），防御吐蕃。武后临朝，废中宗，命知西京留守事。

当时恼了侍御史王义方，即欲上章纠弹，只因家有老母，未免迟疑，因入室禀母道：“儿官居御史，坐视奸臣坏法，不加弹劾，便是不忠，若弹劾无效，反危己身，忧及我母，又是不孝，这正令人难处呢。”母正色道：“我闻汉王陵母，杀身以成子名，汝能为国尽忠，虽死何恨？”王母引用王陵故事，可谓善于绳祖，且书中不肯从略，亦是不没母德之意。义方乃坦然入朝，当面奏请道：“义府擅杀六品寺丞，应否坐罪？”高宗未及出言，义府已出班辩斥。义方道：“事已确凿有据，义府如欲自辩，尽可向大理对簿，不应再立朝端。”义府仍不肯退下，经义方三次叱退，方怏怏趋出。义方乃朗读弹文，读至终篇，方引出高宗一语，说了“毁辱大臣”四字，便引身入内。未几有旨传出，贬义方为莱州司户，义府仍得逍遥法外，嗣且进授中书令，兼检校御史大夫，令与长孙无忌、许敬宗等，修订礼仪，威赫如旧。

小子因显庆元、二、三年，有西征事夹入在内，不得不将内政暂行搁起，插叙一段西征情形。按时演述，应该如此。先是行军总管梁建方，奉诏班师，西突厥尚未平定，回应二十三回。会乙毗咄陆可汗身死，有子颉苾达度设，自号真珠叶护，与贺鲁有嫌，互相攻击。真珠遣使入唐，愿讨贺鲁自效，且乞济师。唐廷撤消瑶池都督府，命右屯卫大将军程知节，为葱山道行军大总管，率诸将西讨贺鲁，并遣丰州都督元礼臣，册封真珠叶护为可汗。礼臣至碎叶城，为贺鲁所遮，不得前达，仍持册还朝。程知节入西突厥境，遇歌逻禄、处月二部番众，前来迎战。由知节驱军掩击，大破番兵，斩首千余级，再进军至鹰沙川。又见西突厥二万骑兵，及别部番众亦二万余人，横列道旁，阻住去路。唐前军总管苏定方，素有勇名，但率精骑五百名，冲入敌阵，十荡十决，杀得番众大败奔逃，抛弃甲杖牛马，不可胜数，定方得胜收兵，报知程知节，知节赞不绝口。偏副总管王文度，阴怀妒忌，反向知节进谗，谓："冒险进兵，只可侥幸一时，不可恃为常道，嗣后须常结方阵，内置辎重，俟贼至复击，方保万全"云云。知节似信非信，文度看他有疑，又诈言接到密敕，令自己监制各军，不得躁进。知节乃信为真言，听他调度。文度即收军结营，终日按兵不动，士气日衰，马多瘦死。定方忧愤填胸，入白知节道："奉命出师，无非为讨贼计，今乃坐守不进，自致困敝，若遇贼至，如何对仗？且皇上既命公为大将，岂反令副总管暗中牵制？这事恐防有假，不可过信。为公计，不如拘住文度，飞表上闻，看朝廷如何下旨？"知节摇首道："诏敕岂可妄传？我若违诏行事，难道不干天谴么？"定方知不可谏，闷闷而出。

各军屯驻月余，始进至怛笃城，番目出城迎降。文度语知节道："此辈伺我旋师，还复为贼，不如尽加屠戮，取货而归。"定方又入谏道："杀降非仁，取财非义，自己先已作贼，怎得称为伐叛呢？"文度不从，纵兵屠城，分劫货财。知节不能禁止，由他为虐。大众饱载南归，惟定方不取一物，及还入长安，文度阴谋发觉，坐矫诏罪当死，他乃遍赂当道，代为缓颊，始得减罪除名。何苦忌功？何苦夺财？知节亦连坐免官。独定方有功无过，得授伊丽道行军总管，再率燕然都护任雅相，副都护萧嗣业，发回纥各部番兵，自北道讨西突厥。另遣先朝降酋阿史那弥射，及阿史那步真，两人皆西突厥属部酋长，太宗朝，曾率众来降，分任左右屯卫大将军。为流沙道安抚大使，自南道招集西突厥部众，一剿一抚，分道并出。贺鲁也倾国前来，拥众十万，列营曳咥河西岸，绵亘十里。苏定方自为前驱，但率步兵万人，及回纥骑兵万名，与敌对垒，令步兵据南原，攒槊外向，遇敌方击，不准擅离，自将骑兵据北原，严阵待着。贺鲁见唐军不多，鼓噪进兵，先冲步营，三战三却。定方见他气馁，即引骑兵出击，人人奋勇，个个争先，番众虽多至数倍，大半乌合，禁不住铁骑蹂躏，顿时大溃。定方追奔三十里，斩获数万人，到晚收军。翌晨再进，西突厥部众多降。贺鲁带着残骑，向西窜去。可巧天下大雪，平地积雪二尺，诸军请待晴后行。定方道：“虏恃雪深，谓我军必不敢进，不妨就近休息，我若冒雪追上，掩他不备，定可成擒，否则彼已远窜，无从追获了。”乃踏雪继进，沿途收降番众。至双河堡，来了一支人马，为首大将，便是南道大使阿史那步真。步真自南道进兵，所过皆降，不烦血刃，因此长驱直入，得与北道军相会。定方益喜，两军昼夜兼行，直入穷谷，登高遥望，见前面有一猎场，番众驰逐野兽，趾高气扬，首领不是别人，正是沙钵罗可汗贺鲁。定方大悦道：“此番定要擒住他了。”便麾兵逾岭，喊杀过去。贺鲁已似漏网鱼，惊弓鸟，闻着唐军喊声，便策马飞奔。番众也即溃乱，被唐军东劈西斫，做了无数枉死鬼。唐军夺得鼓纛，只寻不着贺鲁，定方不觉叹息道：“那厮又复脱逃，恐不能再擒他了。”前喜后叹，都是文中顿挫之笔。旁边闪出一将道：“待末将上前穷追，无论好歹，总要将逆虏擒住，大总管不妨回师。”定方见是萧嗣业，便道：“副都护既愿效劳，还有何说？”当下拨兵万人，随他前行，自己从容班师，令降众各归本部。沿路悉心稽察，筹办善后，通道路，置驿站。掩骸骨，问疾苦，划疆界，复生业，访得各部人畜，前被贺鲁所掠，一律给还。西突厥向有十姓，叫作五咄陆，五弩失毕，至是一体归附，悉表欢忱。

正在惨淡经营的时候，接得萧嗣业捷报，已将贺鲁捕获，定方当然欣慰。原来贺鲁遁至石国西北苏咄城，已是人困马乏，狼狈不堪，乃遣部下赍珍宝入城，乞粮借马，城主伊涅达干，佯备酒食出迎，诱贺鲁入城，指挥众士，将他拘住，解送石国。萧嗣业探得消息，即向石国索交贺鲁，石国闻唐军入境，颇加畏惧，便将贺鲁送达军前。嗣业飞报定方，随将贺鲁押还。定方乃请分西突厥，置濛池、昆陵二都护府，即以阿史那弥射为兴昔亡可汗，管领五咄陆部落，阿史那步真为继往绝可汗，管领五弩失毕部落。唐廷俱如所请，派光禄卿卢承庆持节册命，仍命弥射、步真选择降众，量能授职，令为刺史以下等官。边徼已定，大功告成，定方奏凯还朝，献俘阙下。贺鲁在槛车中，曾语萧嗣业道：“我本亡虏，为先帝所存，先帝待我良厚，我乃负先帝恩，宜遭天怒，悔已无及。我闻中国刑人，必在市曹，我负先帝，应该在先帝灵前伏法，幸乞代奏！”嗣业既至京师，当即依言奏陈。高宗以为可怜，但命献俘昭陵，贷他一死。结发夫妇，如何不怜？乃听悍妃谋毙。既而贺鲁病殁，藁葬颉利墓侧。惟真珠叶护，未得册封，不免怨望，旋由兴昔亡可汗率兵进击，与真珠叶护鏖战双河，真珠叶护败死，于是西域皆平。

独龟兹国自征服后，国王布失毕等，被俘入京，留官京师。应二十二回。高宗初年，龟兹国乱，酋长争立，各向唐廷求封。廷议以龟兹失主，不如遣还布失毕，仍使为王，免得纷争。高宗准奏，乃复封布失毕为龟兹王，令与故相那利，宿将羯猎颠，同时还国，抚定部众。显庆改元，布失毕入都朝贺，那利竟与布失毕妻，结成露水缘。也算代庖。及布失毕西归，那利尚私自出入，不肯断情。布失毕渐渐闻知，常欲杀死那利，怎奈那利树党窃权，急切不便下手，只好密遣心腹，上诉唐廷。那利也使人报唐，互争曲直，一边说是布失毕谋叛，一边说是那利谋乱，两下各执一词，转把那中冓丑声，隐瞒下去。高宗并召两人，入朝对质，布失毕不便再讳，只好据实陈明。那利虽然狡辩，究竟情虚词屈，唐廷因将他囚住，另遣左领军郎将雷文成，送布失毕回国，甫至东境泥师城，不意宿将羯猎颠，竟率众堵住，不令布失毕归还。得毋也作那利第二耶？布失毕入城拒守，飞向唐廷乞援，高宗再命左屯卫大将军杨胄，发兵西行。及抵泥师城，布失毕已忧愤而亡，胄遂纵兵击羯猎颠。羯猎颠屡战屡败，终被唐军擒住，枭首以徇，乘胜入龟兹国都，穷治那利羯猎颠余党，一并加诛。且就地设龟兹都督府，立布失毕子素稽为王兼都督事，布失毕妻不知如何处置？可惜史中未曾载明。然后班师复命。高宗又命徙安西都护府至龟兹，安西都护府，本设在高昌境内交河城，事见十八回中。即令安西都护麹智湛驻扎龟兹，加封左骁卫大将军，统辖龟兹、于阗、碎叶、疏勒四镇，及吐火罗、哌哒、罽宾波斯等十六国，置府州至八十余，小子有诗叹道：

王师西讨莫能当，史策铺张美盛唐。
岂是高宗能攘外？余威尚是绍文皇。

外患告平，内讧复起，本回已就此结束，待至下回再详。

王后、萧淑妃，互相妒忌，本有致死之征，武氏得乘隙而入，所谓木朽蛀生，夫复谁尤？但武氏计夺后位，如愿以偿，似亦可以止矣，乃必将后、妃锢入别宫，严加监押，已属狠心辣手，甚且断其手足，投入瓮中，试问其具何心肠，乃至于此？禽兽尚不自戕同类，武氏直禽兽之不若。故读此回而不发指者，非人也。彼许敬宗、李义府辈，更不足诛矣。高宗为色所迷，昏庸已甚，贬勋旧，斥忠良，而独能任一苏定方，付以专阃，岂西陲乱事，天必假手唐廷以荡平之耶？定方以外，又有杨胄，亦良将之足称者，能攘外不能安内，高宗其无以自解乎？

第二十六回

许敬宗构陷三家
刘仁轨荡平百济

却说褚遂良被谪爱州，自恐罹谗被祸，无术生全，因上表自陈道：

往者濮王即魏王泰见二十四回。**承乾交争之际，臣不顾死亡，归心陛下，是时岑文本刘洎，奏称承乾恶迹已彰，身在别所，其于东宫不可少时虚旷，请且遣濮王往居东宫，臣又抗言固争，皆陛下所见。卒与无忌等四人，共定大策。及先帝大渐，独臣与无忌同受遗诏，陛下在草土之辰，不胜哀痛，臣与无忌区处众事，咸无废阙，数日之间，内外宁谧，力小任重，动罹愆过，蝼蚁余齿，乞陛下哀怜，谨此表闻！**

这道奏章，明明是自述前功，怕死乞怜的意思。前勇后怯，太无丈夫气，然自己怕死，如何谮杀刘洎。但此时的高宗，已被武氏制伏，任他口吐莲花，也是无益，因此留中不报。遂良忧郁成疾，旋即去世。可为刘洎泄冤。武氏闻遂良病终，尚因他不及加诛，隐留遗憾，遂擢许敬宗为中书令，教他速行罗织，构陷长孙无忌等人。敬宗多方伺隙，苦不得间。会洛阳人李奉节，上告太子洗马韦季方，及监察御史李巢，朋比为奸，应加重谴等语，有诏令敬宗讯问。敬宗刑驱势迫，硬要季方扳连无忌。季方愤不欲生，自刺不殊，奄然待毙。敬宗遂诬奏季方勾通无忌，意欲谋叛，今因事泄，所以情急求死。高宗愕然道：“哪有此事？舅为小人构隙，稍生疑沮，或尚未免，怎至谋反呢？”敬宗道：“臣反复推究，叛迹已彰，陛下尚以为疑，恐非国家幸福。”高宗不觉泪下道：

"我家不幸，亲戚间屡有异图，往年高阳公主，与房遗爱谋反，今元舅又有此事，如果属实，如何处置？"敬宗又道："遗爱乳臭小儿，与一女子谋反，怎能成事？无忌与先帝同取天下，天下共服彼智，身为宰相三十年，天下共惮彼威，若一旦窃发，攘袂一呼，同恶云集，陛下将遣何人抵制呢？今幸皇天疾恶，宗庙有灵，为了区区小案，得发大奸，尚可先事防患哩！"高宗徐徐道："且待审讯确实，再行定夺。"敬宗乃退。

是夕并未复讯。到了次日入朝，即妄奏道："昨夜已讯过季方，供与无忌谋反是实，臣却加诘道：'无忌是皇室至亲，累朝宠任，为何嫌而谋反？'季方答言：'无忌曾劝立梁王为太子，韩瑗、褚遂良等，一并与议，今韩、褚等俱已得罪，梁王又复见废，无忌内不自安，所以与季方谋反。'事出有因，并未诬扳，请陛下收捕正法，幸勿迟疑。"高宗又泣道："舅若果有此意，朕亦不忍加诛。"敬宗又道："薄昭系汉文帝母舅，文帝从代邸入立，昭亦有功，后来止坐杀人罪，文帝遣百官往哭，令他自裁，后世仍称文帝为贤主。今无忌负国大恩，谋移社稷，罪加薄昭数倍，幸亏奸状自发，逆徒引服，陛下尚有何疑，不早处决？古人有言：'当断不断，反受其乱。'臣恐陛下，迁延时日，将来变生肘腋，悔无及了。"谗人罔极，欺庸主足矣。高宗不觉点首，也不再问无忌，竟下诏夺无忌官封，出为扬州都督，安置黔州。韦季方处斩。敬宗又奏言："无忌谋逆，由褚遂良、韩瑗、柳奭等构成，于志宁亦与同党，乞一并加罪。"于是追褫遂良官爵，除奭、瑗名，免志宁官。看官道志宁如何连坐？原来前时易后，志宁虽未谏阻，亦未赞成，因此亦为武氏所恨，嘱敬宗一同陷害。中立派本最取巧，不意亦遭诬陷。

既而又穷究罪案，命御史追捕韩瑗、柳奭，械送京师。且诏李勣许敬宗等，复按无忌反谋，敬宗遣中书舍人袁公瑜，飞诣黔州，逼令无忌自缢，自己捏造供状，还奏高宗。供状中牵连多人，引得高宗不能不怒，把无忌兄弟子侄，无论亲疏，一并处死。适应吴王恪言。只无忌长子冲，尚太宗女长乐公主，太宗第五女。总算加恩免死，谪戍岭表。流遂良子彦甫、彦冲至爱州，途次被杀。再敕将柳奭、韩瑗二人，所至斩决。瑗已身死，发棺验尸。柳奭已累谪至象州，由朝使宣旨受刑。所有三家财产，一并籍没，就是远宗近戚，俱充发岭南，降为奴婢。连高士廉子高履行，本任益州刺史，亦指他党同无忌，贬为永州刺史，于志宁亦座贬为荣州刺史，所有武氏平日未见趋承的人物，一网打尽。此外老成宿望，曾列名凌烟阁上，只有李勣一人，阿附武氏，任官如旧。他如尉迟敬德、程知节等，还亏先后殂谢，不入漩涡。唐室元气已经凋亡，子孙安得不沦胥以尽耶？梁王忠不能无嫌，坐徙房州刺史。忠栗栗危惧，常恐被人暗算，甚至着妇人衣服，防备刺客；夜间梦寐不安，屡次浼人占梦，自卜吉凶。许敬宗等捕风捉影，又诬言忠有逆谋，再加武氏在旁撺掇，也把他废为庶人。徙置黔州，锢禁承乾废居时旧宅。可见祖宗贻谋不善，以致后人借口。

后来武氏尝梦见故后及萧妃，虑她为祟，密令道士郭行真，出入禁中，为魇禳事。宦官王伏胜，报知高宗，高宗正因武氏专恣，心下不平，遂召侍郎上官仪，暗地与商。仪言皇后骄横，天下共怨，应废黜以安中外。高宗即令仪草就制敕，仪甫退出，武氏已匆匆趋至，见了草诏，竟与高宗不肯甘休。高宗闻着狮吼，几乎魂悸魄丧，忙把废后意见，统推到上官仪身上。怕妻至此，煞是可叹！仪与伏胜，俱曾服事废太子忠，武氏与高宗斗了一回嘴，便出嘱许敬宗上一奏章，诬言仪与伏胜，串同废太子，隐谋为逆。高宗此时已无主意，但恐得罪武氏，不管什么父子恩情，一道旨意，将忠赐死。仪及宦官伏胜，还有甚生望？随即下狱论斩。可怜仪子庭芝，也随父处死，又复株连了好几十人。嗣是军国大权，全归武氏掌握，高宗视朝，阿武在后垂帘，生杀予夺，任所欲为，一班蝇营狗苟的朝臣，无论言语文字，统称她为二圣，这真叫作阴阳反背，太阿倒持了。此段文字，系是麟德元年时事，但因相隔不远，故连类并书，以便阅者。

且说苏定方自讨平西突厥后，复于显庆四年，出征思结。思结系铁勒别部，曾由唐改号蹛林州。见二十一回。酋长都曼，叛服无常，当遣定方为安抚大使，兼程前进，掩击都曼营帐。都曼败遁，追至马保城，四面围攻。都曼计穷出降，由定方缚献殿廷，得贷死罪。不略思结战事，所以表定方擒渠之功。越年三月，新罗王金春秋上表乞援，春秋系女主真德弟，真德于永徽五年病殂，唐廷册封春秋为新罗王。应二十二回。惟高丽、百济，与新罗仍不相和，尝联兵攻新罗境，夺去三十三城。新罗王春秋，曾上表求救，高宗遣营州都督程名振，及右领军中郎将薛仁贵，往讨高丽，屡有斩获。高丽兵败退，唐兵亦还。惟百济未尝受创，伺着唐兵西归，复进扰新罗，新罗复遣使求援，乃再命苏定方为神邱道行军大总管，与左骁卫将军刘伯英等，率兵十万人，水陆齐进。且授金春秋为嵎夷道行军总管，令简新罗锐卒，会同苏定方大军，同讨百济。定方自成山渡海，至熊津江口，正值百济兵前来防堵，便不待整列，即掩击过去，杀死百济兵数千人，有一半拼命遁还，唐军从后追蹑。将至百济国都，百济王义慈。即扶余璋子。倾国出战，被唐军一阵捣入，杀得天昏地暗，红日无光。百济兵纷纷溃散，义慈也只好逃回。不意外城甫入，唐军已追踪而至，连城门都不及关闭，由唐军骤马进去。还亏太子隆及次子泰，自内城领兵出救，才得将义慈保入内城，阖门拒守。定方督军攻扑，义慈大惧，与太子隆缒城夜走，遁匿北境，留次子泰守城，泰竟自立为王。隆子名文，尚留城中，私语左右道："王与太子皆在，叔父竟拥兵自王，就使能却唐兵，我父子也不能自存了。"遂率左右逾城出降，人民亦陆续缒出，多来投顺唐军。定方乘胜猛攻，督将士登城立帜，泰窘迫无计，没奈何开城听命。义慈及隆闻国都失守，又思他遁，适唐军前来搜捕，无路可奔，也只好面缚乞降。百济旧有五部，分统三十七郡二百城，至是悉数归唐。改置熊津、马韩、东明、金涟、德安五都督府，选擢原有酋长为都督、刺史。惟都城为全国总枢，特留郎将刘仁愿居守，熊津地居险要，亦特派左卫中郎将王文度，作为都督，抚治百济遗众。定方遂押住义慈父子，还献唐廷。定方至是，已三擒外国酋长矣。有诏赦罪不诛。再迁定方为辽东道行军大总管，刘伯英为平壤道行军大总管，程名振为镂方道总管，分道往击高丽。还有左骁卫大将军契苾何力，亦受命为浿江道行军大总管，接应定方。青州刺史刘仁轨督运东征军粮饷，航海东行，不料遇着飓风，粮船多覆，因致得罪褫职，白衣从军。

先是百济王义慈，与日本通好，倚为外援，当遣子扶余丰，往质日本。及百济亡国，遗将僧道琛及福信，收集余众，据住周留城，迎立故王子丰为王，出图恢复，围住旧都。刘仁愿兵少力单，勉强守御，又因熊津都督王文度，莅任即殁，更觉没人援助，不得已飞章告急。唐廷亟起用刘仁轨，命为检校带方州刺史，节制王文度旧众，便道发新罗兵，往救仁愿。仁轨慨然勇往，且在州司中请得唐历及庙讳，随带军前，并语麾下道："我此去将荡平东夷，颁行大唐正朔，众位须协力助我，不患不建功立业哩。"前时粮覆致罪，也未免枉屈，此公原是大有为者。遂申定军律，格外严明，沿途转斗直前，无战不克。福信分军堵熊津江口，竖立两栅，很是坚固，仁轨与新罗兵纵击，把两栅一并毁去，敌众或被杀，或遭溺，不计其数。道琛闻福信败退，也将都城撤围，退保任存城，新罗兵粮尽引还，仁轨与仁愿合军，休息士卒，暂且按兵不动。道琛遂自称领军将军，福信也自称霜岑将军，两人势不相下，自行攻击。道琛为福信所杀，福信遂专掌兵事，抵制唐军。仁愿、仁轨，因百济都城，全恃熊津口为保障，熊津一失，国都万不可守，乃均移驻熊津城。唐廷亦令仁愿为熊津都督，饬俟高丽得胜，再行进兵。一面召回刘伯英程名振，改遣任雅相为浿江道行军总管，转调契苾何力为辽东道行军总管，苏定方为平壤道行军总管，征集三十五军，及番部各兵，速攻高丽。

高宗改元龙朔，欲亲自出征，为武氏谏阻而止，但诏促各路进军。苏定方先进浿江，连战皆捷，遂进围平壤城。高丽莫离支盖苏文，遣子男生率兵数万，守鸭绿江，堵住任雅相一军，雅相不敢就进。可巧契苾何力到来，主张进行，适值天寒冰冱，何力引众乘冰，鼓噪而济。高丽兵措手不及，立即溃走，被何力追奔逐北，斩首至三万级。男生策马急驰，还算保全性命。何力再欲进攻，不料任雅相病殁军中，只好暂时逗留，候旨裁夺。高宗以雅相新亡，行军不利，亦诏何力班师。苏定方久围平壤，屡攻不下，反阵亡沃沮道总管庞孝泰，并因年暮残雪，兵士疲乏，亦解围西归。新罗王金春秋，又复病殂，子法敏嗣，势不能援助唐军。高宗乃颁敕二刘，大旨说是："平壤军还，熊津势孤，一城不能自固，不如移就新罗。若金法敏留卿镇守，可暂停彼处，否则泛海归来便了。"仁愿不觉踌躇，仁轨独奋然道："大臣为国家计，有死无二，怎得贪生避害？试想主上欲灭高丽，所以先讨百济，留兵守堵，制他心腹，诚使厉兵秣马，击他无备，理无不克，得捷以后，士卒心安，然后分兵据险，开展势力，飞表上闻，再求益兵，朝廷知我有成，必更遣将出师，声援既厚，凶丑自歼，非但不弃前功，且足永清海表。今平壤既已退师，熊津又复弃去，眼见百济余众，不日鸱张，高丽逋寇，无时可灭，数年血战，徒劳无益，况且熊津孤城，居敌中央，我若动足，适为敌乘，就使得至新罗，亦不过作一寓客，万一有变，仍恐难免，虽悔亦无及了。愚料福信凶悖，君臣相猜，将来必行屠戮，我军正应坚守观变，乘衅而动，不患不胜。古人有言：'将在外，君命不受。'还请总管详察！"理直气壮。仁愿道："刺史说得甚是。"众将也均赞成，遂严申守备，待机乃发。

忽由百济王丰，遣人来前，由仁愿召入，问明来意。来使道："大使等何时西还？我主当派兵护送。"仁愿尚未及答。仁轨即从旁答言道："我军归期在迩，难得尔主好意，尔可为我归谢，不劳护送！"来使应声自去。仁轨道："狡虏欺我太甚，目下虏使方归，我正可衔枚疾进，攻他不备了。"仁愿大喜，当即督兵袭支罗城，一战即下，进拔岘城大山、沙井等栅，杀获甚众。福信闻警，才遣兵添守岘城，仁轨佯令缓攻，夜令军士督草填濠，霎时间草与城齐，各将士攀草而上，一齐登城。守卒闻知，已经不及抵御，只得开城遁走。仁轨方安安稳稳的据了岘城，得与新罗通接粮道，有恃无恐。仁愿遂奏请添兵，有诏发淄青、莱海兵七千人，速赴熊津，再遣右威卫将军孙仁师，为熊津道行军总管，统军继进。百济王丰，正与福信争权，率亲卒击杀福信，骤闻唐军大至，急遣使向日本乞师。日本齐明天皇，名天丰。亲赴筑紫，调兵救百济，途次遇病，至筑紫即殁。皇太子天智，奉丧听政，遣部将阿昙比逻夫、阿部比逻夫等，帅舟师百艘，援百济王，更派兵三万人继进，作为后应。

是时孙仁师已至熊津，与二刘合军，声势甚盛。诸将欲出攻加林城，仁轨道："加林当水陆要冲，地形险固，我若急攻，反伤士卒，缓攻必旷日持久，亦致老师。不若直捣周留城，周留城为狡虏巢穴，群凶所聚，除恶务本，正在此举，周留得拔，余城不战自下了。"不入虎穴，焉得虎子？于是分道进兵，仁师、仁愿，邀同新罗王金法敏，从陆路进，仁轨与别将杜爽、扶余隆，率水军及粮船，自熊津入白江，拟与陆师相会。甫至白江口，那百济王丰，与日本兵驾船前来，帆樯相望。仁轨用火攻计，乘风纵火，猛烧敌船，顿时烟焰熏天，海水尽赤。日本将阿昙比逻夫等，还想冒火来战，怎禁得祝融肆威，封姨助虐，徒落得焦头烂额，一步儿不能上前。岸上战鼓声喧，唐将仁师、仁愿等，又复驱军杀到，那时还有何心恋战，慌忙转柁遁去。中国有史以来，日本兵为我军所败，惟此一仗，最为吃亏。百济王丰，亦脱身奔高丽。唐军遂进薄周留城，扶余丰子忠胜、忠志等，率众出降，百济又亡。惟百济将迟受信据守任存城，未肯归命，仁轨令百济降将常之，及沙吒相如为前驱，自率兵后随，奋勇进攻。迟受信料不能守，也挈妻子奔高丽去了。

捷书报达唐廷，高宗召仁师、仁愿还朝，留仁轨镇守百济。仁轨籍户口，瘗骸骨，辑村聚，置官长，通道途，立桥梁，补堤堰，修陂塘，课耕桑，赈贫乏，赡孤老，立唐社稷，颁正朔及庙讳，百济大悦，阖境又安。及刘仁愿到京，高宗亲加慰劳，仁愿道："这统是刘仁轨的功绩，非臣所能及哩。"仁愿推贤让功，亦有足取。高宗乃加仁轨六阶，正任带方州刺史，且替他筑第都中，安顿妻孥，厚给赏赐。小子有诗赞仁轨道：

有勇还须仗有谋，东夷余焰一时休。

若非良将纡筹策，安得功名盖远州？

百济已平，正欲进图高丽，偏铁勒部又复叛唐，屡来寇边，乃遣将往讨铁勒，暂将高丽搁下。欲知铁勒部战事，且待下回表明。

长孙无忌，高宗之母舅也，而构陷之者，始自武氏，成于许敬宗。武氏之欲杀无忌也，因无忌谏阻易后致有此嫌。敬宗与无忌何仇？与褚遂良、韩瑗等又何怨？其所以必加陷害者，无非受武氏之嘱托耳。夫唐廷以上，臣僚甚众，宁必为武氏爪牙，方得居官食禄，况无忌等未尝有罪，而乃任意扳诬，恶同蛇蝎，吾不意忠良之后，而竟生此奸贼也。故武氏之恶固大矣，而敬宗之恶为尤大，揭而出之，恶其何自遁乎？高宗时之良将，苏定方外，应推刘仁轨，高丽未捷而还师，百济复燃而未靖，微仁轨之临机决胜，则刘仁愿必且还军，即幸不为敌所乘，而新罗介居两国间，又遭大丧以后，其能免为蚕食乎？故仁愿之从谏如流，虽有足称，而平定百济，虽出仁轨之功，表而出之，功其庶不没乎？本回隐具此旨，且为标明巨目，嫉恶表功，书法固不苟也。

第二十七回

发三箭薛礼定天山
统六师李勣灭高丽

却说铁勒诸部归唐后，相安无事，约有数年，至龙朔纪元，回纥部酋比粟，始纠合仆骨、同罗两部众，前来犯边。高宗命左武卫大将军郑仁泰，为铁勒道行军大总管，左武卫将军薛仁贵，及燕然都护刘审礼为副，鸿胪卿萧嗣业，为仙萼道行军总管，右屯卫将军孙仁师为副，各率兵万人，往讨回纥。回纥遂号召铁勒九姓，药罗葛，胡咄葛，啒罗勿，貊歌息纥，阿勿嘀，葛萨斛温，索药勿葛，溪野勿。合众十数万，拒击唐军。薛仁贵带着数十骑，当先开路，正与番众相遇。番众见他兵少，也挑选健骑数十人，前来挑战。仁贵大呼道："来骑慢来！看本将军的箭法。"道言未绝，那仁贵早拈弓在手，搭上一箭，飕的射去，正中来骑第一人，撞倒马下，呜呼毕命。仁贵又呼道："来骑防着！看本将军的第二箭！"来骑因前驱已死，正在着忙，不料第二箭又至，复将第二骑射死。仁贵复道："看本将军的第三箭！"这语才出，敌骑格外小心，圆着眼瞧那放箭，只恐被他射着，偏仁贵虚把弓弦一扯，箭尚在手，已把敌骑吓得心惊，左闪右避。仁贵笑着道："似你等没用人物，来经什么战阵？本将军箭尚未发，不必这般慌忙，我要拣你一个多须的人，赏给一箭。"敌骑中巧有一个胡子，听了此言，回马就跑，不意箭已射至，从背项穿出前面，连痛声都呼不出，便坠马而亡。三箭射毕，唐军陆续大至，敌骑俱欲返奔，仁贵复大呼道："你等如欲免死，快快降顺！否则我军将一概放箭，看你能活得一个否？"敌骑料是难逃，只好一齐下马，匍匐请降。仁贵乘势进击，收降了二万人，余众都从碛北逸去。仁贵恐降众难恃，佯令随军越山，到了山巅，传了一个军令，把降众一齐驱下堑谷。看官！你想天山两旁，统是峭壁危岩，一经坠下，统是粉骨碎身，还有什么生理？仁贵太属残忍。及唐军越过碛北，追及败众，又是一番蹂躏，擒得叶护兄弟三人，方收军回营。军士编成两语，作为凯歌道：“将军三箭定天山，壮士长歌入汉关。”少时阅《征东传》曾有三箭定天山一回，说是征辽时事，天山在西，乌得在东，岂亦如樊梨花之有移山法乎？可发一笑！铁勒九姓，经此大挫，哪里还敢再来。只思结多滥葛等部众，留堵天山附近，闻九姓皆败，唐军乘势深入，自知不能堵御，乐得见机迎降，不料郑仁泰悍然不纳，反纵兵击掠两部子女，赏赐军士。两部番众，相率遁去，别将杨志追击，反为所败，有侦骑禀报仁泰，谓番部辎重人畜，尚在近地，可以掩取。仁泰遂选轻骑万四千名，倍道前驱，经过大漠，至仙萼河，不见一虏，粮尽乃还。会连天风雪，士卒饥冻，杀马为食，马尽食人。及入塞，余兵仅八百人，司宪大夫杨德裔劾奏：“仁泰不纳降众，任情劫掠，遂致虏众散匿，将士丧亡，应付法司推鞫。又因仁贵掠取番女为妾，多纳赇遗，亦应加罪”云云。高宗格外开恩，但令他将功赎罪，悉置不问，另遣右骁卫大将军契苾何力，为铁勒道安抚使，安辑余众。何力只选精骑五百名，驰入铁勒九姓中，番众大惊。何力与语道：“国家知汝等皆系胁从，特令我宣诏赦罪，汝等但教捕住罪魁，交给了我，我概不复问了。”九姓部众，乃执住叶护及设特勒等二百余人，叶护注见前，设特勒亦番官名。缴与何力。何力责他叛逆，均令正法，余不再究，九姓乃定。越年，再令郑仁泰讨平铁勒余众，乃移燕然都护府至回纥，更名瀚海都护。燕然都护见二十一回。旧设在郁督军山南麓，至此始移至回纥。徙瀚海都护至云中古城，改名云中都护，以碛为境。碛北属瀚海，碛南属云中。继复改称瀚海都护为安北都护府，这且不必絮叙。

且说兴昔亡可汗阿史那弥射，与继往绝可汗阿史那步真，分治西突厥，本来是划境自守，彼此相安。既而忽生嫌隙，积不能容。阿史那步真竟至𩔖海道总管苏海政处进谗，谓弥射有谋反意。海政惊愕，召集军吏与商道：“我军留此，不过数千人，若弥射果反，来攻我军，我辈将无噍类，不如先发制人为妙。”乃矫诏发帛万匹，召弥射与各部酋长，前来受赐。弥射不知是计，竟率酋长来会海政，海政设伏待着，诱他入营，即令伏兵掩捕，悉数擒住，尽行杀死。弥射属部鼠尼施、拔塞干等，叛走西南，由海政邀同步真，率众追讨，方得平服，军还至疏勒，弓月部又引吐蕃兵，来攻唐军。海政恐师劳力竭，不堪再战，没奈何纳赂吐蕃，约和而还。嗣是西突厥各部落，均因弥射无过被诛，阴怀怨贰。可巧步真复死，十姓无主，有阿史那都支及李遮匐两人，诱致余众，归附吐蕃。

吐蕃自与唐和亲后，朝贡不绝，高宗即位，赞普弄赞病亡，应二十二回。因嫡子早死，立幼孙为赞普，以国相禄东赞摄政。禄东赞招兵养马，寖至盛强，又复得十姓归附，声势益炽，遂欲并吞吐谷浑。适吐谷浑大臣素和贵，得罪奔吐蕃，且言吐谷浑虚实，禄东赞即率兵往攻，吐谷浑可汗诺曷钵，拒战失利，乃挈弘化公主走依凉州。应十六回。唐左武卫将军郑仁泰，正调任凉州都督，因迎纳诺曷钵，替他奏闻，诏命仁泰为青海道行军大总管，节度诸军，分屯凉、鄯二州，防御吐蕃。一面遣苏定方为安集大使，统军作吐谷浑声援，且调停两国战事。吐蕃禄东赞，出驻青海，遣论仲琮仲琮为名，论系吐蕃相臣之称。入朝，面陈吐谷浑罪状，且请与吐谷浑和亲，高宗不许，命左卫郎将刘文祥，偕仲琮至吐蕃，传诏诘责。吐蕃再遣使伴文祥还国，仍请与吐谷浑修和，惟求赤水地牧马。高宗仍然不从，却还来使。于是吐蕃不服，倔强如故。唐世吐蕃之祸始此。唐廷拟招抚西突厥，令与吐蕃绝好，乃授阿史那都支为左骁卫将军，兼匐延都督，以示羁縻。诏尚未至，阿史那都支已派兵寇庭州。刺史来济正调任是缺，遂顾语左右道："我久已当死，幸蒙存全，以至今日。现在强寇凭陵，我惟一死报国便了。"遂不服甲胄，只带领数十骑，赴敌尽忠。事闻于朝，高宗虽也怜念，但因济为武氏所嫉，不敢加旌，但许他灵柩还乡，所有封授都支诏命，亦未尝追还。都支接着诏敕，阳为受命，暗中仍与吐蕃连和，慢慢儿的侵边罢了。为后文伏笔。

高宗于龙朔四年正月，再改号为麟德元年，敕众臣制定封禅礼仪，是时李义府恃势卖官，怨声载道，且与许敬宗纂定新礼，改订官名，并参修国史及氏族志，无非党同伐异，揽权营私，甚至子姓女夫，亦横行不法。高宗尝有所闻，面加儆戒。义府却勃然变色道："谁告陛下？"高宗道："何待问朕？"义府也不谢罪，昂头自去。高宗因是不悦，会义府与术士杜元纪，微服出城，候望气色，又有人密白高宗，高宗防有异图，即诏李勣按讯，审出许多罪状，乃将他革职除名，流戍嶲州，朝野称庆。高宗能逐义府，岂不能抑制阿武？可见武氏专横，全是为色所迷。惟许敬宗仍然怙宠，势焰薰天，所有封禅礼仪，多经敬宗手定，又令李淳风作麟德历，虽为推步精详起见，也无非除旧布新，扬扢承平的意思。

麟德二年，由武氏表称封禅，请率内外命府奠献，自己想出风头。高宗自然依从，即令敬宗订定奠献仪制。皇上初献，皇后亚献，越国太妃燕氏为终献。燕氏系太宗妃，即越王贞母。废稿秸、陶匏，用茵褥、罍爵。文舞用功成庆善乐，武舞用神功破阵乐。仪制已定，遂下诏东禅，定洛阳宫为东都，先偕太妃、皇后等赴洛阳，再休息了数天，方由东都启跸，所有卤簿仪卫，延长至数百里。自十月出行，直至十二月间，方到泰山。车驾过寿张县，闻张公艺九世同居，累朝都有旌表，因也屈尊过访，公艺当然恭迎。高宗问他累世同居的缘由，公艺即书百"忍"字以进。高宗一再称善，赐以缣帛百端，不没公艺。治家宜忍，治国不专在忍，王船山曾加论辩，可为当世定评。乃进抵社首山下，为泰山山脉之一峰。驻驾过年。到了元旦这一日，遂在泰山南麓，恭祀昊天上帝。次日祭泰山，又次日禅社首，祭皇地祇。每一祭献，由高宗初献毕，执事等尽行趋下，然后令宦官执帷，拥护武氏登坛亚献。帷帟纯用锦绣制成，端的是辉煌灿烂，冠冕堂皇。可惜拥着一个淫妇。至太妃终献，又换过一种帷帘，便没有武氏登坛的威风。各处祭毕，悉将祭文封入玉牒，藏诸石礚，音感，石箧也。于是大赦天下，改元乾封。又要改元，真是无谓。文武官各晋爵加阶，赐民酺七日，返经曲阜，谒孔子家祠，祀用少牢，赠官太师。孔圣有灵，亦不愿加封太师名号。再至亳州，谒老君庙，即老子。尊老君为太上玄元皇帝。老子恐亦不愿受此名称。好容易到了初夏，方还京师。

适值高丽遣使献诚，入都请师。高宗正因东封竣事，拟耀威东方，平服高丽，凑巧有外使到来，正是机不可失，怎得不遣将兴师？看官阅过上文，高丽本与唐为敌，如何反来乞师呢？原来乾封元年，高丽泉盖苏文已死，长子男生代为莫离支，自出巡城，留弟男建男产居守。男建自为莫离支，发兵拒兄，男生无家可归，走保别城，因遣子献诚诣阙求救。高宗即命契苾何力为安抚使，左金武卫将军庞同善，营州都督高侃，同为行军总管，往征高丽。即命献诚为向导，授官右武卫将军。庞同善偕献诚先行，入高丽境，遇着防兵，一鼓击走。男生遂率众来会，诏授男生为辽东大都督，兼平壤道安抚大使，封玄菟郡公。又命李勣为辽东道行军大总管，兼安抚大使，带领左武卫将军薛仁贵等，水陆并进，援应何力、同善等军。且敕何力、同善等，悉受李勣节制。勣渡过辽水，道出新城。召语诸将道："新城为高丽西鄙，不先攻下，余城未易图了。"乃督军占据西南山，俯瞰城中，环矢迭射。城中恟惧，遂缚城主出降。李勣使契苾何力入守，庞同善、高侃为犄角，留薛仁贵往来游弋，策应各军，自率大兵进击，连拔一十六城。男建果然潜兵西出，来袭高侃营寨，被薛仁贵中途邀击，大败遁归。侃遂进军金山，金山地据要害，戍卒如林，见侃军到来，奋力出斗，侃与战不支，逐步退还。高丽兵哪里肯舍，相率赶来，可巧碰着了薛仁贵，横冲而入，把高丽兵截作两段，侃亦麾军返攻，两下合击，杀死高丽兵五万余人，乘胜逐北，捣破南苏、木底、苍岩三城，声威大振。仁贵尚不肯罢手，竟自引部下三千骑，进攻扶余城，诸将虑他兵少，劝令休进。仁贵笑道："兵不在多，但看使用合宜，虽少何害？"随即毅然前往，直抵扶余城下。守兵出城接仗，怎禁得仁贵一支大戟，前挑后拨，纷纷落马。仁贵部下，又都是百战雄兵，无人可敌，眼见得守兵败衄，弃城而逃，一座好城池，又被仁贵据住了。极写薛仁贵。扶余附近四十余城，均惮仁贵威名，望风请降。

李勣闻扶余城得下，很是喜慰，即遣侍御史贾言忠，还报高宗。高宗问及军事，言忠答道："高丽必平。"高宗道："卿从何处看来？"言忠道："昔隋炀帝东征，因人心离怨，所以不克，及先帝东征，因高丽无衅可乘，所以不克。俗语有云：'军无媒，中道回。'今男生兄弟，自相斗阋，男生倾心内附，为我向导，彼国虚实，我已尽知，将帅成谋，士卒效力，哪有不克之理？且闻高丽秘记，曾有谶语，谓不及九百年，当有八十大将，倾灭高丽。高氏自汉立国，至今已九百年，李勣年已八十，正应彼谶，更兼高丽连年饥馑，妖异迭兴，人心惊惶得很，还有甚么不亡哩？”高宗又问辽东诸将，何人最贤？言忠道：“薛仁贵勇冠三军。庞同善虽不善斗，持军却也严整。高侃勤俭自处，忠勇有谋。契苾何力沉毅能断，性少忌刻，却不失为统御才。这数人统是当代良将，若讲到夙夜小心，忘身忧国，总要推大总管李勣哩。”言忠评论诸将，尤属有识，惟推重李勣，说他忘身忧国，未免阿私所好。高宗怡然道：“卿可谓观人有识了。”当下仍遣令东行，慰问将士。及言忠至军，李勣已亲至扶余城，援应薛仁贵，杀退男建部众。进拔大行城，复会合诸军，攻破鸭绿水坚垒，直捣平壤城了。

言忠奉诏慰谕，士气益奋，契苾何力引军先至平壤城下，勣军继进，围攻至月余，高丽王高藏，势穷力蹙，乃遣泉男产率首领九十八人，持着白幡，出降军前。惟男建尚闭门拒守，且屡遣兵夜袭唐营，均被唐军击退，男建尝以军事委僧信诚，信诚输款唐营，愿为内应。越五日，开城纳唐军。勣即纵兵登城，鼓噪而入。男建方欲自刎，正值唐军齐进，七手八脚，将他捆住。又把百济故主扶余丰，也一并拿下，余众悉降。当由勣传檄高丽全境，令他归顺，所有高丽五大部，凡百七十六城，除已由唐军攻克外，没一处敢行抗命。高丽遂平。

勣乃振旅还朝，途次接到诏敕，将高藏等先献昭陵，次献太庙，待一一遵行后，然后奏请受俘。高宗亲御含光殿，传见高藏以下诸人，高藏等匍匐殿阶，由高宗而颁诏敕，赦高藏、泉男生等罪，各授官爵。惟泉男建、扶余丰两人，罪大难宥，一流黔州，一流岭南。分高丽为九都督府，四十二州百县，特就平壤设安东都护府，统辖高丽，即令薛仁贵检校安东都护。总兵二万人镇抚。惟扶余丰子扶余隆，早已出降，有诏令为熊津都尉，招辑余众，且替他颁敕新罗，劝释前嫌，互修新好。新罗王金法敏，不敢不从，遂与隆同盟熊津城。刘仁轨代作盟词，俾敦睦谊，然后带着守兵，航海西还。高宗亲祀南郊，告平高丽，进封李勣为太子太师，令他襄祀，充亚献官。

是年又改元总章，且欲亲幸凉州。大理少卿来法敏，上言陇右凋敝，不宜巡幸，乃不果行。总章二年冬季，李勣寝疾，弟弼由晋州刺史任内，奉旨召还，命为司卫卿，使视兄疾。勣见弼少觉心喜，便道：“我疾稍愈，可置酒同宴。”于是设席奏乐，兄弟会食，子孙侍列，欢饮将毕，勣语弼道：“我见房、杜二人，平生勤苦，撑立门户，后因诸子不肖，荡覆无余。房遗爱事见前，杜子名荷，曾尚太宗第十六女城阳公主，因坐承乾事，被诛，兄构亦贬死岭表。我有子孙数人，今悉托汝，汝应为我慎察，如有言行乖异，妄交非类，请先行挞杀，然后上闻，勿令他人笑我似房、杜一般。我死后殓用常衣，外加朝服，倘死后有知，可著此服往朝先帝，慎勿过侈。众妾愿留居养子，不妨听他，否则任令他去。如不从我言，我虽死恐将戮尸哩。”虑患虽深，奈天不从汝何？言已不禁泪下，弼唯唯受教。嗣是病日加剧，高宗及皇太子赐药，每至即服。家人欲呼医审视，勣慨然道：“我本山东农夫，从龙佐命，位至三公，年逾八十，还有甚么不知足哩？生死由天，非关医药，不过上承恩贶，不敢不服，外此原不必就医了。”未几遂死。勣素友爱，尝遇姊病，亲为煮粥，风回爇须，姊顾语道：“仆妾颇多，何太自苦？”勣答道：“姊弟年皆垂老，虽欲常为姊煮粥，恐也不得几次了。”一长必录。又尝自言：“十二三岁时，即作无赖贼，逢人即杀，十四五岁，为难当贼，择人后杀，十七八岁为佳贼，临阵乃杀人，二十岁为大将，用兵救人死。”勣每出战必先定谋，战胜必归功将士，所得金帛，一律分散，所以人皆致死。高宗闻勣死耗，泣语众臣道：“勣奉上忠，事亲孝，历仕三朝，未尝有过，可称作社稷臣。且朕闻他操行廉谨，不治产业，今已身殁，恐无赢资，须厚加赙恤，乃可酬忠。”遂令有司多贻金帛，追赠勣为太尉，谥曰贞武。子震嗣爵，终桂州刺史。震子敬业、敬猷，具见后文，小子有诗咏李勣道：

攀龙附凤列三台，百战功成柱石才，
可惜生平差一着，依违阿武祸成胎。

李勣死后，又改元咸亨。西陲又有变乱情形，待至下回续叙。

薛仁贵，将材也，李勣，将将材也，仁贵三箭定天山，遂以成名，实则勇敢二字，足以尽之。及从征高丽，破男生，救高侃，进拔扶余城，以少胜多，有战必克，贾言忠所谓勇冠三军，良非虚语。但亦由李勣之为统帅，知人善任，始则留为巡徼，继则任其进攻，终则自行应援，不掣肘，不惎能，然后仁贵得以建立巨功，扬名千古，乃知李勣固一将材也。否则如郑仁泰之为大总管，出征铁勒，虽有仁贵之迅定天山，而其后卒丧功而还，同遭弹劾，统帅非人，将勇亦不足恃耳。惟勣营私畏祸，导高宗之易后，卒致唐宗几歼，家族亦诛夷殆尽，临终之嘱，果奚益哉？史以不通学术讥之，有以夫！

第二十八回

伐西羌连番败绩
易东宫两次蒙冤

却说吐蕃国相禄东赞，悉心秉政，驯至盛强。禄东赞死，有子四人，长名钦陵，才智不亚乃父，续掌国事。钦陵弟赞婆、悉多、于勃论，亦均有武略，出外典兵，因与唐室有嫌，遂连陷西域十八州，又合于阗兵袭击龟兹，陷入拨换城。这消息传入唐都，有诏撤消龟兹、于阗、焉耆、疏勒四镇，令右卫大将军薛仁贵，为逻娑道行军大总管，左卫员外大将军阿史那道真，及左卫将军郭待封为副，往讨吐蕃，仁贵等奉命西行，军至大非川，将趋乌海，仁贵语道真待封道："乌海险远，且多瘴疠，我军如若深入，实是一条死路，但既奉命来前，怎可贪生怕死？不过死中亦应求生，急进当可图功，缓进必且致败。今大非岭地尚平坦，可置二栅，藏纳辎重，留万人为守，我率轻骑前往，倍道兼行，掩他不备，定可破敌了。"待封自愿留守，仁贵又嘱道："我若已到乌海，当遣骑兵来运辎重，请君保护同来，否则慎勿妄动。"待封应声允诺，仁贵遂率所部前行，令道真为后继，兼程疾进，甫至河口，遇吐蕃兵数万人，据险守着。当由仁贵自作冲锋，仗着一杆大戟，刺入敌垒，敌皆披靡。唐军一并拥上，杀掠甚多，夺得牛羊万余头，鼓行而西，直薄乌海城，乃派弁目带领千骑，往大非川接运辎重。哪知留守大非岭的郭待封，早已将辎重若干，送与敌人了。

看官道是何因？原来郭待封尝为鄯城镇守，与仁贵名位相同，至是耻居下列，不愿受仁贵节度，竟领辎重徐进。行军岂可儿戏，待封实是可杀。到了半途，吐蕃发兵二十万，前来邀击，待封趋避不及，只好接战，一场角斗，被吐蕃兵杀得大败，慌忙逃命，把辎重数百车，尽行失去。仁贵尚在乌海城下，眼巴巴的望着待封，偏只来了道真一军，并不见待封到来，嗣由骑兵返报，待封已将辎重失去，不禁大惊道："辎重一失，我等怎能久留？只好飞速回军罢。”当下立命退军，从间道趋回大非川。待封亦正带着败兵，在大非岭驻扎。两军甫行会晤，不意胡哨四起，虏马长驱，吐蕃国相钦陵，带着大军四十万，鼓勇而来。仁贵正要布阵，与他接仗，偏待封部下，已先溃遁，待封亦策马奔去，一军失律，余军亦相顾错愕，咸无斗志。那钦陵麾下，又都是久经训练的劲旅，凭你薛仁贵如何能耐，究竟一枝铁戟，敌不住四十万蕃兵，两下交绥，唐军逃的逃，死的死，仁贵知不可敌，忙与道真杀开一条血路，且战且行。待至红日衔山，钦陵收军不追，方得休息，检点残兵，十成中已伤亡七八成了。深惜薛仁贵，故虽经大败，笔下尚有含蓄意。仁贵叹道：“今岁次庚午，即咸亨元年。星在降娄，不应有事西方。邓艾死蜀，亦蹈此失，我原恐有此败哩。”乃与道真熟商，只好遣使约和。钦陵也不欲穷逼，但复称唐军不入吐谷浑，便当允议。仁贵没法，乃权词应允，自率败军东归。高宗闻报，命大司宪乐彦玮，到军中按问败状，逮捕三人至京师，一并除名，免为庶人。待封不诛，未免姑息。

吐蕃遂并吞吐谷浑故地，诏徙吐谷浑余众居灵州。既而吐蕃遣大臣仲琮入贡，仲琮少游太学，颇知文事，高宗召见时，问及吐蕃风俗。仲琮答道：“吐蕃地薄气寒，风俗朴鲁，何足比拟中国，但法令严整，上下一心，所以能历久强盛呢。”外域之强，大都由此。高宗又问道：“吐谷浑与吐蕃，向系亲邻，吐蕃乃纳叛弃和，据有吐谷浑土地，朕遣薛仁贵等，往定吐谷浑，吐蕃又发兵邀击，这是何理？难道我国果敌不过吐蕃么？”琮顿首道：“臣奉使入贡，他事非所敢闻。”高宗以为知言，厚礼遣还；再拟命将西征，苦无统帅，且因高丽余众，出没东方，屡有乱事，新罗王金法敏，容纳叛人，串使为乱，乃暂停西略，先事东征。初遣高侃为东川道行军总管，发兵讨高丽叛众，屡次告捷，终无成功。再遣刘仁轨为鸡林道大总管，及卫尉卿李弼，燕山总管李谨行等，同讨新罗叛王，斩获颇众。仁轨遽奉召还朝，惟李谨行屡建奇功，妻刘氏居守伐奴城，环甲率兵，击退贼虏，受封燕国夫人。不没勇妇。谨行进任东安镇抚大使，进逼新罗，三战皆捷。新罗王乃遣使谢罪，且贡方物，高宗乃赦罪不问。嗣复遣高藏、扶余隆归国，令各抚故土人民。藏得封为朝鲜王，隆得封为带方王。偏藏至辽东谋叛，乃仍召还，徙邛州而死，隆畏新罗势盛，始终观望，不敢入故都，寻且退归内地，于是高丽、百济，几尽并入新罗。此段为销纳文字。

是时刘仁轨已官尚书右仆射，出任洮河镇守使，防御吐蕃，东方乏一熟手，只可舍东顾西。借仁轨事作穿插，以便东西连贯。会许敬宗因病致仕，未几即死。敬宗构害忠良，骄奢无度，在京师广营第舍，僭造连楼，召诸妓走马楼上，纵酒奏乐，自娱晚年。又纳美婢为继室，婢竟与敬宗子昂私通，敬宗奏斥昂至岭外，久乃表还，复以女嫁蛮酋冯盎子，多得私赂。及死后，高宗为之举哀，追赠开府仪同三司，令陪葬昭陵。太宗有知，恐不容他在侧。又令大臣拟谥，太常博士袁思古，谓："敬宗弃子荒徼，嫁女蛮落，只可谥一缪字。"高宗以为未妥。且经敬宗孙彦伯，诉称思古挟嫌，毁及乃祖，因更令群臣续议，改谥为恭。敬宗死事，亦随笔带过。敬宗已死，朝右去一权蠹，乃仍复官名，改修国史，用戴至德为左仆射，张文瓘为侍中，郝处俊为中书令，李敬玄同三品，右仆射本属刘仁轨，因他出镇洮河，虚位以待。偏李敬玄与仁轨有嫌，每遇仁轨奏事，辄从中阻挠，仁轨很是不平。可巧吐蕃屡来寇边，遂奏称："敬玄才识，非臣所及，请令他镇守河西，免臣误事。"高宗不知仁轨隐情，总道他荐贤自代，定必得人，乃命敬玄往代仁轨。敬玄一再固辞，自言非将帅才。既已自知不才，何苦与仁轨龃龉。高宗不觉惹厌，竟怫然道："仁轨若要朕亲往，朕也只好一行，卿何故屡次奏辞呢？"敬玄才不敢言，惶恐受命，乃拜他为洮河道大总管，令率工部尚书检校左卫大将军刘审礼等，统兵十八万，往代仁轨镇守。

敬玄全不知兵，胆又怯弱，审礼却是一个勇莽人员，但顾前，不顾后，既入吐蕃境内，敬玄是沿途逗留，审礼乃倍道急进，前后相隔已远，致审礼陷入敌中，吐蕃国相钦陵，竟率兵十万人，把审礼围住，审礼只望敬玄来救，偏偏敬玄不至，一时冲突不出，身中数矢，被吐蕃兵擒去。钦陵既擒住审礼，便进兵来击敬玄。敬玄闻审礼被擒，慌忙退走，奔至承风岭，敌骑已漫山遍野，蜂拥而来，承风岭下有大沟，敬玄急阻沟自固，钦陵却屯兵对面高山，陵逼唐营，声势锐甚，吓得敬玄愁眉紧锁，不知所为。左领军员外将军黑齿常之，即百济降将，见二十六回。颇有胆略，乘着天昏月黑的时候，但率敢死士五百人，潜劫敌寨。钦陵按兵自守，不为所动，怎奈右营部将跋地设，引兵遽遁，害得钦陵也不能坚持，只好退去。常之从容回军，敬玄才得拔营徐退，返入鄯州。

审礼子易从等，闻父陷虏，自缚诣阙，愿入吐蕃赎父。高宗乃饬令省亲，及至吐蕃，审礼已受创身亡，易从昼夜哀号，吐蕃亦加怜悯，许还遗尸，易从徒步负归。高宗赠审礼工部尚书，赐谥曰僖，并给子旌表，阐扬忠孝。不略易从事，亦表扬孝子之意。且擢黑齿常之为左武卫将军，充河源军副使，召敬玄还朝，贬为衡州刺史。监察御史娄师德，曾应猛士诏从军，及敬玄败绩，赖师德收集散亡，军乃少振。高宗命他宣谕吐蕃，吐蕃将赞婆，盛兵来迎，经师德一番开导，与陈祸福利害，说得赞婆心悦诚服，情愿修和。嗣是吐蕃兵不入唐境，约有数年。

自薛仁贵退败，以至李敬玄败还，时间已经过八九年，改元两次，咸亨四年，改为上元，上元二年，改为仪凤。仁贵事在咸亨元年，敬玄事在仪凤三年，这八九年间，外事除吐蕃外，只有东方交涉，已经略详，内事虽没甚变动，恰也不止一许敬宗病死，因改任左右仆射等情，小子不得不再行补叙，撮要表明。眉目分明。当武氏擅权后，高宗尝患风眩，不能视朝，所有百官奏事，多令武氏裁决，武氏智足饰非，才能屈众，无论亲疏贵贱，但教顺彼即生，逆彼即死。高宗不敢过问，一听所为。先是武氏父士彟身死，前妻相里氏生下二子，长名元庆，次名元爽，后妻杨氏生下三女，长女早寡，季女已亡，中女便是武氏。回应第十七回。元庆、元爽，及从兄惟良、怀运，待遇杨氏，向多失礼。武氏未入宫时，亦尝遭他白眼，因此武氏母女，引为深恨。及武氏得宠，一跃为后，杨氏得封荣国夫人，后姊亦得封韩国夫人，元庆为中正少卿，元爽为少府少监，惟良为司卫少卿，怀运为淄州刺史，一门富贵，烜赫无论。荣国夫人语惟良道："汝等尚记前日事否？今果何如？"惟良道："我等因功臣子侄，得备一官，今为戚属增荣，反恐位高益危哩。"不肯逢迎荣国却是一个硬头子。夫人衔怨益甚，遂劝武氏佯作退让，上了一道陈情表，乞把私亲外徙，以示大公。口是心非。高宗乃出惟良为始州刺史，元庆为龙州刺史，元爽为濠州刺史。元庆忧死，元爽坐事流扬州，亦即殒命。独韩国夫人出入禁中，与高宗不相避忌，高宗爱她性情柔媚，与妹相似，索性一视同仁，也与她结成鸾凤缘。韩国有女，又是一个天生国色，娇小风流，高宗是色中魔鬼，见一个，要一个，那女子又素秉家传，不管什么老小，但蒙君王爱宠，也乐得移花接木，抱衾承恩。讽刺得妙。母女依次被幸，只瞒着一个妒后。无如天下事若要不知，除非莫为，况武氏非常乖巧，哪有不窥出情景，瞧破机关？她却佯作不知，仍与韩国夫人，往来如旧，且更增几分欢昵，时常与宴，暗地里放下毒药，竟将韩国鸩死。高宗哪里知晓，总道她是暴病身亡，偷下几点情泪，又加封韩国女为魏国夫人，算是报答韩国的情谊。这魏国夫人感激万分，更欲以身报德，惹得高宗越加怜爱，几乎要册作妃嫔，只因碍着武氏面目，不便启口。武氏也已瞧透，仍复不动声色，伺隙逞谋，可巧惟良怀运，同时入朝，献上食物，武氏得此机会，计上心来，又密在食物中，加入许多鸩毒，却故意召进魏国夫人，令她先食。魏国未曾防着，到口便吞，霎时间心腹暴痛，跌倒地上，少顷便七窍流血，一缕芳魂，投入枉死城。武氏忙令内侍去请高宗。及高宗到来，佯作悲号，一口咬煞惟良、怀运。高宗看那魏国夫人，死得甚惨，不由的泪下潸潸，比那韩国身死时，尤加凄切。母女相继暴死，全是你一人害她。武氏带哭带语，说是惟良、怀运，意图鸩主，适值魏国遭晦，前来替死，应一面厚赐赙恤，一面追究罪名。高宗惜玉情深，闻了此言，恨不把惟良、怀运，亲自手刃，才得泄恨，于是不察情伪，竟写了手谕，颁发大理，立将惟良、怀运处斩，可怜惟良、怀运，有口难分，平白地被他捆缚，枭首市曹。一计杀三人，忍哉武氏。

武氏改二人姓为蝮氏，令韩国夫人子贺兰敏之，奉士彟祀。外孙继外祖，也是特创。魏国发丧，敏之入吊，高宗倚棺大恸，敏之也哀哀痛哭，一无劝词。武氏又暗忖道："是儿不良，恐不免疑我呢。"越数月，又将敏之出谪，窜死贬所。既而杨氏病殁，追封鲁国夫人，予谥忠烈，寻又加赠武士彟为太原王，进鲁国夫人杨氏为王妃。上元元年，高宗自称天皇，号武氏为天后。武氏内怀阴毒，外托宽仁，居然条陈十二事，请高宗施行！（一）劝农桑，薄赋徭。（二）给复。（三）息兵。（四）禁浮巧。（五）省力役。（六）广言路。（七）杜谗口。（八）王公以降，皆习老子，以尊圣绪。（九）父在为母服齐衰三年。（十）上元以前勋官，已给告身，不必追核。（十一）京官八品以上，增给廪饩。（十二）百官久任，应量才进阶，疏通迟滞。这十二条纲目，多半与舆情相合，一经颁出，都下人士，各称皇后贤明。传颂一时，高宗当然照行，且加褒美。武氏复亲祀先蚕，躬莅蚕事，且大集诸儒，撰定《列文传》《臣轨》《百僚新诫》《乐书》等千余篇，自行裁定，差不多是熙朝政典，当代女宗。吾谁欺，欺天乎。

太子弘仁孝谦谨，颇不似武氏狡狯，每见武氏专擅，略加讥谏，遂忤母意。萧淑妃生有二女，一为义阳公主，一为宣城公主，因母得罪，被幽掖庭，年龄逾三十外，尚未遣嫁。弘代为悱恻，申请下降。武氏大为怫意，即将二公主分配卫士。高宗取裴居道女为太子妃，裴女颇尽妇道，武氏不悦，太子也把裴女白眼相待，上元二年初夏，太子弘从高宗幸合璧宫，由武氏亲赐酒食，弘以谊关母子，当无他意，当即醉酒饱德，临行时尚不觉痛苦，及随驾入宫，才觉腹中膨胀，服药无效，呻吟了好几日，竟尔死了，年只二十四岁。亲生子尚且毒死，遑论别人？高宗本异常钟爱，陡遭此变，几乎痛不欲生，经侍臣多方劝慰，才行止哀。所有丧葬制度，竟许用天子礼，谥为孝敬皇帝。太子死谥皇帝，也是从古未有。御制睿德纪，刻石陵侧。太子妃裴氏，痛失所天，更因武氏常加虐待，免不得悲惧兼并。自古有道："忧能致疾。"妇女更且加甚。弘死后才及年余，这裴氏已恹恹成病，变成了一个痨损症，拖延床褥，好几月也入鬼门。还是死得清脱。高宗复命以后礼治丧，谥她为哀皇后。太子弘有弟三人，一名贤，一名哲，一名旦，皆武氏所出。贤容止端重，恣性聪敏，少时读书，过目不忘，曾受封为雍王，高宗亦颇爱宠，因弘已病故，乃令贤继立。

甫经二年，高宗又下诏改元，易仪凤为调露，偕武氏巡幸东都，命太子贤监国。原来武氏害死后妃，虽得一时快志，心下也觉不安，往往梦寐时间，见二人被发沥血，状甚可怖，后来疑上加疑，明明醒着，也觉二人站立身旁，因此情虚思避，特在京都东北隅，另造一座蓬莱宫，建筑很是华丽，比旧宫宏壮数倍，武氏就此迁居，连高宗也移仗过去，称故宫为西内，新宫为东内，在武氏的意见，总道迁地为良，免得冤鬼日来缠扰，哪知这二鬼仍然随着，不肯相离，这是疑心生暗鬼，并非二鬼有灵。没奈何召入巫祝，多方禳解，正谏大夫明崇俨，素尚左道，劝武氏别幸东都，定免鬼祟，武氏遂怂恿高宗东幸，高宗怎敢不依？及至东都，果然心神恬适，厉鬼不侵。一住数月，闻太子贤居守长安，处事明审，为世所称，高宗却也安心。偏明崇俨密白武氏，谓:

“太子福薄，不堪继体，惟英王哲貌类太宗，相王旦貌当大贵，两子中择立一人，方可无虞。”武氏正信任崇俨，遂以为贤不当立，阴生悔意，只因贤无过可指，勉强容忍，但自撰《孝子传》《少阳政范》等书，陆续赐贤，书中暗寓训斥的意思。贤本是个聪明人物，窥出奥妙，也疑母后别有用心，于是母子间复生嫌隙。越年复改元永隆，高宗与武氏尚在东都，明崇俨有事西归，途次为盗所杀，左道何故没用？武氏疑由贤主使，大索盗犯，数月不得。贤时怀惴惧，也起了一片醇酒妇人的思想，征逐声歌，狎昵厮养。尝赐户奴赵道生金帛，由司仪郎韦承庆谏阻，非但不从，反且见斥。承庆遂报知武氏，武氏召太子贤至东都，且遣薛元超、裴炎、高智周三人，往搜东宫，授以密嘱。三人承颜希旨，竟至东宫检查。得皂甲数百具，即作为反证，且诱令道生讦告太子，硬把明崇俨杀死事，加在太子贤身上，说由太子所使，一番冤冤枉枉的锻炼，竟当做确确凿凿的狱词，武氏遂提出大义灭亲四字，拟把贤置诸死地。还是高宗代子乞情，但废贤为庶人，贷他一死，幽锢别室。未几又流徙巴州，贬左庶子张大安为普州刺史，窜太子洗马刘讷言至振州，赵道生等伏诛。小子有诗叹道：

群生谁不顾天伦？况复情兼母子亲。

一谪已稀偏再谪，世间无此忍心人。

贤已废锢，英王哲得立为太子，颁诏大赦，且改次年为开耀元年，惟是时尚有一段外事，不宜从略，容至下回叙明。

观薛仁贵之败于吐蕃，其不得为统帅才，更可知矣。若李敬玄则等诸自郐以下，更不足讥。刘仁轨以私嫌故，特登荐牍，令其偾事而后快，然则仁轨亦固非纯臣欤？要之唐当高宗之季，已为由盛趋衰之时代，乾纲不振，阴柔日长，如武氏之加害同宗，种种构陷，已足令人发指，甚且举二子而残贼之，天下有忍于其子者，尚足与言人道乎？易牙杀子媚君，管仲谓其不近人情，武氏之忍，过于易牙，而高宗且为所牵制，不敢少违，吾不知武氏何术，竟玩高宗于股掌之上也。外有强虏，内伏女戎，唐室宁尚有豸乎？故知本回文字，实为唐室盛衰之一大枢纽也。

第二十九回

裴总管出师屡捷
唐高宗得病告终

却说西突厥阿史那都支，阳受唐朝封命，暗中乃与吐蕃连和，侵逼安西。应二十七回。廷议欲发兵往讨，尚未裁决。是时裴行俭又经起用，行俭遭贬，见二十四回。累擢至吏部侍郎，独奋然献议道："现在吐蕃方强，李敬玄失律，刘审礼殉难，怎得更为西方生事？今波斯王已死，嗣子泥涅斯，入质京师，何不遣使送归，道出西突厥，乘便取虏，或可不劳而定呢？"高宗准议，即令行俭册送波斯王，兼安抚大食使。原来波斯国在突厥西南，汉晋时本称强国，至南北朝时，势已浸衰。突厥勃兴，尝蹂躏波斯，波斯益困。西方又有一大食国，陈宣帝时，出了一个摩诃末，一译作谟罕默德。新创一教，自为教主，就是世俗所称的回回教祖。教徒甚众，以传播宗教为名，侵略邻近，波斯适当冲途，遂不免受他凭陵，贞观初年，摩诃末死，后嗣仍遵旧旨，屡侵波斯西境。波斯东忧突厥，西逼大食，几乎不能自存，幸亏突厥为唐所灭，东顾少纾，只西境仍时虞侵扰，乃遣使入贡唐廷，求唐保护。唐廷因鞭长莫及，虚与委蛇。

既而波斯王伊嗣俟，被大食击逐，窜死吐火罗。有子卑路斯，随父避难，由吐火罗发兵送归。大食兵虽暂时解围，始终不肯罢手。卑路斯无法可施，只得再向唐廷乞援。高宗正遣使臣出赴西域，分置州县，乃以疾陵城为波斯都督府，即拜卑路斯为都督；卑路斯遣子泥涅斯入侍。调露元年，卑路斯死，泥涅斯应还国袭位，于是裴行俭拟乘着便通，往袭西突厥。既已奉旨准行，又奏调肃州刺史王方翼为副。行经西州，正值盛暑，扬言俟秋凉再进。阿史那都支，也恐唐军袭击，遣人侦探，及闻他待凉方行，乐得寻些快活，消遣光阴。正中裴公之计。行俭却号召四镇即安西四镇见二十六回及二十八回。酋长，假意与语道："我生平最喜畋猎，今正好趁著空闲，往猎一周，敢问何人愿随我去？”番众以游猎为生，听了此言，所有酋长子弟，无不喜跃愿从。行俭又道：“尔等既愿同行，应该受我约束。”大众又齐声应诺。行俭遂简选万人，勒成部伍，令他兼程前行，不得回顾。行近都支帐下，只隔十余里，便遣人问都支安否？都支突接唐使，不觉大骇，嗣见来使所言，很是和平，并未加责，总道是不与为难，遂率子弟五百余人，往谒行俭。行俭佯表欢迎，暗中却设伏待着。至都支入营，一声号令，伏兵齐起，竟将都支拿住，五百人统体被拘，竟一个儿不曾溜脱。只都支有别帅遮匐，尚戍守西境，行俭复自率轻骑，掩杀过去。遮匐猝不及防，也只好束手出降。行俭执住二酋，大功告成，便令泥涅斯自还国中，留王方翼驻安西，修筑碎叶城，刻石铭功，自押二酋还京师，入朝献俘。

高宗赐行俭宴，且面奖道：“卿提孤军，深入万里，兵不血刃，擒夷叛党，真所谓文武兼备了。”遂授他礼部尚书，兼检校右卫大将军。阿史那都支等，锢死狱中。寻又遣行俭为定襄道大总管，往讨东突厥，随笔递入。先是东突厥破灭，曾遣残众三百帐至云中城，由阿史德氏为首领。后来生齿渐蕃，特徙瀚海都护至云中，改名云中都护。见二十七回。阿史德氏诣阙面陈，请援照番俗，立亲王为可汗，统辖部民。高宗道：“今称可汗，就是古时的单于，可改称云中府为单于大都护府，令皇子殷王旭轮遥领便了。”阿史德氏欢跃而去，自是数年无寇警。后来殷王旭轮，累徙封相王，易名为旦。就是前回的相王旦。所有单于大都护的兼职，也即撤销。

当裴行俭出使波斯时，单于府忽生叛乱，阿史德氏温傅、奉职二部，擅立阿史那泥熟匐为可汗，反抗唐廷。塞北二十四州酋长，一并响应，北方大震。高宗命单于府长史萧嗣业，及右领军卫将军苑大智，右千牛卫将军李景嘉等，统兵往征。嗣业等屡战屡捷，恃胜而骄。会值雨雪连绵，沙漠无行人，因闭营夜宴，毫不设备，谁料突厥兵竟倾寨前来，突入唐营。嗣业仓猝先奔，众遂大乱，丧亡无算。还是大智、景嘉，引兵断后，且战且行，方得驰入都护府中。高宗接得败报，下诏严谴，流嗣业至桂州，免大智、景嘉官，特令裴行俭为行军大总管，与丰州都督程务挺，幽州都督李文暕，总兵三十余万，杀奔朔方。到了朔州，行俭语部将道：“抚士贵诚，制敌尚诈，前时萧嗣业有勇无谋，所以致败，我岂可再蹈覆辙呢？”好谋而成，是行军要着。乃诈设粮车三百乘，每车选壮士五人，各持短刀强弩，蜷伏在内，外用羸卒数百人护着，徐徐前行，别用精军数千名，抄出旁路，择险伏着，接应这假粮车。突厥骑兵，登高遥望，见有粮车到来，飞步上前，就势攻夺。羸卒弃车散走，一任虏骑运去。虏骑驱就水草，解鞍牧马，拟向车中取粮，不意壮士突出，一阵乱斫，杀毙虏骑多人，虏骑惊走，复为伏兵所邀，杀获几尽。嗣是粮车往来，虏莫敢近。

及抵单于府北，日暮下营，掘堑已周，行俭左右巡视，忙令将士移就高冈。诸将皆言士卒已安，不宜再动，行俭道：“你等到了明日，自能分晓，快快移营为妙。”将士不敢违慢，方才迁移，是夜风雨暴至，几似山崩地塌一般，黎明俯视，见前所营地，水深丈余，乃相率惊服，各入帐问明缘由。行俭笑道：“自今但从我命，不必问所由知。”诸将皆默然而退。此非行俭独具神智，无非随时小心，视有致雨之兆，所以移军。及雨止水涸，行俭急命进军。到了黑山，泥熟匐、奉职两人，领着番骑前来接战。行俭固垒不动，听番骑前来突阵，只准守，不准攻，待敌气已馁，方传出一声军令，命程、李二将为左右翼，自为中军，开营驰击，包抄过去，好似天罗地网，罩住番军。奉职中矢受擒，泥熟匐还想脱逃，由行俭大呼道：“活擒泥熟匐，赏万金！杀死泥熟匐，赏千金！无论我军与敌军一例给赏。”番兵正苦不得脱身，蓦闻得这般军令，便倒戈而入，立将泥熟匐刺死，持首乞降。行俭并不失信，即将千金散给，用降兵为前导，进捣敌巢。阿史德温傅，留守巢穴，闻泥熟匐等全军覆没，吓得魂胆飞扬，似飞的逃入狼山去了。

唐廷遣户部尚书崔知悌，驰往定襄，宣慰将士，且处置余寇，行俭乃引军东归。到了开耀元年，温傅又整缮兵甲，迎立颉利子阿史那伏念为可汗，再寇原、庆二州，乃仍敕行俭往征，副以左武卫将军曹怀舜，及幽州都督李文暕。怀舜率步兵先行，遇伏念军，伏念用诈降计给怀舜，怀舜不加防备，被伏念乘隙袭击，弃军而走，返至长城口，敌兵尚滚滚杀来。怀舜只好括聚金帛，贲赂伏念，与他约和，伏念乃北去。行俭至陉口，接得怀舜败耗，按兵自固，但遣使与伏念申盟，劝攻温傅，一面复向温傅致书，令拒伏念。两人一行一守，未曾面洽，遂堕入反间计，害得惶惑不定，行俭又探得伏念辎重。留在金牙山，遂密令轻骑掩击，竟得将辎重劫来，连伏念妻子，也一并拘到。伏念惊惶失措，走保细沙。行俭又使副将刘敬同、程务挺等，昼夜追蹑，逼得伏念情急势穷，乃遣使至军前，情愿执献温傅，自赎前愆。刘敬同等限期执献，果然伏念遵限，把那温傅缚献军前，且偕敬同等诣行俭营，面行投诚。行俭命随同入朝，许他不死，伏念没法，只得与温傅同作俘虏，趋诣阙廷。你用诈降计，无怪他人用诱降计。行俭入阙献俘，面请赦免伏念，高宗已是允许，不意侍中裴炎，嫉行俭功，奏称伏念为程务挺等所逼，穷蹙乞降，并非本心，不如正法以免后患。高宗被他煽惑，竟命将伏念、温傅，上同斩首。且因伏念受擒，功出程务挺等，止封行俭为闻喜县公。同是姓裴，还要遭忌，遑问他人。行俭叹道：“浑浚争功，系晋初灭吴事。古今所耻，我亦何敢言功哩？但恐朝廷杀降人，外人望风生畏，将不复来，这却可虑。”因此称疾不出。

高宗以突厥告平，又因太子生男，名为重照，两喜交集，复改元永淳，才经月余，西突厥遗裔阿史那车薄，复率十姓造反，那时又要用着裴行俭，再令为大总管，指日出师。师尚未发，行俭得病而终，年六十四，赠幽州都督，赐谥曰献。行俭闻喜人，少工书法，草隶尤佳，与褚遂良、虞世南齐名。及长，练习战阵，通阴阳历术，每战辄预知胜负，且雅善知人。其时华阴人王勃、杨炯，范阳人卢照邻，义乌人骆宾王，均以文艺著名，传扬海内。李敬玄尤加器重，引示行俭，行俭私语敬玄道："士当先器识，后文艺，勃等虽有才华，终嫌浮露，怎得安享禄位？我恐他未必令终。惟杨子较为沉静，可得令长，当不至有他患哩。"敬玄尚未肯信。后来勃渡海堕水，惊悸致死。勃尝陈《祥道表》，撰《斗鸡檄》，作《滕王阁序》，垂名文苑。照邻遇恶疾，愤不欲生，自沉颍水。曾著有《五悲文》。骆宾王为徐敬业府僚，及敬业败死，宾王不知所终，详见下文。只有杨炯以盈川令终身，均如行俭所言。王、杨、卢、骆亦就此带过。行俭所引偏裨，亦多为名将，破都支时，曾得一玛瑙盘，广二尺许，文采灿然。出示将士，军吏捧盘升阶，误跌致碎，吓得心胆俱裂，叩头不止。行俭笑道："尔非故意跌碎，何必如此恐慌呢？"言下毫无吝色。至战胜回朝，所得赏赐，悉颁给部下，以此行俭病殁，军士咸哀。有此名将，应该详叙。

惟西征少一统帅，急切不能出师，亏得安西都护王方翼，逆战伊丽水上，击破虏众，斩首千余级。十姓酋长，纠众再至，方翼又出兵热海，与他对仗，流矢贯入臂中，他却用佩刀截去，仍复督战，卒破劲敌，擒住番目三百余。车薄远遁，西突厥复平。方翼系裴行俭裨将，写方翼处，尚是写行俭处。那东突厥余党阿史那骨笃禄，阿史德元珍等，忽招集溃亡，据住了黑沙城，复寇并州，及单于府北境，杀岚州刺史王德茂，分兵四掠。唐廷又起薛仁贵为右领军卫将军，兼检校代州都督。仁贵率兵至云州，截击元珍。元珍见唐军阵内，现出薛字旗号，不由的惊异起来，便出马大呼道："唐将何人，敢来与我战么？"仁贵在阵后应声道："大唐将军薛仁贵，岂怕你这等毛贼？"元珍又道："休来诳我！薛将军已是坐罪被流，早经身死，哪得复有第二个薛仁贵呢？"言未已，唐阵中突出一员大将，手提方天戟，身骑红鬃马，长髯丰额，矍铄精神，瞋目顾元珍道："本帅薛仁贵，奉天子命，特来剿灭汝等毛贼。汝知本帅厉害，应该自缚来降，奈何反说我已死？汝且仔细一认！本帅是否诳汝？"说着，又脱去兜鍪，令他认明。元珍不觉失色，策马返奔，番众下马罗拜，且拜且退。仁贵乘势进击，杀得他东逃西窜，似风卷残云一般，霎时间扫得精光了。仁贵大捷而还，至代州得病，旋即逝世。高宗闻讣，追赠左骁卫大将军，令有司供给丧轝，护丧归里。子讷亦有勇名，后文再表。仁贵为当时骁将，故详记始末，俗小说中谓子名丁山，得妇窦仙童樊梨花等，俱有神术，事皆虚诞，故连及仁贵子讷以辨明之。此时吐蕃亦入寇河源，唐侍御史娄师德，出任河源军经略副使，与吐蕃兵角逐白水涧旁，八战八克，虏为夺气，相率引去。高宗擢师德为比部员外郎，兼左骁骑郎将，师德表辞兼职，有诏说他材兼文武，不得固辞。师德系郑州原武人，以进士出身，转历武阶，度量弘远，智勇深沉。自裴行俭去世后，能文能武的唐臣，要推这娄师德了。总计唐室御夷攘狄，除太宗手自芟夷外，全赖这班武臣猛将，佐定天下。高宗虽然庸弱，还有好几个宿将留遗，出平外乱，所以太宗、高宗时代，大唐声威，遍及四隅。当时依次置都护府，镇抚东南西北，都护府下有都督，有刺史，都督辖府，刺史辖州，都护统由唐廷派遣，都督、刺史，往往就地选任，凡番部酋长，多充是职。小子前已逐回分叙，兹并总揭一表，开列六都护府如下：

（一）**安东都护府**。初治朝鲜之平壤城，后移至辽河沿岸之辽东城。

（二）**安北都护府**。初治郁督军山之南麓狼山府，后移阴山之麓中受降城。

（三）**单于都护府**。治山西之大同府，西北之云中城。

（四）**北庭都护府**。治天山北路之庭州。

（五）**安西都护府**。治天山南路之焉耆。

（六）**安南都护府**。治岭南之交州。

这东西南北四隅，惟南方用兵最少，不战自服。诸小国陆续入朝，如占婆、真腊、扶南、阇婆、室利佛逝等国，俱通使唐廷，唐朝威力，可算得古今少有了。就是海外诸国，亦多因海陆交通，通商传教，教派又有数种，汇录如下：

（一）**祆教**。系西洋人曾吕亚斯太所创，素尚拜火，故又称拜火教，波斯人多宗之，后来改宗回教。

（二）**摩尼教**。系波斯人摩尼所创，源出拜火教，回纥人多宗之。

（三）**景教**。即耶稣教之一派。唐贞观年间，波斯人阿罗本，赍其经典来长安，太宗亦颇崇信。为建景教寺于京师，高宗时更命各州设景教寺，后改称大秦寺。

（四）**回教**。即摩诃末教，盛行于大食国，见本回文首。

（五）**佛教**。汉时已入中国，唐玄奘求经天竺，赍归长安，佛教益兴。日本僧道昭、最澄、空海等，亦入唐传佛法，互证玄理。

“九天阊阖开宫殿，万国衣冠拜冕旒。”这是唐人所咏的诗句。当太宗高宗时，确有这种景象，并非虚夸。高宗常往来两都，外族亦随地入觐，晚年武氏专政，也尝御光顺门，令四夷觐见，已与皇帝相似。嗣后成为常例。武氏且撺掇高宗，遍封五岳，乃命在嵩山南麓特筑奉天宫。监察御史里行李善感入谏道：“陛下前封泰山，告太平，致群瑞，已足与三皇五帝比隆，近来年谷不登，饿莩载道，四夷交侵，兵车屡出，还请陛下恭默思道，修德禳灾，若再广营宫室，劳役不休，恐天下失望，反为不美呢。”高宗虽也有三分明白，但内为武氏所制，不能自主，只好置诸不理。惟自褚遂良、韩瑗死后，中外均莫敢进言，差不多有二十年，至善感始陈说论，时人称为凤鸣朝阳。不没谏臣。但言不见从，终归无益。

武氏外好铺张，内肆毒虐，贬置杞王上金，及邹王素节，又逼死曹王明，镇日里行凶逞威，暗无天日。杞王上金，系高宗妃杨氏所生，武氏有己无人，恨母及子，因把他削夺封邑，安置澧州。素节为萧淑妃所生，淑妃冤死，出素节为申州刺史，素节著《忠孝论》，表明己意，仓曹参军张柬之，密封上闻，欲高宗保全素节，偏为武氏所见，益加怒意，阴嗾廷臣诬他受赃，徙置袁州。曹王明乃太宗少子，母为巢剌王妃，曾见前文。永隆中，曾坐太子贤事，降封零陵王，谪居黔州。都督谢祐，阴承武氏意旨，逼令自杀。还有英王哲妃赵氏，为高祖女常乐公主所出，高宗待公主颇厚，武氏又加猜忌，迁怒英王妃，把她幽闭，不给火食，活活的饿死禁中。亲子可杀，何况子妇。且逐妃父赵瓌，出为括州刺史，令公主随夫至官，不准入朝，另纳韦玄贞女为英王继妃。

张柬之（625—706），字孟将，襄州襄阳（今湖北襄樊市襄阳区）人。唐朝名相。中进士后任清源丞。武周后期任宰相。神龙元年（705年），张柬之与桓彦范、敬晖等乘武则天病发动政变，恢复中宗帝位，擢天官尚书，封汉阳郡王。不久，遭武三思排挤罢相。次年，贬为新州司马，流泷州（今广东罗定东南），气愤致死。

武氏生四子一女，女封太平公主，独能得母欢。仪凤中，吐蕃请公主下嫁，武氏不欲爱女远行，乞为道士，以拒和亲，既而公主服紫袍，系玉带，首戴巾帻，入侍亲前，且歌且舞。武氏大笑道："儿非武官，何为著此服饰，莫非疯了不成？"公主答道，"何妨转赐驸马。"急欲出嫁，故有后文许多秽闻。高宗听了女言，已知微意，遂择薛瓘子绍为婿，令公主下嫁。绍母即太宗女城阳公主，本适杜荷，见二十七回小注中。荷坐承乾事被诛，乃改嫁薛瓘。瓘有三子，长名颢，次名绪，绍为最幼，生得面如冠玉，不让潘安，所以高宗特为选入，假万年县为婚馆，门隘不能容翟车，有司毁垣以入。设燎遍途，道樾为枯。公主貌亦绝伦，一对璧人，当然恩爱，不消细说。惟武氏闻颢妻萧氏，绪妻成氏，均非贵族，意欲令二人易妻，顾语内侍道："我女贵人，岂可与田舍女作妯娌么？"势利至此。语未毕，即有一人接口道："萧氏系萧瑀侄孙女，也是国家的勋旧呢。"武氏听了，才算把意见蠲除，不生异议。萧、成二女幸免离婚，但看到后文事，我说还不如早离呢。

太平公主（?—713），为唐高宗李治与武则天之小女儿。初嫁薛绍，后嫁武攸暨（武则天侄）。唐隆元年（710年）与李隆基（玄宗）合谋，杀韦后和安乐公主，拥立睿宗。遂广置官属，把持朝政，宰相七人，五出其门。玄宗即位后，她阴谋政变，谋泄被杀。

到了高宗末年，又改元弘道，拟出封嵩山，驾幸奉天宫，忽然间头眩目迷，几不能视。色欲大过，宜成此疾。侍医张文仲、秦鸣鹤道："肝风上逆，须急用针砭，方可疗疾。"武氏本伴驾同行，至此亦在帝侧，便发怒道："二人可斩，龙体岂可针刺么？"张、秦二人，碰了几个钉子，慌忙伏地磕头。高宗道："医官为疗疾起见，何足言罪？我头眩愈甚，快与我针治好了。"两人才敢起身，一再加刺，应手奏效。高宗喜道："我目已明，难得有此妙手呢。"武氏闻言，即起身拜天道："这都是上天所赐，怎敢不敬谨拜谢？"拜毕，又转身向内，自负彩段百匹，赐给二医。秦、张谢恩而出，既而旧疾复作，仍苦迷眩，又欲召二医针治。武氏道："可一不可再，针治究非良策呢。"乃请高宗还东都。看官！你道武氏种种言行，是真心爱高宗么？高宗年已半百，精力已衰，武氏年龄，比高宗尚大三四岁，偏她生得丰采异常，望去尚是半老佳人，并不像五六十岁的形状。就是枕席风光，不减情兴，她因高宗没用，已看作眼中钉，表面上是祷祝高宗速瘥，背地里恰咒诅高宗速死，老天有意从人愿，竟令高宗的头眩病，日甚一日，至返东都后，且卧床不起，自觉甚危，遂诏太子哲监国，命裴炎、刘景先、郭正一三人，兼东宫平章事，又越数日，疾已大渐，夜召裴炎等，入受遗诏，当即归天，享寿五十六岁，在位三十四年。改元至十有四次。永徽显庆龙朔麟德乾封总章咸亨上元仪凤调露永隆开耀永淳弘道。小子有诗叹高宗道：

男子主刚女主柔，如何权力竟相侔？

纲常倒置危机伏，祸始原来是聚麀。

高宗已崩，太子哲即位，就是《唐史》上所称的中宗皇帝。看官欲知中宗时事，待至下回再详。

前半回文字，两叙裴行俭征虏，而王方翼、薛仁贵、娄师德事，即顺次带叙，盖以裴为主，王、薛、娄三人为宾，属辞比事，独分详略，所以别当日之武功，说本回之文法，固非率尔操觚者比也。中叙六都护一段，为前数回作一总束，俾阅者于目不暇接、脑不遑忆之时，得此揭橥，自觉了然，故看似闲笔，实为万不可少之文字。下半回申述武氏之残毒，简而能赅，盖将述高宗之崩逝，故特就弘道先后年间，关于武氏之处置亲属，一概叙清，省得后文另起炉灶，且于时事亦不致错杂，而高宗之崩，乃可依次叙下，语在此而意在彼，此亦一文中宾主法也。

第三十回

被废立庐陵王坐徙
违良策徐敬业败亡

却说中宗为高宗第七子，原名为显，初封周王，改封英王，易名为哲，兄贤被废，哲乃入立为太子。高宗驾崩，遗诏令太子嗣位，遇有军国大事，应兼取天后进止。中宗质本庸柔，素为悍母所制，怎能自奋皇纲？当下尊天后武氏为皇太后，一切政事，均归太后裁决。武氏即临朝称制，自武氏为后后，本书只称武氏，隐寓《春秋》书法。加授韩王元嘉为太尉，霍王元轨为司徒，舒王元名为司空，滕王元婴为开府仪同三司，鲁王灵夔为太子太师，五人皆高祖庶子。越王贞为太子太傅，纪王慎为太子太保。二人皆太宗庶子。这数王同时受封，无非因他地尊望重、隐加笼络的意思。又进刘仁轨为尚书左仆射，岑长倩为兵部尚书，魏玄同为黄门侍郎，裴炎为中书令，刘景先为侍中，大赦天下，即以中宗元年正月朔日，称为嗣圣元年。过了元日，册妃韦氏为皇后，擢后父玄贞为豫州刺史。中宗素爱韦后，至欲进后父为侍中，裴炎以玄贞无功，不宜遽跻高位，因入朝谏阻，中宗不从，炎再三力争，惹得中宗怒起，厉声叱道："我把天下给韦玄贞，也无不可，何况区区一侍中呢？"甫经嗣位，就如此糊涂，怪不得后来死在后手。炎不禁惶惧，转白太后武氏。武氏忽忆起前情，遂想出一种废立的计策来了。

先是西蜀人袁天纲，曾官并州令，素精相术。唐初天策府功臣，多经天纲相视，言无不验。武士彟闻他善相，亦邀至家中，令遍视家属。天纲见武氏母杨氏，便道："夫人当生贵子。"及见二子元庆元爽，又道："将来官至三品，但不得贵显终身。"嗣见武氏姊韩国夫人，便叹息道："此女也是贵相，可惜不利藁砧。"武氏尚幼，经保姆抱她入堂，给以男孩，天纲注目细视，不禁惊异道："这果是男孩么？若换作女子，乃是不可限量了。”士彟笑道：“果是女子，将来有何结果？”天纲道：“龙瞳凤颈，相当极贵。”士彟道：“想是好作皇后了。”天纲道：“贵为皇后，还是意中事。我看来尚不止此。”士彟道：“莫非做女皇帝不成？”天纲道：“女子如有此相，当真要做女皇帝。”语见《唐书·袁天纲传》，并非捏造，且天纲以技术著名，前文未曾载及，借此补叙，亦足弥阙。士彟亦似信非信，至武氏长大起来，兄姊等常以女皇帝三字，作为戏言。武氏少读书史，晓得历朝以来，从没有女皇帝出现，所以天纲遗言，也当他是笑谈，不足凭信，谁意时来运凑，福至心灵，由才人进为昭仪，由昭仪进为皇后，由皇后进为太后，步步春风，事事如意，于是得陇望蜀，想实验那天纲所言，居然欲做女皇帝了。术士多贻误国家，观此益信。可巧中宗枉法，裴炎进谗，乐得乘间废立，自作天子。当下与裴炎定谋，乃密召中书侍郎刘祎之、羽林将军程务挺张虔勖等，勒兵入宫，即于二月五日，集百官于乾元殿，太后武氏，赫然临朝。中宗随了出来，欲就御座，忽由裴炎宣太后敕，废中宗为庐陵王，令程务挺等扶他下殿。中宗愕然道：“我有何罪？”武氏叱道：“汝欲以天下畀韦玄贞，尚得云无罪么？”中宗无词可答，只得由他牵去，锢入别室。武氏又问群臣道：“嗣王失德，已经废立，此后帝位应属何人？”裴炎即应声道：“应立豫王。”大众都极口赞成。看官道豫王为谁？原来就是相王旦。他本名旭轮，曾封殷王，见前回。徙封豫王，改双名为单名，去一旭字，未几即改封相王，易名为旦。高宗末又还封豫王，这是高宗少子，与中宗为同母弟兄。高宗本有八子，长名忠，刘氏所出，已经赐死。见二十六回。次名孝，郑氏所出，早岁即殁。三名上金，杨氏所出，四名素节，萧淑妃所出，均已被谪。见前回。还有弘贤哲旦四子，均是武氏所出。弘被鸩，贤被废，见二十八回。中宗哲又复废去，只剩豫王旦一人，申说处最足醒目。裴炎等当然推戴，何烦拟议，只武氏心中，恰想自己做女皇帝，偏经裴炎等推立豫王，众口一辞，那时又不便独伸己意，没奈何允诺退朝。越日立豫王旦为皇帝，改元文明；豫王妃刘氏为皇后，子成器为太子；废中宗子重照为庶人，流韦玄贞至钦州。武氏仍临朝称制，令嗣皇帝居住别殿，所有国政，不得预闻。还是立个傀儡，较为有名。

是时长安无主，乃命刘仁轨为西京留守。仁轨以衰老辞，且举汉吕后事以作规诫。武氏手书慰勉，仁轨乃奉命而去。未几病殁，诏令百官赴哭，追赠开府仪同三司。因高宗安葬乾陵，即以仁轨灵榇陪葬。仁轨不失为忠，故叙笔亦较详。武氏又恐废太子贤，出居巴州，或有谋变等情，会贤作《黄台瓜词》云：“种瓜黄台下，瓜熟子离离，一摘使瓜好，再摘使瓜稀，三摘犹为可，四摘抱蔓归。”武氏越疑他怨望，密嘱将军邱神勣，驰赴巴州，逼令自杀，佯贬神勣为叠州刺史，自至显福门举哀，追复他雍王旧爵。贤封雍王，见二十八回。复寻召神勣为金吾将军，宫廷始知武氏杀贤事。贤既杀死，复猜忌庐陵王哲，令出居房州，再徙至均州。进兄子武承嗣元爽子。为太常卿，同中书门下三品。承嗣请追尊祖考，创立七庙，裴炎入谏道："太后母临天下，当示至公，不应自私所亲，汉吕氏崇封产禄，因以致败，太后难道未闻么？"武氏怫然道："吕氏滥封母族，原足致亡，我是追崇亡亲，有何妨碍？"裴炎又道："凡事当防微杜渐，不应自开端绪，还乞太后明鉴！"武氏始终不从，且有恨裴炎意。嵩阳令樊文揣摩迎合，献呈文石。武氏命列置朝堂，作为瑞征。尚书右丞冯元常奏言："樊文迹涉谄诈，不可诬罔天下。"说了数语，被黜为陇州刺史。嗣是内外臣僚，侈言符瑞，武氏即下敕改元，称为光宅，旗帜俱从金色。称东都为神都，大易官名，尚书省改称文昌台，仆射改称左右相，六部为天地四时六官，门下省为鸾台，中书省为凤阁，侍中为纳言，中书令为内史，御史台分为左右肃政台。此外大小官制，亦一律变更。遂尊五代祖武克己为鲁国公，妣为夫人，高祖居常为北平郡王，曾祖俭为金城郡王，祖华为太原郡王，父士彟为魏王，妣皆为妃。在洛阳建立五庙，岁时致祭。进武三思为右卫将军，三思系元庆子，即承嗣从弟。还有武攸暨武攸宁武攸归武攸望等，俱靠着太后家族，连类升官。武氏前曾贬死二兄，此时胡竟变计？想由承嗣等善谀而来。诸武用事，内官多受排挤，外官又多遭贬斥。李勣孙敬业，袭爵英国公，本任眉州刺史，被贬为柳州司马。弟敬猷为盩厔令，亦致免官。给事中唐之奇，贬为括苍令，詹事府司直杜求仁，贬为黟令，长安主簿骆宾王，贬为临海丞，御史魏思温贬为盩厔尉。数人俱作客扬州，同病相怜，遂协谋起兵，借匡复庐陵王为名，推敬业为统帅，思温为谋主，悄悄的举起事来。武氏原是应讨，但因失职举事，未免有私，故叙笔亦含贬意。思温想了一法，先令私党监察御史薛璋，一作仲璋。求使江都，既得此差，又令雍州人韦超，讦告扬州长史陈敬之谋反。璋立收敬之系狱，敬业矫称扬州司马，是说奉旨谳狱，提出敬之，把他杀死。当即开府库，赦囚徒，复称嗣圣元年，立起幕府三所，一名匡复府，一名英公府，一名扬州大都督府。敬业自称匡复府上将，领扬州大都督事。令唐之奇杜求仁为左右长史，参军李宗臣及薛璋为左右司马，魏思温为军师，骆宾王为记室，且求得一人貌类废太子贤，置诸军中，诡说贤尚未死，逃难至此，令他起兵。理直气壮之事，何必作此鬼祟。州

骆宾王（约638—？），婺州义乌（今属浙江）人。唐代文学家。与王勃、杨炯、卢照邻合称"初唐四杰"，有《骆宾王文集》。

民颇闻风响应，旬日间得众十余万，乃令骆宾王，草起檄文，移传各州县，东南大震，武氏闻警，正拟遣将往讨，忽接到檄文一纸，即随手展开，但见上面写着：

伪临朝武氏者，性非和顺，地实寒微，昔充太宗下陈，曾以更衣入侍，洎乎晚节，秽乱春宫，潜隐先帝之私，阴图后房之嬖。入宫见嫉，蛾眉不肯让人，掩袖工谗，狐媚偏能惑主。践元后于翚翟，陷吾君于聚麀。加以虺蜴为心，豺狼成性，近狎邪僻，残害忠良，杀姊屠兄，弑君鸩母。

武氏看到“弑君鸩母”句，微笑道：“我何曾有此事？含血喷人，有哪个相信呢？”檄文中惟此语近诬，故特借武氏口以辩驳之。又览将下去，便是：

人神之所同嫉，天地之所不容，犹复包藏祸心，窥窃神器，君之爱子，幽之于别宫，贼之宗盟委之以重任。呜呼！霍子孟之不作，朱虚侯之已亡，燕啄皇孙，知汉祚之将尽，龙漦帝后，识夏廷之遽衰。

武氏又自言自语道：“话虽未确，对仗却很是工整哩。”再看下去：

敬业皇唐旧臣，公侯冢子，奉先君之成业，荷本朝之厚恩，宋微子之兴悲，良有以也，袁君山之流涕，岂徒然哉？是用气愤风云，志安社稷，因天下之失望，顺宇内之推心，爰举义旗，以清妖孽。南连百越，北尽山河，铁骑成群，玉轴相接。海陵红粟，仓储之积靡穷，江浦黄旗，匡复之功何远？班声动而北风起，剑气冲而南斗平，喑呜则山岳崩颓，叱咤则风云变色。以此制敌，何敌不摧？以此图功，何功不克？公等或居汉地，或协周亲，或膺重寄于话言，或受顾命于宣室，言犹在耳，忠岂忘心？一抔之土未干，六尺之孤谁托？

武氏又道：“好笔仗！”转顾左右道：“这篇檄文，不知是何人所作？”有一人接口道：“闻是骆宾王手笔。”武氏叹道：“有此文才，反令他流落不偶，这岂非宰相的过失么？”檄文痛斥武氏，她却未尝动怒，反说是宰相之过，可见武氏虽是女流，奸雄不亚曹操。再看下去，就是末段文字，辞云：

倘能转祸为福，送往事居，共立勤王之勋，无废大君之命，凡诸爵赏，同指山河。若其眷恋穷城，徘徊歧路，坐昧先几之兆，必贻后至之诛。请看今日之域中，竟是谁家之天下！

阅毕，武氏又道："奇才奇才！但有文事还要有武备，宾王原是能文，敬业未必能武呢。"料事亦明。乃敕令左玉钤卫大将军李孝逸，统兵三十万，往讨敬业，追削他祖考官爵，发冢斫棺，复姓徐氏，李勣在时，若力争武氏之不应为后，当不致有此祸。一面召裴炎入商军情。炎甥就是薛璋，因他帮助敬业，所以主张缓征，入见时便进言道："皇帝年长，不亲政事，叛党得援以为辞，若太后指日归政，叛众自不战可平了。"武氏心滋不悦，令炎退去，再召承嗣入议。承嗣道："叛众多系乌合，一遇大兵，自然荡平了。"武氏道："裴炎却劝我归政呢！"承嗣道："炎甥薛璋，附入叛党，应该有此说法。适晤及监察御史崔察，且云炎亦与同谋呢。"武氏遂宣崔察入见，察所对如承嗣旨，并言炎若不反，何故请太后归政？乃即收炎下狱，命左肃政大夫骞味道，侍御史鱼承晔鞫讯，炎语不少屈。或劝炎逊词求免，炎答道："宰相下狱，还有生理么？"谁教你先谋废立。骞鱼两人，竟锻炼成狱，拟处炎死罪。侍中刘景先，及凤阁侍郎胡元范，均为炎营解，百官亦多谓炎无反意，独凤阁舍人李景谌，证炎必反。于是刘景先胡元范，亦被逮下狱，进骞味道检校内史，同凤阁鸾台三品，李景谌同凤阁鸾台平章事。既而炎被斩都亭，景先贬普州刺史，元范流琼州而死。炎从子伷先，为太仆寺丞，年方十七，独上封事求见。武氏召问道："汝伯父谋反，汝尚何言？"伷先奋然道："臣只欲为太后划计，何敢诉冤？太后为李氏妇，专揽朝政，变易嗣子，疏斥李氏，封崇诸武，臣伯父为国尽忠，反诬以罪，戮及子孙，臣恐人心一变，不可复救了！为太后计，亟宜复子明辟，方保万全。"可谓大胆。武氏怒道："小子敢乱言么？"喝令逐出，伷先且反顾道："今用臣言，尚是不迟，他日悔将无及呢。"武氏益怒，竟命在朝堂加杖百下，长流瀼州。

是时徐敬业已出兵渡江，敬业已经复姓，故称徐敬业。会议所向，魏思温进议道："明公以匡复为名，宜率大众鼓行而进，直指洛阳，天下义士，知公有志勤王，自然云集回应了。"薛璋在旁接入道："金陵有王气，且长江天险，足以自固，不若先取常润二州，倚为根据，然后北向以图中原，进无不利，退有所归，乃为良策。"思温道："不可！山东豪杰，都因武氏专制，愤闷不平，闻公举义，皆蒸麦为粮，伸锄为兵，以待公至，不乘此锐意北图，乃徒自营巢穴，远近闻此消息，哪个不解体呢？"敬业终从璋言，不用思温计，良言不用，安得不败？遂令唐之奇守江都，自率众攻陷润州，执住刺史李思文。思文本敬业叔父，闻敬业兵起，曾遣使上闻，且拒守兼旬，城才陷没，被执后，思温请斩首示众，敬业不许，但令改姓为武，囚系狱中。思温叹道："不顾大义，专徇私图，恐败亡即在目前，我辈无死所了。"何不自去。敬业既得润州，闻孝逸军已逼临淮，乃回军抵御，屯驻高邮境内的下阿溪，使弟敬猷守淮阴，别将韦超尉迟昭守都梁山。孝逸遣偏将雷仁智，攻敬业营，为敬业所败，不敢再进。监军侍御史魏元忠，语孝逸道："天下安危，在此一举，今大军逗留不进，远近失望，倘朝廷更命他将来代将军，将军将何辞自免呢？"孝逸尚在迟疑，忽闻左鹰扬大将军黑齿常之，由东都遣发，令为江南道大总管，来援孝逸。元忠又进语孝逸道："黑齿来援，朝廷已有疑心，为将军计宜率轻骑往击淮阴，或都梁山，除他犄角，敬业自无能为了。"诸将尚有异言，谓往击淮阴都梁，敬业必且赴援，两面受敌，如何自全？"元忠道："避坚攻瑕，是兵家至计。敬业精锐，尽在下阿溪，利在速战，我若一败，大事去了。惟敬猷出自博徒，韦超等亦非宿将，兵又单弱，易为我克，敬业虽欲往援，势必不及，我得乘胜前进，虽有韩信白起，也恐不能抵挡了。"孝逸乃引兵击都梁山，阵斩尉迟昭，韦超夜遁，再进军击淮阴，敬猷也脱身遁还。于是孝逸遂直攻敬业。

敬业扼溪列阵，拥众自固。孝逸偏将苏孝祥，夜率五千人，用小舟渡溪进攻。渡方及半，已被敬业闻知，纵兵奋击，孝祥不及整军，只好挺刃血战，究竟势孤力涣，不克支持，徒落得浑身受创，堕水而亡，余众亦溺死过半。孝逸率诸军继退，战又不利，拟退守石梁。探报敬业营上有乌鸟噪集。魏元忠与行军管记刘知柔同语孝逸道："这是贼势将败的预兆。乌鸟集幕，势必空营。今敬业未退，鸟已先集，岂不是将覆灭么？今有一策可以破贼。"孝逸问是何策？元忠道："风顺获干，利在火攻，将军何不纵火焚敌呢？"叠观元忠所言，无不中窾，可惜为武氏爪牙，徒号智囊而已。孝逸极口称善，遂命军士各持火具，越溪再战。敬业正整军截击，不意对面敌兵，都用火弓火箭，接连射来，溪边芦苇甚多，正值冬天燥烈，朔风猛厉，一霎时四面延烧，卷入阵中，各军都立足不住，纷纷倒退。敬业尚欲防御，指挥部下，令骁壮居前，老弱居后，弄得阵势益乱，被孝逸督军疾进，一场乱捣，杀得溪流皆赤，岸草齐红。敬业等逃入江都，料知不能再守，乃焚图籍，挈妻孥，奔往润州。到了蒜山附近，见有追兵到来，忙乘舟入江，意欲顺流出海，东奔高丽。航行至海陵界，为风所阻，那知部将王那相，竟生变志，哄动兵士，杀死敬业敬猷，及敬业妻子等，共枭得二十五首，持降孝逸军前。余党唐之奇魏思温韦超薛璋诸人，一并被孝逸捕住，传首东都。只骆宾王遁去，不知所终。依《唐书本传》，不从《纪事本末》。至黑齿常之到江南，已是乱党肃清，不劳动手了。补笔不漏。武氏令尽杀徐氏宗族，只有思文得释出狱，免致连坐，召拜司仆少卿，且面谕道："敬业改卿姓武，卿可便姓武罢。"思文拜谢而退，寻且加授春官尚书。或言思文本与敬业同谋，乃免官复姓，可怜李勣百战功劳，只剩了思文一线，留遗曹州，系徐氏本籍。存奉宗祀。小子有诗叹道：

欲为儿孙作马牛，谁知宗族竟全休？

重泉有鬼应增恫，匡复无功逆案留。

敬业败殁，又有人入谮程务挺，说他与敬业通谋，免不得也要枉死了，下回再行申叙，请看官续阅自知。

中宗欲以天下与韦玄贞，无非是一恨语，不得作为实谈，裴炎果忠于事君，何妨委曲调护，今日不从，期诸他日，讵必急白太后，密谋废立耶？炎只知有武氏，不知有中宗，而其后卒为诸武所倾，枭首都亭，是何若强谏中宗，誓死廷前之为愈也。徐敬业起兵扬州，苟能用魏思温之策，直指河洛，锐图匡复，即至兵败身亡，犹不失为唐室忠臣，乃始以失职生谋，继以营巢致覆，死不足惜，例以翟义袁粲诸人，且有愧焉。要之私心一起，身名两败，裴炎徐敬业，皆以一私字误之，故本回叙二人事，皆有贬词，至若李景谌李孝逸辈，佐武忘李，则更不足道云。

第三十一回

敕告密滥用严刑
谋臣复构成大祸

却说羽林将军程务挺，自预谋废立后，出任单于道安抚大使，防御突厥，因阿史那骨笃禄及阿史那元珍等，尚出没塞外，所以有此调遣。接应第二十九回。当裴炎下狱时，务挺尝密表申理，武氏为之不欢。至敬业败死，或上言务挺与敬业通谋，武氏也不加详审，遽令左鹰扬将军裴绍业，驰往务挺军中，宣敕处斩。务挺夙有勇名，为突厥所畏惮，及闻他正法，宴饮相庆。还有夏州都督王方翼，由安西都护调任，亦应二十九回。与务挺职务相关，且系废后王氏近亲，亦逮捕下狱，流徙崖州，辗转毙命。

越年，武氏以敬业早平，复改元垂拱，仍迁庐陵王哲至房州。武氏年已周甲，华色未衰，脂粉钗环，未尝少撤。自从高宗晚年，屡患风眩，不能与武氏常亲枕席，武氏已郁郁寡欢，好容易待到驾崩，临朝秉政，大权在握，一子废黜，一子居住别殿，也似禁锢一般，文武百官，要杀便杀，没一个敢行抗命，正是雌威大盛的时候，无如宫中少几个面首，终究是玉漏沉沉，绣帏寂寂，蓦然想起当年的冯小宝，下体过人，不亚嫪毐，与秦庄襄后私通。乐得叫他再入禁中，重图欢会。应二十四回。史称冯小宝卖药洛阳，因千金公主以进。稗乘上谓武氏为尼时，已与有染，今从之。小宝当然应召，两下儿都翻雨覆云，不减当年情味，武氏遂想出一法，令他为白马寺主，好借那超度祖宗的名目，往来宫掖，掩饰过去。且因他家世寒微，特命改姓为薛，与驸马薛绍同族，令绍呼他为季父，何不直呼丈翁？又赐名怀义，宠赉甚优。身且不惜，遑问他物。宫廷内外，明知他是武氏的情夫，只因武氏凶焰滔天，怎敢非议？有几个不顾廉耻的狗官，反极意趋承，向怀义乞怜。怀义起初尚稍知顾忌，后来渐渐骄恣，出入竟乘御马，由宦官数人拥护，呵道扬镳，威赫无比。居然是个天子。士民不及走避，便被铁爪挝首，流血仆地。遇道士即令髡发，见朝贵即令下拜，甚至武承嗣武三思等，皆奔走马前，执僮仆礼。就是对待姑夫，亦不过执子侄礼，何必降为厮仆。右台御史冯思勖，用法相绳，偶遇诸途，被怀义喝令侍役，殴击几死。独温国公苏良嗣，继刘仁轨后任，留守西京，武氏特召为左相，受职入朝。凑巧碰着薛怀义，勉强与他施礼，怀义竟不答拜，昂若无人。良嗣怒道："何物秃奴，敢这般傲慢？"怀义骄肆已惯，怎肯忍耐，即与良嗣斗起嘴来。良嗣竟命左右拖出怀义，并把他掌颊数十下，快哉快哉！气得怀义火星透顶，急忙驰报武氏。偏武氏向他嬉笑道："阿师只宜出入北门，若南衙系宰相往来，怎得相犯哩？"武氏毕竟聪明。这数句话，好似向怀义的秃头上，浇了一碗冷水，淋得气焰全消，只好自认晦气，没处报冤。武氏恐他再去闯祸，便托言怀义有巧思，使入宫营造，不得常出。补阙王求礼，未明武氏用意，反表请阉了怀义，免乱宫闱。看官！你想武氏肯从不肯从？含蓄得妙。

又越年，武氏佯说归政豫王，豫王倒也聪明，奉表固让。武氏仍然临朝，自思内行不正，恐宗室大臣，怨望不服，或致谋变，于是设立铜匦，令置都门，无论何人，统得告密，即将密奏投入匦中，饬心腹随时取阅。如有远方告密，且命地方有司，给马供食，使诣东都，如密奏确凿，即给官阶，否则亦不问罪。看官试想！这种法制，创造出来，不特挟有私嫌的人，可以乘机报怨，就使与人无嫌，也乐得捕风捉影，借此博个好官儿。胡人索元礼，因告密被召，面对称旨，立擢为游击将军，令他按问罪犯。元礼性最残忍，推审一人，必诱罪犯扳引数十百人，辗转牵连，积成冤狱。武氏反说他明干，屡加赏赐。自己本是残忍，所以同声相应。尚书都事周兴来俊臣等，纷起效尤，竞尚罗织，兴累迁至秋官侍郎，俊臣累迁至御史中丞，两人皆养无赖数百名，专令告密，意中欲构陷一人，辄使数处俱告，辞状相同，立即捕逮，严刑拷讯，无不诬服。又撰罗织经数千言，作为秘本，所用刑具，也是特别制造，有定百脉，突地吼，死猪愁，求破家，反是实等名号，或用机捩转狱犯手足，叫作凤凰晒翅，或用物绊狱犯腰，引枷向前，叫作驴狗拔橛，或使犯人跪捧大枷，上置累甓，叫作仙人献果，或使立高木上面，引枷尾向后，叫作玉女登梯，或悬石捶犯人首，或烧醋灌犯人鼻，或用铁圈梏头，外加木楔，甚至脑裂髓出，种种酷刑，不可胜举，每讯囚犯，一声梆响，械具毕陈，犯人不待上身，已经魂飞天外，始终是一条死路，还是随口诬供，反得速死，省得熬受严刑。所以内外官民，视此三人，比虎狼还加厉害，大家重足屏息，不敢妄发一言。麟台正字陈子昂，目击心伤，乃上疏谏阻，略云：

今执事者疾徐敬业首乱倡祸，将息奸源，穷其党与，遂使陛下大开诏狱，重设严刑，有迹涉嫌疑，辞相逮引，莫不穷捕考察，至有奸人荧惑，乘险相

诬，纠告疑似，希图爵赏，恐非伐罪吊人之意也。臣窃观当今天下，百姓思安久矣，故扬州构逆，殆有五旬，而海内晏然，纤尘不动。陛下不务玄默以救敝人，而反任威刑以失民望，臣愚暗昧，窃有大惑。伏见诸方告密，囚累百千辈，及其穷竟，百无一实。陛下仁恕，又屈法容之，遂使奸恶之党，快意相仇，睚眦之嫌，即称有密。一人被讼，百人满狱。使者推捕，冠盖如市。或谓陛下爱一人而害百人，天下喁喁，莫知宁所。臣闻隋之末代，天下犹平，杨玄感作乱，不逾月而败。天下之弊，未至土崩。蒸民之心，犹望乐业。炀帝不悟，专行屠戮，大穷党与，海内豪士，无不罹殃。遂至杀人如麻，流血成泽，天下靡然始思为乱，于是雄桀并起，而隋族亡矣。夫大狱一起，不能无滥，冤人吁嗟，感伤和气，群生疠疫，水旱随之。人既失业，则祸乱之心，怵然而生矣。古者明王重慎刑罚，盖惧此也。昔汉武帝时，巫蛊狱起，使太子奔走，兵交宫阙，无辜被害者，以千万数，宗庙几覆，赖武帝得壶关三老书，廓然感悟，夷江充三族，余狱不论，天下以安。古人云：“前事之不忘，后事之师也。”伏愿陛下念之！此奏亦鸣凤朝阳，故特录之。

疏入不省。同三品刘祎之，见武氏所为不合，私语舍人贾大隐道：“太后既废昏立明，何必再临朝称制，不如指日归政，借安人心。”大隐阳为赞同，背地里密白武氏。也是告密。武氏当然怀恨，嗣复有人诬告祎之受赃，又与许敬宗妾有私，遂命刺史王本立推鞫。本立宣敕示祎之，祎之道：“不经凤阁鸾台，何名为敕？”武氏闻知此语，怒上加怒，竟令处死。祎之临刑沐浴，自草谢表，立成数纸，仍然慷慨激昂，无一乞怜语。麟阁侍郎郭翰，太子文学周思钧，见祎之表文，互相赞叹，不料又为武氏所闻，贬翰为巫州司马，思钧为播州司仓。将军李孝逸，平乱有功，声望日重，免不得语中失检，武承嗣等诬他怨望，被黜为施州刺史。承嗣尚以为法未蔽辜，又捏造出数语来，谓孝逸自言名中有兔，兔系月中灵物，当为天下仰望，说得武氏又是滋疑。本拟将他诛死，还是记念前功，特令减死除名，流配儋州。孝逸竟病死贬所。太子舍人郝象贤，系故中书侍郎郝处俊孙，高宗时，处俊曾谏阻武氏摄政，忤武氏意，至是处俊已死，有人诬告象贤，说他私谋不轨，遂令周兴推治。这位罗织深文的周侍郎，是个好杀人的魔星，遂任情妄谳，遽说象贤谋反属实，应予族诛。象贤家人，当然惶急得很，争向监察御史任玄殖处呼冤。玄殖替他剖辩，反为武氏所斥，先行免官，然后将象贤处斩。象贤临刑，极口诋骂武氏，把她宫中的淫秽情状，一古脑儿扬说出来，且夺市人薪柴，殴击刑官。总是一死，乐得做个爽快。金吾兵上前拦阻，遂将象贤格死，武氏命支解遗骸，发象贤祖父坟茔，毁棺焚尸，家属骈戮无遗。随即定了一例，凡法官刑人，先用木丸塞住罪犯口中，免得胡言。

武承嗣又使人凿石为文，镌就“圣母临人，永昌帝业”八字，涂以赤色，令雍州人唐同泰赍献，只说是得诸洛水。武氏大喜，亲祀南郊，告谢昊天，且下敕当拜洛受瑞，称石为天授圣图，名洛水为永昌水，封洛水神为显圣侯。自己先御明堂，朝百官，加号圣母神皇。封唐同泰为游击将军，唐同泰名字，恐亦由当时特取。命诸州都督刺史及宗室外戚等，于拜洛前十日，会集神都扈驾受图。当时传出一种谣言，谓：“武氏将谋革命，借了洛水受图的名目，召集宗室，为屠戮计。”于是绛州刺史韩王元嘉，青州刺史霍王元轨，邢州刺史鲁王灵夔，豫州刺史越王贞，注见前。及元嘉子通州刺史黄公禩，元轨子全州刺史江都王绪，灵夔子范阳王蔼，贞子博州刺史琅琊王冲，虢王凤高祖庶子。子东莞公融等，俱心不自安，未敢遽行。黄公禩意欲先发，遂捏造庐陵王敕书，贻琅琊王冲，内云：“朕遭幽絷，诸王应各发兵救我！”冲亦诈传庐陵王密命，分告诸王，谓“神皇将移李氏社稷，转授武氏。”一面募兵五千人，拟渡河取济州，先击武水。武水县令郭务悌，忙遣人至邻邑求援，莘县令马玄素，率兵千七百人，初欲中道邀冲，继恐力不能敌，驰入武水，与务悌协力拒守。冲进兵至武水城下，用草车塞城南门，纵火焚烧，拟乘火突入城中。不意火方发作，风反回扑，转致火烧自身，只好麾兵急退。部将董玄寂私语兵士道：“王与国家交战，迹同叛逆，所以不得天佑，反致逆风哩。”大众听了，越觉气沮。及冲知玄寂有异志，将他斩首，众心益离，纷纷溃去。只剩冲家僮数十人，尚随左右，冲料不可成，还走博州，叩城欲入。门吏见他狼狈遁回，放入城阛，把他杀死。正欲传首报功，适左金吾大将军邱神勣，奉敕为清平道行军总管，前来讨乱。行至博州，官吏一律出迎，且持冲首以献，那知神勣起了歹心，拔出佩刀，尽将官吏斫毙，且入城屠掠千余家。看官道他是何意？原来是得了冲首，便欲争功，索性将官吏杀尽，便好说他同行助逆，由自己剿平，好向武氏前报绩去了。正是好计。

越王贞闻冲起兵，父子相关，自然响应，也发兵出陷上蔡。武氏命左豹韬大将军麹崇裕为中军总管，内史岑长倩为后军总管，张光辅为诸军节度，统师十万，往击越王贞，未免小题大做。削贞父子属籍，更姓虺氏。贞闻冲败，惶恐的了不得，驰使告寿州刺史赵瓌，与商行止。瓌不敢发言，独瓌妻常乐长公主，语来使道：“为我转语越王，从前隋杨氏将篡周室，尉迟迥系是周甥，尚举兵勤王，功虽不成，名留海内，今诸王皆先帝子，奈何不为社稷效忠？李氏已危若朝露，汝诸王不舍生取义，意将何待？大丈夫宁为忠义鬼，徒死亦何益呢！”语颇豪壮。来使还报越王贞，贞乃尚欲进兵，可巧新察令傅延庆，也募得勇士二千余人，与贞相会。贞乃向众宣言道：“琅琊虽败，魏相数州，有兵二十万，朝夕可至，汝等不必忧虑！”遂发属县兵，共得五千，分为五营，令汝南县丞裴守德为将，作为统辖，署九品以上官五百余人。其实皆出自胁迫，没有斗志。惟守德与他同心，他因将爱女嫁给为妻，署官大将军，每事与商。一面使道士及浮屠诵经，祷祝成功。左右及战士，均给避兵符，谓有神效。愚若村媪，如何成事？忽报麹崇裕等将到豫州，距城只四十里了。他已吓得面如土色，没奈何遣爱婿裴守德，及少子规，领兵出战，不到半日，两人杀得大败而回，兵士死亡过半。贞益大惧，闭阁自守，猛听得鼓声震天，料知外军进逼，越急得形色仓皇，不知所措。守德等统束手无策。左右语贞道："王岂可坐待戮辱？还请自行设法。"贞寻思无计，只得自去觅死，规亦自尽。守德及妻，一同随死。子女及婿，同入鬼门关，黄泉路上，幸不寂寞了。城中无主，不战自破。崇裕等入城后，检得贞等尸骸，一并枭首，持报东都。

武氏遂欲尽杀韩鲁诸王，命监察御史苏珦往查，有无通谋情事。珦查无实据，秉公复命。武氏一再诘问，珦抗言道："太后承先朝付托，应以仁恕为心，诸王并未通同谋叛，如何强入逆案呢？"武氏被他一驳，倒也不便加责，只得温颜与语道："卿系大雅士，我当别有任使，此狱原不必用卿呢。"乃改令周兴等覆验。兴即把"反是实"三字，复奏上去，遂收捕韩王元嘉、鲁王灵夔、黄公譔及常乐长公主等，统至东都，迫令自杀。就是霍王元轨、江都王绪、东莞公融，亦坐与越王通谋，次第逮捕。绪与融骈首市曹。元轨防御突厥，积有战功，减死流黔州，载以槛车，行至陈仓，也竟暴卒。纪王慎素来胆怯，当琅琊起兵时，檄告诸王，他独拒绝。周兴亦罗织入内，说他未曾告发，竟坐徙巴州，就道而死。济州刺史薛颉，及弟薛绪，绪弟驸马都尉薛绍，也坐与琅琊王冲通谋，颉绪被诛。绍尚太平公主，贷他死罪，受杖百下，囚羁狱中，偏他禁不住痛楚，便即毙命。

狄仁杰（630—700），字怀英，太原（今山西太原市西南）人。历任侍御史，宁州、豫州、复州刺史等职，以不畏权贵著称。武则天当政时期，曾两度拜相，对时政多有匡扶。有知人之明，先后举荐过张柬之、姚崇等数十人，均为名臣。

又遣右丞狄仁杰，出为豫州刺史，办理乱后事宜。这位狄公仁杰，是唐朝有名的好官，他字怀英，系太原人氏，少时博通经籍，曾入京应试明经科，中途投宿逆旅，有孀妇乘夜私奔，坚拒不纳，未晓即去。此事不载史传，惟稗乘中有之。且记仁杰诗句云："美色人间至乐春，我淫人妇妇淫人，色心若起思亡妇，遍体蛆钻灭色心。”语太近俚，故不录入，惟录此事以示前型。既举明经，迭任内外官职，皆有政声，嗣为江南巡抚大使，焚毁淫祠一千七百余所，独留夏禹吴太伯季札伍员四祠，吴楚巫风，几从此廓清。至入任文昌右丞，因豫州乱平，乃奉诏出为刺史。狄梁公为唐室砥柱，故叙述从详。仁杰到了豫州，查问越王余党，统已由张光辅拘住，差不多有二三千人，不禁恻然道：“人命至重，怎可这般滥捕呢。”乃概令释械，飞使密陈。大旨说是：“罪囚甚众，实多诖误，臣欲有所陈请，似为逆人申理，若缄默不言，又违陛下钦恤至意，所以拜表渎陈，仰乞矜鉴”云云。旋接复旨，俱减死戍边。先是仁杰曾任宁州刺史，留有德政碑，至流犯道出宁州，父老俱迎劳道：“我狄使君活汝么？”相携至德政碑下，且拜且哭，三日乃行，到流所亦为立碑。循吏榜样。时张光辅尚驻豫州，部将多恃功强索，仁杰不应。光辅入部将谗言，诘责仁杰道：“刺史如何轻视元帅？”仁杰道：“作乱河南，只一越王贞，今一贞已死，难道万贞复生么？”光辅不解所谓，又复穷诘。仁杰道：“公率将士十万，前来平乱，乱已平靖，渠魁受戮，公乃纵兵暴掠，欲杀降人为己功，岂非是一贞已死，万贞复生？仁杰奉命来此，为民除害，恨不得上方斩马剑，加置公颈，有什么怕死哩？”光辅张目不能答，及还东都，奏言仁杰不逊，因迁仁杰为复州刺史，转徙洛州司马。至光辅得罪，乃复擢为地官侍郎，事见后文。

再说武氏因平定诸王，安然出巡，践着拜洛受图的旧约，嗣皇帝豫王旦，及太子成器等，一律随行。内外文武百官，及四夷酋长，也都扈驾。沿途鸾卫仪仗，及各种雅乐，与所有珍宝，一古脑儿陈列出来，慢慢儿的逐队进行。到了洛水岸上，已由当差的官吏，设起祭坛，备就黄幄，恭待那妖淫凶险的武太后，亲临主祭。鸾舆既至坛前，有无数宫娥彩女，簇拥武氏下舆，但见她首戴冕旒，身服衮袍，居然是从来未有的女皇帝，徐步登坛。豫王旦与太子成器，随行而上，廷臣夷酋等，左右分立坛下，香花缭绕，仙乐悠扬，当由武氏柔腰轻折，拜了三拜，随后令豫王及太子，依次拜讫，再命宣祝官读过祝文，乃将案前所供的瑞石，饬游击将军唐同泰，敬谨捧下，移置受图亭内，舁还都中。武氏亦上舆而归。这番巡幸，自唐兴以来，算做第一次热闹。武氏又令薛怀义监造明堂，高二百九十四尺，方三百尺，共列三层，下层象四时方色，中层象十二辰，上为圆盖，捧以九龙。上层象二十四气，也设圆盖，上施铁凤，高一丈，用黄金为饰，号为万象神宫。又在明堂北面，筑起天堂五级，中供夹纻大像。注见后文。大约登第三级，便已可俯瞰明堂了。工既竣，加封怀义为右威卫大将军，兼梁国公。何不封他比翼王？越年正月朔日，大飨万象神宫。武氏搢大珪，执镇珪为初献。嗣皇帝豫王旦亚献，太子成器终献。礼毕，由武氏高坐明堂，受百官四夷朝贺，即以垂拱五年，改为永昌元年，即中宗嗣圣六年。大赦天下，赐酺七日。小子有诗叹道：

雌龙得势竟猖狂，衮服居然御庙堂。

独怪男儿躯七尺，如何裙下效趋跄？

武氏经过这种举动，便想篡唐，免不得又要杀人了。欲知后事，且看下回。

武氏之淫刑以逞，虽曰人事，岂非天命？周厉以监谤而亡，嬴秦有偶语弃市之刑，亦不数年而即灭，而武氏之令人告密，则尤过之，况内行不修，私幸怀义，外吏不择，宠用索元礼周兴来俊臣，如此淫恶，乃任其横行无忌，天乎人乎？越王贞父子，一举即亡，连坐者数十家，株累者数千人，而武氏则拜洛受图，筑堂受贺，倾万民之财力，张一己之淫威，人力或不足以胜之，而天道岂果无知耶？吾阅此回，不禁为之慨然曰："是果唐祖若宗渔色之报也，岂非天哉？岂非天哉？"

第三十二回

武则天革命称尊
狄仁杰奉制出狱

却说武氏自拜洛受图后，遂想篡夺唐室，自称皇帝，武承嗣怂恿尤力，于是诸武相继揽权。直臣如苏良嗣等，已经罢去，索元礼周兴来俊臣，及其余酷吏，统依附诸武，专伺宗室及大臣，遇有嫌疑可指，即诬他谋反，次第捕戮。总计武氏改元永昌，至次年改元天授，相距不过年余，所杀唐宗及唐臣，几乎不可胜纪，最著名的表述如下：

唐宗以被杀之先后为次。

汝南郡王玮　鄱阳郡公諲　广汉郡公謐　汶山郡公蓁　零陵郡王俊　东平王续　广都郡公玮　嗣恒山郡王厥　嗣郑王璥　嗣滕王修琦父即元婴，已殁。　**豫章郡王亶**父即舒王元名亦坐流致死。　**泽王上金　许王素节**及子璟，余子瑛琪琬瓒瑒瑗琛七人，为天授纪元后所杀。　**南安郡王颖　鄅国公昭**以上皆高祖太宗支派。　**宗室李直　李敞　李然　李勋　李策　李越　李黯　李玄　李英　李志业　李知言　李玄贞**

唐臣次序同前。

御史大夫骞味道　天官侍郎邓玄挺　内史张光辅　洛州司马弓嗣业　洛阳令张嗣明　陕州刺史郭正一　相州刺史弓志元　蒲州刺史弓彭祖　尚方监王令基　同平章事魏玄同　夏官侍郎崔詧　彭州长史刘易从　梁州都督李光谊　陕州刺史刘延景　右武卫大将军黑齿常之　右鹰扬将军赵怀节　辰州刺

史刘景先　地官尚书王本立　春官尚书范履冰　胜州都督王安仁　汴州刺史柳明肃　太常丞苏践言　曾江县令白令言　太子少保纳言裴居道　将军阿思那惠　尚书右丞张行廉　秦州刺史杜儒童　秋官尚书张楚金　麟台郎裴望及弟司膳丞琏。

以上被杀诸人，所有家属，俱流徙极边。且因周书有《武成》一篇，与自己武姓相合，目为符谶，乃令遵用周正，特改永昌元年十一月为正月，十二月为腊月，夏历正月为一月，称年为载，改元载初，牵合无理。封周汉后为二王，虞夏殷后为三恪，撤除唐宗室属籍，召用宗秦客为凤阁侍郎。秦客系武氏从姊子，具有小智，受职后日侍宫中，与武氏同改造十二字，由小子录述出来。

照为曌，亦作曌。天为丙，地为埊，日为囸，月为团，星为〇，君为凮，臣为𢘑，人为𤯔，载为𡕀，年为𠡦，正为𠀍。毫无道理，适同儿戏。

武氏自名为曌，或亦作曌，改诏书为制书，晋授薛怀义辅国大将军，封鄂国公。怀义多聚无赖少年，度为僧徒，横行都中，人莫敢言。有僧法明，杜撰《大云经》四卷，奏达阙下，内言武氏乃弥勒佛下生，应代唐为阎浮提主。释氏以人世为阎浮提。武氏甚喜，颁行天下，旋敕两京诸州，建寺珍藏。侍御史傅游艺，竟率关中百姓九百余人，诣阙上表，请武氏自为皇帝，改国号周，赐嗣皇帝武姓。武氏佯为不许，却擢游艺为给事中。既而百官宗戚，远近百姓，四夷酋长，沙门道士，合六万余人，联名上表，愿如游艺所请。不知如何卖嘱出来？嗣皇帝豫王旦，亦自乞赐姓武氏。为求生计，不得不尔。群臣复上言凤皇来仪，自明堂飞入上阳宫，还集左台桐树，良久方去；又有赤雀数万集朝堂，仿佛捣鬼。应请太后即日为帝，以应符命等语。武氏乃下制许可，易唐为周，旗帜尚赤，亲御则天楼，大赦天下，改元天授。即嗣圣七年。当由群臣加上尊号，称为神圣皇帝。降嗣皇帝旦为皇嗣，赐姓武氏，皇太子成器为皇太孙。比新莽之篡汉，还要容易。一座唐室江山，竟轻轻的移入老淫妇手中，巾帼竟夺须眉，钗环变成弁冕，这真是中国有史以来，第一次的大变。就是汉朝的吕雉，晋朝的贾南风，也都应退避三舍哩。大笔淋漓。

过了五日，立武氏七庙于神都，追尊周文王为始祖文皇帝，妣姒氏为文定皇后，文王后妃，也想不到有此远代孝女。四十代祖平王少子武，为睿祖康皇帝，妣姜氏为康惠皇后，鲁国公武克己，已追赠太原靖王，至是尊为成皇帝，号称严祖，妣为成庄皇后，北平郡王武居常，已追赠赵肃恭王，至是尊为章敬皇帝，号称肃祖，妣为章敬皇后，金城郡王武俭，已追赠魏义康王，至是尊为昭安皇帝，号称烈祖，妣为昭安皇后，太原郡王武华，已追赠周安成王，至是尊为文穆皇帝，号称显祖，妣为文穆皇后，魏王武士彟，已追赠忠孝太皇，至是尊为孝明高皇帝，号称太祖，妣为孝明高皇后，罢唐宗庙为享德庙，只祀高祖以下三室，余俱废享。冬至祀上帝于万象神宫，以始祖及考妣配飨，百神从祀，封武承嗣为魏王，武三思为梁王，武攸宁为建昌王，武士彟兄孙攸归重规载德攸暨懿宗嗣宗攸宜攸望攸绪攸止，皆为郡王，诸姑姊为长公主。改并州文水县为武兴县，比汉丰沛，百姓世世免役。

武氏以亲族乡邻，均得沾恩，独受女太平公主，尚属向隅，未免缺典，遂加封食邑三千户。公主并无喜色，亦未表谢，武氏料她新亡驸马，怏怏失望，薛绍囚死见前回。乃拟另为择偶，俾得新欢，凑巧武承嗣丧妻，因欲嫁公主为继室，已有成议，偏是公主不愿，仍无欢容。武氏不得已令她自择，公主竟靦然道："欲儿改适武氏，除非武攸暨不可。"想是承嗣面貌，不及攸暨。武氏道："攸暨自有妻室，难道儿愿作妾么？"公主微笑道："陛下为天下主，儿为陛下女，奈何与人作妾？但富贵易妻，也是常事，只教陛下一言，就玉成了。"武氏点头应允，便召入武攸暨，与商易妻事。偏攸暨素惮阃威，一时不敢承认，惹得武氏懊恨起来，竟尔放出辣手，潜令人毒死攸暨妻室。那时攸暨放心安胆，好娶这太平公主。公主也欢欢喜喜的，嫁与攸暨，婚仪不减当年，璧人依然好合，无怨无旷，各得其所了。攸暨得此宠女，阃威必且加倍，我为彼惧。武氏又令司宾卿史务滋为纳言，凤阁侍郎宗秦客为检校内史，给事中傅游艺为鸾台侍郎平章事，秦客潜劝武氏革命，所以得任内史。游艺入朝才期年，历衣青绿朱紫，时人称他为四时官宦。且与内史岑长倩，左玉钤卫大将军张虔勖，左金吾大将军邱神勣，侍御史来子珣等，并得赐姓为武。既而宗秦客以受赃被黜，邱神勣史务滋张虔勖傅游艺，皆陆续得罪，依次受诛。周兴已进任文昌右丞，被人告密，说他与神勣同谋，武氏即命来俊臣鞫治。俊臣方与兴对食，接阅制敕，便语兴道："朝廷命我鞫一罪犯，只恐罪犯未肯实供，如何是好？"兴答道："这有甚么难处？若取一大瓮，四周用炭烧着，令罪犯坐入瓮中，不怕他不供认哩。"俊臣乃索大瓮，焙炭如兴言，然后起座告兴道："有内状鞫君，请君入瓮！"说着即将制敕付示周兴，兴不待阅毕，便已惶恐服罪。武氏加外俯原，但流兴至岭南，途中为仇家所杀。索元礼残酷，比兴尤甚，旋亦伏诛。也有此日。

是时唐朝宗室，诛黜殆尽，连故太子贤遗下三子，如义丰王光顺，及弟守礼守义，俱幽禁宫中，就是豫王诸子，除太子成器外，亦只准在宫内居住，不得外出。表面上却赐他武姓，算作亲昵的样子，暗中实防他为变，实行监守。凤阁舍人张嘉福，竟图讨好，阴嗾洛阳人王庆之等数百人，上表请立武承嗣为皇太子。内史岑长倩，已升任右相，极端排斥，谓皇嗣现在东宫，不应再有此议，因表请下制切责。武氏迟疑未决，召问地官尚书同平章事格辅元。辅元所对，与长倩同。武承嗣久伺储位，闻两人不肯赞成，大为拂意，遂嘱令纳言欧阳通，诬劾两人逆状。欧阳通不肯诬奏，他又使私人告密，自己入宫进谗。于是岑格两人，被逮下狱。问官便是来俊臣，把长倩子也拘捕了来，诱他引入欧阳通。通明知不从承嗣，致有此累，对簿时侃侃辩论，毫不少屈。俊臣倚势作威，施以酷刑，五毒备至，通始终不肯诬服。俊臣竟捏造供词，说与长倩辅元，共同谋反，冤冤枉枉的杀死三人。武氏又召王庆之入问道："皇嗣我子，奈何废置？"庆之答道："古人有云：'神不歆非类，民不祀非族'，今陛下既登大宝，尚以李氏为嗣，臣实未解。"武氏道："汝且退去，待朕细思！"庆之伏地哀请，不肯即去。武氏乃赐给印纸，并面嘱道："汝欲见朕，可将此纸作为门证，门吏自不敢阻难了。"庆之乃叩首而出。承嗣因未得如愿，屡嗾庆之入请，庆之也愿为走狗，日日入宫求见。武氏未免惹厌，且默思易嗣一层，事关重大，究竟不宜速行，因复召凤阁侍郎李昭德入商。昭德笑道："天皇为陛下夫，皇嗣为陛下子，陛下身有天下，当传与子孙，为万世业，奈何以侄为嗣？从古以来，可有侄为天子，为姑立庙么？且陛下受天皇顾托，若以天下与承嗣，天皇便无从血食了。"这一席话，将武氏揭破迷团，遂令昭德出阻庆之，不许入见，且赐给昭德一杖，令他撵逐。昭德持杖出来，正值庆之昂然而入，自来寻死。当被昭德一把抓住，拖出门外，扬言语朝士道："此贼欲废我皇嗣，立武承嗣，我已奉敕给杖，扑杀此贼。"言已，即将杖交给朝士，令殴庆之。朝士正恨他滋闹，乐得摆布，立刻将庆之拖倒，先择他不致命处，殴了数百下，待他耳目中都已出血，乃再加数下，了结性命。受人嗾使者其听之！

武氏命武攸宁为纳言，起狄仁杰为地官侍郎同平章事。仁杰正色立朝，不肯谄事诸武，还有鸾台侍郎同平章事乐思晦，及右卫将军李安静，也与仁杰一般刚正，同为诸武所嫉视。诸武又嗾令来俊臣，暗地构陷，俊臣因仁杰方得向用，一时扳他不倒，独安静当武氏革命时，未肯联名劝进，乃即上书讦他谋反，并言思晦与安静友善，未免同谋，武氏最恨这谋反二字，便令俊臣严讯。安静朗声道："我乃唐室老臣，欲杀就杀，若问谋反，实无可对。"思晦也抗词不挠，当由俊臣指为实证，一道制敕，又将两人送入冥途。武氏反自谓如意，竟于天授二年冬季，改次年为如意元年。嗣又因二齿重生，复改如意为长寿。即嗣皇九年。

先是武氏尝遣使存抚四方，留意选举，至此因改元加恩，引见存抚使所举人物，无论贤愚，悉加擢用。上等试用凤阁舍人及给事中，次等试用员外郎侍御史，及补阙拾遗校书郎，时人作诗嘲笑道："补阙连车载，拾遗平斗量。擢读若瞿，杷也。推侍御史，碗脱校书郎。"有举人沈全交复续二语道："曲心存抚使，眯目圣神皇。"御史纪先知闻全交续诗，遂劾他诽谤朝政，请杖示朝堂。好算先知。武氏笑道："但使卿等未尝滥选，何恤人言？”武氏所忌，只有反案，余固不论。竟释置不问。未几，有制敕颁下，授郭霸为监察御史，当时又传出一种笑柄，叫做四其御史，或竟叫他吃屎御史。看官道是何因？霸前为宁陵丞，闻徐敬业起兵，自请往军前效力，有誓抽其筋，食其肉，饮其血，绝其髓等语，因此称为四其御史，中丞魏元忠遇疾，霸前往探问，私尝元忠粪，佯作喜色道：“病人粪甘可忧，今系苦味，可保无虞。”元忠虽未面责，心中尝恨他不情，病愈后，辄举以告人，因此又叫做吃屎御史。《唐书》作弘霸，《通鉴》作霸。霸系同安人，如何有越勾践遗风。武氏但喜他善谀，不管甚么卑鄙行为，所以他也得加官进禄了。

话休叙烦，且说来俊臣承诸武命，一意的谗构良臣。既已害死乐李两人，遂想连及狄仁杰，平白地兴起波澜，将仁杰拦入逆案，并将同平章事任知古裴行本，司农卿裴宣礼，左丞卢献，中丞魏元忠，潞州刺史李嗣真，一并罗织进去，狠狠的上了一疏，且请武氏降敕，有一问即承，罪得减死等语。武氏本深信俊臣，当然准奏，遂拘仁杰等下狱，由俊臣审讯。先诘仁杰谋反状，仁杰从容道：“大周革命，万物维新，唐室旧臣，甘从诛戮，反是实。”妙语。俊臣不禁微笑道：“好一个硬头官，实言不讳，免得动刑。”至问及任知古等，知古等也自知必死，答语与仁杰相符。惟魏元忠辨了数语，俊臣不复加讯，概令还系狱中。判官王德寿，入狱探视仁杰，劝他引入平章事杨执柔，当可免死。想是与执柔有隙。仁杰厉声道：“皇天后土，可表忠忱，奈何使仁杰扳诬好人呢？”说至此，即用首触柱，血流被面，慌得德寿连忙摇手，再三婉谢，并嘱狱吏好生看待，方转身出去。你也只有此胆么？仁杰因守吏少宽，乃裂衣啮指，血书冤状，置入棉衣中。次日，德寿又来看视，仁杰语德寿道：“天时方热，我有棉衣一袭，请饬属吏转授家人，撤去棉絮。”德寿允诺，即令狱卒持付仁杰家，仁杰子光远，撤棉得帛书，遂叩阍告变，因得召见。武氏得了帛书，乃召问俊臣。俊臣给武氏道：“仁杰等下狱，臣未尝褫他巾带，寝处很是安适，如果问心无愧，怎肯自供谋反哩？”武氏道：“全案人犯，已俱供认吗？”俊臣道：“只有魏元忠尚未实供。”武氏道：“须再令问官审明，免得枉屈。”俊臣唯唯而退。

当下令侍御史侯思止复讯，他人不问，单问魏元忠。元忠仍然力辩，思止命将元忠倒挂起来。元忠道：“我生得薄命，譬如骑驴遭坠，足絓蹬上，为驴所曳哩。”思止益怒，欲改用酷刑。元忠道：“侯思止你若要魏元忠头，尽管截取，若要元忠自供谋反，任你甚么拷打，我元忠却不便承认呢。”正说着，忽由通事舍人周綝到来，说是奉制勘视犯人。思止乃停止刑讯，忙遣心腹报知俊臣。俊臣急给仁杰等冠带，令见钦使。待周綝到了狱中，略略顾视，不发一言。俊臣即诈造仁杰等谢死表，令綝持还报命。

适值乐思晦子没入掖廷，年才九龄，生得眉目清秀，姿性聪明，偶为武氏所见，召问姓名。他却从容跪奏道：“臣父乐思晦，得罪受诛，臣家已破，可惜陛下英明，国家大法，为来俊臣等所欺弄，陛下不信臣言，乞择朝右忠臣，素经陛下信任，但令俊臣推讯起来，没一个不是叛党了。”想是狄仁杰等命不该死，所以有此慧童。武氏道：“偌大的孩儿，倒也识得来俊臣么？”乃命他暂退，一面饬内侍至制狱中，宣入仁杰等人。仁杰等入谒武氏，行过臣礼，一齐呼冤。武氏道：“卿等果有冤诬，为何前时自供反状？”仁杰慨然道：“若非自承反状，早被搒死，哪得重见天日呢？”武氏又问道：“为何复作谢死表？”仁杰等齐声道：“臣等并无此事。”武氏令左右取表给示，经仁杰等审视，便道：“这似判官王德寿手笔，臣等笔迹，无一相同，可见得是捏造了。”武氏不觉点首，便放他七人还家。七人谢恩退归，为武承嗣所见，忙入白武氏道：“七人已有反意，陛下何故释放？”武氏道：“得饶人处且饶人，况叛迹未露，何必滥杀大臣。”承嗣尚欲请武氏穷治，武氏道：“王言无反汗，你可知道吗？”承嗣不能固争，乃怏怏趋出，密嘱台官等联名上奏，请诛仁杰等七人。台官不敢不依，草就了一篇模棱两可的文字，呈将进去，独侍御史霍可献，系裴宣礼的外甥，竟伏阙面陈道：“陛下不杀裴宣礼，臣情愿效死阶前。”说着，竟首触殿阶，流血沾地，为了区区爵禄，竟甘心杀舅，且撞头出血，置父母遗体于不顾，富贵之惑人，一至于此。俊臣又奏称行本罪重，不可不诛。秋官郎中徐有功，看不过去，独挺身出奏道：“陛下有好生大德，俊臣等不能顺美，反欲劝陛下为暴主，究是何意？请陛下明察！”武氏乃宣谕道：“卿等不必廷争，朕自有折衷办法呢。”言毕退朝，大众散归。是夕颁制，贬狄仁杰为彭泽令，任知古为江夏令，裴宣礼为彝陵令，魏元忠为涪陵令，卢献为西乡令，流裴行本李嗣真至岭南。小子有诗叹道：

罗织经成可奈何，冤沉制狱罪囚多。

仅留七族更生庆，尚谪遐方受劫磨。

七人遭黜，诸武稍稍泄忿，不意过了数日，武承嗣竟奉命罢相，这真是出人意表了。究竟承嗣为何罢相，且看下回表明。

欲篡唐室，不得不杀人，此武氏之本意，故杀人最多，几乎不可殚述。本回列作二表，省却无数笔墨，此即执要驭烦之旨，而于武氏革命时之举动，却详载无遗，嫉其篡夺之恶也。欲安诸武，又不得不杀人，此非全出武氏本意，而武承嗣实为主动，故杀人虽多，究不若前时之甚。本回特归罪承嗣，所有被杀诸人，亦备述其冤诬之由来，可详则详，不必从略，至若狄仁杰等一案，尤加意演述，幸其得免于死，为唐室少留一脉也。作者于下笔时，俱有斟酌，正非随手掇拾者所得比尔。

第三十三回

安金藏剖心明信
僧怀义稔恶受诛

却说武承嗣是武氏爱侄，受封魏王，职任左相，端的是一人之下，万人之上，那唐朝宗室，及内外文武百官，好几多人为他所害，他还想捽去豫王，入为太子，不料反接到制敕，竟把他的左相重任，撤消了去。他也不识何因，及探问武氏左右，方知是由侍郎李昭德撺掇出来，不由的大怒道："昭德昭德！你敢在虎头上搔痒么？我总要你死无葬地。"伏下文昭德被杀事。正恨语间，忽又闻昭德已升授同平章事，越觉忍耐不住，竟出门上马，跑进宫中去了。原来昭德籍隶长安，素性刚毅，自入拜侍郎，杖死王庆之后。见前回。颇得武氏信任，屡与商议国政。昭德乘间密陈道："魏王承嗣，权势太重，应加裁制为是。"武氏道："承嗣是朕侄儿，所以特加重任。"昭德道："姑侄虽亲，究竟不及父子，子尚有弑父等情，况姑侄呢？今承嗣位居亲王，又兼首相，权等人主，恐陛下未必久安天位了。"武氏不觉瞿然道："朕未曾虑及此著，卿言也有可采哩。"遂亲下手谕，罢承嗣左相职，接连就令昭德同平章事。承嗣忿忿的跑至宫门，下马入宫，求见武氏。武氏传入，问他来意。承嗣道："陛下命臣免相，使臣得卸仔肩，臣不胜感幸。但昭德党同伐异，好肆排击，此人若参政柄，定致变乱，陛下应亟行贬黜，免得贻忧。"武氏正色道："我任昭德，才得安眠，他能为我代劳，奈何劝我贬黜呢？"承嗣再欲有言，武氏又摇首道："汝不必多说，我自有主见。"说罢，拂袖径入。承嗣碰了一鼻子灰，只好闷闷而回。势不可恃，若乘此急流勇退，亦可免异日赤族之祸。昭德入秉政权，裁抑酷吏，不遗余力，且禁吏民妄言祥瑞。或献入白石一方，中有赤文，昭德问道："此石有何异征，敢来妄献？"来人答道："因此石具有赤心，与他石不同，故此上呈。"昭德怒道："此石赤心，他石都要造反么？"驳得好。说得左右僚吏，一齐解颐，昭德即举石掷出，并叱逐来人。未几，又有襄州人胡庆，用丹漆写着龟腹，有“天子万万年”五字，亦赍陈阙下。足为乌龟皇帝之兆。昭德冷笑道：“又来欺我么？”遂取龟过来，用刀一刮，灭尽字迹，因奏请将胡庆加罪。武氏道：“小民无知，心实不恶，可饶他去罢！”自己也是心虚。补阙朱敬则，及侍御史周矩，趁着昭德参政的时候，均上书奏请缓刑，武氏也颇嘉纳。监察御史严善思，正直敢言，尝因告密风盛，引为深恨，亦上疏规谏。武氏遂命他按问，他秉公讯鞫，所有告密事件，多是虚诬，共查出八百五十余人，悉令抵罪。罗织经从此失效，罗织党也从此少衰。来俊臣恨他破法，阴与侍御史侯思止、王弘义等，构陷善思，坐流驩州。李昭德代为营解，武氏亦知善思受冤，乃复召为浑仪监丞。旋有制禁人间藏锦，侯思止违禁私藏，被昭德察觉，杖死朝堂。思止目不识丁，由告密得官，本授为游击将军，他独面白武氏，求为御史，武氏语思止道：“卿不识字，奈何作御史？”思止答道：“獬豸何尝识字，不过能触邪呢。”武氏心喜，乃令官侍御史。受职后与来俊臣等，共同罗织，贻害吏民，及被昭德杖毙，远近称快。惟俊臣等失一爪牙，恨不得扑杀昭德，借报私仇，奈一时不能逞愿，只好勉强含忍。

武承嗣更怏怏失望，日夜谋去皇嗣，密嘱武氏宠婢团儿，入谮豫王妃刘氏，及德妃窦氏，即玄宗隆基生母。私挟巫蛊，咒诅乘舆。武氏信此为真，俟二妃入朝，竟一律杀死，连尸骨都没有着落。可怜豫王旦只背地拭泪，一句儿不敢多言。尚方监裴匪躬，及内常侍范云仙，私谒豫王，又有人告知武氏，俱被腰斩。自是公卿以下，皆不得见豫王。武承嗣又嘱团儿诸人，密告豫王隐蓄异图，武氏即命来俊臣推治，把豫王平日侍役，都拿至法庭。俊臣堂皇高坐，备列刑具，才拍一声惊堂木，已令人毛发森竖，不寒而栗。起初尚齐跪案前，均替豫王辩冤，怎禁得俊臣虎威，刑杖交加，或被笞，或被扑，或被夹，或被拶，不消半个时辰，已害得满庭人犯，血肉横飞，奄奄一息。俊臣尚再三迫胁，喝令供认，大众已不胜楚毒，没奈何自称愿供，案上即有数纸掷下，给大众拾写。突有一人闯入法庭，大呼道：“三木之下，何求不得？皇嗣未尝谋反，奈何硬说他反哩。我是一个乐工，本不敢与闻此事，但事关社稷，怎能不辩？我愿剖心出示，替皇嗣表明真迹。”说至此，即解衣露胸，取出亮晃晃的小刀，向胸前纵横一划，顿时鲜血直喷，晕倒地上，不省人事。赖有此人。俊臣望将出去，见他血渍满庭，僵卧不动，也未免心惊起来，慌忙下座出视，已是洞胸露腑，五脏皆见。即令左右抚他口鼻，尚有微微呼吸，似觉一息尚存，正思把他处治，已有宫监到来，传武氏命，令饬役舁他入宫。俊臣不敢违慢，便命二人舁着，随宫监同去，自己亦退堂停讯。暂将全案人犯，暂羁狱中，武氏因案情重大，预着人探察法堂，及闻有人剖心明冤，立命舁入，亲自验视。果然奏报不虚，乃急传御医入治。御医沈南璆等，悉心诊视，谓尚可施救，不致伤生。当下移入静室，由数医官运动妙手，先将五脏安置原处，然后用桑皮线缝好裂痕，外敷良药，令得生肌长肉，好容易调治竟夕，待至次日黎明，方见他口眼活动，渐渐有些苏醒转来，再灌以参汤，进以大剂，才觉一条性命，侥幸保全。御医复奏武氏，谓已无妨。武氏复亲身临视，因他身子尚不能动弹，概令免礼，但问他姓氏籍贯。他已少有知觉，硬撑了一声道："臣是太常乐工长安人安金藏。"如闻其声，如见其人，一语抵人千百。言已泣下。武氏也不觉黯然道："我有子不能自明，累汝至此，汝真是一个忠臣了。"乃令他静养，并派役服侍，返入内殿，嘱内侍传谕俊臣，将豫王左右侍役，尽行释放。一场大狱，才算冰消。

越年为长寿三年，武承嗣召集二万六千余人，上武氏尊号，称为越古金轮圣神皇帝。武氏最喜人谀，自然准请。又御则天楼受尊号，改元延载，免不得大飨宗庙，遍宴群臣，忙乱了好几日。武氏尚饶余兴，带同承嗣三思，及太平公主等，往游后苑，此时尚值初春，余寒未退，各种花木，虽已生有枝叶，或已含蕊，尚未开放，没有什么艳景。武氏道："这数日天气晴和，为什么花尚未开哩？"承嗣道："时尚未至。"说到"至"字，三思即凑入道："想尚未接御敕，不敢遽开，若陛下降制催花，花神也应听命哩。"承嗣道："恐怕未必。"武氏也为默然。偏太平公主敢作敢言，更上前婉奏道："圣德覃敷，百神效顺，怎见得不能骤开？但请陛下降了慈谕，总有几株开放哩。"武氏经此一说，也不觉生了奇想，便命侍从取过纸笔，自题一诗云："明早游上苑，火速报春知。花须连夜发，莫待晓风吹。"这四句就作为制敕，递与太平公主。公主拣那花蕊最多的向阳树上，令侍从移取高梯，赍敕上登，悬挂树梢，然后随了武氏，又玩赏一回，方才回宫。越宿起来，公主即遣侍女探视，返报上苑群花，果已开放。喜得公主心花怒开，匆匆梳洗，即往报武氏。武氏也欣然道："果有此事么？"当下传令免朝，饬王公大臣，侍宴后苑。待至午牌已近，乃启驾临幸，到了苑中，百官俱已鹄候，排班庆贺。武氏格外心欢，四面一瞧，果有好几处花枝，向日吐葩，红白相间，也自以为花神效命，万汇含芳，更兼武三思太平公主，及王公大臣等，争献谀词，引得这位老淫妪，眉飞色舞，笑逐颜开，此事不见正史，惟稗史中偶载及此，但初春天气，风日晴和，也应有数树开花，笔下演述，亦极得分寸，不涉张皇。当下开筵欢饮，列坐传觞，酒至半酣，命内侍查明花名，一一报闻，约报至数十种，武氏忽问道："牡丹花开未？"这一句问将过去，转令查报花名的内侍，噎住了喉，不敢发声。武氏又问道："尚未开么？"内侍只好应了一声"是"字。武氏竟转喜为怒道："此花不中抬举，快与朕劚移苑外，贬谪洛阳。"内侍奉谕，传旨园官，园官即将园中所植牡丹，悉数移出，散种野外。嗣是牡丹花改称洛阳花。语见《事物纪原》。

武氏宴毕还宫，心下还带着三分不足，不似开宴时的满面喜容。三思却又想出一法，召集四夷酋长，请铸铜铁为天枢，铭刻武氏功德，竖立端门外面。武氏准奏，即令姚琦为督作使，大聚铜铁，铸冶起来。诸胡集钱至百万亿，购办铜铁，尚嫌不敷，乃更采敛民间农器，凑成二百万斤，方得敷用。天枢形状似柱，高一百五尺，径十二尺，共有八面，环以铜龙，负以铜兽，柱巅制一云盖，盖上有四蛟，捧一大珠，这番工作，越年始成。三思作文，大旨在黜唐颂周，武氏自著名号，叫作大周万国颂德天枢，一并镌刻柱上。又将群臣蕃酋的名氏，亦附入下面，这也是千古未有的特色呢。以有用之铜铁，作无用之柱脚，实是呆鸟。

是年八月，梨花盛开，免不得有人称瑞。武氏也以为瑞征，御殿时笼在袖中，取示廷臣。大众又是称贺。独同平章事杜景佺伏奏道："目下已值仲秋，草木黄落，不意此花独荣，阴阳失序，咎在臣等。"满廷都是佞臣，独景佺有此正论，恐亦与梨花相同。武氏闻言，未免愕然，半晌才道："卿算有宰相才。"语毕退朝，会李昭德奏劾王弘义，坐流琼州，弘义行至中途，诈称奉敕追还，返道汉北，为昭德所闻，忙令侍御史胡元礼往验，察出诈谋，立刻杖毙。来俊臣亦坐贪淫罪，贬为同州参军，急得诸武不知所措，忙运动凤阁鸾台，你一疏，我一奏，说得昭德非常专恣，不由武氏不动起疑来。可巧突厥寇边，遂调昭德为行军长史，随着朔方道大总管，率领契苾明曹仁师沙咤忠义等十八将军，往御突厥。

突厥阿史那骨笃禄等，常侵边境，前由程务挺黑齿常之两人，相继防御，始终不敢深入，至两人被戮，防边无人，骨笃禄出入无忌，只因年老多疾，所以一出即归。延载元年，骨笃禄病死，弟默啜颇有勇略，即自立为可汗，率众寇灵州。武氏却用了一个匪夷所思的人物，出为行军大总管，初令辖新平道，继令辖代北道，旋复令辖朔方道。看官道是何人？原来是辅国大将军鄂国公薛怀义。真是奇极。备述官衔，越觉挖苦。怀义是个秃奴，晓得什么兵法？只因与武氏是老姘头，乃得仰沐荣封。且武氏非彼不欢，如何调他统军？肉战则可，兵战其可乎？说来又有一段隐情，表明后方可知晓。怀义受封鄂国公，越发骄横，所有平时用费，概得向库中支取，不加限制。竟有惟王不会之遗规。他却想出一种巧思，每月开一无遮会，召集善男信女，大会寺中，见有姿色的妇人，就留住禅房，任情取乐。妇女信佛者其听之！都人统畏他势焰，就是妻女被淫，也只好忍气吞声，不敢过问。他又募度壮僧数千人，作为帮手，这种壮僧，也不安本分，无非是采花问柳，倚翠偎红，所以洛阳女儿，已不知被他糟蹋若干。怀义日在寺中，与僧众肉身说法，还有何心入宫应卯？武氏传召，时常托词不赴，十次中不过应酬三四次，累得武氏欲火难熬，别寻一个主顾，便是御医沈南璆。南璆房术，不让怀义，武氏恰也欢慰，但恐怀义在外闯祸，且闻他僧徒多系力士，索性借御寇为名，令他率众北征，若得战胜，原不愧为知人，否则令他师徒毙敌，也好杜绝后患。揭出武氏心计，发前人所未发。偏是怀义交运，一经出师，胡虏便退。此次武氏疑忌李昭德，令他为行军长史，又命一个同平章事苏味道，做了行军司马，陪着昭德，掩饰人目，一面令怀义格外得意，连朝廷宰相，都受他节制，或肯不顾存亡，前去效死。怎奈天下事往往出人所料，怀义未到朔方，突厥兵又复退去。那时怀义自然折回，沿途与昭德议事，屡有龃龉，还都后也奏称昭德恣肆，竟贬昭德为南宾尉。嗣又因杜景佺等，附会昭德，不能匡正，也将他贬徙远州。无非由梨花一奏所致，可见前时称为相才，实是一句讥讽语。怀义曾造夹纻大像，留供天堂，像高九百尺，鼻如千斛船，小指中容数十人并坐。夹纻漆成，异常精彩。应二十一回。至是为风所摧，由武氏令怀义重修。怀义又支取库银数百万两，督工赶筑，忙碌了两三月，才得修复原状，因入宫复旨。武氏只淡淡的答了“知道”二字。怀义见武氏没甚兴采，也即退出，默思从前何等亲昵，今自班师以后，修造大像，已历十旬左右，从未经过召幸，此中定是有人庖代，所以这般疏淡；乃私下访问宫人，宫人都受武氏密嘱，未敢通风，因此也探听不出。左思右想，得了一策，特请在朝堂开设无遮会，经武氏批准，即潜在朝堂下面，掘地为坑，深约数丈，埋着许多纸糊殿阁，泥塑佛像，至开会时，乃从坑中引上，对着大众，但说从地中涌出，预兆祯祥。又密取牛血，画一大像头颅，高二百尺，但捏称是刺诸膝上，得血绘成。以己比牛，也没甚荣耀。一时哄动都市，士女云集。怀义出钱数十车，望空散掷，令他争拾，甚至互相践踏，伤毙老弱多人。次日，复在天津桥南，张像设斋，预邀宫廷大小官吏，届时诣席，官吏惮怀义威焰，不敢不来，只有武氏高居深宫，连日不闻足音，怀义越加怀疑，就从散席以后，留住二三知己，盘问宫中情状。当时有个快嘴人物，说是御医沈南璆，日夕入侍，那怀义不禁大愤道：“反了反了。”武氏所防惟反，是对着臣僚，怀义所防惟反，是对着武氏，写来极有趣味。随即送别好友，等到一更以后，竟悄悄的到了天堂，放起火来。

这天堂在明堂北面，占居高巅，天堂被火，明堂自然延烧，更兼风势猛烈，越烧越旺，照耀都中，几同白昼，一班禁卫军，合力灌救，毫不见效，延及天明，方得扑灭。一座金碧辉煌的明堂，已变做乌焦巴弓，无一完木。最可叹的是夹纻大像，裂作数百段，漆血气布满都城。都是民脂民膏。武氏正加号慈氏，命设酺宴，忽闻明堂大火，未免惊惶。拾遗刘承庆，请辍朝停酺，上答天谴，武氏颇有允意。独纳言姚琦，谓明堂是治政地，非宗庙比，不应自加贬损，乃仍然视朝，赐酺百官。左史张鼎，且上言火流王屋，适显周家祥瑞。通事舍人逄敏，复奏称弥勒显道，有天魔烧宫，焚坏七宝台等情，这是意中恒事，无伤圣德。刘承庆谓是天谴，已涉无稽，张鼎逄敏等语，更不值一噱。武氏微笑不答，但说：“由内外工徒，不知戒火，因有此变。”当下仍令怀义更造天堂明堂，又铸铜为九州鼎，及十二神，各高一丈，分置四方。

怀义因纵火无罪，越加骄蹇，且斥武氏负情忘义，别图所欢，当下一传十，十传百，免不得传到武氏耳中。武氏大为懊怅，因恐投鼠忌器，不便下手，忍耐了好多日，已是残冬，又改元为天册万岁，未几又改元证圣。累届朝贺，怀义多不与列，且更说出许多秽语，直把那武氏淫亵情状，一古脑儿都宣扬出来，武氏时有所闻，遂召入太平公主与她熟商。公主本武氏爱女，所有宫中情事，无一不知，便对武氏道：“臣女早欲奏闻陛下，只因陛下不言，臣女亦何敢先言？试思陛下系何等圣佛，托生人间，欲选三五侍臣，自应就公卿贵阀中，看他姿禀秾粹，方准入选，奈何令怀义秃奴，得侍左右呢？”武氏道：“我亦有悔意，但欲除此人，颇费周折。”公主道：“这有何难？”武氏又接入道：“他手下有许多力士，若略一通风，必将谋变，就使指日剿平，已被他许多毁谤，岂不是大损名誉么？”你亦自顾名誉么？公主笑道：“这事委臣女往办，管教他身首两分，毫无他虑。”武氏喜道：“我就叫你便宜行事。你须小心！”公主应声趋出，即召驸马从兄武攸宁，密嘱数语，再选十数健妇，嘱令如此如此。大家唯命是从，分头往办，待到黄昏时候，公主即遣一武氏心腹，召怀义入宫。怀义闻召，未免一喜一疑，喜的是又蒙召幸，疑的是何故复召，乃带着力士数名，策马驰入，行至宫门，见宫中没甚动静，方敢下马趋进，大踏步上了殿阶。阶前只有数妇，阻住力士，不准随入。怀义见殿阶上下，止立妇人数名，料想没有他变，放心入殿。不意背后突遭一击，痛得眼花缭乱，跌倒殿中，才呻吟了一声，已被众妇人揿住，用着最粗的铁链，捆缚起来，再把木丸塞入怀义口中，令不得言。怀义尚望徒众入救，杀猪似的狂喊，谁知武攸宁已指麾健卒，拥出阶前，一阵乱斫，将怀义的随身护符，杀得精光，乘势入诛怀义，刀光一闪，了结性命。当将尸骸拖出，掷入火堆，剩得几根烬余残骨，送入白马寺，压置塔下。小子有诗叹道：

淫僧敢自乱宫闱，况复骄横肆毒威。

粉骨非真能蔽罪，徒留秽史付人讥。

怀义既诛，太平公主遂荐引一个妙年郎君，入为武氏的男妃。欲知此人为谁，容至下回再表。

本回以安金藏薛怀义为主脑，而外此各事，随笔穿插，无断续痕，此由阅史时独具眼光，见得当时事实，俱属相因，因甲得乙，因乙得丙，因丙得丁，彼此关连，自然绾合耳。其所以用安金藏僧怀义为主脑者，表金藏之忠，暴怀义之恶也。武承嗣欲夺储位，累谮豫王，盈廷大臣，不闻代白，安金藏一乐工耳，独能剖心明信，为豫王辨白冤诬，此其忠为何如乎？怀义秽乱宫闱，横行不法，虽由武氏之溺情床闼，纵令骄淫，而怀义恃势作威，肆无忌惮，开无遮会以污妇女，火明堂以泄私仇，此其恶为何如乎？表之暴之，为后世示劝惩，此正维持风教之苦心也。余事多见细评，不必赘述云。

第三十四回

累次发兵才平叛酋
借端详梦迭献忠忱

却说太平公主，引入少年，陪伴武氏，这人姓张名昌宗，系故太子少傅张行成族孙。昌宗有兄易之，曾袭荫居官，累迁尚乘奉御，兄弟皆丰姿秀美，通晓音律。昌宗年仅及冠，更生得眉目清扬，身材俊雅，太平公主先为说项，引得武氏动情，然后召入昌宗，衣以轻绡，傅以朱粉，浴兰芳，含鸡舌，送入武氏宫中。武氏瞧入眼中，早已十分中意，一经侍寝，说不尽的旖旎，描不完的缠绵，薛怀义无此风情，沈南璆亦渐形秽。武氏生平，从未经过这般酣艳，此番天缘相凑，幸得这个妙人儿，遂不禁百体皆酥，五中俱快，绸缪竟夕，尚觉是欢娱夜短，恋恋情深。艳语不涉猥亵。昌宗暗想，这个老淫妪，真是天下尤物，居然能通宵达旦，极乐不疲，自己还恐招架不住，遂把乃兄易之，亦推荐上去。武氏谓恐一时无两，昌宗道："臣兄材力过臣，且善炼药石，陛下若召来一试，便觉臣言非虚哩。"棣萼多情，却也难得。武氏允诺，次日即召幸易之，果然枕席功夫，比乃弟尤为进步，不过柔情媚骨，似觉稍逊一筹，武氏各有取材，也与他彻夜交欢，越宿起床视朝，即封昌宗为云麾将军，武氏专封情夫为将军。岂因他肉战胜人吗？易之为司卫少卿，特赐甲第，并给奴婢橐驼牛马等物，外加美锦五百匹。嗣是二张轮流进御，大得武氏欢心，宠遇无比。晋授昌宗为银青光禄大夫，追赠二张父希爽为襄州刺史，母韦氏臧氏，并封

张昌宗（？—705），定州义丰（今河北省安国）人。武则天晚年入侍，为则天所宠，封邺国公。则天末年，与易之专权，败坏政事。中宗复位时被杀。

太夫人。臧氏系昌宗生母，年逾四十，姿色未衰，有是子应有是母。平时尝有外遇，尚书李迥秀与她有私，武氏竟许为情夫，准他来往。推己及人，好算是特别仁恩。二张权力日增，不到一旬，已是门无隙地，威震京都。诸武兄弟及宗楚客等，争谒门墙，伺候颜色，甚至亲与执鞭，非常羡慕，号易之为五郎，昌宗为六郎。

惟自怀义死后，天堂明堂，仍然派人督造，越年乃成，规模比前时稍狭，华丽不减当初，易名为通天宫，又改元为万寿通天。即嗣圣十三年。武氏方铺张扬厉，粉饰太平，祀南郊，封中岳，去越古慈氏诸号，改称天册金轮大圣皇帝，赐酺十日，举国若狂，不料东北警报，陆续前来，转令武氏无暇行乐，只好遣将调兵，出御朔方。原来营州北境，向有东胡种落，作为窟穴，渐渐的生齿日蕃，分设奚及契丹二部。突厥勃兴，契丹臣附突厥，奚亦间通贡使。至唐武德年间，突厥渐衰，契丹酋长孙敖曹，乃叩关入朝。太宗时威振四夷，契丹别帅窟哥，及奚帅可度者，并率部众，内附唐廷，就契丹部置松漠府，即授窟哥为都督。奚地置饶乐府，即授可度者为都督，均赐姓李氏。太宗伐高丽，尝发奚契丹兵从军。高宗显庆时，窟哥可度者皆死，奚与契丹连叛，由定襄都督阿史德枢宾等，次第讨平，仍然臣服。至万岁通天元年，营州都督赵文翙，残酷不仁，虐待契丹部众，于是松漠都督李尽忠，及归诚州刺史孙万荣，共举兵攻陷营州，杀死文翙，尽忠即窟哥孙，自称无上可汗，万荣即敖曹孙，为尽忠先锋，纵兵四掠，所向残破。武氏闻警，亟遣左鹰扬卫大将军曹仁师，右金吾卫大将军张玄遇，左威卫大将军李多祚，司农少卿麻仁节等，率兵往讨，并命梁王武三思为榆关道安抚大使，纳言姚琦为副，陆续出都。改李尽忠名为李尽灭，孙万荣名为孙万斩。武氏专改他人姓名，不脱妇人咒诅习气。

曹仁师等行至幽州，遇有唐兵自营州逃回，报称前为虏寇，被絷地牢，今闻王师大至，寇已乏食，所以放还。契丹果真乏食，何妨杀死俘囚。乃无故释还，显是有诈。张玄遇麻仁节两人，急欲争功，带领部兵，兼程前进，驰至黄獐谷，又有许多老弱番兵，前来迎降，面目都含饥色。又是一个诈降计。两将益以为寇兵乏粮，正好一鼓荡平，便驱兵深入。但见沿途一带，羸牛瘦马，或立或卧，越觉贪功心炽，一口气跑至西硖石谷，这西硖石的地方，最称险阻，两旁山峦层叠，林箐纵横，真个是行军绝路，未便轻进。两将也不管利害，见路即行，适值夕阳西下，天气阴沉，仄径羊肠，苍茫莫辨，还是不肯住脚，闯将进去。忽听得号炮一声，胡哨四起，大众才有些慌忙，免不得东张西望，哪知番众突出，四面杀来，急切里无从退回，已觉叫苦不迭。偏契丹兵逐队拥上，统是骁悍的步卒，前队是长枪兵，专戮面部，后队系挠索兵，专绊马足。唐军都是骑士，上下不能两顾，顿时人仰马翻，不是被杀，就是被擒。玄遇仁节两将，措手不及，也被绊马索绊倒，一并擒去。契丹将孙万荣，搜得两将兵印，即诈为文牒，遣报曹仁师各军，说是官军大胜，仁师部将燕匪石宗怀昌等，乐得前去分功，因兼程疾进，不遑寝食，正走得人困马乏，又被契丹伏兵，左右邀击，害得全军覆没，无一生还。明明自去寻死。

败报驰达东都，武氏再遣同州刺史建安王武攸宜，为清边道大总管，出讨契丹，且募全国系囚，及士庶家奴，有力从军，悉令调发。攸宜未曾出境，万荣已进兵崇州，凉州都督许钦明兄钦寂，为龙山军讨击副使，逆战失利，致为所擒，万荣移兵围安东，令钦寂招降安东都护裴玄珪，钦寂佯为应诺。及至城下，呼玄珪与语道："狂贼不道，必遭天殃，灭亡便在目前，公宜厉兵坚守，毋失忠节。"万荣大怒，将他杀毙，即督兵攻城。城上矢石如雨，才行退去。钦寂弟钦明，也为突厥所虏，后亦殉难，时人称为二忠。既而突厥默啜可汗，表请和亲，愿率部众助讨契丹。亦非善意。武氏遂遣豹韬卫大将军阎知微，左卫郎将署司宾卿田归道，赍册授默啜为迁善可汗，兼左卫大将军。默啜出袭松漠，适值尽忠惊死，万荣外出，被默啜乘隙掩入，把尽忠万荣的妻子，及所有辎重，尽行掳去。万荣无家可归，索性专寇唐境，攻陷冀州，杀刺史陆宝积，屠吏民数千人，再驱众攻瀛州，河北震动。魏州刺史独孤思庄，胆小如鼷，悉驱城外居民，入城守卫，一面飞表乞援。武氏知他怯懦，乃起彭泽令狄仁杰，往代思庄。仁杰遭贬，见三十二回。仁杰抵任，遣民归农，且与语道："距寇尚远，何必仓皇。万一寇至，我也自能支持，不劳百姓。"大众拜谢，欢跃而去。

唐廷再命夏官尚书王孝杰，羽林卫将军苏宏晖，统师十七万，往击孙万荣。行至东峡石谷，正遇契丹前锋，立即与战。契丹兵略略交锋，便即引去。又是诈计。孝杰纵兵追击，宏晖继进，途中七高八下，崎岖难行，前面适有一大岭，两旁峭壁悬绝。孝杰策马先登，不防契丹兵回扑转来，势如猛虎，所当辄靡。岭上喊声连天，宏晖尚在岭下，竟不管孝杰死活，马上返奔，剩得孝杰孤军，也是立足不住，纷纷散乱。孝杰被番众一挤，堕崖身死，余众亦多半伤亡，逃脱的没有几人。唐军又败。武攸宜方至渔阳，闻孝杰败死，吓得魂魄飞扬，不敢前进。万荣遂进屠幽州，分兵陷瀛州属县，大掠而南。孝杰记室张说，飞马回奏，武氏也觉惶急起来，更用右金吾卫大将军武懿宗为行军大总管，与右豹韬卫将军何迦密，出师援应。诸武只能残害朝臣，不能击走胡虏，武氏专信母族，安得不败。接连又命御史大夫同平章事娄师德，为清边道大总管，右武威卫大将军沙吒忠义，为清边中道前军总管，统兵二十万，即日北行。懿宗军至赵州，闻契丹兵将到冀州，便欲南遁，将士请坚壁清野，为疲贼计。懿宗不从，遽退还相州，沿途抛弃军械，不可胜计。万荣复进掠冀州，入屠赵州。

先是万荣破王孝杰时，曾在柳城西北四百里，依险筑城，留住老弱妇女，及器械辎重，留妹夫乙冤羽居守。突厥默啜可汗，探悉情形，又发兵潜往，突入新城，虏住

娄师德（630—699），字宗仁，郑州原武（今河南原阳西南）人。贞观进士。上元初，任监察御史。后应诏从军，参加对吐蕃的战争，任河源军司马兼知营田事。长寿二年（693年）升任同凤阁鸾台平章事，掌管朝政。后仍出为河源等军营田大使，所至屯田积谷，治区安定。

乙冤羽，便把全城蓄积，悉数取归。嗣复故意将乙冤羽纵去，令报万荣。万荣已狡，默啜尤狡。万荣方招诱奚部，夹攻唐军，气焰很是鸱张。偏由乙冤羽驰报，新城失守，害得神色沮丧，寝食不安，那部众的眷属，都在新城，一闻陷没，个个恟惧，皆无斗志。奚部兵士，见他这般情状，料知不能胜唐，也有变心。唐神兵道总兵杨宏基，及清边道前军副总管张九节，侦知底细，便与奚人结了密约，夹击万荣，里应外合，前犄后角，立将万荣军捣破，杀得血肉模糊，万荣只率轻骑数千名，夺了一条血路，落荒东走。张九节从间道驰出，截击万荣去路，万荣进退两难，回马斜奔，趋至洛水东岸，手下已是散尽，止剩家奴数人，乃下马憩息，凄然长叹道："今欲归唐，罪大难容，归突厥亦死，归新罗亦死，奈何奈何？"言未已，那头颅已应声坠下。看官欲问何人下手？当然是他的家奴。奴持首献唐军。还有万荣骁将李楷固何务整，亦至幽州求降。时狄仁杰已升任幽州都督，好言抚慰，送往东都，并安抚河北百姓，不妄戮一人。独武懿宗所至残酷，遇有难民自拔来归，多指为贼党，刳心剖胆，穷极惨状；及班师还朝，且奏言河北从贼诸民，应悉数夷族。左拾遗王求礼在侧，奋然出奏道："小民素无武备，力不胜贼，只好暂时屈从，本意何尝欲反。懿宗拥强兵数十万，望风退走，以致贼徒滋蔓，今贼幸告平，反欲移罪草野，尽加屠戮，试思自己不忠，怎能责人？臣请先斩懿宗，以谢河北百姓！"快哉快哉！我应浮一大白。懿宗无词可辩。

武氏乃下制大赦，改万岁通天二年为神功元年，且因默啜有功，复令阎知微田归道同使突厥，册默啜为特进颉跌利施大单于，立功报国可汗。知微见了默啜，舞蹈三呼，似对着武氏一般，甚至吮他靴鼻，归道独长揖不拜。一佞一直，相去何如。默啜以归道无礼，拘住不遣，但令知微南归，求允婚约，并乞给还六州降户，及单于都护地。此外尚有谷种彩帛农器铁等件，亦在要索项中。知微唯唯从命，返见武氏，请允所求。武氏道："前时突厥降众，曾分居丰胜灵夏朔代六州，目前户口蕃息，差不多有数千帐了。单于都护府地，由先朝百战得来，奈何轻许？就是谷帛等物，亦应酌量赐给，不宜多与。"凤阁侍郎李峤，从容接口道："陛下圣见甚明，突厥所求，断难轻许。臣思戎狄无亲，贪利寡信，若骤允所请，便所谓借寇兵，赍盗粮了，不如严兵阨守，以绝狡谋。”说至此，又有两人进言道：“欲取姑予，也是对外的良策，况默啜为国立功，正应羁縻勿绝。归道又被他留质，若一律拒斥，彼必戕我天使，发兵寇边，契丹余党，均为所用，恐边境又无宁日了。”武氏视之，乃是纳言姚琦，及鸾台侍郎杨再思，当下沉吟半晌，方徐徐答道：“二卿所言亦是，朕当酌给便了。”越宿下制，竟拨还六州降户数千帐，并给谷种四万斛，杂彩五万段，农器三千具，铁四万斤。且指令默啜女为亲王妃，约期亲迎。惟单于都护府地，未曾提及，此制颁到突厥，默啜乃遣还归道。归道入朝，与阎知微争论廷前，知微谓和亲可恃，归道谓和亲不可恃。武氏有左袒知微意，归道叹息而出。武承嗣子淮阳王延秀，年少翩翩，尚未娶妻，武氏令娶默啜女为妃，约于来岁行亲迎礼。预备金帛亿万，作为聘仪，届期乃发。

承嗣老且渔色，罗致美女，充入后房。右司郎中乔知之，有妾名碧玉，秀艳绝伦，通文字，善歌舞，知之非常宠爱，视若奇珍，偏被承嗣闻知，竟令女媪至知之宅，佯言由姬妾所遣，邀碧玉往教妆梳。知之不好拒绝，只得令碧玉赴承嗣第。一去数日，未见回来。知之一再探问，均被门吏所阻，且加以讥笑，气得知之无法可施，归作《绿珠怨》一首，令女仆辗转投递，方得缴与碧玉。碧玉正为承嗣所逼，勉强羁留，既得知之来笺，立即展览，词云：

石家金谷重新声，明珠十斛买娉婷。此日可怜偏如许，此时歌舞得人情。
君家闺阁不曾观，好将歌舞借人看。意气雄豪非分理，骄矜势力横相干。
辞君去君终不忍，徒劳掩袂伤铅粉。百代离恨在高楼，一代红颜为君尽。

碧玉览毕，暗暗泣下，明知诗中寓意，叫她自尽，遂将诗系裙带间，拚了一命，往投井中。不愧绿珠。及承嗣令人抢救，已是无及，徒捞得一个芳骸，不能复活，惟裙带间诗迹尚留，由承嗣检视，知是知之所贻，遂讽酷吏罗告知之，把他下狱处死，籍没全家。不意石崇之后，复有乔知之。自时李昭德来俊臣两人，均已起用，昭德入为监察御史，俊臣入为司仆少卿，两人俱不改旧性，一个是锋芒未敛，一个是暴纵自如。明堂尉吉顼，闻箕州刺史刘思礼，与洛州录事参军綦连耀，阴结朝士，谋为不轨，遂入白俊臣。俊臣令上书告变，武氏即使武懿宗穷治，辗转牵连，杀死同平章事李元素孙元亨等三十六人，亲旧连坐，或贬或窜，多至千余家。俊臣欲专为己功，复罗告吉顼，亏得吉顼入诉武氏，自陈心迹，才得免祸。俊臣又复得宠，也百计钩致美姝，甚至矫敕夺人妻女，诸武本与他有旧，任他所为，此外无人敢捋虎须。独李昭德素来嫉视，拟罗列俊臣罪恶，痛奏一本。奏尚未上，俊臣已诬他谋反，先被下狱。自是俊臣愈加恣肆，自言才比石勒，阴蓄异图，意欲将皇嗣庐陵王太平公主，及武承嗣三思以下诸王，一古脑儿列入反案，统行捽去，好教他独揽朝纲。古人说得好："众怒难犯，专欲难成。"俊臣想把满朝权贵，一并陷死，难道别人果没有知觉，受他侮弄么！当下由诸武及太平公主，共发俊臣罪状，也将他拘系狱中。刑官严讯得实，请立处极刑。奏上三日不报。吉顼已升任中丞，从武氏游苑中，代为执辔，武氏问及外事，顼答道："外人惟怪陛下不杀来俊臣。"武氏道："俊臣有功国家，朕不忍遽置死地。"顼又答道："俊臣诬杀忠良，罪恶如山，乃是国家的大蠹，若处他死刑，外人必称陛下圣明，陛下奈何尚惜此贼哩。"武氏点首，及回宫后，竟批令昭德俊臣，一并弃市，时人都为昭德呼冤，为俊臣称快。俊臣受诛，仇家皆抉目摘肝，剖心割肉，顷刻即尽。道旁争相贺道："从今以后，夜间始得安眠了。"世人亦何苦为酷吏。

武氏自俊臣死后，也悔从前听信蜚言，杀人过甚，乃进徐有功为殿中侍御史，擢姚元崇为夏官侍郎，召魏元忠为肃政中丞，并征狄仁杰为鸾台侍郎，同平章事，愁霾阴气，渐渐销融。

惟武承嗣三思等，尚谋夺储位，屡次营求，狄仁杰尝以为忧，苦未得言。越年，复改元圣潜，即嗣圣十五年，是年中宗还宫。武氏为三思所惑，欲立他为太子，乘着酺宴期内，召问相臣。众莫敢对，独仁杰从容奏陈道："从前太宗皇帝，栉风沐雨，手定天下，传诸子孙，先帝以二子托陛下，陛下今乃欲移归他族，恐先灵未惬，反启危机。且姑侄与母子，孰亲孰疏？陛下立子，千秋万岁后，配食太庙，倘或立侄，臣未闻有祔姑宗庙呢。"武氏道："这是朕的家事，卿不必预闻。"你也学李勣语么？仁杰道："天子以四海为家，四海以内，何一非陛下家事？况元首股肱，义同一体，臣备位宰相，怎得不预闻呢？"武氏道："据卿说来，仍立豫王为是。"仁杰复道："弟不可先兄，庐陵王并无大过，应该召还庐陵，待庐陵百年后，兄终弟及，未始不可。"武氏稍稍感悟，总还踌躇未决。是夕，梦见鹦鹉飞入，自折两翼，醒来甚觉奇异。曾与二张同梦否？翌晨临朝，顾语仁杰道："朕昨梦大鹦鹉，两翼皆折，这是何兆？"仁杰道："陛下姓武，鹦鹉就是寓音，两翼便是两子，陛下将二子保全，两翼自然复振了。"借梦讽谏，可谓善言。武氏不觉称善，乃把册立诸武意，搁起不提。

二张兄弟，与吉顼友善，常相过从，顼从容进言道："公兄弟贵宠逾恒，天下侧目，不立大功，恐难自全。"二人惶恐问计，顼遂答道："天下未忘唐德，都想迎立庐陵王，主上春秋日高，大统总须付托。武氏诸王，非所属意，公等何不劝立庐陵？既慰众望，且建巨勋，不但可以免祸，并且可长保富贵了。"二张齐声道："敬受明教！"嗣是入宫值班，与武氏喁喁私语时，即以顼言为请。床头语容易动人，遂令武氏幡然变计，决拟召还庐陵王。小子有诗咏道：

敢将嗣主锢房州，十四年来久被幽。
幸有良臣图反正，从容数语脱羁囚。

究竟庐陵王是否还都，容待下回说明。

契丹入寇，武氏三次出师，迭用诸武为统帅，武三思偷安榆关，武攸宜逗留渔阳，武懿宗退保相州，无一有用材。卒至塞外丧师，至再至三，乃徒改万荣为万斩，尽忠为尽灭，犬鸡之谊，何当挞伐。彼尽忠之死，万荣之诛，亦赖天心之不欲绝唐，而因出一默啜以牵制之耳。岂武氏之威灵乎哉？武氏知诸武之无用，固未敢易嗣，而来俊臣之恶贯满盈，自速其死，酷吏去而贤臣进，然后唐室方有转机，鹦鹉入梦，讽谏有人，狄公以外，复有吉顼，天之有意扶唐，于此益见。故本回事迹，乃反周为唐之一大关键也。

第三十五回

默啜汗悔婚入寇
狄梁公尽职归天

却说武氏用二张言，乃遣职方员外郎徐彦伯等，召庐陵王哲至东都。庐陵王与韦妃诸子，一并诣阙，入朝武氏。武氏留居宫中，佯称为他疗疾。狄仁杰因事涉诡秘，尚觉怀忧，进入宫求见，武氏与语庐陵王事，仁杰道："陛下既召还庐陵王，何故未得一见？"武氏道："卿尚疑朕么？"随即呼庐陵王出幄。仁杰审视果确，才下拜顿首道："王已还宫，人未曾晓，怪不得议论纷纷，还疑是假了。"武氏乃令庐陵王出舍龙门，备礼迎还，中外大悦。武承嗣以计划失败，郁郁不乐，竟至成疾。次子延秀，因武氏指婚胡女，亲迎届期，不得不遣往突厥。武氏复令阎知微署春官尚书，与署司宾卿杨齐庄，赍金万两，帛万匹，偕延秀同行。凤阁舍人张柬之入谏道："自古到今，未有中国亲王，娶夷狄女，还请陛下详察！"武氏不省，且出柬之为合州刺史。至延秀到突厥南庭，承嗣已一命呜呼，长子延基袭爵，本应称为嗣魏王，武氏因犯承嗣讳，特改号继魏王。二名不偏讳，武氏改嗣为继，全然是宦官宫妾丑态。承嗣早死数年，还算幸事。突厥可汗默啜，闻延秀到来，先召入阎知微。知微即将礼单奉呈，由默啜验收毕。默啜竟变色道："我女应配李氏，奈何来一武家儿？我突厥世受李氏恩，闻李氏尽被屠灭，只有两子尚在，我将发兵辅立，俟得正位，送女未迟。"金帛已收，女却不嫁，还要说出绝大道理，令人拍案叫绝。这一席话，说得知微面色如土，不由的跪下叩头，吁请如约。你说和亲可恃，究竟靠得住否？默啜笑道："汝何必多虑，尽管留居我国，我便许汝为南面可汗，可好么？"知微听得"可汗"二字，又不觉喜出望外，拜谢而起。默啜叱令左右，将延秀拘住，不准入见，且写了一封责问书，遣杨齐庄折还。武氏正静待和亲消息，忽由齐庄返谒，报称突厥悔婚状，且呈上来书。武氏一瞧，不禁大怒，看官道他书中写着何语？乃是数武氏五大罪，列述如下：

（一）是前时所给谷种，俱系蒸熟，布种不生。（二）是金银器多系伪劣，并非真物。（三）是突厥可汗，曾赏给中使等绯紫，俱被武氏剥夺。（四）是彩帛统系疏恶。（五）是突厥可汗贵女，当嫁天子儿，武氏小姓，门户不敌，休得妄想结婚。

最后结语，乃是进取河北，南下勤王，将反周为唐等情。气得武氏这张粉脸，青一块，红一块，几乎像个黑煞红神。当下派司属卿武重规为天兵中道大总管，又是一个武家儿。右武卫将军沙吒忠义为天兵西道总管，幽州都督张仁亶为天兵东道总管，统军三十万，出征突厥。再遣左羽林大将军阎敬容李多祚，为天兵西道后军总管，将兵十五万为后援。各军依次出发，渡河北进。

默啜已自率十万骑，南向击静难平狄清夷等军。静难军使慕容玄崱，迎降默啜。默啜遂入围妫檀等州，又分兵攻陷定州，杀刺史孙彦高，及吏民数千人，再进兵赵州。刺史高睿与妻秦氏，募集吏民，及所有家奴，执械守城。默啜见刀兵森列，旗帜严明，倒也不敢轻攻，乃令阎知微至城下招降。知微一面招谕守吏，一面与番众交手蹋歌，示欢乐状。守将陈令英登城俯语道："尚书位任非轻，乃供虏役使，且与虏蹋歌，得勿知愧否？"知微道："人生但求行乐，何必拘拘名节。我教你等出降，便是此意。"全无心肝。高睿也在城楼，即用箭射知微，知微慌忙引退，回报默啜。默啜即引兵围城，高睿夫妇，日夕巡守，不敢少懈。偏长史唐波若，潜为敌应，引入虏兵。也想去蹋虏歌么？虏众纷纷登城，睿与秦氏，知不可守，仰药待死。经虏众舁见默啜，默啜示以紫袍金狮子带，且与语道："降我赐汝官，否即就死。"睿还顾秦氏。秦氏道："酬报国恩，正在今日。"说了两语，便即闭目待死，睿亦不发一词，越宿俱为虏所杀。夫妇尽忠，完名全节，后来朝廷赐谥曰节，追赠睿为冬官尚书。不没忠臣不没烈妇。

赵州被陷，吏民非死即降。默啜又入攻相州，寇势益炽。武氏改号默啜为斩啜，不忘故智。悬赏购斩啜头，许封王爵。调任沙吒忠义为河北道前军总管，李多祚为后军总管，往援相州。一面立庐陵王为皇太子，复名为显，赐姓武氏，命为河北道元帅，出御突厥。改封豫王旦为相王，领太子右卫率。先是突厥启衅，大兵迭发，都城因募民为兵，月余不满千人。及太子为元帅，应募日众，不到三五日，即数满五万人。太子乃自请出师，武氏不许，但命狄仁杰为副元帅，令代行元帅事，率军北征。武氏亲饯都门，仁杰拜命而去。途次迭接军报，乃是默啜大掠赵定二州，得男女八九万口，悉数坑死，取金帛北归。仁杰忙檄各道兵追剿，自己也督领十万骑，倍道疾趋，到了赵州境外，不见一虏，就是各道人马，也没有一兵一卒到来，乃长叹数声，回驻赵州。

未几，奉制为河北道安抚大使。仁杰疏请曲赦河北诸州，一无所问。幸得武氏批准，乃招抚百姓，凡经突厥驱掠等人，悉令递还原籍。散粮施赈，修驿通师，自食蔬粝，严禁部兵侵扰百姓，河北复安。阎知微由突厥纵还，武氏命磔死天津桥，夷他三族。蹋歌之乐何如？乃制令各道班师，并召还仁杰，改授内史。武氏复得改忧为喜，行乐深宫。事有凑巧，那吐蕃将赞婆弓仁，俱率部众来降。武氏大喜，忙令羽林军飞骑往迎。原来吐蕃自钦陵为相，威行四方，钦陵居中秉政，子弟出握兵权，内外相维，强盛了二十余年。回应二十八回。武氏临朝，曾屡次发兵往讨，迄无成功。惟长寿元年，由西州都督唐休璟，及左武卫大将军阿史那忠节等，破吐蕃兵，夺还龟兹于阗疏勒碎叶四镇，仍置安西都护府，发兵驻守。钦陵又常入寇，与守兵相争，互有胜负。万岁通天元年，又遣使求和，请罢安西四镇戍兵，并乞分突厥十姓地。当由武氏派通泉尉郭元振，与议和约。元振索还吐谷浑诸部，及青海故地，方得与突厥五姓相易。钦陵不从，彼此相持不决，几成悬案。会吐蕃赞普器弩悉弄，年已寝长，因患钦陵擅权，密与大臣论岩等，谋除钦陵。可巧钦陵外出，器弩悉弄托词游猎，号召兵士，掩捕钦陵亲党，得二千余人，一并杀死。又遣使召还钦陵兄弟。钦陵闻变，抗命不受。器弩悉弄自引兵往讨，钦陵兵溃自杀。钦陵弟赞婆，素守东方，钦陵子弓仁，曾统辖吐谷浑七千余帐，至是同来款塞，情愿投诚。既得中使礼迎，遂欢天喜地的入朝晋谒。武氏面授赞婆为辅国大将军，兼归德郡王，弓仁为左羽林大将军，兼安国公，皆赐铁券。赞婆愿为中国戍边，乃更授右卫大将军，令即率部众戍河源谷。才经年余，赞婆病死，追赠安西大都护，另遣御史大夫魏元忠，为陇右诸军大总管，率同陇右大使唐休璟，严备吐蕃。适值吐蕃将麹莽布支，入寇凉州，休璟邀击洪源谷，披甲陷阵，六战皆克，斩首二千级，莽布支遁去，休璟凯旋。

还有一种可喜的事情，也是同时奏报。先是契丹降将李楷固骆务整，由狄仁杰解送东都，廷臣以连番出兵，将士多为二人所伤，拟处置极刑，以慰冤魂。武氏却也踌躇，命将二人系狱待决。应前回。会召仁杰还朝，问及二人处置。仁杰奏道：“楷固务整，骁勇绝伦，他能为契丹尽力，也必能为我效忠，但请加恩抚驭，不患不转为我用。”武氏乃命将二人赦罪。仁杰复请给官阶，因再加楷固为左玉钤卫大将军，务整为右武威卫大将军，令出剿契丹余党。二将同往朔漠，捕得余党多人，还都献俘。武氏受俘含枢殿，改元久视，擢两人为大将军，且封楷固为燕国公，赐姓武氏。大集群臣，入殿赐宴。武氏亲举觞赐仁杰道：“事出卿力，卿可尽此一觞。”仁杰受饮毕，且奏道：“这是陛下威灵，将帅尽力，臣有何功可言？”武氏嘉他谦让，欲加厚赐，仁杰固辞，才算罢议。吐蕃契丹事，皆随突厥事带叙，此即属辞比事之法。

但是仁杰入相，也非全出武氏明鉴，追溯由来，实是纳言娄师德所荐引，仁杰未曾知晓，自与师德同列朝班，尝挤令出外，因此师德出讨契丹，事平归来，见前回。即外调为陇右诸军大使，管领屯田事宜，继复调任并州长史，兼天兵道大总管。仁杰有时入商政务，武氏颇称师德知人，仁杰独奏道："臣尝与他同僚，未尝闻他知人呢。"贤如狄梁公，尚不能无私意。武氏微笑道："朕得用卿，实由师德推荐。师德能荐卿，难道不得为知人么？"仁杰不觉怀惭，及退，语同列道："娄公盛德，我为所容，今日才得知觉，未免愧对娄公呢。"嗣是仁杰记在心中，仍欲引与共事。偏师德年已七十，竟病殁会州。师德字宗仁，郑州原武人。身长八尺，方口薄唇，生平与人无争，遇事辄让。尝因弟出守代州，教他耐事，弟谓："遇人唾面，由自己舐干，总好算是忍耐。"师德道："唾面须待自干，若必欲拭净，尚是违拂人意呢。"时人闻言，皆服他器量。师德自高宗上元初年间，入任监察御史，至武氏圣历二年乃殁，相距几三十年，这三十年间，大狱屡兴，罗织不绝，独师德与世无忤，从未殃及。出为将，入为相，以功名终身，这就是他器宇深沉的好处。唾面自干之言，正适用于当日，否则亦未免有误。相传袁天纲子容师，传习父业，相术亦多奇中。尝与友渡江，登舟后，偏视舟中诸人，鼻下皆有黑气，拟挈友返岸，忽见一伟丈夫神色高朗，负担前来，便即登船，因私语同伴道："贵人在此，我辈可无忧了。"及舟至中流，风涛迭起，终得达岸。客师问伟丈夫姓名，答称"娄师德"三字。这时候的娄师德，尚未贵显，客师已目为贵人，照此看来，人生安危，关系命相，亦未可知。述及轶闻，无非因师德为当时贤相，故不惮烦词。师德死后，得追赠幽州都督，予谥曰贞，这且按下。

且说武氏愈老愈淫，逐日召幸二张，尚嫌未足，乃更广选美少年，入内供奉，创设控鹤监丞主簿等官，位置私人，另择才人学士，作为陪选，掩人耳目。于是用司卫卿张易之为控鹤监，银青光禄大夫张昌宗，左台中丞吉顼，殿中监田归道，夏官尚书李迥秀，凤阁舍人薛稷，正谏大夫员半千，均为控鹤监内供奉。半千奏言："古无此官，且所聚多轻薄士，不如撤消。"看官！你想这武氏正爱他轻薄，肯信他的说话么？当下将他调出，令为水部郎中。武氏除视朝听政外，日夕与这班供奉官，饮博为乐。易之昌宗，更仗着武氏宠幸，谑浪笑敖，无所不至。太平公主及驸马武攸暨，亦混作一淘儿，混情嬉戏。武氏且召入太子相王，也教他脱略形迹，相聚为欢。嗣又替他想出一法，令太子相王太平公主，与武攸暨张易之昌宗等，订一盟约，誓不相负，并祭告天地明堂，把誓文镌入铁券，留藏史馆。嗣是彼此莫逆，越闹得一塌糊涂。还有一个上官婉儿，系故西台侍郎上官仪孙女，仪被诬死，家族籍没。见前文。婉儿生未及期，与母郑氏同没入掖庭。及年至二七，妖冶艳丽。独出冠时，更且天生聪秀，过目成诵，所作文艺，下笔千言，好似平日构成，不假思索，因此才名大噪。唐宫中何多尤物？武氏召她入见，当面命题试文。婉儿一挥即就，呈将上去。经武氏瞧了一周，果然是珠圆玉润，调叶声和，尤喜那书法秀媚，格仿簪花，不由的极口称许，因即留住左右，命掌诏命。自万岁通天以后，所下制诰，多出婉儿手笔。武氏倚为心腹，甚至与昌宗交欢，世不避忌。婉儿情窦初开，免不得被他引动，更兼昌宗姿容秀美，尤觉得欲火难熬，一日，与昌宗私相调谑，被武氏瞧着，竟拔取金刀，插入婉儿前髻，伤及左额，且怒目道："汝敢近我禁脔，罪当处死。"亏得昌宗替她跪求，才得赦免。婉儿传中，只载婉儿忤旨，控鹤监，秘记中详叙其事，惟语太秽亵，特节录之。婉儿因额有伤痕，常戴花钿，益形娇媚，嗣是不敢亲近昌宗。惟深宫曲宴，仍未尝一日相离。可笑那腐气腾腾的王及善，由刺史进任内史，竟劾奏二张侍宴，失人臣礼，当由武氏调文昌左相，名为优待，实是疏忌。中丞吉顼，尝嫉视武懿宗，说他退走相州，毫无胆力。懿宗忍耐不住，与顼相争，武氏出为调解，顼尚断断不休，惹得武氏动怒起来，勃然道："顼在朕前，尚轻视我宗，他日还当了得么？从前太宗皇帝，有马名狮子骢，性暴难驯，朕尚为宫女，从旁进言道：'妾能制服此马，惟须用三物，一铁鞭，二铁挝，三匕首。'太宗尝称朕胆壮，今日倔强如汝，亦岂欲污朕匕首么？"妇道尚柔，武氏犹自鸣得意，亦思太宗若明妇道，宁令汝横行至此？顼听了此言，不觉汗下，拜伏求生。武氏方才色霁，叱令退出。诸武遂谮顼弟倚势冒官，顼竟坐贬为固安尉。陛辞时得蒙召见，顼顿首道："臣永辞阙廷，愿陈一言。"武氏问他何语？顼答道："合水土为泥，有无冲突？"武氏道："有什么冲突。"顼又道："分半为佛，半为天尊，有冲突否？"武氏道："这却难免。"顼复道："宗室外戚，各有阶级，庶内外咸安，今太子已立，外戚尚封王如旧，他日能勿冲突么？"武氏道："朕亦想念及此，但木已成舟，只好慢慢留意罢。"顼乃拜辞道："但愿陛下留意，天下幸甚。"言已自去。左监门卫长史侯祥，因吉顼撤差，丐求补缺，百计钻营，尚未见效。武氏又改控鹤监为奉宸府，更增选美少年供差。右补阙朱敬则上疏奏阻，略云：

陛下内宠，有张易之昌宗足矣。近闻长史侯祥等，明自媒衒，丑慢不耻，求为奉宸府供奉，无礼无义，溢于朝听，臣职司谏诤，不敢不奏。

这奏上后，同官都替他捏一把冷汗，偏武氏嘉他直言，竟赐彩缎百端。意欲笼络敬则，所以加赐。惟宫中追欢取乐，仍然如故。武三思且奏言昌宗系王子晋后身，乃由武氏令著羽衣，吹凤笙，骑一木鹤，往来庭中。文武都作诗赞美，恬不知羞。昌宗兄张同休，得入为司礼少卿，弟昌仪得为洛阳令，均倚势作威，势倾朝右。鸾台侍郎杨再思，谄事张氏，得入为内史，越觉献媚贡谀。当时竞誉昌宗，谓六郎面似莲花，再思独指为谬谈。昌宗问故，再思道："语实倒置，六郎岂似莲花？乃莲花似六郎呢。"昌宗也为解颐。

武氏年近古稀，也恐死期将近，乐得任情纵欲，再博几年欢娱，所有一切朝政，都委任这同平章事狄仁杰。独任狄公，是武氏聪明处。仁杰以复唐自任，对着武氏却婉言讽谏，屡把那切情切理的言语，徐徐引导，所以武氏也被感悟，目为忠诚。武氏尝谓仁杰道："朕欲得一佳士，秉枢机，究竟何人可用。"仁杰对道："文学如苏味道李峤等，皆一时选。但佐治有余，致治不足，必欲取卓荦奇才，莫若荆州长史张柬之。"武氏乃擢柬之为洛州司马。越数日，又问仁杰，仁杰道："前荐张柬之，尚未擢用。"武氏道："已迁任洛州了。"仁杰道："柬之有宰相才，不止一司马呢。"乃复擢为秋官侍郎。仁杰又尝荐夏官侍郎姚元崇，监察御史桓彦范，泰州刺史敬晖等数十人，后来皆为名臣。或语仁杰道："天下桃李，尽在公门。"仁杰道："荐贤为国，并非为私呢。"仁杰长子名光嗣，圣历初为司府丞，武氏令宰相各举尚书郎一人，仁杰竟以光嗣荐，乃晋拜地官员外郎，材足称职。武氏尝语仁杰道："晋祁奚内举得人，卿亦不愧祁奚了。"惟仁杰有卢氏堂姨，居桥南别墅，一子已长，未尝入都城。仁杰常有馈遗，每值休沐，必亲往问候，适见表弟挟着弓矢，携了雉兔，来归进膳，见仁杰在座，一揖即退，意甚轻简。仁杰因白姨母道："仁杰现已入相，表弟所愿何官，当为尽力。"姨笑道："宰相原是富贵，但我止生一子，不愿他服事女主呢。"高操出仁杰上，故特为表明。仁杰赧颜而退。久视元年九月，狄仁杰卒，年七十一。大书特书。武氏闻讣，不禁泣下道："朝堂自此无人，天夺我国老，未免太速呢。"乃追赠文昌右相，谥曰文惠。中宗复位，晋赠司空，睿宗朝又加封梁国公。小子有诗咏狄梁公道：

唐室垂亡赖转旋，满朝谁似狄公贤？

休言事女污臣节，名士原来贵达权。

仁杰殁后，应另有一番黜陟，待小子下回叙明。

武氏之威，只能行于朝廷，不能行于蛮夷，故契丹方平，突厥又炽，武氏欲和亲以羁縻之，而默啜谓我女须嫁李氏，安用武氏儿，反若名正言顺，无可指驳。夷狄且有君，不如诸夏之亡，吾为唐室愧矣。当日者嬖幸擅权，盈廷芜秽，无一非武氏家奴，惟娄狄二公，以功名终，颇有重名，然娄师德只务圆融，不知大体，所差强人意者，惟狄仁杰一人。纲目于仁杰之殁，不系周字，明其始终为唐，未可以周臣视之。硕果仅遗，所关者大，本编于仁杰亦无贬词，宜哉！

第三十六回

证冤狱张说辨诬
诛淫竖中宗复位

却说狄仁杰已殁，他相如苏味道李峤陈元方等，均不逮仁杰。味道尝言人生处事，当模棱两可，不必过明，时人号他为苏模棱。峤徒有文名，当时上瑞石颂，称为皇符，贻讥人口。元方较为清谨，惟因细事不奏，忤武氏意，已经罢职。武氏乃悉心选择，另用数人，韦安石为同平章事，崔玄玮为天官侍郎，张嘉贞为监察御史，三人均有清操，为世所重。又都御史苏颋，覆按宿狱，平反多人，都下始乏冤囚。久视二年，仍用正月为岁首，改元大足，寻复改为长安。三月间雨雪数寸，苏味道称为瑞雪，率百官入贺，侍御史王求礼出阻道："三月雪为瑞雪，腊月雷可称瑞雷么？"一语驳倒。味道不从，及武氏视朝，即相率拜贺。求礼独昂然道："今阳和布令，草木发荣，天乃下雪为灾，怎得诬称瑞雪？臣见味道等阿谀取悦，均不值一辨呢。"武氏为之不欢，辍朝竟入。越数日，又有人献三足牛，味道又欲入贺。求礼扬言道："物反常为妖，牛本四足，如何缺一？这乃政教不行的现象呢。"味道乃止。

肃政中丞魏元忠，奉宸监丞郭元振，相继外调，控御突厥吐蕃。元忠出为萧关道大总管，转徙灵武道，驭军持重，寇不敢逼。元振出任凉州都督，择险加防，南境硖石置和戎城，北境碛石置白亭军，拓境千五百里，且命甘州刺史李汉通，开置屯田，兵食俱足，转饷无烦。突厥默啜可汗，无隙可乘，乃遣属吏莫贺干入朝，愿以女妻太子儿。武氏意在羁縻，归使许婚。默啜始释武延秀南还，边境少宁。魏元忠还任旧职，兼检校洛州长史，治事严明。洛阳令张昌仪，仗二兄势力，素不守法，每入长史衙听值，出入自由，至元忠莅任，屡加训斥。张易之家奴，暴乱都市，又由元忠逮捕，立毙杖下。二张挟恨遂深，武氏却进元忠同平章事，因此二张愈加侧目。歧州刺史张昌期，系易之弟，奉召为雍州刺史，复被元忠奏阻。元忠且面奏武氏谓：“承乏宰相，不能尽忠死节，反令小人在侧，罪该万死。”看官试想！小人二字，明明是指斥二张，二张听了，哪有不贼胆心虚，恨上加恨。会武氏有疾，二张遂欲构陷元忠，司礼监高戬，尝侍太平公主，往来宫中，二张隐含醋意，乃诬称元忠与戬私议，谓：“武氏年老，不若倚附太子，为永久计。”是语传达武氏，武氏大怒，竟命将元忠及戬，下狱待质。据此看来，二张与太平公主亦未免有暧昧情事。一面召太子相王，及诸宰相，使元忠与昌宗参对，两下争论未决。武氏疾已少愈，拟亲加面讯。昌宗欲引一证人，为必胜计，自思与凤阁舍人张说，颇为亲密，遂暗中嘱令作证，当以好官相酬。说当面允诺，不料为同僚宋璟所知，竟于临讯这一日，预待朝房。昌宗与元忠，两人入诉武氏前，又复辩论不休，昌宗谓：“可问张说，彼亦闻元忠言。”武氏即召说入朝，将至朝门，兜头碰着宋璟。璟便与语道：“名义至重，鬼神难欺，不可党邪陷正，自求苟免。就使得罪被窜，亦播荣名，万一不测，璟当叩阁力争，与君同死。万代瞻仰，在此一举。”元忠不死，赖有此言。侍御史张廷珪、左史刘知几两人，俱在璟侧，廷珪援朝闻道夕死可矣两语，勉励张说。知几亦加勉道：“毋污青史，为子孙累。”说点头而入。

张说（667—731），字道济，一字说之，洛阳（今属河南）人。唐大臣。中宗时任黄门侍郎等职。睿宗时进同中书门下平章事，监修国史。玄宗时任尚书令，封燕国公。曾任朔方节度使。明练边事，建议裁削边军。擅长文辞，亦能诗。

元忠见说进来，恐他证成冤狱，便呼道：“张说欲与昌宗，共罗织魏元忠么？”说叱道：“元忠为宰相，何乃效里巷小儿语？”说毕，便谒见武氏。武氏问及狱证，说尚未对，昌宗向说道：“何不亟行奏明？”说奏道：“陛下试看昌宗，在陛下前，尚逼臣如此，况在外面？臣实不闻元忠有是言。”阅至此，我为一快。昌宗遽厉声道：“张说与魏元忠同反。”武氏顾昌宗道：“你亦太信口诬人了。”昌宗道：“臣不敢诬说，说尝称元忠为伊周。伊尹放太甲，周公摄王位，难道不是欲反么？”说正色道：“易之兄弟，统是小人，徒闻伊周名，未识伊周法。日前元忠入相，自谓无功受宠，不胜惭惧。臣实语元忠道：‘公居伊周职任，正可效忠。’伊尹周公，是千古忠臣，历代瞻仰，陛下用宰相，不使学伊周，将学何人？臣亦明知今日附昌宗，立取台衡，附元忠，反遭族灭，但鬼神难欺，名义至重，臣不敢诬证元忠，自取冤累。”我阅此，又为

宋璟（663—737），邢州南和（今属河北）人，唐代大臣。睿宗时为宰相，革除前弊。后因奏请太平公主出居东都，被贬职。开元四年（716年）冬，继姚崇居相位。八年，罢相，封广平郡公，世称“宋广平”。

一快。武氏不便再问，半晌才语道："张说反复小人，宜一并系治。"语毕，下座入内。说乃与元忠一同系狱。越日，独召说入问，说奏对如前。武氏再命宰相及武懿宗复讯，说仍执前言，矢口不移，正谏大夫朱敬则等，先后上疏，为元忠讼冤。武氏竟贬元忠为高要尉，说与戬皆流窜岭南。

元忠出狱辞行，伏殿奏陈道："臣年已老，今向岭南，九死一生，但料陛下他日，必思臣言。"武氏问道："将来有什么祸祟？"元忠抬头见二张侍侧，便指示道："这两小儿必为乱阶。"二张忙下殿叩首，极口称冤。武氏叱元忠退去，自引二张入宫，不再下制。侍御史王晙，又奏称元忠无罪，亦不见报。元忠襆被出都，太子仆崔贞慎等，设饯郊外，被易之闻知，又欲重兴大狱，捏状告密，谓贞慎等与元忠谋反，署名系柴明二字。武氏复使监察御史马怀素鞫问，怀素集讯数次，并无实据，故意延案不复，内使督促再三，怀素乃入殿自陈，请传柴明对质。武氏道："朕不知柴明住处，但教照案鞫治，何用原告？"怀素道："事无证据，奈何诬人？"武氏怒道："卿欲纵容叛臣么？"怀素从容道："臣何敢纵容叛臣？但元忠以宰相被谪，贞慎等以亲故饯行，若即诬他谋反，臣实不敢附和。从前汉朝栾布，奏事彭越头下，汉祖且不以为罪，况元忠罪状，不如彭越，陛下乃欲诛及送行，岂非过甚？陛下操生杀权，如欲加人以罪，不妨取决，圣衷若必委臣讯鞫，臣何敢妄断？只好据实奏闻。"理直气壮。武氏听他侃侃直陈，倒也觉得有理，怒气亦为之渐平，便道："卿且退！朕已知道了。"怀素退后，此案遂搁置不提，贞慎等乃得免罪。宋璟尝自叹道："我不能为魏公伸冤，不但负魏公，并且负朝廷，抱愧恐无已时了。"

璟系邢州南和人，耿介不阿，举进士第，累官至凤阁舍人。武氏因璟有才，颇加器重，尝召入赐宴，与二张同席。二张同居卿列，位居三品，璟系六品官阶，当然入就下座。易之因武氏重璟，也欢颜相待，虚位与揖道："公系第一名流，何故下座？"璟答道："才劣位卑，张卿以为第一，窃所未解。"天官侍郎郑果，时亦在座，便插入道："宋公奈何称五郎为卿？"璟奋然道："就官职言，正当以卿相呼，足下非张卿家奴，乃欲称卿为郎么？"说得郑果哑口无言，不由的面颊发赤；就是与座诸官，也不禁感愧起来。到了终席，璟不同二张通语，二张自是怨璟，有时经武氏召幸，未免加入谗言。偏武氏知他忠直，不欲轻信。武氏明哲处，却非常人可及，但若无此智，何能临朝至二三十年耶？惟二张势力，总日盛一日，无论宫廷内外，稍忤二张意旨，即遭严谴。旧皇孙重照，系中宗长子，中宗被废，重照亦贬为庶人。见三十回。至中宗复召入东都，立为太子，乃封重照为邵王，且因照字与曌字相通，犯武氏讳，改为重润。重润妹永泰郡主，嫁与武承嗣子延基，兄妹相见，不免道及二张丑事，二张偶有所闻，即入诉武氏，且请武氏，不复召幸，免滋谤语，这武氏爱二张如活宝，一日不能相离，骤然听得此语，不禁老羞成怒，立召重润兄妹入宫，责他无故谤议，不容分辩，即命内侍加杖。可怜那两人是金枝玉叶，哪里受得起杖刑，更兼内侍讨好二张，手下格外加重，竟把两人打得皮开肉烂，及舁回住处，已是气息毫无，魂归冥漠。武氏怒尚未息，索性将继魏王武延基，也同日赐死。自己侄孙，也不暇顾，淫毒至此，可胜浩叹。

同平章事韦安石，见二张凶横益甚，举发他各种罪状，有制令安石与右庶子唐休璟，审问二张。安石等方欲传讯，哪知内敕复到，竟出安石为扬州长史，休璟为幽营二州都督。休璟知二张从中媒孽，临行时密语太子道："二张恃宠不臣，必且作乱，殿下应预先防备，免得遭殃。"太子允诺，休璟自去。武氏因安石外调，拟选人补缺，意尚未决，可巧突厥别部酋长叱列元崇，纠众寇边，当遣夏官尚书姚元崇，出任灵武道安抚大使，控制叛番，召见时令以字为名，免与叛寇相同。武氏专就是等处着想。元崇表字元之，陕州硖石人，自是遂以字行。武氏且令荐举相才，元之对道："张柬之沉厚有谋，能断大事，现年已八十，请陛下速用为是。"武氏应诺，待元之去后，即用柬之为同平章事。柬之先任合州刺史，见前回。寻与荆州长史杨元琰对调，两人同泛江至中流，谈及武氏革命事。元琰慷慨太息，竟至泣下。柬之与语道："他日你我得志，当彼此相助，同图匡复。"元琰答称如约。至是柬之入相，遂荐元琰为右羽林将军，且与语道："江上旧约，尚相忆否？"元琰道："谨记勿忘。"柬之又结司刑少卿桓彦范，右台中丞敬晖，及右散骑侍郎李湛等，同谋复唐，待时乃发。

姚元崇（650—721），字元之，后改名崇，陕州硖石（今河南陕县东硖石镇西石门）人，唐大臣。历仕武周、中宗、睿宗、玄宗四朝，任职兵部尚书、中书令等职，两度拜相，辅佐唐玄宗开创了开元之治，人称"救时宰相"。

长安四年秋季，武氏又复寝疾，累月不见辅臣，惟二张侍侧不离。凤阁侍郎崔玄玮上疏道："太子相王，孝友仁明，足侍汤药，宫禁所关甚重，幸无令异姓出入。"疏上数日，适武氏病得少瘥，乃批答出来，系是"感卿厚意"四字。二张见此批答，恐致见疏，且虑武氏病笃，必将及祸，因阴结党援，为预备计。不料外面已屡有揭帖，说是二张谋反。二张日夕弥缝，就是武氏得知，也置诸不问。偏是谣言日甚，不得不令二张加忧，密引术士李弘泰，占问吉凶。弘泰谓："昌宗有天子相，劝他至定州造佛寺，可以祈福。"昌宗方暗自欣幸，奈被许州人杨元嗣闻悉，即行告发。即以其人之道，还治其人之身。武氏命平章事韦承庆，及司刑卿崔神庆，御史中丞宋璟等，审问二张。昌宗慌忙入白武氏，叩首流涕，自称："弘泰虽有妄言，臣等实无异心。"武氏乃令内侍传语问官，嘱他援自首律，减昌宗罪。承庆神庆复奏云："昌宗准法首原，弘泰首恶当诛。"独宋璟与大理丞封全祯，上疏辩驳道："昌宗屡承宠眷，复召术士占相，意欲何为？且果以弘泰为妖妄，何不即执付有司？虽云据实奏闻，终是包藏祸心，法当处斩，不得少贷。"疏入不省。璟复见武氏，坚请收系二张，武氏仍然不许，但云："且检详文状，再行定夺。"璟退出后，竟有制令璟安抚陇蜀，璟不肯行，上言："本朝故事，中丞非军国大事，不当出使，今陇蜀无变，臣不敢奉制。"武氏乃改令璟往幽州，推按都督屈突仲翔赃污。璟又谓："外臣有罪，须由侍御或监察御史往审，臣不敢越俎代行。"司刑少卿桓彦范，及凤阁侍郎崔玄晖，又接连入奏，固请武氏加罪昌宗。武氏乃令法司议罪。司刑卿韦升，系玄晖弟，复奏应处大辟，武氏不从。璟复入请穷治，武氏道："昌宗已向朕自首，理应减罪。"璟答道："昌宗为飞书所逼，穷蹙首陈，本非初意，且谋反大逆，罪难首原，若昌宗不伏大刑，何用国法？"武氏温言劝解，璟厉声道："昌宗分外承恩，臣知言出祸随，只因义愤所激，宁死不恨。"武氏不觉变色。内史杨再思在侧，恐璟忤旨，遂宣敕令出。璟又道："圣主在此，臣面聆德音，不烦内史擅宣敕命。"真是硬头子。武氏无言可驳，只好饬令复讯，遣昌宗至御史台对簿。璟乃趋出，即诣台立按昌宗。才经数语，忽由内使持敕特赦，引昌宗自去。璟不便追还，只长叹道："不先击小子脑袋，悔无及了。"用全力搏兔，仍被脱去，应呼负负。既而武氏令昌宗谢璟，璟不令见，且传语道："公事公言，若私见便是违法，王法怎得有私哩？"昌宗格外惭恨。会璟为子授室，竟谋遣刺客杀璟，幸有人先为通报，璟乃潜宿他舍，才得免祸。

越年正月，即嗣圣二十二年，是年改元神龙。武氏疾甚，二张仍居中用事，暗蓄异谋。于是同平章事张柬之，以为时机已至，不应再缓，乃密邀右羽林大将军李多祚至第，与语道："将军今日富贵，从何得来？"多祚泣下道："统是先帝所赐。"柬之道："今先帝二子，为二竖所危，将军独不思报先帝大德么？"多祚道："苟利国家，惟相公驱使，多祚不敢自爱身家。"柬之道："可真么？"多祚指天为誓道，"如有虚言，应受天诛。"柬之大喜，即与同谋匡复事宜，复令桓彦范敬晖李湛等，俱为羽林将军，令掌禁兵。又恐二张先自启疑，特参入一个武攸宜，使与彦范等同列。二张果无异言。俄而姚元之自灵武至都，柬之语彦范道："元之到来，吾事济了。"遂招元之入室，商定大计，且转告彦范等人。彦范归白母前，母与语道："忠孝不两全，先国后家，庶不失为忠臣。"亦是圣母。于是彦范遂与张柬之崔玄晖敬晖李湛杨元琰李多祚等，约同起义，并邀同司刑少卿袁恕己，左羽林卫将军薛思行赵承恩，职方郎中崔泰之，库部员外郎朱敬则，司刑评事冀仲甫，检校司农少卿翟世言，内直郎王同皎，率左右羽林兵五百余人，入玄武门。同皎曾尚太子次女新宁郡主，先与李多祚李湛，驰入东宫，奉迎太子。太子未免疑惧，不敢出来。同皎道：“先帝以神器付殿下，殿下横遭幽废，神人同愤，迄今已二十二年。今天心悔祸，北门南牙，同心协力，共讨凶竖，恢复大唐社稷，请陛下速至玄武门，亲抚大众，即刻入宫诛逆。”太子支吾道：“凶竖诚当诛灭，但太后患病未痊，恐致惊胆，愿诸公再作后图。”庸主实是无用。李湛忙接入道：“诸将相不顾家族，再造社稷，殿下奈何欲纳诸鼎镬呢？请陛下自往面谕，决定进止。”太子欲前又却，同皎道：“事不宜迟，迟即有变，殿下亦恐难逃祸呢。”太子乃行。既出门外，同皎即扶抱太子上马，代为执辔，驰至玄武门前。大众欢跃相迎，不待太子开口，便将他拥至内殿，斩关而入。二张闻变，慌忙趋至殿庑，探听消息，正值羽林军进来，由张柬之等指挥，一齐趋上，刀光闪处，便将两个貌美心凶的淫夫，劈作数段。再进至武氏所寝的长生殿，见殿前侍卫环立，由柬之等叱退，直叩寝门。武氏闻人声杂沓，料知有变，即力疾起床，厉声问道：“何人胆敢作乱？”柬之等拥太子入室，且齐声道：“张易之昌宗谋反，臣等奉太子令，入诛二逆，恐致漏泄，故不敢预闻。臣等自知称兵宫禁，罪应万死。”武氏为唐室罪人，此时正应直数其罪，贬入别宫。奈何反自坐罪乎？武氏怒目视太子道：“汝敢为此么？但二子既诛，可还东宫。”彦范进言道：“太子怎得再返东宫？昔天皇以爱子托陛下，今年齿已长，天意人心，久归太子，臣等不忘太宗天皇厚恩，故奉太子诛贼，愿陛下传位太子，上顺天心，下副民望。”武氏不欲允行，因见人情汹汹，又未便严词拒绝，正在踌躇顾虑，蓦见李湛亦立门前，便顾语道：“汝亦为诛易之将军么？我待汝父子不薄，不意乃有今日。”湛系李义府子，听了此言，竟俯首无词。武氏又见崔玄暐，也与语道：“他人多因人荐用，惟卿由朕特拔，今亦与彼等同来么？”玄暐道：“这便是报陛下大德呢。”武氏不禁顿足道：“罢罢！”说了两个“罢”字，仍返床躺下。

柬之仍拥太子出殿，即令羽林军收捕张同休昌期昌仪，三人捉住双半，遂请太子令，枭首天津桥南，且饬拘二张余党，逮韦承庆崔神庆房融等下狱。一面派袁恕已辅相王旦，统南牙兵，防备不测。一面召太平公主，令入白武氏，请制传位。公主因二张谮死高戬，与有夙嫌，此次二张受诛，乐得充这美差，入劝武氏，不到半日，遂请出一道太子监国的制敕。越宿又颁制传位，复辟功成，大赦天下，改元神龙。神龙现首不现尾，故其后为韦氏所弑。惟二张党羽不赦。百官登殿朝贺，当由中宗颁敕赏功。相王加号安国相王，拜为太尉。太平公主，加号镇国太平公主。授张柬之夏官尚书，同凤阁鸾台三品，崔玄暐为内史，袁恕已为凤阁侍郎同平章事，敬晖桓彦范为纳言，并赐爵郡公。李多祚赐爵辽阳郡王，王同皎为驸马都尉，兼右千牛卫将军，爵琅琊郡公。

李湛为右羽林大将军赵国公，余皆进秩有差。越日，徙武氏居上阳宫。又越日，由中宗率同百官，诣上阳宫，加武氏尊号，称为则天大圣皇帝。不复武氏后号，仍称她为皇帝，柬之等殊不晓事。还朝后，敕令武氏宗族，概守旧官。皇族子孙，曾遭配没，尽准归复属籍，且量叙官属。从前周兴来俊臣等冤诬诸人，咸令昭雪，子女俱免配没，一律遣归。复国号为唐，凡郊庙社稷陵寝，官制旗帜服色文字，皆如永淳以前故事。永淳系高宗年号，见前文。复以神都为东都，迁武氏七庙至西京，仍命避讳。贬韦承庆为高要尉，流崔神庆至钦州，房融至房州。调杨再思留守西京，出姚元之为亳州刺史。小子有诗咏中宗复辟道：

帝子登台复大唐，山河再造庆重光。

如何诸武仍留孽，又使余凶乱政纲。

看官听着，这姚元之系定策功臣，为何谪出亳州？这种情由，待小子下回再说。

上回叙二张入幸，不过秽乱深宫，罪尚未甚。至本回方及二张凶恶，冤诬魏元忠，几至于死，非宋璟之规正张说，及张说之指斥张昌宗，则冤狱构成，大刑立至，元忠尚能襆被出都乎？重润兄妹，系出华胄，又被谗死，甚至私引术士，密谋不轨，凶恶至此，死有余辜。天道福善而祸淫，未闻有淫人致福者，况益以凶恶乎？张柬之等，举兵讨逆，名正言顺，二张之诛，正天之假手柬之，为淫恶者示之报也。惟淫后尚存，且加尊号，余孽未殄，仍守旧官，柬之等但知惩前，不务毖后，固为失策，昭昭者天，岂尚未厌祸，再欲乱唐耶？读此回为之一快，又为之一叹。

第三十七回

通三思正宫纵欲
窜五王内使行凶

却说姚元之为定策功臣，当中宗复位时，曾加封梁县侯，食邑二百户，至武氏迁居上阳宫，元之曾随驾过省，见了武氏，竟呜咽流涕。及还，张柬之桓彦范与语道："今日何日？岂公涕泣时么！"元之答道："前日助讨凶逆，是不废大义，今日痛别旧君，是不忘私恩，就使因此得罪，亦所甘心。"元之以敏达称，斯语实为避祸计，厥后五王遭害，元之独免赖有此尔。柬之入白中宗，乃即出为亳州刺史。中宗复立韦氏为皇后，追赠后父玄贞为上洛王，母崔氏为王妃。左拾遗贾虚已上疏道："异姓不王，古今通制，今中兴伊始，万姓仰观，乃先封后族为王，殊非广德施仁的美意。况先朝曾赠后族为太原王，可为殷鉴。"指武士彟封王事。中宗不报。原来中宗在房州时，与韦氏同遭幽禁，备尝艰苦，情爱甚笃。每闻敕使到来，中宗不胜惶惧，即欲自尽，韦氏尝劝阻道："祸福无常，未必定是赐死，何用这般慌张呢？"既而延入内使，果没有意外祸事。中宗遂深信韦氏，倍加情好，且与她私誓道："他时若再见天日，当惟卿所欲，不加禁止。"同居患难，应敦情好，何惟卿所欲之语，如何使得？及中宗复位，再立为后。韦氏遂依践旧约，居然欲仿行武氏故事，干预朝政，且干出那无法无天的事情来了。

先是二张伏诛，诸武尚存，洛州长史薛季昶，入语张柬之敬晖道："二凶虽诛，产禄犹在，吕产吕禄系汉吕后从子。去草不除根，终恐复生。"柬之敬晖道："大事已定，尚有何虑？我看若辈如几上肉哩。"未免大意。季昶出叹道："我辈恐无死所了。"朝邑尉刘幽求，亦语桓彦范敬晖道："三思尚存，公等终无葬地，若不早图，噬脐无及。"彦晖二人，仍付诸一笑，全然不睬。哪知这位武三思，常出入禁掖，勾通六宫，比那武氏专政时，还要进一层威风。看官听我道来，便已知他淫威渐炽，不可收拾了。中宗

上官婉儿（664—710），陕州陕县（今河南陕县东北陕县老城）人，唐代女诗人。因祖父上官仪获罪被杀，入内廷为婢。14岁时为武则天掌文诰。中宗时，封为昭容，曾建议扩大书馆，增设学士。代朝廷品评词臣诗文，时称允当。临淄郡王（即唐玄宗）起兵，与韦后同时被杀。

生有八女，第七女安乐公主，乃是中宗被废时，挈韦氏赴房州，途次分娩，解衣作褓，特取名为裹儿。及年至十余龄，姿性聪慧，容貌丽都，竟是一个闺中翘楚，中宗与韦氏，甚加宠爱。至中宗仍还东宫，眷属一并随归。武氏见了此女，也爱她秀外慧中，遂命嫁与武三思子崇训。临嫁时备极张皇，令崇训行亲迎礼，贵戚显宦，无不往贺。宰相李峤苏味道，及郎官沈佺期宋之问等文士，且献入诗文，满纸称颂，连上官婉儿，也随同贺喜，赍奉篇章。中宗见婉儿诗意清新，容色秀丽，已自称赏不置，到了复位以后，大权在握，便把婉儿召幸，合成一个鸾凤交，册为婕妤，封婉儿母郑氏，为沛国夫人。其实婉儿早已破瓜，并非处子，她自与六郎相谑，被武氏斥退后，已知不得近禁脔，只好降格相求，另寻主顾。应三十五回。可巧武三思是个色中饿鬼，常倚武氏势力，值宿宫中，因得与婉儿眉去眼来，钩搭成欢。婉儿与三思，年龄虽不相当，犹幸三思生得颀晰，枕席上的功夫，又具有特长，便也乐得将就，聊解情怀。后经中宗召幸，自叹命不由人，更嫁老夫，所有床笫风光，远逊三思数倍，不过因皇恩加宠，没法推辞，只得敷衍成事，暂过目前。偏韦氏也是个好淫妇人，平时虽与中宗亲爱，心中恰很有不足意，婉儿素性机警，相处数日，便已猜透八九，更放出一种柔媚手段，取悦韦氏，引得韦氏不胜喜欢，竟视婉儿是个知己，暇时辄与她谈心，无论什么衷曲，无不传宣，甚且连中冓私情，也竟说出。尝语婉儿道："你经皇上宠幸，滋味如何？我看似食哀家梨，未曾削皮，何能知味？"语出《控鹤监秘记》，看官欲知韦氏语意，请视原书。婉儿乘势迎合道："皇后与皇上同经患难，理应同享安乐，试思皇上自复位后，今日册妃，明日选嫔，何人敢说声不是？难道皇上可以行乐，皇后独不能行乐么？"这数语正中韦氏心坎，却故作嗔语道："你是个坏人！我等备位宫闱，尚可似村俗妇人，去偷男子汉么？"婉儿又道："则天大圣皇帝，皇后以为何如？"韦氏不禁一笑。婉儿索性走近数步，与韦氏附耳数语，韦氏恰装着一种半嗔半喜的样儿，婉儿知已认可，遂出去引导可人儿，夤夜入宫。是夕正值中宗留宿别寝，趁着韦氏闲暇，即把情人送入，一宵欢乐，美不胜言。看官道是何人？原来就是武三思。婉儿自己不贞，还要教坏韦后，看官阅过此等历史，则女子无才是德之言，非真迂论。嗣是三思得一箭双雕，只瞒着中宗一副耳目。这顶绿头巾，实出婉儿之赐。韦氏与婉儿，且向中宗面前，屡说三思才具优长，中宗竟拜三思为司空，同中书门下三品，渠肯为后妃效劳，理应加封。并进婉儿为昭容，令她专掌诏命。三思子崇训，与崇训妻李裹儿，当然封为驸马公主，不消细说。既而复封散骑常侍武攸暨为定王，兼职司徒，诸武声势复振。

张柬之等始觉着急，乃入朝面奏，请中宗削诸武权。看官试想！此时的中宗，还肯听他奏请么？三思入宫，与韦氏掷双陆，中宗且自为点筹，至三思归第，间或一二日不至，中宗即微服往访，差不多似鱼得水，似漆投胶。你的妻妾，得了他的滋味，宜乎加爱，试问你有什么好处。监察御史崔皎进谏道："国命初复，则天皇帝尚在西宫，人心未靖，旧党犹存，陛下奈何微行，不防危祸哩？"中宗非但不从，反把崔皎所言，转告三思。昏愚至此，安得不死。三思引为大恨，遂与婉儿密议，造出一种墨敕，只说由中宗手谕，不必经过中书门下，便好直接施行。这明明是欲夺宰相政权，归入宫中，好令三思等任情舞弊。又况诏敕都归婉儿职掌，中宗又是个糊涂虫，所颁墨敕，统是婉儿代笔，是假是真，外人无从辨明。于是中宗庶子谯王重福，为韦氏所谮，说他妻室是二张甥女，显见是党同二张，一道墨敕，将他贬为均州刺史，令州司从旁管束。还有术士郑普思，尚衣奉御叶静能，好谈妖妄，献媚中宫。韦氏替两人说项，又是一道墨敕，授普思为秘书监，静能为国子祭酒。桓彦范敬晖等竭力奏阻，拾遗李邕亦上疏谏诤，均不见从，惟高宗废后王氏，及萧淑妃两人，由武氏易姓为蟒为枭，总算经宰相奏请，仍复旧姓。又召还魏元忠为兵部尚书，擢用宋璟为黄门侍郎，任使得人，尚孚众望。余皆为韦氏婉儿三思等所把持，多半营私坏法。韦氏竟援武氏故例，当中宗视朝时，也在御座左侧，隔幔坐着。桓彦范奏称："牝鸡司晨，有害无利，请皇后专居中宫，勿预外事。"中宗并不理睬。胡僧慧范，挟术结韦氏欢，韦氏竟称他平乱预谋，特授银青光禄大夫。张柬之桓彦范等，见中宗所施诸政，愈出愈非，意欲先诛诸武，再清余孽，迟了迟了。乃率群臣上表，略云：

臣等闻五运迭兴，事不两大，天授革命之际，宗室诛窜殆尽，岂得与诸武并封。今天命维新，而诸武封建如旧，并居京师，开辟以来，未有斯理。愿陛下为社稷计，顺遐迩心，降其王爵以安内外，则不胜幸甚！

看官试想！武三思是韦氏上官氏的淫夫，武攸暨是太平公主的驸马，岂是一本弹章，便摇得动么？柬之等没法，却去引用一个崔湜，作为耳目，湜任考功员外郎，少年新进，颇有口才，他是个见风使帆的朋友，对着武三思等，常谄谀求悦，对着张柬之等，却词辩生风，敬晖看他敏达，竟令他密伺诸武动静。他反将晖等计谋，转告三思，三思引为中书舍人，反做了武家走狗。可巧宣州司士参军郑愔，坐赃被发，逃入东都，私下求谒三思，三思立命延入。原来愔本做过殿中侍御史，因坐二张党与，乃致累贬。三思素与愔善，延见后稍叙寒暄，愔竟大哭起来。哭毕，复大笑不止，惹得三思惊疑不定，免不得诘问情由。我亦要问。愔答道："愔初见大王不得不哭，恐大王将被夷戮，后乃大笑，幸大王尚得遇愔，可以转祸为福呢。"竟有战国士人游说之风。三思又问道："何祸何福？"愔答道："大王虽得主宠，但张柬之等五人，出将入相，去太后尚如反掌，大王自视势力，与太后孰重？彼五人日夜切齿，谋食大王肉，思灭大王族，大王不去此五人，危如朝露，尚安然以为无恐，愔所以为大王寒心呢。"三思被他一说，几乎身子都颤动起来，便引他登楼，密问转祸为福的计策。愔微笑道："何不封五人为王？阳示遵崇，阴夺政柄，待他手无大权，慢慢儿的摆布，不怕他不束手就毙了。"三思大喜道："好计好计！"遂把他赃罪尽行洗释，且荐为中书舍人，一面暗告韦氏等，向中宗前日夕进谗，只说张柬之等五人，恃功专宠，将不利社稷。中宗不得不信，便与三思商议此事。三思即将愔策上陈，遂由中宗手敕，封张柬之为汉阳王，桓彦范为扶阳王，敬晖为平阳王，袁恕己为南阳王，崔玄暐为博陵王，罢知政事，令他朔望入朝。改用唐休璟豆卢钦望为左右仆射，韦安石为中书令，魏元忠为侍中。本来唐朝首相，叫作尚书令，左右二仆射，乃是宰相副手。自唐太宗尝为尚书令，此后臣下不敢居职，遂将尚书令撤消，即以二仆射为二宰相。太宗后除拜仆射，必兼中书门下二省，所以叫作同三品。午前决朝政，午后决省事。豆卢钦望，希承诸武意旨，自言不敢预政事，因此专任仆射，不兼相职，后遂成为常例。借豆卢钦望事，叙及官制沿革，可谓面面顾到。

羽林将军杨元琰，以功封弘农郡公，至是见三思用事，五人罢政，自知遗祸未已，表请祝发为僧，悉还官封，中宗不许。元琰多须，状类胡人，敬晖尚戏语道："何不先与我言？我若早知，必劝皇上允准，髡去胡头，岂非快事？"元琰道："功成者退，不退必危，元琰自请为僧，原是真意，省得再蹈危机呢。"晖知他语中有意，也为矍然，每与柬之等谈及，或抚床叹愤，或弹指出血，毕竟是无法可施，徒呼负负罢了。机上肉何不一割。元琰再行固请，仍不见允，但调任为卫尉卿。柬之也恐祸及，奏请致仕，归家养疾。他本是襄州人，因令为襄州刺史。柬之至州，持下以法，亲旧无所纵贷。会河南北十七州大水，泛滥所及，远至荆襄，汉水亦涨啮城郭。柬之因垒为堤，防遏湍流，邑人赖以无害，称颂不衰。右卫参军宋务光，因河洛水溢，上书言事道："水为阴类，兆象臣妾，臣恐后庭干预外政，乃致洪水为灾，宜上惩天警，杜绝祸萌。太子国本，应早建立，外戚太盛，应早裁抑"云云。中宗乃降武三思为德静王，武攸暨为乐寿王，武懿宗等十二人，皆黜王封公，表面上算是抑制，其实军国重权，已尽归三思掌握，不过涂饰人目罢了。三思且暗嘱百官，上皇帝尊号曰应天皇帝，皇后曰顺天皇后。妻被人淫，身被人污，难道天意叫他如此么？中宗大喜，即与韦氏谒谢太庙，大赦天下。居然仿高宗、武氏故事。相王旦及太平公主，俱加封万户，文武百官，各增爵秩，赐民酺三日。

三日以后，又挈韦氏及妃主等人，往看泼寒胡戏。看官道什么叫作泼寒胡戏呢？原来东都城内，尝有番胡杂居，此时正当十一月间，天气严寒，胡人素来耐冷，虽经风霜凛冽，尚能裸身挥水，舞蹈自如，因此中宗饬令诸胡，演此把戏，作为娱目骋怀的消遣。清源尉吕元泰上疏谏阻，掷还不省，竟与后妃等登洛城南门，赏玩了一天。是夕还宫，有上阳宫人入报，太后病重，恐防不测，乃于隔宿往省。武氏见了中宗，免不得叮咛嘱咐，教他保全诸武，且涕泣与语道："我年已活到八十二岁了，别人做不到的事情，我都亲身做过，尚有何恨？但回思往事，如同梦境，此后不必称我为帝，仍以太后相称便了。"说至此，禁不住喘急起来，呼吸多时，方觉稍平。乃复顾中宗道："你且去！明日再说。"中宗乃出。到了夜半，中宗已欲就寝，又有宫人来报道："太后昏晕过去了。"中宗忙召同韦氏婉儿等，趋入上阳宫，到了武氏寝室，见相王及太平公主诸人，已是挤满床前，但听武氏口中所述，一派儿都是鬼话，经太平公主等，齐声呼唤，又把姜汤徐徐灌入，才有些清醒起来。大众方避立左右，让过中宗韦氏。临榻婉问，武氏双目直视，复吃语道："呵哟！你等都来了么？要我老命，奈何？"说毕，又复昏去。无非痛恨武氏，所以增词演写。中宗也不觉发怔，复经大众七手八脚，合力施治，好容易救活残生。武氏顾见中宗，瞧了半晌，乃撑着病喉道："病入膏肓，不可救药，我今日方信二竖为灾呢。王后萧妃二族，我前日待她过甚，你应赦免她的亲属，就是褚遂良韩瑗柳奭等遗嗣，俱宜释归，这是至嘱！"又顾太平公主道："你是我的爱女儿，聪明类我，幸勿为聪明所误。"转眼瞧及韦氏及婉儿等，只是摇头，不复再言。为后文伏案。大众也不敢再问，武氏却呼呼的睡去了。嗣是轮流陪侍，又越二宵，武氏乃死。中宗传武氏遗制，除去帝号，赦王萧二族，及褚韩柳数姓家属，尊谥武氏为则天大圣皇后，命中书令魏元忠，暂摄冢宰。三思伪托武氏遗命，慰谕元忠，赐封邑百户。元忠捧读伪制，感激涕零，有人见他下涕，从容私议道："大事去了。"独不记临朝对簿时么？中宗居丧甫三日，即由元忠归政，诏令预备太后祔葬事宜。给事中严善思入奏道："鬼神主静，不应轻亵，今欲祔葬太后，恐开启陵墓，反致惊黩。况合葬并非古制，不如在陵旁更择吉地，较为慎重。"善思寓有深意。中宗不从，竟将武氏合葬乾陵。系高宗墓，见前文。

越年为神龙二年，武三思因桓彦范等尚在京师，时怀猜忌，遂请中宗出桓彦范为洛州刺史，敬晖为滑州刺史，袁恕己为豫州刺史，崔玄暐为梁州刺史。晋加僧慧范等五品官阶，赐爵郡县公。叶静能加授金紫光禄大夫。驸马都尉王同皎，目击时事，心甚不平，尝与亲友谈及国政，指斥三思，并及韦后。前少府监丞宋之问，及弟之逊，因坐二张党案，流戍岭南。二人却逃回东都，因素与同皎往来，潜匿同皎宅内。二宋既已犯决，同皎不应为私废公，乃竟许留匿，安得不死？同皎平时议论，俱为之逊所闻，之逊密令子昙，及甥校书郎李悛，转告三思。三思即令昙悛告变，谓同皎与洛阳人张仲之祖延庆，及武当丞周憬等，潜结壮士，谋杀三思，且废皇后。中宗乃命御史大夫李承嘉，监察御史姚绍之，按问同皎等。狱尚未决，再命杨再思韦巨源参验。再思本出为西京留守，见上回。因谄附三思，仍召还为侍中，巨源是三思爪牙，得任刑部尚书，这两人参入问刑，无罪也变成有罪。张仲之朗声道："武三思淫污宫掖，何人不知？公等独无耳目么？"巨源大怒，命反掷送狱。仲之尚且反顾，屡语不已，经绍之叱令役隶，击断仲之左臂。仲之大呼道："苍天在上，我死且当讼汝，看汝等能长享富贵么？"已而再思等拟成谳案，请将同皎等处置极刑。同皎仲之延庆皆坐斩。独周憬未曾被捕，逃入比干庙，比干，纣叔父。闻同皎枉死，不由的悲愤起来，竟至神座前大言道："比干古时忠臣，应知我心，武三思与韦后淫乱，为害国家，将来总当枭首都市，但恨我未及亲见啰。"遂引刃自刭。之问之逊，及昙悛并除京官，加朝散大夫。韦氏以新宁公主无夫守寡，公主为同皎妻见前回。不忍她寂寞空帏，特令改嫁从祖弟韦濯。母舅变成夫婿，也可谓唐朝新闻了。真是一塌糊涂。

三思既除去同皎，遂诬称桓彦范敬晖等，与同皎通谋，乃左迁彦范为亳州刺史，晖为朗州刺史，恕己为郢州刺史，玄晖为均州刺史，就是同时立功的大臣，如赵承恩薛思行等，一并外调。处士韦月将，独上书请诛武三思，中宗览书，立命拿斩。黄门侍郎宋璟入奏道："外人纷纷议论，谓三思私通中宫，陛下亦应澈底查究，不宜滥杀吏民。"中宗不许，璟抗声道："必欲斩月将，请先斩臣。"宋公又来出头了。大理卿尹思贞，时亦在侧，也奏称："时当夏令，不应戮人。"中宗乃命加杖百下，流戍岭南。三思竟函属广州都督周仁轨，杀死月将，且出思贞为青州刺史，璟为检校贝州刺史，一面复令中书舍人郑愔，再告敬晖等谋变，辞连张柬之，因再贬晖为崖州司马，彦范为陇州司马，柬之为新州司马，恕己为窦州司马，玄晖为白州司马。三思意尚未餍，定欲害死五人，方快心愿，乃密令人至天津桥畔，揭示皇后秽行，请加废黜，又故意令中宗闻知，中宗大怒，即命李承嘉穷究。承嘉受三思密嘱，奏称由敬晖等五人所为，遂更流晖至琼州，彦范至瀼州，柬之至泷州，恕己至环州，玄暐至古州。五家子弟，年至十六以上，悉流岭南。中书舍人崔湜，且代为三思划策，令外兄大理正周利用，本名利贞，因避韦氏父讳，改贞为用。赍了一道伪造的墨敕，往杀五人。利用前为五人所嫉，贬为嘉州司马，由三思召为刑官，至是命摄右台侍御史，出使岭外。利用立即启行，兼程逾岭。适值柬之玄晖，已经道殁，只缚住敬晖桓彦范袁恕已三人。晖被剐死，彦范杖毙，恕已饮野葛汁不死，也被捶死。薛季昶累贬至儋州司马，闻五人遇害，自知不能免祸，也具棺沐浴，饮毒而终。小子有诗叹五王道：

邪正从来不两容，周诛管蔡舜除凶。
自经大错铸成后，岭表徒留冤血浓。

利用还都，得擢拜御史中丞，还有一班三思走狗，尽得升官，待小子下回再叙。

武氏以后，又有韦氏，并有上官婉儿，及太平公主安乐公主等人，何淫妇之多也。夫冶容诲淫古有明训，但好淫者未必尽是冶容，冶容者亦未必尽是好淫，误在宗法未善，愈沿愈坏耳。韦氏淫而且贱，仇若三思，甘为所污，忠若五王，反恐不死。有武氏之淫纵，无武氏之才能，其鄙秽固不足道。独怪中宗以十余年之幽囚，几经危难，备尝艰苦，尚不能炼达有识，甚至纵妇宣淫，引奸入室，臣民明论暗议，彼且甘作元绪公，杀人惟恐不及，或所谓下愚不移者非耶？武氏本一智妇，乃独生此愚儿，殊为不解。至若五王之死，已见前评，去草不除根，终当复生，薛季昶料祸于前，随死于后，尤为可悲。乃知姚元之杨元琰辈之不愧明哲也。

第三十八回

诛首恶太子兴兵
狎文臣上官恃宠

却说武三思既杀五王，权倾中外，当时为三思羽翼，约有数人，最著名的叫做五狗：一个就是御史中丞周利用，还有侍御史冉祖雍，太仆丞李俊，光禄丞宋之逊，监察御史姚绍之。终日伺候门墙，一经三思呼唤，无不奉命惟谨，所以时人号为五狗。宗秦客坐赃被黜，见三十二回。客死岭表，有弟楚客及晋卿，由三思举荐入官，累次超迁，楚客竟得任兵部尚书，晋卿亦得为将作大匠。纪处讷系三思姨夫，三思姨颇有姿色，为三思所羡，处讷慷慨得很，纵妻与三思通奸，三思即引为太府卿，廉耻道丧。都下称为宗纪，相率侧耳。三思又擢任郑愔为侍御史，崔湜为兵部侍郎，湜系故御史崔仁师孙，父名挹，因湜得宠，也得任礼部侍郎。父子同时为侍郎，系唐朝所罕有。湜因感恩不尽，愈为三思效力。三思尝语人道："我不知此间何人为善？何人为恶？但教与我善便是善人，与我恶便是恶人。"一班趋炎附势的官儿，得闻此语，越发巴结三思，愿为走狗。由此五狗以外，又辗转钩引，聚成无数狗奴。

会中宗还驻长安，相王旦请速立太子，借固邦本。太平公主亦以为言。中宗遂不与韦氏三思等熟商，竟立卫王重俊为太子。重俊系后宫所生，非韦氏嫡出，韦氏追谏无及，心甚怏怏。三思亦因建储大事，绝不与闻，故隐怀忮忌。又有一个宫中宠女，自恃恩眷，尝欲以女统男，谋窃神器，骤闻储位已定，更不禁着急起来。此人为谁？就是安乐公主李裹儿。原来韦氏只生一子，重润受封邵王，前被武氏杖毙。见三十六回。安乐公主以嫡后无儿，竟痴心妄想，求为皇太女，中宗颇有允意，召问魏元忠。元忠答道："公主为皇太女，驸马都尉当作何称？"中宗也一笑而罢。公主闻元忠言，大恚道："元忠山东木强，晓得什么礼法？阿母子尚为天子，天子女独不可作天子么？”看官道“阿母子”三字作何解？因宫中尝称武氏为阿母子，所以公主有此愤言。中宗劝谕百端，且令她得开府置官，公主方才息恨。至重俊立为太子，公主瞧他不起，与驸马都尉武崇训，呼他为奴。太子怨不能平，默思盈廷大臣，多系诸武党羽，惟魏元忠李多祚两人，较为正直，乃即与他密商。多祚极端赞成，只元忠尚有异议。元忠自起用后，遇事模棱，不似在武氏朝，侃侃持正，誉望已经减损。想是虑患太深，遂把豪情减去。此次太子为讨逆计，元忠恐事机不成，必罹巨祸，所以不愿与谋。可巧酸枣尉袁楚客，贻书元忠，谓朝廷有十失，勖他规正，略云：

今皇帝新服厥德，当进君子，退小人，以兴大化，正天下，君侯安得徒事循默哉？苟利国家，专之可也。夫安天下者先正其本，本正则天下固，国之兴亡系焉。太子天下本，古立太子，必慎选师保，教以君人之道，蕴崇其德，所以固根本也。今嫡嗣虽定，师保未端，有本无枝，本将曷恃？此朝廷一失也。女有内则，男有外傅，岂相混哉？幕府者丈夫之职，今公主得开府置吏，以女处男职，所以长阴抑阳也。而望阴阳不愆，风雨时若得乎？此朝廷二失也。缁衣羽流，不务本业，专以重宝附权门。私卖度钱，自肥私囊，国家多一僧道，即多一游手，此朝廷三失也。惟名与器，不可假，人今倡优之，辈因耳目之，好遂授以官，非轻朝廷，乱正法耶？此朝廷四失也。有司选士，非贿即势，上失天心，下违人望，非为官择吏，乃为人择官，葛洪有言：“举秀才，不知书，察孝廉，浊如泥，高第贤良杂如蛙。”此朝廷五失也。阉竖第给宫掖，供扫除，古以奴隶畜之，后世不察，委以事权，竖刁乱齐，伊戾败宋，后汉用十常侍以乱天下，可谓明戒。今中兴以后，阉宦得坐升班秩，率授员外，乃盈千人，此朝廷六失也。古者茅茨土阶，以俭约贻子孙，所以爱力也，今外戚公主，所赏倾府库，所造皆官供，高台崇榭，夸奢斗靡，民力耗敝，徒使人主受谤于天下，此朝廷七失也。官以安人，非以害人，今天下困穷，州牧县宰，非以选进，割剥自私，民不聊生，乃更员外置官，十羊九牧，有害无利，此朝廷八失也。政出多门，大乱之渐，近封数夫人，皆先朝宫嫔，出入无禁，交通请谒，此朝廷九失也。不以道事其君者，所以危天下也，危天下之臣，不可不逐。今有引鬼神执左道以惑众者，荧惑主听，窃盗禄位。传曰：“国将兴，听于人，将亡，听于神。”今几听于神乎？此朝廷十失也。凡兹十失，均足召亡，君侯不正，谁与正之？愿君侯留意焉！

元忠得书，自觉怀惭，于是太子讨逆，也不加劝阻，惟推李多祚出头，自己作壁上观，静待成败。仍然狡猾。多祚向来意气自雄，自谓前次讨平二张，反手即定，此次三思淫恶，与二张无异，天怒人怨，但教稍稍举手，便可立除。骄必败。因此邀同将军李思冲李承况独孤祎之沙咤忠义等，矫制发羽林兵三百余人，拥着太子重俊，杀入武三思私第。三思正在家夜饮，与一班娇妻美妾，团坐叙欢，连崇训也在旁陪宴，只有安乐公主入宫未归，不在座间，猛然听得人声马嘶，免不得惊疑起来，方呼侍役等出门探视，不防羽林兵一拥而入，见一个，杀一个，三思父子，无从脱逃，被多祚等次第拿下，推至太子马前。太子斥他淫凶万恶，自拔佩剑，剁死两人，一面饬军士搜杀全家，无论男的女的，老的少的，俏的丑的，一古脑儿拖将出来，乱刀劈死。快哉快哉！太子乃命左金吾大将军成王千里，太宗孙。及千里子天水王禧，分兵守宫城诸门，自与多祚等，入肃章门，直指宫禁。

中宗与韦氏婉儿，及安乐公主等，夜宴才罢，忽由右羽林大将军刘景仁，踉跄进来，报称太子谋反，已领兵入肃章门了。中宗不觉发颤道："这……这还了得！"还是婉儿有些主见，便道："养兵千日，用兵一时，刘将军所掌何事，乃听叛兵犯阙么？"景仁碰了一个钉子，连话儿都答不出来。安乐公主接口道："你快去调兵入卫，守住玄武门，再报知兵部宗楚客等，速来保护！"景仁听了，飞步趋出。婉儿又献议道："玄武门楼坚固可守，请皇上皇后等，快往登楼，一来可暂避凶锋，二来可俯宣急诏。"安乐公主也以为然，遂相偕趋玄武门楼。适遇刘景仁带兵百骑，转来保驾，中宗即令他屯兵楼下，自与韦氏等上楼。宫闱令杨思勖，亦随步同上，既而宗楚客纪处讷，及中书令李峤，侍中杨再思苏瓌等，均前来请安，数人约率兵二千余名，由中宗敕令驻太极殿，闭门固守。说时迟，那时快，李多祚等已至玄武楼下，哗声不绝。中宗据楼俯视，语多祚道："朕待卿不薄，何故谋反？"多祚道："三思等淫乱宫壶，陛下岂无所闻？臣等奉太子令，已诛三思父子，惟宫闱尚未肃清，愿将党同三思的首恶，请制伏诛，臣等当立刻退兵，自请处罪，虽死不恨。"中宗闻三思父子，已经被杀，不由的吃了一惊。还有韦氏婉儿安乐公主都忍不住泣涕涟涟，牵住中宗衣襟，愿报仇雪愤。安乐公主或念结发之情，应该如此，韦氏婉儿何亦如之？中宗尚看不出破绽，真是笨伯。急得中宗越加惶急，不知所为。又听得多祚大呼道："上官昭容，勾引三思入宫，乃是第一个的罪犯。陛下若不忍割爱，请速将她交出，由臣等自行处置。"此语未免专擅。中宗待他说毕，回顾婉儿，但见婉儿两颊发赤，红泪下流，突向前跪下道："妾并无勾引三思情事，谅经陛下洞鉴，妾死不足惜，但恐叛臣先索婉儿，次索皇后，再次要及陛下。"好一个激将法。中宗道："朕在宫中，岂真不见不闻？怎忍将卿交与叛逆。卿且起来！商决讨逆方法。"婉儿方才起立。杨思勖在旁进言道："李多祚挟持太子，称兵犯阙，这等叛臣逆贼，人人得诛。臣虽不才，愿率同禁兵，出门击贼。”中宗被他一说，稍觉胆壮起来，便道：“卿愿效力，尚有何言？但此去须要小心！”思勖领谕，当即下楼，驰至太极殿内，传谕宗楚客等。楚客即拨兵千人，归他带领，他便披甲上马，领兵出来。多祚因中宗未曾答复，尚在楼下待着，按兵不动。也是呆鸟。太子接应多祚，道遇魏元忠子太仆少卿升，也胁令同来，因见多祚尚未动手，也在后面扎住。多祚婿野呼利，曾任羽林中郎将，至是执戈前驱，意欲夺门升楼，为将军刘景仁所拒，再进再却，忽见门已大启，忙驰马欲入，兜头碰着杨思勖，一刀砍来，急切里闪避不及，被思勖劈落马下，再是一刀，了结性命。思勖杀死野呼利，麾兵齐出，与多祚接战。多祚手下，不过二三百人，且见野呼利被杀，越觉气沮，便纷纷倒退。中宗在楼上观战，见思勖已是得胜，不禁改忧为喜，遂高声传呼道：“叛军听着！汝等皆朕宿卫士，何故从多祚造反？若能立刻反正，共诛多祚，朕不但赦汝前愆，还当特别加赏，勿患不富贵呢。”羽林兵听到此谕，已知多祚无成，大家顾命要紧，索性遵敕倒戈，杀死多祚。思冲承况祎之忠义等，前后受逼，都战死乱军中，连魏升亦为所杀，只有太子策马走脱。

成王千里父子，闻多祚等已经接仗，也进攻右延明门。宗楚客、纪处讷等，引兵抵敌，千里等寡不敌众，同时伤亡。楚客再遣果毅军将赵思慎追捕太子，太子率百骑走终南山，逃至鄠西，随身只有数人，暂憩林下，被左右刺死，将首级献与思慎。思慎携太子首，归报中宗。中宗毫不痛惜，把太子首献入太庙，并祭三思及崇训柩，然后悬示朝堂。东宫官属，无敢近太子尸，惟永和县丞宁嘉勖，解衣裹太子首，号哭多时，后来被贬为兴平丞。成王千里父子，及多祚等家属，悉数诛夷，且改千里姓为蝮氏。

韦氏婉儿，逼中宗穷治余党，连肃章门内外诸守吏，并请尽诛。中宗乃更命法司推断，大理卿郑惟忠道：“大狱始决，人心未定，若再加推治，恐更多反侧了。”中宗乃止。但坐各门吏流罪，颁制大赦，改元景龙，加授杨思勖为银青光禄大夫，杨再思为中书令，纪处讷为侍中，追赠武三思太尉梁宣王，淫慝如三思，还要追封，无怪淫夫愈多，妻女越受糟蹋了。武崇训开府仪同三司鲁忠王。先是中宗复位，追念重润兄妹，含冤未白，特赠重润为皇太子，赐谥懿德，永泰郡主为公主，以礼改葬，号墓为陵。安乐公主亦请用永泰公主故事，称崇训墓为陵。给事中卢粲，上书驳斥，以为永泰事本出特恩，鲁王系是驸马，不得为比。中宗手谕道：“安乐与永泰无异，鲁王同穴，不妨援例。”粲又驳奏道：“陛下钟爱公主，施及女夫，未始非推恩至意。但驸马究系人臣，岂可使上下无辨，君臣一贯呢？”中宗乃将此议搁起。公主恨粲多言，擅拟制敕，令帝署印，出粲为陈州刺史。当时宫廷内外，还道公主情深伉俪，所以有此奏请，或将来为同穴起见，特借武崇训事，同表显荣，亦未可知。哪知崇训在日，承嗣子延秀，与崇训为同族兄弟，随时往来，叔嫂不避。延秀在突厥数年，颇通番语，兼娴胡舞，姿度闲冶，丰采丽都。延秀被拘突厥及其后放还，见三十五六回。安乐公主，早已另眼相看，曲意款待，只恨崇训在旁，没法儿与他偷情，此次崇训死了，乐得召入延秀，共叙幽欢，名目上是帮助治丧，背地里是陪侍枕席。延秀又是个知情识趣的人物，骤得公主委身，自然格外尽力，温柔乡里，趣味独饶，风月梦中，欢娱倍甚，太宗可纳弟妇，延秀应该盗嫂。渐渐的明目张胆，公然与夫妇一般。最可笑的是中宗闻知，竟令延秀尚主，授太常卿，兼右卫将军，封温国公。延秀入朝谢恩，并谒韦氏，韦氏见他翩翩少年，也很羡慕。且因三思已死，无可续欢，看到这个爱婿，顿不禁惹起欲火，后来竟迫令侍寝，居然母女同欢。丈母逼奸女婿，越是怪事。

宗楚客等且表上帝后尊号，称中宗为应天神龙皇帝，韦氏为顺天翊圣皇后，改玄武门为神武门，楼为制胜楼。安乐公主复阴结宗楚客等，谋谮相王及太平公主，嗾令御史冉祖雍，诬奏二人与重俊通谋，请收付制狱。中宗竟召吏部侍郎兼御史中丞萧至忠，命他鞫治。至忠泣谏道："陛下富有四海，不能容一弟一妹，乃令人罗织成狱么？相王昔为皇嗣，尝向则天皇后前，以神器让陛下，累日不食，这是海内所共闻，奈何因祖雍一言，遂滋疑窦么？"中宗素来友爱，因即罢议。宗楚客等复讦奏魏元忠，说他纵子助逆，明明是重俊党援，应夷灭三族，中宗不许。这却尚有见地。元忠却自叹道："元恶已诛，鼎镬亦所愿受，可惜太子陨没，不得重生呢。"乃表请辞官。有制令以齐公致仕，仍朝朔望。楚客再引右卫郎将姚廷筠，为御史中丞，令他申劾元忠，援侯君集房遗爱等旧案，作为比例，因贬元忠为渠州司马。冉祖雍复上言元忠谋逆，不应出佐渠州，杨再思等亦以为言，那时中宗亦动起恼来，驳斥再思等道："元忠久供驱使，有功可录，所以朕特矜全，现在制命已行，岂容屡改？朝廷黜陟，应由朕出，卿等屡奏，殊违朕意。"有此刚决，却是难得。再思等始惶恐拜谢。楚客心终不死，再使袁守一弹劾元忠，谓："重俊位列东宫，犹加大法，元忠非勋非戚，如何独漏严刑？"中宗不得已，再贬元忠为务州尉。元忠行至涪陵，得病而终，年已七十余。他本宋州宋城人，以刚直闻，晚年再入朝秉政，自损丰裁，声望顿减。但终为奸党所谮，仍至贬死。至景龙四年，睿宗即位，乃追赠尚书左仆射齐国公，玄宗开元六年，追谥曰贞，这且慢表。

且说重俊事败，韦氏婉儿安乐公主等，声焰益盛，再加宗楚客纪处讷等，趋承奔走，事事效劳，因此宫禁变作朝廷，床闼几同都市。景龙二年，宫中忽传出一种新闻，说是皇后衣笥裙上，有五色云凝聚，非常祥瑞。恐是秽迹。中宗昏头磕脑，竟令宫监绘成图样，携示百官。侍中韦巨源，安石从子。也是宗纪一流人物，即顿首称贺，且请布示天下。中宗准奏，因大赦天下，赐五品以上母妻封号，无妻授女，妇人八十以上，俱准授郡县乡君。太史迦叶复姓音迦涉。志忠入奏道：“昔神尧皇帝未受命，天下歌桃李子，文皇未受命，天下歌秦王破阵乐，天皇未受命，天下歌堂堂，则天皇后未受命，天下歌武媚娘，应天皇帝未受命，天下歌英王石州，顺天皇后未受命，天下歌桑条韦。臣思顺天皇后，既为国母，应主持蚕桑，供给宗庙衣服，所以臣谨拟桑条韦歌，共十二篇，上呈睿鉴，请编入乐府，俟皇后祀先蚕时，奏此篇章，也是鼓吹休明，上继周南化雅哩。”说罢，即将歌词双手捧上。经中宗览毕，喜动眉宇，即赐志忠美绢七百段。太常少卿郑愔，又逐篇引申，说得韦氏德容美备，居然是西陵黄帝元妃嫘祖，系西陵氏。复出，太姒周文王妃。重生。谁知是一个淫妇。右补阙赵延禧，且上言：“周唐一统，符命同归。昔高宗封陛下为周王，则天时，唐同泰献洛水图，孔子有言：‘继周而王，百世可知。’陛下继则天皇帝，因周为唐，可百世王天下。”亏他附会。中宗大喜，立擢延禧为谏议大夫。上官婉儿本与武三思私通，所拟诏书，多半崇周抑唐，至是因三思被杀，意中少一个知心人，免不得又要另觅，她想文人学士中，总有几个风流佳客，可供青眼，遂怂恿中宗开馆修文，增设学士员，选择能文的公卿，入修文馆，摛藻扬华，有时令学士等陪侍游宴，君臣赓和，韦氏、安乐公主等，俱不避嫌疑，与诸文士结诗酒欢，连流竟夕，醉不思归。中宗韦氏，本不工诗，即由婉儿代为捉刀，各文臣亦明知非帝后亲笔，但当面只好认她自制，格外称扬，这一个说是臣百不逮，那一个说是臣万不及，喜得中宗韦氏，似吃雪的爽快，遂把那婉儿宠上加宠，所有乞请，无一不从。才足济奸，男子尤且可憎，况在妇女。婉儿趁此机会，拣得一个兵部侍郎崔湜，引作面首。湜年少多才，与婉儿真是一对佳耦，此番结成露水缘，婉儿才得如愿以偿，但尚有一种不满意处，崔湜在外，婉儿在内，宫闱虽然弛禁，究竟有个孱主儿，摆着上面，始终不甚方便。婉儿又想出一法，请营外第，以便游赏。中宗当即面许，拨给官费营造，于是穿池为沼，叠石为岩，先布置得非常幽胜，然后构成亭台阁宇，园榭廊庑，风雅为洛阳第一家，一任婉儿崔湜，栖迟偃息，日日演那鸳鸯戏浴图。中宗还莫名其妙，常引文臣往游，开宴赋诗，令婉儿评定甲乙，核示赏罚。相传婉儿将生时，母郑氏梦见巨人，付与一秤道：“持此称量天下士。”及婉儿生已逾月，郑氏辄戏语道：“汝能称量天下士么？”婉儿即哑然相应，至是果验。可惜有才无德，好淫不贞，此八字是婉儿定评。徒落得贻秽千秋，垂讥百世。小子有诗叹婉儿道：

儒林文字任评量，梦兆何曾寓不祥？

独怪有才偏乏德，问天何不畀贞良？

婉儿既得营外第，安乐公主等援例辟居，顿时争奢斗靡，各造出若干华屋来了。欲知详情，请看下回。

淫恶如武三思，骄慢如武崇训，谁不曰可杀？太子杀之，宜也。但父在子不得自专，太子虽锐意诛逆，究犯专权之罪，况称兵犯阙，索交后妃，为人子者，顾可如是胁父乎？窃谓三思父子，既已受诛，太子即当敛兵请罪，听父取决，虽终难免一死，究之与入犯君父者，顺逆不同，死于阙下，人犹谅之，死于山间，毋乃所谓死有余辜乎？况韦氏婉儿等，益张威焰，愈逞淫凶，母女可以通欢，文臣可以私侍，深宫浊乱，无出其右，盖未始非出于太子之一激，而因增此反动力也，小不忍则乱大谋，观本回事实，益信古圣贤之不我欺云。

第三十九回

规夜宴特献回波辞
进毒饼枉死神龙殿

却说安乐公主，是中宗第一个爱女，中宗曾许她开府置官，此次见婉儿得营外第，也乘此大营华屋，竞尚侈奢。公主尝请昆明池为私沼，中宗以池为公产，乃百姓蒲鱼所产，不便轻许。公主不悦，自夺民田，开凿一沼，取名为定昆池，隐隐有赛过昆明的意思。池广数里，累石像华山，引水像天津，形景酷肖昆明，由司农卿赵履温替她督治，不知费了若干民财，若干民力，才得凿成此池。池上造了许多亭台，很是华丽。安乐公主有七姊妹，长姊封新都公主，下嫁武延晖，次姊封宜城公主，下嫁裴巽，三姊即新宁公主，本嫁王同皎。同皎死，转嫁韦濯。见三十七回。四姊封长宁公主，下嫁杨慎交，五姊封永寿公主，下嫁韦鐬，及笄即亡。六姊即永泰公主，为武后所杀。见前。一妹封成安公主，下嫁韦捷。这七八姊妹中，惟长宁安乐两公主，系韦氏所生。安乐才艳动人，倍蒙宠眷，此外要算长宁。自安乐公主开府置属，长宁亦得踵行，且亦由东都使杨务廉，代营总第，凿山浚池，造台筑观，几与安乐私第相似。中宗素好击球，杨慎交特辟球场，洒油润地，光滑可爱，以此中宗时常临幸，与慎交击球取乐。看官！你想这中宗年逾半百，还是任意寻欢，哪里能治国治家，坐享天禄呢？无非儿戏。此外如韦氏胞妹两人，一封郕国夫人，一封崇国夫人。及婉儿母沛国夫人郑氏，尚宫柴氏贺娄氏，女巫受封陇西夫人赵英儿，俱依势用事，请谒受赃。就使屠沽臧获，但教奉钱三十万，即别降墨敕，授给官阶，外面用着斜封，交付中书省，中书省不敢不依，时人叫他为斜封官。或出钱三万，得度为僧尼。僧尼势力，不亚官吏，自韦氏以下，竞营佛寺，广设醮坛。左拾遗辛替否上书谏阻，有“沙弥不可操干戈，寺塔不足禳饥馑”等语，中宗不省。嗣是狎客满后庭，浮屠盈朝市，起居舍人武平一，系武士彟从曾孙，入任修文馆直学士，他却与诸武性格不同，独请抑损外戚，愿从己家为始。中宗但优制慰答，未肯允准，又有武惟良子攸绪，士彟从侄孙，见前文。武氏时曾受封安平王，恬澹寡欲，情愿弃官居隐，遂往处嵩山，优游泉壑。所有武氏赐与服器，概置不用，自出私资买田，课奴耕种，无异平民。中宗慕他志节，一再征召，方才入朝。谒见时仍黄冠布服，自称山人。中宗赐坐殿旁，攸绪固辞，再拜即退。亲贵谒候，除寒暄数语外，不交一言。及陛辞归山，蒙赐金帛，一并却还，飘然径去。后来武韦尽灭，惟攸绪免祸，隐逸终身，这真可谓孤芳自赏，不染尘埃了。应该称扬。

当时这班王公大臣，还道他是迂拙不通，一味儿卑躬屈节，求媚宫廷，中宗也以为安享承平，可无他虑，镇日里与谐臣媚子，沉宴酣歌。景龙二年残腊，且敕召中书门下，与诸王驸马学士等，统入阁守岁，遍设庭燎，置酒作乐。待至饮酣兴至，中宗张目四顾，见御史大夫窦从一在座，便笑问道:“闻卿丧偶有年，今夕朕为卿作伐，特赐佳人，与卿成礼，可好么? ”从一本名怀贞，因避韦氏父讳，特舍名用字，此时听得中宗面谕，总道有一个似花如玉的佳人，给为继室，不由的喜出望外，离座拜谢。中宗即嘱令左右，入内礼迎，不消半刻，即见内侍提着宫灯，从屏后出来，随后就是两个宫娥，各执宝翣，拥出一位新嫁娘，身著翟衣，首戴花钗，缓步趋近座前。中宗即令与从一交拜，对坐行合卺礼，交杯饮罢，宫女乃揭去面巾，中宗先大笑起来，侍臣等亦相率哄堂，看官道是何因?原来这位新嫁娘，已是白发萧毵，皱纹满面的老妪，她从前本是个蛮婢，因是韦氏幼时乳媪，随驾入宫，年约五六十岁，中宗特令嫁与从一，从一变喜为惊，心中甚觉懊恼，转念皇后乳母，势力不小，自己做了她的夫婿，年貌虽不甚相当，禄位却借此永保。也未可必。乐得将错便错，模糊过去。当下与老乳母一同谢恩，叩首御前。中宗面封老乳母为莒国夫人，呼令左右备舆，送新郎新娘归第。调侃从一，却也有趣，何不是人君所为。从一既去，中宗亦退入宫中，侍臣等守过残宵，至次日元旦，朝贺礼毕，才各散归。

窦从一得了老妻，每谒见奏请，自称为翊圣皇后阿奢，阿奢二字，作甚么解?洛阳人呼乳母夫婿为阿奢，所以从一沿着俗例，举以自称。同僚或嘲他为国奢，他亦随声相应，毫无惭色。他的意中，总叫得皇后欢心，也不管甚么讪笑了。过了十余日，便是上元节届，都城内外，庆贺元宵，当然有一番热闹。中宗想了一个行乐的法儿，放出宫女数千人，命设市肆，由公卿大夫为商旅，与宫女交易。一班少年士夫，承恩幸进，正好趁这机会，亲近芳泽，东来西往，左顾右盼，遇有姿色的宫女，便借贸易为名，上前调戏。宫女等也恬不知羞，互相戏谑，形状媟亵，词语鄙秽，中宗带着后妃公主等，亲往游行，就使耳闻目见，也不以为怪。设市三日，复命宫女为拔河戏，宫女等遂各备麻绳巨竹，以竹系绳，往至河边，掷竹水中，牵绳腕上，将竹拽起，一拽一掷，再掷再拽，以速为佳，但宫女都没有甚么气力，全仗人多党众，同拽巨竹，方能胜任，因此分队为戏，每队约数十人，彼此互赛，都弄得淋头洗面，红粉涔涔。中宗挈领宫眷，登玄武门，观看拔河，以迟速为赏罚。宫女们越想斗胜，越觉用力，有失足跌伤的，有挫腰呼痛的，中宗等引为乐事，笑声不止。有甚么好看？有甚么好笑？等到夕阳西下，众力尽疲，方命将拔河戏停止，命驾回宫。

越宿大开筵宴，内外一概赐酺，中宗命侍宴诸臣，各呈技艺，或投壶，或弹鸟，或操琴，或蹴踘，独有国子监司业郭山恽，起向中宗陈请道："臣无他技，只能歌诗侑酒。"中宗道："卿且歌来！"山恽乃正容歌诗，但听他抑扬抗坠，不疾不徐，共计有二十多句，由在座诸人听声细辨，系是《小雅》中鹿鸣三章。歌罢，又复续歌二十多句，乃是《国风》中蟋蟀三章。中宗点首道："卿可谓善歌诗了。朕知卿意，应赐一觞。"随命左右斟酒，给与山恽。山恽跪饮立尽，谢赐乃起，退还原座。至诸臣已尽献技，中宗更召入优人，共作回波舞，舞毕后，又由中宗语群臣道："有回波舞，不可无回波词，卿等能各作一词否？"群臣闻了此语，不得不搜索枯肠，勉应上命。有一人先起座朗吟道：

回波尔如佺期，流向岭外生归。

身名幸蒙啮录，袍笏未列牙绯。

这首回波词，是沈佺期所作。佺期曾任考功员外郎，因与二张同党，坐流驩州。上官婉儿得宠，招致文士，乃复入为起居郎，兼修文馆学士。此次借词自嘲，明明是乞还牙绯的意思。婉儿即从旁面请道："沈学士才思翩翩，牙笏绯袍，亦属无愧。"中宗闻言，即语佺期道："朕当还卿牙绯便了。"佺期忙顿首拜谢。忽有优人臧奉，趋近御座前，叩头自陈道："臣奴亦有俚语，但辞近谐谑，恐渎至尊，乞陛下赦臣万死，方敢奏闻！"韦氏即接入道："恕你无罪，你且说来！"臧奉曼声徐吟道：

回波尔如栲栳，怕婆却也大好。

外头只有裴谈，内面无过李老。

韦氏听了，不禁大噱。中宗也微微含笑，并不介怀。自认怕妻。群臣有一大半识得故事，私相告语道：“两方比例，却也确切，勿轻看这优人呢。”看官道是谁人故事？原来当时有个御史大夫裴谈，性最怕妻，尝谓妻有三可怕，少时如活菩萨，一可怕；儿女满前时如九子魔星，二可怕；及妻年渐老，薄施脂粉，或青或黑，状如鸠盘荼，三可怕。此言传闻都下，时人都目为裴怕婆。中宗畏惮韦氏，正与裴谈相同，臧奉敢进此词，实为韦氏张威，不怕中宗加罪。果然不出所料，由韦氏令他起来，越日领赏。上文恕罪，此次领赏，俱出韦氏口中，好似中宗不在一般。臧奉谢恩而退。谏议大夫李景伯，恐群臣愈歌愈纵，大亵国体，即上前奏道：“臣也有俚词，请陛下俯睬刍荛。”说着，即朗歌道：

回波尔持酒卮，微臣职在箴规。

侍宴不过三爵，欢哗或恐非仪。

中宗闻至此语，反致不悦，面上竟露出怒容。御史中丞萧至忠，暗暗瞧着，恐景伯得罪，遂伏奏道：“这真是好谏官呢。”中宗才不加责，即传命罢宴，回宫就寝。是夕无话，至次日，韦氏竟遣内侍赍帛百端，赐与臧奉，臧奉非常愉快。

既而宫中传出墨敕，授韦巨源杨再思为左右仆射，同中书门下三品，宗楚客为中书令，萧至忠为侍中，韦嗣立同三品，崔湜赵彦昭同平章事。于是宰相以下，惟萧至忠稍稍守正，此外都是狐群狗党，奴膝婢颜，而且滥官充溢，政出多门，宰相御史员外官，都是额外增添，挤满一堂，人以为三无坐处。监察御史崔琬独劾奏：“宗楚客纪处讷两人，潜通戎狄，私受贿赂，致生边患，乞即按罪”云云。查唐朝旧例，大臣被弹，应伛偻趋出朝堂，静立待罪。楚客并不遵例，反忿怒作色，自陈忠鲠，为琬所诬。中宗并不穷问，反命琬与楚客，结为异姓兄弟，作为和解，遂又有和事天子的传闻。看官！你道崔琬所奏，究竟是假呢？是真呢？小子考据唐史，实是真情，看官请听我道来。自武氏许突厥婚，默啜不复寇边，未几，武氏病死，婚议又复中变，遂致默啜生怨，拘杀唐使。鸿胪卿臧守言，进寇沙灵，中宗命左屯卫大将军张仁亶为朔方道大总管，往御突厥。突厥兵颇惮仁亶，闻风即退，被仁亶追出境外，斩首千级，才收军回镇。会西突厥别部突骑施，崛起碎叶川，酋长乌质勒，抚下有威，帐落寖盛。中宗初年，曾遣使入朝，受封为怀德郡王。乌质勒旋死，子娑葛嗣袭封爵，默啜南下无功，转图西略，亲督众往攻突骑施。张仁亶乘他远侵，潜兵入突厥境，取得拂云祠一带地方。拂云祠在河北，突厥每入寇，必先诣祠祈祷，然后度河南行。仁亶既袭取此地，即创筑三受降城。中城就在拂云祠，东西两城，距祠各二百里，首尾相应，控制突厥。

兴工阅六十日，三城皆成。及默啜归国，仁亶已布置严密，无隙可乘。那时默啜只好自己懊悔，不敢南牧了。惟娑葛可汗，统有父众，与别将斗啜忠节，屡有违言，辄相攻击。忠节势弱，不能久持。金山道行军总管郭元振，奏令忠节入朝宿卫，中宗乃命右威卫将军周以悌为经略使，招抚忠节。以悌系宗纪二人党羽，到了播仙城，与忠节相遇，却导他纳赂宗纪，不必入朝。且愿发安西兵，兼引吐蕃为援，同击娑葛。忠节大喜，遂出千金为赂，浼以悌转报宗纪楚客遂请遣将军牛师奖，为安西副都护，发甘凉兵，兼征吐蕃部众，往助忠节，一面遣御史中丞冯嘉宾，往与忠节面洽。可巧娑葛遣使娑腊，入京贡马，探得楚客等秘谋，即还报娑葛。娑葛暗地出兵，邀截计舒河口，果然忠节嘉宾，两下相会，一声胡哨，麾动番众，杀入嘉宾幄内，嘉宾不及备防，立致剁毙，忠节也被擒去。是谓人财两失。娑葛遂大发兵攻安西，与牛师奖交战火烧城，师奖败没，安西失守，娑葛复遣使上表，求楚客头，以头颅偿千金，为楚客计，还算值得。且贻郭元振书，略谓："与唐无嫌，只仇阙啜。宗尚书受阙啜金，欲加兵灭我，所以惧死奋斗，乞将详情上闻。"元振曾上书奏阻，至是复将娑葛原书，飞使驰奏。楚客诬言元振隐蓄异志，立请召还，即命周以悌代元振职。元振亟遣子鸿入朝，伏阙面陈底细。中宗乃坐罪以悌，流窜白州，仍令元振留任，赦娑葛罪，册为钦化可汗，赐名守忠。惟楚客等受赃隐情，概置勿问。所以御史崔琬，忍无可忍，面劾楚客。哪知和事天子，反教他释嫌结好，岂不可笑?

更有郑愔崔湜，并掌铨衡，卖官鬻爵，选法大坏。御史靳桓李尚隐，查出许多赃证，入朝面弹，两人无可抵赖，下狱坐戍，愔谪吉州，湜贬江州。惟湜系婉儿私夫，忽闻有敕远窜，教她如何割舍，免不得设法转圜，代湜申理。会值景龙三年冬至，中宗将有事南郊，婉儿即为湜陈请，召还都中，令襄大礼。连郑愔也一并召归。祭天时，中宗初献，皇后韦氏亚献，宰相女各助执笾豆，号为斋娘。也是旷古奇闻。礼成加赏，所有斋娘夫婿，俱得迁官，总算是浩荡皇恩，无微不至。语中有刺。

越年元宵节，六街三市，大张花灯，笙歌遍地，金鼓喧天。韦氏忽发狂念，与婉儿及诸公主，邀请中宗微服游行。中宗含笑相从，遂各换衣妆，打扮如平民模样，出游街市，并令宫女数千人，一同随往。但见人山人海，击毂摩肩，男女混杂，贵贱不分。韦氏婉儿，且专拣热闹处玩赏，与一班看灯的男妇，挨挨挤挤，毫不避忌，直至斗转参横，灯残独炮，方联翩还宫。查点宫女，十成中却少了五六成，想是乘机私奔去了。中宗因不便追缉，只好付诸不究，糊涂了事。也是皇恩。

过了数日，复亲幸梨园，命三品以上抛球拔河。韦巨源唐休璟，年力衰迈，随绳仆地，一时爬不起来，害得手脚乱爬，好似乌龟一般，中宗及韦氏婉儿等，都吃吃大笑，视为至乐。既而又游定昆池，命从官赋诗，黄门侍郎李日知，呈诗一首，中有两语云：“所愿暂思居者逸，勿使时称作者劳。”中宗瞧着，笑顾日知道：“卿亦效郭山恽的诗谏么？”日知道：“是在陛下圣鉴。”中宗乃起驾回宫，有好几月不出游幸。到了孟夏时候，又出幸隆庆池。池在长安城东隅，民家井隘，浸成大池数十顷，朝廷目为祯祥，因赐名隆庆。隆庆池北有隆庆坊，相王旦五子，筑第住居，号为五王子宅。五王子详见后文。当时有术士传言，谓：“五王子宅中，郁郁有帝王气。”中宗意欲魇禳，特命在池旁结起彩楼，率侍臣等诣楼开宴，且泛舟为戏，足足欢娱了一日一夜。还宫以后，复宴近臣。国子祭酒祝钦明，自请为八风舞，摇头转目，胁肩谄笑，装出许多丑态，引得韦氏以下，无不鼓掌。吏部侍郎卢藏用，私语同座道：“祝公以儒学著名，今乃如此出丑，五经已扫地尽了。”散骑常侍马秦客，光禄少卿杨均，亦在座列饮。韦氏见他年轻貌秀，未免动欲，及至散宴，阴令心腹内侍，通意两人。秦客颇通医术，均却善烹调，两人却借此为名，得入宫掖。韦氏毫不知羞，趁着中宗另幸别宫，即令两人轮流侍寝，作竟夕欢。

约过了一两月，忽有定州人郎岌，叩阍告变，奏称韦氏与宗楚客等，将谋大逆。中宗正览奏起疑，偏被韦氏闻知，定要中宗立毙郎岌，中宗乃敕令将岌杖死。许州参军燕钦融，又上言：“皇后淫乱，干预国政，安乐公主武延秀及宗楚客等，朋比为奸，谋危社稷，应亟加严惩，以防不测。”中宗得了此疏，面召钦融诘责。钦融顿首抗言，词色不挠，当由中宗叱令退去。谁知他甫出朝门，竟由宗楚客擅令骑士，把他拿回，掷置殿庭石上，折颈毙命。中宗未免动怒，查问骑士，系出楚客指使，不禁恨恨道：“你等只知有宗楚客，不知有朕么？”你一人久无权力，岂自今始？楚客乃惧，即入告韦氏婉儿等，谓皇上已有变志。韦氏正因新幸马杨，也恐事泄，遂与马杨密谋弑主。马秦客道：“臣去合一种末药，置入饼中，便可了结主子。”韦氏道：“事不宜迟，速即办来！”秦客领命即出。越日，即将末药呈入，便由韦氏亲自制饼，把末药放入馅中。及饼已蒸熟，闻中宗在神龙殿查阅奏章，便令宫女携饼献去。中宗最喜食饼，取了便吃，一连吃了八九枚，尚说是饼味很佳，不意过了片时，腹中大痛，坐立不安，倒在榻上乱滚。当有内侍往报韦氏，韦氏徐徐入殿，假意惊问。中宗已说不出话，但用手指口，呜呜不已。又延捱了数刻，身子不能动弹，两眼一翻，双足一伸，竟呜呼哀哉了。享年五十五岁。总计中宗嗣位，纪元嗣圣，才经一月，即被废黜。幽禁了十四年，方还东都，又为皇太子六年，才得复辟。在位六年，改元两次，竟被毒死。小子有诗叹道：

昔日点筹烦圣虑，今番进毒报君恩。

从知女德终无极，地下有谁代雪冤？

中宗既崩，韦氏召入私人，当然有一番举动，待小子下回说明。

古称诗三百篇，皆贤圣发愤之所作，故讽刺多而颂扬少。即间有所颂，亦隐寓规劝之意，故诗之关系，实非浅鲜，孔子以学诗勖门人，良有以也。唐自武后临朝，诗赋大兴，至中宗而益盛，宜若可以兴国矣。但诗有定体，亦有定义，非徒谐声叶律，遂足称诗；至若贡谀献媚，导奸鬻淫，更不足道。观本回所录回波词三则，惟李景伯以诗作谏，尚有古风，沈佺期借词干进，已无可取，臧奉乃更为怕婆词，大廷之上，不啻村俗，是岂尚存古道乎？夫身修而后家齐，家齐而后国治，圣训流传，万古不易。中宗不能修身，安能齐家，不能齐家，安能治国？狎客满后庭，浮屠盈都市，如此而不亡国败家者，吾未信也，一饼杀身，几至复宗，微临淄之兴师，唐其尚有幸乎？

第四十回

讨韦氏扫清宿秽
平谯王骈戮叛徒

却说韦氏既毒死中宗，秘不发丧，但召诸宰相入禁中，征诸府兵五万人，屯守京城，使驸马都尉韦捷韦濯，卫尉卿韦璿，左千牛中郎将韦锜，长安令韦播等，分领府兵。中书舍人韦元徽，巡行六街。适从何来？遽集于此。左监门大将军兼内侍薛思简等，率兵五百人，往戍均州，防御谯王重福。命刑部尚书裴谈，工部尚书张锡，并同中书门下三品，兼充东都留守。吏部尚书张嘉福、中书侍郎岑羲、吏部侍郎崔湜，并同平章事，一面与太平公主，及上官婉儿，谋草遗诏，立温王重茂为皇太子。重茂系中宗幼儿，后宫所出，时方十六岁，由皇后韦氏训政，相王旦参谋政事。草制既颁，然后举哀。宗楚客隐忌相王，入语韦氏道："皇后与相王，乃是嫂叔，古礼嫂叔不通问，将来临朝听政，何以为礼？"韦氏道："遗制已下，奈何？"楚客道："皇后放心，臣自有计较。"越日，即会同百官，奏请皇后临朝，罢相王参政。韦氏即批令相王旦为太子太师，自己临朝摄政，改元唐隆，大赦天下。命韦温总掌内外兵马。温系韦氏从兄，所以韦氏倚为心腹。又越三日，始令太子重茂即位，尊皇后韦氏为皇太后。立妃陆氏为皇后。宗楚客与武延秀赵履温叶静能等，及韦族诸人，共劝韦氏遵武后故事，使韦氏子弟领南北军。楚客更援引图谶，密言韦氏宜革唐命，怂恿韦氏谋害嗣皇，且深忌相王及太平公主，日与韦温安乐公主商议，欲去两人。哪知天意难容，人心未死，大唐天下，不该移入韦氏手中，遂令天演嫡派，兴师讨逆。把韦武两族，及内外淫恶诸男妇，一律诛死，才觉宫廷复靖，日月重光。看官道是何人？乃是相王旦第三子隆基。此是唐室一大转捩，应该大书特书。

相王旦生有六子，长子即成器，从前曾立太子，相王复封，成器亦降王寿春，次子名成义，封衡阳王，四子名隆范，封巴陵王，五子名隆业，封彭城王，季子名隆悌，封汝南王，已经早死。隆基排行第三，系相王妾窦氏所生，性英武，善骑射，通音律历象诸学，初封楚王，改封临淄，出任潞州别驾。景龙四年入朝，留京不遣。他知韦武用事，必为国患，乃阴结豪杰，借图匡复。从前太宗时代，尝选官户及蕃口骁勇，充做羽林军，著虎文衣，跨豹文鞯，共得百人，叫作百骑，武氏时增为千骑，中宗时又添至万骑。隆基密与联络，隐作干城。兵部侍郎崔日用，素与宗楚客往来，颇知楚客秘谋，因恐自己被祸，乃转告隆基。隆基即与太平公主，至公主子薛宗暕，系薛绍子。内苑总监钟绍京，尚衣奉御王崇晔，前朝邑尉刘幽求，折冲麻嗣宗等，为先发制人起见，定议讨逆。适值长安令韦播，虐待万骑，屡加搒掠，万骑皆怨。果毅校尉葛福顺陈元礼，往诉隆基，隆基复与谋讨逆事宜，大众踊跃愿效。福顺且语隆基道："贤王举事，当先禀达相王。"隆基道："我辈举兵讨逆，无非为社稷计，事成庶归福父王，不成便以身殉，免得父王受累。且今日先行禀达，倘父王不从，反致败事，不如不说为妥。"乃改换服饰，潜率刘幽求等，径入苑中。

李隆基（685—762）即唐玄宗。睿宗之子。710年，与太平公主联手发动政变，诛灭韦后，拥立其父李旦为帝，两年后继位，改元先天。早年任用姚崇、宋璟等名相，励精图治，开创了开元盛世。后任用李林甫、杨国忠等执政，招致安史之乱爆发。756年李亨即位，他被尊为太上皇。后抑郁而死。

时已黄昏，忽见天星纷落，几与雨点相似。幽求道："天意如此，时不可失了。"陨星岂关系讨逆？且星亦未必致陨，不过幽求借此励众，幸勿信为真言。葛福顺即拔刀先驱，直入羽林营，韦璿、韦播猝不及防，被福顺率众捣入，左右乱劈，即将两人砍死，且枭首示众道："韦氏酖杀先帝，谋危社稷，今夕当共诛诸韦，别立相王以安天下。如有阴怀两端，甘心助逆等情，罪及三族，慎勿后悔！"羽林军本归心隆基，当然听命，乃将韦璿等首级，命部众赍送隆基。隆基取火验视，果然不谬，乃与幽求等出南苑门。总监钟绍京，聚集丁匠二百余人，各执斧锯，随众同行。福顺率左万骑攻玄德门，另派羽林将李仙凫，率右万骑攻白兽门，约会凌烟阁前。隆基勒兵玄武门外，静听消息。三鼓后闻里面噪声，即与绍京等斩关直入，驰至太极殿，殿中正停置中宗梓宫，有卫兵守着，一闻外面喧声，也被甲出应。韦氏正留宿殿中，蓦然惊起，止穿得小衣单衫，奔出后门。适遇杨均马秦客，由韦氏急呼救援，二人左右搀扶，走入飞骑营，望他保护。不意营中将卒，突出门前，先将杨马两人，一刀一个，劈死地上。韦氏吓得乱抖，不由的泪下盈腮，哀求容纳。你也有此日么？大众共嚷道：“弑君淫妇，人人共愤，今日还想活着么？”说着，即有人手起刀落，把韦氏剁作两段，将首级献与隆基。与杨马同时做鬼，也算风流。隆基闻韦氏已诛，便传令肃清宫掖，于是驸马武延秀，尚宫贺娄氏，均被搜获，一并斩首。时已黎明，刘幽求等驰入宫中，安乐公主深居别院，尚未知外面事变，方早起新沐，对镜画眉，突听得后面一响，正要回顾，那头上忽觉暴痛，只叫得一声阿哟，已是头破脑裂，死于非命。幽求已诛死安乐公主，再去搜捕上官婉儿。婉儿本是个聪明人物，竟带着宫人，秉烛出迎。既与幽求会晤，即将前日相王参政的草制，从袖中取出，示与幽求，且托他婉告隆基，期免一死。幽求见她娇喉宛转，楚楚可怜，便满口答应出来。凑巧隆基入宫，就将草制呈上，替婉儿代为申辩。隆基道：“此婢妖淫，渎乱宫闱，怎可轻恕？今日不诛，后悔无及了。”却是刚断，可惜晚年不符。即命左右去取婉儿首级。不消半刻时辰，已将一个红颜绿鬓的头颅，携至隆基面前。可为才女轻薄者鉴。隆基验讫，更捕索诸韦，及监守宫门素来归附韦氏的吏役，尽行枭首。

内外既定，隆基乃往见相王，自言不先禀白的原因，叩首请罪。相王抱头泣语道：“社稷宗庙，赖汝不坠，还有何罪呢？”隆基即迎相王入宫，掩住宫门及京城门，分遣万骑，收捕诸韦亲党，先将韦温拿斩。中书令宗楚客，身服斩衰，乘青驴逃出，方至通化门，被门卒拦住，笑呼道：“你是宗尚书，为何至此？”揶揄得妙。一面说，一面已将楚客拖落驴下，抓去布帽，一刀砍死。那冒冒失失的宗晋卿，也随后跑来，同做了刀头面。兄弟同死，也是亲昵。相王奉少帝重茂，御安福门，慰谕百姓。司农卿赵履温，向在安乐公主门下，奔走趋奉，至是急驰诣安福楼下，舞蹈呼万岁；声尚未绝，已由相王遣人出来，把他脑袋取去，剩下没头的尸骸，倒弃地上，人民争集，拔刀割肉，片刻即尽。韦巨源正欲入朝，有家人报称变起，劝他逃匿。巨源道：“我位列枢轴，岂可闻难不赴？”说着即行；才至都市，为乱兵所杀。他如韦捷韦濯韦元徽，及纪处讷叶静能张嘉福等，一古脑儿捕到安福门前，一刀一个，两刀一双，统变作无头鬼。秘书监王邕，系韦后妹崇国夫人夫婿，他恐因亲党株连，杀妻自首。最可笑的是皇后阿奢窦从一，也将这老妻莒国夫人，枭首以献，我为从一心喜，省得老妇当夕。两人总算免死。废韦后为庶人，陈尸市曹。所有韦氏宗族，俱由崔日用领兵搜诛，连襁褓小儿，统杀得一个不留。武氏宗属，重罪诛死，轻罪流窜。何苦争权？乃下制大赦，封成器为宋王，隆基为平王，统辖左右厢万骑。薛崇暕晋封立节王，钟绍京为中书侍郎，刘幽求为中书舍人，并参知机务，麻嗣宗为左金吾卫中郎将，其余功臣，赏赉有加。隆基二奴王毛仲李守德，亦得超拜得军。未免太滥。

既而太平公主传少帝命，愿让位相王，相王固辞。刘幽求入语宋王成器，与平王隆基道："从前相王已居宸极，众望所归，今人心未靖，国难初纾，相王岂得尚守小节？请早即位以镇天下。"隆基道："父王性安恬淡，未尝有心登极，虽有天下，犹且让人。况少帝为亲兄子，怎肯将他移去？"幽求道："众心不可违，相王虽欲高居独善，恐亦未能如愿，况社稷为重，君为轻，二王亦应几谏为是。"成器隆基，乃入见相王，极言人心归向，国事攸关，不如早正大位云云。相王尚不肯从，复经二人力谏，方才允许。是夕有制颁出，命宋王成器为左卫大将军，衡阳王成义为右卫大将军，巴陵王隆范为左羽林大将军，彭城王隆业为右羽林大将军。进平王隆基为殿中监，同中书门下三品，中书侍郎钟绍京，黄门侍郎李日知，并同中书门下三品。太平公主子薛崇训，薛绍次子。为右千牛卫。贬窦从一为濠州司马，王邕为沁州刺史，杨慎交为巴州刺史，萧至忠为许州刺史，韦嗣立为宋州刺史，赵彦昭为绛州刺史，崔湜为华州刺史，郑愔为汴州刺史。崔郑二人，何故未诛？布置既定，即于次日入太极殿，处置易位事宜。这位茫无所知的少帝重茂，贸然出殿，径至东隅，西向而坐，相王亦登殿至梓宫旁，太平公主早在殿中，待众大臣一齐趋入，方对众朗言道："嗣皇欲将帝位让与叔父，诸公以为可否？"幽求即跪答道："国家多难，应立长君，皇上仁孝，追踪尧舜，诚合至公。相王代他任重，慈爱尤厚，此事正宜速行。"说至此，大众齐声赞成，太平公主即趋至少帝座前，高声与语道："人心已尽归相王，此处已非儿座，可即趋下。"少帝尚呆坐不动，被太平公主一把拖落，只好含着眼泪，趋立下首。当由相王徐步进行，至少帝坐过的位置，昂然坐定。群臣都伏称万岁。拜贺既毕，复拥相王出殿，御承天门，大赦天下，是为睿宗皇帝。仍封重茂为温王，进钟绍京为中书令，赐内外官爵有差，加太平公主实封万户。惟立储一事，累经睿宗筹思，因立长立功两问题，横亘胸中，终不能决。宋王成器，窥知父意，乃入白睿宗道："国家安宜先嫡长，国家危宜先有功，若失所宜，必违众望。臣儿宁死，不敢居平王上。"睿宗尚有疑义，召问群臣。刘幽求进言道："能除天下大祸，应享天下大福。平王尊安社稷，救护君亲，功固最大，德亦最贤。况宋王已有让词，自应立平王为太子，请陛下勿疑！"群臣亦多如幽求言，储议乃定。事贵达权，睿宗颇胜高祖一筹。越数日，即立平王隆基为太子。隆基复表让成器，睿宗不许。隆基乃入居东宫，令宋王成器为雍州牧，兼太子太师。追削武三思武崇训爵谥，斫棺暴尸，刬平坟墓，流越州长史宋之问。饶州长史冉祖雍至岭南，革则天大圣皇后名号，仍称天后。天字亦不宜称。追谥雍王贤为章怀太子，封贤子守礼为豳王，复故太子重俊位号，予谥节愍。赠还张柬之等五人王爵，所有得罪韦武，被诛被窜死诸官吏，俱还给官阶。召许州刺史姚元之为兵部尚书，洛州长史宋璟为吏部尚书，俱同中书门下三品。加封成义为申王，隆范为岐王，隆业为薛王，改元景云，再行大赦。所有韦氏余党，未曾察出加罪，概从豁免，此后不究。

且遣使宣慰谯王重福，调任集州刺史。重福整装将行，适有洛阳人张灵均，贻书重福道："大王地居嫡长，当为天子，相王虽然有功，不应继统。东都士民，都望大王到来，王若潜入洛阳，发左右屯营兵，袭杀留守。取东都几如反掌，再西略陕州，东徇大河南北，天下即指挥可定了。"重福信为奇谋，复书如约。可巧郑愔被谪汴州，道出洛阳，灵均遮道请留，与语秘计。愔正怨望朝廷，遇着这个机会，乐得顺风敲锣，为泄恨计，否则何致速死。当下与灵均结谋聚徒党数十人，预替重福草制，立重福为帝，改元为中元克复，尊睿宗为皇季叔，重茂为皇太弟，愔为左丞相，知内外文事，灵均为右丞相，兼天柱大将军，知武事，右散骑常侍严善思为礼部尚书，知吏部事。毫无头绪，即预为草制，仿佛痴人说梦。一面令灵均往迎重福。愔留住洛阳，借驸马都尉裴巽故第，潜备供张，专待重福到来。

洛阳县官，稍得风闻，侦查了好几日，益觉事出有因，遂率役隶数十人，径诣裴宅按问。甫至门首，兜头正碰着重福，与灵均带着数健夫，鱼贯前来。县官急忙退还，走白留守。群吏闻变，相率逃匿，只洛州长史崔日知，投袂而起，号召兵士，拟即往讨。留台侍御史李邕，在天津桥遇着重福，料他必有秘谋，也急驰入屯营，语大众道："谯王得罪先帝，今无故入东都，必将为乱，君等正可乘此立功，博取富贵。"营兵同声应命。又告皇城使速闭诸门，慎防不测。重福趋至左右屯营，营兵张弓迭射，箭如飞蝗，吓得重福连忙回头，转至左掖门，欲劫夺留守部众，偏偏门已重闭，不由的懊恼起来，即命手下纵火焚门。火尚未燃，那左右屯营兵，两路杀至，教重福如何抵挡？没奈何策马奔逃，投入山谷。留守兵四出搜捕，掩入谷中，重福无路可走，跃入漕渠，立刻溺毙。又捕得张灵均，押至狱中，只有郑愔查无下落。旋经崔日知亲自督捕，到处盘查，突见有一小车，车中载一妇人，露着高髻，面上却用巾遮住，由车夫急推前行，种种形迹可疑，当由日知指令军士，追诘此车，并将妇人的面巾揭去，一经露面，却是于思于思的丑男子。看官不必细问，便可知是逃犯郑愔，愔貌丑多须，一时无从脱逃，乃改作女装，梳髻作妇人服，想借此混出外城。计策亦妙，可惜无易容术。可奈天网恢恢，疏而不漏，竟被日知瞧破，捆缚而归，随即就狱中牵出灵均，一同鞫问。愔浑身发抖，似不能言。灵均独神色自如，直供不讳，且瞋目顾托道："我与此人同谋，怪不得要失败哩。"于是两人牵出都市，同时伏诛。愔先附来俊臣，继附张易之，又附韦氏，至此复附谯王重福，终归诛死。专事逢迎者其听之！严善思亦坐流静州。旋葬中宗于定陵，廷议以韦庶人有罪，不应祔葬，乃追谥故英王妃赵氏为和思顺圣皇后，求尸无着，见前文。乃用袆衣招魂，祔葬定陵。贬李峤为怀州刺史，裴谈为蒲州刺史，祝钦明郭山恽等，俱为远州长史。罢斜封官，易墨敕制，姚宋当国，请托不行，纲纪修举，赏罚严明，中外翕然，共称为有贞观永徽遗风。

只是太平公主，自恃功高，睿宗亦很加爱重，尝与她商议国政。每入奏事，坐语移时，有数日不来朝谒，即令宰相就第咨询。至若宰相陈请，睿宗辄问与太平议否？又问与三郎议否？三郎就是太子隆基，因他排列第三，故呼为三郎。太平公主，初见太子年少，不以为意，既而惮他英武，遂造出一种谣言，说是太子非长，不当册立，将来必有后忧。睿宗不为所动，到了景云二年正月，太平公主奏请立后，睿宗道："故妃刘氏及德妃窦氏，同死非命，尸骨无存，朕何忍再立继后呢？"公主道："刘妃系陛下正配，且曾生宋王，应该追封。窦氏非刘妃比，应有嫡庶的分辨，不容一律。"明明寓有深意。睿宗默然。待公主退出，竟追册刘氏窦氏，并为皇后。公主不免忿恨，更阴嘱私党，散布蜚言，大致谓："宫廷内外，倾心东宫，姚元之宋璟，左右赞襄，不日必有内变。"一面令女夫唐晙，往邀韦安石。安石方入任侍中，不肯赴召，事为睿宗所闻，密召安石入问道："朝廷皆倾心太子，卿可为朕访察，有无异图？"安石答道："陛下何为信此讹言？这是太平私谋，欲危太子，试思太子有功社稷，仁明孝友，天下共闻，如何宫中独有蜚语？显见奸人播弄，幸勿轻信。"睿宗矍然道："朕已知道了，卿勿复言！"公主因计划不成，亲乘辇至光范门，召集宰相，示意易储，众皆失色。宋璟抗言道："东宫拨乱反正，建立大功，真宗庙社稷主，奈何忽有此议？"公主怏怏不悦，拂袖竟归。璟乃邀同姚元之，入白睿宗道："宋王为陛下元子，豳王乃高宗长孙，公主从中交构，将使东宫不安，不如令宋王豳王，皆出为刺史，并罢岐薛二王左右羽林，就是太平公主及武攸暨，亦皆安置东都，庶不至有内变了。"睿宗道："朕惟一妹，怎可远置东都？诸王惟卿所处。"睿宗亦不免优柔。姚宋两人，本意在遣废太平，因见睿宗不从，只好退出。越数日，睿宗又语侍臣道："近日有术士言，五日内当有急兵入宫，卿等须加意预防。时张说已入为中书侍郎同平章事，闻睿宗言，便进谏道："奸人欲离间东宫，乃有是说，若陛下使太子监国，流言自当永息了。"姚元之复接口道："张说所言，系社稷至计，愿陛下即日施行。"睿宗准奏，即命太子监国，出宋王成器为同州刺史，豳王守礼为幽州刺史，太平公主及武攸暨，安置蒲州。小子有诗咏道：

百端构陷总无成，到此应知自戒盈。

若使当时能悔祸，太平原是享承平。

制敕既下，太平公主愤不可遏，更想出一条别法来了。究竟用何计策，且看下回便知。

女子与小人，断不可使之立功；功出彼手，乱必因之。观本回所叙之太平公主，实亦一韦武流亚！其于韦氏受诛时，并未见若何预议；不过其子薛宗暕，稍稍效力，而成此功者，固非临淄莫属也。韦武既灭，朝廷易主，而太平乃首出建议，捽去少帝，此特一手一足之劳耳。人心已尽归相王，太平安能标异乎？然彼则自恃有功，睿宗亦以有功视之，卒至谗间东宫，谋生内变，牝鸡之不可司晨，固如此哉！然则太平固有罪矣，而睿宗之纵令为恶，亦未尝无咎焉。

第四十一回

应星变睿宗禅位
泄逆谋公主杀身

却说太平公主，接到蒲州安置的制敕，不由的懊怅万分，当即召太子入内，厉声问道："我为汝父子打算，也算尽力，今反以怨报德，将我贬居蒲州，我想汝父仁厚，当不出此，想是汝从中播弄，因有此敕命呢。"当头一棒。太子惶恐拜谢道："侄何敢如此？闻系姚宋二人，奏请父皇，乃下此敕。"公主冷笑道："姚宋所奏，也无非为汝起见，他恐我等在都，于汝不便，所以特地请命，要我等即日远离。试想我捽去重茂，改立汝父，也是为汝承袭计，从前安乐想作皇太女，难道我想作皇太妹么？"描摹利口，惟妙惟肖。太子道："侄儿当奏闻父皇，加罪姚宋二人便了。"言毕趋出，即表劾姚宋离间姑兄，请从重典惩办。睿宗乃贬元之为申州刺史，璟为楚州刺史，宋豳二王，仍留居京都，惟太平公主夫妇，依然遣往蒲州，不复收回成命。公主怏怏而去，临行时由太子饯送，尚是埋怨不休。太子答道："今日暂别，他日总当由侄儿申请，包管姑母重归。"公主始强开笑颜，与武攸暨登车去讫。

既而睿宗召群臣入宴，且与语道："朕素怀澹泊，不以万乘为贵，前为皇嗣，及为皇太弟，均为时势所迫，并非由朕本意。今朕年已半百，不欲亲揽朝纲，意欲传位太子，卿等以为何如？"群臣闻言，俱面面相觑，莫敢先对。独殿中侍御史和逢尧，系是太平私党，偏起座进言道："陛下春秋未高，方为四海景仰，怎得遽行内禅呢？"睿宗听了，踌躇半晌，方道："朕自有区处。"越宿下制，凡一切政事，皆听太子处分，所有军旅死刑，及五品以下除授，与太子议定后闻。太子奉制固辞，且请让与宋王成器，睿宗不许。嗣复请召太平公主还京，得邀允准，颁敕至蒲州。太平公主当然欢慰，立即启行还朝，往返不过四月，至是入见睿宗。睿宗性本友爱，自然欢颜相待，和好如初。

可巧攸暨病逝，公主又变作嫠妇，虽然年逾四十，尚是荤情肉欲，不耐孤栖，酷肖乃母。蓦然记起当年的崔湜，才貌风流，不愧佳客，当下密召入都，待他进谒，即引与欢狎，做个婉儿第二。又想招揽几个旧官，自张羽翼，濠州司马窦从一，已复名怀贞，在朝时曾谄附太平，至是亦由太平召还，与崔湜同作私人，并向睿宗前极力保荐。睿宗乃复用湜为太子詹事，怀贞为御史大夫。还有奸僧慧范，与公主乳媪通奸，也往来公主第中，常参密议。又如岑羲萧至忠薛稷等，前皆坐罪遭贬，太平公主一并引为爪牙，奏复原官，于是声势复盛。窦怀贞每日退朝，必至太平处请安。唐臣多无丈夫气，不必怪窦怀贞。适睿宗女西城公主，及崇昌公主，愿作女道士，自请出家，却也别具肺肠。睿宗欲修筑金仙玉真二观，分居二女。怀贞即乞请太平，求为营观使。太平公主因替他进言，一说便成。怀贞格外效力，亲自督役，才经月余，已造就两座华刹，前殿后宇，金碧辉煌。西城崇昌两公主，到了观中，都觉得称心满意，当然至睿宗前，赞美怀贞，又经太平公主随时揄扬，不由睿宗不信，竟进授怀贞为侍中，同中书门下三品。怀贞喜出望外，忽有相士与语道："公居相位，必遭刑厄。"说得怀贞又转喜为忧，自请解官，有制听便。不到数日，又复令为尚书左仆射。崔湜因怀贞得志，免不得在旁艳羡，有时与太平欢会，叙及怀贞。太平公主道："这有何难？汝欲入相，但教我进去数语，便可如愿了。"湜感激涕零，甚至五体投地。但教你在枕席上格外效劳，便足报德，何必作此丑态。一面复语太平道："同僚中有陆象先，亦望公主代为援引。"太平公主道："象先与我何涉？我何必替他帮忙。"湜又道："象先言高行洁，推重同僚，此人入相，必慰众望。湜与同升，也是附骥名彰的微意呢。"太平公主方才点首。次日入见睿宗，即将象先与湜举荐上去。睿宗道："象先素负众望，不愧相才。湜太龌龊，难副众望。"太平公主仍然固请，睿宗只是摇首。及见公主两颊绯红，几乎要堕下泪来，方勉强承认下去。时已任韦安石李日知为相，朝政未免紊乱，乃趁着公主入请，出安石留守东都，迁日知吏部尚书，命陆象先同平章事，崔湜为中书侍郎，同中书门下三品。又进吏部尚书刘幽求为侍中，右散骑常侍魏知古为左散骑常侍，俱同三品。越年改元太极，未几又改元延和。

萧至忠自依附太平，由许州进任刑部尚书，遂出入太平私第，日夕伺候，偶与宋璟相遇，璟讽语道："萧君！汝亦在此，非璟所料。"至忠笑答道："宋生规我，足见好意。"说到"意"字，已是策马驰去。至忠有妹，适华州长史蒋钦绪，亦进谏至忠道："如君高才，何患不达？幸勿非分妄求。"至忠默然不答。钦绪退出，不禁长叹道："九代卿族，一举尽灭，并不是可哀么？"熏心利禄者，可引此为戒。原来至忠世代簪缨，祖名德言，曾任唐为秘书少监，所以钦绪有此悲叹，哪知至忠竟步步春风，更入为中书令了。太平既得至忠为助，又引侍中岑羲，尚书右丞卢藏用，太子少保薛稷，右散骑常侍贾膺福，雍州长史李晋，羽林大将军常元楷，知羽林军李慈等，同为心腹。鸿胪卿唐晙，本是太平女夫，当然通同一气，每事与商。会值秋高气爽，星月倍明，西方的太微垣旁，现出了一个彗星，光芒数丈。太平公主即密使术士进白睿宗，谓："彗星出现，当是除旧布新的变象，且帝座及心前星，心有三星，旧说前星主太子。亦有变动，大约太子当入承帝统，请陛下传位为是。"看官！你想此说是明明激动睿宗，引他恨及太子，可以从中进谗，不意睿宗竟信为真言，便毅然道："朕早思传位，今天象又复如此，尚有何疑？传德避灾，朕志决了。"术士不便再言，慌忙返报太平公主。公主大惊道："欲巧反拙，弄假成真，这还当了得么？"这叫做庸人自扰。随即召入党羽，共议挽回。大家想了多时，没有甚么良策，只好奏阻内禅，再作计较。于是彼上一奏，此陈一疏，接连呈入章牍数本，并没有批答出来，急得太平公主，自往面阻。偏是睿宗决意传位，任你舌吐莲花，也是不依。公主没法，退归私第，再遣人往劝太子，教他固辞。太子乃驰入宫中，拜谒睿宗，叩头固请道："臣儿仅立微功，得为皇嗣，已是例外蒙恩，恐难负荷。今陛下且遽欲传位，究是何意？"睿宗道："社稷再安，与我得天下，皆出汝力。今帝座有灾，故特授汝。转祸为福，愿汝勿疑！"太子又叩头固辞，睿宗作色道："汝欲为孝子，应该听从我言，岂必待柩前即位，方得为孝么？"太子无词可对，只好流涕趋出。

翌晨由睿宗手谕，传位太子。太子再上表力辞，睿宗不许。太平公主自悔无及，没奈何入语睿宗道："内禅虽决，总宜自总大政，太子少不更事，恐未能施行尽当呢。"睿宗乃召嘱太子道："汝因天下事重，想我兼理么？古时虞舜禅禹，尚亲巡狩，朕虽传位，岂忘家国？所有军国大事，我自当兼省，汝何必多虑呢。"太子乃勉强应命。过了数日，内禅期届，太子隆基即位，尊睿宗为太上皇。上皇仍自称朕，诏命曰诰，五日一受朝太极殿。皇帝自称为予，命曰制敕，每日受朝武德殿。凡三品以上除授，及重刑要政，俱奏闻上皇，然后决行，余事皆受成皇帝，改行正朔，颁制大赦，是谓玄宗先天元年，立妃王氏为皇后。

后系同州下邽人，父名仁皎，由玄宗为临淄王时，聘为王妃，玄宗入清宫禁，妃亦预谋，因此玄宗登基，即册为后。为后文废后张本。玄宗又授王琚为中书侍郎，时与商议国事。琚籍隶河内，少有才略，通天文象纬学，从前驸马都尉王同皎，尝器重琚才，引为密友。同皎事败，见前文。琚遁至江都，为富商佣书。商家知非庸才，妻以爱女，且厚给妆奁，琚赖以存活。及睿宗嗣位，乃与妇翁说明原委，得资还都。玄宗时为太子，出外游猎，途次遇着王琚见他儒服雍容，因即召询。琚口才本是敏捷，至此更有心干进，益逞词锋，且邀太子到寓，娓娓续陈，说得太子非常投契。琚又杀牛进酒，厚飨太子，太子愈加感动，愿为荐引。别后返谒睿宗，即说王琚如何有才，乞加录用。睿宗因他是个白衣秀士，但令补诸暨县主簿。太子默然退归。会琚闻得一末秩，过谢东宫，到了廷中，却故意徐行，左眺右瞩。东宫侍卫呵止道："殿下在帘内，怎得自由行动？"琚微笑道："今日有甚么殿下，但知有太平公主呢。"显是策士口吻。道言未绝，太子已经趋出，亲自迎入。琚表明谢意，即促膝进陈道："韦庶人敢行弑逆，人心不服，所以殿下一呼皆应，立诛首恶。今太平公主自恃有功，凶猾无比，左右大臣，多为所用，天子又因兄妹关系，格外容忍，琚窃为陛下隐忧哩。"太子遽起，引与同榻，对坐与语道："主上同气，止有太平，若有伤残，恐亏孝道。"琚答道："小孝不足言，殿下当思大孝。"太子道："大孝如何？"琚复道："安宗庙，定社稷，乃为大孝。试想太子立有大功，理应承统，今公主乃敢妄图，营私植党，有废立意，一旦变起，岂不是累及宗庙社稷么？宗庙社稷不安，殿下即思尽孝，恐亦不及待了。"太子搓手道："如此奈何？"琚答道："琚闻内外大臣，惟张说刘幽求郭元振等，不为太平所用，殿下若与商议，当可纾忧。"太子乃喜，叫他不必赴任，留居詹事府中。既而太子受命监国，五品以下官吏，得由太子黜陟，乃即迁琚为太子舍人。及太子受禅，特超擢中书侍郎。琚遂与刘幽求等，谋去太平。幽求使羽林将军张暐，入白玄宗道："窦怀贞崔湜岑羲，皆因公主得进，日夜谋逆，若不早图，恐即日发难，连太上皇都不能自安，臣已与幽求等定计，但俟陛下颁敕，便可施行。"玄宗点首至再，徐谕道："卿等少缓，朕当留意。"

暐趋出后，适遇侍御史邓光宾，邀他入室，盘问底细，暐以实言相告。光宾俟暐别后，竟往报窦怀贞崔湜。窦崔两人，忙转告太平公主，公主即入白睿宗，一口咬煞玄宗，说是要无端加害。睿宗便召问玄宗，训责数语，害得玄宗无法自解，只好推到刘幽求张暐身上。玄宗专推别人，也太柔弱。于是睿宗令他惩办。玄宗不得已，将幽求及暐，拘置狱中。窦怀贞崔湜等，讽令台官，奏称幽求等离间骨肉，当处死刑。睿宗又欲准奏，还是玄宗极力解说，谓幽求曾预大功，应当减死，乃流幽求至封州，张暐至峰州。封州地在岭表，崔湜又飞函至广州，嘱广州都督周利贞，即利用复名。杀死幽求，偏经桂州都督王晙，与幽求有旧交，将他留住，才得免害。

越年，又改为开元元年，元宵节届，灯市极盛，长安城中，光耀如同白昼，无论大家小户，统是悬灯结彩，点缀升平。玄宗奉着上皇，御门观灯，大酺合乐，宴赏了好几日，余兴未衰。又令都中延长灯期，直至二月中旬，尚未停辍。太平公主私第中，越觉热闹，供张声伎，高出皇家，所陈珍宝，光怪陆离，所制彩仗，靡丽淫巧，满朝朱紫，无不联翩踵贺，端的是繁华出众，烜赫绝伦。炎炎者灭，隆隆者绝。左拾遗严挺之及晋陵尉杨相如，先后上疏，俱戒玄宗节欲去奢，乃将灯市停止，但月余糜费，已是不可胜计了。此为玄宗将来淫佚之兆。太平公主自经幽求等贬黜，声焰益张，意见越深，镇日里与情人私党，密谋废立，又勾结宫人元氏，令在赤箭粉中，置毒以进。什么叫作赤箭粉呢？赤箭系是药名，研粉为饵，可以延年。玄宗时常服食，所以公主嗾令元氏，乘间下毒。元氏尚未下手，已为王琚所闻，入见玄宗道："祸机已迫，不可不速发呢。"玄宗意尚踌躇，适左丞张说，代韦安石出守东都，他却遣人进呈佩刀一柄，意欲借刀示意，使玄宗断绝疑虑。荆州长史崔日用，入朝奏事，更密白玄宗道："太平公主，谋逆有日，陛下昔在东宫，尚为臣子，若欲讨逆，须用谋力，今陛下已登帝祚，但教下一制书，谁敢不从？倘令奸宄得志，后悔无及了。"玄宗沉吟道："朕亦尝作此想，只恐惊动上皇，诸多未便。"日用道："天子以安四海为孝，不在区区小节，万一奸人得志，社稷为墟，那时孝在何处？若恐惊动上皇，请先定北军，后收逆党，自不致有意外变端了。"玄宗道："卿且留京，为朕作一臂助，朕总当设法除患呢。"日用乃出。越日，受敕为吏部侍郎。

太平因玄宗进用王崔等人，也知玄宗有意加防，更兼元氏下毒的法儿，一时竟无隙可入，免不得另图别计。乃更召集私人，重开密议。崔湜献策道："常将军元楷，李将军慈，本统领羽林兵，若麾众直入武德殿，迫上退位，不得不依。再由窦仆射萧中书等，号召南牙兵，作为援应，不消半日，便可成功了。"同平章事陆象先，因由公主保荐，亦曾与召，独起身抗言道："不可，不可。"公主听到"不可"两字，便应声道："废长立少，已是不顺，况又失德，奈何不可废立呢？"象先道："既以功立，必以罪废，嗣皇即位，天下归心，并无实在罪恶，如何废立？这事恐多危险，象先不敢与闻。"怀贞从旁接入道："陆公真是迂儒，不足与议大事。且试问平章高位，从何而来？今日公主谋行大事，反出来劝阻，令人不解。"象先道："我正为公主计，所以直言谏阻，否则也不来多口了。"大众尚讥刺象先，象先拂袖径出。当由太平公主与众人续议，决如湜言，约于七月四日举行。正要散座，忽有一少年趋入道："此事断不可行，还请三思为是。"公主正恨象先异议，偏又有人前来作梗，顿时竖起双眉，瞋目瞧将过去，原来不是别人，乃是自己的亲生儿崇简，不由的大怒道："你也敢来阻挠我么？"子且不服，遑问别人。崇简跪谏道："母亲席丰履厚，养尊处优，也应好知足了。为甚么还要起衅？难道富贵至此，尚未满意么？"应该质问。公主怒叱道："你晓得甚么？休得多言！"崇简复道："事成不足增荣，事败不徒致辱，恐全家都要屠灭哩。"公主听到此语，竟从座旁觅得一杖，连头夹脑的敲将过去。崇简连忙抱头，已经着了数下，血流满面。窦怀贞等急上前劝解，公主尚不肯休，说要打死逆子，才足泄恨。崇简泣道："儿非逆母，母实逆君。"又指斥崔湜为奸贼，说得湜满面羞惭，几乎无地自容。彼岂尚知羞耻么？公主怒上加怒，恨不将崇简一杖击死，嗣由大众扯开崇简，一半劝母，一半劝子，方得罢手。崇简由众拥出，公主怒气稍平，专待到期行事。

不意风声已经外泄，左散骑常侍魏知古，探听得明明白白，急报玄宗。玄宗此时，也管不得许多了，当下召入岐王范，薛王业，即玄宗弟隆范隆业，因避玄宗名，减去隆字。兵部尚书郭元振，龙武将军王毛仲，殿中少监姜皎，太仆少卿李令问，尚乘奉御王守一，内给事高力士，果毅将李守德等，咨商大计。还有王琚崔日用魏知古诸人，当然在座。大家商定方法，即于次日施行。越日为七月三日，玄宗命王毛仲率兵三百人，自武德殿入虔化门，先行伏着，乃召常元楷李慈入见。两人尚未觉着，放胆入门，王毛仲麾兵齐出，先将两人拿下，一并斩首。两将既诛，再拘萧至忠岑羲贾膺福等文臣，自然不费兵力，手到擒来。玄宗也不细问，尽令处斩。独窦怀贞投入沟中，自缢而死，有制戮尸，改姓为毒。不脱武后故智。上皇闻变，登承天门楼，问明情事。郭元振奏称窦怀贞等，联结太平公主，谋为不轨，所以奉皇帝制敕，一并捕诛，余无他事。上皇乃叹息还宫。次日下诰，自今军国政刑，一听皇帝处分，朕愿徙居百福殿，颐养天年。玄宗得了此诰，方命王毛仲高力士等，往拘太平公主。毛仲等驰至公主第中，只有仆役尚在，并没有公主下落，急忙出门四觅，找了三日，方侦得公主在南山寺中，带兵搜捕，所有公主全眷，一个儿不曾漏脱，连僧慧范及李晋唐晙等，也与公主同匿，一古脑儿押了回来，有制令公主自尽，僧慧范等伏诛，小子有诗叹道：

易记家人利女贞，诗言哲妇实倾城。

试看唐室开元日，杀死太平方太平。

太平伏法，余党除已诛死外，究竟如何发落，待至下回表明。

本回专叙太平公主事，公主为天子元妹，宰相多出门庭，六军供其指挥，似亦可以止矣，而必猜忌玄宗，阴谋废立者何哉？妇女不必有才，尤不可使有功，才高功大，则往往藐视一切，一意横行，况有母后武氏之作为先导，亦安肯低首下心，不自求胜耶？卒之天授玄宗，心劳日拙，欲借口于星变，而反迫成睿宗之内禅，欲定期以起事；而又促成玄宗之讨逆，身名两败，不获考终，嗟何及哉？彼萧至忠窦怀贞等，识见且出太平下，富贵未几，身首两分，反不若崔湜之累尝禁脔，犹得自命为风流鬼也。吾得援俚语以嘲之曰：“太不值得，何苦乃尔？”

第四十二回

赠美人张说得厚报
破强虏王晙立奇功

却说玄宗既诛死太平公主，复将公主诸子，亦赐死数人，惟崇简得免，仍给原官，赐姓李氏。所有公主私产，悉行籍没，财物山积，几同御府，厩牧牛马，田园息钱，好几年取用不竭。僧慧范私资，亦多至数十万缗，一并抄没充公。李晋系太祖玄孙，本袭封新兴郡王，至是连坐被诛，临刑时不禁流涕道："此谋本崔湜所倡，今我死湜生，冤不冤呢？"刑官转奏玄宗，玄宗已流湜至窦州，不欲加诛。会有司鞫问宫人元氏，元氏供由得主谋，嗾使进毒，乃遣使传敕，赐死荆州，薛稷赐死万年狱。稷子伯阳，曾尚睿宗女荆山公主，得免死窜岭南。伯阳自杀。独卢藏用流戍泷州，后因御边有功，迁住黔州长史，病殁任所。玄宗乃亲御承天门楼，大赦天下，赏功臣郭元振等官爵，且召陆象先入语道："闻卿尝谏阻太平，可谓岁寒知松柏呢。"象先拜谢而出。旋因象先尝辩护党人，致遭弹劾，乃罢为益州长史，召还张说刘幽求，令说为中书令，幽求为左仆射，进高力士为右监门将军，管领内侍省。从前太宗定制，内侍省不置三品官，但黄衣廪食，守门传命。中宗时，七品以上已有千余人，至玄宗超擢力士为将军，竟列三品以上，于是宦官逐渐增多，且逐渐显赫，这也是玄宗一大弊政呢。特笔揭橥，为后来宦官祸国伏笔。

高力士（684—762），高州良德（今广东高州东北）人，唐宦官。玄宗时知内侍省事，封渤海郡公。安史之乱时，随玄宗入蜀。760年放逐巫州，两年后赦归，途中呕血而死。

是年冬季，车驾巡幸骊山，大阅军操，征兵至二十万。兵部尚书郭元振，督操忤旨，拘坐纛下，几欲宣敕处斩。刘幽求张说，忙叩马进谏道："元振有讨逆大功，就使得罪，亦当格外加恩，原功免死。"玄宗准奏，乃褫元振职，远流新州，独杀给事中知礼仪事唐绍。诸军见二大臣受谴，不禁仓皇失次，惟薛讷解琬二军，毫不为动。玄宗见他秩序整齐，立遣轻骑召见，谁知他号令森严，不准骑士入阵。及玄宗亲给手敕，方才进见。玄宗面加奖勉，且予厚赍。看官阅过前文，应知薛讷是仁贵长子，夙秉家传，武后曾因讷为世将，令摄左威卫将军，兼安东道经略使，嗣迁幽州都督，安东都护，且调任并州长史，检校左卫大将军。俗小说中，有称薛丁山者，想即由薛讷误传。解琬系元城人，熟习边事，累任御史中丞，兼北庭都护，西域安抚使，寻复为朔方大总管，改右武卫大将军，检校晋州刺史。两人均为当时名将，所以行军严整，步武安详。玄宗令各回原任，自率禁军返猎渭滨，偶记起前兵部尚书姚元之，遂遣人至同州，召诣行在。元之自坐贬申州后，见前回。转徙同州，至此奉召踵谒，正值玄宗行猎，行过了叩见礼，玄宗即问道："卿知猎否？"元之答道："这是臣所素习，臣年二十，尝呼鹰逐兽，嗣由友人张憬藏，谓臣当位居王佐，所以折节读书，得待罪将相。惟故技尚娴，虽老未忘，今日愿随陛下同猎。"这也是迎合语。玄宗甚喜，即与元之同驰。元之控纵自如，连发数矢，迭中数兽，当由玄宗再三夸奖。至骋猎已毕，返入行宫，便与元之纵谈天下事。元之知玄宗英武，有意求治，特将古今治道，畅说一番。玄宗听了多时，语语称旨，竟至忘倦。俟元之奏罢，便面谕道："朕早知卿才，卿可相朕。"元之却故意推辞，玄宗问他何故？元之跪答道："臣有十事请愿，恐陛下未必准行，因此不敢奉命。"玄宗道："卿且说来？"元之乃剀切详陈，逐条说出，看官道是甚么条件？由小子录述如下：

（一）愿先仁恕。（二）愿不幸边功。（三）愿法行自近。（四）愿宦竖不与政事。（五）愿绝租赋外贡献。（六）愿戚属不任台省。（七）愿接臣下以礼。（八）愿群臣皆得直谏。（九）愿绝佛道营造。（十）愿禁外戚预政。此十事，恰确中时弊。

玄宗听他说完十事，竟怡然道："朕均能照行，卿可勿虑。"恐怕未必。元之乃顿首拜谢，翌日即仍授元之兵部尚书，同中书门下三品，封梁国公。中外颇庆得人。惟中书令张说，素与元之不协，阴使御史大夫赵彦昭，上言元之不应入相。玄宗不纳。嗣复使殿中监姜皎入陈道："陛下尝欲择河东总管，苦乏全才，臣今日幸得一人了。"玄宗问为何人？皎答道："无如姚元之。"玄宗怫然道："这是张说的意思，汝怎得当面欺朕！"皎惶恐叩谢。玄宗即启跸还宫，群臣上玄宗尊号，称为开元神武皇帝，并改易官名，号仆射为丞相，中书为紫微省，门下为黄门省，侍中为监，雍州为京兆府，洛州为河南府，长史为尹，司马为少尹，即命元之为紫微令。元之因避开元尊号，复名为崇。

崇既入相，进贤黜佞，每事进陈，无不批准，朝政焕然一新，独急坏了一个张说，他恐姚崇乘间报复，将来必难保禄位，因此心虚畏罪，日夕彷徨；默思王公大臣中，只有岐王范功成佐命，甚得上欢，范又好学重儒，乐得借着自己的文才，与相联络，托他庇护，于是退朝余暇，辄乘车至岐王第中，侍坐言欢。偏经姚崇闻知，得了这个机会，正好籍端排挤，黜去张说。一日，崇入对便殿，行步微蹇。玄宗即问道："卿有足疾么？"崇答道："臣非足疾，疾在腹心。"崇专使刁，殊不足取。玄宗知他语出有因，便屏去左右，私问底细。崇遂奏道："岐王系陛下爱弟，张说身为辅臣，常乘车出入王家，臣不知他何意，倘岐王为他所惑，后患非浅。臣忝居相列，怎得不忧劳成疾呢？"轻轻数语，已足挤倒张说。玄宗愕然道："有这等情事么？朕不能不究。"崇乃趋退。是夕，即有制颁下，密饬御史中丞等，究诘张说情弊。

说全然不闻，尚安坐私宅中，忽由门役传进二帖，乃是贾全虚名刺，不由的恼怅道："他来见我作甚么？"门役答道："他说有紧急事，关系相公全家，特来求见，报知相公。"说乃令门役延入，人面重逢，倍增感触。原来说有美妾宁怀棠，一貌如花，且长文字，说甚是宠爱，令司文牍。相传怀棠生时，她母梦神人授海棠一枝，因而得孕，分娩后养至五六龄，已是姿态秀媚，娇小可怜，家人尝以海棠睡足为戏。她母独笑语道："名花宜醒不宜睡"，因更取一表字，叫作醒花。这醒花既归张说，淑女得配才人，恰也愿抱衾裯，没甚怨恨。偏来一个贾全虚，系说故人子，应试入都，踵门请谒，说见他年少多才，留为记室，渐渐的熟不避嫌，得与醒花觌面。俗语说得好："月里嫦娥爱少年"，这醒花见了全虚，顿惹起一段情魔，时常惦念，免不得流露笔墨，挑逗全虚。全虚是个风流少年，怎有不贪爱美人的道理？你一唱，我一酬，一缄书做了鸳盟，两下儿已通蝶使。凑巧张说因公入值，醒花竟为情忘节，悄悄的偷出内庭，去会那可意郎君。全虚正玩月书斋，蓦然得着天仙下降，不觉惊喜交集，倒屣欢迎，彼此只谈了数语，便拥入帐中，宽衣解带，曲尽绸缪。欢会已毕，彼此商量终身大计，无非用了三十六着的上着。两人起床，草草收拾行装，竟于越日黎明，一溜烟似的走了。名公巨卿家，往往有此，也不足怪。待张说退值回家，竟不见了宁醒花，又不见了贾全虚，料他必因奸逃走，即遣人四处缉捕，两人走不多远，顿被捉归。说召责全虚，遂欲置诸死地。全虚朗声道："贪色爱才，人人通病，男子汉死何足惜？但明公何惜一女子，竟欲杀死国士，难道明公长此贵显，不必缓急倚人么？从前楚庄不究绝缨，杨素不追红拂，度量过人，古今称羡，公奈何器小至此？"乐得放胆一说。说被全虚数语，却也回转心意，便与语道："你不该盗我爱妾，目下木已成舟，我亦自悔失防，就把她赏了你罢。"说毕，仍令醒花随他同往，且并厚给奁赀。禁脔已失，还是慷慨为佳。全虚也不推却，竟挈艳出门，住京多日，竟得了一条门路，至内廷机要处佣书，所有大臣密奏，往往先人闻知，因此即飞报张说。说接见后，由全虚备述姚崇奏语，及玄宗密敕究治等情，急得张说不知所措，连唤奈何。全虚道："全虚蒙公厚恩，特来图报，敢不替公设法，但请公不惜重宝，交与全虚，代通关节，必可缓颊。就使难免外调，断不至意外问罪呢。"说乃取出珍玩，托他转旋。全虚受命而去。果然珍宝有灵，重罪轻办，究治事就此搁置，但出说为相州长史。全虚事，不见史传，本编从稗乘采来，为施德获报之证。说奉敕出都，不消细述。

既而有人讦告太子少保刘幽求，及詹事钟绍京，说他有怨望语，当由玄宗下敕按问。两人不肯服罪，势将下狱。姚崇上书营救，谓："幽求等均有大功，但得闲职，未免沮丧，若使下狱，恐足惊动远听，反失人心。"乃不复穷治，只贬幽求为睦州刺史，绍京为果州刺史。侍郎王琚，亦坐贬泽州。御史中丞姜晦，及监察御史郭震，又弹劾韦安石韦嗣立赵彦昭李峤诸人，阿附取容，素来不能匡正，因俱黜为诸州别驾。又将广州都督周利贞等，放归田里，终身不齿。幽求安石，愤恚即亡，余人依次寿终。温王重茂，徙封襄王，出居房州，开元二年病殁，谥为殇帝。玄宗励精图治，专任姚崇，汰僧尼，放宫人，罢两京织锦坊，焚珠玉锦绣于殿前。宋王成器等，请献兴庆坊宅为离宫。兴庆坊就是隆庆坊，自玄宗入为太子，改名兴庆，玄宗尝制大衾长枕，与兄弟同眠，及即位后，与宋岐诸王相见，仍行家人礼，至此因宋王入请，改旧邸为兴庆宫，仍为诸王筑第，环列宫侧。且就宫西南置楼，西楼署"花萼相辉"四字，南楼署"勤政务本"四字。玄宗随时登搂，闻诸王作乐，必召令同升，对榻坐谈，不异前时。或幸诸王第中，亦略迹言情，饮酒赋诗，屡赐金帛。诸王每日由侧门进见，归后即具乐纵饮，击球斗鸡，驰逐鹰犬，成为常事。玄宗毫不加禁，竟有安乐与共的意思。时有鹡鸰千数，翔集麟德殿廷，浃旬始去。长史魏光乘上颂揄扬，谓为天子友悌，方得此祥。玄宗亦自为作颂，且尝赐宋王等书，有云：

昔魏文帝诗云："西山一何高？高高殊无极。上有两仙童，不饮亦不食。赐我一丸药，光耀有五色。服之四五日，四体生羽翼。"朕每言服药而求羽翼，宁如天生兄弟之羽翼乎？陈思王之才，足以经国，绝其朝谒，卒使忧死，魏祚未终，司马氏夺之，岂神丸效耶？虞舜至圣，舍象傲以亲九族，九族既睦，平章百姓，今数千载，天下归善焉，此朕废寝忘食所慕叹也。顷因余暇，选仙录得神方云，饵之必寿，今持此药，愿与兄弟共之，偕至长龄，永

永无极也。

玄宗兄弟四人，宋王成器，最称谨畏，成器以外，要算申王成义。两人因避母昭成皇后尊谥，一改名宪，一改名㧑。岐王范与诛太平，恃功稍骄，玄宗尝戒诸王与群臣交游，范不甚遵戒。驸马都尉裴虚己，曾尚睿宗幼女霍国公主，后来与岐王游宴，私挟谶纬，坐流新州。惟玄宗待范，仍然如故，且语左右道："兄弟天性，怎可失欢？不过由奔竞诸徒，妄思依附，朕终不因此生疑哩。"左右当然谀颂数语。但人主待遇兄弟，往往多刻薄，少惠爱，似玄宗这般友悌，也可谓古今罕有了。极力褒扬，风示后世之有兄弟者。这且慢表。

且说营州被契丹陷没，未曾收复，见三十四回。所有营州都督一职，寄治幽州。玄宗先天元年，幽州大都督孙佺，欲复营州，与左骁卫将军李楷洛，左威卫将军周以悌，发兵二万余人，往袭奚契丹。到了冷陉，被奚酋李大酺截击，全军覆没。酺与以悌，均为所擒，惟楷洛逃归。大酺恐唐师报怨，特将俘虏献与突厥，统为默啜可汗所杀。默啜遂与奚契丹连和，屡次扰边，唐廷拟羁縻突厥，通使修好。默啜可汗乃遣子杨我支入朝，且请许婚。玄宗允将蜀王女南河县主，往嫁突厥，惟须待期方遣。太宗子愔封蜀王。默啜可汗屡请婚期，久未邀准，乃于开元二年春月，复使子同俄特勒，及妹夫火拔颉利发石失毕，统兵围北庭都护府，都护郭虔瓘设伏城外。俟同俄到来，伏兵突起，立将同俄刺死城下。火拔惊骇，顿时大奔，又被虔瓘追击一程，虏兵多半败死。默啜严责火拔，火拔惧不敢归，竟携妻子奔唐。唐封火拔为燕山郡王，号火拔妻为金山公主，赏赐从优。

并州长史薛讷，闻突厥败退，拟乘势讨奚契丹，复仇雪耻。时方七月，暑气未衰，姚崇等以乘暑用兵，多害少利，因极力谏阻。讷独上言道："盛夏草肥，羔犊孳息，因敌资粮，正是绝好的机会，一举便可灭虏了。"玄宗方以冷陉一役，引为深恨，遂视讷语为奇计，授讷同紫微黄门三品，令与左监门卫将军杜宾客，定州刺史崔宣道等，率兵二万，出击契丹。讷率步卒先至滦河，不意契丹兵四面伏着，一齐发作，将讷困在垓心。崔宣道等俱逗留不前，遂致讷孤军陷敌，十死八九，讷只率数十骑突围，身被数创，才得脱走，返至幽州，报称败状，归罪宣道及胡将李思敬等八人，有制尽斩首徇众，且褫讷官爵。惟杜宾客曾上言不宜出师，独得免议。

已而吐蕃入寇，乃复起讷摄羽林将军，兼陇右防御使，与太仆少卿王晙，同击吐蕃。吐蕃自赞婆等入降，见三十四回。赞普器弩悉弄，阴有戒心，亦不敢深入为寇，且屡遣使求和。唐廷方内乱迭起，勉从和议。未几，吐蕃南部皆叛，器弩悉弄自往讨伐，病死军中，国内无主，诸王争立，赖有遗臣数人，削平乱事，拥立器弩悉弄子弃隶缩赞为赞普，年仅七龄，遣使至唐廷告丧，且乞申盟。此时正值中宗复位，国事粗定，无暇顾及外事，但不过虚与周旋，没有甚么约言。后来吐蕃又遣大臣悉熏热入贡，顺便求婚，中宗命将雍王守礼女金城公主，许配吐蕃赞普。守礼自雍徙豳，已在睿宗初年，故睿宗前应称雍王。待赞普弃隶缩赞成年，方准迎女。转瞬间已是睿宗景云元年，吐蕃来迎公主，乃命左骁卫大将军杨矩，持节送往。公主到了吐蕃，赞普特筑城与居，并乞河西九曲地，为公主汤沐邑。矩代为申请，竟得俞允。那知九曲地素来肥饶，水甘草良，最宜畜牧，吐蕃得了此地，恃为根据，因复乘虚窥边。戎狄之不可恃也如此。

开元二年八月，虏相坌达延驱众十万，入寇临洮，进攻兰渭。杨矩正留任鄯州都督，悔惧自尽。玄宗令薛讷王晙，并力夹击，复调兵十余万人，马四万匹，拟亲自督行，作为后应。晙姿表奇伟，智勇深沉，时人称他有熊虎相。既受命西征，即率部兵二千名，自陇右出发。途中接到探报，知虏相屯驻大来谷，连营数里。晙语部众道："虏兵甚众，我兵甚寡，只应智取，不宜力敌。"乃选壮士七百人，令各易胡服，乘夜袭虏，且授计道："汝等往劫虏营，不必杀人，但教四面大呼，俟虏等散乱时，趁便擒斩，就算功劳。我自有兵策应。"各壮士领计去讫。晙率军随进，约去大来谷五里，闻前面有呼噪声，料知各壮士已逼敌寨，便令部兵齐鸣鼓角，与呼噪声遥相应和。山空谷窈，浪声越高，那时虏相坌达延，从梦中闻声惊起，亟命番众出帐迎敌。番众尚睡眼昏花，到了营外，被唐军四面拦杀，但见他所穿服饰，与自己相等，还疑是本营变乱，一时无从分辨，只好持刀乱砍，模模糊糊的杀了一夜。等到天色熹微，唐军统已退去，那番营左近的尸骸，统是吐蕃兵卒，无一唐军。坌达延检验尸首，数以万计，方觉叫苦不迭，但已是无及了。

王晙得着胜仗，结垒自固，嗣闻薛讷已到武街，中为虏营所阻，乃复募得勇士，往约薛讷，出兵夜袭。坌达延惩着前败，遽令退师。不意此番却来鏖战，王晙从左杀入，薛讷从右杀入，两路夹攻，杀得尸横满野，洮水为之不流，坌达延抱头窜去。唐军斩得虏首万余级，获牲畜二十万头，于是唐将军王晙威名，远达塞外。唐代文武兼才，自李靖郭元振唐休璟张仁愿外，仁愿即仁亶因避睿宗嫌，名改亶为愿。要算是王晙了。玄宗闻捷，乃罢亲征议，拜讷为右羽林大将军，兼平阳郡公，晙为银青光禄大夫，加清源县男爵，兼原州都督。小将有诗咏王晙道：

折衡御侮仗元戎，熊虎呈奇气象雄。

十万虏兵齐败北，才知奇计得奇功。

吐蕃既已败退，玄宗特置幽州节度经略大使，统领幽易平妫亶燕六州，控御朔方，专谋北略。节度使之名称，自此始。欲知后事，且看下回再详。

唐室贤相，前称房杜，后称姚宋，窃谓姚宋之才识有余，而度量不足，观其排挤张说，牵及岐王，假令因此穷治，辗转株连，岂非一场大狱？幸而张说惠及贾生，慨赠美人，施德于前，食报于后，卒使巨案消灭，说止外调，是不特说之幸，抑亦唐之幸也。（赠美人事，已见细评）惟玄宗天性友爱，无间骨肉，花萼相辉，足传千古。本回连类叙明，深得善善从长之义。至若下半回之载及吐蕃，所以表明戎狄之无信，非我族类，其心必异，岂和亲之策，所得而羁縻之者？微王晙之智足破敌，吐蕃其肯敛迹乎？世之视同胞如仇敌，引外人为亲友者，不必远稽古训，但以本回为借鉴，而安危得失之故，固已可深长思也。

第四十三回

任良相美政纪开元
阅边防文臣平叛虏

却说玄宗既设置幽州节度，控御北边，可巧突厥默啜可汗，复遣使求婚，自称乾和永清大驸马，突厥圣天骨咄禄可汗。玄宗仍远约婚期，延宕过去。默啜年已衰老，昏虐愈甚，还想大唐公主，真似癞蛤蟆想吃天鹅肉。部众多半不服，葛逻禄胡禄屋鼠尼施等部落，先后降唐，共约万余帐，有制令入处河南地，再调薛讷为凉州大总管，出镇凉州。郭虔瓘为朔川大总管，移镇并州，专伺突厥衅隙，以便北讨，默啜正恨各部离散，发兵击葛逻禄胡禄屋鼠尼施等部，玄宗饬北庭都护汤嘉惠，左散骑常侍解琬等发兵往援，又命薛讷为朔方道行军大总管，与太仆卿吕延祚，灵州刺史杜宾客等，共讨突厥。默啜方移兵北向，往击拔曳固部，大捷独乐水，令部众唱着胡歌，怛然南归，不复设备，哪知拔曳固散卒颉质略，正在柳林边待着，俟突厥大军经过，后面只有默啜可汗，随行不过数十人，他却率众突出，狙击默啜，斩首亟遁，献与唐军裨将郝灵荃。灵荃传首唐都，盈廷称庆，时值太上皇睿宗驾崩，玄宗因猝遭大故，无暇治戎，乃令薛讷等还镇，专备居丧事宜。睿宗在位仅二年，为太上皇约四年，崩年五十有五，谥为天圣真皇帝，安葬桥陵。

玄宗自任姚崇，抑制贵戚近幸，朝无弊政，请谒不行。黄门监卢怀慎，名为副相，自以才不及崇，每事推让，因此时人号为伴食宰相。崇尝因子丧，乞假十余日，政事委积，怀慎不能决，惶恐入谢。玄宗慰谕道："朕以天下事委姚崇，卿但坐镇雅俗，便足称职了。"怀慎乃从容退朝。及崇已假满，出决庶政，须臾了毕。崇颇有得色，顾谓紫微舍人齐浣道："我为相可比何人？"浣未及答。崇又道："可比得管晏否？"浣徐答道："恐未及管晏，管晏立法，虽未能传后，及身总不再变更；公所为法，或作或辍，浣所以谓公不及呢。"可谓诤友。崇又道："我虽不及管晏，究竟何如？"浣复道："好算一救时良相。"崇投笔起言道："救时良相，亦非易得，我果能此，愿亦足了。"既而山东大蝗，百姓多焚香设祭，不敢捕杀，崇独奏遣御史督饬州县，赶紧捕除。卢怀慎谓杀蝗太盛，恐伤和气，崇辩驳道："从前楚庄吞蛭，病且能瘳，孙叔杀蛇，后反致福，奈何不忍杀蝗，反忍人民饥死呢？若使杀蝗有祸，尽归崇身，可好么？"是极，是极。汴州刺史倪若水，上言："蝗为天灾，非人力可以除尽，昔刘聪时尝令民除蝗，害反益甚，今请修德禳灾，方足上回天意。"因拒御史檄谕，不肯受命。与卢怀慎一样迂腐。崇移牒若水道："刘聪伪主，德不胜妖，今日圣朝，妖不胜德。古时良守治民，蝗不入境，如谓修德可免，彼岂无德致此么？今若坐视食苗，忍心不救，将来秋收无着，恐刺史亦未能免咎呢。"若水乃惧，谕民捕蝗，共得十四万石，蝗害少息。崇复饬御史察视捕蝗勤惰，作为黜陟，蝗乃尽净，是年竟得免饥。

黄门监卢怀慎，寻即病殁，遗表举荐宋璟李杰李朝隐卢从愿四人，玄宗颇为嘉纳，且深惋悼。原来怀慎为人，才具虽然有限，操守却是甚廉，平居不营资产，俸赐多给亲旧，往往妻号寒，儿啼饥，所居不蔽风雨，随便将就。及疾亟，宋璟卢从愿等往候，但见敝箦单席，门不施箔。相见时，怀慎执二人手，唏嘘与语道："皇上求治，不为不殷，但享国日久，寖至倦勤，将来必有俭人乘间幸进，愿二公留意为幸。"殁后家无余储，惟有一老苍头，请自鬻以办丧事。四门博士张晏，为白情状，玄宗乃赐缣帛百匹，米粟二百斛，因得治丧。追赠荆州大都督，谥曰文成。述此以表俭德。乃进尚书左丞源乾曜为黄门侍郎，同平章事。

乾曜既相，崇适病痁，复请假养疴，遇有军国大事，玄宗必令乾曜咨崇。乾曜奏对称旨，玄宗必问道："卿想从姚相处得来么？"否则又谕令问崇。崇居宅僻陋，玄宗令徙寓四方馆，崇言馆屋华大，不敢徙居。玄宗手谕道："恨禁中不便居卿，馆中亦何必谦辞。"崇乃奉谕徙入。每日由中使问候，尚医尚食，络绎不绝。崇有三子，长名彝，次名异，又次名弈。彝异颇受赂遗，紫微史赵诲，系崇所亲信，借势受赃，事发当死，经崇上表营救，未免忤旨，杖诲流岭南。崇知宠遇渐衰，自请避位，特荐广州都督宋璟自代。玄宗乃罢崇执政，遣内侍杨思勖迎璟。

璟风度凝远，应召登途，虽与思勖同行，绝不与思勖交言。颇有子舆氏风。思勖素得宠幸，返白玄宗。玄宗闻言，嗟叹再三，格外器重，遂授璟为黄门监，并罢源乾曜辅政，令苏颋同平章事。颋系故相苏瓌子，幼即颖悟，一览成诵，及为童子时，尝与李峤子同入禁中，得蒙召对。颋进"木从绳则正，后从谏则圣"二语，峤子独对道："斫朝涉之胫，剖贤人之心。"当时已有"李峤无子，苏瓌有儿"的定评。至是与璟同心辅弼，璟素持正，犯颜敢谏，有时玄宗不纳，颋必申璟语意，更为奏请，必至从谏乃已，因此两人甚是投契。璟尝语人道：“我与苏氏父子，同居相府，仆射指苏瓌，瓌在中宗初年，累拜尚书右仆射。长厚，自是国器，若献可替否，公不顾私，还要推重今日的平章，这正所谓跨灶哩。”也是确评。璟继崇当国，志操不同。崇善应变，璟善守法，但整纲饬纪，量能授官，宽赋敛，省刑罚，中外承平，百姓富庶，却是两相同辙，所以姚宋并称，佐成开元初政，得与贞观同风。璟又欲复贞观旧治，请仍用旧官名称，此等语，看是闲笔，实关重要，阅者勿轻滑过，才知官名沿革，一览了然。并令史官随宰相入侍。群臣均对仗奏陈，玄宗当然准奏，堂廉壅蔽，因得尽除。

太常卿姜皎，与玄宗系是故交，太平受殛，皎与有功。自是宠遇特厚，尝出入宫禁，得与后妃连榻宴饮。璟劝玄宗保全功臣，毋过宠狎，玄宗乃下制道：“西汉诸将，以权贵不全，南阳故人，以优闲自保，皎宜放归田园，勋封如故。”玄宗又尝命璟与苏颋，更定皇子名称，与公主封号，应酌求优美，或择佳邑，定差等。璟上言：“七子均养，诗人所称，今若同等别封，或母宠子爱，恐失鸤鸠均平美意；臣不敢奉命！”玄宗益叹重璟贤。皇后父王仁皎病殁，子守一为驸马都尉，曾尚睿宗女薛国公主，因请仿玄宗外祖窦孝谌故事，筑坟高五丈一尺。璟又上书固争，谓：“官居一品，坟只高一丈九尺，陪陵功臣，高亦不过三丈许。从前窦太尉坟，已属非制。韦庶人追崇父墓，擅作酆陵，终至速祸，怎可再蹈前辙？臣意欲守朝廷成制，成中宫美德，所以不惮烦言，倘中宫情不可夺，请准一品陪陵，最高不逾四丈，方为合宜。”玄宗乃批答道：“朕每欲正身率下，况在妻子，怎敢有私？卿能固守典礼，垂法将来，诚所深幸哩。”这批词颁发出去，又遣使赍赏彩绢四百匹。璟辅政时，所谏不止此数，特述三事暗为下文伏线。璟居相位四年，与姚崇为相，年数适符。

开元八年，璟严禁恶钱，先出太府钱二万缗，通用民间，又饬府县各出粜粟十万石，收敛恶钱，送少府销毁改铸，恶钱渐少。惟江淮间尚未销除，璟使监察御史萧隐之清查，限期尽毁。隐之严急烦扰，怨咨盈路。璟又嫉恶过严，且已经负罪的官吏，或妄诉不已，概付御史台严治，以此招怨益多。会天时过旱，优人戏作旱魃状，入舞上前。玄宗性好看戏，曾置左右教坊，演习戏曲，又选乐工宫女数百人，躬自教演，称为皇帝黎园弟子。至此优人入戏，故作问答。一优问伪魃道：“汝何为出现？”伪魃答称奉相公处分。一优复故意问道：“相公要汝何用？”伪魃道：“相公严刑峻法，狱中负冤至三百余人，所以我不得不出来了。”玄宗听这数语，不免疑璟，遂罢璟及苏颋，并贬萧隐之官，罢弛钱禁，改用源乾曜张嘉贞同平章事。嘉贞曾任监察御史，出为朔方节度，仪容秀伟，词旨安详，玄宗因召为副相。惟嘉贞吏事有余，相度不足，尝引进苗延嗣吕太一员嘉静崔训四人，作为心腹，四人不免招权揽势，时人有谣言云：

“令公四俊，苗吕崔员。”乾曜性虽谨重，但通变不及姚崇，抗直不及宋璟，所以开元中年，一切政治，已逐渐废弛下去。

未几崇即病逝，年七十二。崇生平不信佛老，遗命诸子，不准沿袭俗例，延请僧道，追荐冥福。临终时，并语诸子道：“我为相数年，所言所行，颇有可述，死后墓铭，非文家不办。当今文章宗匠，首推张说，他与我素来不睦，若往求著述，必然推却，我传下一计，可在我灵座前，陈设珍玩等物，俟说来吊奠，若见此珍玩，不顾而去，是他记念前仇，很是可忧，汝等可速归乡里！倘他逐件玩弄，有爱慕意，汝等可传我遗命，悉数奉送。即求他作一碑铭，以速为妙！待他碑文做就，随即勒石，并须进呈御览。我料说性贪珍物，足令智昏，若非照此办法，他必追悔。汝等切记勿违！果能如我所料，碑文中已具赞扬，后欲寻仇报复，不免自相矛盾，无从置词了。”言已，瞑目而逝。崇子彝异等，治丧遍讣，设幕受吊。说正累任边防，入朝奏事，闻姚崇已殁，乘便往吊。彝异等依着父言，早将珍玩摆列。说入吊后，见着珍玩，顿触所好，不禁上前摩挲。彝即语说道：“先父曾有遗言，谓同僚中肯作碑文，当即将遗珍慨赠，公系当代文家，倘不吝珠玉，不肖等应衔结图报，微物更不足道呢。”说欣然允诺，彝等再拜称谢，且请从速。说应声而去，即日属稿，做就一篇歌功颂德的碑文。甫经草就，姚家已将珍玩送到。说即将碑文交付来人，彝等连夜雇着石工，镌刻碑上，一面将稿底呈入大廷。玄宗看了，也极口称赏，且谓：“似此贤相，不可无此文称扬。”独张说事后省悟，暗想自己与崇有嫌，如何反替他褒美？连忙遣人索还原稿，只托言前文草率，应加改窜，不料去使回报，谓已刊刻成碑，且并上呈御览。说不禁顿足道：“这皆是姚崇遗策，我一个活张说，反被死姚崇所算了。”谁叫你利令智昏？崇殁谥文献，追赠太子太保。三子彝异弈，皆位至卿刺史，这且休表。

且说张说入觐后，升任兵部尚书，同中书门下三品，越年，出任朔方节度大使，亲督各州兵马。原来说曾任并州长史，抚慰突厥降部，立有功劳，所以文臣转迁武职，出为节度。先是突厥默啜可汗，被拔曳固散卒杀死，献首唐军，拔曳固及回纥同罗、溜、仆骨五部，均款塞输诚。惟默啜兄子阙特勒，立兄默棘连为毗伽可汗，自为右贤王，专掌兵事，免不得招集流亡，诱降部落。仆骨都督勺磨，与突厥往来通使，为朔方大使王晙所闻，恐他连结突厥，为中国患，因给令会议，把他杀死。拔曳固同罗诸部，俱闻风疑惧。说自并州率二十轻骑，往抚各部落，副使李宪，谓戎狄多诈，贻书劝阻。说复书云：“我肉非黄羊，必不畏食，血非野马，必不畏刺，士当见危致命，我此去正欲效死，利害原不暇计了。”此语颇有胆识。于是径入各部，好言宣慰，且寝宿番帐，鼾睡有声。诸部相率感动，因无异心。独突厥毗伽可汗，用妇翁暾欲谷为谋主，暾欲谷年老多智，素为国人所尊畏，所有前时归降唐朝的部众，至此为暾欲谷所招徕，陆续还国。诏令薛讷王晙追讨，晙乃西发拔悉密部众，东发奚契丹降兵，凡蕃汉士三十万，掩击毗伽可汗。拔悉密姓阿史那氏，降唐居北庭，轻率好利，先驱出兵，被暾欲谷设计邀击，悉数虏去。暾欲谷转掠凉州，河西节度使杨敬述，遣裨将卢公利等截击，又复大败。突厥气焰复盛，兰池都督康待宾，又攻陷六胡州，有众七万，骚扰西陲。兰池僻处陇西，向有胡人出没，自酋长康待宾，率众内附，乃置兰池都督府，即以康待宾充任。兰池附近，有鲁丽含塞依契等六州，分处突厥降户，号为六胡州。康待宾闻突厥盛强，遥与联络，叛唐为寇，把六胡州一并夺去。王晙即移兵往讨，康待宾知不能御，就近向党项乞援。党项遂进攻银城连谷，经张说出兵掩击，大破党项。党项情急乞和，愿助唐师共讨叛胡。康待宾势孤援绝，遂由王晙一鼓擒住，枭首了事。嗣是张说以知兵闻，入朝得长兵部，复出为朔方节度，领单于都护府及夏盐银麟丰胜等六州，定远丰安二军，并张仁愿所置的三受降城。任大责重，时出巡边。可巧康待宾余党康愿子又叛，自称可汗，四出寇掠，涉河入塞，当由说督兵进征，连败康愿子，追至木槃山。康愿子逃入山谷，终被说军搜获，当然正法。且捕得叛胡三千人，分别诛赦，乃徙残胡五万余口，入居许汝唐邓仙豫等州，空河南朔方地。且奏罢边兵二十余万，尽使还农。玄宗以旧时成制，边戍常六十万人，若裁去三分之一，未免边备空虚，因手敕诘问。说复上奏道："臣久在疆场，具悉边情，将帅第拥兵自卫，役使营私，并非真能制敌。臣闻兵贵精不贵多，何必多养冗卒，虚糜兵粮，兼妨农务？"玄宗乃从说言，如数撤归。豢兵害农，确是弊政。张说此请，不为无见。唐初兵制，分天下为十道，置府六百三十四，上府置兵额千二百人，中府千人，下府八百人，无事为农，有事为兵，各设折冲都尉，每岁至季冬教练，更番宿卫京师。后来海内承平，久不用兵，府兵不复教战，甚至逃亡略尽，说乃请召募壮士，入充宿卫。玄宗因命尚书左丞萧嵩，与京兆蒲同岐华各州长官，选府兵十二万，充作长从宿卫，一年两番，州县毋得役使。继又改称长从为彍骑。彍音廓。字从弓，是各令习射，一律张弓的意思。嗣是府兵制废，兵农始分。府兵创自魏宇文泰，后世称为良法开元中，为张说所废，虽是因时制宜，但良法自此尽湮，亦足深惜。且改十道为十五道，分关内置京畿道，分河南置都畿道，分山南为东西二道，分江南为江南东西黔中三道，每道各置采访使，检察非法。两畿置中丞，余置刺史，边镇增设节度使。自开元至天宝初年，共增至十大镇，分述如下：

（一）朔方节度使，治灵州，安北单于二都护府属之，捍御突厥。

（二）河西节度使，治凉州，断塞吐蕃突厥往来冲道。

（三）河东节度使，治太原，与朔方为犄角，备御突厥及回纥。

（四）陇右节度使，治鄯州，控遏吐蕃。

（五）安西节度使，治安西都护府，统辖西域诸国。

（六）北庭节度使，治北庭都护府，防御突厥余部。

（七）范阳节度使，治幽州，控制奚契丹。

（八）平卢节度使，治营州，安东都护府属之，镇抚室韦靺鞨诸部。

（九）剑南节度使，治益州，西抗吐蕃，南抚蛮獠。

（十）岭南节度使，治广州，安南都护府属之，绥服南海诸国。

这十镇节度使，各统数州，得握兵马大权，经略四方。突厥吐蕃奚契丹等，虽屡次扰边，终究不敢深入，且常被节度使击退，唐室兵威，复远震塞外。但方镇渐强，国势偏重，终成尾大不掉的弊害，玄宗不知预防，反以为四夷震慑，天下太平，乐得恣情声色，自博欢娱，为此一念，遂令内嬖迭起，废后守嫡的变端，一件一件的发生出来。正是：

忧勤方致兴平兆，逸豫终为祸乱媒。

开元十二年，废皇后王氏，这是玄宗第一次失德。究竟王后何故被废，待小子下回表明。

本回历叙开元初年诸相绩，姚有为，宋有守，固皆良相也。然姚以救时自喜，才具非不可观，而机械迭出，终非正道，即如病殁之后，犹计赚张说，史传上虽未明载，而姚崇神道碑，明明为说所作，稗乘未尝无据，生张说不及死姚崇，泉下有知，崇且自夸得计，然亦何若生前之推诚相与，使人愧服之为愈也。故论相体者终当以宋璟为正，次为苏颋，次为源乾曜张说。说以宰相巡边，有文事兼有武略，不可谓非一时杰士，开元初政，彬彬可观，何尝非三数良相，奔奏御侮之效乎？乃知“为政在人”之非虚语也。

第四十四回

信妾言皇后被废 从敌怨节使遭戕

却说王皇后受册以后，始终未产一男。玄宗生性渔色，与王皇后不甚恩爱，不过因她是患难夫妻，预平内乱，所以强示优崇，俾正后位。应四十一回。当时后宫有一赵丽妃，本潞州娼家女，容止妖冶，歌舞俱娴。玄宗为诸王时，曾至潞州，纳入此女，大加宠爱，即位后册为丽妃。父元礼，兄常奴，皆因妃干进，得任美官。妃生子嗣谦时，后宫刘华妃已生子嗣直，长嗣谦一两岁，论起理来，无嫡可立，应该立长，玄宗宠爱丽妃，竟于开元二年，立嗣谦为皇太子，这已是根本上的错误。论断明允。赵丽妃外，尚有皇甫德仪，刘才人等，也因姿色选入，颇邀上宠。皇甫德仪生子嗣初，刘才人生子琚，子以母贵，幼即封王，嗣初系玄宗第五子，受封鄂王，琚系玄宗第八子，得封光王。还有陕王嗣升，母妃杨氏，排行第三，就是将来的肃宗皇帝。郐王嗣真，钱妃所出，排行第四，第六子名叫嗣玄，封鄄王，第七子早殇。这八子生日，均在玄宗未即位时。到即位后，选入武攸止女，武女生得聪明秀媚，杏脸桃腮，差不多与武则天相似，武氏常生尤物，莫非关系风水不成？入宫时仅十余龄，偏已了解风月，善承意旨，引得这位玄宗皇帝，特别爱怜，居然与她朝欢暮乐，形影相依，所有赵丽妃皇甫德仪刘才人等，统觉相形见绌，渐渐失宠。玄宗册封武氏为惠妃，惠妃恃宠生骄，不但轻视赵丽妃等，就是入谒正宫，也是勉强周旋，动多失礼。王皇后看不过去，免不得当面呵斥，她遂隐怀忿恨，尝在玄宗面前，撒娇弄痴，泣诉王后如何妒悍，如何泼辣。玄宗正爱恋惠妃怎肯令他人得罪娇姿？当下激动怒气，趋入正宫，便大声痛骂王后，且说要即日废去。王后泣下道：“妾不过得罪宠妃，并未尝得罪陛下。就使陛下不念结发旧情，独不记妾父阿忠，即仁皎小名。脱紫半臂易斗面，为陛下作生日汤饼么？”语见《王后本传》，想是睿宗被幽时候。玄宗听到此言，也不禁良心发现，把怒气销了一半，因把废后问题，又搁置了好几年。

惟惠妃日思夺嫡，满望产一麟儿，当可上觊后位，镇日里祈祷神佛，果然雨露有灵，红潮不至，十月满足，生下一儿，面目很是韶秀，酷肖乃母，不但惠妃喜出望外，就是玄宗也得意极了。三朝命名，叫作嗣一。名中寓意，已作长儿。哪知鞠育年余，竟尔夭逝，玄宗非常悲痛，追封悼王。接连又值惠妃怀娠，格外注意，参茶补品，几不知服了多少，待至分娩，又得一男，貌秀而丰，仿佛图画中婴儿，玄宗命名曰敏，总道他丰颐广额，定可延年，不意甫及周岁，又染了绝症，无药可医，呜呼哀哉，乃复追封为怀哀王。既而惠妃又生一女，貌亦甚丽，数月即殇，追号上仙公主。三次生而不育，造化小儿亦恶作剧。至四次成孕，复幸生子，取名为清，那时玄宗及惠妃，喜中带忧，只恐生而不育，复蹈覆辙，凑巧宋王妃元氏入宫贺喜，见玄宗面带愁容，问明情由，玄宗即以实告，元氏遂替他设法，请出居藩邸，愿代抚养，且自己甫生婴孩，可以哺乳。玄宗大喜，惠妃也很赞成。时宋王宪即成器改名，见四十二回。虽徙封宁王，藩邸仍旧，乃将乳儿送至宁邸，由元妃亲为乳哺，视若己生，后来竟得长成，受封寿王。嗣惠妃又生一男二女，男名为琦，女号咸宜公主，太华公主，亦皆成年。后文自有交代。惠妃既得生男，越加骄恣，与王皇后更不相容，时常在玄宗前，搬弄是非，诬成后罪。玄宗已着了色迷，禁不住惠妃絮聒，郁愤交并，又欲废后，偶然记起故人姜皎，可与密谋，因复召入京师，令为秘书监，与商废后事情。皎以后无大过，必欲废立，只好将她无子一事，作为话柄，尚可塞谤。玄宗亦以为然。及皎退出，竟与同僚谈及秘谋，顿时辗转相传，都下共知。玄宗闻他漏泄机关，不觉大怒，严词谴责。张嘉贞迎合上意，劾皎妄谈休咎，构成罪状，乃请制惩皎，杖配钦州。皎且悔且恨，行至半途，得病身亡。皎未能谏正君失，不死何为？王皇后得此消息，愈不自安，只因平日抚下有恩，除武惠妃外，却无一人谈及后短，所以玄宗尚在踌躇，又悬宕了两年。

后兄守一，常欲为后划策，补救事前，因思前时姜皎传言，只为无子一事，倘或幸产一男，便可免废，于是今日祈神，明日祷佛，也作儿女子态，应该速死。寺僧明悟，乘机迎合，谓皇后应祭南北斗，取霹雳木刻天地文，及皇上名字，合佩身上，便可得子，将来并可追步则天皇帝。守一喜得秘诀，急忙入告皇后。皇后也不明好歹，当即照行。偏有人通知武惠妃，惠妃便禀明玄宗，无非将巫蛊厌胜等罪，加在皇后身上。玄宗即骤入中宫，把皇后身上一搜，果有证物，害得皇后有口难分，没奈何说出守一转告，是为求子起见。玄宗早欲废后，苦无罪案可援，此次得了证据，还管什么真伪，便手敕颁发有司，大致说是：“皇后王氏，天命不祐，华而不实，且有无将之心，不可以承宗庙，母仪天下，其废为庶人。”又将守一赐死。可怜王后弄巧成拙，贬入冷宫，恹恹成病，不久亦亡。后宫思慕后德，多半哀恸。玄宗亦觉自悔，乃以一品礼敛葬。

武惠妃既陷死皇后，遂想继立，玄宗恰亦有意，令群臣集议。御史潘好礼独上书谏阻，略云：

臣闻诸礼，父母仇不共天，春秋子不复仇，不子也。陛下欲以武惠妃为后，何以见天下士？妃再从叔祖非他，三思也，从父非他，延秀也；二人皆干纪乱常，天下共嫉。夫恶木垂荫，志士不息，盗泉飞溢，廉夫不饮；匹夫匹妇尚相择，况天子乎？愿慎选华族，以称神祇之心。春秋宋人夏父之会，“无以妾为夫人”，齐桓公誓葵丘曰：“无以妾为妻。”此圣人明嫡庶之分也。分定则窥竞之心见矣。今太子非惠妃所生，而妃固有子，若一俪宸极，则储位将不安，古人所为谏其渐者，良有以也，愿陛下详察之！

玄宗此时，尚非全然昏昧，且朝中宰相，亦多说武惠妃不当为后，所以惠妃痴心妄想，仍归无效。

惟玄宗侈心已生，喜功好大，张说自朔方还朝，适张嘉贞坐弟赃罪，左迁幽州刺史。说代秉大政，迎合上意，建议封禅。又恐突厥乘间入寇，特用兵部郎中裴光庭计议，遣中书直省袁振，慰谕突厥毗伽可汗，征召番臣，从驾东封。毗伽可汗与阙特勒暾欲谷环坐帐下，置酒宴振，且与语道：“吐蕃狗种，奚契丹本突厥奴，犹得尚主，独我国求婚，屡不见赐，究是何意？”振许为奏请，乃遣大臣阿史德颉利发入贡，阿史德系突厥姓，颉利发，乃突厥官名。扈驾东巡。玄宗先幸东都，备齐法驾，于开元十三年仲冬启跸，百官四夷从行，有司辇载供具，数百里不绝。及驾至泰山，亲祀昊天上帝于山上，令相臣祀五帝百神于山下。次日，祭皇地祇于社首，又次日御幄受朝，大赦天下，封泰山神为天齐王。张说多引亲近属吏，办理供张，礼毕加赍，往往超入五品，但不及百官。中书舍人张九龄，劝谏不纳，而且扈从士卒，仅得纪勋，毫无赐物，因此多有怨言。如此乏财，何必张皇。玄宗还朝，也知国用匮乏。进计臣宇文融为户部侍郎，从事搜括，不顾民生，岁入得增缗钱数百万。玄宗目融为奇才，大加宠信。独张说阴加裁制，遇融建白，往往沮抑不行。融遂勾通御史中丞李林甫，共劾说引用术士，徇私纳贿，应亟加罢斥云云。玄宗敕源乾曜诣御史台，彻底查讯。乾曜尝奏阻封禅，与说不合，更因说不自检束，迹有可疑，遂加重复奏。玄宗再令高力士视说，说正惶惧得很，见力士到来，故意的蓬头垢面，席藁待罪，且乞力士代为缓颊，悄悄的赠他珍物。俗语说得好：“得人钱财，替人销灾。”力士既得好处，乐得卖些人情，复旨时极陈张说苦状，并言说为功臣，不宜重谴，玄宗乃止罢说相职。令为集贤院学士，专修国史。

先是左史刘知几，领国史几三十年，著有《史通》四十九篇，评论今古，尝言作史须兼三长，一曰才，二曰学，三曰识，时人推为名论。著作郎吴兢，襄辑史事，《则天实录》，实出兢手。及说修国史，知几坐子太乐令贶罪，贬为安州别驾，抑郁而终。说追览《则天实录》，中有宋璟激动张说，使辩证魏元忠事。说不禁愤叹道："刘五太不肯相借"。原来刘有兄弟五人，刘最幼，因叫他刘五，吴兢时适在座，起身答道："这是兢所编成，史草具在，不可使明公枉怨故人。"说遂求兢改易数字，兢正色道："若徇公请，是史非直笔，何足取信后世？况明公肯受善言，犯颜敢谏，直声已足传播，何必掠美沽名呢？"夹叙此事，所以传吴兢，并及刘知几。说乃罢议，令仍旧草。玄宗虽已罢说政事，仍然器重，遇有大事，往往遣人咨问。适吐蕃使臣至都，呈入国书，用敌国礼，玄宗恨他不臣，意欲发兵进讨，左丞相源乾曜，素来是唯唯诺诺，没甚主见，新任同平章事李元纮杜暹，但知清洁自守，也不甚熟悉边情，玄宗乃召张说入议。说面奏道："吐蕃无礼，原宜讨伐，但近与吐蕃连兵十年，甘凉河鄯诸州，不胜疲敝，他果悔过求和，请陛下大度包荒，姑听款服，俟边困少纾，养精蓄锐，再图挞伐未迟。"玄宗听了，意殊未怿，淡淡的答了一语，只说待与王君㚟熟商，再定进止。说不便申谏，叩首而出，殿外遇着源乾曜，便与语道："君㚟有勇无谋，贪功心急，若入议边事，必主用兵，我言定不见用，但恐边衅一开，师劳财匮，君㚟能发不能收，不但君㚟自误，且从此误国呢。"张说智料，原是足取。乾曜不加可否，惟含糊答应，算作了事。圆滑得很，也是投时利器。

看官道君㚟是何等人物？他是个瓜州人氏，投入右骁卫将军郭知运麾下，知运与他同籍，倚为心膂，此处叙入君㚟籍贯，并非别寓褒贬，实为下文㚟父被虏张本。累功至右卫副将。知运尝屯兵河陇，以勇略闻名，颇为戎夷所惮。开元九年，病殁军中，君㚟即起代知运，得为河西陇右节度使，判凉州都督事。玄宗因欲讨吐蕃，特召他入朝，果然不出张说所料，一经入议，便请发兵，玄宗即将西征全权，委与君㚟，君㚟即日还镇，调集边旅，定期出征。吐蕃闻唐军大集，出发有期，先遣部酋悉诺逻，入寇大斗拔谷，转攻甘州，焚掠乡聚。君㚟独勒兵不战，暂避寇锋。可巧天下大雪，寒冰四冱，吐蕃兵不堪皲冻，逾积石山，取道西归，君㚟乃发兵追袭，令秦州都督张景顺为先锋，自为中军。妻室夏氏，亦有勇力，环甲持兵，作为后应，道出青海，履冰西渡，望见前面有驼车数十乘，载有辎重，料知为虏兵后队，当即一鼓齐上，掩击过去。吐蕃辎重兵，多半老弱，怎能抵敌？霎时间如鸟兽散，所有驼车，尽被唐军夺去。唐军再行前进，那虏兵已逾大非山，飞奔而去，眼见得不便穷追，奏凯而回。当下张皇报绩，由玄宗加授君㚟为大将军，兼封晋昌县伯，以君㚟父寿为少府监，听令居家食俸，不必莅事。就是君㚟妻夏氏，也得封为武威郡夫人，一面召君㚟夫妇入觐，亲加慰劳，赐宴广达楼，厚加金帛。待君㚟谢恩还镇，吐蕃酋悉诺逻等，又攻陷瓜州，毁坏城墙，掳去刺史田元献，及君㚟父寿，分兵攻玉门军及常乐。常乐令贾师顺，登城固守，吐蕃将莽布支招降不听，屡用强弩射死虏目，莽布支乃撤围退去。君㚟闻警，亟率众援玉门，悉诺逻纵俘还报，传语君㚟道："将军尝以忠勇许国，何不一战？"君㚟因父寿被虏，不敢纵击，只好登城西望，涕泗滂沱。贪功之报。悉诺逻因出兵多日，粮食将尽，也即退归。

是时西突厥别部突骑施，突骑施部曾为默啜所灭，见前文。有一头目苏禄，善事拊循，颇得众心，因闻默啜已死，遂纠众得三十万，复雄西域，自为可汗，开元中遣使入朝，玄宗曾授苏禄为右武卫大将军，进封顺国公，寻且加号忠顺可汗。且以蕃将阿史那怀道女，许嫁苏禄，号为交河公主。苏禄鬻马安西，传公主教，赍给都护杜暹，暹怒叱道："阿史那女，敢宣教么？"喝左右笞责来使，把他逐出。苏禄引为大辱，遂阴结吐蕃，诱令入寇。于是吐蕃赞普，复与苏禄合兵，入攻安西。都护杜暹，已入为同平章事，副都护赵颐贞，摄行大都护事，开城出走，击却虏兵。苏禄以行军失利，且闻暹已入相，无可报怨，随即退还。吐蕃赞普也收兵自归。王君㚟欲报父仇，亟率精骑数千人，驰赴肃州，邀击赞普，那知赞普早已远去，空费了一番跋涉，免不得神丧气沮，怏怏而回。还次甘州南巩笔驿，总道是太平无忌，毫不设备，偏来了瀚海州司马护输等，突入驿馆，来杀君㚟，君㚟猝不及防，竟被刺死，舁尸而去。及部众闻变往追，才将遗尸夺还，看官道君㚟何故被刺？原来凉州附近，有回纥契苾思结浑四部番民，杂居成族。回纥部长承宗，受职瀚海都督，契苾部长承明，受职贺兰都督，思结部长归国，受职卢山都督，浑部长大得，受职皋兰都督。至君㚟为河陇节度，四都督耻受节制，屡与君㚟龃龉。君㚟竟奏白玄宗，说他共蓄叛谋。玄宗方信任君㚟，立命将四都督流徙岭南。瀚海司马护输等，本是承宗旧部，因欲为承宗复怨，乃刺死君㚟。玄宗闻报，很是痛惜，特赠荆州大都督，饬地方官护丧还葬，且诏令张说撰墓志铭，御书镌碑。说曾料他有勇无谋，未知碑文上如何说法？可惜此文失考，我未曾见。再命右金吾卫大将军信安王祎，系太宗子，吴王恪孙。为朔方节度使，另调朔方节度使萧嵩，为河西节度副大使，互相援应，共备吐蕃。嵩引刑部员外郎裴宽为判官，与君㚟判官牛仙客，同掌军政。又奏调建康军使张守珪为瓜州刺史，修筑故城。板干甫立，吐蕃兵猝至，城中相顾失色，莫有斗志。守珪故示镇定，竟在城上置酒作乐，谈笑自如。虏疑有他计，立刻引退。那时守珪恰纵兵奋击，斩虏首至数百级，余众俱抱头窜去。守珪遂修复城市，招抚流离，瓜州复成巨镇，有制以瓜州为都督府，即授守珪为都督。

萧嵩复纵反间计，伪说与吐蕃将悉诺逻通谋，吐蕃赞普弃隶缩赞，信为实情，诱杀悉诺逻。悉诺逻为吐蕃名将，被杀后军士懈体，吐蕃因此渐衰。后来嵩任河西节度使，与陇右节度使张忠亮大破吐蕃兵于渴波谷，进拔大莫门城。左金吾将军杜宾客，又在祈连城下，击败吐蕃兵，擒住虏将。瓜州都督张守珪，暨沙州刺史贾师顺，复破吐蕃大同军。信安王祎，亦乘势克复石堡城，城当河右要冲，四面悬崖，非常险固，前为吐蕃陷没，留兵据守，屡扰河西，经祎出兵规复，分屯要害，拓地千里，令虏不得前，河陇遂安。玄宗闻捷大喜，改称石堡城为振武军。吐蕃屡败生畏，乃奉表谢罪，乞累世和亲。玄宗意尚未许，适陕王嗣升，改名为浚，徙封忠王，嗣升即肃宗见上文。兼河北道行军元帅，开府置官。僚属皇甫惟明，入白他事，因奏言与吐蕃和亲，足息边患，玄宗乃命惟明与内侍张元方，出使吐蕃，并赐书金城公主，谕令倾城内附。弃隶缩赞厚待唐使，且遣使悉腊，随惟明等入朝，奉上誓表，且贡方物。金城公主又请给《毛诗》《春秋》《礼记》正字，玄宗亦准令颁给，并与吐蕃划境定界，以赤岭为两国分域，立碑证信。时已在开元二十一年了。小子有诗叹道：

自古外交无善策，议和议战两无成。
许婚虽是羁魔术，何竟华夷作舅甥？

吐蕃款附，又发兵讨奚契丹，欲知行军详情，俟至下回续叙。

武则天后，又有武惠妃，则天害死王皇后，惠妃亦谮死王皇后，吾不知王武何仇，累遭残噬若此？玄宗亲见武后遗毒，且手定宫闱，诛死诸武，乃独恋恋于一武攸止遗女，听信谗言，甘忘结发，色之害人大矣哉！抑有可怪者，高宗好色而喜功，玄宗以孙绳祖，殆亦与高宗相似，河陇连兵，日久不已，虏既有心求和，正可因势利导，罢兵息民。张说进谏，可从不从，王君㚟贪功希宠，反误信之，君㚟自误而杀身，玄宗被误而妨国。厥后赖有二三良将，屡次却虏，而虏众始不敢前，然劳师费饷，已不知凡几矣。况虏终未灭，仍与修和，是何若早从说言之为愈乎？至若高宗初政有永徽，玄宗初政有开元，高宗信许敬宗言而封泰山，玄宗亦信张说言而封泰山，两两相对，祖孙从同，无惑乎其有初鲜终也。史家尝称玄宗为英武，其然岂其然乎？

第四十五回

张守珪诱番得虏首
李林甫毒计害储君

却说忠王浚为河北道行军元帅，原是为征讨奚契丹起见，契丹本联络突厥，常来扰边，自默啜既死，乃叩关内附。贝州刺史宋庆礼，复建筑营州城，开屯田八十余所，招安流散，市邑寖繁。回应四十二回。契丹酋长李失活，传弟娑固，娑固传从父弟郁乾，郁乾复传弟吐乾，吐乾与牙将可突乾不合，为可突乾所逐，奔入辽阳，唐廷封他为辽阳郡王，吐乾遂久处不归。可突乾立失活从弟李邵固为主，仍修朝贡。计自开元四年至十三年，这十年间，契丹主已五易，都算与唐通好，岁贡不绝。玄宗一意羁縻，当将宗室所出女儿，外嫁契丹各主，就是奚部长李大酺，与失活同时入附，也得妻唐室宗女。大酺传弟鲁苏，与李邵固并得袭封，且乞许婚。玄宗以从甥女陈氏为东华公主，出嫁邵固，加封他为广化王。又以成安公主女韦氏。成安公主系中宗幼女，曾嫁韦捷。出嫁鲁苏，加封他为奉诚王。两主当然感恩，不敢怀贰。开元十五年，邵固遣可突乾入贡，同平章事李元纮，待以非礼，可突乾怏怏而去。张说语人道："可突乾久专国政，众心归附，今不以礼貌相待，失望而回，恐从此生怨，不肯再来了。"果然隔了两年，可突乾欲叛中国，为邵固所阻，竟将邵固弑死，另立屈烈为王，且胁同奚众，降附突厥，背叛唐室。邵固妻陈氏，及奚王李鲁苏夫妇，相继奔唐，玄宗乃令幽州长史，知范阳节度使赵含章，发兵往讨，又命中书舍人裴宽，给事中薛侃，就关内河东河南北分道，广募勇士，充当兵弁。旋有制拜忠王浚为河北大元帅，以御史大夫李朝隐，京兆尹裴伷先为副，统领十八总管，出击奚契丹。浚与百官相见光顺门。张说退语同僚道："我看忠王姿貌，绝类太宗图像。这却是社稷幸福呢。"张说料事颇明，可惜尚是小智。既而浚竟不行，但命朔方节度使信安王祎，为河北道行军副元帅，与赵含章出塞讨虏，击破可突乾，收降奚众，班师献俘。

可突乾收合余烬，复来寇边，幽州长史薛楚玉，系薛讷弟。遣副总管郭英杰吴克勤等，率兵万骑，及所降奚众，与可突乾交战都山下。奚众首鼠两端，先行散走，唐军为敌所乘，英杰克勤败死。玄宗闻败，调张守珪为幽州节度使，令讨契丹。守珪素娴将略，既至幽州，整练士卒，壁垒一新。可突干数次入寇，俱被击退，因遣使诈降。守珪使管记王悔，持节往抚。悔至可突乾营帐，见他目动言肆，料无诚意，遂以假应假，敷衍一番。可巧契丹牙官李过折，与可突乾阴生嫌隙，竟邀悔密谈衷曲，且言可突乾已通使突厥，将引兵杀悔。悔本具口才，密劝过折转图可突乾，功成后当代请册封，包管有王爵相酬。过折喜甚，乘夜勒兵，入斩可突乾，及屈烈王，杀死可突乾党羽数十人，自率余众入降。当由王悔还报守珪，守珪亲至紫蒙州，慰抚过折。过折呈上可突乾屈烈首级，经守珪验收，即飞使持首，驰报唐廷。玄宗封过折为北平郡王，兼松漠州都督，过折奉表申谢。过了数月，可突乾余党涅礼，为可突乾复仇，击杀过折，屠害全家。只一子刺乾，脱身走安东。唐封刺乾为左骁卫将军，且遣使诘责涅礼。涅礼上言："过折残虐，众情不安，所以致戕，并非由自己主使，此后仍当敬事天朝。"玄宗明知涅礼诡言，但也未免厌兵，不得已将错便错，仍令涅礼为松漠都督。涅礼戕杀过折，理应声讨，乃仍令代任，上国声威，不宜如此。观此可见玄宗有初鲜终之失。彼此暂从安息，静过了两三年。

时源乾曜杜暹李元纮等，均已罢相，改任户部侍郎宇文融，及兵部侍郎裴光庭，同平章事，召河西节度萧嵩为中书令，遥领河西。宇文融以理财邀宠，广置诸使，竞为聚敛，百姓怨苦不堪，融反矜功恃能，既登相位，即语人道："我若居此数月，可保海内无事，国库充盈了。"嗣是借权怙势，妒功忌能，横行了两三月，已是怨声载道，朝野侧目。信安王祎积有军功，得蒙上宠，融暗加忌嫉，乘祎入朝，嗾使御史李寅劾祎，弹章未上，偏泄风声，祎亟入白玄宗，先陈融嗾使状。玄宗还将信将疑，到了次日，寅奏果入，免不得龙颜动怒，立降天威，遂贬融为汝州刺史，褫寅官阶。已而国用不足，又复思融，意欲再行召入，会有飞状告融，贪赃纳贿，隐没官钱，乃再流岩州，病死途中。

还有将军王毛仲，讨逆有功，累擢显职。见四十回。加封至霍国公，兼开府仪同三司。这开府仪同三司一职，自开元后，惟王仁皎姚崇宋璟得兼此缺，毛仲系官奴出身，也居然得此美官，怎能不趾高气扬，睥睨一切？小舟不堪重载。玄宗尝赐给宫女为室，他自己亦娶了一妻，统是国色天姿，不同凡艳，生下一女，及笄而嫁。吉期将届，玄宗召问毛仲有何需给？毛仲顿首道："臣万事已备，但少贵客。"玄宗微哂道："朕知道了。卿所不能延致，只有宋璟一人，朕当为汝召客。"届期令宰相以下诸达官，尽往毛仲家与宴。璟方起任礼部尚书，不便违命，迟迟到了日中，才往贺喜，堂中已开盛筵，满座称觞。毛仲见璟到来，极表欢迎，并恭恭敬敬的奉上酒卮，璟接卮后，西向拜谢，甫饮半杯，遽称腹痛，告别而出。刚操可敬，但亦惟如宋璟资格，方可免祸，否则不免为汉灌夫了。毛仲挽留不住，只好由他回去。但因此愈加骄恣，尝求为兵部尚书，未蒙上允，遂有怨言。内侍高力士杨思勖，出入宫禁，方得贵幸，毛仲盛气相陵，视若无睹。力士等因愤愤不平，屡加媒蘖。会毛仲妻产子三日，玄宗命力士赍给赐物，且授儿五品官。毛仲抱儿示力士道："是儿岂不可作三品官么？"力士还白玄宗，并添了几句坏话。玄宗怒道："此贼非经朕抬举，怎得富贵？况前时讨逆，他亦非真心相助，今乃为区区婴儿，敢怨朕么？"力士复接奏道："北门奴官，统是毛仲私党，若不早除，必生大患。"玄宗立即书敕，贬毛仲为瀼州别驾，四子一律夺官，贬置恶地。毛仲惘惘出都，到了零陵，又有敕使到来，迫令自缢。只是两妻可惜。嗣是宦官势盛，力士思勖，权倾内外，免不得积久成毒了。隐伏下文。

玄宗既诛死毛仲，益重视宋璟，再进为尚书右丞相，用张说为左丞相，源乾曜为太子太傅，御赋三杰诗，分赐三人。乾曜未足称杰，张说亦有愧焉。同平章事裴光庭病逝，玄宗问中书令萧嵩，令举荐正士。嵩引进尚书右丞韩休，乃拜休黄门侍郎，同平章事。休京兆人，为人峭直，不慕荣利。嵩见他平居慎默，总道是恬静易制，所以荐引上去，哪知他既登相位，刚正敢言，不但萧嵩有过，常为折正，就是玄宗有失，亦必力争。嵩未免悔恨，玄宗颇嘉他忠直，每事优容。有时游猎苑中，或大张宴乐，稍稍流连，必顾左右道："韩休知否？"已而谏疏即至，果是韩休署名，玄宗即为停罢宴猎。既而揽镜自照，默然不乐。左右乘间入请道："自韩休入相，陛下多戚少欢，近且天颜日瘦，难道堂堂天子，反为相臣所制，何不即日逐他呢？"宵小惯入闲言。玄宗叹道："我貌虽瘦，天下必肥，我用休为相，为社稷计，非为一身计哩。"宋璟闻休善谏，尝窃叹道："我不意韩休入相，竟能如是，这真可谓仁且勇了。"璟为开元十年致仕，退居东都，越五年寿终，年七十五，追赠太尉，予谥文贞。璟本邢州南和人，耿介有大节，出仕以后，从未阿附权贵。及入相玄宗，朝野倚为元老。玄宗待遇宋璟，与姚崇相同。姚宋出入殿中，玄宗必起座迎送。至姚宋后，无论如何宠遇，总没有这般敬礼，所以唐朝三百年间，前称房杜，后称姚宋，总算是君臣一德呢。宋璟籍贯，于此处补叙，再将房杜姚宋互述，重贤之意自明。

张说源乾曜，先后病殁，韩休与萧嵩，因屡有争议，一并罢去，亦相继告终，玄宗乃用京兆尹裴耀卿为侍中，知制诰兼工部侍郎张九龄为中书令，吏部侍郎李林甫为礼部尚书，同中书门下三品。耀卿与九龄友善，同秉国政，独李林甫阴柔奸狡，与二人志趣不同，因此积不相容，遂生出许多阴谋诡计，搅乱唐朝。林甫系长平肃王叔良曾孙，叔良即太祖第六子，祎长子。小字哥奴，素性狡狯，为舅氏姜皎所爱。皎与源乾曜通姻，乾曜子絜，为林甫求司门郎中，乾曜摇首道：“郎官应得才望，哥奴岂堪任郎中么？”林甫多方运动，得任国子司业。宇文融为御史中丞，引与同列，因累任刑吏二部侍郎。侍中裴光庭妻，系武三思女，林甫尝与有私。高力士也尝往来裴宅，及光庭去世，裴妻武氏，索性明目张胆，与林甫结成不解缘，事见《林甫本传》，并非诬渎。乃托力士代他吹嘘，荐林甫为相。力士因相位重大，不易荐引，特替他想出一法，打通内线，期得如愿。看官阅过上文，应早知后宫专宠，是武惠妃，惠妃图后不成，乃改谋易储，寿王清系妃所出，年已渐长，宠逾诸子，渐渐有夺储的现象，力士趁这机会，进白惠妃，但说林甫愿保护寿王，但乞妃为内援，令登相位，必可尽力。惠妃正欲得一外助，遂竭力撺掇玄宗，进相林甫。玄宗惟言是从，竟擢林甫为黄门侍郎，同中书门下三品。林甫乃极力助妃，阴伺太子及诸王过失，以便进谗。

张九龄（673或678—740），字子寿，韶州曲江（今广东韶关市西南）人，唐大臣、诗人。长安进士，任右拾遗，迁左补阙。733年拜相，敢于直言上谏，为世人所称道。其诗风清淡质朴，有《感遇诗》《曲江集》等传世。

会寿王纳妃杨氏，寿王妹咸宜公主，下嫁杨洄，玄宗令诸子一律更名。太子嗣谦，改名为瑛，长子嗣直，改名为琮，三子嗣升，前改名为浚，至是又改名为玙，四子嗣真，改名为琰，五子嗣初，改名为瑶，六子嗣玄，改名为琬，八子涺，改名为琚，寿王清，亦改名为瑁，此外尚有十余子，如璲琦璬璘玢环瑝玭珪琪瑱璿等，偏旁初皆从水，至是尽易新名。太子瑛及弟鄂王瑶，光王琚，均因生母失宠，有怨望语。林甫偶有所闻，遂告驸马都尉杨洄，令入白惠妃。惠妃乘玄宗入宫，即向前跪下，乞请退居闲室。玄宗惊问何故？惠妃未曾出言，先已泪下，呜咽许久，才断断续续的说道：“太子阴结党羽，将害妾母子，且指斥陛下。妾想太子久已正位，关系国本，若使太子不安，宁可将妾废置，陛下也免得受谤哩。”以退为进，确是狡妇口吻。

玄宗听到此言，忍不住拍案道：“岂有此理？他本非嫡出，明日便当废去。”惠妃又进言道：“鄂王光王，也与太子同党，若太子一动，二王亦将生变，不如俯从妾言为是。”再激动玄宗数语，并牵及二王，刁极恶极。玄宗益怒道：“瑶琚也这般不肖，当一并废去。”惠妃见玄宗已经中计，反带哭带劝，请玄宗息怒保身。看官！你想这溺爱不明的玄宗皇帝，尚能逃得出艳妃掌中么？当下扶起惠妃，替她拭泪，也好言慰解一番。是夕，便与惠妃同寝。一宵无话，次日视朝，即面谕宰相，拟废太子及鄂光二王。张九龄抗奏道："陛下践祚将三十年，太子诸王，不离深宫，日受圣训，天下皆庆陛下享国长久，子孙蕃昌，今三子皆已成人，不闻大过，陛下奈何轻信蜚言，遂欲废黜呢？从前晋献公听信骊姬，杀太子申生，三世大乱。汉武帝信江充言，罪戾太子，京城流血。晋惠帝用贾后谗，废愍怀太子，中原涂炭。隋文帝纳独孤后语，黜太子勇，改立炀帝，遂失天下。古人有言：'前车覆，后车鉴。'陛下必欲出此，臣不敢奉诏。"言亦痛切。玄宗默然无语，面有愠色。九龄却毫不改容，徐徐引退。及散朝后，惠妃密使宫奴牛贵儿，走白九龄道："有废必有兴，公若肯援助，相位可长处了。"九龄怒叱道："宫闱怎得与外事？休再向我饶舌！"及牛贵儿别去，九龄即详达玄宗，玄宗乃暂置前议。

安禄山（703—757），营州柳城（今辽宁朝阳市）人。因战功任平卢兵马使、营州都督等职。后得玄宗信任，任平卢、范阳、河东三节度使，封东平郡王。天宝十四载（755年）冬，以讨伐杨国忠为名，在范阳起兵叛乱，南下攻陷洛阳。756年在洛阳称帝，国号燕，建元圣武。757年为其子庆绪所杀。

武惠妃深恨九龄，遂与李林甫串同一气，内外排击。玄宗本因九龄文雅，大加赏识，至此为宠妃奸相，日夕浸润，也不免冷淡起来。会平卢讨击使安禄山，为张守珪所遣，讨奚契丹叛党。禄山恃勇轻进，为虏所败，守珪奏请正法，禄山临刑大呼道："公欲灭奚契丹，奈何杀壮士？"守珪听了，暗暗称奇，乃更执送京师，听候发落。欲诛竟诛，稍一因循，便留大患，守珪不为无咎。九龄览到移文，即援笔批答道："昔穰苴诛庄贾，孙武斩宫嫔，军法如山，何容瞻徇！守珪军令若行，禄山不宜免死。"及玄宗亲自按囚，见禄山状貌魁梧，不忍加诛，且于九龄有不足意，竟下诏特赦。九龄固争道："失律丧师，不可不诛，且禄山貌有反相，不杀必为后患。"玄宗冷笑道："卿勿以王夷简识石勒，事见《晋史》。枉害忠良。"九龄知不可争，方才退出。既而上《千秋金鉴录》，累述前代兴废源流，共书五卷。玄宗虽赐书褒美，也不过表面敷衍罢了。原来玄宗生日，号作千秋节，群臣统献宝镜。九龄谓取镜自照，徒见形容，取人作鉴，乃见吉凶，因此有《金鉴录》的撰述。玄宗已渐渐入迷，哪里还知借古证今呢？

朔方节度牛仙客，自判官累次递升，李林甫欲引为臂助，屡向玄宗前说项。玄宗拟召为尚书，张九龄又谏阻道："尚书系古时纳言，不宜轻授，仙客恐难当此任。”林甫面驳道：“仙客具宰相才，何止尚书。”玄宗遂加封仙客陇西县公，将加大用。林甫又引萧炅为户部侍郎，萧本无学术，尝读伏腊为伏猎，中书侍郎严挺之，语九龄道：“何来伏猎侍郎，混杂省中？”九龄因劾炅不学，出为岐州刺史。林甫怨九龄兼怨挺之。会挺之妻被出，转嫁蔚州刺史王元琰，元琰坐赃犯罪，下三司按鞫，挺之却替他营救。林甫谓挺之私袒元琰，应使连坐。玄宗转问九龄，九龄道：“元琰纳挺之出妻，还有甚么情谊？想是赃罪未实，所以秉公辨诬。”玄宗微哂道：“世间恐无此好人，朕闻挺之虽然离婚，近复与前妻有私，因此出来帮忙。”想是林甫捏造出来，但挺之不自远嫌，亦应使人动疑。九龄不便再言，只好转浼裴耀卿，代救挺之。耀卿乃代为申请，林甫乃上言：“耀卿九龄，俱系朋党。”于是耀卿调任左丞相。九龄调任右丞相，并罢政事，贬挺之为洺州刺史，流王元琰至岭南，升任林甫兼中书令，召入牛仙客为工部尚书，同中书门下三品。制敕既颁，林甫顾语僚吏道：“九龄尚得为右丞相么？”又语诸谏官道：“今明主在上，群臣乐得将顺，何苦多言。且诸君不见立仗马么？食三品料，一鸣即斥去，追悔何及？”台官乃相戒勿言。补阙杜进，独上书言事，被黜为下邽令，自是言路闭塞。仙客由林甫引进，当然唯唯诺诺，不敢发言。

监察御史周子谅，本九龄引进，因见林甫专政，仙客阿私，遂觉愤愤不平，当即呈上弹文，明劾仙客，暗斥林甫，说得异常激烈，且引谶书为证。玄宗大怒，召入子谅，搒掠殿下，绝而复苏。再命加杖朝堂，流戍瀼州。可怜子谅杖创累累，途次又受监吏虐待，勉强行至蓝田，不胜痛楚，宛转毕命。林甫又构陷九龄，说他所举非才，且或有主使等情，乃更贬九龄为荆州长史。九龄籍隶曲江，夙长文事，态度风雅，品行端方，既以直道见斥，仍然随遇而安，无戚戚容。晚年以文史自娱，不谈朝政，卒年六十八，追赠荆州大都督，谥曰文献。玄宗虽信任林甫，疏斥九龄，但心中犹尝忆及，每用人进士，必问左右道：“风度可似九龄否？”后因安禄山叛乱，玄宗奔蜀，乃悔不用九龄言，为之泣下，并遣使致祭曲江。开元后，世人都称九龄为曲江公。九龄弟九皋，官至岭南节度使，子拯亦仕至太子赞善大夫，均有令名，这且慢表。

且说李林甫既排去九龄，遂与驸马都尉杨洄密商，乘势易储。洄因入谮太子及鄂王光王，与太子妃兄驸马薛锈，阴构异谋，势将起事。玄宗查无证据，几不复问。洄不禁情急，忙向林甫问计。林甫授他密谋，令转告惠妃。惠妃大喜，即遣人召太子二王，诡称宫中有贼，请即衷甲入防。太子二王，不知是诈，竟依言进去。惠妃亟白玄宗，只说他串同谋反，衷甲入宫。玄宗遣内侍往探情状，果如妃言，恼得不可名状，立召林甫入商。林甫淡淡的答道：“这系陛下家事，非臣所宜豫闻。”想是从许敬宗处学来。玄宗乃立书手谕，废瑛瑶琚并为庶人，流薛锈至瀼州，寻且赐三子自尽。锈本尚玄宗女唐昌公主，诀别至蓝田，亦由中使传敕，勒令自杀。瑛据好学有才识，无罪致死，远近呼冤。瑛舅家赵氏，妃家薛氏，瑶舅家皇甫氏，连坐谴谪，共数十人。惟瑶妃家韦氏，因妃贤得免。小子有诗叹道：

父子由来冠五伦，如何一日杀三人？

可怜龙种遭残戮，不及民家骨肉亲。

太子瑛既死，武惠妃与李林甫遂谋之寿王瑁为太子，究竟瑁得立与否，容至下回说明。

契丹屡易酋长，国是未安，可突乾秉权揽政，且敢弑其主李邵固，堂堂上国，声罪致讨，宜也。忠王浚奉制不行，偏师出击，转胜为败，至张守珪遣使招虏，以夷攻夷，渠魁虽得受诛，而例诸堂堂正正之师，已相去远矣，且守珪后遣安禄山，轻进失律，可诛不诛，致诒后患。张九龄力谏玄宗，请杀禄山，而玄宗正信任李林甫，疏斥张九龄，豢狼子以启他日之忧，用贼臣以速目前之祸，内外勾结，骨肉自戕，天下事之可长太息者，孰有过于此乎？本回逐节叙明，而标目先揭明之曰："张守珪诱番，李林甫毒计。"书法之严，上绍麟经，固不可徒以小说家目之也。

第四十六回

却隆恩张果老归山
开盛宴江梅妃献技

却说李林甫连结武惠妃，谮死太子瑛及瑶琚二王，遂谋立寿王瑁为太子。林甫一再劝立寿王，玄宗意尚未决，看官道是何因？原来玄宗本非昏主，不过为色所迷，内惑宠妃，外信奸相，凭着一时怒气，竟将三子同时赐死，究竟父子骨肉，天性相关，事后追思，未免生悔。可巧武惠妃染成大病，差不多与发狂相似。满口谵语，无非是三庶人索命，三庶人就是瑛瑶琚，当时曾有此号。玄宗也有所闻，不敢径立寿王，且召巫祝代为祈禳，改葬三庶人。烦扰多日，始终无效，甚至白日见鬼，所有宫娥彩女，统是大惊小怪，进退彷徨。好容易自秋经冬，惠妃病势，忽轻忽重，忽呆忽痴，诊过了多少名医，服过了若干药饵，徒落得花容惨淡，玉骨支离。到了残冬，死期已至，呻吟了好几夜，一阵阴风，四肢挺直，貌美心凶的妃子，至此已魂销躯壳，随了三庶人的冤魂，到森罗殿前对簿去了。事见《唐书·太子瑛传》，并非随手捏造。玄宗非常悲悼，用皇后礼殓葬惠妃，谥为贞顺皇后。

越年已是开元二十六年，虽是照常朝贺，玄宗总少乐多忧，几乎食不甘味，寝不安席。高力士日夕侍侧，探问情由。玄宗叹道："汝系我家老奴，难道尚未识我意？"力士道："莫非因储君未定，致此忧劳。"玄宗道："这也是一桩系心的条件。"尚不止此，暗伏后文纳杨妃事。力士道："圣上何必如此劳心，但教推长而立，何人敢有争言。"惠妃已死，乐得巴结别人。玄宗道："甚是甚是，朕意决了。"次日颁制，立忠王玙为皇太子，改名为绍，嗣又改名为亨。

储嗣已定，内廷总算平靖，边塞又启纷争。突骑施可汗苏禄，自得妻交河公主后，吐蕃突厥也俱给女为妻。苏禄得三国女，并立为可敦，生下数子，俱为叶护，用度日繁，不免苛敛，渐致诸部离心，旋且病疯瘫症，半身不遂，未便治事。这是色欲所致。部下大首领莫贺达干都摩支，竟夜攻苏禄，把他杀死。都摩支立苏禄子吐火仙为可汗，达干不服，复与吐火仙相攻，且遣使告唐节度使盖嘉运，请协击吐火仙。盖嘉运出兵掩击，将吐火仙擒住，并取交河公主而还。玄宗命立交河公主弟昕为西突厥十姓可汗。达干闻报，大怒道："平苏禄系是我功，怎得另立阿史那昕，阿史那本突厥昕。乃诱诸部落叛唐。有制令嘉运再行招谕，且封达干为突骑施可汗。达乾阳奉阴违，至昕到塞外，竟遣人杀昕，自为十姓可汗。后为安西节度使夫蒙灵察，讨诛达干，西突厥仍亡，突骑施部亦寖衰。

惟吐蕃自赤岭定界，和好数年，与上文突骑施事，俱回应四十四回。彼此尽撤边戍。吐蕃畜牧遍野，边将孙诲，妄觊边功，奏称虏可袭取。玄宗令内侍赵惠琮往探虚实，惠琮至凉州，与诲同谋，矫诏令河西节度崔希逸，袭夺吐蕃牲畜。吐蕃乃大发兵寇河西，幸由希逸预备，因得击退。玄宗闻得矫诏，逮还赵惠琮孙诲，诲即伏诛，惠琮病毙，希逸调任河南尹，亦怅悒而终。吐蕃复屡寇安戎城，进陷石堡城。剑南节度使王昱，拒战败绩，贬死高要，再调盖嘉运为陇右节度经略吐蕃，亦不能却敌，改任皇甫惟明，方得胜仗。惟攻石堡城，仍不能克。吐蕃转寇安戎城，赖有监察御史许远坚守，无隙可乘，方引兵退去。安戎改名平戎，会金城公主病殁吐蕃，唐廷有制发哀，吐蕃亦遣使请和，玄宗未许，因此尚相持不下。

是时尚有幽州将赵堪及白真陀罗，伪传节度使张守珪命，使平卢节度使乌知义，邀击叛奚余党。知义不从，白真陀罗竟矫称制敕，迫令出兵，累得知义没法，不得已发兵往击，先胜后败。守珪袒庇知义，讳败为功。及中使牛仙童，奉命往勘，守珪重贻仙童，归罪白真陀罗，逼令自缢。仙童返报，当然替守珪掩饰，哪知众宦官闻他得贿，无从分肥，竟把隐情告发。玄宗杖毙仙童，贬守珪为括州刺史。守珪疽发背上，亦即殒命。乌知义夺官，竟擢安禄山为平卢军使，兼营州都督。未几，又升任平卢节度使。禄山本营州杂胡，旧姓康，母阿史德氏，曾为女巫，居突厥中，至轧荦山祷子，山上有战斗神，祷后果即怀娠，及产，光照穹庐，野兽尽鸣，母以为得自神佑，遂取名轧荦山，一作阿荦山，戾气所钟，亦呈异兆。远近传为瑞兆。范阳节度使张仁愿，曾遣人搜他庐帐，被匿不获。荦山父未几身死，母再嫁番目安延偃。荦山随母至安家，因冒姓为安，改名禄山。嗣因部落离散，乃与安氏子思顺逃至幽州，投入张守珪麾下。叙禄山履历，补前回所未及。守珪应诛不诛，解送京师，玄宗特加赦宥，仍令归守珪调遣。应前回。禄山感守珪恩，格外效力。珪因令为养子，且擢为副将，嗣是荐为平卢兵马使。至守珪被贬，御史中丞张利贞，采访河北，禄山百计谀媚，兼多馈赂，利贞还朝，遂盛称禄山才能，玄宗乃累次加擢，竟拜方面。李林甫素无学术，猜忌儒将，因劝玄宗信任禄山。禄山亦阴结林甫，自固兵权。玄宗内倚林甫，外倚禄山，自以为天下无患，益启幸心。

先是汾晋间有一方士，须发垂白，神气清癯，常踯躅道旁，能数日不食。自言姓张名果，生唐尧时，曾为侍中，尧时无侍中位号，显见有诈。嗣后隐居中条山上，约阅数千年。相州刺史韦济，闻张果名，探验属实，因上表奏闻。玄宗令通事舍人裴晤往征，至恒山得见张果，促令入都。果仆地竟死，死后复苏，再仆再起。晤乃不敢催逼，还白玄宗。玄宗更遣中书舍人徐峤，赍奉玺书，优礼往迎，乃偕至都中，乘肩舆入宫。玄宗问神仙术，果答语多半诡秘，大旨在"息心养气"四字，乃令留居集贤院，累日辟谷，进以美酒，饮酣乃寝，鼾睡数昼夜。时有术士邢和璞师夜光二人，一能知人殀寿，一能伺鬼起居。玄宗令和璞推算张果，茫然莫辨。再令果密坐，令夜光视察踪迹，竟不见果所在。玄宗益以为奇，密语高力士道："朕闻饮堇无苦，方为奇士。"乃召果入见，令力士取堇漉酒，持饮张果。果饮了三大杯，颓然道："这非佳酒。"语毕即卧。顷见果齿皆燋缩，又复瞋目回顾，令左右取过铁如意，将齿击堕，收藏囊中，又从囊内取药敷龂，不到一时，齿竟重生，粲然骈洁。玄宗惊叹不置，意欲以玉真公主嫁果，尚未明言，玉真公主即四十一回中之崇昌公主，系睿宗女，因赐居玉真观，故改号玉真。果退宿集贤院，与秘书少监王回质，太常少卿萧莘道："俗语有言，娶妇得公主，平地升公府，人以为可喜，我以为可畏呢。"两人听他语出不伦，正在暗笑，忽由中使到院，传达御敕道："朕妹玉真公主，愿适先生，幸先生勿却！"果不禁大噱道："皇上以果为仙，果实非仙，若视果为尘俗中人，也可不必。果从此辞，请为转奏！"中使还报，玄宗尚欲挽留，果一再恳辞还山，乃命图形集贤院，授银青光禄大夫，号通玄先生，赐帛三百匹，给扶侍二人，送至恒山蒲吾县，未几遂殁，相传以为尸解，后世称为张果老，列入八仙，这也不必细表。张果也可谓奇人。

单说玄宗自遣归张果，遂未免迷信神仙，且云梦见玄元皇帝，即老子，高宗时尊老子为太上玄元皇帝。谓："遗像在京城西南百余里。"因遣使求访，至盩厔楼观山间，果得遗像，迎至兴庆宫。嗣由参军田同秀上言，亦说："玄元皇帝梦示，曾在尹喜故宅，藏置灵符。"玄宗又遣使往求。看官试想！这尹喜系周朝人，曾为函谷关令，老子骑青牛过函谷关，虽有此事，究竟留符与否，史册上未曾载及。况且年湮代远，即有符，亦早毁灭，哪里还肯留着？这可见是同秀行诈，明明是假置灵符箓，欺君罔上。至朝使得符还都，李林甫以下诸臣，遂以灵符呈瑞，表上尊号。玄宗因下诏改元，称开元三十年为天宝元年，受尊号为开元天宝圣神文武皇帝，且建玄元皇帝新庙，亲自祭飨。又享太庙，祀天地，大赦天下，赐文武官阶爵秩，改称侍中为左相，中书令为右相，左右丞相改为仆射，东都北都，皆称为京，州称为郡，刺史称为太守。

长安令韦坚，系太子妃兄，颇工心计，尝与监察御史杨慎矜，户部员外郎王铁，善治租赋，称为理财好手，玄宗因命为陕郡太守，领江淮租庸转运使。坚遂大兴土工，凿通蓝田县北的浐水，引入后苑望春楼下，汇成一潭。又南达漕渠，铲去淤塞，所有民间邱墓，一律毁掘。自京城至江淮，水道无阻，导入运船数百艘，齐集望春楼下。玄宗亲御望春楼，遍览运船，但见连樯数里，相续不绝。各舟都张锦为帆，遍榜郡名，各陈珍宝，已觉得光怪陆离，斑斓夺目。更有一艘最大的运船，作为前导，船头坐着陕尉崔成甫，头包红抹额，身着锦半臂，领着美妇百人，统是丽饰华装，丰容盛鬋，口中随着成甫唱歌，依声相和，一片娇喉宛转，清脆可听。歌词却很俚俗，取名为得宝歌，歌云:

得离弘宝野，弘农得宝邪。潭表舟船闹，扬州铜器多。三郎当殿坐，听唱得宝歌。

玄宗也不甚细辨，但觉得耳鼓悠扬，眼帘热闹，不由的心花怒开，非常愉快。再由韦坚进谒，跪奉许多珍品，没一件不是精致，愈觉称心；遂留坚侍宴，并召群臣畅饮竟日，至夜才罢。次日，即加坚左散骑常侍，所有僚属吏卒，褒赏有差，赐新潭名为广运潭。可巧突厥内乱，朔方节度使王忠嗣，乘乱攻克左厢诸部，又兼回纥葛逻禄二部，攻入右厢，扫灭突厥。两下里又传捷报，正是喜上加喜，内外胪欢。

原来突厥毗伽可汗，自遣阿史德入贡，随驾东巡后，应四十四回。阿史德得了厚赐，仍然归国。嗣是屡遣使求婚，唐廷惯用敷衍手段，羁縻突厥，忽毗伽为大臣梅录啜毒死，国人共立毗伽子伊然可汗。伊然嗣立未几，又复病死，弟骨咄立，遣使入朝，玄宗册为登利可汗。登利尚幼，母婆匐预政，与小臣饫斯达干私通，滥杀大臣。登利叔父判阙特勒，入攻婆匐，婆匐遁去，登利被戕，另立登利季弟，寻又为骨咄叶护所杀，叶护，系突厥官名，见前。骨咄叶护自为可汗。回纥拔悉密葛逻禄三部，并起兵攻杀叶护，推拔悉密酋长为颉跌伊施可汗。回纥葛逻禄酋长，自为左右叶护。突厥余众，独立判阙特勒子为乌苏米施可汗。唐廷传谕招降乌苏，乌苏不从，于是唐节度使王忠嗣，受命往讨，并约同拔悉密回纥葛逻禄三部，左右进攻。乌苏不能抵敌，穷蹙走死，弟白眉特勒继立，号为白眉可汗。忠嗣进击白眉，连破突厥右厢十一部，会拔悉密颉跌伊施可汗，与回纥、葛逻禄三部，互有违言。回纥酋长骨力裴罗，与葛逻禄部众，击毙颉跌伊施，乘胜攻杀白眉，传首唐廷。玄宗册封裴罗为怀仁可汗，怀仁遂南据突厥故地，在乌德鞬山下，设牙建帐，渐渐的强大起来。嗣且吞并拔悉密葛逻禄等部，统有十一部落，各置都督，威振朔方。回纥之强自此始。惟突厥自后魏开国，至是灭亡，所有乌苏子葛腊多，默啜孙勃德支，伊然小妻登利遗女，及毗伽可敦婆匐，先后率众降唐。了结突厥，简而不漏。玄宗亲御花萼楼，传见降众于楼下，封婆匐为宾国夫人，葛腊哆为怀恩王，勃德支等各有岁给。一面宴集群臣，赋诗记盛，尽兴而散。

向来花萼楼中，本为玄宗叙会兄弟处，至开元季年，申岐诸王，相继谢世，宁王宪享年六十余，玄宗格外厚待，每遇宁王生日，必亲至宁邸，奉觞称寿，或且留宿邸中，叙谈竟夕。平居无事，辄有馈遗，四方所献美酪异馔，无不分饷。宪有所献替，亦必委曲上陈，屡邀听用。至天宝前一年，病殁邸中，玄宗失声号恸，停乐辍朝，且语群臣道："朕兄让德，世所罕闻，吴太伯后，能有几人？非特加大号，不足褒美。"乃追谥为让皇帝。长子琎已受封汝阳王，固辞不许，宁王妃元氏，已先逝世，追赠为恭皇后，葬桥陵旁，桥陵即睿宗墓，见前。号为惠陵。从花萼楼庆宴，补叙宁王殁世，无非表扬让德。寿王瑁由元氏乳养，因得成人，两次发丧，均令守制以报私恩。玄宗慨手足凋零，两年不登花萼楼，至突厥已亡，残众入降。乃复御花萼楼庆宴，易悲为乐，才辍哀思。迭应前事，以终玄宗友爱之笃。并令朔方节度使王忠嗣，兼河东节度使，忠嗣修城筑堡，买马屯兵，塞外数千里，得以无患。边民谓："张仁愿后，安边将帅，要算这王忠嗣了。"不没良将。

玄宗自遣归张果，又召入方士李浑上元翼等，研究长生术，尝遣使至太白山，向金星洞中采玉版石，宝仙洞中求妙宝真符，其实统是虚伪，毫不足信。玄宗也捣起鬼来，只说空中闻着神语，有"圣寿延长"四字，并在宫中筑坛，炼药置坛上，及夜欲收，复闻神语，谓："药不须收，自有神明守护。"云云。李林甫等遂上表祝贺，且自请舍宅为观，上下相欺，无一诚意。就是术士所进丹药，无非是金石水银，试服下去，不但未能延年，反把那一腔欲火，引导起来，遂鼓动生平淫兴，想物色几个娇娃，寻欢纵乐。历代方士，多借此以诱人主。当下命高力士出使江南，搜访美女。力士沿途考察，少有当意，辗转至闽中莆田县，方得了一个丽姝，急忙选归。这丽姝叫作江采苹，父名仲逊，家世业医，采苹生年九岁，能诵《二南》，且语父道："我虽女子，当以此诗为志。"及年将及笄，更出落得丰神楚楚，秀骨姗姗；更兼文艺优长；能诗善赋，一经选入，大见宠幸，凡长安大内大明兴庆三宫，及东都大内上阳两宫，所蓄佳丽，不下数千，均不及采苹秀媚。采苹常自比谢女，不喜铅华，淡装雅服，自饶风韵，素性喜梅，所居阑槛，悉值数株。玄宗署名梅亭，梅开赋赏，至夜分尚徘徊花下，不忍舍去。玄宗因她所好，戏称她为梅妃。妃尝撰萧、兰、梨园、梅花、凤笛、玻盂、剪刀、绮窗八赋，无不工妙。

一日，玄宗召集诸王，设宴梅亭。梅妃亦侍坐上侧，饮至数巡，玄宗令妃吹白玉笛，抑扬宛转，不疾不徐。诸王齐声叹美。吹毕，又命起作惊鸿舞，轻盈弱质，往复回环，仿佛是越国西施，依稀是汉宫飞燕。诸王目眩神迷，赞不绝口。至妃已舞罢，翠鬓绿鬟，一丝不乱，惟面上稍带微红，粉白相间，绝似一枝迎岁早梅，娇艳可爱。玄宗笑语诸王道："朕妃子乃是梅精，吹白玉笛，作惊鸿舞，岂不是满座生辉吗？"随命梅妃破橙醒酒，且令她遍赐诸王。妃一一取给，轮至汉邸，是回叙梅妃事，本据曹邺《梅妃传》，所称汉邸，考诸唐宗室诸王传中，当时无封汉王者，或谓即广汉王褕，未知孰是。汉王已有醉意，起身接橙，不觉一脚踢着了梅妃绣鞋。想是爱她双弓。梅妃大怒，顿时回宫。玄宗未知情由，待久不至，命内侍连番宣召，报称鞋珠脱缀，缀就当来。待至酒阑席散，始终不至。玄宗亲往视妃，妃正睡着，闻御驾还视，急忙起床，拽衣相迎，只托言胸腹作痛，因此违命，玄宗也就此罢了。惟汉王因梅妃退回，料知惹怒，恐她转白玄宗，必至加谴，当下与驸马杨洄商量，求他设法。洄授以密计，汉王甚喜，次日即入宫请罪，直供不讳，但只说是酒后失检，实出无心。玄宗始悟梅妃怀诈，反慰谕汉王，表明大度。待汉王谢恩出去，杨洄即入见玄宗，玄宗与语梅妃事，言下有不足意。梅妃虽然动怒，却未说出汉邸无礼，尚是厚道。洄见玄宗烦恼，乘机劝幸温泉宫，自己伴驾出游，沿途凑趣，荐引一个美人儿，由高力士奉旨密召，这一番有分教，

赢得娥眉争旧宠，从教燕婉刺新台。

欲知所召美人，究竟是谁，待至下回再详。

好大喜功之主，往往信神仙，近声色，汉武帝尝先行之，唐玄宗殆有甚焉。吐蕃退而张果来，突厥亡而江妃进，两不相因之事，而遍若相因，盖安则思佚，不得不慕长生，骄则思淫，不得不求少艾。古人有言："出则无敌国外患者，国恒亡。"夫无敌国外患，而尚有亡国之痛者，非由淫佚致之耶？但张果虽为畸士，而独拒公主之下降，慨然还山，奇诡而不失之正，江妃虽为嬖妾，而独恨汉王之蹑履，愤然还宫，褊急而尚知守贞。以视汉之文成五利，及飞燕合德等，盖较胜一筹矣。至杨妃进而自紊帷墙，并滋浊秽，内乱起而外乱乘之，此鼙鼓之所以动地而来也。故本回叙张果江妃两事，尚无贬词，以存当时之实迹云。

第四十七回

梅悴杨荣撒娇絜阁
罗钳吉网党恶滥刑

却说高力士奉玄宗命，往召美人，这人为谁？乃是寿王瑁的妃子杨氏。杨氏小字玉环，弘农华阴人，徙居蒲州永乐县的独头村。父名玄琰，曾为蜀州司户。玉环生自任所，幼即丧父，寄养叔父玄珪家，玄珪曾为河南府士曹。开元二十二年十一月，嫁与寿王瑁为妃。*正名定分，系是玄宗子妇。*高力士到了寿邸，传旨宣召杨妃入宫。寿王瑁不知何因，只因父命难违，没奈何召出妻室，令随力士进谒。杨妃也已瞧透三分，半忧半喜，忧的是惨别夫婿，喜的是得觐天颜，当下与寿王叙别，乘车至温泉宫。力士先驱导入，杨妃下车后随。玄宗正待得心焦，适遇力士复旨，即传杨妃进见。杨妃轻移莲步，趋至座前，款款深深的拜将下去，口称臣妾杨氏见驾。玄宗赐她平身，即令宫婢将妃搀起，此时已是黄昏，宫中烛影摇红，阶下月光映采，玄宗就在灯月下，定睛瞧着杨妃，但见肌态丰艳，骨肉停匀，眉不描而黛，发不漆而黑，颊不脂而红，唇不涂而朱，果然倾国倾城，正是胡天胡帝。当下设席接风，令她侍宴。杨妃不敢违慢，谢过了恩，侍坐右侧。玄宗婉问杨妃技艺，妃答言粗晓音律，遂命高力士取过玉笛，命妃吹着。清音曼艳，逸韵铿锵，似觉梅妃所吹，尚不及她纯熟。玄宗击节称赏，且手书霓裳羽衣曲，教她度入新声。这曲系玄宗登女儿山，遥望仙乡，有感而作，本是按腔引谱，调宫叶商，经杨妃阅过此曲，

杨贵妃（719—756），小字玉环，号太真，蒲州永乐（今山西芮城西南）人，唐玄宗之妃。其人天生丽质、性格温婉，尤擅弹琵琶。初为玄宗子寿王李瑁妃。天宝三年（744年）入宫，得玄宗宠爱。次年封为贵妃，杨氏外戚由此得势。十五年，安禄山叛乱爆发，死于马嵬驿等乱军之中。

立刻心领神会，依曲度腔，字字清楚，声声宛转，喜得玄宗不可名状，亲斟美酒三杯，赐给杨妃。杨妃逐杯接饮，连饮连干，脸上越现出桃花，愈加媚艳。玄宗又亲授金钗钿合，作为定情赐物，杨妃含羞拜受。宴毕，各乘酒兴，携手入内，续成一套鱼水同欢的艳曲。实是一出扒灰记。玉肌相触，柔若无骨，龙体原已酥麻，妇人家也存势利，竟不管甚么名分，居然翁媳联床，同作好梦。一宵欢会，迟至日上三竿，方才起身。杨妃对镜理妆，由玄宗取出金步摇，系是镇库宝物，代为插鬓，曲予恩荣；一面嘱杨妃自作表文，乞为女道士，赐号太真，随驾还入大内，令处南宫中，即称南宫为太真宫。名为修道，实是纵欢。旋即另册左卫郎将韦昭训女，为寿王瑁妃。寿王瑁亦无可奈何。

杨妃性情聪颖，善迎上意，玄宗遂加宠爱，待遇如惠妃例。尝语宫人道："朕得杨妃，如得至宝，这是朕生平第一快意呢。"遂特制新曲，名为得宝子。梅妃见玄宗新得宠妃，未免介意，玄宗亦渐渐的疏淡梅妃。看官试想！天下有两美同居，能不争宠的道理么？况且杨妃以媳侍翁，本来是希宠起见，连夫婿尚且不顾，怎肯容一梅妃？于是你嘲梅瘦，我诮环肥，起初还是姿色上的批评，后来竟互相谗谤，甚至避路而行，毕竟梅妃柔缓，杨妃狡黠，两人互争胜负，结果是梅输杨赢。杨妃得册为贵妃，梅妃竟被迁入上阳东宫。玄宗初意，尚恐廷臣奏驳，嗣见宰相李林甫以下，统做了立仗马，噤口无声，乃竟加封杨妃为贵妃。仪制与册后相同。册妃这一日，追赠妃父玄琰为兵部尚书，母李氏为陇西郡夫人，叔父玄珪擢登光禄卿，从兄铦超拜殿中少监，从弟锜为驸马都尉，尚帝女太华公主，公主为武惠妃所出，母素得宠，所以公主下嫁，奁资巨万，赐第与宫禁相连。尚有再从兄钊，本系张易之子，易之伏诛，妻即改适杨家，钊随母过去，遂为杨氏子，及年长，不学无术，为宗党所轻视。钊乃赴蜀从军，得官新都尉，杨玄琰在蜀病故，钊就近往来，托名照顾，暗中竟与玄琰中女通奸。玄琰有数女，长适崔氏，次适裴氏，又次适柳氏，玉环最幼，姊妹皆有姿色，惟中女已寡，所以与钊私通。自玉环骤得宠幸，怀念三姊，因请命玄宗迎入京师，各赐居第。惟钊与玉环，已是疏族，且兼钊产自张氏，本非杨家血统，因把他搁置不提。

钊已任满，贫不能归，赖剑南采访支使鲜于仲通，常给用费，并向剑南节度使章仇兼琼处，章仇复姓，名为兼琼。替他吹嘘。兼琼正虑林甫专国，难保禄位，意欲内结杨氏，作一奥援，可巧仲通将钊荐入，遂辟为推官，令献春彩至京师，厚给蜀货，作为赆仪。钊大喜过望，昼夜兼行。既至长安，即将所携蜀货，分遗诸妹，说是章仇公所赠。至玄琰的中女家，馈遗更厚，就便下榻，重叙旧欢。诸杨乃共誉兼琼，并上言钊善樗蒱，得蒙玄宗召见。樗蒱为牧猪奴戏，奈何得遇主知？钊仪容秀伟，言辞敏捷，奏对时颇称上意，因命供役春官，出入禁中，嗣复改任金吾兵曹参军。章仇兼琼立蒙召入，授任户部尚书。兼琼入掌户部，每遇杨氏取给，无不立应，就是中外所献的器服珍玩，均呈入贵妃，先令择用。岭南经略使张九章，广陵长史王翼，因所献精美，得贵妃欢心。遂加九章官三品，翼为户部侍郎。

一日，玄宗至翠华西阁，偶见梅枝憔悴，不禁感念梅妃，便命高力士带着戏马，至上阳宫宣召梅妃。妃乘马随至，到了阁前，乃下马入见。玄宗见她面庞清瘦，腰围减损，早已动了惜玉怜香的念头，待至梅妃下拜，忙亲自扶住，意欲好言温存，偏一时无从说起。还是梅妃先开口道："贱妾负罪，将谓永捐，不期今日又得睹天颜。"玄宗方说道："朕未尝不纪念爱卿。只爱卿近日略觉花容有些消瘦了。"梅妃含泪道："好景难追，怎得不瘦？"玄宗道："虽是消瘦，却越见得清雅了。"梅妃道："总是肥的较好哩。"中含醋意。玄宗微笑道："各有好处。"随命宫女进酒，与梅妃同饮。两下里追叙旧情，不知不觉的已是入夜。酒意已酣，加餐少许，便同梅妃进房，重整鸾凤。俗语说得好："寂寞更长，欢娱夜短"，况两情隔阂，几已一年，此次离而复合，更觉蜜意浓情，加添一倍，喁喁到了残更，方各睡熟。正在酣寝的时候，忽闻兽环声响，惊醒睡魔，玄宗即怒问道："何人敢来胡闹？"道言未绝，外面已娇声答道："天光早明，皇上为何尚未视朝？"玄宗听是杨妃声音，不由的转怒为惊，披衣急起。见梅妃亦已醒寤，忙替她披上霞裳，和衣抱入夹幕内。暂令躲避。胆怯至此，如何治国。一面开了阁门，放入贵妃。贵妃趋进，见玄宗坐在床上，便盛气诘问道："陛下恋着何人，至此时尚未临朝？"玄宗道："朕……朕稍有不适，未能御殿，特在此静睡养神。"贵妃冷笑道："陛下何必戏妾，妾已知陛下爱恋梅精，因此日高未起。"玄宗道："她……她若为朕所爱恋，何至废置楼东。"贵妃道："藕断丝连，人情皆是，如陛下未曾同梦，妾请今日召至，与妾同浴温泉。"玄宗道："此女久已放弃，怎容复召？"贵妃又道："这也何妨！快请饬内侍传来。"玄宗但顾着左右，无词可答。贵妃从床下一望，见有凤舄一双，越发动怒，便指示玄宗道："这是何物？"玄宗瞧着，也觉着忙，侧身一动，又从怀中掉下翠钿一朵，被贵妃拾起，取示玄宗道："这又是何物？"玄宗越难答辩，不觉两颊发赤。贵妃竖着柳眉，振起珠喉道："凤舄翠钿，明是妇人遗物，不知陛下如何欢娱，遂致神疲忘晓，妾料满朝大臣，待朝已久，到了红日高升，尚未见陛下出朝，总道为妾所迷，妾实担当不起。"提出光明正大的名目，挟制玄宗，若非出自妒口，几不啻一周姜后了。玄宗无法支吾，索性倒身复睡，闭目无言。贵妃催逼愈甚，玄宗亦动恼道："今日有疾，不能视朝，难道贵妃尚未闻知么？"这数语越激动贵妃怒意，索性把手中翠钿，掷付玄宗，转身出阁去了。玄宗见贵妃已去，又欲呼出梅妃，再叙情愫，不意屡呼不应，起身至夹幕中亲视，已悄无一人，慌忙顾问左右，左右亦懵然莫解。正在着急的时候，忽有一小黄门入内，报称已送回梅妃。玄宗问道："何人叫你送去？"小黄门道：“杨娘娘在此争闹，奴婢恐万岁为难，所以从阁后破壁，悄地里将梅娘娘送还。”玄宗竟大怒道：“朕不教你送去，你为何擅敢主张？”说至此，竟拔出壁上宝剑，把小黄门剁死。冤哉枉也。随即穿戴冕服，出去视朝。

可巧陇右节度使皇甫惟明，入朝献捷，由玄宗慰劳数语，暗伏下文。余无他事，就此退朝。玄宗入内，又往杨贵妃宫中，贵妃竟不出迎，直待玄宗踱入，才算起身行礼，且冷语道：“陛下何不向上阳宫去？”玄宗不待说毕，便截住道：“卿休再说此事！”贵妃撒娇道：“妾情愿退出宫外，让梅精在此专宠，免受臣僚讥评。”玄宗又再三劝慰，哪知贵妃越唠唠叨叨，带哭带语，闹个不休，当下触怒天颜，竟遣出贵妃，令高力士送还少监杨铦宅中。铦正自朝退食，蓦闻贵妃回来，顿吃了一大惊，没奈何迎入贵妃高力士，问明缘由。力士述及大略，铦蹙眉道：“妹子生性娇痴，竟遭谪谴，此后将怎么区处？”高力士微笑道：“离合亦人生常事，但教有人出力，自可回天。”明是卖能。铦知他言中寓意，遂托他转圜，哀求至再，几乎要跪将下去，力士忙应允道：“我看圣上很宠贵妃，此刻不过一时生恼，叫我送回，一二日后，心回意转，由我从中进言，管教破镜重圆，幸请勿虑！”铦喜道：“全仗！全仗！”至力士别去，终觉心下未安。杨锜杨钊等，闻这消息，统捏了一把冷汗，前来探问。至杨铦与他说明，都想埋怨贵妃，偏贵妃已哭得似泪人儿一般，不便再进怨词，只好相对哭着。就是贵妃三姊，也一齐趋至，见着大众凄惶，不暇细问，就扑簌簌的坠下泪来。众人惧祸聚哭，还有何心下餐？午膳时各胡乱吃了一碗半碗，贵妃竟一粒不沾，便即撤席。待至日昃，忽由内监颁到御膳，并衣物米面百余车，说是由皇上特赐。铦拜受毕，由内监与他密语道：“这是高公奏请，因有此赐。”铦非常感谢，至送别内监，便入语众人，料知玄宗尚未忘情，彼此少慰。夜餐期届，列席团坐，已不同午席情景，把酒言欢，有说有笑。贵妃亦饮酒数杯，至起更后，大家方才散归。

这一夜的杨贵妃，原是悔恨交并，无心安睡。那玄宗闷坐宫中，比贵妃还要懊怅，举止失常，饮食无味。内侍从旁供奉，并未有失，偏事事不合上意，动受鞭笞。到了夜静更阑，还是东叱西骂，呼叫不休。力士已出言尝试，经玄宗许给特赐，早瞧透玄宗心情，待至鼍鼓频催，鸡声已唱，玄宗尚不愿就寝。力士侍立在旁，因乘间请召还贵妃。玄宗遂令力士开安兴坊，越过太华公主家，用轻车往迎贵妃还宫。贵妃原是慰望，杨铦益觉心喜，当下拜谢力士，嘱贵妃整装随去。时已天晓，力士引贵妃入内殿，玄宗已眼巴巴的瞧着，一见贵妃进来，正似一日不见，如隔三秋，心下非常快慰。贵妃裣衽下拜，涕泣谢罪，玄宗亦自认错误，扶掖入宫。午后即召梨园弟子，共入演戏，并传贵妃三姊，一并列座。玄宗呼三姊为姨，仔细端详，均与贵妃相差不多。次姨不施脂粉，自然美艳，更觉出人头地。演戏至晚，才命停止，留三姨入宫赐宴。玄宗上坐，三姨与贵妃，分坐两旁。五人开怀畅饮，酒过数巡，统有些放肆起来。玄宗目不转睛的瞧着次姨，次姨亦秋波含媚，故卖风骚，而且语不加检，言多近谑。玄宗恨不得抱她入怀，一亲芗泽，只因列坐数人，勉强抑制。好容易饮至更深，三姨方拜谢而去。玄宗挈贵妃入寝，是夕恩爱，更倍曩时。越宿下诏，封大姨为韩国夫人，次姨为虢国夫人，又次为秦国夫人。三夫人并承恩泽。出入宫掖，势倾朝野。铦锜亦日邀隆遇，时人号为五杨。

五杨宅中，四方赂遗，日夕不绝。官吏有所请求，但得五杨援引，无不如志。五家并峙宣阳里中，甲第洞开，僭拟宫掖。每筑一堂，费辄巨万。虢国尤为豪荡，另辟新居，所造中堂，召工圬墁，约钱二百万缗。圬工尚求厚赏，虢国给绛罗五百匹，尚嫌不足，且嗤以鼻道："请取蝼蚁蜥蜴，散置堂中，一一记数，若失一物，不敢受值。"据此数语，已可见她的豪费了。越觉骄盈，越易败亡。杨钊善承意旨，入判度支，一岁领十五使，宠眷日隆。且屡奏帑藏充牣，古今罕比。玄宗率群臣往观，果然财帛山积，便赐钊紫衣金鱼。钊复请雪张易之兄弟罪案，有制谓："易之兄弟，迎庐陵王有功，应复官爵，子孙袭荫。"钊可谓不忘其本。钊以图谶有金刀二字，乞请改名，乃赐名国忠，并加授御史大夫，权京兆尹，富贵与铦锜相埒。五杨中又添入一杨，当时都中有歌谣道："生男勿喜女勿悲，生女也可壮门楣。"这正为诸杨写照呢。

且说陇右节度使皇甫惟明，入朝献捷，看官道这胜仗从何处得来？原来唐廷与吐蕃失和，吐蕃又屡次入寇，回应四十六回。皇甫惟明，调任陇右，屡破吐蕃将莽布支军，先后斩俘数万级，乃献捷京师。惟明入谒数次，密劾李林甫弄权误国，亟应罢黜。哪知玄宗正信任林甫，无论甚么弹劾，全然不信。权阉高力士，尝劝玄宗裁抑林甫，毋畀大权，险些儿遭了重谴，还是力士叩头认罪，方得获免，何况如皇甫惟明，疏而不亲呢？君子不以人废言，如高力士之劾李林甫，亦必叙入，不肯少漏。

时牛仙客已死，刑部尚书李适之，进任左相，兼领兵部尚书，驸马张洎，系张说次子，曾尚玄宗女宁亲公主，入任兵部侍郎。林甫因二人升官，不由己荐，未免加忌。二人自结主知，也不愿巴结林甫，积久成隙，几同仇敌。林甫使人讦发兵部铨曹罪案，收逮六十余人，令法曹吉温罗希奭等，锻炼成狱，悉加重典，当时号为罗钳吉网，无一幸免。但李适之自经此狱，面上很觉削色，越与林甫不和。租庸转运使韦坚，进补刑部尚书，御史中丞杨慎矜，兼代租庸转运使。坚为适之党，慎矜为林甫党，皇甫惟明本系太子故友，当然与坚相往来，林甫就此设谋，暗嘱慎矜上书告变，竟说惟明与坚，谋立太子。玄宗信以为真，即令林甫委吏鞫治。林甫仍遣慎矜等作为问官。看官试想！此时的韦坚及皇甫惟明，尚能辩明冤枉吗？慎矜诬假作真，妄定谳案，还亏玄宗顾及太子，不欲显布罪状，但贬坚为缙云太守。皇甫惟明为播州太守，亲党连坐，约数十人。太子因坚为妃兄，未免惶惧，表请与妃离婚。玄宗搁过不提，太子妃才得保全。李适之虽未株连，自知相位不固，乐得上书辞职，有制罢适之为太子少保，不令预政。既而将作少匠韦兰，兵部员外郎韦芝，均为兄坚讼冤。李林甫入白玄宗，挑动上怒，竟谪兰芝两人至岭南，再贬坚为江夏别驾，寻且流徙临封。适之亦坐党谪守宜春。

一波未平，一波又起。左骁卫兵曹柳勣，诬告赞善大夫杜有邻，妄称图谶，交构东宫，指斥乘舆。于是权相李林甫，复奉玄宗诏敕，指令京兆法曹吉温，来鞫是狱。危哉太子！一干人犯，齐集法庭，讯将起来。柳勣是杜有邻女夫，有邻长女嫁柳勣，次女为太子良娣。勣性疏狂，喜结交名士，尝与淄川太守裴敦复友善，敦复转荐诸北海太守李邕，邕遂与定交。勣因妇翁得官赞善，乃入都探亲，有邻素嫉勣狂诞，白眼相待，以致勣怀恨在心，无端诬告，吉温是个杀人不眨眼的人物，索性把翁婿二人，一古脑儿坐罪，杖毙狱中，妻子流远方。有邻枉死，可为择婿不慎者鉴。惟勣亦杖死，诬告何益？太子亦出良娣为庶人。林甫再牵藤摘瓜，复遣罗希奭往按李邕，及裴敦复。李裴怎肯自诬？偏经这助桀为虐的罗希奭，不分皂白，擅加刑讯，又将二人先后杖毙。当遣人密报林甫，已经了结李裴，林甫更凶恶得很，当即奏请分遣御史，赐皇甫惟明韦坚等自尽，且令希奭顺道往宜春，按视李适之。适之料知难免，仰药自杀。连玄宗旧臣王琚，因与李邕向来交往，也平白地牵连进去，由邺郡太守任内，贬为江华司马，活活的被希奭逼死。林甫又恐王忠嗣入相，复设法陷害，先说他阻挠军计，继且说他密谋兴兵，拥立太子。昏愦糊涂的唐玄宗，竟召忠嗣入都，令三法司审讯。忠嗣部将哥舒翰，随至都中，登殿鸣冤，情愿将自己官爵，赎忠嗣罪。玄宗尚未肯信，欲起入禁中，急得翰连忙磕头，声泪俱下。玄宗也被感悟，乃诏三法司道："吾儿向处深宫，怎得与外人通谋？这定是蜚语构陷，朕岂肯遽信么？"三司又奏言："拥兵入阙，或出谣传，沮挠军心，确有实据，仍请依法论罪。"玄宗终为所惑，贬忠嗣为汉阳太守。最可怪的是杨慎矜，倚附林甫，害死韦坚等人，得转任户部侍郎，后来渐为林甫所嫉，竟嗾使中丞王鉷密奏一本，谓："慎矜系隋炀后裔，与术士史敬忠交通，妄谈谶纬，谋复祖业。"一个大逆不道的罪名，加置慎矜身上，不怕慎矜不死，兄弟同罪，妻子长流。慎矜自贻伊戚，原不足惜，但小人凶终隙末，更堪愤叹。玄宗尚目林甫为大忠臣，且将天下的岁贡，尽作赏赐。林甫越加专恣，内引杨国忠，外进安禄山，定要将唐室江山，葬送他二人手中。小子有诗叹道：

不是奸臣不引奸，爪牙遍布庙堂间，

罗钳吉网凶残甚，冤狱谁怜积血斑。

欲知林甫何故引用二人，容待下回申叙。

天宝以后，玄宗之昏瞀甚矣，以子妇而册为贵妃，名分何在？以贼臣而拜为首相，刑赏必乖。天下无不妒之妇人，况如淫悍之杨玉环乎？天下更无不奸之国贼，况如阴狡之李林甫乎？絮阁一段，是极写玉环之妒，兴狱一段，是极写林甫之奸。而且玉环进，则五杨俱贵，赌博无行之杨国忠，亦庆弹冠。林甫专，则群小同升，残虐好杀之吉温罗希奭，亦得逞志。女子小人，有一于此，且致乱亡，兼而有之，尚能不乱且亡耶？君子以是知玄宗之不终。

杨国忠（?—756），本名杨钊，唐蒲州永乐（今山西芮城西南）人，杨贵妃堂兄。天宝初因贵妃为玄宗所宠，由监察御史迁侍御史等职，赐名国忠，身兼十五使职，权倾内外。天宝十一年（752年）李林甫死，他代为右相，兼领四十余使，又专判度支、吏部，结党营私。安史之乱中他在马嵬驿（今陕西兴平西）被禁军杀死。

第四十八回

洗禄儿中冓贻羞 写幽怨长门拟赋

却说李林甫专权用事，引进杨国忠安禄山，一是因杨妃得宠，不得不引为党援，一是因禄山善谀，不能不替他扬誉。禄山既任平庐节度使，复兼范阳节度使，权力日盛，且欲邀功固宠，屡出兵侵掠奚契丹。契丹酋已换了李怀秀，奚酋亦换了李延宠，两酋均归附唐廷，未尝入寇。玄宗授怀秀为松漠都督，封崇顺王，且以外孙独孤氏为静乐公主，出嫁怀秀。就是延宠亦得封怀信王，兼饶乐都督，尚玄宗甥女宜芳公主。自被安禄山侵掠，激成怨怒，各将公主杀死，背叛朝廷。禄山乃发兵数万，分讨奚契丹，侥幸得了胜仗，逐去二李，露布告捷。当由玄宗改封别酋楷洛为恭仁王，代松漠都督，婆固为晤信王，代饶乐都督。奚契丹总算告平。

禄山遂启节入朝，玄宗召见，慰劳有加。禄山奏道："臣生长蕃戎，仰蒙皇上恩典，得极宠荣，自愧愚蠢，不足胜任，只有以身许国，聊报皇恩。"玄宗喜道："卿能委身报国，还有何言？"时太子侍玄宗侧，玄宗令与禄山相见，禄山却故意不拜，殿前侍监等，即喝问道："禄山见了殿下，何故不拜？"禄山复佯惊道："殿下何称？"玄宗微哂道："殿下就是皇太子。"禄山复道："臣不识朝廷礼仪，皇太子究是何官？"所谓大奸若愚。玄宗道："朕百年后，当将帝位付托，所以叫作太子。"禄山方谢道："愚臣只知有陛下，不知有皇太子，罪该万死。"说毕，乃向太子拜了数拜。玄宗以为朴诚，反加赞美。至禄山退出，即下敕令暂留都中，兼官御史大夫。禄山见玄宗已入彀中，便不待召命，随时进见。玄宗从未相拒，每见必多方询问。禄山但装出一种戆直态度，有几句令人可爱，有几句令人可笑。

既而复献入鹦鹉一架，玄宗问从何来？禄山扯个谎道：“臣前征奚契丹，道出北平，梦见先臣李靖李勣，向臣求食，臣因为他设祭，皇太子尚且未知，如何晓得二李？此鸟忽从空中飞至，臣以为祥，取养有年，今已驯扰，方敢上献。”玄宗道：“宫中亦有鹦鹉，但不及此鸟修洁。”鹦鹉也善迎意旨，竟学作人言道：“谢万岁恩奖。”玄宗大喜，便顾左右道：“贵妃素爱鹦鹉，可宣她出来，一同玩赏。”左右领旨即去。俄顷有环珮声自内传出，那鹦鹉复叫道：“贵妃娘娘到了。”禄山举目一瞧，但见许多宫女，簇拥一个绝世丽姝，冉冉而来，又故意退了数步，似欲作趋避状。玄宗命他留着，乃拱立阶下。杨贵妃见了玄宗，行过了礼，玄宗即指示鹦鹉道：“此鸟系安卿所献，爱妃以为何如？”贵妃仔细一瞧，便答道：“鹦鹉并非少有，只白鹦鹉却不易得，况又是熟习人言呢？”玄宗道：“爱妃既喜此鹦鹉，可收蓄宫中。”贵妃大悦，即命宫女念奴，收去养着，一面问安卿何在？玄宗乃命禄山谒见贵妃，禄山才趋前再拜，偷眼瞧那杨贵妃，镂雪为肤，揉酥作骨，丰艳中带着数分秀雅，禁不住目眙神迷。贵妃亦顾视禄山，腹垂过膝，腰大成围，看似痴肥，恰甚强壮，也不由的称许道：“好一个奇男子。”以肥对肥，宜乎相契。玄宗道：“他在边疆，屡立战功，近日入朝，朕爱他忠诚，特命他留侍数月。”贵妃便接入道：“妾闻边境敉平，将帅无事，何妨留侍一二年。”你的乳头，想已发痒了。玄宗点首，即命左右设宴勤政殿，召集诸杨，及亲信大臣侍宴。

已而群臣毕集，筵席早陈，玄宗挈贵妃手，诣登勤政楼。禄山在后随着，香风阵阵，触鼻而来，几乎未饮先醉。及至楼上，玄宗但命杨铦杨锜登楼，令百官列坐楼下。禄山不闻禁阻，乐得随着贵妃履迹，徐步上楼。玄宗一面传召三姨，一面令在御座东间，特设金鸡幛，中置一榻，备陈酒肴。禄山暗思此席特设，定为三姨留下位置。未几三姨俱至，却与玄宗合坐一席，自己正患无坐处，忽由玄宗面谕，赐坐金鸡幛内，相对侍饮。当下喜出望外，便谢恩趋座。更幸珠帘高卷，仍得觑视群芳，于是带饮带赏，暗地品评，这一个是双眉含翠，那一个是两鬓拖青。这一个是秋水横波，那一个是桃花晕颊，就中妖冶丰盈，总要算那贵妃玉环。正在出神的时候，蓦闻声乐杂奏，音韵迭谐，按声细瞧，便是贵妃及三姨，各执管笛琵琶等器，或吹或弹，集成雅乐，自己也不觉技痒起来，便起身离座，步至御席前启奏道：“臣愚不知音律，但觉洋洋盈耳，真是盛世元音，惟有乐不可无舞，臣系胡人，胡旋舞略有所长，今愿献丑。”也是卖技。玄宗道：“卿体甚肥，也能作胡旋舞么？”禄山闻言，即离席丈许，盘旋起来。起初尚觉有些笨滞，到了后来，回行甚疾，好似走马灯一般，须眉都不可辨，只见一个大肚皮，辘轳圆转，毫不迂缓。约旋至百余次，方才站定，面不改容。玄宗连声赞好，且指他大腹道：“腹中有甚么东西，如此庞大？”禄山随口答道：“只有赤心。”玄宗益喜，命与杨铦杨锜，结为异姓兄弟。铦与锜当然应命，各起座与禄山相揖，叙及年齿，禄山最小，便呼二杨为兄。虢国夫人却搀入道：“男称兄弟，女即姊妹，我等亦当行一新礼。”韩国秦国，恰也都是赞成，便俱与禄山叙齿，以姊弟兄妹相呼。禄山很是得意。及散席后，百官谢宴归去，诸杨亦皆散归，独禄山尚留侍玄宗，相随入宫。玄宗爱到极处，至呼禄山为禄儿。禄山乘势凑趣，先趋至贵妃面前，屈膝下拜道：“臣儿愿母妃千岁！”石榴裙下，应该拜倒。玄宗笑道：“禄儿！你的礼教错了。天下岂有先母后父的道理？”禄山慌忙转拜玄宗道：“胡俗不知礼义，向来先母后父，臣但依习惯，遂忘却天朝礼仪了。”浑身是假。玄宗不以为怪，反顾视贵妃道：“即此可见他诚朴。”贵妃也熟视禄山，微笑不答。已有意了。禄山见她梨涡微晕，星眼斜溜，险些儿把自己魂灵，被她摄去，勉强按定了神，拜谢出宫。

嗣是蒙赐铁券，嗣是进爵东平郡王，将帅封王，自禄山始。禄山屡入宫谢恩，满望与贵妃亲近，好替玄宗效劳，偏偏接了一道诏敕，令兼河北道采访处置使，出外巡边，那时没法推辞，离都还镇。他却想出一法，佯招奚契丹各部酋长，同来宴叙，暗地里用着莨菪酒，把他灌醉，阬杀数十人，斩首进献，复请入朝报绩。玄宗只道他诚实不欺，准如所请，且命有司预为筑第，但务壮丽，不计财力。至禄山到了戏水，杨氏兄弟姊妹均往迎接，冠盖蔽野。玄宗亦自幸望春宫，等着禄山。及禄山入谒，再四褒奖，并赐旁坐。禄山献入奚俘千人，悉予赦宥，令充禄山差役，且令杨氏弟兄，导禄山入居新第，所有器具什物，无不毕具，大都是上等材料制成，金银器几占了一半，且尝戒有司道：“胡人眼光颇大，勿令笑我。”禄山既入新第中，置酒宴客，乞降墨敕请宰相至第。玄宗即具手诏，谕令李林甫以下，尽行赴宴。林甫正手握大权，群臣无敢抗礼，独禄山既邀盛宠，得与林甫为平等交。林甫佯与联欢，有时冷嘲热讽，如见禄山肺肠，禄山很是惊讶。不敢向林甫自夸，所以林甫入宴，格外敬待。林甫也自恃多才，无所畏忌，所以未尝构陷禄山。同流合污。玄宗又每日遣令诸杨，与他选胜游宴，侑以梨园教坊诸乐，禄山尚不甚惬望。他此次入朝，无非为了杨贵妃一人，所以于贵妃前私进珍物，百端求媚。贵妃亦辄有厚赐。两情相洽，似漆投胶，前此称为假母子，后来竟成为真夫妻。

一日，为禄山生辰，玄宗及杨贵妃，赏赉甚厚。过了三日，贵妃召禄山入禁中，用锦绣为大襁褓，裹着禄儿，令宫人十六人，用舆抬着，游行宫中。宫人且抬且笑，余人亦相率诙谐。玄宗初未知情，至闻后宫喧笑声，才询原委，左右以贵妃洗儿对。玄宗始亲自往观，果然大腹胡儿，裹着绣褓，坐着大舆，在宫禁中盘绕转来，玄宗也不觉好笑，即赐贵妃洗儿金银钱，且厚赏禄山。至晚小宴，玄宗与贵妃并坐，竟令禄山侍饮左侧，尽欢而罢。自此禄山出入宫掖，毫无禁忌，或与贵妃对食，或与贵妃联榻，通宵不出，丑声遍达，独玄宗并未过问。看官至此，恐不能不作一疑问：玄宗自宠信贵妃，几乎寝食不离，如影随形，难道贵妃与禄山通奸，他却熟视无睹么？原来此中也有一段隐情。玄宗本看上虢国夫人，尝欲召幸，只因贵妃防范甚严，一时无从下手，此番禄山入朝，贵妃镇日里玩弄禄儿，无暇检察，便乘隙召进虢国夫人，与她作长夜欢。虢国水性杨花，乐得仰承雨露，当时杜工部曾咏此事云："虢国夫人承主恩，平明骑马入宫门。却嫌脂粉污颜色，淡扫蛾眉朝至尊。"这数语虽有含蓄，已露端倪。其实是我淫人妻，人淫我妻，天道好还，丝毫不爽哩。仿佛暮鼓晨钟。

禄山与贵妃，鬼混了一年有余，甚至将贵妃胸乳抓伤。贵妃未免暗泣，因恐玄宗瞧破，遂作出一个诃子来，笼罩胸前。宫中未悉深情，反以为未肯露乳，多半仿效。禄山却暗中怀惧，不敢时常入宫。户部郎中吉温，本因李林甫得进，因见杨国忠安禄山两人，相继贵幸，遂转附国忠，计逐林甫心腹御史中丞宋浑，并与禄山约为兄弟，尝私语禄山道："李丞相虽似亲近三兄，但总不肯荐兄为相，兄若荐温上达，温当奏兄才堪大任。俟隙排去林甫，尚怕相位不入兄手么？"禄山闻言甚喜，遂互相标榜，期达志愿。玄宗也欲进相禄山，只因禄山是个武夫，不便入相，但命他再兼河东节度使。禄山遂荐温为副使，并大理司直张通儒为判官，一同赴任。既至任所，以吉温张通儒为腹心。委以军事，尚有部将孙孝哲，系是契丹部人，素业缝工，为禄山仆役，禄山身躯庞大，非孝哲缝衣，不合身裁。并因孝哲母有姿色，尝为禄山所爱，入侍胡床，供他肉欲。孝哲竟呼禄山为父，尤能先事取情，得禄山欢心。禄山遂大加宠昵，拔为副将。他如史思明安守忠李归仁蔡希德牛廷玠向润容李廷望崔乾祐尹子奇何千年武令珣能元皓能音耐，能氏系出长广。田承嗣田乾真阿史那承庆等，统是禄山部下将校，以骁悍闻。孔目官严庄，掌书记高尚，稍有材学，投入戎幕，做了禄山参谋，因此文武俱备，阴蓄异图。庄与尚且援引图谶，怂恿禄山作乱。禄山乃挑选同罗奚契丹降众，得壮士八千余人，作为亲军。胡人向称壮士为曳落河，一可当百，矫健绝伦。禄山故态复萌，又欲出攻奚契丹，立威朔漠，然后南向。当下调集三镇兵士，共得六万，用奚骑二千为向导，竟出平卢。不意途中遇雨，弓弩筋胶，俱已脱黏。那奚骑背地叛去，暗与契丹兵联合，来袭禄山。禄山猝不及防，被杀得七零八落，只率麾下二十骑，走入师州，才得保全性命。当时若即身死，何至有后文乱事。

既而收集散众，再行出塞，誓雪前耻。且奏调朔方节度副使李献忠，同击奚契丹。献忠系突厥人，原名阿布思，突厥灭亡，叩关请降。玄宗优礼相待，赐姓名李献忠，累迁至朔方节度副使。献忠颇有权略，不肯出禄山下。禄山调他北征，明是借公报私，献忠亦恐为禄山所图，仍复名阿布思，叛归漠北。禄山乃按兵不进，嗣闻阿布思为回纥所破，乃复诱降阿布思余众，兵力益强。阿布思遁入葛逻禄部，由葛逻禄叶护，执送京师，当然伏诛。玄宗反归功禄山，颁敕奖叙。禄山尚念主恩，不忍遽叛，且因李林甫狡猾逾恒，非己所及，更不敢轻事发难。可巧林甫与杨国忠有隙，骤致失宠，竟尔忧忿成疾，卧床不起，于是朝局一变，遂激成禄山的叛乱来了。兔起鹘落。

林甫本善遇国忠，只因户部侍郎京兆尹王铁，骄恣陵人，与国忠未协。铁为林甫所荐，国忠怨铁，免不得并怨林甫。天宝十一载，天宝三年，改年为载。铁弟户部郎中銲，与友人邢縡，密谋作乱。高力士带领禁军，捕縡伏诛。国忠遂入白玄宗，请并惩王铁兄弟。玄宗尚不欲罪铁，林甫亦替他解辩，经国忠一再力争，复浼左相陈希烈，严行奏参。乃有制令希烈国忠，一同鞫治。两人罗列铁、銲罪状，复奏玄宗。玄宗瞧着，亦不禁动怒，立赐铁死，且毙銲杖下，令国忠兼京兆尹，寻即擢为御史大夫，兼京畿采访使。林甫因不能救铁，衔恨国忠。适南诏王阁罗凤陷入云南郡，剑南节度使鲜于仲通，屡讨屡败。国忠纪念前恩，替他回护。应前回。林甫乘间入奏，请遣国忠出镇剑南。这南诏本乌蛮别种，地居姚州西偏，蛮语称王为诏。失时曾有六诏，一名蒙隽，二名越析，三名浪穹，四名邆睒，五名施浪，六名蒙舍，蒙舍在南，所以称作南诏。南诏最强，并合五诏，曾遣使入朝。唐廷赐名归义，封为云南王。鲜于仲通素性褊急，失蛮夷心，阁罗凤乃称臣吐蕃。吐蕃号为东帝，与他合兵，入寇唐边。国忠所长，只有赌博，若要他去出兵打仗，全然没有经验，忽接奉一道诏敕，叫他出去防边，看官！你想他怕不怕，忧不忧呢？延宕了好几日，没奈何硬着头皮，入朝辞行，面奏玄宗道：“臣此次出使，闻由宰相林甫奏请，林甫意欲害臣，所以将臣外调，此后欲见陛下，未卜何年。”说至此，竟从眼眶中流下泪来。想是从妹子处学来。玄宗也为黯然，即面慰道：“卿暂行赴蜀，处置军事，稍有头绪，即当召卿还朝，令为宰辅。”国忠乃叩谢而去。林甫时已得疾，闻知此语，益加烦闷，遂逐日加剧。玄宗遣中官往问起居，返报病已垂危，乃亟召国忠还都。国忠甫行入蜀，得了诏命，星夜回来，及入都中，即诣林甫家问疾，谒拜床下。林甫流涕道：“林甫今将死了，公必继起为相，愿以后事托公。”国忠谢不敢当，汗流覆面。别后数日，林甫即死。

自林甫在相位十九年，固宠市权，妒贤忌能，诛逐贵臣，杜绝言路，口似蜜，腹似剑，玄宗反倚为股肱，自己深居禁中，耽恋声色，政事俱委诸林甫，所有从前姚宋以后诸将相，从没有这般专宠。但姚崇尚通，宋璟尚法，张嘉贞尚吏，张说尚文，李元纮杜暹尚俭，韩休张九龄尚直，各有所长，均堪节取。到了林甫专国，尚刻尚诈，尚私尚威，养成天下大乱。继任又是杨国忠，才具不及林甫，骄横与林甫相似，凡林甫所引用的人士，统行换去，且阴嗾安禄山，令阿布思部落降众，诣阙诬告林甫，说是林甫生前，曾与阿布思串同谋反，经玄宗饬吏按问，林甫婿谏议大夫杨齐宣，惧为所累，证成是狱，乃削林甫官爵，剖棺出尸，抉含珠，褫金紫，改用小棺殓葬，如庶人礼。子孙皆流岭南黔中，亲近及党与坐戍，共五十余人。虽是国忠恣行报复，然奸狡如林甫，也应受此罚。嗣是国忠威焰日盛，颐指气使，公卿以下，莫不震慑。

又改称吏部为文部，兵部为武部，刑部为宪部，国忠以右相兼任文部尚书，选人无论贤不肖，各依资递补，与自己亲昵的人，必调任美缺，与自己疏远的人，辄委置闲曹。官吏趋附，门庭如市。或劝陕郡进士张彖道："君何不谒见杨右相，自取富贵？"彖喟然道："君等倚杨右相如泰山，我看去实一冰山呢。若皎日一出，冰山立倒，恐君等必将失恃了。"遂出都赴嵩山，隐居终身。

国忠调入鲜于仲通，令为京兆尹，仲通为国忠撰颂，镌立省门。玄宗改定数字，仲通别用金填补，说得国忠功德巍巍，世莫与伦。那时玄宗又以为得一贤相，仍不问朝政，专在宫中拥着贵妃姊妹，调笑度日，贵妃自禄山出镇，用志不纷，一心一意的媚事玄宗，惹得玄宗愈加恩爱。贵妃要什么，玄宗便依她什么，贵妃喜啖生荔枝，荔枝产出岭南，去长安约数千里，玄宗特命飞驿驰送，数日得达，色味不变。惟梅妃自西阁一幸，好几年不见玄宗，南宫独处，郁郁不欢，忽闻岭南驰到驿使，还疑是赍送梅花，旋经询问宫人，是进生荔枝与杨妃，越觉心神懊怅，镇日唏嘘，默思宫中侍监，只有高力士权势最大，诸王公俱呼他为翁，驸马等直称他为爷，就是东宫储君，亦与他兄弟相称，此时已升任骠骑大将军，很得玄宗亲信，若欲再邀主宠，除非此人先容，不能得力，乃命宫人邀入高力士，仔细问道："将军尝侍奉皇上，可知皇上意中，尚记得有江采苹么？"力士道："皇上非不记念南宫，只因碍着贵妃，不便宣召。"梅妃道："我记得汉武帝时，陈皇后被废，曾出千金赂司马相如，作《长门赋》上献，今日岂无才人？还乞将军代为嘱托，替我拟《长门赋》一篇，入达主聪，或能挽回天意，亦未可知。"力士恐得罪杨妃，不敢应承，只推说无人解赋。且答言娘娘大才，何妨自撰。梅妃长叹数声，乃援笔蘸墨，立写数行，折成方胜，并从箧中凑集千金，赠与力士，托他进呈。力士不便推却，只好持去，悄悄的呈与玄宗。玄宗展开一看，题目乃是《楼东赋》。赋云：

玉槛尘生，凤奁香殄。懒蝉鬓之巧梳，闲缕衣之轻缘，苦寂寞于蕙宫，但凝思乎兰殿。信漂落之梅花，隔长门而不见。况乃花心飏恨，柳眼弄愁，煖风习习，春鸟啾啾，楼上黄昏兮，听风吹而回首，碧云日暮兮，对素月而凝眸。温泉不到，忆拾翠之旧游；长门深闭，嗟青鸾之信修。忆太液清波，水光荡浮，笙歌赏宴，陪从宸旒，奏舞鸾之妙曲，乘画鹢之仙舟。君情缱绻，深叙绸缪，誓山海而常在，似日月而无休。奈何嫉色庸庸，妒气冲冲，夺我之爱幸，斥我乎幽宫。思旧欢之莫得，想梦著乎朦胧。度花朝与月夕，羞懒对乎春风。欲相如之奏赋，奈世才之不工；属愁吟之未尽，已响动乎疏

钟。空长叹而掩袂，踌躇步于楼东。

玄宗瞧罢，想起旧情，也觉怃然，遂取出珍珠一斛，令力士密赐梅妃。梅妃不受，又写了七绝一首，托力士带回，再呈玄宗。玄宗又复展览，但见上面写着：

柳叶双眉久不描，残妆和泪污红销，

长门自是无梳洗，何必珍珠慰寂寥。

玄宗正在吟玩，忽有一人进来，见了诗句，竟从玄宗手中夺去，究竟何人有此大胆，且看下回便知。

安禄山一大腹胡耳，无潘安貌，乏陈思才，独以大诈似愚之技俩，欺惑玄宗，玄宗耽情声色，聪明已蔽，应为所迷，而杨贵妃亦从而爱幸之，何也？盖妒妇必淫，淫妇必妒，以年垂耆老之玄宗，忽据一玉貌花容之子妇，即令爱宠逾恒，能保其能相安乎？饥则思攫，宁必择人？洗儿赐钱，丑遗千载，而玄宗尚习不加察，日处宫中，为淫乐事，外政尽决于李林甫，林甫死而杨国忠又入继之。一人乱天下不足，更加一人，李杨乱于外，梅杨讧于内，梅李去而杨氏盛，虽荣必落，杨氏杨氏，亦何必争宠耶？梅妃较贞，不脱争春习态，吾尚为之深惜云。

第四十九回

恋爱妃密誓长生殿
宠胡儿亲饯望春亭

却说玄宗方吟玩诗句，有人进来，从手中夺去，玄宗急忙顾视，原来乃是杨贵妃。别人怎敢？贵妃瞧毕，掷还玄宗，又见案上有一薛涛笺，笺上写着《楼东赋》一篇，从头至尾，览了一周，不禁大愤道："梅精庸贱，乃敢作此怨词，毁妾尚可，谤讪圣上，该当何罪？应即赐死！"玄宗默然不答。贵妃再三要求，玄宗道："她无聊作赋，情迹可原，卿不必与她计较。"贵妃瞋目道："陛下若不忘旧情，何不再召入西阁，与她私会？"玄宗见贵妃提及旧事，又惭又恼，但因宠爱已惯，没奈何耐着性子，任她絮聒一番。贵妃虽无可奈何，心下却好生不悦，嗣是朝夕侍奉，动多谯诃。玄宗也不去睬她，好似痴聋一般。做阿翁的，原应痴聋，做夫主恰不宜出此。

一日，复在便殿宴集诸王，各奏音乐，嗣宁王琎，即宁王宪子，见前回。颇善吹笛，特取过紫玉笛儿，吹了一套凌波曲。曲亦由玄宗自制。杨贵妃正在侍宴，听他依声度律，宛转缠绵，不由的情牵意动，待至罢宴撤席，诸王别去，玄宗暂起更衣，贵妃独坐，见宁王琎所吹的紫玉笛儿，搁置席旁，便轻轻取过，把玩许久，也按着原调，吹弄起来。玄宗闻贵妃吹笛，即出来听着。眼中瞧见紫玉笛，又转惹恼，便语贵妃道："此笛由嗣宁王吹过，口泽尚存，汝何得便吹？"贵妃恰毫不在意，直待吹完原曲，方慢慢的把笛放下，《杨太真外传》中，说是吹宁王紫玉笛，按此时宁王宪早薨，应属嗣宁王琎，琎年轻，故贵妃为之移情，玄宗为之介意。起座冷笑道："玉笛非凤舄可比，凤舄上被人勾蹑，陛下尚搁置不问，奈何恕人责妾呢？"玄宗听了，乘着酒后余性，便勃然道："汝连日蹇傲，出言不逊，难道朕不能撵汝么？"贵妃怎肯受责，也抗声道："尽管撵逐，尽管撵逐。"逼得玄宗无可转词，遂着内侍张韬光，送贵妃至杨国忠第中。

国忠不觉着忙，没法摆布，适值吉温入报军务，国忠遂与他商量。温愿乘间进言，当下趋入便殿，奏罢边事，又从容说道："闻陛下新斥贵妃，臣愚以为未合。贵妃系一妇人，原无识见，有忤圣意，罪合当死，但既蒙爱宠，应该就死宫中，陛下何惜宫中一席，畀她就戮，乃必令她外辱呢。"玄宗不禁点首。及退朝回宫，左右进膳，即撤御前肴馔，使张韬光赍赐贵妃。贵妃对使涕泣道："妾罪该当万死，蒙圣上隆恩，从宽遣放，未遽就戮，自思一再忤旨，不合再生，今当即死，无以谢上，妾除肤发外，皆上所赐，今愿截发一缕，聊报皇恩。"语至此，遂引刀自剪青丝一绺，付与韬光，且泣语道："为我归语圣上，呈此作永诀物。"后来平康里中，求媚恩客，往往剪发为赠，想即从贵妃处学来。韬光领诺，随即回宫复旨。

玄宗正苦岑寂，欲再召梅妃入侍，适值梅妃有疾，不能进奉，因此抑郁异常。及韬光返报，将妃发搭在肩上，跪述妃言。玄宗瞧着一绺青丝，黑光可鉴，更不禁牵动旧情，乃即令高力士召入贵妃。贵妃毁妆入宫，拜伏认罪，并无一言，只有呜咽涕泣。玄宗大为不忍，亲手扶起，立唤侍女，替她梳妆更衣，重整夜宴，格外亲爱。

自后益加嬖幸，且屡与贵妃幸华清宫，赐浴温泉。温泉在骊山下，向筑宫室，环山建造，有集灵台、朝元阁、及飞霜、九龙、长生、明珠等殿，统是规模宏敞，气象辉煌。杨国忠杨铦杨锜，及三国夫人，一并从幸。车马仆从，充溢数坊，锦绣珠玉，鲜华夺目。而且杨氏五家，各自为队，队各异饰，分为一色，合为五色，仿佛似云锦粲霞，山林成绣，沿途遗钿堕舄，不可胜数，香达数十里。既至华清宫，辄张盛宴，到了酒酣面热，大家散坐。贵妃肌体丰硕，常觉香汗淋漓，玄宗因命往浴。宫中有池，叫作华清池，系温泉汇聚的区处，每当贵妃浴毕，临风小立，露胸取凉，别人原是回避，独有玄宗是见惯司空，不必禁忌，往往用手扪贵妃乳，且随口赞道："软温新剥鸡头肉"，贵妃似羞非羞，似嗔非嗔，更现出一种妩媚态度。看官！你想玄宗到了此时，尚有不堕入情网么？贵妃又乘着初浴，特舞霓裳羽衣曲，罗衣散绮，锦縠生香。玄宗大悦，时适盛夏，遂留华清宫避暑。

转瞬间已是七夕，秦俗多于是夜乞巧，在庭中陈列瓜果，焚香祷告。贵妃亦趁势固宠，特请玄宗至长生殿，仿行乞巧故事。玄宗当然喜允，待至月上更敲，天高夜静，遂令宫女捧了香盒瓶花等类，导着前行，一主一妃，相偕徐步，悄悄的到了殿庭，已有内侍张着锦幄，摆好香案，分站东西厢，肃容待着。玄宗饬宫女添上香盒瓶花，焚龙涎，爇莲炬，烟篆氤氲，烛光灿烂，眼见得秋生银汉，艳映玉阶。点染浓艳。贵妃斜亸香肩，倚着玄宗，低声语道："今日牛女双星，渡河相会，真是一番韵事。"玄宗道："双星相会，一年一度，不及朕与妃子，得时时欢聚哩。"言下瞧着贵妃，反眼眶一红，扑簌簌的掉下泪来，全是做作。顿时大为惊讶，问她何事感伤。贵妃答道："妾想牛女双星，虽然一年一会，却是地久天长，只恐妾与陛下，不能似他长久哩。”玄宗道：“朕与卿生则同衾，死则同穴，有什么不长不久？”贵妃拭着泪道：“长门孤寂，秋扇抛残，妾每阅前史，很是痛心。”玄宗又道：“朕不致如此薄幸，卿若不信，愿对双星设誓。”正要你说此语。贵妃听着，亟向左右四顾，玄宗已觉会意，便令宫女内监，暂行回避，一面携贵妃手，同至香案前，拱手作揖道：“双星在上，我李隆基与杨玉环，情重恩深，愿生生世世，长为夫妇。”贵妃亦敛衽道：“愿如皇言，有渝此盟，双星作证，不得令终。”要挟之至。复侧身拜谢玄宗道：“妾感陛下厚恩，今夕密誓，死生不负。”说一死字，也是预谶。玄宗道：“彼此同心，还有何虑？”贵妃乃改愁为喜，即呼宫女等入内，撤去香花，随驾返入离宫，这一夜间的枕席绸缪，自在意中，不消细说。

玄宗本擅词才，乘着避暑余闲，迭制歌曲，令贵妃度入新腔，无不工妙，既而暑气已消，还入大内，按日里酣歌淫舞，沉醉太平，好容易由秋及春，园吏入报沉香亭畔，木芍药盛开，引得玄宗笑容满面，又要邀同爱妃，去赏名花。原来禁中向有牡丹，呼为木芍药，玄宗择得数种，移植兴庆池东沉香亭前，距大内约二三里。玄宗乘马，贵妃乘辇，同至沉香亭中，诏选梨园弟子，诣亭前奏乐。乐工李龟年善歌，手捧檀板，押众乐进奉，拟奏乐歌。玄宗谕龟年道：“今日对妃子赏名花，怎可复用旧乐？快去召学士李白来。”龟年领旨，忙去传召李白，哪知四处找寻，毫无踪迹。急得龟年东奔西跑，专向酒肆中寻访。看官可知道李白的出身么？他本是唐朝宗室，表字太白，远祖曾出仕隋朝，坐罪徙西域，至唐时还寓巴西。白生时，母梦见长庚星，因命名为太白。十岁即通诗书，既长隐岷山，不愿入仕，嗣复与孔巢父韩准裴政张叔明陶沔五人，东居徂徕山，号为竹溪六逸，且与南阳隐士吴筠，亦为诗酒交。筠被召入都，白亦从行。礼部侍郎兼集贤学士贺知章，见白文字，叹为谪仙中人，乃进白玄宗。玄宗召见金銮殿，与谈世事，白呈入奏颂一篇，大惬上意，立命赐食，亲为调羹，即命留居翰苑，随时供奉。白以酒为命，终日沉醉，每至酒肆，即入内痛饮，龟年寻了多时，方遇着这位李学士，急忙传宣诏旨，促他应召。白已吃得酩酊大醉，手中尚持杯不放，并

李白（701—762），字太白，号青莲居士，祖籍陇西成纪（今甘肃静宁西南），唐代诗人。一生奔走于功名，却仕途坎坷，晚年病死于安徽当涂。其诗作大气磅礴，有盛唐气象，被后人誉为“诗仙”，有代表作《望庐山瀑布》《蜀道难》《将进酒》等传世。

贺知章（659—约744），字季真，自号四明狂客，越州永兴（今浙江杭州市萧山区西）人，唐代诗人。证圣进士，官至秘书监。后还乡为道士。与张旭、包融、张若虚合称“吴中四士”。《回乡偶书》《咏柳》传诵颇广。

向龟年说道："我醉欲眠君且去。"说毕，竟凭几欲卧。恰是高品。龟年再呼不应，只好用那强迫手段，令随身二役，将李白拥出肆外，搀上了马，驰至沉香亭来。及已至亭畔，始将他从马上扶下，左推右挽，入见玄宗。玄宗已与贵妃畅饮多时，才见李白入谒，且看他两眼朦胧，醉态可掬，料知不能行礼，索性豁免仪文，即命旁坐。白尚昏沉未醒，作支颐状，乃命内侍用水噀面，喷了数次，方将白的醉梦，惊醒了一小半，渐渐的睁开双目。顾见帝妃上坐，乃离座下拜，口称死罪。玄宗道："醉后失仪，何足计较！朕召卿至此，特欲借重佳章，一写佳兴，卿且起来，不必多礼。"白始谢恩而起。玄宗仍命坐着，且述明情意，饬龟年送过金花笺，磨墨蘸毫，递笔令书。白不假思索。即援笔写道：

云想衣裳花想容，春风拂槛露华浓。若非群玉山头见，会向瑶台月下逢。

玄宗瞧着这一首，已赞不绝口，便命李龟年传集乐工，弹的弹，敲的敲，吹的吹，唱的唱，一齐倡和起来，果然好听得很。那时白又续成两首，但见是：

一枝红艳露凝香，云雨巫山枉断肠。借问汉宫谁得似？可怜飞燕倚新妆。

此诗固寓有深意。

名花倾国两相欢，常得君王带笑看。解释春风无限恨，沉香亭北倚栏杆。

玄宗喜道："人面花容，一并写到，更妙不胜言了。"随即顾贵妃道："有此妙诗，朕与妃子，亦当依声属和。"遂令龟年歌此三诗，自己吹笛，贵妃弹琵琶，一唱再鼓，饶有余音。又令龟年将三诗按入丝竹，重歌一转，为妃子侑酒。乃自调玉笛谐曲，每曲一换，故作曼声，拖长余韵。贵妃持玻璃七宝杯，酌西凉州葡萄酒，连饮三次，笑领歌意。曲既终，贵妃起谢玄宗，敛衽再拜。玄宗笑道："不必谢朕，可谢李学士。"贵妃乃亲自斟酒，递给李白。白起座跪饮，顿首拜赐。玄宗道："卿系仙才，此三诗可名为何调？"白答道："臣意可称为清平调。"玄宗喜道："好好，就照称为清平调便了。"随饬内侍用玉花骢马，送白归集贤院，自己亦挈妃还宫。自是白才名益著，玄宗亦时常召入，令他侍宴。

适渤海呈入番书，满朝大臣，均不能识。独白一目了然，宣诵如流。玄宗大悦，即命白亦用番字，草一副诏。白欲奚落杨国忠高力士两人，乞请国忠磨墨，力士脱靴。

玄宗笑诺，遂传入国忠力士，一与磨墨，一与脱靴。看官试想！这国忠是当时首相，力士是大内将军，怎肯受此窘辱？只因玄宗有旨，不便违慢，没奈何忍气吞声，遵旨而行。白非常欣慰，遂草就答书，遣归番使。玄宗赐白金帛，白却还不受，但乞在长安市中，随处痛饮，不加禁止。玄宗乃下诏光禄寺，日给美酒数罂，不拘职业，听他到处游览，饮酒赋诗，惟国忠力士，始终衔恨。力士乘间语贵妃，劝他废去清平调。贵妃道："太白清才，当代无二，奈何将他诗废去？"力士冷笑道："他把飞燕比拟娘娘，试想飞燕当日，所为何事？乃敢援引比附，究是何意？"贵妃被他一诘，反觉不好意思，沉脸不答。力士耻脱靴事，具见《李白列传》，惟渤海番书，正史未详，此处从稗乘采入。原来玄宗曾闻飞燕外传，至七宝避风台事，尝戏语贵妃道："似汝便不畏风，任吹多少，也属无妨。"贵妃知玄宗有意讥嘲，未免介意。至李白以飞燕相比，正惬私怀，偏此次为力士说破，暗思飞燕私通燕赤凤事，正与自己私通安禄山相似，遂疑李白有意讥刺，不由的变喜为怒。自此入侍玄宗，屡说李白纵酒狂歌，失人臣礼。玄宗虽极爱李白，奈为贵妃所厌，也只好与他疏远，不复召入。李白亦自知为小人所谗，恳求还里。玄宗赐金放还。白遂浪迹四方，随意游览去了。暂作一束。

且说杨国忠揽权得势，骄侈无比，所有杨氏僮仆，亦皆倚势为虐，叱逐都中。会当元夕夜游，帝女广宁公主，与驸马都尉程昌裔，并马观灯。杨家奴亦策骑游行，至西市门，人多如鲫，拥挤不堪，公主前导，吆喝而过，行人都让开一路，由她驰驱。独杨家奴当先拦着，不肯少退。两下里争执起来，杨奴竟挥鞭乱扑，几及公主面颊。公主向旁一闪，坐不住鞍，竟至坠下。程昌裔慌忙下马，扶起公主，那杨氏奴不管好歹，也将昌裔击了数鞭。两人俱觉受伤，即由公主入内泣诉。玄宗虽令杨氏杖杀家奴，但也责昌裔不合夜游，把他免官，不听朝谒。玄宗也算是两面调停。杨氏仍自恃显赫，毫不敛迹。国忠尝语僚友道："我本寒家子，一旦缘椒房贵戚，受宠至此，诚未知如何结果。但我生恐难致令名，不如乘时行乐，且过目前哩。"人生第一误事，便是此意。虢国夫人，素与国忠有私，至是居第相连，昼夜往来，淫纵无度。每当夜间入谒，兄妹必联辔同行，仆从侍女，前呼后拥，约得百余骑，炬密如昼，或有时兄妹偕游，同车并坐，不施障幕，时人目为雄狐。国忠子暄举明经，学业荒陋，不能及格，礼部侍郎达奚珣，畏国忠势盛，先遣子抚伺国忠入朝，叩马禀明。国忠怒道："我子何患不富贵，乃令鼠辈相卖么？"遂策马径驰，不顾而去。抚忙报父珣，珣惶惧得很，竟置暄上等，未几，即擢为户部侍郎。

会关中迭遭水旱，百姓大饥，玄宗因霪雨连绵，恐伤禾稼。国忠却令人取得嘉禾入献玄宗，谓天虽久雨，与稼无害。玄宗信以为真，偏扶风太守房琯，上报灾状，国忠即遣御史推勘，复称琯实诬奏，有旨谴责。于是相率箝口，不敢言灾。高力士尝侍上侧，玄宗顾语道："霪雨不已，莫非政事有失么？卿亦何妨尽言。"力士怅然道："陛下以权假宰相，赏罚无章，阴阳失度，怎能不上致天灾，但言出即恐遇祸，臣亦何敢渎陈？"台臣不敢言，而阉人反进谠论，虽似持正，实属反常。玄宗也为愕然，但始终为了贵妃，不敢罢国忠相职，国忠以是益骄。

惟安禄山出兼三镇，蔑视国忠，国忠遂与他有隙，亦言禄山威权太盛，必为国患。玄宗不从。陇右节度使哥舒翰，先时同禄山入朝，禄山胡人，翰系突厥人，互有违言，致生意见。适翰出击获胜，收还九曲部落，九曲见四十二回。杨国忠遂奏叙翰功，请旨封翰为西平郡王，兼河西节度使。看官不必细猜，便可知国忠的用心，是欲与翰联络，共排这大腹胡哩。国忠既恃翰为助，又屡言禄山必反，玄宗仍然未信。国忠道："陛下若不信臣言，试遣使征召禄山，看他果即来朝否？"玄宗乃召禄山入都。禄山奉命即至，竟出国忠意外，于是玄宗愈不信国忠。禄山至长安，正值玄宗至华清宫，乃转赴行宫朝谒，且泣诉玄宗道："臣是胡人，不识文字，陛下不次超迁，致为右相国忠所嫉，臣恐死无日了。"玄宗慰谕道："有朕作主，卿可无虞。"待禄山趋退，意欲授他同平章事，令太常卿张洎草制。国忠闻信，忙入阻道："禄山目不知书，虽有军功，岂即可升为宰相？此制若下，臣恐四夷将轻视朝廷呢。"玄宗乃命洎改草，止授禄山为尚书左仆射，赐实封千户。禄山不得入相，闻为国忠所阻，益滋怨恨，因自请还镇，且求兼领闲厩群牧等使，并吉温为副。玄宗一一允从。禄山得步进步，并奏言所部将士，前时出征奚契丹，功效甚多，应不拘常格，超资加赏。乃除拜将军五百余人，中郎将二千余人。所求既遂，即辞回范阳。玄宗亲御望春亭，设宴饯行，特赠御酒三杯，赐给禄山。禄山跪饮毕，叩首道谢。玄宗道："西北二虏，委卿镇驭，卿无负朕望！"禄山答道："臣蒙皇上厚恩，愧无可报，一日在边，一日誓死，决不令二虏入侵，有烦圣虑。"寇尚可御，似你却不易防，奈何？玄宗大喜，自解御衣，代披禄山身上。禄山又喜又惊，慌忙谢恩而去，疾驱出关，舍陆乘舟，沿河直下。万夫挽纤相助，昼夜兼行数百里，数日抵镇，方语诸将道："我此次入都，非常危险，今得脱险归来，可为万幸。但笑那国忠日欲杀我，终不能损我毫发，我命在天，国忠亦何能为呢？"俨然王莽口吻。部将一律称贺，因置酒大会，犒壮士，选良马，日夕经营，不遗余力。那深居九重的玄宗皇帝，总道他赤心可恃，毫不见疑。

禄山且遣副将何千年入奏，请以蕃将三十二人，代易汉将，玄宗仍欲照行。同平章事韦见素，方为国忠所荐，得参政务，因亟至国忠第中，语国忠道："禄山久有异志，今又有此请，明明是要谋反了。"国忠顿足道："我早料此贼必反，怎奈主子不听我言，屡说无益？日前东宫进言。也一些儿没有成效，奈何奈何！"见素道："且再行进谏何如？"国忠点首，约于次日入朝，同时谏诤，见素乃归。翌晨与国忠进见，甫经开口，玄宗即问道：“卿等疑禄山么？”见素因极言禄山逆迹，明白显露，所请万不可从。玄宗全然不理。国忠料不能阻，缄口无言。及退朝，顾语见素道：“我原说是无益的事情。”见素想了一番，便道：“有了有了。禄山出都时，高力士曾奉命送行，返白皇上，说禄山为命相中止，心甚怏怏。据愚见想来，与其令禄山在外，得专戎事，不若召禄山入内，给以虚荣，一面令贾循镇河东，吕知诲镇平庐，杨光翙镇河东，势分力减，狡胡便不足忧了。”国忠鼓掌称善，且语见素道：“我前此为了此事，曾奏黜张洎兄弟，我想命相改草，他人无一预闻，为何禄山得知？这定是张洎兄弟，暗中转告。可惜均出守建安，洎出守卢溪，尚是罪重罚轻呢。”借两人口中，补述前时情事。见素道：“亡羊补牢，尚为未晚，请公即日奏行。”国忠遂与见素联名上疏，当蒙玄宗批准，即令草制。哪知制已草就，留中不发，但遣中使辅璆琳，赍珍果往赐禄山，嘱令觇变。璆琳得禄山厚赂，还言禄山竭忠奉国，毫无二心。玄宗遂召语国忠道：“朕知禄山不反，所以推诚相与，卿等乃以为忧，自今日始，禄山由朕自保，免致卿等愁烦了。”国忠逡巡谢退，随将韦见素的秘计，搁置不行。小子有诗叹道：

狼子由来具野心，如何反望效忠忱？

主昏不悟嗟何及，大错轻成祸日深。

玄宗既信任禄山，自谓高枕无忧，越发纵情声色。看官欲知宫中后事，待下回再行说明。

语曰：“当断不断，反受其乱。”如玄宗之待杨贵妃及安禄山，正中此弊。贵妃一再忤旨，再遭黜逐，设从此不复召还，则一刀割绝，祸水不留，岂非一大快事！何至有内蛊之患乎，惟其当断不断，故卒贻后日之忧。禄山应召入朝，尚无叛迹，设从此不再专阃，则三镇易人，兵权立撤，亦为一大善谋，何至有外乱之偪乎？惟其当断不断，故卒成他日之变。且有杨妃之专宠，而国忠因得入相，有国忠之专权，而禄山因此速乱，追原祸始，皆自玄宗恋色之一端误之。天下事之最难割爱者，莫如色，为色所迷，虽有善断之主，亦归无断，甚矣哉色之为害也！

第五十回

勤政楼童子陈箴
范阳镇逆胡构乱

却说杨贵妃蛊惑玄宗，经长生殿密誓后，愈得宠幸，就是三国夫人，也连同邀宠，每届赏赐，不可胜计。韩国夫人得照夜玑，虢国夫人得锞子帐，秦国夫人得七叶冠，均是希世奇珍，得未曾有。又赐贵妃虹霓屏，贵妃转赠国忠，屏系隋朝遗物，雕刻前代美人形像，各长三寸许，面目如生，所有服玩衣饰，都用众宝嵌成，水晶为底，非常精致，巧夺天工。国忠得此异宝，安放内厅楼上，尝与亲旧眷属等玩赏，无不啧啧称羡。

一日，国忠独坐楼上，看着屏上众美人，不觉神志痴迷，昏昏欲睡。才经就枕，忽见屏上诸美人，都走下屏来，各述名号，或说是裂缯人，或说是步莲人，或说是浣纱人，或说是当垆人，或说是解佩人，或说是拾翠人，或说是许飞琼，或说是薛夜来，或说是赵飞燕，或说是桃源仙子，或说是巫山神女，如此等类，不胜枚举。国忠似历历亲见，只是身不能转动，口不能发声。诸美女各用物列坐，少顷有纤腰美女十余人，亦从屏上走下，自称楚章华宫踏摇娘，联袂作歌，声极清脆。但听歌中有二语云："三朵芙蓉是我流，大杨造得小杨收。"歌罢，有一女指国忠道。"床上庸奴，行将就毙，尚敢妄想我么？"言已，俱趋回屏上。这都是国忠幻梦，休作真看。国忠方似梦初醒，吓得冷汗遍体，急奔下楼，令家人将屏掩藏，封锁楼门，不敢再登，复转告贵妃。贵妃亦不欲再见，听令藏着。

已而国忠进位司空，长子暄得尚延和郡主，拜银青光禄大夫太常卿兼户部侍郎，季子朏得尚玄宗女万春公主，贵妃堂弟秘书少监鉴，得尚承荣郡主，杨氏一门，共计一贵妃，二公主，三郡主，三夫人，真是贵盛无比，震古铄今。又加赠杨玄琰为太尉齐国公，玄琰妻李氏为梁国夫人，都中特建杨氏家庙，由玄宗亲制碑文，御书勒石。玄珪进拜工部尚书，韩国夫人外孙女崔氏，为太子长男豫妃，虢国夫人子裴徽，尚太子女延光公主，徽妹为让帝宪季子妻，秦国夫人子柳潭，尚太子女和政公主，潭兄澄子尚长清县主，崔裴柳三家，俱与帝室联为甥舅，真个是乔松施荫，萝茑皆荣。

会秦国夫人病殁，杨铦亦死，国忠为诸杨翘楚，无论军国大事，均听国忠裁决，玄宗绝不过问，惟日与杨贵妃及韩虢二夫人，征歌逐舞，连日不休。一日，正与杨妃偕宴，适蓬莱宫中的园吏，献入柑子一百五十余枚，内有一颗，乃是联合生成，玄宗见了，很是惊喜，便语贵妃道："这柑子的原种，是从江陵进来，味颇甘美，朕特命留种，在蓬莱宫中栽植，生成了好几株，一向只有花无实，就使结了几颗，也甚寥寥，今秋却得了若干，并有这个合欢实，岂非奇事？"说着，即将合欢实取了，递与贵妃，便道："此果可好么？"贵妃正接果玩赏，玄宗又说道："草木也知人意，朕与妃子同心一体，所以结此合欢实，应该二人同食，并应祯祥。"随命左右取过小刀，亲自剖开，半给贵妃，一半自食。玄宗以为祯祥，我谓剖分而食，便是合而复离之兆。此外一百余枚，遍赐宰臣。国忠即上表称贺，玄宗益喜，更命画工写合欢柑橘图，传示后世，徒自增丑。一面赐民大酺。玄宗亲御勤政楼，大集妃嫔及诸王，并宰相以下诸大臣，张杂乐，设百戏，任民纵观，侈然有与民同乐的意思。

当时教坊中有王大娘，善戴百尺竿，竿上加一木山，状如瀛州方丈，使一小儿手持绛节，出入自如，信口作歌。王大娘舞竿不已，却正与小儿的歌声节奏，两两相应。玄宗拍手称赏，随命左右宣刘晏登楼。晏字士安，曹州人氏，幼甚颖慧，八岁即献颂行在，玄宗目为神童，授秘书省正字，至是尚止十龄，也在楼下看戏，一闻召命，立即上楼。玄宗命他即事题诗，贵妃插入道："不如令咏王大娘戴竿。"晏即应声道："楼前百戏竞争新，惟有长竿妙入神。谁谓绮罗翻有力，犹自嫌轻更着人。"此诗也不过尔尔。贵妃笑道："出口成章，不愧神童。"遂将晏抱置膝上，亲为理发。玄宗也握手回道："朕命汝为正字，汝究竟正得几字？"晏即答道："别字都正，只有一朋字未正。"籍端讽谏，颇寓特识。玄宗称善。待发已理讫，即命赐牙笏锦袍，且面奖道："汝他年必能自立，勿自傍人门户呢。"晏叩首拜谢。

玄宗又传李供奉吹笛，李供奉就是李謩，他本是吹笛能手，因闻玄宗善制新曲，尝在华清宫外，窃听曲声，得将新曲尽行领会，惟妙惟肖。玄宗偶与高力士微服外游，适值李謩吹笛，腔调与宫中相同，不由的惊诧起来。原来玄宗洞晓音律，所谱新曲，往往托为神女相传，得诸梦境，除上文所述霓裳羽衣，及凌波各曲外，尚有紫云回，尚有春光好，尚有荔枝香，种种曲调，都是玄宗自制，称为秘曲。此次闻李謩所吹，无非是自制新声，遂令力士挨户查访。既知李謩下落，即召他入见，命为宫内供奉。謩悉心研究，益尽所长，所以玄宗命他登楼奏技，一经吹出，回环转变，响遏行云。嗣又进马方期，鼓方响，李龟年吹觱栗，张野狐拍箜篌，雷海青弄铁拨，贺怀智敲檀板，俱是乐工中的名角，擅胜一时。杨贵妃也兴高采烈，击磬节音。玄宗更敲了数通羯鼓，算做收场。大众散去，玄宗当即还宫。

此后除宴赏外，往往寻出消遣的法儿，或弈棋斗胜，或掷骰赌采，一日，与诸王弈棋，玄宗稍不经心，误下棋子数枚，势将败北。贵妃正在观弈，手中抱着一只白猫，叫作雪猧儿，看着玄宗着急，即纵猫入枰，霎时将棋子爬乱。玄宗不觉大喜，暗地里深感贵妃。越日与贵妃掷骰，贵妃已占胜色，玄宗将要输了，惟掷得重四，尚可转败为胜，一面掷，一面连呼重四，那骰子辗转良久，方才摆定，玄宗一瞧，果然两个四点，便大笑道："似朕的呼卢，技术如何？"贵妃自然奉承数语。玄宗又回顾高力士道："此重四殊合人意，可赐以绯。"力士领旨，便将骰子第四色，都用胭脂点染，如今骰子上四色成红，便从此始。玄宗虽尚风雅，但不配为天下主。

当玄宗掷成重四时，架上的白鹦鹉，也连声喝采，待至呼卢已毕，玄宗因事外出，贵妃忽向鹦鹉道："雪衣女！你也晓得凑趣吗？"原来这白鹦鹉本产自广南，为安禄山所得，转献宫中，应四十八回，申释明白。贵妃爱他如宝，呼为雪衣女。自此鸟入宫后，经贵妃随时教导，洞晓言词，益解人意，因闻贵妃与语，似赞非赞，随即答道："雪衣女得承恩宠，已是有年，今日尚能侍奉，他日恐不能再侍了。"贵妃惊问何故？他却自说梦得恶兆，为鸷鸟所搏。贵妃道："梦兆不足凭信，你若心怀不安，我便教你多心经，可以转祸为福。"鹦鹉答道："谢娘娘厚恩！"贵妃乃令侍女添香，庄诵多心经。鹦鹉随听随学，经贵妃念了十多遍，鹦鹉也居然上口，自能念诵了。贵妃每日早起，命鹦鹉念经，稍有错误，即与教正。鹦鹉念得纯熟非常，约过了两三月，玄宗与贵妃闲游别殿，令鹦鹉随辇同行。鹦鹉兀立辇竿上面，突有飞鹰下掠，搏击鹦鹉，鹦鹉连呼救命，侍从慌忙救护，鹰虽飞去，鹦鹉已经受伤，迟至半日，竟尔死了。贵妃很是痛悼，好似丧女一般，玄宗也为叹惜，命将鹦鹉瘗后苑中，呼为鹦鹉冢。可见多心经原是无用，村媪俗妇，奈何不悟？自后贵妃闲着，尝追念鹦鹉，暗中堕泪，两颊生红，愈觉娇艳可爱。宫婢侍女，却故意摹效，用红粉搽抹两颊，号为泪妆。

贵妃有肺渴疾，常含着玉鱼儿，取凉润津。一日，偶患齿痛，玉鱼儿也含不得，闷闷的倚坐窗前。玄宗见她颦眉泪眼，愈增怜爱，每语贵妃道："朕恨不能为妃子分痛呢。"后人传杨妃韵事，除醉酒出浴泪妆外，尚有病齿图留贻世间，曾有名士题眉云："华清宫，一齿痛；马嵬坡，一身痛；渔阳鼙鼓动地来，天下痛。"这真是说得沉痛呢。

天宝十四载六月，玄宗与贵妃幸华清宫避暑，至秋还宫，适安禄山表请献马，共三千匹，每匹执鞚夫二人，且遣蕃将二十二人部送。玄宗意欲准请，忽又接到河南尹达奚珣密奏，说：“禄山包藏祸心，不可不防。”乃遣中使冯神威，赍着手诏，往谕禄山，略言：“献马宜俟冬令，官自给夫，无烦本军。十月间卿可自来，朕在华清宫特凿汤池，与卿洗尘。”云云。禄山接到手诏，竟踞坐胡床，并不下拜，但问道：“圣上安否？”神威答一“安”字。禄山又道：“马不许献，亦属无妨，十月内我自当来京，何必召我。”说至此，即令左右引神威至馆舍，竟不复见。越数日即行遣还，亦无复表，神威返见玄宗道：“臣几不得见大家。”大家二字，就是宫中对着皇上的通称。玄宗还似信非信。看官阅过上文，应知禄山早蓄反意，不过禄山还有一些天良，自思皇恩不薄，拟俟宫车晏驾后，再行起事，怎奈右相杨国忠，屡次激动禄山反谋，先翦禄山羽翼，竟将前日互相往来的吉温，也视同仇家，贬为澧阳长史，又令京兆尹，围捕禄山故友李超等，送诣御史台狱，一并处死。禄山子庆宗，尚宗女荣义郡主，留传京师，每遇国忠举动，必密报禄山。禄山忍无可忍，遂于天宝十四载十一月中，潜与严庄高尚阿史那承庆等密谋，佯称奉到密敕，令入朝讨杨国忠。诸将无敢异言，遂大阅兵马，调集本部及奚契丹兵，共十五万人，鼓行而南。

这时玄宗全不预防，还亲至华清宫，督令凿池，待禄山到来，与他洗尘，贵妃当然随往。会当梅花开放，泄漏春光，玄宗挈贵妃赏梅，引动清兴，先令贵妃吹了一套玉笛，然后亲击羯鼓一通，统用着春光好的音调。先是玄宗在内殿庭中，击鼓催花，桃杏齐放，所以此次赏梅，也照样击鼓，欲催梅花盛开，以便留玩。鼓声已止，正与贵妃小饮，忽见一人踉跄趋入道：“安禄山反了！请陛下火速遣兵，北讨反贼。”玄宗惊道：“有此事么？恐系谣言。”国忠道：“河北郡县，统已降贼，北京留守杨光翙，已被他赚去，还好说是不反么？”玄宗尚沉吟不答。贵妃在旁插嘴道：“陛下待禄山甚厚，几似家人父子一般，他若恃宠生骄，习成狂肆，或未可知。至如造反一事，妾想他未必敢然。他子庆宗，尚主留京，他若造反，难道连儿子都不管么？”三人所言，各有私意。原来贵妃尝记念禄山，每当外国贡献方物，遇有奇珍，必遣密使私赠，因此禄山造反，尚欲出言回护。玄宗随答道：“我也疑是谣传，或因有人加忌，诬架禄山呢。”国忠见他一唱一和，气得面色发青。玄宗令他出外探明，方才趋出。

过了一日，太原守吏，详报禄山反状，东受降城，亦报禄山已反。国忠又从内侍辅璆琳处，搜得禄山逆书，约为内应，报知玄宗。玄宗方知禄山真反，便与国忠商议讨逆。国忠反有矜色，且夸口道：“臣早知他必反，但谋反只一禄山，将士未必心愿，臣料他不出旬日，便传首入都了。”谈何容易？玄宗转忧为喜，遂命国忠拘住辅璆琳，讯实杖毙，一面派使至东京河东，招募勇士。是时承平日久，人民不识兵革，猝闻范阳叛乱，远近震骇。禄山引兵渡河，到处瓦解，警报连达行宫，玄宗又未免忧烦。可巧

颜真卿（708—784），字清臣，京兆万年（今陕西西安）人，唐大臣、书法家。开元进士，历仕玄宗、肃宗、代宗、德宗四朝，历任吏部尚书、太子太师，封鲁郡公。德宗时，李希烈叛乱，受命前往劝谕，为希烈缢死。颜真卿书法与柳公权并称，有“颜筋柳骨”之誉，作品有《多宝塔碑》《麻姑仙坛记》《争坐位帖》《祭侄文稿》等传世。

郭子仪（697—781），华州郑县（今陕西华县）人，唐大将。安史之乱爆发后，郭子仪任朔方节度使。肃宗即位，任关内河东副元帅，乾元元年（758年）迁中书令，后封汾阳郡王。代宗时仆固怀恩叛变，他说服回纥统治者与唐联兵，共破吐蕃。德宗即位，尊为尚父。

安西节度使封常清入朝，即由玄宗传见，询及讨贼方略。常清大言道：“今太平已久，所以人不知兵，望风怕贼。惟事有顺逆，势有奇变，臣愿走马东京，开府库，募骁勇，拨马渡河，决取逆胡首级，归献阙下。”又是一个狂人。玄宗大喜，即授常清为平阳平卢节度使，募兵东征。常清即日辞行，乘驿至东京，募得兵六万名，堵截河阳桥，控制叛军。

禄山至博陵，部将何千年，正诱执杨光翙，往见禄山。禄山将光翙杀死，令田承嗣安忠志张孝忠为前锋，直指藁城。常山太守颜杲卿，力不能拒，乃与长史袁履谦，出城往迎，禄山赐杲卿金紫，令仍守常山。杲卿阳受伪命，暗中却秣兵厉马，为讨贼计，且遣使告知从弟真卿，连兵相应。真卿系颜师古五世从孙，与杲卿为同五世兄，时任平原太守，既接兄书，又修城浚濠，招丁壮，实仓廪，锐志讨贼。那禄山总道他是白面书生，不足深虑，但檄真卿募兵防江津。真卿遣司兵李平，绕出间道，持着伪檄，入奏玄宗。玄宗闻河北郡县，统已附贼，尝长叹道：“二十四郡，乃无一义士么？”何人为君，乃令至此？至李平入奏，乃大喜道：“朕不识颜真卿作何状，独能为国效忠呢？”遂慰遣李平，令归报真卿，讨贼立功，定当厚赏，自挈贵妃还朝，斩禄山子庆宗，赐荣义郡主自尽。郡主却是枉死。召朔方节度使安思顺为户部尚书，进朔方右厢兵马使兼九原太守郭子仪为朔方节度使，授右羽林大将军王承业为太原尹，特置河南节度使，领陈留等十三郡，即以卫尉卿张介然充任，命程千里为潞州长史，凡郡县当贼冲道，悉置防御使。更特简第六子荣王琬为元帅，左金吾大将军高仙芝为副，统诸军东征，出内府钱帛，就京师募兵十一万，旬日毕集，号为天武军。其实统是市井乌合，不堪一战。高仙芝带领五万人，出发京师，玄宗偏令宦官边令诚监军，往屯陕州。宦官监军自此始。

安禄山渡河南行，攻陷灵昌郡，进逼陈留郡。河南节度使张介然，甫至陈留，禄山已率兵到来，太守郭纳，竟开城出降。剩下一个赤手空拳的张介然，如何抵敌？眼见得束手被擒，完结性命。禄山才闻庆宗被杀，不禁恸哭道：“我何罪？乃杀我子。”背主造反，尚说无罪，一何可笑？遂将陈留降卒，尽行屠戮，聊泄怨恨，更引兵向荥阳。太守崔无诐麾众拒守，众闻鼓声，自坠如雨，被禄山乘势陷入，杀死无诐，再驱铁骑至武牢，与封常清对垒。常清手下，统是新近招募，未经训练，怎禁得蕃朔健奴，怒马入阵？顿时纷纷败下，奔回东京。叛骑追至城下，四面鼓噪，常清出战又败，退守城内，又被叛骑突入，巷战又败，只好环墙西走。连用三又字，见得常卿毫不中用。河南尹达奚珣迎降禄山，留守李憕及御史中丞卢弈，采访判官蒋清，均为所执。弈责禄山忘恩负义，且顾语贼党道："为人当知顺逆，我死不失节，尚有何恨，看汝等能横行几时？"禄山怒喝左右，将弈剐死，并杀李憕蒋清，枭三人首，令部将段子光，持首谕河北诸郡，复进兵逼陕。封常清已奔陕会高仙芝，语仙芝道："贼势甚盛，锐不可当，常清连日血战，均被杀败，看来此处亦不可保，不如退据潼关，屯兵固守，尚可保全长安哩。"仙芝从常清言，遽趋还潼关，缮完守备。禄山令部将崔乾祐入陕，自己还驻东京，拟僭称帝号，且遣党羽张通晤为睢阳太守，向东略地。郡县官多望风降走，惟嗣吴王祗即信安王祎弟。方守东平，与济南太守李随，励众拒贼。单父尉贾贲，奉吴王祗令，募集吏民，诱斩通晤，山东少安。

玄宗以祗为灵昌太守，兼河南都知兵马使。又授第十三子颍王璬为剑南节度使，第十六子永王璘为山南节度使。二王暂不出阁，但令江陵长史源洧副璘，蜀郡长史崔圆副璬，代行职权。唐廷常命诸王出镇，往往奉诏不行，有名无实。这也是当时一大误处。一面且下诏亲征，令太子监国。偏杨国忠吃一大惊，忙与韩虢二夫人商议道："太子素嫉我家，若一旦监国，我等兄妹，都危在旦夕了，奈何奈何！"虢国夫人道："不如入白贵妃，留住御驾，不令亲征，方保万全。"看你等果能万全否？国忠道："快去快去！"虢国夫人遂邀同韩国夫人，入宫告知贵妃。贵妃乃脱去簪珥，口衔黄土，匍匐至玄宗前，叩首哀泣。玄宗惊问何事？贵妃流泪道："兵凶战危，陛下奈何自冒不测？妾受恩深重，怎忍远离左右？自思身为妇女，不能随驾出征，情愿碎首阶前，仰酬圣眷。"说罢又伏地大哭。看官！你想此时的玄宗，尚能不为所迷么？小子有诗叹道：

无端衔土阻亲征，身命关怀社稷轻。

试问翠华西幸日，可曾随驾保残生？

究竟玄宗果否亲征，且至下回分解。

前半回历叙唐宫乐事，见得玄宗情恋爱妃，凡骄侈淫佚诸事，无乎不备，而祸乱即因是乘之。盈廷大臣，不闻一言匡正，独得一垂髫童子，以"朋"字未正为戒，玄宗非不知赞赏，而卒未悟杨氏之营私结党，是毋乃所谓天夺之魄、自速祸乱者欤？杨国忠与安禄山，皆小人之尤，气类相求，宜欢好无间，乃始则亲近之，继则构害之，中以危法，冀其速败，彼狼子野心，宁肯伈伈伣伣，拱手就戮，始信君子能用君子，小人必不能容小人也。河北河南，相继沦没，玄宗下命亲征，令太子监国，委靡之余，忽能奋发，未始非阴阳消长之机，而国忠复商令贵妃，衔土哀阻，卒致寝事。呜呼玄宗！身为人主，乃受制于一妇人之手，其欲不致危乱也得乎？危而犹存，乱而不亡，吾犹为玄宗幸矣。